La vuelta al mundo en 80 días/Le tour de monde en quatre-vingts jours

©Ediciones⁷⁴,
www.ediciones74.wordpress.com
edicionessetentaycuatro@gmail.com
Síguenos en facebook y twitter
España

Diseño cubierta y maquetación: R. Fresneda
Imprime: CreateSpace Independent Publishing
ISBN: 978-1523643868

1ª edición en Ediciones⁷⁴, enero de 2016
Obra escrita por Jules Verne
Esta obra ha sido obtenida de www.wikisource.org
Esta obra se encutra bajo domino público

Cualquier forma de reproducción, distribución, comunicación pública o transformación de esta obra solo puede ser realizada con la autorización de su titular, salvo excepción prevista por la ley.

Jules Verne

# La Vuelta al mundo en 80 días
## Le tour du monde en quatre-vingts jours

*Jules Verne*
**La vuelta al mundo en 80 días**

# I

En el año 1872, la casa número 7 de Saville-Row, Burlington Gardens —donde murió Sheridan en 1814— estaba habitada por Phileas Fogg, quien a pesar de que parecía haber tomado el partido de no hacer nada que pudiese llamar la atención, era uno de los miembros más notables y singulares del Reform-Club de Londres.

Por consiguiente, Phileas Fogg, personaje enigmático y del cual sólo se sabía que era un hombre muy galante y de los más cumplidos gentlemen de la alta sociedad inglesa, sucedía a uno de los más grandes oradores que honran a Inglaterra.

Decíase que se daba un aire a lo Byron —su cabeza, se entiende, porque, en cuanto a los pies, no tenía defecto alguno—, pero a un Byron de bigote y pastillas, a un Byron impasible, que hubiera vivido mil años sin envejecer.

Phileas Fogg, era inglés de pura cepa; pero quizás no había nacido en Londres. Jamás se le había visto en la Bolsa ni en el Banco, ni en ninguno de los despachos mercantiles de la City. Ni las dársenas ni los docks de Londres recibieron nunca un navío cuyo armador fuese Phileas Fogg. Este gentleman no figuraba en ningún comité de administración. Su nombre nunca se había oído en un colegio de abogados, ni de en Gray's Inn. Nunca informó en la Audiencia del canciller, ni en el Banco de la Reina, ni en el Echequer, ni en los Tribunales Eclesiásticos. No era ni industrial, ni negociante, ni mercader, ni agricultor. No formaba parte ni del *Instituto Real de la Gran Bretaña* ni del *Instituto de Londres,* ni del *Instituto de los Artistas,* ni del *Instituto Russel,* ni del *Instituto Literario del Oeste,* ni del *Instituto de Derecho,* ni de ese *Instituto de las Ciencias y las Artes Reunidas* que está colocado bajo la protección de Su Graciosa Majestad. En fin, no pertenecía a ninguna de las numerosas Sociedades que pueblan la capital de Inglaterra, desde la *Sociedad de la Armónica* hasta la *Sociedad Entoniológica,* fundada principalmente con el fin de destruir los insectos nocivos.

Phileas Fogg era miembro del Reform-Club, y nada más.

Al que hubiese extrañado que un gentleman tan misterioso alternase con los miembros de esta digna asociación, se le podría haber respondido que entró en ella recomendado por los señores Baring Hermanos. De aquí cierta reputación debida a la regularidad con que sus cheques eran pagados a la vista por el saldo de su cuenta corriente, invariablemente acreedor.

¿Era rico Phileas Fogg? Indudablemente. Cómo había realizado su fortuna, es lo que los mejor informados no podían decir, y para saberlo, el último a quien convenía dirigirse era míster Fogg. En todo caso, aun cuando no se prodigaba mucho, no era tampoco avaro, porque en cualquier parte donde faltase auxilio para una cosa noble, útil o generosa, solía prestarlo con sigilo y hasta con el velo del anónimo.

En suma, encontrar algo que fuese menos comunicativo que este gentleman, era cosa difícil. Hablaba lo menos posible y parecía tanto más misterioso cuanto más silencioso era. Llevaba su vida al día; pero lo que hacía era siempre lo mismo, de tan matemático modo, que la imaginación descontenta buscaba algo más allá.

¿Había viajado? Era probable, porque poseía el mapamundi mejor que nadie. No había sitio, por oculto que pudiera hallarse del que no pareciese tener un especial conocimiento.

A veces, pero siempre en pocas breves y claras palabras, rectificaba los mil propósitos falsos que solían circular en el club acerca de viajeros perdidos o extraviados, indicaba las probabilidades que tenían mayores visos de realidad y a menudo, sus palabras parecían haberse inspirado en una doble vista; de tal manera el suceso acababa siempre por justificarlas. Era un hombre que debía haber viajado por todas partes, a lo menos, de memoria.

Lo cierto era que desde hacía largos años Phileas Fogg no había dejado Londres. Los que tenían el honor de conocerle más a fondo que los demás, atestiguaban que —excepción hecha del camino diariamente recorrido por él desde su casa al club— nadie podía pretender haberlo visto en otra parte. Era su único pasatiempo leer los periódicos y jugar al whist. Solía ganar a ese silencioso juego, tan apropiado a su natural, pero sus beneficios nunca entraban en su bolsillo, que figuraban por una suma respetable en su presupuesto de caridad. Por lo demás —bueno es consignarlo—, míster Fogg, evidentemente jugaba por jugar, no por ganar. Para él, el juego era un combate, una lucha contra una dificultad; pero lucha sin movimiento y sin fatigas, condiciones ambas que convenían mucho a su carácter.

Nadie sabía que tuviese mujer ni hijos —cosa que puede suceder a la persona más decente del mundo—, ni parientes ni amigos —lo cual era en verdad algo más extraño—. Phileas Fogg vivía solo en su casa de Saville—Row, donde nadie penetraba. Un criado único le bastaba para su servicio. Almorzando y comiendo en el club a horas cronométricamente deter-minadas, en el mismo comedor, en la misma mesa, sin tra-tarse nunca con sus colegas, sin convidar jamás a ningún extraño, sólo volvía a su casa para acostarse a la media noche exacta, sin hacer uso en ninguna ocasión de los cómodos dormitorios que el Reform-Club pone a disposición de los miembros del círculo. De las veinticuatro horas del día, pasaba diez en su casa, que dedicaba al sueño o al tocador. Cuando paseaba, era invariablemente y con paso igual, por el vestíbulo que tenía mosaicos de madera en el pavimento, o por la galería circular coronada por una media naranja con vidrieras azules que sostenían veinte columnas jónicas de pórfido rosa, Cuando almorzaba o comía, las cocinas, la repostería, la despensa, la pescadería y la lechería del club eran las que con sus suculentas reservas proveían su mesa; los camareros del club, graves personas vestidas de negro y calzados con zapatos de suela de fieltro, eran quienes le servían en una vajilla especial y sobre admirables manteles de lienzo sajón; la cristalería o molde perdido del club era la que contenía su sherry, su oporto o su clarete mezclado con canela, capilaria o cinamomo; en fin, el hielo del club —hielo traído de los lagos de América a costa de grandes desembolsos—, conservaba sus bebidas en un satisfactorio estado de frialdad.

Si vivir en semejantes condiciones es lo que se llama ser excéntrico, preciso es convenir que algo tiene de bueno la excentricidad.

La casa en Saville—Row, sin ser suntuosa, se recomendaba por su gran comodidad. Por lo demás, con los hábitos invariables del inquilino, el servicio no era penoso. Sin embargo, Phi-leas Fogg exigía de su único criado una regularidad y una puntualidad extraordinarias. Aquel mismo día, 2 de octubre, Phileas Fogg había despedido a James Foster, por el enorme delito de haberle llevado el agua para afeitarse a 84 grados Fahrenheit en vez de 85, y esperaba a su sucesor, que debía presentarse entre once y once y media.

Phileas Fogg, rectamente sentado en su butaca, los pies juntos como los de los soldados en formación, las manos sobre las rodillas, el cuerpo derecho, la cabeza erguida, veía girar el minutero del reloj, complicado aparato que señalaba las horas, los minutos, los segundos, los días y años. Al dar las once y media, míster Fogg, según su costumbre diaria debía salir de su casa para ir al Reform-Club.

En aquel momento llamaron a la puerta de la habitación que ocupaba Phileas Fogg.

El despedido James Foster apareció y dijo:

—El nuevo criado.

Un mozo de unos 30 años se dejó ver y saludó.

—¿Sois francés y os llamáis John? —Le preguntó Phileas Fogg.

—Juan, si el señor no lo lleva a mal —respondió el recién venido—. Juan Picaporte, apodo que me ha quedado y que justificaba mi natural aptitud para salir de todo apuro, Creo ser honrado, aunque, a decir verdad, he tenido varios oficios. He sido cantor ambulante, he sido artista de circo donde daba el salto como Leonard y bailaba en la cuerda como Blondín; luego, al fin de hacer más útiles mis servicios, he llegado a profesor de gimnasia, y por último, era sargento de bomberos en París, y aún tengo en mi hoja de servicios algunos incendios notables. Pero hace cinco años que he abandonado la Francia, y queriendo experimentar la vida doméstica soy ayuda de cámara en Inglaterra. Y hallándome desacomodado y habiendo sabido que el señor Phileas Fogg era el hombre más exacto y sedentario del Reino Unido, me he presentado en casa del señor, esperando vivir con tranquilidad y olvidar hasta el apodo de Picaporte.

—Picaporte me conviene —respondió el gentlemen—. Me habéis sido recomendado. Tengo buenos informes sobre vuestra conducta. ¿Conocéis mis condiciones?

—Sí, señor.

—Bien. ¿Qué hora tenéis?

—Las once y veintidós —respondió Picaporte, sacando de las profundidades del bolsillo de su chaleco un enorme reloj de plata.

—Vais atrasado.

—Perdóneme el señor, pero es imposible.

—Vais cuatro minutos atrasado. No importa. Basta con hacer constar la diferencia. Conque desde este momento, las once y veintinueve de la mañana, hoy miércoles 2 de octubre de 1872, entráis a mi servicio.

Dicho esto, Phileas Fogg se levantó, tomó su sombrero con la mano izquierda, lo colocó en su cabeza mediante un movimiento automático, y desapareció sin decir palabra.

Picaporte oyó por primera vez el ruido de la puerta que se cerraba; era su nuevo amo que salía; luego, escuchó por segunda vez el mismo ruido; era James Foster que se marchaba también.

Picaporte se quedó solo en la casa de Saville-Row.

## II

—A fe mía —decía para sí Picaporte algo aturdido al principio—, he conocido en casa de madame Tussaud personajes de tanta vida como mi nuevo amo. Conviene advertir que los personajes de madame Tussaud son unas figuras de cera muy visitadas, y a las cuales verdaderamente no les falta más que hablar.

Durante los cortos instantes en que pudo entrever a Phileas Fogg, Picaporte había examinado rápida pero cuidadosamente a su amo futuro. Era un hombre que podía tener unos cuarenta años, de figura noble y arrogante, alto de estatura, sin que lo afease cierta ligera obesidad, de pelo rubio, frente tersa y sin señal de arrugas en las sienes, rostro más bien pálido que sonrosado, dentadura magnífica. Parecía poseer en el más alto grado eso que los fisonomistas llaman "el reposo en la acción" facultad común a todos los que hacen más trabajo que ruido. Sereno, flemático, pura la mirada, inmóvil el párpado, era el tipo acabado de esos ingleses de sangre fría que suelen encontrarse a menudo en el Reino Unido, y cuya actitud algo académica ha sido tan maravillosamente reproducida por el pincel de Angélica Kauffmann. Visto en los diferentes actos de su existencia, este gentleman despertaba la idea de un ser bien equilibrado en todas sus partes, proporcionado con precisión, y tan exacto como un cronómetro de Leroy o de Bamshaw. Porque, en efecto, Phileas Fogg era la exactitud personificada, lo que se veía claramente en la "expresión de sus pies y de sus manos", pues que en el hombre, así como en los animales, los miembros mismos son órganos expresivos de las pasiones.

Phileas Fogg era de aquellas personas matemáticamente exactas que nunca precipitadas y siempre dispuestas, economizan sus pasos y sus movimientos. Atajando siempre, nunca daba un paso de más. No perdía una mirada dirigiéndola al techo. No se permitía ningún gesto superfluo. Jamás se le vio ni conmovido ni alterado. Era el hombre menos apresurado del mundo, pero siempre llegaba a tiempo. Pero, desde luego, se comprenderá que tenía que vivir solo y, por decirlo así, aislado de toda relación social. Sabía que en la vida hay que dedicar mucho al rozamiento, y como el rozamiento entorpece, no se rozaba con nadie.

En cuanto a Juan, alias Picaporte, verdadero parisiense de París, durante los cinco años que había habitado en Inglaterra desempeñando la profesión de ayuda de cámara, en vano había tratado de hallar un amo a quien poder tomar cariño.

Picaporte no era, por cierto, uno de esos Frontines o Mascarillos, que, altos los hombros y la cabeza, descarado y seco al mirar, no son más que unos bellacos insolentes; no. Picaporte era un guapo chico de amable fisonomía y labios salientes, dispuesto siempre a saborear o a acariciar; un ser apacible y servicial, con una de esas cabezas redondas y bonachonas que siempre gusta encontrar en los hombros de un amigo. Tenía azules los ojos, animado el color, la cara suficientemente gruesa para que pudieran verse sus mismos pómulos, ancho el pecho, fuertes las caderas, vigorosa la musculatura, y con una fuerza hercúlea que los ejercicios de su juventud habían desarrollado admirablemente. Sus cabellos castaños estaban algo enredados. Si los antiguos escultores conocían dieciocho modos distintos de arreglar la cabeza de Minerva, Picaporte, para componer la suya, sólo conocía uno: con tres pases de batidor estaba peinado.

Decir si el genio expansivo de este muchacho podía avenirse con el de Phileas Fogg, es cosa que prohíbe la prudencia elemental. ¿Sería Picaporte ese criado exacto hasta la precisión que convenía a su dueño? La práctica lo demostraría. Después de haber tenido, como ya es sabido, una juventud algo vagabunda, aspiraba al reposo. Había oído ensalzar el metodismo inglés y la proverbial frialdad de los gentlemen, y se fue a buscar fortuna a Inglaterra. Pero hasta entonces la fortuna le había sido adversa. En ninguna parte pudo echar raíces. Estuvo en diez casas, y en todas ellas los amos eran caprichosos, desiguales, amigos de correr aventuras o de recorrer países, cosas todas ellas que ya no podían convenir a Picaporte. Su último señor, el joven lord Longsferry, miembro del Parlamento después de pasar las noches en los "oystersrooms" de Hay-Marquet, volvía a su casa muy a menudo sobre los hombros de los "policemen." Queriendo Picaporte ante todo respetar a su amo, arriesgó algunas observaciones respetuosas que fueron mal recibidas, y rompió. Supo en el ínterin que Phileas Fogg buscaba criado y tomó informes acerca de este caballero. Un personaje cuya existencia era tan regular, que no dormía fuera de casa, que no viajaba, que nunca, ni un día siquiera, se ausentaba, no podía sino convenirle. Se presentó y fue admitido en las circunstancias ya conocidas.

Picaporte, a las once y media dadas, se hallaba solo en la casa de Sara, se ausentaba, no podía sino considerarla recorriendo desde la cueva al tejado; y esta casa limpia, arreglada, severa, puritana, bien organizada para el servicio, le gustó. Le produjo la impresión de una cáscara de caracol alumbrada y calentada con gas, porque el hidrógeno carburado bastaba para todas las necesidades de luz y calor. Picaporte halló sin gran trabajo en el piso segundo el cuarto que le estaba destinado.

Le convino. Timbres eléctricos y tubos acústicos le ponían en comunicación con los aposentos del entresuelo y del principal. Encima de la chimenea había un reloj eléctrico en correspondencia con el que tenía Phileas Fogg en su dormitorio, y de esta manera ambos aparatos marcaban el mismo segundo en igual momento.

—No me disgusta, no me disgusta —decía para sí Picaporte.

Advirtió además en su cuarto una nota colocada encima del reloj. Era el programa del servicio diario. Comprendía —desde las ocho de la mañana, hora reglamentaria en que se levantaba Phileas Fogg, hasta las once y media en que dejaba su casa para ir a almorzar al Reform-Club— todas las minuciosidades del servicio, el té y los picatostes de las ocho y veintitrés, el agua caliente para afeitarse de las nueve y treinta y siete, el peinado de las diez menos veinte, etc. A continuación, desde las once de la noche —instantes en que se acostaba el metódico gentleman— todo estaba anotado, previsto, regularizado. Picaporte pasó un rato feliz meditando este programa y grabando en su espíritu los diversos artículos que contenía.

En cuanto al guardarropa del señor, estaba perfectamente arreglado y maravillosamente comprendido. Cada pantalón, levita o chaleco tenía su número de orden, reproducido en un libro de entrada y salida, que indicaba la fecha en que, según la estación, cada prenda debía ser llevada; reglamentación que se hacía extensiva al calzado.

Finalmente, anunciaba un apacible desahogo en esta casa de Saville-Row —casa que debía haber sido el templo del desorden en la época del ilustre pero crapuloso Sheridan— la delicadeza con que estaba amueblada. No había ni biblioteca ni libros que hubieran sido inútiles para míster Fogg, puesto que el Reform-Club ponía a su disposición dos bibliotecas, consagradas una a la literatura, y otra al derecho y a la política. En el dormitorio había un arca de hierro de tamaño regular, cuya especial construcción la ponía fuera del alcance de los peligros de incendio y robo. No se veía en la casa ni armas ni otros utensilios de caza ni de guerra. Todo indicaba los hábitos más pacíficos.

Después de haber examinado esta vivienda detenidamente. Picaporte se frotó las manos, su cara redonda se ensanchó, y repitió con alegría:

—¡No me disgusta! ¡Ya di con lo que me conviene! Nos entenderemos perfectamente míster Fogg y yo. ¡Un hombre casero y arreglado! ¡Una verdadera maquina! No me desagrada servir a una máquina.

## III

Phileas Fogg había dejado su casa de Saville-Row a las once y media, y después de haber colocado quinientas setenta y cinco veces el pie derecho delante del izquierdo y quinientas setenta y seis veces el izquierdo delante del derecho, llegó al Reform-Club, vasto edificio levantado en Pall-Mall, cuyo coste de construcción no ha bajado de tres millones.

Phileas Fogg pasó inmediatamente al comedor, con sus nueve ventanas que daban a un jardín con árboles ya dorados por el otoño. Tomó asiento en la mesa de costumbre puesta ya para él. Su almuerzo se componía de un entremés, un pescado cocido sazonado por una "readins sauce" de primera elección, un "rosbif" escarlata de una torta rellena con tallos de ruibarbo y grosellas verdes, y de un pedazo de Chéster, rociado todo por algunas tazas de ese excelente té, que especialmente es cosecha para el servicio de Reform-Club.

A las doce y cuarenta y siete de la mañana, este gentlenmen se levantó y se dirigió al gran salón, suntuoso aposento, adornado con pinturas colocadas en lujosos marcos. Allí un criado le entregó el "Times" con las hojas sin cortar, y Phileas Fogg se dedicó a desplegarlo con una seguridad tal, que denotaba desde luego la práctica más extremada en esta difícil operación. La lectura del periódico ocupó a Phileas Fogg hasta las tres y cuarenta y cinco, y la del "Standard", que sucedió a aquél, duró hasta la hora de la comida, que se llevó a efecto en iguales condiciones que el almuerzo, si bien con la añadidura de "royal british sauce".

Media hora más tarde, varios miembros del Reform-Club iban entrando y se acercaban a la chimenea encendida con carbón de piedra. Eran los compañeros habituales de juego de míster Phileas Fogg, decididamente aficionados al whist como él: el ingeniero Andrés Stuart, los banqueros John Sullivan y Samuel Fallentin, el fabricante de cervezas Tomás Flanagan, y Gualterio Ralph, uno de los administradores del Banco de Inglaterra, personajes ricos y considerados en aquel mismo club, que cuenta entre sus miembros las mayores notabilidades de la industria y de la banca.

—Decidme, Ralph —preguntó Tomás Flanagan—, ¿a qué altura se encuentra ese robo?

—Pues bien —respondió Andrés Stuart—, el Banco perderá su dinero.

—Al contrario —dijo Gualterio Ralph—, espero que se logrará echar mano al autor del robo. Se han enviado inspectores de policía de los más hábiles a todos los principales puertos de embarque y desembarque de América y Europa, y le será muy difícil a ese caballero poder escapar.

—Pero qué, ¿se conoce la filiación del ladrón? —preguntó Andrés Stuart.

—Ante todo, no es un ladrón rio Ralph con la mayor formalidad.

—Cómo, ¿no es un ladrón el individuo que sustrajo cincuenta y cinco mil libras en billetes de banco?

—No —respondió Gualterio Ralph.

—¿Es acaso un industrial? —dijo John Sullivan.

—El "Morning Chronicle", asegura que es un gentlemen.

El que daba esta respuesta, no era otro que Phileas Fogg, cuya cabeza descollaba entonces entre aquel mar de papel amontonado a su alrededor. Al mismo tiempo, Phileas Fogg saludó a sus compañeros, que le devolvieron la cortesía.

El suceso de que se trataba, y sobre el cual los diferentes periódicos del Reino Unido discutían acaloradamente, se había realizado tres días antes, el 29 de septiembre. Un legajo de billetes de banco que formaba la enorme cantidad de cincuenta y cinco mil libras, había sido sustraído de la mesa del cajero principal del Banco de Inglaterra.

—A los que se admiraban de que un robo tan considerable hubiera podido realizarse con esa facilidad, el subgobernador Gualterio Ralph se limitaba a responder que en aquel mismo momento el cajero se ocupaba en el asiento de una entrada de tres chelines seis peniques, y que no se puede atender a todo.

Pero conviene hacer observar aquí —y esto da más fácil explicación al hecho— que el Banco de Inglaterra parece que se desvive por demostrar al público la alta idea que tiene de su dignidad. Ni hay guardianes, ni ordenanzas, ni redes de alambre. El oro, la plata, los billetes, están expuestos libremente, y, por decirlo así, a disposición del primero que llegue. En efecto, sería indigno sospechar en lo mínimo acerca de la caballerosidad de cualquier transeúnte. Tanto es así, que hasta se llega a referir el siguiente hecho por uno de los más notables observadores de las costumbres inglesas: En una de las salas del Banco en que se encontraba un día, tuvo curiosidad por ver de cerca una barra de oro de siete a ocho libras de peso que se encontraba expuesta en la mesa del cajero; para satisfacer aquel deseo, tomó la barra, la examinó, se la dio a su vecino, éste a otro, y así, pasando de mano en mano, la barra llegó hasta el final de un pasillo obscuro, tardando media hora en volver a su sitio primitivo, sin que durante este tiempo el clero hubiera levantado siquiera la cabeza.

Sin embargo el 29 de septiembre las cosas no sucedieron completamente del mismo modo. El legajo de billetes de banco no volvió, y cuando el magnífico reloj colocado encima del "drawing office" dio las cinco, la hora en que debía cerrarse el despacho, el Banco de Inglaterra no tenía más recursos que asentar cincuenta y cinco mil libras en la cuenta de ganancias y de pérdidas.

Una vez reconocido el robo con toda formalidad, agentes "detectives" elegidos entre los más hábiles, fueron enviados a los puertos principales, a Liverpool a Glasgow, a Brindisi, a Nueva York, etc., bajo la promesa, en caso de éxito, de una prima de dos mil libras y el cinco por ciento de la suma que se recobrase. La misión de estos inspectores se reducía a observar escrupulosamente a todos los viajeros que se iban o que llegaban, hasta adquirir las noticias que pudieran suministrar las indagaciones inmediatamente emprendidas.

Y precisamente, según lo decía "Moming Chronicle", había motivos para suponer que el autor del robo no formaba parte de ninguna de las sociedades de ladrones de Inglaterra. Se había observado que durante aquel día, 29 de septiembre, se paseaba por la sala de pagos, teatro del robo, un caballero bien portado, de buenos modales y aire distinguido. Las indagaciones habían permitido reunir con bastante exactitud las señas de ese caballero, que fueron al punto transmitidas a todos los "detectives" del Reino Unido y del gobierno. Algunas buenas almas, y entre ellos Gualterio Ralph, se creían con fundamento para esperar que el ladrón no se escaparía.

Como es fácil presumirlo, este suceso estaba a la orden del día en Londres y en toda Inglaterra. Se discutía y se tomaba parte en pro y en contra de las probabilidades de éxito en la policía metropolitana. Nadie extrañará, pues, que los miembros del Reform-Club tratasen la misma cuestión, con tanto más motivo cuanto que se hallaba entre ellos uno de los subgobernadores del banco.

El honorable Gualterio Ralph no quería dudar del resultado de las investigaciones, creyendo que la prima ofrecida debía avivar extraordinariamente el celo y la inteligencia de los agentes. Pero su colega Andrés Stuart distaba mucho de abrigar igual confianza. La discusión continuó por consiguiente entre aquellos caballeros que se habían sentado en la mesa de whist, Stuart delante de Flanagan, Fallentin delante de Phileas Fogg. Durante el juego, los jugadores no hablaban, pero, entre los robos, la conversación interrumpida adquiría más animación.

—Sostengo —dijo Andrés Stuart— que la probabilidad está en favor del ladrón, que no puede dejar de ser un hombre sagaz.

—¡Quita allá! —respondió Gualterio Ralph—. Sólo hay un país en donde pueda refugiarse.

—¡Tendría que verse!

—¿Y adónde queréis que vaya?

—No lo sé —respondió Andrés Stuart—, pero me parece que la Tierra es muy grande.

—Antes sí lo era... —dijo a media voz Phileas Fogg; añadiendo después y presentando las cartas a Tomás Flanagan—. A vos os toca cortar.

La discusión se suspendió durante el robo. Pero no tardó en proseguirla Andrés Stuart, diciendo:

—¡Cómo que antes! ¿Acaso la Tierra ha disminuido?

—Sin duda que sí —respondió Gualterio Ralph—. Opino como míster Fogg. La Tierra ha disminuido, puesto que se recorre hoy diez veces más aprisa que hace cien años. Y esto es lo que, en el caso de que nos ocupamos, hará que las pesquisas sean más rápidas.

—Y que el ladrón se escape con más facilidad.

—Os toca jugar a vos —dijo Phileas Fogg.

Pero el incrédulo Stuart no estaba convencido, y dijo al concluirse la partida:

—Hay que reconocer que habéis encontrado un chistoso modo de decir que la Tierra se ha empequeñecido. De modo que ahora se le da vuelta en tres meses...

—En ochenta días tan sólo —dijo Phileas Fogg.

—En efecto, señores añadió John Sullivan—, ochenta días, desde que la sección entre Rothal y Altahabad ha sido abierta en el Great Indican Peninsular Railway, y he aquí el cálculo establecido por el "Morning Chronicle".

De Londres a Suez por el Monte Cenis y Brindisi, ferrocarril y vapores . . . . . . . . . . . . . . . . . . . . . . . . . . . . . . . . . . . . 7

De Suez a Bombay, vapores . . . . . . . . . . . . . . . . . . . . . 18

De Bombay a Calcuta, ferrocarril . . . . . . . . . . . . . . . . . . 8

De Calcuta a Hong—Kong (China), vapores . . . . . . . . . .13

De Hong—Kong a Yokohama (Japón), vapor . . . . . . . . . 6

De Yokohama a San Francisco, vapor . . . . . . . . . . . . . . 22

De San Francisco a Nueva York, ferrocarril . . . . . . . . . . . 7

De Nueva York a Londres, vapor y ferrocarril . . . . . . . . . 9

TOTAL . . . . . . . . . . . . . . . . . . . . . . . . . . . . . . . . . . . . 80

—¡Sí, ochenta días! —exclamó Andrés Stuart, quien por inadvertencia cortó una carta mayor—. Pero eso sin tener en cuenta el mal tiempo, los vientos contrarios, los naufragios, los descarrilamientos, etc.

—Contando con todo —respondió Phileas Fogg siguiendo su juego, porque ya no respetaba la discusión el whist.

—¡Pero si los indios o los indostanos quitan las vías! —Exclamó Andrés Stuart—; ¡si detienen los trenes, saquean los furgones y hacen tajadas a los viajeros!

—Contando con todo —respondió Phileas Fogg, que tendiendo su juego, añadió—: Dos triunfos mayores.

Andrés Stuart, a quien tocaba dar, recogió las cartas, diciendo:

—Teóricamente tenéis razón, señor Fogg; pero en la práctica...

—En la práctica también, señor Stuart.

—Quisiera verlo.

—Sólo depende de vos. Partamos juntos.

—¡Líbreme Dios! Pero bien, apostaría cuatro mil libras a que semejante viaje, hecho con esas condiciones, es imposible.

—Muy posible, por el contrario —respondió Fogg.

—Pues bien, hacedlo.

—¿La vuelta al mundo en ochenta días?

—Sí.

—No hay inconveniente.

—¿Cuándo?

—En seguida. Os prevengo solamente que lo haré a vuestra costa.

—¡Es una locura! —Exclamó Andrés Stuart, que empezaba a resentirse por la insistencia de su compañero de juego—. Más vale que sigamos jugando.

—Entonces, volved a dar, porque lo habéis hecho mal.

Andrés Stuart recogió otra vez las cartas con mano febril, y de repente, dejándolas sobre la mesa, dijo:

—Pues bien, sí, míster Fogg, apuesto cuatro mil libras...

—Mi querido Stuart —dijo Fallentin—, calmaos. Esto no es formal.

—Cuando dije que apuesto —respondió Stuart—: es en formalidad.

—Aceptado —dijo Fogg: y luego, volviéndose hacia sus compañeros, añadió—: Tengo veinte mil libras depositadas en casa de Baring hermanos. De buena gana las arriesgaría.

—¡Veinte mil libras! —Exclamó John Sullivan—. ¡Veinte mil libras, que cualquier tardanza imprevista os puede hacer perder!

—No existe lo imprevisto —respondió sencillamente Phileas Fogg.

—¡Pero, Míster Fogg, ese transcurso de ochenta días sólo está calculado como mínimo!

—Un mínimo bien empleado basta para todo.

—¡Pero a fin de —aprovecharlo, es necesario saltar matemáticamente de los ferrocarriles a los vapores y de los vapores a los ferrocarriles!

—Saltaré matemáticamente.

—¡Es una broma!

—Un buen inglés no se chancea nunca cuando se trata de una cosa tan formal como una apuesta —respondió Phileas Fogg—. Apuesto veinte mil libras contra quien quiera a que yo doy la vuelta al mundo en ochenta días, o menos, sean mil novecientas veinte horas, o ciento quince mil doscientos minutos. ¿Aceptáis?

—Aceptamos —respondieron los señores Stuart, Falletín, Sullivan, Flanagan y Ralph después de haberse puesto de acuerdo.

—Bien —dijo Fogg. El tren de Douvres sale a las ocho y cuarenta y cinco. Lo tomaré.

—¿Esta misma noche? —preguntó Stuart.

—Esta misma noche —respondió Phileas Fogg—. Por consiguiente— añadió consultando un calendario del bolsillo—: puesto que hoy es miércoles 2 de octubre deberé estar de vuelta en Londres, en este mismo salón del Reform—Club, el sábado 21 de diciembre a las ocho y cuarenta y cinco minutos de la tarde, sin lo cual las veinte mil libras depositadas actualmente en la casa de Baring Hermanos os pertenecen de hecho y de derecho, señores. He aquí un cheque por esa suma.

Se levantó acta de la apuesta, firmando los seis interesados. Phileas Fogg había permanecido sereno. No había ciertamente apostado para ganar, y no había comprometido las veinte mil libras —mitad de su fortuna— sino porque preveía que tendría que gastar la otra mitad para llevar a buen fin ese difícil, por no decir inejecutable proyecto. En cuanto a sus adversarios, parecían conmovidos, no por el valor de la apuesta, sino porque tenían reparo en luchar con ventaja.

Daban entonces las siete. Se ofreció a míster Fogg la suspensión del juego para que pudiera hacer sus preparativos de marcha.

—¡Yo siempre estoy preparado! —Respondió el impasible caballero; y dando las cartas, exclamó—: Vuelvo oros. A vos os toca salir, señor Stuart.

## IV

A las siete y veinticinco, Phileas Fogg, después de haber ganado unas veinte guineas al whist, se despidió de sus honorables colegas y abandonó el Reform-Club. A las siete y cincuenta abría la puerta de su casa y entraba.

Picaporte, que había empezado a estudiar concienzudamente su programa, quedó sorprendido al ver a míster Fogg culpable de inexactitud acudir a tan inusitada hora, pues, según la nota, el inquilino de Saville-Row no debía volver sino a medianoche.

Phileas Fogg había subido primero a su cuarto y luego llamó.

—Picaporte no respondió, porque no creyó que pudieran llamarlo. No era la hora.

—Picaporte —repuso míster Fogg sin gritar más que antes.

Picaporte apareció.

—Es la segunda vez que os llamo —dijo el señor Fogg.

—Pero no son las doce —respondió Picaporte sacando el reloj.

—Lo sé, y no os reconvengo. Partimos dentro de diez minutos para Douvres y Calais.

Al rostro redondo del francés asomó una especie de mueca. Era evidente que había oído mal.

—¿El señor va a viajar? —preguntó.

—Sí —respondió Phileas Fogg—. Vamos a dar la vuelta al mundo.

Picaporte, con los ojos excesivamente abiertos, los párpados y las cejas en alto, los brazos caídos, el cuerpo abatido, ofrecía entonces todos los síntomas del asombro llevado hasta el estupor.

—¡La vuelta al mundo! —dijo entre dientes.

—En ochenta días —respondió míster Fogg—. No tenemos un momento que perder.

—¿Y el equipaje? —dijo Picaporte, moviendo, sin saber lo que hacía, su cabeza de derecha a izquierda y viceversa.

—No hay equipaje. Sólo un saco de noche. Dentro, dos camisas de lana, tres pares de medias, y lo mismo para vos. Ya compraremos en el camino. Bajaréis mi "mackintosh" y mi manta de viaje. Llevad buen calzado. Por lo demás, andaremos poco o nada. Vamos.

Picaporte hubiera querido responder, pero no pudo. Salió del cuarto de míster Fogg, subió al suyo, cayó sobre una silla, y empleando una frase vulgar de su país dijo para sí:

—¡Esto sí que es...! ¡Yo que quería estar tranquilo!

Y maquinalmente hizo sus preparativos de viaje. ¡La vuelta al mundo en ochenta días! ¿Estaba su amo loco? No... ¿Era broma? Si iban a Douvres, bien. A Calais, conforme. En suma, esto no podía contrariar al buen muchacho, que no había pisado el suelo de su patria en cinco años. Quizás se llegaría hasta París, y ciertamente que volvería a ver con gusto la gran capital, porque un gentleman tan economizador de sus pasos se detendría allí... Sí, indudablemente; ¡pero no era menos cierto que partía, que se movía ese gentleman, tan casero hasta entonces!

A las ocho, Picaporte había preparado el modesto saco que contenía su ropa y la de su amo; y después, perturbado todavía de espíritu, salió del cuarto, cerró cuidadosamente la puerta, y se reunió con míster Fogg.

Míster Fogg ya estaba listo. Llevaba debajo del brazo el "Brandshaw's Continental Railway, Steam Transit and general Guide", que debía suministrar todas las indicaciones necesarias para el viaje. Tomó el saco de las manos de Picaporte, lo abrió, y deslizó en él un paquete de esos hermosos billetes de banco que corren en todos los países.

—¿No habéis olvidado nada? —preguntó.

—Nada, señor.

—Bueno; tomad este saco.

Míster Fogg entregó el saco a Picaporte.

—Y cuidadlo —añadió—. Hay dentro veinte mil libras.

Por poco se escapó el saco de las manos de Picaporte, como si las veinte mil libras hubieran sido oro y pesado considerablemente.

El asno y el criado bajaron entonces, y la puerta de la calle se cerró con doble vuelta.

A la extremidad de Saville-Row había un punto de coches. Phileas Fogg y su criado montaron en un "cab", que se dirigía rápidamente a la estación de Charing-Cross, donde termina uno de los ramales del ferrocarril del Sureste.

A las ocho y veinte, el "cab" se detuvo ante la verja de la estación. Picaporte se apeó. Su amo le siguió y pagó al cochero.

En aquel momento, una pobre mendiga con un niño de la mano, con los pies descalzos en el lodo, y cubierta con un sombrero desvencijado, del cual colgaba una pluma lamentable, y con un chal hecho jirones sobre sus andrajos, se acercó a míster Fogg y le pidió limosna.

Míster Fogg sacó del bolsillo las veinte guineas que acababa de ganar al juego, y dándoselas a la mendiga, le dijo:

—Tomad, buena mujer, me alegro de haberos encontrado.
Y pasó de largo.

Picaporte tuvo como una sensación de humedad alrededor de sus pupilas. Su amo acababa de dar un paso dentro de su corazón.

Míster Fogg y él entraron en la gran sala de la estación. Allí, Phileas Fogg dio a Picaporte la orden de tomar dos billetes de primera para París, y después, al volverse, se encontró con sus cinco amigos del Reform-Club.

—Señores, me voy; y como he de visar mi pasaporte en diferentes puntos, eso os servirá para comprobar mi itinerario.

—¡Oh, míster Fogg —respondió cortésmente Gualterio Ralph— es inútil! ¡Nos bastará vuestro honor de caballero!

—Más vale así —dijo míster Fogg.

—No olvidéis que debéis estar de vuelta... —observó Andrés Stuart.

—Dentro de ochenta días —respondió míster Fogg—; el sábado 21 de diciembre de 1872 a las ocho y cuarenta y cinco minutos de la noche. Hasta la vista, señores.

A las ocho y cuarenta, Phileas Fogg y su criado tomaron asiento en el mismo compartimento. A las ocho y cuarenta y cinco resonó un silbido, y el tren se puso en marcha.

La noche estaba oscura. Caía una lluvia menuda. Phileas Fogg, arrellanado en un rincón, no hablaba. Picaporte, atolondrado todavía, oprimía maquinalmente sobre sí el saco de los billetes de banco.

Pero el tren no había pasado aún de Sydenham cuando Picaporte dio un verdadero grito de desesperación.

—¿Qué es eso? —Preguntó míster Fogg.

—Que... en mi precipitación... en mi turbación... he olvidado...

—¿Qué?

—¡Apagar el gas de mi cuarto!

—Pues bien, muchacho —respondió fríamente míster Fogg—, seguirá por cuenta vuestra.

## V

Phileas Fogg, al dejar Londres, no sospechaba, sin duda, el ruido grande que su partida iba a provocar. La noticia de la apuesta se extendió primero en el Reform-Club y produjo una verdadera emoción entre los miembros de aquel respetable círculo. Luego, del club la emoción pasó a los periódicos por la vía de los reporteros, y de los periódicos al público de Londres y de todo el Reino Unido.

Esta cuestión de la vuelta al mundo se comentó, se discutió, se examinó con la misma pasión y el mismo ardor que si se hubiese tratado de otro negocio del "Alabama". Unos se hicieron partidarios de Phileas Fogg; otros —-que pronto formaron una considerable mayoría— se pronunciaron en contra de él. Realizar esta vuelta al mundo de otra suerte que en teoría o sobre el papel, en este minimum de tiempo, con los actuales medios de comunicación, era no solamente imposible: era insensato.

El "Times", el "Standard", el "Evening-Star', el "Morning-Chronicle" y veinte periódicos más de los de mayor circulación se declararon contra el señor Fogg. Únicamente el "Daily-Telegraph" lo defendió hasta cierto punto. Phileas Fogg fue tratado como maniático y loco, y a sus colegas del Reform-Club se les criticó por haber aceptado esta apuesta, que acusaba debilidad en las facultades mentales de su autor.

Se publicaron acerca del asunto varios artículos extremadamente apasionados, pero lógicos. Todo el mundo sabe el interés que se dispensa en Inglaterra a todo lo que hace relación con la geografía. Así es que no había lector, cualquiera que fuese la clase a que perteneciese, que no devorase las columnas consagradas al caso de Phileas Fogg

Durante los primeros días algunos ánimos atrevidos —las mujeres principalmente— se decidieron por él, sobre todo cuando el "llustrated London News" publicó su retrato, tomado de una fotografía depositada en los archivos del Reform-Club. Ciertos gentlemen se atrevían a decir: "¿Y por qué no había de suceder? Cosas más extraordinarias se han visto". Estos solían ser los lectores del "Daily-Telegraph". Pero pronto se advirtió que hasta este mismo periódico empezaba a enfriarse.

En efecto, un largo artículo publicado el 7 de octubre en el "Boletín de la Sociedad de Geografía", trató la cuestión desde todos los aspectos y demostró claramente la locura de la empresa. Según este artículo, el viajero lo tenía todo en contra suya, obstáculos humanos, obstáculos naturales. Para que pudiese tener éxito el proyecto, era necesario admitir una concordancia maravillosa en las horas de llegada y de salida, concordancia que no existía ni podía existir. En Europa, donde las distancias son relativamente cortas, se puede en rigor contar con que los trenes llegarán a hora fija; pero cuando tardan tres días en atravesar la India y siete en cruzar los Estados Unidos, ¿podían fundarse sobre su exactitud los elementos de semejante problema? ¿Y los contratiempos de máquinas, los descarrilamientos, los choques, los temporales, la acumulación de nieves? ¿No parecía presentarse todo contra Phileas Fogg? ¿Acaso en los vapores no podrían encontrarse durante el invierno expuesto a los vientos o a las brumas? ¿Es quizá cosa extraña que los más rápidos andadores de las líneas transoceánicas experimenten retrasos de dos y tres días? Y bastaba con un solo retraso, con uno solo, para que la cadena de las comunicaciones sufriese una ruptura irreparable. Si Phileas Fogg faltaba, aunque tan sólo fuese por algunas horas a la salida de algún vapor, se vería obligado a esperar el siguiente, y por este solo motivo su viaje se vería irrevocablemente comprometido.

Este artículo tuvo mucha boga. Casi todos los periódicos lo reprodujeron, y las acciones de Phileas Fogg bajaron considerablemente.

Durante los primeros días que siguieron a la partida del gentleman, se habían empeñado importantes sumas sobre lo aleatorio de su empresa. Sabido es que el mundo de los apostadores de Inglaterra es mundo más inteligente y más elevado que el de los jugadores. Apostar es el temperamento inglés. Por eso, no tan sólo fueron los individuos del Reform-Club quienes establecieron apuestas considerables en pro o en contra de Phileas Fogg, sino que también entró en ellas la masa del público. Phileas Fogg fue inscrito, como los caballos de carrera, en una especie de "studbook". Quedó convertido en valor de Bolsa, y se cotizó en la plaza de Londres. Se pedía y se ofrecía el Phileas Fogg en firme o a plazo, y se hacían enormes negocios. Pero cinco días después de su salida, el artículo del "Boletín de la Sociedad de Geografía" hizo crecer las ofertas. El Phileas Fogg bajó y llegó a ser ofrecido en paquetes. Tomado primero a cinco, luego a diez, ya no se tomó luego sino a uno por veinte, por cincuenta y aun por ciento.

Sólo conservó un partidario, el viejo paralítico lord Albermale. El honorable gentleman, clavado en su butaca, hubiera dado su fortuna por poder hacer el mismo viaje aunque fuera de diez años, y apostó cuatro mil libras en favor de Phileas Fogg. Y cuando al propio tiempo le demostraban lo necio y lo inútil del proyecto, se limitaba a responder: "Si la cosa es factible, bueno será que sea inglés quien primero lo haga."

Entretanto, los partidarios de Phileas Fogg se iban reduciendo en número; todo el mundo, y no sin razón, se volvía contra él; ya no lo tomaban sino a uno por ciento cincuenta, y aun por doscientos, cuando siete días después de su marcha un incidente completamente inesperado hizo que ya no se quisiera a ningún precio.

En efecto, durante aquel día, a las nueve de la noche, el director de la policía metropolitana había recibido un despacho telegráfico así concebido:

*Suez a Londres.*
*Rowan, director policía administración central, Scotland Yard.*
*Sigo al ladrón del banco, Phileas Fogg. Ataviad sin tardanza mandato de prisión a Bombay, (India Inglesa).*

FIX

El efecto de este despacho fue inmediato. El honorable gentleman desapareció para dejar sitio al ladrón de billetes de banco. Su fotografía, depositada en el Reform-Club con las de sus colegas, fue examinada. Reproducía rasgo por rasgo al hombre cuyas señas habían sido determinadas en el expediente de investigación. Todos recordaron lo que tenía de misteriosa la existencia de Phileas Fogg, su aislamiento, su partida repentina, y pareció evidente que este personaje, pretextando un viaje alrededor del mundo y apoyándose en una apuesta insensata, no tenía otro objeto que hacer perder la pista a los agentes de la policía inglesa.

## VI

He aquí las circunstancias que ocasionaron el envío del despacho concerniente al señor Phileas Fogg.

El miércoles 9 de octubre se aguardaba, para las once de la mañana, en Suez, el paquebote "Mongolia" de la Compañía Peninsular y Oriental, vapor de hierro, de hélice y entrepuente, que desplazaba dos mil ochocientas toneladas y poseía una fuerza nominal de quinientos caballos.

El "Mongolia" hacía sus viajes con regularidad desde Brindisi a Bombay por el canal de Suez. Era uno de los de mayor velocidad de la Compañía, habiendo sobrepujado siempre la marcha reglamentaria de diez millas por hora entre Brindisi y Suez, y de nueve millas cincuenta y tres centésimas entre Suez y Bombay.

Aguardando la llegada del "Mongolia", dos hombres se paseaban en el muelle en medio de la multitud de indígenas y de extranjeros que afluyen a aquella ciudad, antes villorrio, y cuyo porvenir ha quedado asegurado por la grandiosa obra del señor Lesseps.

Uno de aquellos hombres era el agente consular del Reino Unido, establecido en Suez, quien, a despecho de los desgraciados pronósticos del gobierno británico y de las siniestras predicciones del ingenioso Stephenson, veía llegar todos los días navíos ingleses que atraviesan el canal, abreviando así en la mitad, el antiguo camino de Inglaterra a las Indias por el Cabo de Buena Esperanza.

El otro era un hombrecillo flaco, de aspecto bastante inteligente, nervioso, que contraía con notable persistencia los músculos de sus párpados. A través de éstos brillaba una mirada viva, pero cuyo ardor sabía amortiguar a voluntad. En aquel momento descubría cierta impaciencia, yendo, viniendo y no pudiendo estarse quieto.

Aquel hombre se llamaba Fix, y era uno de aquellos detectives ingleses que habían sido enviados a diferentes puertos después del robo perpetrado en el Banco de Inglaterra. De-bía este Fix vigilar con el mayor cuidado a todos los viajeros que tomasen el camino de Suez, y, si uno de ellos parecía sospechoso, seguirlo, aguardando un mandato de prisión.

Precisamente hacía dos días que Fix había recibido del director de la policía metropolitana las señas del presunto autor del robo, o sea, de aquel personaje bien portado que había sido observado en la sala de pagos del Banco.

El detective, engolosinado sin duda por la fuerte prima prometida en caso de éxito, aguardaba con una impaciencia fácil de comprender la llegada del "Mongolia".

—¿Y decís, señor cónsul —preguntó por décima vez—, que ese buque no puede tardar?

—No, señor Fix —respondió el cónsul—. Ha sido visto ayer a la altura de Port Said, y los ciento sesenta, kilómetros del canal, no son nada para un andador como ése. Os repito que el "Mongolia" ha ganado siempre la prima de veinticinco libras que el gobierno concede por cada adelanto de veinticuatro horas sobre el tiempo reglamentario.

—¿Viene directamente de Brindisi? –Preguntó Fix.

—Del mismo Brindisi, donde toma el correo de Indias, y de donde ha salido el sábado a las cinco de la tarde. Tened paciencia, pues, porque no puede tardar en llegar. Pero no sé cómo, por las señas que habéis recibido, podréis reconocer a vuestro hombre si está a bordo del "Mongolia".

—Señor cónsul —respondió Fix—, esas gentes las sentimos más bien que las reconocemos. Hay que tener olfato, y ese olfato es un sentido especial nuestro, al cual concurren el oído, la vista y el olor. He agarrado durante mi vida a más de uno de esos caballeros, y con tal que mi ladrón esté a bordo, os respondo que no se me irá de las manos.

—Lo deseo, señor Fix, porque se trata de un robo importante.

—Un robo soberbio —respondió el agente entusiasmado—. ¡Cincuenta y cinco mil libras! ¡No siempre tenemos semejantes ocasiones! ¡Los ladrones se van haciendo muy mezquinos! ¡La raza de los Sheppard se va extinguiendo! ¡Ahora se hacen ahorcar tan sólo por algunos chelines!

—Señor Fix —respondió el cónsul—, habláis de tal manera que os deseo ardientemente buen éxito; pero, os repito, lo creo difícil en las condiciones en que os encontráis. ¿Sabéis que con las señas que habéis recibido, ese ladrón se parece absolutamente a un hombre de bien?

—Señor cónsul —respondió dogmáticamente el inspector de policía—, los grandes ladrones se parecen siempre a los hombres de bien. Ya comprenderéis que los que tienen traza de bribones no tienen más que un recurso, que es el de ser probos, sin lo cual serían presos con facilidad. Las fisonomías honradas son las que con más frecuencia hay que desenmascarar. Convengo en que este trabajo es dificultoso, siendo más bien hijo del arte que del oficio.

Entretanto, el muelle se iba animando poco a poco. Marineros de diversas nacionalidades, comerciantes, corredores, mozos de cordel y "fellahs" afluían allí para esperar la llegada del vapor, que no debía estar muy lejos.

El tiempo era bastante hermoso, pero el aire frío, a consecuencia del viento que soplaba del Este. Algunos minaretes se destacaban sobre la población bajo los pálidos rayos del sol. Hacia el Sur se prolongaba una escollera de dos mil metros, cual un brazo, sobre la rada de Suez. Por la superficie del Mar Rojo circulaban varias lanchas pescadoras o de cabotaje, algunas de las cuales han conservado el elegante gálibo de la galera antigua.

Mientras andaba por entre toda aquella gente, Fix, por hábito de su profesión, estudiaba con rápida mirada el semblante de los transeúntes.

Eran entonces las diez y media.

—¡Pero no acabará de llegar ese vapor! —Exclamó al oír dar la hora en el reloj del puerto.

—Ya no puede estar lejos —respondió el cónsul.

—¿Cuánto tiempo ha de estacionarse en Suez? —Preguntó Fix.

—Cuatro horas, el tiempo de embarcar su carbón. De Suez a Adén, a la salida del Mar Rojo, hay mil trescientas diez millas, y necesita proveerse de combustible.

—¿Y de Suez se marcha directamente a Bombay?

—Directamente y sin descarga.

—Pues bien —dijo Fix—, si el ladrón ha tomado pasaje en ese buque, tendrá el plan de desembarcar en Suez, a fin de llegar por otra vía a las posesiones holandesas o francesas de Asia. Bien debe saber que no estaría seguro en la India, que es tierra inglesa.

—A no ser que sea muy entendido —respondió el cónsul—, porque ya sabéis que un criminal inglés siempre está mejor escondido en Londres que en el extranjero.

Después de esta reflexión, que dio mucho que pensar al agente, el cónsul regresó a su despacho, situado allí cerca. El inspector de policía se quedó solo, entregado a una impaciencia nerviosa y con el extravío presentimiento de que el ladrón debía estar a bordo del "Mongolia"; y en verdad, si el tunante había salido de Inglaterra con intención de irse al Nuevo Mundo, debía haber obtenido la preferencia del camino de la India, menos vigilado o más difícil de vigilar que el Atlántico.

Fix no estuvo mucho tiempo entregado a sus reflexiones, porque la llegada del vapor fue anunciada por algunos silbidos. Todo el tropel de ganapanes y de "fellahs" se precipitó sobre el muelle en tumulto algo inquietante para los miembros y trajes de los pasajeros. Se destacaron de la orilla unos diez faluchos para ir al encuentro del "Mongolia".

Pronto se percibió el gigantesco casco de este buque, que pasaba entre las márgenes del canal, y daban las once cuando vino a atracar en la rada, mientras que el vapor se desprendía con estrepitoso ruido por los tubos de escape de la máquina.

Eran los pasajeros bastante numerosos a bordo. Algunos se quedaron en el entrepuente contemplando el pintoresco panorama de la ciudad, pero la mayor parte desembarcaron en las lanchas que se habían arrimado al "Mongolia".

Fix examinaba escrupulosamente a todos los que desembarcaban.

En aquel momento se le acercó uno de ellos —después de haber repelido vigorosamente a los "fellahs" que lo asediaban con sus ofertas de servicio— y le preguntó con mucha cortesía si podía indicarle el despacho del agente consular inglés. Y al mismo tiempo, este pasajero presentaba un pasaporte, sobre el cual deseaba que constase el visado británico.

Fix tomó instintivamente el pasaporte, y con rápida mirada lo leyó, escapándose por poco cierto movimiento involuntario. El papel tembló en sus manos. Las señas que constaban en el pasaporte eran idénticas a las que había recibido del director de la policía británica.

—Este pasaporte no es vuestro —dijo Fix al pasajero.

—No —respondió éste—, es el pasaporte de mi amo.

—¿Y vuestro amo?

—Se ha quedado a bordo.

—Pero —repuso el agente— es necesario que se presente en persona en el despacho del consulado a fin de identificarlo.

—¿Y eso es necesario?

—Indispensable.

—¿Y dónde está la oficina?

—Allí en la esquina de la plaza —respondió el inspector, indicando una casa que distaba unos doscientos pasos.

—Entonces, voy a buscar a mi amo, que no tendrá mucho gusto en molestarse.

Después de esto, el pasajero saludó a Fix y se volvió a bordo del vapor.

## VII

El inspector volvió al muelle y se dirigió con celeridad al despacho del cónsul; en seguida, por petición suya, urgente, fue introducido a la presencia de dicho funcionario.

—Señor cónsul —le dijo sin más preámbulo—, tengo poderosas presunciones para creer que nuestro hombre ha tomado pasaje a bordo del "Mongolia".

Y Fix refirió lo que había pasado entre el criado y él con motivo del pasaporte.

—Bien, señor Fix —respondió el cónsul—, no sentiría ver el rostro de ese bribón. Pero tal vez no se presentará si es lo que suponéis. Un ladrón no procura dejar detrás de sí rastros de su paso, sobre todo no siendo obligatoria la formalidad del pasaporte.

—Señor cónsul —respondió el agente—, si como debemos suponerlo es hombre entendido, vendrá.

—¿A hacer visar su pasaporte?

—Sí. Los pasaportes nunca sirven más que para molestar a los hombres de bien y facilitar la fuga de los tunantes. Os aseguro que ése estará en regla, pero espero que no lo aviséis.

—¿Y por qué no? Si el pasaporte es regular —respondió el cónsul— no tengo derecho a negarme a visarlo.

—Sin embargo, señor cónsul, será necesario que yo detenga aquí a ese hombre hasta haber recibido de Londres un mandato de prisión.

—¡Ah! Eso es cuenta vuestra, señor Fix —respondió el cónsul—, pero yo no puedo...

El cónsul no terminó su frase. En aquel momento llamaban a la puerta de su gabinete, y la ordenanza de la oficina introducía a dos extranjeros, uno de los cuales era precisamente el criado que había conversado con el agente de policía.

Eran efectivamente amo y criado. El primero sacó el pasaporte, rogando lacónicamente al cónsul que se sirviera avisarlo. Tomó éste el documento Y lo leyó atentamente, mientras Fix, en un rincón del gabinete, observaba o más bien devoraba al extranjero con sus ojos.

Cuando el cónsul terminó su lectura, dijo:

—¿Sois Phileas Fogg, "esquíre"?

—Sí, señor —respondió el gentleman.

—¿Y ese hombre es vuestro criado?

—Sí. Un francés llamado Picaporte.

—¿Venís de Londres?

—Sí.

—¿Y vais a dónde?

—A Bombay.

—Bien. Ya sabéis que la formalidad del visado no es necesaria, y que ya no exigimos la presentación del pasaporte.

—Ya lo sé, señor —respondió Phileas Fogg—, pero deseo conste mi paso por Suez.

—Como gustéis.

Y el cónsul, después de haber firmado y fechado el pasaporte, lo selló. Míster Fogg pagó los derechos; y, después de haber saludado con frialdad, salió seguido de su criado.

—¿Y bien? —Preguntó el inspector.

—Y bien —respondió el cónsul—, tiene trazas de un perfecto hombre de bien.

—Posible —respondió Fix—, pero no se trata de esto. ¿No os parece, señor cónsul, que ese flemático caballero se parece rasgo por rasgo al ladrón cuyas señas tengo?

—Convengo en ello: pero ya sabéis, todas las señas...

—Ya estoy harto de saberlo —respondió Fix—. El criado me parece menos impenetrable que el amo. Además, es francés y no podrá contenerse de hablar. Hasta luego, señor cónsul.

Dicho esto, el agente salió y se fue en busca de Picaporte.

Entretanto, míster Fogg, después de salir de la casa consular, se había dirigido al muelle. Allí dio algunas órdenes al criado, y después se embarcó en una lancha y volvió a bordo del "Mongolia", metiéndose en su camarote. Tomó allí su libro de anotaciones, que llevaba los siguientes apuntes:

"Salida de Londres, el miércoles 2 de octubre a las ocho y cuarenta y cinco minutos de la tarde.

"Llegada a París, el jueves 3 de octubre a las siete y veinte de la mañana.

"Llegada por Monte Cenis a Turín, el viernes 4 de octubre a las seis y treinta y cinco minutos de la mañana.

"Salida de Turín el viernes a la siete y veinte minutos de la mañana.

"Llegada a Brindisi el sábado 5 de octubre a las cuatro de la tarde.

"Embarcado en el "Mongolia", el sábado a las cinco de la tarde.

"Llegada a Suez, el miércoles 9 de octubre a las once de la mañana.

"Total de horas transcurridas, ciento cincuenta y ocho y media, o sea seis días y medio".

Míster Fogg escribió estas fechas en un itinerario dispuesto por columnas, que indicaba, desde el 2 de octubre hasta el 21 de diciembre, el día de la semana, el del mes, las llegadas reglamentarias y las efectivas en cada punto principal, París, Brindisi, Suez, Bombay, Calcuta, Singapur, Hong-Kong, Yokohama, San Francisco, Nueva York, Liverpool, Londres, y que permitía calcular el adelanto obtenido o el retraso experimentado en cada punto del trayecto.

Este método itinerario lo tenía de esta suerte en cuenta todo, y míster Fogg sabía siempre si adelantaba o atrasaba.

Por consiguiente, inscribió también aquel día, miércoles 9 de octubre, su llegada a Suez, que cuadrando con la llegada reglamentaria no le daba ventaja ni desventaja.

Después se hizo servir de almorzar en su camarote. En cuanto a ver la población, ni siquiera pensaba en ello, porque pertenecía a aquella raza de ingleses que hacen visitar por sus criados los países por donde viajan.

## VIII

Fix había tropezado en pocos instantes con Picaporte, que todo lo examinaba y miraba, no creyéndose obligado a no hacerlo.

—Pues bien, amigo mío —le dijo Fix saliéndole al encuentro—; ¿habéis visado el pasaporte?

—¡Ah! Sois vos —respondió el francés—. Muchas gracias. Estamos perfectamente en regla.

—¿Y os estáis enterando del país?

—Sí; pero andamos tan aprisa que me parece viajar en sueños. ¿Es cierto que estamos en Suez?

—En Suez.

—¿En Egipto?

—En Egipto, perfectamente.

—¿Y en África?

—En África.

—¡En África! —Repitió Picaporte—. No puedo creerlo. ¡Figuraos, caballero, que yo me imaginaba no ir más lejos de París, y me he tenido que contentar con ver esa famosa capital, desde las siete y veinte de la mañana hasta las ocho y cuarenta, entre la Estación del Norte y la de Lyón, a través de los cristales de un coche y lloviendo a chaparrones! ¡Lo siento! Me hubiera gustado volver a ver el cementerio del Père Lachaise y el circo de los Campos Elíseos.

—¿Conque tanta prisa tenéis?

—Preguntó el inspector de policía.

—Yo no, pero sí mi amo. A propósito, ¡tengo que comprar calcetines y camisas! Nos hemos marchado sin equipaje; tan sólo con un saco de noche.

—Voy a llevaros a un bazar donde encontraréis todo lo que necesitéis.

—Sois bien complaciente —respondió Picaporte.

Y ambos echaron a andar. Picaporte no cesaba de charlar.

—Sobre todo, es menester no faltar para la hora de salida del buque.

—Aún tenéis tiempo —respondió Fix—; no son más que las doce.

Picaporte sacó un gran reloj.

—¿Las doce? ¡Vaya! ¡Si no son más que las nueve y cincuenta y dos minutos!

—Vuestro reloj atrasa —respondió Fix.

—¡Mi reloj! ¡Un reloj de familia que procede de mi bisabuelo! No discrepa ni cinco minutos al año. ¡Es un verdadero cronómetro!

—Y yo veo lo que es —respondió Fix—. Habéis conservado la hora de Londres, que va atrasada unas dos horas con la de Suez. Es preciso cuidar de poner vuestro reloj con el mediodía de cada país.

—¡Yo tocar mi reloj! —Exclamó Picaporte—. ¡Jamás!

—Entonces, no marchará con el sol.

—¡Peor para el sol, caballero! No será él quien tenga razón.

Y el buen muchacho se metió el reloj en el bolsillo con soberbio ademán.

Algunos instantes después, Fix le decía:

—¿Conque habéis salido de Londres con precipitación?

—¡Ya lo creo! El miércoles último a las ocho de la noche, míster Fogg, contra su costumbre, volvió de su círculo, y tres cuartos de hora después nos habíamos marchado.

—Pero, ¿adónde va vuestro amo?

—Siempre adelante. ¡Está dando la vuelta al mundo!

—¿La vuelta al mundo? —Exclamó Fix.

—Sí, señor. ¡En ochenta días! Dice que es una apuesta; pero, sea dicho entre nosotros, no lo creo. Eso no tendría sentido común. Debe haber algún otro motivo.

—¡Ah! Es muy original ese míster Fogg.

—Ya lo creo.

—¿Luego es rico?

—¡Ciertamente, y lleva consigo una bonita suma de billetes de banco, nuevecitos! ¡Y no ahorra por cierto el dinero! ¡Como que ha prometido una prima magnífica al maquinista del "Mongolia" si llegamos a Bombay con buen adelanto!

—¿Y hace mucho tiempo que conocéis a vuestro amo?

—¿Yo? —Respondió Picaporte—. He entrado a servirle precisamente el día de nuestra marcha.

Imagínese el efecto que estas respuestas debían producir en el ánimo ya sobreexcitado del inspector de policía.

Aquella salida precipitada de Londres poco después del robo; aquella fuerte suma con que se hacía el viaje; aquella prisa de llegar a países remotos: aquel pretexto de una apuesta excéntrica, todo confirmaba y debía confirmar a Fix en sus ideas. Hizo hablar todavía más al francés, y adquirió la convicción de que ese mozo no conocía a su amo; que éste vivía aislado en Londres; que se le suponía rico sin saber el origen de su fortuna: que era un hombre impenetrable, etc. Pero al propio tiempo Fix pudo cerciorarse de que Fogg no desembarcaba en Suez y se iba directamente a Bombay.

—¿Está lejos Bombay? Preguntó Picaporte.

—Bastante lejos —respondió el agente—. Todavía necesitáis unos doce días por mar.

—¿Y dónde está Bombay?

—En la India.

—¿En Asia?

—Naturalmente.

—¡Diantre! Es que voy a deciros... Hay una cosa que me trastorna... Mi mechero.

—¿Qué mechero?

—Mi mechero de gas que se me ha olvidado apagar y que está ardiendo por mi cuenta. He calculado que sale a dos chelines cada veinticuatro horas, justo seis peniques más de lo que gano, y ya comprenderéis que a poco que el viaje se prolongue...

¿Comprendió Fix el negocio del gas? Es poco probable. Ya no escuchaba nada y estaba tomando una resolución. El francés y él habían llegado al bazar. Fix dijo a su compañero que hiciera sus compras, le recomendó que no faltase a la salida del "Mongolia", y volvió con premura al despacho del agente consular.

Fix, ahora firme en su convicción, había recobrado toda su serenidad.

—Señor —dijo al cónsul—; ya no abrigo duda ninguna. Tengo a mi hombre. Se hace pasar por un excéntrico que quiere dar la vuelta al mundo en ochenta días.

—Entonces, ¿es un ladino que cuenta con volver a Londres después de haber hecho perder su pista a todas las poblaciones de ambos continentes?

—Eso lo veremos —respondió Fix.

—Pero, ¿no os equivocáis? —Preguntó de nuevo el cónsul.

—No me equivoco.

—Entonces, ¿por qué ha tenido ese ladrón el empeño de hacer visar su pasaporte en Suez?

—¿Por qué?... No lo sé, señor cónsul —dijo el agente—, pero oídme...

Y en pocas palabras refirió los más importante de su conversación con el criado del susodicho Fogg.

—En efecto —dijo el cónsul—; todas las presunciones están contra él. ¿Y qué vais a hacer?

—Expedir un despacho a Londres con petición urgente de un mandamiento de prisión, embarcarme en el "Mongolia", seguir al ladrón hasta la Indias, y en aquella tierra inglesa salirle al encuentro cortésmente con mi orden en la mano.

—Después de pronunciar estas palabras con frialdad, el agente se despidió del cónsul y se dirigió al telégrafo, donde envió al director de la policía metropolitana el despacho ya mencionado.

Un cuarto de hora más tarde, Fix, con su ligero equipaje en la mano y bien provisto de dinero, se embarcaba en el "Mongolia", y muy luego el rápido buque surcaba a todo vapor las aguas del Mar Rojo.

## IX

La distancia entre Suez y Adén es exactamente de mil trescientas millas, y el pliego de condiciones de la Compañía concede a sus vapores un transcurso de ciento treinta y ocho horas para andarlo. El "Mongolia" cuyos fuegos se activaban considerablemente, marchaba de modo que pudiese adelantar la llegada reglamentaria.

La mayor parte de los viajeros embarcados en Brindisi iban a la India. Unos se encaminaban a Bombay y otros a Calcuta, pero por la vía de Bombay, porque desde que un ferrocarril atraviesa en toda su anchura la península hindú, ya no es necesario doblar la punta de Ceylán.

Entre los pasajeros del "Mongolia" había algunos funcionarios civiles y oficiales de toda graduación. De éstos pertenecían unos al ejército británico propiamente dicho, otros mandaban tropas indígenas de cipayos, todos con muy buenos sueldos, aun ahora después que el gobierno se ha sustituido a los derechos y cargas de la antigua Compañía de las Indias. Los subtenientes tenían trescientas libras de sueldo, los brigadieres dos mil quinientas y los generales cuatro mil.

Se vivía por lo tanto, bien, a bordo del "Mongolia" entre aquella sociedad de funcionarios, con los cuales alternaban algunos jóvenes ingleses que con un millón en el bolsillo iban a fundar a lo lejos establecimientos de comercio. El "purser", hombre de confianza de la Compañía, igual al capitán a bordo, lo hacía todo con suntuosidad, en el "lunch" de las dos, en la comida de las cinco y media, en la cena de las ocho, las mesas crujían bajo el peso de la carne fresca y de los entremeses que suministraba la carnicería y la repostería del vapor. Las pasajeras, de las cuales había algunas, mudaban de traje dos veces al día. Había músico y hasta baile cuando el mar lo permitía.

Pero el mar Rojo es muy caprichoso y con frecuencia proceloso, como todos los golfos largos y estrechos. Cuando el viento soplaba de la costa de Asia o la de África, el "Mongolia", de casco fusiforme tomado de través, sufría espantosos vaivenes. Las damas desaparecían entonces; los pianos callaban; los cantos y las danzas cesaban a un tiempo. Y entretanto, a pesar de la ráfaga y a pesar de las olas, el vapor, impelido por su poderosa máquina, corría sin tardanza hacia el estrecho de Bab el-Mandeb.

¿Qué hacía Phileas Fogg durante aquel tiempo? ¿Pudiera creerse que siempre inquieto y ansioso se preocupaba de los cambios de viento perjudiciales a la marcha del buque, de los movimientos desordenados del oleaje que podían ocasionar un accidente a la máquina, en fin, de todas las averías posibles que obligando al "Mongolia" a arribar a algún puerto hubiesen comprometido el viaje?

De ningún modo; o si pensaba en estas eventualidades, no lo dejaba cuando menos traslucir. Era siempre el hombre impasible, el miembro imperturbable del Reform-Club, a quien ningún incidente o accidente podía sorprender. No parecía mucho más conmovido que el cronómetro de a bordo. Raras veces se le veía sobre el puente. Poco cuidado te daba observar aquel Mar Rojo, tan fecundo en recuerdos y teatro de las primeras escenas históricas de la humanidad. No acudía a reconocer las curiosas poblaciones diseminadas por sus orillas y cuyos pintorescos perfiles se destacaban de vez en cuando en el horizonte. Ni siquiera pensaba en los peligros de aquel golfo, de que siempre han hablado con espanto los antiguos historiadores Estrabón, Arriano, Artemidoro, Edris, en el cual no se aventuraban los navegantes antiguamente sin haber consagrado su viaje con sacrificios propiciatorios.

¿Qué hacía entonces aquel hombre original encarcelado en el "Mongolia"? Hacía primeramente sus cuatro comidas diarias, sin que nunca el cabeceo ni los vaivenes pudieran desconcertar máquina tan maravillosamente organizada. Y después jugaba al whist.

Había encontrado compañeros para el juego tan rabiosamente aficionados como él; un recaudador de impuestos que iba a Goa, un ministro, el reverendo Décimo Smith, que regresaba a Bombay, y un brigadier general del ejército inglés, que se iba a reunir con su cuerpo a Benarés. Estos tres personajes tenían por el whist igual pasión que míster Fogg, y jugaban horas enteras con no menos silencio que él.

En cuanto a Picaporte, no le atacaba el mareo. Ocupaba un camarote de proa y comía concienzudamente. Debemos decir que este viaje, hecho en tales condiciones, no le disgustaba, y procuraba sacar partido de él. Bien mantenido, bien alojado, veía tierras, y por otra parte tenía la esperanza de que esta broma acabaría en Bombay.

Al día siguiente de la salida de Suez, 29 de octubre, no dejó de darle gusto el encuentro que hizo en el puente del obsequioso personaje a quien se había dirigido al desembarcar en Egipto.

—No me engaño —le dijo al acercarse con amable sonrisa—; vos sois el caballero que fue tan pacientemente en servirme de guía por las calles de Suez.

—En efecto —respondió el agente—. ¡Os reconozco! Sois el criado de ese inglés tan original...

—Precisamente, señor...

—Fix.

—Señor Fix —respondió Picaporte—. Me alegro de veros a bordo. ¿Y adónde vais?

—Lo mismo que vos, a Bombay.

—Mucho mejor. ¿Habéis hecho ya este viaje?

—Muchas veces —respondió Fix—. Soy agente de la Compañía Peninsular.

—Entonces, ¿conocéis la India?

—Pero... si... —respondió Fix, que no quería aventurarse mucho.

—¿Y es curioso este país?

—Muy curioso. Mezquitas, minaretes, templos, faquires, pagodas, tigres, serpientes, bayaderas. Pero debemos esperar que tendréis tiempo de visitarlo.

Así lo espero, señor Fix. ¡Ya comprenderéis que no es permitido a un hombre de entendimiento sano pasar la vida saltando de un vapor aun ferrocarril, y de un ferrocarril a un vapor, con el pretexto de dar la vuelta al mundo en ochenta días! No, toda esta gimnasia terminará en Bombay, no lo dudéis.

—¿Y se encuentra bien míster Fogg? —Preguntó Fix con el acento más natural del mundo.

—Muy bien, señor Fix. Y yo también, por cierto. Como lo mismo que un ogro en ayunas. Es el aire del mar.

—Pero nunca veo a vuestro amo sobre el puente.

—Nunca. No es curioso.

—¿Sabéis, señor Picaporte, que este pretendido viaje en ochenta días pudiera muy bien ocultar alguna misión secreta... una misión diplomática por ejemplo?

—A fe mía, señor Fix, que yo nada sé, os lo declaro, ni daría media corona por saberlo.

Desde este encuentro, Picaporte y Fix hablaron juntos con frecuencia. El inspector de policía tenía empeño en trabar intimidad con el criado de míster Fogg. Esto podría serle útil en caso necesario. Le ofrecía a menudo en el bar del "Mongolia" algunos vasos de whisky o de pale-ale, que el buen muchacho aceptaba sin ceremonia, y hacía repetir para no ser menos, pareciéndole el señor Fix un caballero muy honrado.

Entretanto el vapor marchaba con rapidez. El día 13 se divisó la ciudad de Moka, que apareció dentro de su cintura de murallas ruinosas, sobre las cuales se destacaban algunas verdes palmeras. A lo lejos, en las montañas, se desarrollaban vastas campiñas de cafetales. Fue para Picaporte un encanto la vista de esa ciudad célebre, y aun le pareció que con sus murallas circulares y un fuerte desmantelado, que tenía la configuración de una casa, se asemejaba a una enorme taza de café.

Durante la siguiente noche, el "Mongolia" cruzó el estrecho de Bab-el-Mandeb, cuyo nombre árabe significa la "Puerta de las lágrimas"; y al otro día, 14, hacía escala en "Steamer Point" al Nordeste de la rada de Adén. Allí era donde debía reponerse de combustible.

Grave e importante asunto es esa alimentación de la hornilla de los vapores a semejantes distancias de los centros de producción. Sólo para la Compañía Peninsular es un gasto anual de ochocientas mil libras. Ha sido necesario establecer depósitos en varios puertos, saliendo el costo del carbón en tan remotos lugares a tres libras y pico la tonelada.

El "Mongolia" tenía que recorrer todavía mil seiscientas cincuenta millas para llegar a Bombay, y debía estar tres horas en "Steamer Point" a fin de llenar sus bodegas.

Pero esta tardanza no podía perjudicar de ningún modo el programa de Phileas Fogg. Estaba prevista. Además, el "Mongolia", en lugar de llegar a Adén el 15 de octubre por la mañana, entraba el 14 por la tarde. Era un adelanto de quince horas.

Míster Fogg y su criado bajaron a tierra, porque aquél deseaba visar el pasaporte. Fix los siguió procurando no ser observado. Cumplidas las formalidades Phileas Fogg volvió a bordo a proseguir su interrumpida partida de whist.

Pero Picaporte se detuvo, según su costumbre, callejeando en medio de aquella población de somalíes, banianos, parsis, judíos, árabes, europeos, que componen los veinticinco mil habitantes de Adén. Admiró las fortificaciones que hacen de esa ciudad el Gibraltar del mar de las Indias, y unos magníficos aljibes en que trabajaron ya los ingenieros del rey Salomón.

—¡Qué curioso es eso, qué curioso! —Decía Picaporte volviendo a bordo—. Me convenzo de que no es inútil viajar si se quieren ver cosas nuevas.

A las seis de la tarde, el "Mongolia" batía con las alas de su hélice las aguas de la rada de Adén y surcaba poco después el mar de las Indias. Se concedían ciento sesenta y ocho horas para hacer la travesía entre Adén y Bombay. Por lo demás, el mar fue favorable. El viento era Noroeste y las velas pudieron ayudar al vapor.

El buque, mejor sostenido, cabeceó menos, y las pasajeras volvieron a aparecer sobre el puente recién compuestas, comenzando de nuevo los cantos y los bailes.

El viaje se hizo con las mejores condiciones y Picaporte estaba muy gozoso de la amable compañía que la suerte le había deparado en la persona del señor Fix.

El domingo 20 de octubre, a mediodía, se avistó la costa hindú. Dos horas más tarde, el piloto montaba a bordo del "Mongolia". En el horizonte, un fondo de colinas se perfilaba armoniosamente sobre la bóveda celeste, y muy luego se destacaron vivamente las filas de palmeras que adornan la ciudad. El vapor penetró en la rada formada por las islas Salcette, Elefanta y Butcher, y a las cuatro y media atracaba a los muelles de Bombay.

Phileas Fogg terminaba entonces la trigésima tercera partida del día, y su compañero y él, gracias a un manejo audaz, concluyeron aquella bella travesía haciendo las trece bazas.

El "Mongolia" no debía llegar a Bombay hasta el 22 de octubre y arribaba el 20. Era, por consiguiente, una ventaja de dos días desde la salida de Londres. La cual fue inscrita metódicamente en la columna de beneficios del itinerario de Phileas Fogg.

## X

Nadie ignora que la India —ese gran triángulo inverso cuya base está en el Norte y la punta al Sur comprende una superficie de un millón cuatrocientas mil millas cuadradas, sobre la cual se halla desigualmente esparcida una población de ciento ochenta millones de habitantes. El gobierno británico ejerce un dominio real sobre cierta parte de este inmenso país. Tiene un gobernador general en Calcuta, gobernadores en Madrás, en Bombay, en Bengala, y un teniente gobernador en Agra.

Pero la India inglesa, propiamente dicha, sólo cuenta una superficie de cuatrocientas mil millas cuadradas y una población de ciento a ciento diez millones de habitantes. Mucho decir es que una notable parte del territorio se haya librado hasta hoy de la autoridad de la Reina; y en efecto, entre algunos parajes del interior, fieros y terribles, la independencia india es todavía absoluta.

Desde 1756 —época en que se fundó el primer establecimiento inglés en el sitio ocupado hoy por la ciudad de Madrás, hasta el año en que estalló la gran insurrección de los cipayos, la célebre Compañía de las Indias fue omnipotente. Iba agregado a sus dominios poco a poco las diversas provincias adictas a los parajes por medio de rentas que no pagaba o pagaba mal; nombraba un gobernador general y todos los empleados civiles y militares: pero ahora ya no existe, y las posesiones inglesas de la India dependen directamente de la Corona.

Por eso el aspecto, las costumbres, las divisiones etnográficas de la península, tienden a modificarse diariamente. Antes se viajaba por todos los antiguos medios de transporte, a pie, a caballo, en carro, en carretilla, en litera, a cuestas de otro, en coach, etc. Ahora unos barcos de vapor recorren a gran velocidad el Indus y el Ganges, y un ferrocarril, que atraviesa la India en toda su anchura ramificándose en su trayecto, pone a Bombay a tres días tan sólo de Calcuta.

El trazado de este ferrocarril no sigue la línea recta a través de la India. La distancia a vuelo de pájaro, no es más que de mil a mil cien millas, y los trenes, aun con la velocidad media, no emplearían tres días en el trayecto; pero esta distancia está aumentada en una tercera parte al menos, por la curva que describe el camino, elevándose hasta Allahabad, al Norte de la península.

He aquí, en suma, el trazado del "Great Indian Peninsular Railway". Partiendo de Bombay atraviesa Salcette, salta al continente enfrente de Tannab, cruza la sierra de los Ghats Occidentales, corre al Noroeste hasta Burhampur, surca el territorio casi independiente de Buidelkund, se eleva hasta Allahabad, se inclina al Este, encuentra al Ganges en Benarés, se desvía ligeramente, y volviendo al Sureste por Burdiván y la ciudad francesa de Chandemagor, va a formar cabeza de línea en Calcuta.

Eran las cuatro y media de la tarde cuando los pasajeros del "Mongolia" habían desembarcado en Bombay y el tren de Calcuta salía a las ocho en punto.

Míster Fogg se despidió de sus compañeros, salió del vapor, dio a su criado la orden de hacer algunas compras, le recomendó expresamente que estuviera antes de las ocho en la estación, y con su paso regular, que batía como el péndulo de un reloj astronómico, se dirigió a la oficina de pasaportes.

Por consiguiente, nada pensaba ver de las maravillas de Bombay, ni la municipalidad, ni la magnífica biblioteca, ni los fuertes, ni los docks, ni el mercado de algodones, ni los bazares, ni las mezquitas, ni las sinagogas, ni las iglesias armenias, ni la espléndida pagoda de Malebar—Hill, adornada con dos torres poligonales. No contemplaría ni las obras maestras de Elefanta, ni sus misteriosas hipogeas, ocultas al sureste de la rada, ni las grutas kankerias de la isla de Salcette; esos admirables vestigios de la arquitectura budista.

¡No, nada! Al salir de la oficina de pasaportes, Phileas Fogg se fue sosegadamente a la estación, y allí se hizo servir la comida. Entre otros manjares, el fondista creyó deber recomendarle cierto guisado de conejo del país, que le ponderó mucho.

Phileas Fogg aceptó el guisado y lo probó concienzudamente, pero, a pesar de la salsa, lo halló detestable.

Llamó al fondista.

—Señor —le dijo mirándole cara a cara—, ¿es esto conejo?

—Sí, milord —respondió descaradamente el perillán—, conejo de esta tierra.

—¿Y no ha mayado cuando lo han matado?

—¡Mayado! ¡Oh, mi lord! ¡Un conejo! Os juro...

—Señor fondista —replicó con frialdad míster Fogg—, no juréis, y acordaos de esto: antiguamente, en la India, los gatos eran animales sagrados. Era el buen tiempo.

—¿Para los gatos, milord?

—Y tal vez también para los viajeros.

Después de esta observación, míster Fogg siguió comiendo con calma.

Algunos instantes después de míster Fogg, el agente Fix había desembarcado también del "Mongolia" y se había ido corriendo a vera al director de la policía de Bombay. Le dio a conocer la misión de que estaba encargado y su situación respecto del presunto autor del robo. ¿Se había recibido de Londres una orden de prisión?... No se había recibido nada. Y en efecto, la orden no podía haber llegado todavía.

Fix quedó desconcertado. Quiso conseguir del director la orden, pero le fue negada. Era asunto que competía a la administración metropolitana, siendo ella quien sólo podía dar legalmente un mandato de prisión. Esta severidad de principios, esta observancia rigurosa de la ley, se explica perfectamente por las costumbres inglesas, que en materia de libertad individual no admiten ninguna arbitrariedad.

Fix no insistió, y comprendió que debía resignarse a aguardar la orden; pero resolvió no perder de vista a su impenetrable bribón durante todo el tiempo que estuviera en Bombay. No tenía duda de que allí permanecería algún tiempo Phileas Fogg, convicción de que participaba Picaporte, lo cual daría lugar a la llegada del mandato.

Pero desde las últimas órdenes que le había dado su amo, Picaporte había comprendido que sucedería, en Bombay lo que en Suez y París, y que el viaje no terminaría allí y se proseguiría por lo menos hasta Calcuta y quizá más lejos. Y empezó a pensar si la apuesta sería cosa formal, y si la fatalidad no le llevaría a él, que quería vivir descansado, a dar la vuelta al mundo en ochenta días.

Entretanto, y después de haber comprado algunas camisas y calcetines, se paseaba por las calles de Bombay. Había gran concurrencia, y en medio de europeos de todas procedencias se veían persas con gorro puntiagudo, bunhyas con turbantes redondos, sendos bonetes cuadrados, armenios con traje largo y parsis con mitra negra. Era precisamente una fiesta que celebraban los parsis o gnebros, descendientes directos de los sectarios de Zoroastro, que son los más industriosos, los más civilizados, los más inteligentes, los más austeros de los indios, raza a que pertenecen hoy los comerciantes más ricos de Bombay. Aquel día celebraban una especie de carnaval religioso, con procesiones y festejos, en los cuales figuraban bayaderas vestidas de gasas rencarnadas de oro y plata, y que al son de gaitas y tam—tams danzaban maravillosamente, y por otra parte con perfecta cadencia.

Superfluo es insistir aquí en qué ceremonias, siendo todo ojos y oídos Picaporte contemplaba tan curiosas ceremonias para ver y escuchar, y dando a su fisonomía la facha del papanatas más perfecto que imaginarse pueda.

Desgraciadamente para él y su amo, cuyo viaje por poco comprometió, su curiosidad lo llevó más lejos de lo que convenía.

Después de haber visto ese carnaval parsi, Picaporte se dirigía a la estación, cuando al pasar por delante de la admirable pagoda de Malebar-Hill tuvo la desventurada idea de visitarla por dentro.

Ignoraba dos cosas: primero, que la entrada de ciertas pagodas hindúes está formalmente prohibida a los cristianos, y segundo, que aun los mismos creyentes no pueden entrar sino dejando el calzado a la puerta. Hay que notar aquí que, por razones de sana política, el gobierno inglés, respetando y haciendo respetar hasta en sus más insignificantes pormenores la religión del país, castiga con severidad a quienquiera que infrinja sus prácticas.

Picaporte entró sin pensar en lo que hacía, como un simple viajero, y admiraba el deslumbrador oropel de la ornamentación bramánica cuando de repente fue derribado sobre las sagradas losas del pavimento. Tres sacerdotes con mirada furiosa, se arrojaron sobre él, le arrancaron zapatos y calcetines y comenzaron a molerlo a golpes, prorrumpiendo en salvaje gritería.

El francés, vigoroso y ágil, se levantó con viveza. De un puñetazo y un puntapié derribó a dos adversarios muy entorpecidos por su traje talar y lanzándose fuera de la pagoda con toda la velocidad de sus piernas, dejó muy presto atrás al tercer indio, que había salido en su seguimiento amotinando a la multitud.

A las ocho menos cinco, algunos minutos antes de marchar el tren, sin sombrero, descalzo y habiendo perdido su paquete de compras, Picaporte llegaba al ferrocarril.

Allí en el andén estaba Fix, que había seguido a Fogg hasta la estación, comprendiendo que este tunante se iba de Bombay. Tomó la inmediata resolución de acompañarlo hasta Calcuta, y más lejos si preciso fuese. Picaporte no vio a Fix que estaba en la sombra, pero Fix oyó la relación de las aventuras que Picaporte estaba brevemente haciendo a su amo.

—Espero que no os volverá a suceder —respondió simplemente Phileas Fogg tomando asiento en uno de los vagones del tren.

El pobre mozo, desconcertado y descalzo, siguió a su amo sin hablar palabra.

Fix iba a subir en otro vagón, cuando lo detuvo una idea que modificó súbitamente su proyecto de partida.

—No; me quedo —dijo—. Un delito cometido en territorio indio... Ya tengo asegurado a mi hombre.

En aquel momento la locomotora dio un vigoroso silbido, y el tren desapareció en la oscuridad.

## XI

El tren había salido a la hora reglamentaria. Llevaba cierto número de viajeros, algunos oficiales, funcionarios civiles y comerciantes de opio y de añil a quienes llamaba su tráfico a la parte oriental de la península.

Picaporte ocupaba el mismo compartimiento que su amo. Un tercer viajero estaba en el rincón opuesto.

Era el brigadier general sir Francis Cromarty, uno de los compañeros de juego de míster Fogg durante la travesía de Suez a Bombay, que iba a reunirse con sus tropas acantonadas cerca de Benarés.

Sir Francis Cromarty, alto, rubio, de cincuenta años de edad, que se había distinguido mucho en la guerra de los cipayos, hubiera verdaderamente merecido a calificación de indígena. Desde su joven edad habitaba en India y no había ido sino muy raras veces a su país natal. Era hombre instruido, que de buena gana hubiera dado informes sobre los usos, historia y organización del país indio, si Phileas Fogg hubiese sido hombre capaz de pedirlos. Pero este caballero no pedía nada. No viajaba, sino que estaba escribiendo una circunferencia. Era un cuerpo grave recorriendo una órbita alrededor del globo terrestre, según las leyes de la mecánica racional. En aquel momento rectificaba para sus adentros el cálculo de las horas empleadas desde su salida de Londres, y se hubiera dado un restregón de manos, a no ser enemigo de movimientos inútiles.

No había dejado sir Francis Cromarty de reconocer la originalidad de su compañero de viaje, bien que no lo hubiera estudiado sino con los naipes en la mano. Tenía, pues, fundamento para indagar si el corazón humano que latía bajo aquella corteza, si Phileas Fogg, poseía un alma sensible a las bellezas de la naturaleza y a las aspiraciones morales. Era esto para él cuestión de ventilar. De todos los seres originales que el brigadier general había encontrado, ninguno era comparable con ese producto de las ciencias exactas.

Phileas Fogg no había ocultado a sir Francis Cromarty su proyecto de viaje alrededor del mundo ni las condiciones en que lo verificaba. El brigadier general no vio en esta apuesta más que una excentricidad sin objeto útil, ni razonable. En el modo de proceder del extravagante gentleman lo pasaría evidentemente sin hacer nada ni por sí mismo ni por sus semejantes.

Una hora después de haber salido de Bombay, el tren, salvando los viaductos, había atravesado la isla Salcette y corría sobre el continente. En la estación de Callyan, dejó a la derecha el ramal que, por Kandallah y Punah, desciende al suroeste de la India, y luego a la estación de Pauwll. Aquí entró en las montañas muy ramificadas de los Gahts Occidentales, sierra con base de basalto, cuyas altas cumbres están cubiertas de espesos montes.

De vez en cuando, sir Francis Cromarty y Phileas Fogg cruzaban algunas palabras, y en este momento el brigadier general, procurando animar una conversación que con frecuencia languidecía, dijo:

—Hace algunos años, míster Fogg, que hubierais tenido aquí un atraso que probablemente hubiera comprometido vuestro itinerario.

—¿Por qué, sir Francis?

—Porque el ferrocarril terminaba al pie de estas montañas, que era necesario atravesar en palanquín o a caballo hasta la estación de Kandallah, situada a la vertiente opuesta.

—Esta tardanza no hubiera de modo alguno descompuesto el plan de mi programa —respondió míster Fogg—. No he dejado de prever la eventualidad de ciertos obstáculos.

—Sin embargo, míster Fogg —repuso el brigadier general—, habéis estado a punto de cargar con muy mal negocio por la aventura de ese mozo.

Picaporte, con los pies envueltos en la manta de viaje, dormía profundamente, sin soñar que se hablaba de él.

—El gobierno inglés es muy severo con razón, por ese género de delitos —repuso sir Francis Cromarty—. Atiende más que todo a que se respeten los usos religiosos de los indios, y si hubiesen agarrado a vuestro criado...

—Y bien, agarrándole, sir Francis —respondió míster Fogg— le habrían condenado y después de sufrir su pena hubiera vuelto tranquilamente a Europa. ¡No veo por qué ese asunto tendría que perjudicar a su amo!

Y con esto la conversación se enfrió de nuevo. Durante la noche, el tren atravesó los Ghats, pasó por Nassik, y al día siguiente 21 de octubre, corría por un territorio casi llano formado por la comarca del Khandeish. La campiña, bien cultivada, estaba llena de villorrios, sobre los cuales el minarete de la pagoda reemplazaba al campanario de la iglesia europea. Esta región fértil estaba regada por numerosos arroyuelos, afluentes la mayor parte o subafluentes del Godavery.

Picaporte, despierto ya, miraba y no podía creer que atravesaba el país de los indios en un tren del "Great Peninsular Railway". Esto te parecía inverosímil, y, sin embargo, nada más positivo. La locomotora, dirigida por el brazo de un maquinista inglés y caldeada con hulla inglesa, despedía el humo sobre las plantaciones de algodón, café, moscada, clavillo y pimienta. El vapor se contorneaba en espirales alrededor de los grupos de palmeras, entre las cuales aparecían pintorescos bungalows y algunos viharis, especie de monasterios abandonados, y templos maravillosos enriquecidos por la inagotable ornamentación de la arquitectura hindú. Después, había inmensas extensiones de tierra que se dibujaban hasta perderse de vista; juncales donde no faltaban ni las serpientes ni los tigres espantados por los resoplidos del tren y, por último, selvas perdidas por el trazado del camino, frecuentadas todavía por elefantes que miraban con ojo pensativo pasar el disparado convoy.

Durante aquella mañana, más allá de la estación de Malligaum, los viajeros atravesaron este territorio funesto tantas veces ensangrentado por los sectarios de la diosa Kali. Cerca se elevaba Elora con sus pagodas admirables, no lejos la célebre Aurungabad, la capital del indómito Aurengyeb, ahora simple capital de una de las provincias agregadas del reino de Nizam. En esta región era donde Feringhea, el jefe de los thugs, el rey de los estranguladores, ejercía su dominio. Estos asesinos, unidos por un lazo impalpable, estrangulaban, en honor de la diosa de la Muerte, víctimas de toda edad, sin derramar nunca sangre y hubo un tiempo en que no se podía recorrer paraje alguno de aquel terreno sin hallar algún cadáver. El gobierno inglés ha podido impedir en gran parte esos asesinatos; pero la espantosa asociación sigue existiendo y funciona todavía.

A las doce y media, el tren se detuvo en la estación de Burhampur, y Picaporte pudo procurarse a precio de oro un par de babuchas, adornadas con abalorios.

Los viajeros almorzaron con rapidez y salieron para la estación de Assurghur, después de haber costeado el río Tapty, que desagua en el golfo de Caniboya, cerca de Surate.

Es oportuno dar a conocer los pensamientos que ocupaban entonces el ánimo de Picaporte. Hasta su llegada a Bombay, había creído y podido creer que las cosas no pasarían de aquí. Pero ahora, desde que corría a todo vapor al través de la India, se había verificado un cambio en su ánimo. Sus inclinaciones naturales reaparecían con celeridad. Volvía a sus caprichosas ideas de la juventud, tomaba por lo serio los proyectos de su amo, creía en la realidad de la apuesta, y por consiguiente en la vuelta al mundo y en el maximum de tiempo que no debía excederse. Se inquietaba ya por las tardanzas posibles y por los accidentes que podían sobrevenir en el camino. Se sentía como interesado en esta apuesta, y temblaba a la idea que tenía de haber podido comprometer la víspera con su imperdonable estupidez. Por eso, siendo mucho menos flemático que míster Fogg, estaba mucho más inquieto. Contaba y volvía a contar los días transcurridos, maldecía las paradas del tren, lo acusaba de lentitud y vituperaba "in pectore" a míster Fogg por no haber prometido una prima al maquinista. No sabía el buen muchacho que lo que era posible en un vapor no tenía aplicación en un ferrocarril, cuya velocidad era reglamentaria.

Por la tarde se cruzaron los desfiladeros de las montañas de Suptur, que separan el territorio de Khandeish del de Bundeikund.

Al siguiente día, 22 de octubre, respondiendo a una pregunta de sir Francis Cromarty, Picaporte, después de consultar su reloj, dijo que eran las tres de la mañana. Y en efecto, ese famoso reloj, siempre arreglado por el meridiano de Greenwich, que estaba a cerca de setenta grados al Oeste, debía atrasar y atrasaba en efecto cuatro horas.

Sir Francis rectificó por consiguiente la hora dada por Picaporte, a quien hizo la misma observación que ya le tenía hecha Fix. Y trató de hacerle comprender que debía arreglar su reloj por cada nuevo meridiano, y que, caminando constantemente hacia el sol, los días eran más cortos tantas veces cuatro minutos como grados se recorrían. Todo fue inútil. Hubiese o no comprendido la observación del brigadier general, el obstinado Picaporte no quiso adelantar su reloj, conservando invariablemente la hora de Londres. Manía inocente, por otra parte, y que no hacía daño a nadie.

A las ocho de la mañana, y a quince millas antes de la estación de Rothal, el tren se detuvo en medio de un extenso claro del bosque, rodeado de "bungalows" y de cabañas de obreros. El conductor del tren pasó delante de la línea de vagones diciendo:

—Los viajeros se apean aquí.

Phileas Fogg miró a sir Francis Cromarty, que pareció no comprender nada de esta detención en medio de un bosque de tamarindos y de khajoures.

Picaporte, no menos sorprendido, se lanzó a la vía y volvió casi al punto exclamando:

—¡Señor, ya no hay ferrocarril!

—¿Qué queréis decir? —Preguntó sir Francis Cromarty.

—Quiero decir que el tren no sigue.

El brigadier general descendió al instante del vagón. Phileas Fogg lo siguió sin darse prisa. Ambos se dirigieron al conductor.

—¿Dónde estamos? —Preguntó sir Francis Cromarty.

—En la aldea de Kholby —respondió el conductor.

—¿Nos paramos aquí?

—Sin duda. El ferrocarril no está concluido.

—¡Cómo! ¿No está concluido?

—No. Falta un trozo de cincuenta millas entre este punto y Hallahabad, donde se vuelve a tomar la vía.

—¡Sin embargo, los periódicos han anunciado la apertura completa del ferrocarril!

—¡Qué queréis! Los periódicos se han equivocado.

—¡Y dais billetes desde Bombay a Calcuta! —Replicó sir Francis que empezaba a acalorarse.

—Sin duda —replicó el conductor— pero los viajeros saben muy bien que deben hacerse trasladar de Kholby a Hallahabad.

Sir Francis Cromarty estaba furioso. Picaporte hubiera de buena gana acogotado al conductor. Ya no podía más, no se atrevía a mirar a su amo.

—Sir Francis —dijo sencillamente míster Fogg—, vamos a discurrir, si lo queréis, el medio de llegar a Hallahabad.

—Míster Fogg, se trata aquí de una tardanza absolutamente perjudicial a vuestros intereses.

—No, sir Francis, ya estaba prevista.

—¡Cómo! ¿Sabíais que la vía?...

—De ningún modo; pero sabía que un obstáculo cualquiera surgiría tarde o temprano en el camino. Ahora bien, no hay nada comprometido. Tengo dos días de adelanto que sacrificar. Hay un vapor que sale de Calcuta para Hong-Kong el 25 al mediodía. Estamos a 22 y llegaremos a tiempo a Calcuta.

No había nada que decir ante una respuesta dada con tan completa seguridad.

Demasiado era cierto que los trabajos del ferrocarril terminaban allí. Los periódicos son como algunos relojes que tenían la manía de adelantar, y habían anunciado prematuramente la conclusión de la línea. La mayor parte de los viajeros conocían esa interrupción de la vía, y al apearse del tren se habían apoderado de los vehículos de todo género que había en el villorrio, paikigharis de cuatro ruedas, carretas arrastradas por unos zebús, especie de bueyes de giba, carros de viaje semejantes a pagodas ambulantes, palanquines, caballos, etc. Así es que míster Fogg y sir Francis, después de haber registrado toda la aldea, se volvieron sin haber encontrado nada.

—Iré a pie —dijo Phileas Fogg.

Picaporte, que entonces se reunía con su amo, hizo un ademán significativo al considerar sus magníficas babuchas. Por fortuna había ido también de descubierta por su parte, y titubeando un poco, dijo:

—Señor, me parece que he hallado un medio de transporte.

—¿Cuál?

—¡Un elefante! ¡Un elefante que pertenece a un indio que vive a cien pasos de aquí!

—Vamos a ver el elefante —respondió míster Fogg.

Cinco minutos después, Phileas Fogg, sir Francis Cromarty y Picaporte llegaban cerca, de una choza adherida a una cerca formada por altas empalizadas. En la choza había un indio, y en la cerca, un elefante. El indio introdujo a míster Fogg y a sus dos compañeros en la cerca.

Allí se encontraron en presencia de un animal medio domesticado, que su propietario domaba, no para hacerlo animal de carga, sino de pelea. Con este fin había comenzado por modificar el carácter naturalmente apacible del elefante, procurando conducirlo gradualmente a ese paroxismo de furor llamado "muths" en lengua india, y esto manteniéndolo durante ti es meses con azúcar y manteca. Este tratamiento puede parecer poco a propósito para obtener semejante resultado, pero no deja de ser empleado con éxito por los criadores. Afortunadamente para Fogg, el

69

elefante en cuestión llevaba poco tiempo de ese régimen, y el "muths" no se había declarado todavía.

Kiouni —así se llamaba el animal— podía, como todos sus congéneres, hacer durante mucho tiempo una marcha rápida, y, a falta de otra cabalgadura, Phileas Fogg resolvió utilizarlo.

Pero los elefantes son caros en la India, donde comienzan a escasear. Los machos que convienen para las luchas de los circos, son muy solicitados. Estos animales no se reproducen sino raras veces cuando están domesticados, de tal suerte, que solamente pueden obtenerlos cazándolos. Por eso están muy cuidados; y cuando míster Fogg preguntó al indio si quería alquilarle su elefante, el indio se negó a ello resueltamente.

Fogg insistió y ofreció un precio excesivo por el animal, diez libras por hora. Denegación. ¿Veinte libras? Denegación también. ¿Cuarenta libras? Siempre la misma denegación. Picaporte brincaba a cada puja. Pero el indio no se dejaba tentar.

Era una buena suma, sin embargo. Suponiendo que el elefante echase quince horas hasta Allahabad, eran seiscientas libras lo que producía para su dueño.

Phileas Fogg, sin acalorarse, propuso entonces la compra del animal y le ofreció mil libras.

El indio no quería vender. Tal vez el perillán olfateaba un buen negocio.

Sir Francis Cromarty llevó a míster Fogg aparte y le recomendó que reflexionase antes de excederse Phileas Fogg respondió a su compañero que no tenía costumbre de obrar sin reflexión, que se trataba, en fin de cuentas, de una apuesta de veinte mil libras, que ese elefante le era necesario, y que aun pagándolo veinte veces más de lo que valía, lo poseería.

Míster Fogg se acercó de nuevo al indio, cuyos ojuelos encendidos por la codicia dejaron ver que no se trataba para él sino de una cuestión de precio. Phileas Fogg ofreció sucesivamente mil doscientas libras, después mil quinientas, en seguida mil ochocientas, y por último dos mil. Picaporte, tan coloradote de ordinario, estaba pálido de emoción.

A las dos mil libras el indio se entregó.

—¡Por mis babuchas —exclamó Picaporte—, a buen precio hay quien pone la carne de elefante!

Arreglado el negocio, ya no faltaba más que guía, lo cual fue más fácil. Un joven parsi, de rostro inteligente, ofreció sus servicios. Míster Fogg aceptó y le prometió una gruesa remuneración, lo cual no podía menos de contribuir a redoblar su inteligencia.

Sacaron y equiparon al elefante sin tardanza. El parsi conocía perfectamente el oficio de "mahut" o cornac. Cubrió con una especie de hopalanda los lomos del elefante y dispuso por cada lado dos especies de cuévanos bastante poco confortables.

Phileas Fogg pagó al indio en billetes de Banco, que extrajo del famoso saco. Parecía ciertamente que se sacaban de las entrañas de Picaporte. Después, míster Fogg ofreció a sir Francis Cromarty trasladarlo a la estación de Hallahabad. El brigadier general aceptó. Un viajero más no podía fatigar al gigantesco elefante.

Se compraron víveres en Kholby. Sir Francis Cromarty tomó asiento en uno de los cuévanos, y Phileas Fogg en otro. Picaporte montó a horcajadas sobre la hopalanda entre su amo y el brigadier general. El parsi se colocó sobre el cuello del elefante, y a las nueve salían del villorrio y penetraban por el camino más corto en la frondosa selva de esas palmeras asiáticas llamadas plataneros.

## XII

A fin de abreviar la distancia, el guía dejó a la derecha el trazado de la vía cuyos trabajos se estaban ejecutando. El ferrocarril, a causa de los obstáculos que ofrecían las caprichosas ramificaciones de los montes Vindhias, no seguía el camino más corto, que era el que importaba tomar. El parsi, muy familiarizado con los senderos de su país, pretendía ganar unas veinte millas atajando por la selva, y descansaron en esto.

Phileas Fogg y Francis Cromarty, metidos hasta el cuello en sus cuévanos, iban muy traqueteados por el rudo trote del elefante, a quien imprimía su conductor una marcha rápida. Pero soportaban la situación con la flema más británica, hablando por otra parte poco y viéndose apenas el uno al otro.

En cuanto a Picaporte, apostado sobre el lomo del animal y directamente sometido a los vaivenes, cuidaba muy bien, según se lo había recomendado su amo, de no tener la lengua entre los dientes, porque se la podía cortar rasa. El buen muchacho, ora despedido hacia el cuello del elefante, ora hacia las ancas, daba volteretas como un clown sobre el trampolín; pero en medio de sus saltos de carpa se reía y bromeaba, sacando de vez en cuando un terrón de azúcar, que el inteligente Kiouni tomaba con la trompa, sin interrumpir un solo instante su trote regular.

Después de dos horas de marcha, el guía detuvo al elefante y le dio una hora de descanso. El animal devoró ramas y arbustos después de haber bebido en una charca inmediata. Sir Francis Cromarty no se quejó de esta parada, pues estaba molido. Míster Fogg parecía estar tan fresco como si acabara de salir de su cama.

—¡Pero es de hierro! —Respondió Picaporte, que se ocupaba en preparar un almuerzo breve.

A las doce dio el guía la señal de marcha. El país tomó luego un aspecto muy agreste. A las grandes selvas sucedieron los bosques de tamarindos y de palmeras enanas, y luego extensas llanuras áridas erizadas de árboles raquíticos y sembradas de grandes pedruscos de sienita. Toda esta parte del alto Bundelbund, poco frecuentada por los viajeros, está habitada por una población fanática, endurecida en las prácticas más terribles de la religión india. La dominación de los ingleses no ha podido establecerse regularmente sobre un territorio sometido a la influencia de los rajáes, a quienes hubiera sido difícil alcanzar en sus inaccesibles retiros de los Vindhias.

Varias veces se vieron bandadas de hindúes feroces que hacían un ademán de cólera al observar el rápido paso del elefante. Por otra parte, el parsi los evitaba en lo posible, considerándolos como gente de mal encuentro. Se vieron pocos animales durante esta jornada, y apenas algunos monos que huían haciendo mil contorsiones y muecas que divertían mucho a Picaporte.

Entre otras ideas había una que inquietaba mucho a este pobre muchacho. ¿Qué haría míster Fogg del elefante cuando hubiese llegado a la estación del Allahabad? ¿Se lo llevaría? ¡Imposible! El precio del transporte añadido al de la compra, sería una ruina. ¿Lo vendería o le daría libertad? Ese apreciable animal bien merecía que se le tuviese consideración. Si por casualidad míster Fogg se lo regalase, muy apurado se vería él, Picaporte, y esto no dejaba de preocuparle.

A las ocho de la noche ya quedaba traspuesta la principal cadena de los Vindhias, y los viajeros hicieron alto al pie de la falda septentrional en un "bungalow" ruinoso.

La distancia recorrida durante la jornada era de veinticinco millas, y restaba otro tanto camino para llegar a la estación de Hallahabad.

La noche estaba fría. El parsi encendió dentro del "bungalow" una hoguera de ramas secas cuyo calor fue muy apreciado. La cena se compuso con las previsiones compradas en Kholby. Los viajeros comieron cual gente rendida y cansada. La conversación, que empezó con algunas frases entrecortadas, se terminó con sonoros ronquidos. El guía estuvo vigilando junto a Kiouni, que se durmió de pie, apoyado en el tronco de un árbol grande.

Ningún incidente ocurrió aquella noche. Algunos rugidos de lobos, tigres y de panteras perturbaron alguna vez el silencio, mezclados con los agudos chillidos de los monos. Pero los carnívoros se contentaron con gritar y no hicieron ninguna demostración hostil contra los huéspedes del "bungalow".

Sir Francis Cromarty dormía pesadamente como un bravo militar curtido en las fatigas. Picaporte, durante un sueño agitado, repitió las volteretas de la víspera. En cuanto a míster Fogg, descansó tan apaciblemente como si se hubiera hallado en su tranquila casa de Saville—Row.

A las seis de la mañana se emprendió la marcha. El guía esperaba llegar a la estación de Hallahabad aquella misma tarde. De este modo, míster Fogg no perdería mas que una parte de las cuarenta y ocho horas economizadas desde el principio del viaje.

Se bajaron las últimas cuestas de los Vindhias Kiouni seguía su marcha rápida, y hacia mediodía e guía dio vuelta al villorrio de Kellengen, situado sobre el Cani, uno de los subafluentes del Ganges Evitaba siempre los parajes habitados, creyéndose más seguro en el campo desierto, donde se encuentran las primeras depresiones de la cuenca del gran río. La estación de Hallahabad estaba a doce millas al Nordeste. Se hizo alto bajo un bosquecillo de bananos, cuya fruta tan sana como el pan, y tan suculenta como la crema, dicen los viajeros, fue muy apreciada.

A las dos, el guía entró bajo la cubierta de una selva espesa, que debía atravesar por un espacio de muchas millas. Prefería bajar así a cubierto de los bosques. En todo caso, no había tenido hasta entonces ningún encuentro sensible, y el viaje debía cumplirse al parecer sin accidentes, cuando el elefante, dando algunas señales de inquietud, se paró de repente.

Eran entonces las cuatro.

—¿Qué hay? —Preguntó sir Francis Cromarty quien sacó la cabeza fuera de su cuévano.

—No lo sé —respondió el parsi prestando oído a un murmullo que pasaba por la espesa enramada.

Algunos instantes después el murmullo fue más perceptible. Parecía un concierto, distante aún, de voces humanas y de instrumentos de cobre.

Picaporte se volvía todo ojos y orejas. Míster Fogg aguardaba pacientemente sin pronunciar una sola palabra.

El parsi saltó a tierra, ató el elefante a un árbol y penetró en lo más espeso del bosque. Algunos minutos después volvió diciendo:

—Una procesión de brahmanes que vienen hacia aquí. Si es posible, procuremos no ser vistos.

El guía desató al elefante y lo condujo a una espesura, recomendando a los viajeros que no se apeasen, mientras él mismo estaba preparado para montar rápidamente en caso de hacerse necesaria la fuga. Creyó que la comitiva de fieles pasaría sin verlo, porque lo tupido de la enramada lo ocultaba completamente.

El ruido discordante de las voces e instrumentos se acercaba. Unos cantos monótonos se mezclaban con el toque de tambores y timbales. Pronto apareció bajo los árboles la cabeza de la procesión, a unos cincuenta pasos del puesto ocupado por míster Fogg y sus compañeros. Distinguían con facilidad al través de las ramas el curioso personal de aquella ceremonia religiosa.

En primera línea avanzaban unos sacerdotes cubiertos de mitras y vestidos con largo y abigarrado traje. Estaban rodeados de hombres, mujeres y niños, que cantaban una especie de salmodia fúnebre, interrumpida a intervalos iguales por golpes de tamtam y de timbales. Detrás de ellos, sobre un carro de ruedas anchas, cuyos radios figuraban con las llantas un ensortijamiento de serpientes, apareció una estatua horrorosa, tirada por dos pares de zebús ricamente enjaezados. Esta estatua tenía cuatro brazos, el cuerpo teñido de rojo sombrío, los ojos extraviados, el pelo enredado, la lengua colgante y los labios teñidos. En su cuello se arrollaba un collar de cabezas de muerto, y sobre su cadera, había una cintura de manos cortadas. Estaba de pie sobre un gigante derribado que carecía de cabeza.

Sir Francis Cromarty reconoció aquella estatua.

—La diosa Kali —dijo en voz baja—, la diosa del amor y de la muerte.

—De la muerte, consiento —dijo Picaporte—; pero del amor, nunca. ¡Vaya mujer fea!

El parsi le hizo seña para que callara.

Alrededor de la estatua se movía y agitaba, en convulsiones, un grupo de fakires, listados con bandas de ocre, cubiertos de incisiones cruciales que goteaban sangre, energúmenos estúpidos que en las ceremonias se precipitaban aún bajo las ruedas del carro de Jaggernaut.

Detrás de ellos algunos brahmanes, en toda la suntuosidad de su traje oriental, arrastraban una mujer que apenas se sostenía.

Esta mujer era joven y blanca como una europea. Su cabeza, su cuello, sus hombros, sus orejas, sus brazos, sus manos, sus pulgares, estaban sobrecargados de joyas, collares, brazaletes, pendientes y sortijas. Una túnica recamada de oro y recubierta de una muselina ligera dibujaba los contornos de su talle.

Detrás de esta joven —contraste violento a la vista— unos guardias, armados de sables desnudos que llevaban en el cinto y largas pistolas adamasquinadas, conducían un cadáver sobre un palanquín.

Era el cuerpo de un anciano cubierto de sus opulentas vestiduras de rajá, llevando como en vida el turbante bordado de perlas, el vestido tejido de seda y oro, el cinturón de cachemir adiamantado y sus magníficas armas de príncipe hindú.

Después, unos músicos y una retaguardia de fanáticos, cuyos gritos cubrían a veces el estrépito atronador de los instrumentos, cerraban el cortejo.

Sir Francis miraba toda esta pompa con aire singularmente triste, y volviéndose hacia el guía le dijo:

—¡Un sutty!

El parsi hizo una seña afirmativa y puso un dedo en sus labios. La larga procesión se desplegó lentamente bajo los árboles, y bien pronto desaparecieron en la profundidad de la selva.

Poco a poco se amortiguaron. Hubo todavía algunas ráfagas de lejanos gritos, y por último, a todo este tumulto sucedió un profundo silencio.

Phileas Fogg había oído la palabra pronunciada por sir Francis Cromarty, y tan luego como la procesión desapareció, preguntó:

—¿Qué es un sutty?

—Un sutty, míster Fogg —respondió el brigadier general— es un sacrificio humano, pero voluntario. Esa mujer que acabáis de ver será quemada mañana en las primeras horas del día.

—¡Ah, pillos! —Exclamó Picaporte, que no pudo contener este grito de indignación.

¿Y el cadáver? —Preguntó míster Fogg.

—Es el del príncipe su marido —respondió el guía—, un rajá independiente de Bundelkund.

—¿Cómo? —Replicó Phileas Fogg, sin que su voz revelase la menor emoción—. ¿Esas bárbaras costumbres subsisten todavía en la India, y los ingleses no han podido destruirlas?

—En la mayor parte de la India —respondió sir Francis Cromarty— esos sacrificios no se cumplen ya; pero no tenemos ninguna influencia sobre esas comarcas salvajes, y especialmente sobre ese territorio del Bundelkund. Toda la falda septentrional de los Vindhias es el teatro de muertes y saqueos incesantes.

—¡Desgraciada! —Decía Picaporte—. ¡Quemada viva!

—Sí —repuso el brigadier general—, quemada; y si no lo fuera, no podéis figuraros a qué miserable condición se vería reducida por sus mismos deudos. Le afeitarían la cabeza, le darían por alimentos algunos puñados de arroz, la rechazarían, sería considerada como una criatura inmunda, y moriría en algún rincón como un perro sarnoso. Por eso la perspectiva de esta horrible existencia, impele con frecuencia a esas desgraciadas al suplicio mucho más que el amor o el fanatismo religioso. Algunas veces, sin embargo, el sacrificio es realmente voluntario, y se necesita la intervención enérgica del gobierno para impedirlo. Así es que, hace algunos años, yo residía en Bombay, cuando una joven viuda pidió al gobierno autorización para quemarse con el cuerpo del mando. Como podéis pensarlo, el gobierno la negó. Entonces la viuda fue a refugiarse al territorio de un rajá independiente, donde consumó su sacrificio.

Durante la relación del brigadier general, el guía movía la cabeza, y cuando aquél concluyó de hablar, éste último dijo:

—El sacrificio que ha de verificarse mañana al amanecer no es voluntario.

—¿Cómo lo sabéis?

—Es una historia que todo el mundo conoce en el Bundelkund —respondió el guía.

—Sin embargo, esa desventurada no parecía oponer resistencia —observó sir Francis Cromarty.

—Es porque la han emborrachado con zumo de cáñamo y de opio.

—¿Pero adónde la llevan?

—A la pagoda de Pillaji, a dos millas de aquí. Allí pasará la noche aguardando la hora del sacrificio.

—Y este sacrificio, ¿se verificará?

—Mañana, con los primeros albores del día.

Después de esta respuesta, el guía hizo salir al elefante de la espesura y montó sobre su cuello. Pero en el momento en que iba a excitarlo con un silbido particular, míster Fogg lo detuvo, y dirigiéndose a sir Francis Cromarty, le dijo:

—¿Y si salvásemos a esa mujer?

—¡Salvar a esa mujer, señor Fogg! —Exclamó el brigadier general.

—Tengo todavía doce horas de adelanto y puedo dedicarlas a esto.

—¡Sois entonces hombre de corazón! —Dijo sir Francis Cromarty.

—Algunas veces —respondió sencillamente Phileas Fogg—, cuando me sobra tiempo.

## XIII

El intento era atrevido, lleno de dificultades, impracticable quizá. Míster Fogg iba a arriesgar su vida o al menos su libertad, y por consiguiente el éxito de sus proyectos, pero no vaciló. Tenía además en sir Francis Cromarty un auxiliar decidido.

En cuanto a Picaporte, estaba preparado y se podía disponer de él. La idea de su amo lo exaltaba. Lo sentía con alma y corazón bajo aquella corteza de hielo, y le iba concibiendo cariño.

Quedaba el guía. ¿Qué partido tomaría en el asunto? ¿No estaría inclinado a favor de los indios?

A falta de concurso, era menester cuando menos asegurar la neutralidad.

Sir Francis Cromarty le planteó la cuestión con franqueza.

—Mi oficial —respondió el guía—, soy parsi—; no tan sólo arriesgamos nuestras vidas, sino suplicios horribles si nos agarran. Miradio, pues.

—Mirado está —respondió míster Fogg—. Creo que debemos aguardar la noche para obrar.

—Así lo creo también —respondió el guía.

Este valiente indio expuso entonces algunos pormenores sobre la víctima. Era una india de célebre belleza y de raza parsi, hija de ricos comerciantes de Bombay. Había recibido en esta ciudad una educación absolutamente inglesa y por sus modales y su instrucción hubiera pasado por europea. Se llamaba Aouida.

Huérfana, fue casada a pesar suyo con ese viejo rajá de Bundelkund. Tres meses después enviudó, y sabiendo la suerte que le esperaba se escapó, fue alcanzada en su fuga, y los parientes del rajá, que tenían interés en su muerte, la condenaron a este suplicio, del cual era difícil que escapara.

Esta relación tenía que arraigar en míster Fogg y sus compañeros su generosa resolución. Se decidió que el guía conduciría el elefante hacia la pagoda de Pillaji, a la cual debía acercarse todo lo posible.

Media hora después se hizo un alto en un bosque a quinientos pasos de la pagoda, que no podía percibirse, pero los alaridos de los fanáticos se oían con toda claridad.

Los medios para llegar hasta la víctima fueron entonces discutidos. El guía conocía apenas esa pagoda de Pillaji, en la cual afirmaba que la joven estaba encarcelada. ¿Podía penetrarse por una de las puertas cuando toda la banda estuviese sumida en el sueño de la embriaguez, o sería necesario practicar un boquete en la pared? Esto no podía decidirse sino en el momento y en el lugar mismo; pero lo indudable era que el rapto debía verificarse aquella misma noche, y no cuando la víctima fuese conducida al suplicio, porque entonces ninguna intervención humana la salvaría.

Míster Fogg y sus compañeros aguardaron la noche, y tan luego como llegó la oscuridad, hacia las seis de la tarde, resolvieron verificar un reconocimiento alrededor de la pagoda. Los últimos gritos de los fakires se extinguían. Según su costumbre, aquellos indios debían hallarse entregados a la pesada embriaguez del "hag", opio líquido, mezclado con infusión de cáñamo, y tal vez sería posible deslizarse entre ellos hasta el templo.

El parsi, guiando a míster Fogg, a sir Francis Cromarty y a Picaporte, se adelantó sin hacer ruido a través del bosque. Después de arrastrarse durante diez minutos por las matas, llegaron al borde de un riachuelo y allí, a la luz de las antorchas de hierro impregnadas de resina, percibieron un montón de leña apilada. Era la hoguera formada con sándalo precioso y bañada ya con aceite perfumado. En su parte posterior descansaba el cuerpo embalsamado del rajá, que debía arder al mismo tiempo que la viuda. A cien pasos de esta hoguera se elevaba la pagoda, cuyos minaretes penetraban en la sombra por encima de los árboles.

—Venid —dijo el guía con voz baja.

Y redoblando las precauciones, seguido de sus compañeros, se deslizó silenciosamente a través de las altas hierbas.

El silencio sólo estaba interrumpido por el murmullo del viento en las ramas.

Muy luego el guía se detuvo en la extremidad de un claro alumbrado por algunas antorchas. El suelo estaba cubierto de grupos de durmientes entorpecidos por la embriaguez. Parecía un campo de batalla sembrado de muertos. Hombres, mujeres, niños, todo allí estaba confundido. Algunos había aquí y acullá que dejaban oír el ronquido de la embriaguez.

En el fondo, entre las masas de árboles, se alzaba confusamente el templo de Pillaji; pero, con gran despecho de parte del guía, los guardias del rajá, alumbrados por antorchas fuliginosas, vigilaban la puerta, paseándose sable en mano. Podía suponerse que en el interior los sacerdotes estarían velando también.

El parsi no se adelantó más porque había reconocido la imposibilidad de forzar la entrada del templo, e hizo retroceder a sus compañeros.

Phileas Fogg y sir Francis Cromarty habían comprendido como él que no podían intentar nada por aquella parte.

Se detuvieron y hablaron en voz baja.

—Aguardemos —dijo el gobernador general, no son más que las ocho todavía, y es posible que esos guardias sucumban también al sueño.

—Posible es en efecto —respondió el parsi.

Phileas Fogg y sus compañeros se recostaron, pues, al pie de un árbol y esperaron.

El tiempo les pareció largo. De vez en cuando el guía los dejaba e iba a observar. Los guardias del rajá se huían siempre vigilando a la luz de las antorchas, y una luz vaga se filtraba por las ventanas de la pagoda.

Esperaron hasta medianoche. La situación no cambió. Había fuera la misma vigilancia, y era evidente que no podía contarse con el sueño de los guardias. La embriaguez del "hag" les había sido probablemente ahorrada. Era menester, pues, obrar de otro modo y penetrar por una abertura practicada en las murallas de la pagoda. Restaba la cuestión de saber si los sacerdotes vigilaban cerca de su víctima con tanto cuidado como los soldados en la puerta del templo.

Después de otra conversación, el guía estuvo dispuesto a marchar. Míster Fogg, sir Francis y Picaporte lo siguieron. Dieron una vuelta bastante larga a fin de alcanzar la pagoda por atrás.

A las doce y media de la noche llegaron al pie de los muros sin haber hallado a nadie. Ninguna vigilancia existía por ese lado, pero ni había puertas ni ventanas.

La noche estaba sombría. La luna, entonces en su último cuarto, desaparecía apenas del horizonte, encapotado por algunos nubarrones. La altura de los árboles aumentaba aún en la oscuridad.

Pero no bastaba haber llegado al pie de las murallas, sino que era preciso practicar un boquete, y para esta operación Phileas Fogg y sus compañeros no tenían otra cosa más que navajas. Por fortuna las paredes del templo se componían de una mezcla de ladrillos y madera que no era difícil perforar. Una vez quitado el primer ladrillo, los otros seguirían con facilidad.

Se pusieron a trabajar haciendo el menor ruido posible. El parsi por un lado y Picaporte por otro trabajaban en arrancar los ladrillos, de modo que pudiera obtenerse un boquete de dos pies de anchura.

El trabajo adelantaba, cuando se oyó un grito dentro del templo, y casi al punto le respondieron desde fuera otros gritos.

Picaporte y el guía interrumpieron su trabajo. ¿Los habían sorprendido? ¿Se había dado el alerta?

La prudencia más vulgar les recomendaba que se fueran, lo cual hicieron al propio tiempo que Phileas Fogg y sir Francis Comarty. Se ocultaron de nuevo bajo la espesura del bosque, aguardando que la alarma, si la había, se desvaneciese, y dispuestos a proseguir la operación.

Pero, ¡contratiempo funesto! Aparecieron unos guardias al otro lado de la pagoda, instalándose allí para impedir la aproximación.

Difícil sería escribir el despecho de aquellos cuatro hombres interrumpidos en su tarea. Ahora que no podían llegar hasta la víctima, ¿cómo la salvarían? Sir Francis Cromarty se roía los puños. Picaporte estaba fuera de sí y apenas podía el guía contenerlo. El impasible Fogg aguardaba sin expresar sus sentimientos.

—¿Ya no resta más que echar a andar? —Preguntó el brigadier general en voz baja.

—No tenemos otro remedio —respondió el guía.

—Aguardad —dijo Fogg—. Me basta llegar a Hallahabad antes de mediodía.

—Pero, ¿qué esperáis? —Respondió sir Francis Cromarty—. Dentro de algunas horas será de día, y...

—La probabilidad que se nos va puede aparecer en el supremo momento.

El brigadier general hubiera querido leer en los ojos de Phileas Fogg.

¿Con qué pensaba contar aquel inglés frío y calmoso? ¿Quería precipitarse sobre la joven en el momento del suplicio y arrebatarla a sus verdugos abiertamente?

Locura hubiera sido, y no podía admitirse que aquel hombre estuviera loco hasta ese extremo. Sin embargo, sir Francis consintió en aguardar hasta el desenlace de tan terrible escena; pero el guía no dejó a sus compañeros en el paraje donde se habían refugiado, sino que los llevó al sitio que precedía a la plazoleta donde dormían los indios. Abrigados nuestros viajeros por un grupo de árboles, podían observar lo que había de pasar sin ser visto.

Entretanto, Picaporte, sentado sobre las primeras ramas de un árbol, estaba rumiando una idea que primeramente había cruzado por su mente como un relámpago, y acabó por incrustarse en su cerebro.

Había comenzado por decir para sí: "¡Qué locura!" Y ahora repetía: "¿Y por qué no? ¡Es una probabilidad, tal vez la única, y con semejantes brutos...!"

En todo caso, Picaporte no formuló de otro modo su pensamiento; pero no tardó en deslizarse con una flexibilidad de serpiente bajo las ramas inferiores del árbol, cuya extremidad se inclinaba hacia el suelo.

Pasaban las horas, y bien pronto algunos matices menos sombríos anunciaron la proximidad del día. La oscuridad era profunda sin embargo.

Aquel era el momento preciso. Hubo como una resurrección en la multitud adormecida. Los grupos se animaron. Había llegado para la desdichada víctima la hora de la muerte.

En efecto, las puertas de la pagoda se abrieron. Una luz más viva se escapó del interior. Míster Fogg y sir Francis Cromarty pudieron percibir la víctima vivamente alumbrada, que dos sacerdotes sacaban fuera. Hasta les pareció que, sacudiendo el entorpecimiento de la embriaguez por un supremo instinto de conservación, la desgraciada intentaba escaparse de entre sus verdugos. El corazón de sir Francis Cromarty palpitó, y por un movimiento convulsivo, asiendo la mano de Phileas Fogg, sintió que esta mano llevaba una navaja abierta.

En este momento la multitud se puso en movimiento. La joven habíase caído en aquel entorpecimiento provocado por el humo del cáñamo. Pasó por entre los faquires que la escoltaban con sus vociferaciones religiosas.

Phileas Fogg y sus compañeros lo siguieron, mezclándose entre las últimas filas de la multitud.

Dos minutos después llegaban al borde del río y se detenían a menos de cincuenta pasos de la hoguera, sobre la cual estaba el cuerpo del rajá. Entre la semioscuridad vieron a la víctima absolutamente inerte, tendida junto al cadáver de su esposo.

Después acercaron una tea, y la leña impregnada de aceite se inflamó inmediatamente.

Entonces sir Francis y el guía retuvieron a Phileas Fogg, que en un momento de generosa demencia quiso arrojarse sobre la hoguera...

Pero Phileas Fogg los había ya repelido, cuando la escena cambió de repente. Hubo un grito de terror, y toda aquella muchedumbre se arrojó a tierra amedrentada.

Creyeron que el viejo rajá no había muerto, puesto que lo vieron de repente levantarse, tomara la joven mujer en sus brazos y bajar de la hoguera en medio de torbellinos de humo que le daban una apariencia de espectro.

Los faquires, los guardias, los sacerdotes, acometidos de súbito terror, estaban tendidos boca abajo sin atreverse a levantar la vista ni mirar semejante prodigio.

La víctima inanimada pasó a los vigorosos brazos que la llevaban sin que les pareciese pesada. Fogg y Francis habían permanecido de pie; el parsi había inclinado la cabeza, y es probable que Picaporte no estuviese menos estupefacto.

El resucitado llegó a donde estaban míster Fogg y sir Francis Cromarty, y con voz breve, dijo:

—¡Huyamos!

¡Era Picaporte mismo quien se había deslizado hasta la hoguera en medio del denso humo! ¡Era Picaporte quien, aprovechando la oscuridad que reinaba todavía, había libertado a la joven de la muerte! ¡Era Picaporte quien, haciendo su papel con atrevida audacia, pasaba en medio del espanto general!

Un instante después, los cuatro desaparecieron por la selva, llevándolos el elefante con trote rápido. Pero entonces, los gritos, los clamores y una bala que atravesó el sombrero de Phileas Fogg les anunció que el ardid estaba descubierto.

En efecto, sobre la inflamada hoguera se destacaba entonces el cuerpo del viejo rajá. Los sacerdotes, repuestos de su espanto, habían comprendido que acababa de efectuarse un rapto.

Al punto se precipitaron al bosque, siguiéndoles los guardias, que hicieron una descarga general; pero los raptores huían rápidamente, y en pocos momentos se hallaron fuera del alcance de las balas y de las flechas.

*Jules Verne*

## XIV

Había tenido buen éxito el atrevido rapto de Aouída, y una hora después Picaporte se estaba riendo todavía de su triunfo. Sir Francis Cromarty había estrechado la mano del intrépido muchacho. Su amo le había dicho: "Bien", lo cual en boca de este gentleman equivalía a una honrosa aprobación. A esto había respondido Picaporte que todo el honor de la hazaña correspondía a su amo. Para él no había habido más que una chistosa ocurrencia, y se reía al pensar que durante algunos instantes, él, Picaporte, antiguo gimnasta, ex sargento de bomberos, había sido el viudo de la linda dama, un viejo rajá embalsamado.

En cuanto a la joven india, no había tenido conciencia de lo sucedido. Envuelta en mantas de viaje, se hallaba descansando en uno de los cuévanos.

Entretanto, el elefante, guiado con mucha seguridad por el parsi, corría con rapidez por la selva todavía oscura. Una hora después de haber dejado la pagoda de Pillaji, se lanzaba al través de una inmensa llanura. A las siete se hizo alto. La joven seguía en una postración completa. El guía le hizo beber algunos tragos de agua y de brandy, pero la influencia embriagante que pesaba sobre ella debía prolongarse todavía por algún tiempo.

Sir Francis Cromarty, que conocía los efectos de la embriaguez, producida por la inhalación de los vapores del cáñamo, no abrigaba inquietud alguna.

Pero si el restablecimiento de la joven india no inquietaba el ánimo del brigadier general, no tenía igual tranquilidad al pensar en el porvenir. No vaciló, pues, en decir a Phileas Fogg que si Aouida se quedaba en la India, volvería a caer inevitablemente en manos de sus verdugos. Estos energúmenos se extendían por toda la península, y ciertamente que, a pesar de la policía inglesa, recobrarían su víctima, fuese en Madrás, Bombay o Calcuta. Y sir Francis Cromarty, citaba en apoyo de su dicho un hecho de igual naturaleza que había ocurrido recientemente. A su modo de pensar, la joven no estaría segura sino marchándose del Indostán.

Phileas Fogg respondió que tendría presentes estas observaciones. Y resolvería.

Hacia las diez, el guía anunciaba la estación de Hallahabad. Allí arrancaba de nuevo la interrumpida vía, cuyos trenes recorren en menos de un día y una noche la distancia que separa a Allahabad de Calcuta.

Phileas Fogg debía pues llegar a tiempo para tomar el vapor que partía al día siguiente, 25 de octubre a mediodía, en dirección a Hong-Kong.

La joven fue depositada en un cuarto de la estación. Se encargó a Picaporte que fuese a comprar para ella algunos objetos de tocador, vestido, chal, abrigos, etc., lo que encontrase. Su amo le abría ilimitado crédito.

Picaporte partió al punto y recorrió las calles de la población. Allahabad es la Ciudad de Dios, una de las más veneradas de la India, en razón de estar construida sobre la confluencia de los dos ríos sagrados, el Ganges y el Jumna, cuyas aguas atraen a los peregrinos de todo el Indostán. Sabido es, por otra parte, que, según las leyendas del ramayana, el Ganges nace en el Cielo, desde donde, gracias a Brahma, baja hasta la Tierra.

Mientras hacía sus compras, Picaporte vio la ciudad, antes defendida por un fuerte magnífico, que se ha convertido en prisión de Estado. Ya no hay comercio ni industria en esta población, antes industrial y mercantil. Picaporte, que buscaba en vano una tienda de novedades, como si hubiera estado en Regent Street, a algunos pasos de Farmer y Cía, no halló más que a un revendedor, viejo judío dificultoso, que le diese los objetos que necesitaba, un vestido de tela escocesa, un ancho mantón y un magnífico abrigo de pieles de nutria, por todo lo cual no vaciló en dar setenta y cinco libras. Y luego se volvió triunfante a la estación.

Aouida empezaba a volver en sí. La influencia a que la habían sometido los sacerdotes de Pillaji, se iba disipando poco a poco, y sus hermosos ojos recobraban toda su dulzura hindú.

Cuando el rey poeta, Uzaf Uddaul, celebra los encantos de la reina de Almehnagra, se expresa así:

"Su brillante cabellera, regularmente dividida en dos partes, sirve de cerco a los contornos armoniosos de sus mejillas delicadas y blancas, brillantes de lustre y de frescura. Sus cejas de ébano tienen la forma y la fuerza del arco de Kama, dios del amor, y bajo sus pestañas sedosas, en la pupila negra de sus grandes ojos límpidos, nadan como en los lagos sagrados del Himalaya los más puros reflejos de la celeste luz. Finos, iguales y blancos, sus dientes resplandecen entre la sonrisa de sus labios, como gota de rocío en el seno medio cerrado de una flor de granado. Sus lindas orejas de curvas simétricas, sus manos sonrosadas, sus piececitos arqueados y tiernos como las yemas del lotus, brillan con el resplandor de las más bellas perlas de Ceylán, de los más bellos diamantes de Gioconda. Su delgada y flexible cintura que puede abarcarse con una sola mano, realza la elegante configuración de sus redondeadas caderas y la riqueza de su busto, en que la juventud en flor ostenta sus más perfectos tesoros; y bajo los pliegues sedosos de su túnica, parece haber sido modelada en plata por la mano divina de Vicvacarma, el escultor eterno."

Pero sin toda esa amplificación poética basta decir que Aouida, la viuda del rajá de Bundelkund, era una hermosa mujer en toda la acepción europea de la palabra. Hablaba inglés con suma pureza, y el guía no había exagerado al afirmar que esa joven parsi había sido transformada por la educación.

Entretanto, el tren iba a dejar la estación de Aliahabad. El parsi estaba esperando. Míster Fogg le pagó lo convenido, sin darle un penique de más. Esto asombró algo a Picaporte, que sabía todo lo que debía su amo a la adhesión del guía. El parsi había en efecto arriesgado voluntariamente la vida en el lance de Pillaji, y si más tarde los indios llegasen a saberlo, con dificultad se libraría de su venganza.

Quedaba también por ventilar la cuestión de Kiouni. ¿Qué harían de un elefante que tan caro había costado?

Pero Phileas Fogg había adoptado ya una resolución.

—Parsi —dijo al guía—, has sido servicial y adicto. He pagado tu servicio, pero no tu adhesión. ¿Quieres ese elefante? Es tuyo.

Los ojos del guía brillaron.

—¡Es una fortuna lo que Vuestro Honor me da! —exclamó.

—Acéptala —respondióle míster Fogg—; y aún seré deudor tuyo.

—Enhorabuena —exclamó Picaporte—. Toma, amigo mío, Kiouni es animal animoso Y valiente.

Y yendo hacia el elefante le ofreció algunos terrones de azúcar, diciendo:

—¡Toma, Kiouni, toma, toma!

El elefante exhaló algunos gruñidos de satisfacción, y luego tomó a Picaporte por la cintura y lo levantó hasta la altura de su cabeza. Picaporte, sin asustarse, hizo una caricia al animal que lo volvió a dejar suavemente en tierra, y al apretón de trompa del honrado Kiouni respondió un apretón de manos del honrado mozo.

Algunos instantes después, Phileas Fogg, sir Francis Cromariy y Picaporte, instalados en un confortable vagón, cuyo mejor asiento iba ocupado por Aouida, corrían a todo vapor hacia Benarés.

Ochenta millas lo más separaban a esta ciudad de Allababad, las cuales se recorrieron en dos horas.

Durante el trayecto, la joven recobró por entero los sentidos, quedando disipados los vapores embriagadores del "hang".

¡Cuál fue su asombro al encontrarse en el ferrocarril, en aquel compartimento, vestida a la europea y en medio de viajeros que le eran completamente desconocidos!

Principiaron sus compañeros prodigándole cuidados y reanimándola con algunas gotas de licor; y después el brigadier general le refirió lo ocurrido. Insistió sobre la decisión de Phileas Fogg que no había vacilado en comprometer su vida para salvarla, y sobre el desenlace de la aventura debida a la audaz imaginación de Picaporte.

Míster Fogg dejó hablar sin decir una palabra. Picaporte, avergonzado, repetía que la cosa no merecía tanto.

Aouida dio gracias a sus libertadores con una efusión expresada con las lágrimas más que por sus palabras. Sus hermosos ojos, mejor que sus labios, fueron los intérpretes de su reconocimiento. Y después, llevándola su pensamiento a las escenas del "sutty", y viendo sus miradas esa tierra indígena donde tantos peligros la amenazaban, fue acometida de un estremecimiento de terror.

Phileas Fogg comprendió lo que pasaba en el ánimo de Aouida, y para tranquilizarla le ofreció con mucha frialdad conducirla a Hong-Kong, donde viviría hasta que este asunto se olvidase.

Aouida aceptó la oferta con reconocimiento. Precisamente residía en Hong-Kong uno de sus parientes, parsi como ella, y uno de los principales comerciantes de la ciudad, que es completamente inglesa, aun cuando se halla en las costas de China.

A las doce y media el tren se detenía en la estación de Benarés. Las leyendas Brahamánicas afirman que esta ciudad ocupa el sitio de la vetusta Casi, que estaba antiguamente suspendida en el espacio entre el cenit y el nadir, como la tumba de Mahoma. Pero en la época actual, más positiva, Benarés, la Atenas de la India, según los orientalistas, descansaba prosaicamente sobre el suelo, y Picaporte pudo por un momento entrever sus casas de ladrillo y sus chozas de cañizos, que le dan un aspecto absolutamente desairado sin color local alguno.

Allí debía detenerse sir Francis Cromarty. Las tropas con las cuales tenía que reunirse estaban acampadas algunas millas al norte. El brigadier general se despidió de Phileas Fogg, deseándole todo el éxito posible y expresando el voto de que repitiese el viaje de un modo menos original y más provechoso. Míster Fogg estrechó ligeramente los dedos de su compañero. Los cumplidos de Aouida fueron más afectuosos. Nunca olvidaría ella lo que debía a sir Francis Cromarty. En cuanto a Picaporte, fue honrado con un buen apretón de manos de parte del brigadier general. Conmovido, le preguntó cuándo podría prestarle algún servicio. Después se separaron.

Desde Benarés, la vía férrea seguía en parte el valle del Ganges. A través de los cristales del vagón, y con un tiempo sereno, aparecían el paisaje variado de behar, montañas cubiertas de verdor, campos de cebada, maíz y trigo, ríos de estanques poblados de aligátores verdosos, aldeas bien acondicionadas y selvas que aun conservaban la hoja. Algunos elefantes y cebús de protuberancia iban a bañarse a las aguas del río sagrado; y también, a pesar de la estación adelantada y de la temperatura, ya fría, se veían cuadrillas de indios de ambos sexos, que cumplían piadosamente sus santas abluciones. Esos fieles enemigos encarnizados del budismo, son sectarios fervientes de la religión brahmánica que se encama en tres personas: Vishma, la divinidad solar; Shiva, la personificación divina de las fuerzas naturales; y Brahma, el jefe supremo de los sacerdotes y legisladores. ¡Pero con qué ojo Brahma, Shiva y Vishma debían considerar a esa India, ahora britanizada, cuando algún barco de vapor pasaba silbando y turbaba las aguas consagradas del Ganges, espantando a las gaviotas que revoloteaban en la superficie, a las tortugas que pululaban en sus orillas y a los devotos tendidos a lo largo de sus márgenes!

Todo este panorama desfiló como un relámpago, y con frecuencia una nube de vapor blanco ocultó sus pormenores. Apenas pudieron los viajeros entrever el fuerte de Chunar, a veinte millas al sur de Benazepur y sus importantes fábricas de agua de rosa; el sepulcro de lord Cornwallis, que se eleva sobre la orilla izquierda del Ganges; la ciudad fortificada de Buxar, Putna, gran población industrial y mercantil, donde existe el principal mercado del opio de la India; Monglar, ciudad, más que europea, inglesa como Manchester o Birmingham, nombradas por sus fundiciones de hierro y sus fábricas de armas blancas, y cuyas altas chimeneas parecían tiznar con su negro humo el cielo de Brahma, ¡verdadera mancha en el país de los sueños!

Después llegó la noche, y en medio de los rugidos de los tigres, osos y lobos que huían ante la locomotora, el tren pasó a toda velocidad y no se vio nada ya de las maravi-llas de Bengala, ni Gioconda, ni las ruinas de Gour, ni Mounshedabad, que antes fue capital, ni Burdwan, ni Hougly, ni Chandemagor, ese punto francés del territorio indio, donde se hubiera engreído Picaporte al ver ondear la bandera de su patria.

Por último, a las siete de la mañana, llegaron a Calcuta. El vapor que salía para Hong-Kong no levaba el áncora hasta mediodía.

Según su itinerario, debía llegar a la capital de las Indias, el 25 de octubre, veintitrés días después de haber salido de Londres, y llegaba el día fijado. No tenía pues, ni adelanto, ni atraso. Desgraciadamente, los días ganados entre Londres y Bombay, quedaban perdidos, del modo que se sabe, en la travesía de la península indostánica; pero es de suponer que Phileas Fogg no lo sentía.

## XV

El tren se detuvo en la estación. Picaporte se apeó el primero, y fue seguido de míster Fogg, quien ayudó a su joven compañera a descender al andén. Phileas Fogg pensaba ir directamente al vapor de Hong-Kong, a fin de instalar allí convenientemente a mistress Aouida, de quien no quería separarse mientras estuviese en aquel país tan peligroso para ella.

Cuando míster Fogg iba a salir de la estación, se acercó a él un agente de policía diciéndole:

—¿El señor Phileas Fogg?

— Yo soy.

—¿Es ese hombre vuestro criado? —añadió el agente designando a Picaporte.

—Sí.

—Tened ambos la bondad de seguirme.

Míster Fogg no hizo movimiento alguno que demostrase la menor sospecha. El agente era un representante de la ley, y para todo inglés, la ley es sagrada, Picaporte, con sus hábitos franceses, quiso hacer observaciones, pero el agente le tocó con su varilla, y Phileas Fogg le hizo seña de obedecer.

—¿Puede acompañarnos esta joven dama? —preguntó míster Fogg.

—Puede hacerlo —respondió el agente.

Míster Fogg, Aouida y Picaporte, fueron conducidos a un "palki—ghari", especie de carruaje de cuatro ruedas y cuatro asientos, tirado por dos caballos. Partieron sin que nadie hablase durante el trayecto, que duró unos veinte minutos.

El carruaje atravesó primeramente la ciudad "negra" de calles estrechas formadas por unos casuchos donde pululaba una población cosmopolita, sucia y andrajosa, y luego pasó por la ciudad europea, embellecida con casas de ladrillos, adornada de palmeras, erizadas de arboladuras, y que, a pesar de la hora, temprana, estaba ya recorrida por elegantes jinetes y magníficos carruajes.

El "palki-ghari" se paró delante de un edificio de apariencia sencilla, pero que no parecía apropiado para usos domésticos. El agente hizo bajar a sus presos —pues podía dárseles ese nombre— y los llevó a un aposento con rejas, diciéndoles:

—A las ocho y media compareceréis ante el juez Obadiah.

Y luego se retiró cerrando la puerta.

—¡Vamos, nos han agarrado! —exclamó Picaporte dejándose caer sobre una silla.

Aouida procurando en vano disfrazar su emoción, dijo a míster Fogg:

—¡Es necesario que me abandonéis! ¡Os veis perseguido por mí! ¡Es por haberme salvado!

Phileas Fogg se contentó con responder que eso no era posible. ¡Perseguido por ese asunto del "sutty"! ¡Inadmisible! ¿Cómo se habían de atrever a presentarse los que se querellasen? Había sin duda alguna equivocación. Míster Fogg añadió que, en todo caso, no abandonaría a la joven y la conduciría a Hong-Kong.

—¡Pero el buque se marcha a las tres! —dijo Picaporte.

—Antes de las tres estaremos a bordo —respondió sencillamente el impasible gentleman.

Quedó esto afirmado tan terminantemente que Picaporte no pudo menos de decir para sí:

—¡Diantre, cierto será! Antes de las dos estaremos a bordo.

Pero esto no lo tranquilizaba.

A las ocho y media la puerta del cuarto se abrió. El agente de policía volvió a presentarse e introdujo a los presos en la pieza vecina. Era una sala de audiencias, y había un público bastante numeroso compuesto de europeos y de indígenas, que ocupaba el pretorio.

Míster Fogg, mistress Aouida y Picaporte, se sentaron en un banco frente a los asientos reservados para el juez y el escribano.

Ese juez, el juez Obadiah, no tardó en llegar seguido del escribano. Era un señorón regordete. Descolgó una peluca colgada de un clavo y se la puso con presteza.

—La primera causa —dijo; pero llevando la mano a su cabeza, exclamó—: ¡Eh! ¡Si no es mi peluca!

—En efecto, señor Obadiah, es la mía —repuso el escribano.

—Querido señor Oysterpuf, ¿cómo queréis que un juez pueda dictar una buena sentencia con la peluca de un escribano?

Se verificó el cambio de pelucas. Durante estos preliminares, Picaporte hervía de impaciencia porque la aguja le parecía andar terriblemente aprisa en el reloj grande del pretorio.

—La primera causa —repuso entonces el juez Obadiah.

—¿Phileas Fogg? —dijo el escribano Oysterpuf.

—Heme aquí —respondió míster Fogg.

—¿Picaporte?

—¡Presente! —respondió Picaporte.

—¡Bien! —dijo el juez Obadiah—. Hace dos días, acusados, que os están espiando en todos los trenes de Bombay.

—Pero, ¿de qué nos acusan? —exclamó Picaporte impaciente.

—Vais a saberlo —respondió el juez.

—Caballero —dijo entonces míster Fogg—, soy ciudadano inglés y tengo derecho...

—¿Os han faltado a los miramientos? —preguntó míster Obadiah.

—De ningún modo.

—¡Bien! Haced entrar a los querellantes.

Por orden del juez se abrió una puerta, y tres sacerdotes indios fueron introducidos por un alguacil.

—¿No lo decía yo? —dijo Picaporte—. ¡Esos bribones no son los que querían quemar a esa joven señora!

Los sacerdotes se mantuvieron de pie delante del juez, y el escribano leyó en voz alta una querella de sacrilegio formulada contra el señor Phileas Fogg y su criado, acusados de haber profanado un lugar consagrado por la religión brahmánica.

—¿Habéis oído? —preguntó el juez a Phileas Fogg.

—Sí, señor —respondió míster Fogg mirando el reloj—, y lo confieso.

—¡Ah! ¿Conque lo confesáis?

—Lo confieso, y estoy aguardando que esos tres sacerdotes declaren a su vez lo que querían hacer en la pagoda de Pillaji.

Los sacerdotes se miraron. No comprendían al parecer nada en las palabras del acusado.

—¡Sin duda! —exclamó impetuosamente Picaporte—. ¡En esa pagoda de Pillaji, ante la cual iban a quemar a su víctima!

Los sacerdotes volvieron a quedar estupefactos, asombrándose profundamente el juez Obadiah.

—¿Qué víctima? —preguntó—. ¿Quemar a quién? ¿En medio de la ciudad de Bombay?

—¿Bombay? —exclamó Picaporte.

—Sin duda no se trata de la pagoda de Pillaji, sino de la pagoda de Malebar-Hill, en Bombay.

Y como pieza de convicción, he aquí los zapatos del profanador —añadió el escribano colocando un par de ellos encima de la mesa.

—¡Mis zapatos! —exclamó Picaporte, quien altamente sorprendido no pudo contener esa involuntaria exclamación.

Fácil es comprender lo confundidos que quedaron amo y criado. Se habían olvidado del incidente de Bombay, y éste era precisamente lo que los traía ante el magistrado de Calcuta.

En efecto, el agente Fix había comprendido todo el partido que podía sacar de ese desgraciado asunto. Atrasando su marcha doce horas había ido a aconsejar lo que debían hacer los sacerdotes de Malebar-Hill. Les había prometido resarcimiento de perjuicios, sabiendo muy bien que el gobierno inglés se mostraba muy severo con esos delitos, y después por el tren siguiente los había hecho ir en seguimiento de los culpables. Pero a causa del tiempo empleado en dar libertad a la joven viuda, Fix y los indios llegaron a Calcuta antes que Phileas Fogg y su criado, a quienes los magistrados, prevenidos por despacho telegráfico, debían prender al apearse del tren.

Júzguese el despecho de Fix cuando supo que Phileas Fogg no había llegado a la capital del Indostán. Debió creer que el ladrón, deteniéndose en una de las estaciones, se había refugiado en una de las provincias septentrionales. Durante las veinticuatro horas, Fix estuvo de acecho en la estación, entregado a mortales inquietudes. ¡Cuál fue después su alegría al verlo aquella misma mañana bajar del vagón en compañía, es cierto, de una joven cuya presencia no podía explicar! Al punto envió contra él un agente de policía, y de esa manera Fogg, Picaporte y la viuda del rajá de Bundelkund fueron conducidos ante el juez Obadiab.

Y no estando Picaporte tan preocupado, hubiera visto en un rincón del pretorio al "detective", que asistía al juicio con interés fácil de comprender, porque en Calcuta como en Bombay y como en Suez, no tenía aún el mandato de prisión.

Entretanto, el juez Obadiah había tomado acta de la confesión, que se le había escapado a Picaporte, quien hubiera dado todo lo que poseía por poder retirar sus imprudentes palabras.

—¿Los hechos se confiesan? —dijo el juez.

—Confesados —respondió míster Fogg.

—Visto —repuso el juez —que la ley inglesa entiende proteger igual y rigurosamente todas las religiones de las poblaciones indias; estando el delito confesado por el señor Picaporte; convencido de haber profanado con sacrílego pie el pavimento de la pagoda de Malebar-Hill, en Bombay, el día 20 de octubre, condena al susodicho Picaporte a quince días de prisión y una multa de trescientas libras.

—¿Trescientas libras? —exclamó Picaporte, que sólo se manifestó impresionado por la multa.

—¡Silencio! —dijo el alguacil con áspera voz.

—Y —añadió el juez Obadiah—, considerando que no está materialmente probado que haya dejado de haber convivencia entre el criado y el amo, y que en todo caso éste es responsable de los hechos y gestiones de quienes tiene a su servicio, condeno al señor Phileas Fogg a ocho días de prisión y ciento cincuenta libras de multa. Escribano, llamad a otros.

Fix, en su rincón, experimentaba una satisfacción indecible. Phileas Fogg, detenido ocho días en Calcuta, era más de lo que necesitaba para dar tiempo a que el mandamiento llegase.

Picaporte estaba atolondrado. Esta sentencia arruinaba a su amo. Una apuesta de veinte mil libras perdida, y todo por haber tenido la curiosidad de entrar en aquella maldita pagoda.

Phileas Fogg, tan dueño de sí, como si la sentencia no te hubiese alcanzado, no había movido tan siquiera las cejas. Pero en el momento en que el escribano llamaba a otro juicio, se levantó y dijo:

—Ofrezco caución.

—Tenéis el derecho de hacerlo —respondió el juez.

Fix sintió frío en sus fibras, pero recobró su tranquilidad cuando oyó que el juez, atendida la cualidad de extranjeros de Phileas Fogg y su criado, fijaba la caución para cada uno de ellos en la enorme suma de mil libras.

Eran dos mil libras más de gasto para míster Fogg si no cumplía la condena.

—¡Pago! —exclamó el gentleman.

Y retiró del saco que llevaba Picaporte un paquete de billetes de banco que dejó sobre la mesa del escribano.

—Esta suma os será devuelta al salir de la cárcel —dijo el juez—. Entretanto, estáis libre.

—Venid —dijo Phileas Fogg a su criado.

—¡Pero al menos que me devuelvan mis zapatos! —exclamó Picaporte con un movimiento de rabia.

Le devolvieron sus zapatos.

—¡Bien caros cuestan! —dijo entre dientes—. ¡Más de mil libras cada uno! ¡Sin contar que me hacen daño!

Picaporte siguió con actitud compungida a míster Fogg, que había ofrecido su brazo a la joven. Fix esperaba todavía que el ladrón no se decidiera a perder la suma de dos mil libras y que cumpliría sus ocho días de cárcel. Echó, pues, a andar tras de míster Fogg. Tomó éste un coche, en el cual Aouida, Picaporte y él subieron en seguida. Fix corrió detrás del coche, que se detuvo en uno de los muelles.

A media milla en rada, el "Rangoon" estaba aparejando con su pabellón de marcha izado sobre el mástil. Daban las once. Míster Fogg llegaba, pues, con una hora de adelanto. Fix lo vio apearse y entrar en un bote con Aouida y su criado. El agente dio con el pie en el suelo.

—¡Bribón! —exclamó—. ¡Se marcha! ¡Dos mil libras sacrificadas! ¡Pródigo como un ladrón! ¡Ah! ¡Lo seguiré hasta el fin del mundo si es menester; pero al paso que va, todo el dinero robado se habrá ido!

El inspector de policía tenía sus fundamentos para hacer esta reflexión. En efecto; desde que se había marchado de Londres, entre gastos de viaje, primas, compras de elefantes, cauciones y multas, Phileas Fogg había sembrado Ya más de cinco mil libras por el camino, y el tanto por ciento que se concede a los policías sobre lo recobrado iba siempre bajando.

*Jules Verne*

## XVI

El "Rangoon", uno de los buques que la Compañía Peninsular y Oriental emplea para el servicio del mar de China y del Japón, era un vapor de hierro, de hélice, con el aforo en bruto de mil setecientas toneladas, y la fuerza nominal de cuatrocientos caballos. Igualaba al "Mongolia" en velocidad, pero no en comodidades. Por eso mistress Aouida no estuvo tan bien instalada como lo hubiera deseado Phileas Fogg. Por lo demás, tratándose sólo de una travesía de tres mil quinientas millas, o sea de once a doce días, la joven no fue viajera de difícil acomodo.

Durante los primeros días de la travesía, mistress Aouida contrajo mayor intimidad con Phileas Fogg. En todas ocasiones le manifestaba el más vivo reconocimiento. El flemático gentleman la escuchaba, en apariencia al menos, con la mayor frialdad, sin que una entonación ni un ademán revelasen la más ligera emoción. Cuidaba que nada faltase a la joven. A ciertas horas acudía regularmente, si no a hablar, al menos a escucharla. Cumplía con ella los deberes de urbanidad más estricta, pero con la gracia y la imprevisión de un autómata cuyos movimientos se hubiesen dispuesto para ese fin. Aouida no sabía qué pensar de ello, pero Picaporte le había explicado algo de la excéntrica personalidad de su amo. Le había instruido de la apuesta que le hacía dar la vuelta al mundo. Mistress Aoulda se había sonreído; pero al fin te debía la vida, y su salvador no podía salir perdiendo en que ella lo viese al través de su reconocimiento. .

Mistress Aouida confirmó la noticia que el guía indio había hecho de su interesante historia. Pertenecía ella, en efecto, a esa raza que ocupa el primer lugar entre los indígenas. Varios negociantes parsis han hecho grandes fortunas en las Indias en el comercio de algodones. Uno de ellos, sir James Jejeebloy, ha sido ennoblecido por el gobierno inglés, y Aouida era pariente de ese rico personaje que habitaba en Bombay. Contaba ella con encontrar en Hong-Kong al honorable Jejeeh, primo de sir Jejeebloy. ¿Hallaría allí refugio y protección? No podría asegurarlo, y a eso respondía míster Fogg que no se inquietara porque todo se arreglaría matemáticamente. Estas fueron sus palabras.

¿Comprendía la joven viuda la significación de tan horrible adverbio? No se sabe; pero sus hermosos ojos, límpidos como los sagrados lagos del Himalaya, se fijaban sobre los de Fogg, quien, tan intratable y tan abotonado como siempre, no parecía dispuesto a arrojarse en el referido lago.

Esta primera parte de la travesía del "Rangoon" se efectuó con excelentes condiciones. El tiempo era bonancible, y toda la porción de la inmensa bahía que los marineros llaman los "brazos del Bengala", se mostró favorable a la marcha del vapor.

El "Rangoon" no tardó en cruzar por delante del Gran Andaman, que era la principal isla de un grupo que los navegantes divisan desde lejos, por su pintoresca montaña de Saddle Peek, de dos mil cuatrocientos pies de altura.

Se fue siguiendo la costa de bastante cerca. Los salvajes papúas de la isla no se mostraron. Son unos seres colocados en el último grado de la escala humana, pero que han sido indudablemente considerados como antropófagos.

El desarrollo panorámico de las islas era soberbio. Inmensos bosques de palmeras asiáticas, arecas, bambúes, moscadas, tecks, mimosas gigantescas, helechos arborescentes cubrían el primer plano del país, perfilándose atrás los elegantes contornos de las montañas. Sobre la costa pululaban a millares esas preciosas salanganas, cuyos nidos comestibles son un manjar muy apetitoso en el Celeste Imperio. Pero todo este espectáculo variado, ofrecido a las miradas por el grupo de las Andaman, paso pronto, y el "Rangoon" se dirigió con rapidez hacia el estrecho de Malaca, que debía darle acceso a los mares de la China.

¿Qué hacía durante la travesía el inspector Fix, tan desgraciadamente arrastrado en aquel viaje de circunnavegación? Al salir de Calcuta, después de haber dejado instrucciones para que, si llegase el mandamiento, le fuese remitido a Hong-Kong, había podido embarcar a bordo del "Rangoon" sin haber sido visto de Picaporte, y confiaba en disimular su presencia hasta la llegada a puerto. En efecto, difícil le hubiera sido explicar por qué se hallaba a bordo sin excitar las sospechas de Picaporte, que debía creerle en Bombay. Pero la lógica misma de las circunstancias reanudó sus relaciones con el honrado mozo. ¿De qué modo? Vamos a verlo.

Todas las esperanzas, todos los deseos del inspector de policía se concentraban ahora en un solo punto del mundo, Hong-Kong; porque el vapor se detenía muy poco tiempo en Singapur para poder obrar en esta ciudad. La prisión debía verificarse por consiguiente en Hong-Kong, porque, si no, se le escaparía el ladrón sin remedio.

En efecto, Hong-Kong era todavía tierra inglesa, pero la última. Más allá, la China, el Japón, la América ofrecían un refugio casi seguro a míster Fogg. En Hong-Kong, si llegaba por fin el mandamiento de prisión, Fix prendería a Fogg, y lo entregaría a la policía local. No había dificultad; pero más allá de Hong-Kong, no bastaría ya un simple mandamiento de prisión, sino que sería necesaria un acta de extradición. De aquí resultarían tardanzas, lentitudes y obstáculos de toda naturaleza, que el ladrón aprovecharía para escaparse definitivamente. Si la operación no se podía verificar en Hong-Kong, sería, si no imposible, mucho más difícil poderla efectuar con alguna probabilidad de éxito.

"Por consiguiente —decía Fix para sí durante las dilatadas horas que pasaba en el camarote— o el mandamiento estará en Hong-Kong y prendo a mi hombre, o no estará y será necesario retrasar su viaje a toda costa. ¡Salido mal en Bombay y en Calcuta, si no doy el golpe en Hong-Kong, pierdo mi reputación! Cueste lo que cueste, es necesario triunfar. Pero, ¿qué medio emplearé para retardar, si fuese necesario, la partida de ese maldito Fogg?"

En última instancia, Fix estaba decidido a revelárselo todo a Picaporte, dándole a conocer el amo a quien servía y del cual no era ciertamente cómplice. Picaporte, con esta revelación, debería creerse comprometido, y entonces se pondría de parte de Fix. Pero éste era un medio aventurado que sólo podía emplearse a falta de otro. Una sola palabra dicha por Picaporte a su amo hubiera bastado para comprometer irrevocablemente el negocio.

El inspector de policía se hallaba pues, muy apurado, cuando la presencia de Aouida a bordo del "Rangoon", en compañía de Phileas Fogg, le abrió nuevas perspectivas.

¿Quién era aquella mujer? ¿Qué concurso de circunstancias la habían traído a ser compañera de Fogg? El encuentro había tenido lugar evidentemente entre Bombay y Calcuta. Pero, ¿en qué punto de la península? ¿Era él acaso quien había reunido a Phileas Fogg con la joven viajera? Ese viaje al través de la India, por el contrario, ¿había sido emprendido con el fin de reunirse con tan linda persona? ¡Porque era lindísima! Bien lo había reparado Fix en la sala de audiencias del tribunal de Calcuta.

Fácil es comprender cuán caviloso debía estar el agente. Ocurriósele la idea de algún rapto criminal. ¡Sí! ¡Eso debía ser! Este pensamiento se incrustó en el cerebro de Fix, reconociendo todo el partido que de esta circunstancia podía sacar. Fuese o no casada la joven, había rapto, y era posible suscitar en Hong-Kong tales dificultades al raptor, que no pudiera salir de ellas ni aun a fuerza de dinero.

Pero no había que aguardar la llegada del "Rangoon" a Hong-Kong. Ese Fogg tenía la detestable costumbre de saltar de un buque a otro, y antes que la denuncia se entablase podía estar lejos.

Lo que importaba era prevenir a las autoridades inglesas y señalar el paso del "Rangoon" antes del desembarque. Nada era más fácil, puesto que el vapor hacía escala en Singapur, y esta ciudad se hallaba enlazada con la costa de China por un alambre telegráfico.

Sin embargo, antes de obrar, y con el fin de proceder con más seguridad, Fix resolvió interrogar a Picaporte. Sabía que no era muy difícil hacerle hablar, y se decidió a romper el disimulo que hasta entonces había guardado. Pero no había tiempo que perder, porque era el 31 de octubre, y al día siguiente el "Rangoon" debía hacer escala en Singapur.

Saliendo, pues, aquel día de su camarote, Fix apareció en el puente con intento de ir al encuentro de Picaporte con señales de la mayor sorpresa. Picaporte se estaba paseando a proa cuando el inspector corrió hacia él, exclamando:

—¡Vos aquí en el "Rangoon"!

—¡El señor Fiz a bordo! —respondió Picaporte, absolutamente sorprendido al reconocer a su compañero de travesía del "Mongolia"—. ¡Cómo! ¡Os dejo en Bombay y os encuentro en camino de Hong-Kong! Entonces, ¿también estáis dando la vuelta al mundo?

—No —respondió Fix— y pienso detenerme en Hong-Kong, al menos durante algunos días.

—¡Ah!— dijo Picaporte que tuvo un momento de asombro—. ¿Y cómo no os he visto desde la salida de Calcuta?

—Cierto malestar... un poco de mareo... He guardado cama en mi camarote... El golfo de Bengala no me prueba tan bien como el Océano de las Indias. ¿Y vuestro amo míster Phileas Fogg?

—Con cabal salud y tan puntual como su itinerario. ¡Ni un día de atraso! ¡Ah, señor Fix, no lo sabéis; pero también está con nosotros una joven señora!

—¿Una joven señora? —respondió el agente, que aparentaba perfectamente no comprender lo que su interlocutor quería decir.

Pero Picaporte lo puso pronto al corriente de la historia. Refirió el incidente de la pagoda de Bombay, la adquisición del elefante al precio de dos mil libras, el suceso del "sutty", el rapto de Aouida, la sentencia del tribunal de Calcuta, la libertad bajo caución. Fix, que conocía la última parte de estos incidentes, fingía ignorarlos todos, y Picaporte se dejaba llevar por el encanto de contar sus aventuras a un oyente que tanto interés demostraba en escucharlas.

—Pero en suma —preguntó Fix—, ¿es que vuestro amo intenta llevarse a esa joven a Europa?

—No, señor Fix, no. Vamos a entregarla a uno de sus parientes; rico comerciante de Hong-Kong.

—¡Nada por hacer! —dijo entre sí el detective disimulando su despecho—. ¿Queréis una copa de gin, señor Picaporte?

—Con mucho gusto, señor Fix. ¡Nuestro encuentro a bordo del "Rangoon" bien merece que bebamos!

## XVII

Desde aquel día, Picaporte y el agente se encontraron con frecuencia; pero Fix estuvo muy reservado con su compañero y no trató de hacerle hablar. Sólo vio una o dos veces a míster Fogg que permanecía en el salón del "Rangoon", ora haciendo compañía a Aouida, ora jugando al whist, según su invariable costumbre.

En cuanto a Picaporte, se puso a pensar formalmente sobre la extraña casualidad que traía otra vez a Fix al mismo camino que su amo. Y en efecto, con menos había para asombrarse. Ese caballero, muy amable y a la verdad muy complaciente, que aparece primero en Suez, que se embarca en el "Mongolia", que desembarca en Bombay, donde dice que debe quedarse; que se encuentra luego en el "Rangoon" en dirección de Hong-Kong; en una palabra, siguiendo paso a paso el itinerario de míster Fogg, todo esto merecía un poco de meditación. Había aquí extrañas coincidencias. ¿Tras de quién iba Fix? Picaporte estaba dispuesto a apostar sus babuchas —las había preciosamente conservado— que Fix saldría de Hong-Kong al mismo tiempo que ellos, y probablemente sobre el mismo vapor.

Aun cuando hubiera estado Picaporte discurriendo durante un siglo, nunca hubiera acertado con la misión de que estaba encargado el agente. Jamás se hubiera imaginado que Phileas Fogg fuera seguido a la manera de un ladrón, alrededor del globo terrestre. Pero como la condición humana quiere explicarlo todo, he aquí cómo Picaporte, por una repentina inspiración, interpretó la presencia permanente de Fix, y ciertamente que no dejaba de ser plausible su ocurrencia. En efecto, según él, Fix no era ni podía ser, más que un agente enviado en seguimiento de Phileas Fogg por sus compañeros del Reform-Club, a fin de reconocer si el viaje se hacía efectivamente alrededor del mundo, según el itinerario convenido.

—¡Es evidente, es evidente! —decía para sí el honrado mozo, ufano de su perspicacia—. ¡Es un espía que esos caballeros han enviado tras de nosotros! ¡Eso no es digno! ¡Míster Fogg, tan probo, tan hombre de bien! ¡Hacerle espiar por un agente! ¡Ah! ¡Señores del Reform-Club, caro os costará!

Encantado Picaporte de su descubrimiento, resolvió, sin embargo, no decir nada a su amo, por temor de que éste no se resintiese con razón ante la desconfianza que manifestaban sus adversarios. Pero se propuso bromear a Fix con este motivo, por medio de palabras embozadas y sin comprometerse.

El miércoles 30 de octubre, por la tarde, el "Rangoon" entraba en el estrecho de Malaca, que separa la península de ese nombre de las tierras de Sumatra. Unos islotes montuosos, muy escarpados y pintorescos, ocultaban a los pasajeros la vista de la gran isla.

Al siguiente día, a las cuatro de la mañana, habiendo el "Rangoon" ganado media jornada sobre la travesía reglamentaria, anclaba en Singapur a fin de renovar su provisión de carbones.

Phileas Fogg inscribió ese adelanto en la columna de beneficios, y esta vez bajó a tierra, acompañando a Aouida, que había manifestado deseos de pasear durante algunas horas.

Fix, a quien parecía sospechosa toda acción de Fogg, lo siguió con disimulo. En cuanto a Picaporte, que se reía "in petto", al ver la maniobra de Fix, fue a hacer sus ordinarias compras.

La isla de Singapur no es grande ni de imponente aspecto. Carece de montañas y, por consiguiente, de perfiles, pero en su pequeñez es encantadora. Es un parque cortado por hermosas carreteras. Un bonito coche, tirado por esos elegantes caballos importados de Nueva Zelanda, tranportó a mistress Aouida y a Phileas Fogg al centro de unos grupos de palmeras de brillante hoja y de esos árboles que producen el clavo de especia formado con el capullo mismo de la flor entreabierta. Allí, los setos de arbustos de pimienta, reemplazaban las cambroneras de las campiñas europeas; los saguteros, los grandes helechos con su soberbio follaje, variaban el aspecto de aquella región tropical; los árboles de moscada con sus barnizadas hojas saturaban el aire con penetrantes perfumes. Los monos en tropeles, que ostentaban su viveza y sus muecas, no faltaban en los bosques, ni los tigres en los juncales. A quien se asombre de que en tan pequeña isla no hayan sido destruidos esos terribles carnívoros, les responderemos que vienen de Malaca atravesando el estrecho a nado.

Después de haber recorrido la campiña durante dos horas, Aouida y su compañero —que miraban un poco sin ver— volvieron a la ciudad, extensa aglomeración de lindos jardines donde se encuentran mangustos, piñas y las mejores frutas del mundo.

A las diez volvían al vapor, después de haber sido seguidos sin sospecharlo por el inspector, que también había tenido que hacer gasto de coche.

Picaporte los aguardaba en el puente del "Rangoon". El buen muchacho había comprado algunas docenas de mangustos, gruesos como manzanas medianas, de color pardo oscuro por fuera, rojo subido por dentro, y cuya fruta blanca, al fundirse entre los labios, procura a los verdaderamente golosos un goce sin igual. Picaporte tuvo una gran satisfacción en ofrecerlos a Aouida que se lo agradeció con suma gracia.

A las once, el "Rangoon", después de haberse abastecido de carbón, largaba sus amarras; y algunas horas más tarde los pasajeros perdían de vista las altas montañas de Malaca, cuyas selvas abrigan los más hermosos tigres de la tierra.

Singapur dista mil trescientas millas de la isla de Hong-Kong, pequeño territorio inglés desprendido de la costa de China. Phileas Fogg tenía interés en recorrerías lo «más en seis días, a fin de tomar en Hong-Kong el vapor que partía el 6 de noviembre para Yokohama, uno de los principales puertos de Japón.

El "Rangoon" iba muy cargado. Se habían embarcado en Singapur numerosos pasajeros, indios, ceilaneses, chinos, malayos, portugueses, la mayor parte de los cuales iban en las clases inferiores.

El tiempo, bastante bello hasta entonces, cambió con el último cuarto de luna. La mar se puso gruesa. El viento arreció, pero felizmente por el Sureste, lo cual favorecía la marcha del vapor. Cuando era manejable, el capitán hacía desplegar velas. El "Rangoon", aparejado en bergantín, navegó a menudo con sus dos gavias y trinquete aumentando su velocidad bajo la doble acción del vapor y del viento. Así se recorrieron sobre una zona estrecha y a veces muy penosa las costas de Anam y Cochinchina.

Pero la culpa la tenía más bien el "Rangoon" que el mar; y los pasajeros, que se sintieron la mayor parte enfermos, debieron achacar su malestar al buque.

En efecto, los vapores de la Compañía Peninsular que hacen el servicio de los mares de China, tienen un defecto de construcción muy grave. La relación del calado en carga con la cabida, ha sido mal calculada, y por consiguiente ofrecen al mar muy débil resistencia. Su volumen cerrado, impenetrable al agua, es insuficiente. Están anegados, y a consecuencia de esta disposición bastaban algunos bultos echados a bordo, para modificar su marca. Son, por consiguiente, esos buques muy inferiores —si no por el motor y el aparato evaporatorio— a los tipos de las mensajerías francesas, tales como la "Emperatriz" y el "Cambodge". Mientras que, según los cálculos de los ingenieros, estos buques pueden embarcar una cantidad de agua igual a su propio peso, antes de sumergirse los de la Compañía Peninsular, el "Gioconda", el "Corea" y el "Rangoon" no podrían recibir el sexto de su peso sin irse a pique.

Convenía, pues, tomar grandes precauciones durante el mal tiempo. Era menester algunas veces estar a la capa con poco vapor, lo cual era una pérdida de tiempo que no parecía afectar a Phileas Fogg de modo alguno, pero que irritaba mucho a Picaporte. Acusaba entonces al capitán, al maquinista, a la Compañía, y enviaba al diantre a todos los que se ocupan de transportar viajeros. Tal vez también la idea de aquel mechero de gas que seguía ardiendo por su cuenta en la casa de Saville-Row entraba por mucho en su impaciencia.

—¿Parece que tenéis mucha prisa en llegar a Hong-Kong? —le dijo un día el detective.

—¡Mucha prisa! — respondió Picaporte.

—¿Pensáis que míster Fogg tenga también mucha prisa en tomar el vapor de Yokohama?

—¡Una prisa espantosa!

—¿Luego ahora creéis en ese extraño viaje alrededor del mundo?

—Absolutamente. ¿Y vos, señor Fix?

—¿Yo? No creo en él.

—¡Truhán! —respondió Picaporte guiñando el ojo.

Esa palabra dejó pensativo al agente. El calificativo lo inquietó mucho sin saber por qué. ¿Lo había adivinado el francés? No sabía qué pensar. ¿Cómo podía Picaporte haber descubierto su condición de "detective", cuyo secreto de nadie podía ser sabido? Y sin embargo, al hablar así, Picaporte lo había hecho con segunda intención.

Aconteció también que el buen muchacho se propasó aún más otro día, sin poder contener su lengua.

—Vamos, señor Fix —preguntó a su compañero con malicia—, ¿acaso una vez llegados a Hong-Kong tendremos el sentimiento de dejaros allí?

—¡Vaya —respondió Fix bastante desconcertado— no lo sé! ¡Tal vez...!

—¡Ah! —dijo Picaporte—. ¡Si nos acompañaseis, sería una dicha para mí! ¡Vamos! ¡Un agente de la Compañía Peninsular no debe quedarse en el camino! ¡No ibais más que a Bombay y ya pronto estaréis en China! ¡La América no está lejos, y de América a Europa hay sólo un paso!

Fix miraba con atención a su interlocutor, que le mostraba el semblante más amable del mundo, y adoptó el partido de reírse de él. Pero éste, que estaba de gracia, le preguntó si su oficio le producía mucho.

—Sí y no —respondió Fix sin pestañear—. Hay negocios buenos y malos. ¡Pero bien comprenderéis que no viajo a mis expensas!

—¡Oh! ¡En cuanto a eso, estoy seguro de ello! —exclamó Picaporte riéndose más y mejor.

Terminada la conversación, Fix entró en su camarote y se entregó a la meditación. De un modo o de otro, el francés había reconocido su calidad de agente de policía. Pero, ¿se lo habría dicho a su amo? ¿Qué papel hacía en todo esto? ¿Era cómplice o no? ¿El negocio estaba descubierto y por consiguiente fallido? El agente pasó algunas horas angustiosas, creyéndolo algunas veces todo perdido, esperando otras que Fogg ignoraba la situación, y por último, no sabiendo qué partido tomar.

Entretanto, se estableció la calma en su cerebro y resolvió obrar francamente con Picaporte. Si no se encontraba en las condiciones apetecidas para prender a Fogg en Hong-Kong, y así Fogg se preparaba para salir definitivamente del territorio inglés, él, Fix, se lo diría todo a Picaporte. O el criado era cómplice del amo y éste lo sabía todo, en cuyo caso el negocio estaba definitivamente comprometido, o el criado no tenía parte alguna en el robo, y entonces su interés estaba en separarse del ladrón.

Tal era pues la situación respectiva de aquellos dos hombres, mientras que Phileas Fogg se distinguía por su magnífica indiferencia. Cumplía racionalmente su órbita alrededor del mundo, sin inquietarse de los asteroides que giraban en su derredor.

Y sin embargo, había en las cercanías —según expresión de los astrónomos— un astro perturbador que hubiera debido producir algunas alteraciones en el corazón de ese caballero. ¡Pero no! El encanto de Aouida no tenía acción alguna, con gran sorpresa de Picaporte, y las perturbaciones, si existían, hubieran sido más difíciles de calcular que las de Urano, que han ocasionado el descubrimiento de Neptuno.

¡Sí Era un asombro diario para Picaporte, que leía tanto agradecimiento hacia su amo en los ojos de la hermosa joven! ¡Decididamente, Phileas Fogg sólo tenía corazón bastante para conducirse con heroísmo, pero no con amor, no! En cuanto a las preocupaciones que los azares del viaje podían causarle, no daba indicio ninguno de ellas. Pero Picaporte vivía en continua angustia. Apoyado un día en el pasamanos de la máquina, estaba mirando cómo de vez en cuando precipitaba éste su movimiento, cuando la hélice salió de punta fuera de las olas por un violento cabeceo, escapándose el vapor por las válvulas, lo cual provocó las iras de tan digno mozo.

—¡No están bastante cargadas esas válvulas! —exclamó—. ¡Eso no es andar! ¡Al fin, ingleses! ¡Ah! Si fuese un buque americano, quizá saltaríamos, pero iríamos más de prisa.

## XVIII

Durante los primeros días de la travesía, el tiempo fue bastante malo. El viento arreció mucho. Fijándose en el Noroeste, contrarió la marcha del vapor, y el "Rangoon", demasiado inestable cabeceó considerablemente, adquiriendo los pasajeros el derecho de guardar rencor a esas anchurosas oleadas que el viento levantaba sobre la superficie del mar.

Durante los días 3 y 4 de noviembre fue aquello una especie de tempestad. La borrasca batió el mar con vehemencia. El "Rangoon" debió estarse a la capa durante media jornada, manteniéndose con diez vueltas de hélice nada más, y tomando de sesgo a las olas. Todas las velas estaban arriadas, y aun sobraban todos los aparejos que silbaban en medio de las ráfagas.

La velocidad del vapor, como es fácil concebirlo, quedó notablemente rebajada, y se pudo calcular que la llegada a Hong-Kong llevaría veinte horas de atraso y quizá más si la tempestad no cesaba.

Phileas Fogg asistía a aquel espectáculo de un mar furioso que parecía luchar directamente contra él, sin perder su habitual impasibilidad. Su frente no se nubló ni un instante, y sin embargo, una tardanza de veinte horas podía comprometer su viaje, haciéndole perder la salida del vapor de Yokohama. Pero ese hombre sin nervios no experimentaba ni impaciencia ni aburrimiento. Hasta parecía que la tempestad estaba en su programa y estaba prevista. Mistress Aouida que habló de este contratiempo con su compañero, lo encontró tan sereno como antes.

Fix no veía las cosas del mismo modo. Antes al contrario. La tempestad le agradaba. Su satisfacción no hubiera tenido límites si el "Rangoon" se llegase a ver obligado a huir ante la tormenta. Todas estas tardanzas le cuadraban bien, porque pondrían a míster Fogg en la precisión de permanecer algunos días en Hong-Kong. Por último, el cielo, con sus ráfagas y borrascas, estaba a su favor. Se encontraba algo indispuesto; ¡pero qué importa! No hacía caso de sus náuseas, y cuando su cuerpo se retorcía por el mareo, su ánimo se ensanchaba con satisfacción inmensa.

En cuanto a Picaporte, bien se puede presumir a que cólera se entregaría durante ese tiempo de prueba. ¡Hasta entonces todo había marchado bien! La tierra y el agua parecían haber estado a disposición de su amo. Vapores y ferrocarriles, todo le obedecía. El viento y el vapor se habían concertado para favorecer su viaje. ¿Había llegado la hora de los desengaños? Picaporte, como si debieran salir de su bolsillo, no vivía las veinte mil libras de la apuesta ya. Aquella tempestad lo exasperaba, la ráfaga lo enfurecía, y de buen grado hubiera azotado a aquel mar tan desobediente. ¡Pobre mozo! Fix le ocultó cuidadosamente su satisfacción personal, e hizo bien, porque, si Picaporte hubiera adivinado la alegría secreta de Fix, éste lo hubiera pasado mal.

Picaporte, durante toda la duración de la borrasca, permaneció sobre el puente del "Rangoon". No hubiera podido estarse abajo. Se encaramaba a la arboladura y ayudaba las maniobras con la ligereza de un mono, asombrando a todos. Dirigía preguntas al capitán, a los oficiales, a los marineros, que no podían menos de reírse al verle tan desconcertado.

Picaporte quería a toda costa saber cuánto duraría la tempestad, y le designaban el barómetro que no se decidía a subir. Picaporte sacudía el barómetro, pero nada obtenía, ni aun con las injurias que prodigaba al irresponsable instrumento.

Por fin la tempestad se apaciguó; el estado del mar se modificó en la jornada del 4 de noviembre. El viento volvió dos cuartos al Sur y se tomó favorable.

Picaporte se serenó juntamente con el tiempo. Las gavias y foques pudieron desplegarse, y el "Rangoon" prosiguió su rumbo con maravillosa velocidad.

Pero no era posible recobrar todo el tiempo perdido. Era necesario resignarse, y la tierra no se divisó hasta el día 6 a las cinco de la mañana. El itinerario de Phileas Fogg señalaba la llegada para el 5. Había, pues una pérdida de veinticuatro horas, y necesariamente se perdía la salida para Yokohama.

A las seis, el piloto subió a bordo del "Rangoon" y se colocó en el puente que cubre la escotilla de la máquina para dirigir el buque por los pasos hasta el puerto de Hong-Kong.

Picaporte ardía en deseos de preguntar a ese hombre si el vapor de Yokohama había partido; pero no se atrevió, por no perder la esperanza hasta el último momento. Había confiado sus inquietudes a Fix, quien trataba, el zorro, de consolarlo, diciéndole que míster Fogg lo arreglaría tomando el vapor próximo, lo cual daba inmensa rabia a Picaporte.

Pero si Picaporte no se aventuraba a hacer preguntas al piloto, míster Fogg, después de haber consultado su "Bradshaw" le preguntó con calma si sabía cuándo saldría un buque de Hong-Kong para Yokohama.

—Mañana a la primera marea —respondió el piloto.

—¡Ah! —exclamó míster Fogg sin manifestar ningún asombro.

Picaporte, que estaba presente, hubiera abrazado de buen grado al piloto, a quien Fix retorcería con gusto el cuello.

—¿Cuál es el nombre de ese vapor? —preguntó míster Fogg.

—El "Carnatic" —respondió el piloto.

—¿No debía marchar ayer?

—Sí, señor, pero tenía que hacer reparaciones en su caldera y se aplazó la salida para mañana.

—Os doy las gracias —respondió míster Fogg, que con paso automático bajó al salón del "Rangoon".

En cuanto a Picaporte, tomó la mano del piloto y la estrechó vigorosamente diciendo:

—¡Vos, piloto, sois un hombre digno!

El piloto nunca habrá llegado a saber probablemente por qué sus respuestas le valieron tan amistosa expansión. Después de un silbido de la máquina, dirigió el vapor entre aquella flotilla de juncos, tankas, barcos de pesca y buques de todo género que obstruían los pasos de Hong-Kong.

A la una, el "Rangoon" estaba en el muelle y los pasajeros desembarcaron.

En esta circunstancia debemos convenir en que el azar había singularmente favorecido a Phileas Fogg. Sin la necesidad de reparar sus calderas el "Carnatic" se hubiera marchado el 5 de noviembre, y los viajeros para el Japón hubieran tenido que aguardar durante ocho días la salida del vapor siguiente. Es cierto que míster Fogg estaba veinticuatro horas atrasado, pero este atraso no podía tener para él consecuencias sensibles.

En efecto, el vapor que hace la travesía del Pacífico desde Yokohama a San Francisco, estaba en correspondencia directa con el de Hong-Kong y no podía salir antes de la llegada de éste. Habría evidentemente veinticuatro horas de atraso

123

en Yokohama, pero durante los veintidós días que dura la travesía del Pacífico sería fácil recobrarlas. Phileas Fogg se hallaba, pues, con veinticuatro horas de diferencia en las condiciones de su programa, treinta y cinco días después de su salida de Londres.

El "Carnatic" no debía salir hasta el día siguiente a las cinco, y por consiguiente podía míster Fogg disponer de dieciséis horas para sus asuntos; es decir, para los de Aouida. Al desembarcar ofreció su brazo a la joven y la condujo a una litera pidiendo a los porteadores que le indicasen una fonda. Le designaron el "Hotel del Club", adonde llegó el palanquín veinte minutos después, seguido de Picaporte.

Se tomó un cuarto para la joven, y Phileas Fogg cuidó que nada le faltase. Después le dijo que iba inmediatamente a ponerse en busca de los parientes en poder de quienes debía dejarla. Al mismo tiempo dio a Picaporte la orden de permanecer en el hotel hasta su regreso, para que la joven no estuviese sola.

El gentleman se hizo conducir a la Bolsa. Allí conocerían probablemente a un personaje tal como el honorable Jejeeh, que era uno de los más ricos comerciantes de la ciudad.

El corredor a quien se dirigió míster Fogg conocía en efecto al negociante parsi; pero hacía dos años que éste, después de haber hecho fortuna, había ido a establecerse a Europa —en Holanda, según se creía— lo cual se explicaba por las numerosas relaciones que había tenido con este país durante su existencia comercial.

Phileas Fogg volvió al "Hotel del Club", y al punto se presentó ante mistress Aouida, a quien sin más le manifestó que el honorable Jejeeh no residía ya en Hong-Kong, habitando probablemente en Holanda.

Aouida al pronto no respondió nada. Se pasó la mano por la frente y estuvo meditando durante algunos instantes. Después, dijo con suave voz:

—¿Qué debo hacer, míster Fogg?

—Muy sencillo —respondió el gentleman—. Venir a Europa.

—Pero yo no puedo abusar.

—No abusáis, y vuestra presencia no entorpece mi programa. ¿Picaporte?

—Señor —respondió Picaporte.

—Id al "Carnatic" y tomad tres camarotes.

Picaporte, gozoso de seguir el viaje en compañía de la joven que lo trataba con mucho agrado, dejó al punto el "Hotel del Club".

## XIX

Hong-Kong no es más que un islote cuya posesión quedó asegurada para Inglaterra por el Tratado de Tonkín después de la guerra de 1842. En algunos años el genio colonizador de la Gran Bretaña había fundado allí una ciudad importante y creando un puerto, el puerto Victoria. La isla se halla situada en la embocadura del río de Cantón, habiendo solamente sesenta millas hasta la ciudad portuguesa de Macao, construida en la ribera opuesta. Hong-Kong debía por necesidad vencer a Macao en la lucha mercantil, y ahora la mayor parte del tránsito chino se efectúa por la ciudad inglesa. Los docks, los hospitales, los muelles, los depósitos, una catedral gótica, la casa del gobernador, calles macadamizadas, todo haría creer que una de las ciudades de los condados de Kent o de Surrey, atravesando la esfera terrestre, se ha trasladado a ese punto de la China, casi en las antípodas.

Picaporte se dirigió con las manos metidas en los bolsillos hacia el puerto Victoria, mirando los palanquines, las carretillas de vela, todavía usadas en el celeste Imperio, y toda aquella muchedumbre de chinos, japoneses y europeos que se apiñaban en las calles. Con poca diferencia, aquello era todavía muy parecido a Bombay, Calcuta o Singapur. Hay como un rastro de ciudades inglesas así alrededor del mundo.

Picaporte llegó al puerto Victoria. Allí, en la embocadura del río Cantón, había un hormiguero de buques de todas las naciones: ingleses, franceses, americanos, holandeses, navíos de guerra y mercantes, embarcaciones japonesas y chinas, juncos, sempos, tankas y aun barcos-flores que formaban jardines flotantes sobre las aguas. Paseándose, Picaporte observó cierto número de indígenas vestidos de amarillo, muy avanzados en edad. Habiendo entrado en una barbería china para hacerse afeitar a lo chino, supo por el barbero, que hablaba bastante bien el inglés, que aquellos ancianos pasaban todos de ochenta años, porque al llegar a esta edad tenían el privilegio de vestir de amarillo, que es el color imperial. A Picaporte le pareció esto muy chistoso sin saber por qué.

Después de afeitarse se fue al muelle de embarque del "Carnatic", y allí vio a Fix que se paseaba de arriba abajo y viceversa, de lo cual no se extrañó. Pero el inspector de policía dejaba ver en su semblante muestras de un despecho vivísimo.

—¡Bueno! —dijo entre sí Picaporte—. ¡Esto va mal para los gentlemen del Reform-Club!

Y salió al encuentro de Fix con su alegre sonrisa, sin aparentar que notaba la inquietud de su compañero.

Ahora bien, el agente tenía buenas razones para echar pestes contra el infernal azar que lo perseguía. ¡No había mandamiento! Era evidente que éste corría tras de él y no podía alcanzarlo sino permaneciendo algunos días en la ciudad. Y como Hong-Kong era la última tierra inglesa del trayecto, míster Fogg se le iba a escapar definitivamente si no lograba retenerlo.

—Y bien, señor Fix, ¿estáis decidido a venir con nosotros a América? —preguntó Picaporte.

—Sí —respondió Fix apretando los dientes.

—¡Enhorabuena! —exclamó Picaporte soltando una ruidosa carcajada—. Bien sabía yo que no podríais separaros de nosotros. ¡Venid a tomar vuestro pasaje, venid!

Y ambos entraron en el despacho de los transportes marítimos, tomando camarotes para cuatro personas; pero el empleado les advirtió que estando concluidas las reparaciones del "Carnatic" se marcharía éste aquella misma noche a las ocho, y no al siguiente día como se había anunciado.

—Muy bien —exclamó Picaporte —esto no vendrá mal a mi amo. Voy a avisarle.

En aquel momento, Fix tomó una resolución extrema. Resolvió decírselo todo a Picaporte. Era éste el único medio de retener a Phileas Fogg durante algunos días en Hong-Kong

Al salir del despacho, Fix ofreció a su compañero convidarlo en una taberna. Picaporte tenía tiempo, y aceptó el convite.

Había en el muelle una taberna de atractivo aspecto, donde ambos entraron. Era una extensa sala bien adornada, en el fondo de la cual había una tarima de campaña, guarnecida de almohadas, y sobre la cual se hallaba cierto número de durmientes.

Unos treinta consumidores ocupaban en la gran sala unas mesetas de junco tejido. Los unos vaciaban pintas de cerveza inglesa, los otros, copas de licores alcohólicos, gin o brandy. Además, la mayor parte de ellos fumaba en largas pipas de barro colorado, llenas de bolitas de opio mezclado con esencia de rosa. Después, de vez en cuando, algún fumador enervado caía bajo la mesa; y los mozos, tomándolo por los pies y la cabeza, lo llevaban al tinglado para que allí durmiera tranquilamente. Estaban allí colocados como treinta de éstos, embriagados, unos junto a otros en el último grado de embrutecimiento.

Fix y Picaporte comprendieron que habían entrado en un fumadero frecuentado por esos miserables, alelados, enflaquecidos, idiotas, a quienes la mercantil Inglaterra vende anualmente millones de libras de esa funesta droga, llamada opio. ¡Tristes millones cobrados sobre uno de los vicios más funestos de la naturaleza humana!

Bien ha procurado el gobierno chino remediar este abuso por medio de leyes severas, pero en vano. De la clase rica, a la cual estaba al principio formalmente reservado el uso del opio, descendió el vicio hasta las clases inferiores, y ya no fue posible contener sus estragos. Se fuma el opio en todas partes, entregándose a esa inhalación no pueden pasar sin ella, porque experimentan horribles contracciones en el estómago. Un buen fumador puede aspirar ocho pipas al día, pero se muere en cinco años.

Fix y Picaporte habían entrado, por consiguiente, en uno de esos fumaderos que pululan hasta en Hong-Kong. Picaporte no tenía dinero, pero aceptó gustoso la fineza de su compañero, reservándose pagársela en su tiempo y lugar.

Se pidieron dos botellas de Oporto, a las cuales hizo el francés mucho honor; mientras que Fix, más reservado, observaba a su compañero, con suma atención. Se habló de diferentes cosas, y sobre todo de la excelente idea que había tenido Fix al tomar pasaje en el "Carnatic". Y a propósito de este vapor cuya salida se anticipaba, Picaporte, después de vaciadas las botellas, se levantó para advertir a su amo.

Fix lo detuvo.

—Un momento —le dijo.

—¿Qué queréis, señor Fix?

—Tengo que hablaros de cosas serias.

—¡De cosas serias! —exclamó Picaporte vaciando algunas gotas de vino que se habían quedado en el fondo de su vaso—. Pues bien, mañana hablaremos. No tengo tiempo hoy.

—Quedaos —dijo Fix—. ¡Se trata de vuestro amo!

Picaporte, al oír esto, miró con fijeza a su interlocutor.

La expresión del semblante de Fix le pareció singular, y se sentó.

—¿Qué tenéis, pues, que decirme? —preguntó.

Fix apoyó la mano en el brazo de su compañero, y bajando la voz, dijo:

—¿Habéis adivinado quién soy?

—¡Pardiez! —dijo Picaporte sonriendo.

—Entonces voy a confesarlo todo...

—...¡Ahora que lo sé todo, compadre! ¡Ah! ¡Eso no tiene chiste! ¡Pero, en fin, seguid; mas antes dejadme deciros que esos caballeros hacen gastos bien inútiles!

—¡Inútiles! —dijo Fix—. ¡Habláis como queréis! ¡Ya se ve que no conocéis la importancia de la suma!

—Pero sí que la conozco perfectamente —respondió Picaporte—. ¡Se trata de veinte mil libras!

—¡Cincuenta y cinco mil! —repuso Fix, estrechando la mano del francés.

—¡Cómo! —exclamó Picaporte—. Míster Fogg se habrá atrevido... ¡Cincuenta y cinco mil libras!... Pues bien, razón de más para no perder momento —añadió levantándose otra vez.

—¡Cincuenta y cinco mil libras! —repuso Fix, que hizo sentar de nuevo a Picaporte, después de haber hecho traer un frasco de brandy—. Y si salgo bien, gano una prima de dos mil libras. ¿Queréis quinientas con la condición de ayudarme?

—¿Ayudaros? —exclamó Picaporte, cuyos ojos sabrían desmesuradamente.

—¿Eh? —dijo Picaporte—, ¿Qué estáis ahí diciendo? ¡Cómo! ¡No contentos con hacer seguir a mi amo y sospechar de su lealtad, esos caballeros quieren además promover obstáculos! ¡Me avergüenzo por ellos!

—¿Qué es eso? ¿Qué queréis decir? —preguntó Fix.

—Quiero decir que es muy poco delicado. Esto equivale a despojar a míster Fogg y sacarle el dinero del bolsillo.

—¡De eso precisamente se trata!

—Pero es una acechanza —exclamó Picaporte animándose por la influencia del brandy que le servía Fix y que bebía sin advertirlo—. Una verdadera asechanza. ¡Unos ca-balleros! ¡Unos colegas!

Fix empezaba a no comprender.

—¡Unos colegas! —exclamó Picaporte—. ¡Miembros del Reform—Club! Sabed, señor Fix, que mi amo es hombre honrado, y que cuando hace una apuesta trata de ganarla lealmente.

—Pero, ¿quién creéis que soy? —preguntó Fix clavando su mirada en Picaporte.

—¡Pardiez! Un agente de los socios del Reform-Club, con la misión de vigilar el itinerario de mi amo, lo cual es altamente humillante. Así es que, si bien hace algún tiempo que he adivinado vuestro oficio, me he guardado muy bien de revelárselo a míster Fogg.

—¿No sabe nada? —preguntó con viveza Fix.

—Nada —respondió Picaporte, vaciando otra vez su vaso.

El inspector de policía se pasó la mano por la frente y vacilaba antes de tomar la palabra. ¿Qué debía hacer? El error de Picaporte parecía sincero, pero dificultaba todavía más su proyecto. Era evidente que el muchacho hablaba con absoluta buena fe y que no era el cómplice —de su amo, lo cual hubiera podido recelar Fix.

—Pues bien —dijo—, puesto que no eres cómplice suyo, me ayudarás.

El agente se había afirmado en su resolución, y por otra parte no había tiempo que perder. A toda costa era necesario prender a Fogg en Hong-Kong.

—Escuchad —dijo Fix con presteza; escuchadme bien. Yo no soy lo que pensáis; es decir, un agente de los miembros del Reform-Club...

—¡Bah! —dijo Picaporte mirándolo con aire burlón.

—Soy inspector de policía encargado de una misión...

—¡Vos... inspector de policía...!

—Sí, y lo pruebo —repuso Fix—. He aquí mi título.

Y el agente, sacando un papel de la cartera, enseñó a su compañero un nombramiento firmado por el director de la policía central. Picaporte miraba atónito a Fix, sin poder articular una sola palabra.

—La apuesta de míster Fogg —prosiguió Fix— no es más que un pretexto del que sois juguete vos y sus compañeros del Reform-Club, porque tenía interés en asegurarse vuestra inconsciente complicidad.

—¿Y por qué? —exclamó Picaporte.

—Escuchad. El día 28 de septiembre último se hizo en el Banco de Inglaterra un robo de cincuenta y cinco mil libras por un individuo cuyas señas pudieron recogerse. He aquí esas señas, que son una por una las de míster Fogg.

—¡Quita allá! —exclamó Picaporte hiriendo la mesa con su robusto puño—. ¡Mi amo es el hombre más honrado del mundo!

—¿Qué sabéis, puesto que ni siquiera lo conocéis? ¡Habéis entrado a servirle el día de su partida, y se marchó precipitadamente con ese pretexto insensato, sin equipaje y llevándose una gruesa suma de billetes de banco! ¿Y os atrevéis a sostener que es hombre de bien?

—¡Sí! ¡Sí! —repetía maquinalmente el pobre mozo.

—¿Queréis, pues, que os prenda como cómplice suyo?

Picaporte se había asido la cabeza con ambas manos. No parecía el mismo. No se atrevía a mirar al inspector de policía. ¡Phileas Fogg, ladrón, el salvador de Aouida, el hombre generoso y valiente! ¡Y, sin embargo, cuántas presunciones contra él! Picaporte trataba de rechazar las sospechas que invadían su entendimiento. No quería creer en la culpabilidad de su amo.

—En fin, ¿qué queréis de mí? —Preguntó al agente de policía, conteniéndose por un supremo esfuerzo.

—Esto —respondió Fix—. He seguido a míster Fogg hasta aquí, pero no he recibido todavía el mandamiento de prisión que he pedido a Londres. Es necesario que me ayudéis a detenerlo en Hong-Kong...

—¡Yo! ¿Que ayude a...?

—¡Y partiremos la prima de dos mil libras prometidas por el Banco de Inglaterra!

—¡Jamás! —respondió Picaporte, que se quiso levantar y volvió a caer sintiendo que su razón y sus fuerzas le faltaban a un tiempo—. Señor Fix –dijo tartamudeado—, aun cuando fuese verdad todo lo que me habéis dicho... aun cuando mi amo fuese el ladrón que buscáis... lo cual niego... he estado... estoy a su servicio... lo conozco como bueno y generoso... Venderlo... jamás... no, por todo el oro del mundo... ¡Soy de un lugar donde no se come pan de esa especie!.

—¿Os negáis?

—Me niego.

—Supongamos que nada he dicho —respondió Fix— y bebamos.

—Sí, bebamos.

Picaporte se sentía cada vez más invadido por la embriaguez. Comprendiendo Fix que era necesario a toda costa separarlo de su amo, quiso rematarlo. Había sobre la mesa algunas pipas cargadas de opio. Fix puso una en manos de Picaporte, quien la tomó, la llevó a los labios, la encendió, respiró algunas bocanadas, y cayó con la cabeza aturdida bajo la influencia del narcótico.

—En fin —dijo Fix al ver a Picaporte anonadado—, míster Fogg no recibirá a tiempo el aviso de la salida del "Carnatic"; y, si parte, al menos se irá sin ese maldito francés.

Y luego salió, después de haber pagado el gasto.

## XX

Durante esta escena, que iba, quizá, a comprometer gravemente el porvenir de míster Fogg, éste se paseaba con Aouida por las calles de la ciudad inglesa. Desde que la joven había aceptado la oferta de conducirla a Europa, míster Fogg había tenido que pensar en todos los pormenores que requiere tan largo viaje. Que un inglés como él diese la vuelta al mundo con un saco de noche, pase; pero una mujer no podía emprender semejante travesía, en tales condiciones. De aquí resultaba la necesidad de comprar vestidos y objetos necesarios para el viaje. Míster Fogg hizo este servicio con la calma que le caracterizaba, y a todas las excusas y observaciones de la joven viuda, confundida con tanto obsequio, respondió invariablemente:

—Esto es en interés de mi viaje; está en mi programa.

Verificadas las compras, míster Fogg y la joven entraron en el hotel, y comieron en la mesa redonda, donde estaba servida suntuosamente. Después, mistress Aouida, algo cansada, se fue a su cuarto, estrechando antes la mano de su imperturbable salvador.

El honorable gentleman pasó toda la velada leyendo el "Times" y el "Illustrated London News".

Si algo debiera haberlo asombrado, era no haber visto a su criado a la hora de acostarse; pero, sabiendo que el vapor no salía de Hong-Kong hasta el siguiente día, no se preocupó de ello. Picaporte no acudió, sin embargo, por la mañana, al llamamiento de la campanilla.

Nadie hubiera podido decir lo que pensó el honorable gentleman, al saber que su criado no había vuelto a la fonda. Míster Fogg no hizo más que tomar su saco, avisar a mistress Aouida y enviar a buscar un palanquín.

Eran entonces las ocho, y la marea, que debía aprovechar el "Carnatic" para su salida, estaba indicada para las nueve y media.

Cuando el palanquín llegó a la puerta de la fonda, míster Fogg y mistress Aouida subieron al confortable vehículo, y el equipaje siguió detrás en una carretilla.

Media hora más tarde, los viajeros bajaban al muelle de embarque, y allí supieron que el "Carnatic" se había marchado la víspera.

Míster Fogg, que esperaba encontrar, a la vez, el buque y a su criado, tuvo que pasar sin el uno y sin el otro; pero en su rostro, no apareció ninguna señal de inquietud, y se contentó con responder.

—Es un incidente, señora, y nada más.

En aquel momento, un personaje, que lo observaba con atención, se acercó a él. Era el inspector Fix, que lo saludó y le dijo:

—¿No sois, como yo, caballero, uno de los pasajeros del "Rangoon" llegado ayer?

—Sí, señor —respondió con frialdad míster Fogg—. Pero no tengo la honra...

—Dispensadme, pero creí encontrar aquí a vuestro criado.

—¿Sabéis dónde está, caballero? —preguntó con viveza la joven viuda.

—¡Cómo! ¿No está con vosotros? —dijo Fix, fingiéndose sorprendido.

—No —respondió Aouida—. Desde ayer no ha vuelto a verse. ¿Se habrá embarcado sin nosotros a bordo del "Carnatic"?

—¿Sin vos, señora? —respondió el agente—. Pero, permitidme una pregunta, ¿pensabais, por lo visto, marchar en el vapor?

—Sí, señor.

—Yo también, señora, y me encuentro muy contrariado. ¡Habiendo terminado el "Carnatic" sus reparaciones, ha salido de Hong-Kong, doce horas antes, sin avisar a nadie, y ahora será menester aguardar ocho días la próxima salida!

Al pronunciar estas palabras "ocho días", Fix sentía latir su corazón de gozo. ¡Ocho días! ¡Fogg detenido ocho días en Hong-Kong! Había tiempo de recibir el mandamiento. En fin, la suerte se declaraba en favor del representante de la ley. Júzguese del golpe que recibió cuando oyó decir a Phileas Fogg, con sosegada voz:

—Pero me parece que en el puerto de Hong-Kong hay otros buques.

Y míster Fogg, ofreciendo su brazo a Aouida, se dirigió a los docks, en busca de un buque dispuesto a marchar.

Fix lo seguía, desconcertado. Phileas Fogg, durante tres horas, recorrió el puerto en todos los sentidos, decidido, si era menester, a fletar una embarcación para ir a Yokohama; pero no vio más que buques en carga o descarga, y que, por consiguiente, no podían aparejar. Fix comenzó a recobrar esperanzas.

Pero míster Fogg no se desanimaba, e iba a continuar sus investigaciones, aun cuando para ello tuviera que ir hasta

Macao, cuando le salió al encuentro un marino que, descubriéndose, le dijo:

—¿Busca Vuestro Honor un barco?

—¿Lo tenéis dispuesto a marchar? —preguntó míster Fogg.

—Sí, señor; un barco—piloto, el número 43, el mejor de la flotilla.

—¿Marcha bien?

—Entre ocho y nueve millas, lo menos. ¿Queréis verlo?

—Sí.

—Vuestro Honor quedará satisfecho. ¿Se trata de un paseo por mar?

—No. De un viaje.

—¡Un viaje!

—¿Os encargáis de conducirme a Yokohama?

El marino, al oír esto, se quedó con los brazos colgando y los ojos desencajados.

—¿Vuestro Honor se quiere reír? —dijo.

—¡No! —He perdido la salida del "Carnatic", y tengo que estar el 14, lo más tarde, en Yokohama, para tomar el vapor de San Francisco.

—Lo siento —respondió el piloto—, pero es imposible.

—Os ofrezco cien libras por día, y una prima de doscientas libras si llego a tiempo.

—¿Formalmente? — preguntó el piloto.

—Muy formal —respondió míster Fogg.

El piloto se había retirado aparte. Miraba al mar, luchando evidentemente entre el deseo de ganar una suma enorme y el temor de aventurarse tan lejos. Fix estaba sufriendo mortales angustias.

Entretanto, míster Fogg se había vuelto hacia Aouida, diciéndole:

—¿No tendréis miedo?

—Con vos, no, míster Fogg —respondió la joven viuda.

El piloto se había adelantado de nuevo hacia el gentleman, dando vueltas al sombrero entre las manos.

—¿Y bien, piloto? —dijo míster Fogg.

—Pues bien, Vuestro Honor —respondió el piloto—; no puedo arriesgar ni a mis hombres, ni a mí, ni a vos mismo en tan larga travesía, sobre una embarcación de veinte toneladas y en esta época del año. Además, no llegaríamos a tiempo, porque hay mil seiscientas cincuenta millas de Hong-Kong a Yokohama.

—Mil seiscientas tan sólo —dijo míster Fogg.

—Lo mismo da.

Fix respiró una bocanada de aire.

—Pero —añadió el piloto—, habría, quizá, medio de arreglar la cosa de otro modo.

Fix ya no respiró.

—¿Cómo? — preguntó Phileas Fogg.

.Yendo a Nagasaki, en la punta meridional del Japón, mil cien millas, o a Shanghái, ochocientas millas de Hong-Kong. En esta última travesía nos separaríamos poco de la costa china, lo cual sería una gran ventaja, tanto más cuanto que las corrientes van hacia el Norte.

—Piloto —dijo Phileas Fogg—, en Yokohama es donde debo tomar el correo americano, y no en Shanghái ni en Nagasaki.

—¿Por qué no? —repuso el piloto—. El vapor de San Francisco no sale de Yokohama, sino que hace allí escala, así como en Nagasaki, siendo Shanghái su punto de partida.

—¿Estáis cierto de lo que decís?

—Cierto.

—¿Y cuándo sale el vapor de Shanghái?

El 11, a las siete de la tarde. Tenemos cuatro días para llegar, esto es, noventa y seis horas; y con un promedio de ocho millas por hora, si tenemos fortuna, si el viento es del Sureste, si la mar está bonancible, podemos salvar las ochocientas millas que nos separan de Shanghái.

—¿Y cuándo podéis marchar?

—Dentro de una hora. El tiempo de comprar víveres y aparejar.

—Asunto convenido... ¿Sois el patrón del buque? —Sí, señor; John Bunsby, patrón de la "Tankadera".

—¿Queréis una señal?

—Si no sirve de molestia a Vuestro Honor.

—Ahí tenéis doscientas libras a cuenta... Caballero —añadió Phileas Fogg, volviéndose hacia Fix—, si queréis aprovechar.

—Iba a pediros ese favor —respondió resueltamente Fix.

—Pues bien; dentro de media hora, estaremos a bordo.

—Pero este pobre muchacho... —dijo mistress Aouida, a quien la desaparición de Picaporte preocupaba mucho.

—Voy a hacer por él todo cuanto pueda —respondió Phileas Fogg.

Y mientras que Fix, nervioso, calenturiento, rabioso, se dirigía al barco—piloto, ambos se fueron a las oficinas de la policía de Hong-Kong. Allí Phileas Fogg dio las señas de Picaporte, y dejó una cantidad suficiente para que lo mandasen a Europa. La misma formalidad se cumplió en el consulado de Francia, y después de haber tocado en el hotel, donde se recogió el equipaje, volvieron los viajeros al puerto.

Daban las tres. El barco-piloto número 43, con su tripulación a bordo, y sus víveres embarcados, estaba a punto de darse a la vela.

Era la "Tankadera" una bonita goleta de veinte toneladas, delgada de proa, franca de corte, muy prolongada en su línea de agua. Parecía un yate de carrera. Sus colores brillantes, sus herrajes galvanizados, su puente blanco como el marfil, indicaban que el patrón John Bunsby entendía muy bien en eso de limpieza y curiosidad. Sus dos mástiles se inclinaban algo hacia atrás. Llevaba cangreja, mesana, trinquete, foques, cuchillos y botalones, y podía aparejar bandola para tiempo en popa. Debía marchar maravillosamente, y de hecho había ganado ya muchos premios en las carreras de barcos-pilotos.

La tripulación de la "Tankadera" se componía del patrón John Bunsby y de cuatro hombres. Eran marinos de esos atrevidos, que en todos tiempos se aventuran en empresas difíciles y conocen perfectamente aquellos mares. John Bunsby, hombre de 45 años, vigoroso, de tez morena, mirada viva y figura enérgica, actitud bien plantada y muy sobre sí, hubiera inspirado confianza a los más recelosos.

—Phileas Fogg y mistress Aouida pasaron a bordo, donde ya se encontraba Fix. Por la carroza de popa de la goleta se bajaba a una cámara cuadrada, cuyas paredes se arqueaban por encima de un diván circular. En medio había una mesa, alumbrada por una lámpara a prueba de vaivén. Era aquello muy pequeño, pero muy limpio.

—Siento no poderos ofrecer otra cosa mejor —dijo míster Fogg a Fix, que se inclinó sin responder.

El inspector de policía sentía cierta humillación en aprovechar así los obsequios de míster Fogg.

—¡Seguramente —decía para sí—, que es un bribón muy cortés; pero es un bribón!

A las tres y diez minutos se izaron las velas. El pabellón de Inglaterra ondulaba en el cangrejo de la goleta. Los pasajeros estaban sentados en el puente. Míster Fogg y mistress Aouida dirigieron una postrera mirada al muelle, a fin de ver si Picaporte aparecía.

Fix no dejaba de tener su miedo, porque la casualidad hubiera podido guiar hasta aquel paraje al desgraciado muchacho a quien había tratado tan indignamente, y entonces hubiera habido una explicación desventajosa para el agente.

Pero el francés no se vio, y sin duda estaba todavía bajo la influencia del embrutecimiento narcótico.

Por fin el patrón John Bunsby pasó mar afuera, y tomando el viento con cangreja, mesana y foques, se lanzó ondulando sobre las aguas.

## XXI

Era expedición aventurada la de aquella navegación de ochocientas millas sobre una embarcación de veinte toneladas y, especialmente, en aquella época del año. Los mares de la China son generalmente malos; están expuestos a borrascas terribles, principalmente durante los equinoccios, y todavía no habían transcurrido los primeros días de noviembre.

Muy ventajoso hubiera sido, evidentemente, para el piloto, el conducir a los viajeros a Yokohama, puesto que le pagaban a tanto por día; pero arrostraría la grave imprudencia de intentar semejante travesía en esas condiciones, y era ya bastante audacia, si no temeridad, el subir hasta Shanghái. Tenía, sin embargo, John Bunsby confianza en su "Tankadera", que se elevaba sobre el oleaje como una malva, y quizá no iba descaminado.

Durante las últimas horas de esta jornada, la "Tankadera" navegó por los caprichosos pasos de Hong-Kong, y en todas sus maniobras, y cerrada al viento su popa, se condujo admirablemente.

—No necesito, piloto —dijo Phileas Fogg, en el momento en que la goleta salía mar afuera—, recomendaros toda la posible diligencia.

—Fíese Vuestro Honor en mí —respondió John Bunsby—.

En materia de velas, llevamos todo lo que el viento permite llevar.

—Es vuestro oficio, y no el mío, piloto, y me fío de vos.

Phileas Fogg, con el cuerpo erguido, las piernas separadas, a plomo como un marino, miraba, sin alterarse, el ampollado mar. La joven viuda, sentada a popa, se sentía conmovida al contemplar el Océano, obscurecido ya por el crepúsculo, y sobre el cual se arriesgaba en una débil embarcación. Por encima de su cabeza se desplegaban las blancas velas, que la arrastraban por el espacio cual alas gigantescas. La goleta, levantada por el viento, parecía volar por el aire.

Llegó la noche. La luna entraba en su primer cuarto, y su insuficiente luz debía extinguirse pronto entre las brumas del horizonte. Las nubes que venían del Este iban invadiendo ya una parte del cielo.

El piloto había dispuesto sus luces de posición, precaución indispensable en aquellos mares, muy frecuentados en las cercanías de la costa. Los encuentros de buques no eran raros, y con la velocidad que andaba, la goleta se hubiera estrellado al menor choque.

Fix estaba meditabundo en la proa. Se mantenía apartado, sabiendo que Fogg era poco hablador; por otra parte, le repugnaba hablar con el hombre de quien aceptaba los servicios. También pensaba en el porvenir. Le parecía cierto que míster Fogg no se detendría en Yokohama, y que tomaría inmediatamente el vapor de San Francisco, a fin de llegar a América, cuya vasta extensión le aseguraría la impunidad y la seguridad. El plan de Phileas Fogg le parecía sumamente sencillo.

En vez de embarcarse en Inglaterra para los Estados Unidos, como un bribón vulgar, Fogg había dado la vuelta, atravesando las tres cuartas partes del globo, a fin de alcanzar con más seguridad el continente americano, donde se comería tranquilamente los dineros del Banco, después de haber desorientado a la policía. Pero, una vez en los Estados Unidos, ¿qué haría Fix? ¿Abandonaría a aquel hombre? No, cien veces no. Mientras no hubiese conseguido su extradición, no lo soltaría. Era su deber, y lo cumpliría hasta el fin. En todo caso, se había presentado una circunstancia feliz. Picaporte no estaba ya con su amo, y, sobre todo, después de las confidencias de Fix importaba que amo y criado no volvieran a verse jamás.

Phileas Fogg, por su parte, no dejaba de pensar en su criado, que tan singularmente había desaparecido. Después de meditar mucho, no le pareció imposible que, por mala inteligencia, el pobre mozo se hubiese embarcado en el "Carnatic" en el último momento. También era ésta la opinión de mistress Aouida, que echaba de menos a aquel fiel servidor, a quien tanto debía. Podía, pues, acontecer que lo encontrasen en Yokohaina, y sería fácil saber si el "Carnatic" se lo había llevado.

A cosa de las diez, la brisa refrescó. Tal vez hubiera sido prudente tomar un rizo; pero el piloto, después de observar con atención el estado del cielo, dejó el velamen tal como estaba. Por otra parte, la "Tankadera" llevaba admirablemente el trapo, con gran calado de agua, y todo estaba preparado para aferrar inmediatamente, en caso de chubasco.

A medianoche, Phileas Fogg y Aouida bajaron a la cámara. Fix les había precedido y se había tendido en el diván. En cuanto al piloto y sus hombres, permanecieron toda la noche sobre cubierta.

El siguiente día, 8 de noviembre, al salir el sol, la goleta había andado más de cien millas. El "loch" indicaba que el promedio de velocidad estaba entre ocho y nueve millas. La "Tankadera", durante esta jornada, no se alejó sensiblemente de la costa, cuyas corrientes le eran favorables.

La tenían a cinco millas, lo más, por babor, y aquella costa, irregularmente perfilada, aparecía de vez en cuando, entre algunos claros. Viniendo el viento de tierra, la mar era menos fuerte; circunstancia feliz para la goleta, porque las embarcaciones de poca cabida sufren por el oleaje, que corta su velocidad y las mata, empleando la expresión de aquellos marinos.

A mediodía, la brisa amainó algo, y fue llamada al sureste. El piloto mandó desplegar los cuchillos, pero al cabo de dos horas los aferró, porque el viento volvía a arreciar.

Míster Fogg y la joven, afortunadamente refractarios al mal de mar, comieron con apetito las conservas y la galleta de a bordo. Convidaron a Fix, quien tuvo que aceptar, sabiendo que es tan necesario dar lastre al estómago como a los buques; pero esto lo contrariaba. ¡Viajar a expensas de aquel hombre, nutrirse con sus propios víveres, le parecía algo desleal! Sin embargo, comió; con algún melindre, es verdad; pero al fin comió.

Con todo, después de terminada la comida, creyó que debía llamar a míster Fogg aparte, y le dijo:

—Caballero...

Esta palabra "caballero" le escocía algo, y aun se contenía para no echar mano al pescuezo de aquel "caballero".

—Caballero, habéis estado muy obsequioso ofreciéndome pasaje; pero, aunque mis recuerdos no me permiten obrar con tanta holgura como vos, entiendo pagar mi escote...

—No hablemos de eso, caballero.

—Pero si me empeño...

—No, señor —repitió Fogg con voz que no admitía réplica—. Eso entra en los gastos generales.

Fix se inclinó; se ahogaba, y, yendo a recostarse a proa, no volvió a hablar palabra en todo el día.

Entretanto, se andaba rápidamente. John Bunsby tenía buena esperanza. Varias veces dijo a míster Fogg que llegarían a tiempo a Shanghái. Míster Fogg respondía simplemente que contaba con ello. Por lo demás, toda la tripulación desplegaba su celo ante la recompensa, que engolosinaba a la gente. No había, por consiguiente, escota que no se hallase bien tendida, ni vela que no estuviese bien reclamada, ni podía imputarse al timonel ningún falso borneo. No se hubiera maniobrado con más maestría en una regata del "Royal Yacht Club".

Por la tarde, el piloto reconocía como recorridas doscientas veinte millas desde Hong-Kong, y Phileas Fogg podía esperar que al llegar a Yokohama no tendría tardanza ninguna que apuntar en su programa. Por consiguiente, el primer contratiempo serio que experimentaba desde su salida de Londres, no le causaría, probablemente, perjuicio alguno.

Durante la noche, hacia las primeras horas de la mañana, la "Tankadera" entraba francamente en el estrecho de Fo-Kieu, que separa la costa china de la gran isla de Formosa, y cortaba el trópico de Cáncer. El mar estaba muy duro en dicho estrecho, lleno de remolinos, formados por las contracorrientes. La goleta iba muy trabajada. La marejada quebrantaba su marcha, y era muy difícil tenerse de pie sobre cubierta.

Con el alba, el viento arreció más. Había en el cielo apariencias de un cercano chubasco. Además, el barómetro anunciaba un próximo cambio en la atmósfera; su marcha diurna era irregular, y el mercurio oscilaba caprichosamente. La marejada hacia el Sureste se presentaba ampollada, como indicio precursor de la tempestad. La víspera se había puesto el sol entre una bruma roja, en medio de los destellos fosforescentes del Océano.

El piloto examinó, durante mucho tiempo, aquel mal aspecto del cielo, y murmuró, entre dientes, algunas palabras poco inteligibles. En cierto momento, dijo en voz baja a su pasajero:

—¿Puede decirse todo a Vuestro Honor?

—Todo —respondió Phileas Fogg.

—Pues bien; vamos a tener chubasco.

—¿Del Norte o del Sur? —preguntó sencillamente míster Fogg.

—Del Sur Medio. Se está preparando un tifón.

—Vaya por el tifón del Sur, puesto que nos empujará hacia el buen lado —respondió Fogg.

—Si así lo tomáis —replicó el piloto—, nada tengo que decir.

Los presentimientos de John Bunsby no lo engañaban. En una época menos avanzada del año, el tifón según expresiones de un célebre meteorólogo, se hubiera desvanecido en cascada luminosa de llamarada eléctrica; pero en el equinoccio de invierno era de temer que se desencadenase con violencia.

El piloto tomó sus precauciones de antemano. Arrió todas las velas sobre cubierta. Los botadores fueron despasados. Las escotillas se condenaron cuidadosamente. Ni una gota de agua podía penetrar en el casco de la embarcación. Sólo se izó en trinquetilla una sola vela triangular, para conservar a la goleta con viento en popa, y, así las cosas, se esperó.

John Bunsby había recomendado a sus pasajeros que bajasen a la cámara; pero, en tan estrecho espacio, casi privado de aire, y con los sacudimientos de la marejada, no podía tener nada de agradable aquel encierro.

Ni míster Fogg, ni mistress Aouida, ni el mismo Fix, consintieron en abandonar la cubierta.

A las ocho la borrasca de agua y de ráfagas cayó a bordo. Sólo con su trinquetilla, la "Tankadera" fue despedida como una pluma por aquel viento, del cual no se puede formar exacta idea sino cuando sopla en tempestad. Comparar su velocidad a la cuádruple de una locomotora lanzada a todo vapor, sería quedar por debajo de la verdad.

Durante toda la jornada, corrió así hacia el Norte, arrastrada por olas monstruosas, y conservando, felizmente, una velocidad igual a la de ellas. Veinte veces estuvo a pique de quedar anegada por una de esas montañas de agua que se levantan por popa, pero la catástrofe se evitaba por un diestro golpe de timón dado por el piloto. Los pasajeros quedaban, algunas veces, mojados en grande por los rocíos que recibían con toda filosofía. Fix gruñía, indudablemente; pero la intrépida Aouida, con la vista fija en su compañero, cuya sangre fría admiraba, se manifestaba digna de él, y arrastraba a su lado la tormenta. En cuanto a Phileas Fogg, parecía que el tifón formaba parte de su programa.

Hasta entonces, la "Tankadera" había hecho siempre rumbo hacia el Norte; mas por la tarde, como era de temer, el viento se llamó a tres cuartos al Noroeste. La goleta, dando entonces el costado a la marejada, fue espantosamente sacudida. El mar la hería con violencia suficiente para espantar, cuando no se sabe con qué solidez están enlazadas entre sí todas las partes de un buque.

Con la noche, la tempestad se acentuó más, y, viendo llegar la oscuridad y con la oscuridad crecer la tormenta, John Bunsby tuvo serios temores. Preguntó si sería tiempo de escalar la costa, y consultó a la tripulación, después de lo cual se acercó a Fogg y le dijo:

—Creo, Vuestro Honor, que haríamos bien en arribar a un puerto de la costa.

—Yo también lo creo —respondió Phileas Fogg.

—¡Ah! —dijo el piloto—, pero ¿en cuál?

—Sólo conozco uno —respondió tranquilamente míster Fogg.

—¿Y es?

—Shanghái...

El piloto estuvo algunos momentos sin comprender lo que significaba esta respuesta, y lo que encerraba de obstinación y de tenacidad. Después exclamó:

—¡Pues bien, sí! Vuestro Honor tiene razón. ¡A Shanghái!

Y la dirección de la "Tankadera" se mantuvo denodadamente hacia el Norte.

—¡Noche ciertamente terrible! Fue un milagro que la goleta no volcase. Dos veces se vio comprometida, y todo hubiera desaparecido de cubierta, a no mantenerse firmes las trincas. Aouida estaba destrozada, pero no exhaló queja alguna. Más de una vez tuvo míster Fogg que acudir a ella para protegerla contra la violencia de las olas.

Al asomar el día, la tempestad se desencadenaba todavía con extraordinario furor. Sin embargo, el viento volvió al Sureste. Era una modificación favorable, y la "Tankadera" hizo rumbo de nuevo en aquel mar bravío, cuyas olas se estrellaban entonces con las producidas por la nueva dirección del viento. De aquí el choque de marejadas encontradas, que hubiera desmantelado una embarcación construida con menos solidez.

De vez en cuando, se divisaba la costa, por entre las rasgadas brumas, pero ni un solo buque a la vista. La "Tankadera" era la única que se aguantaba a la mar.

A mediodía, hubo algunos síntomas de calma, que, con el descenso del sol en el horizonte, se pronunciaron con más decisión.

La corta duración de la tempestad se debió a su misma violencia. Los pasajeros, completamente quebrantados, pudieron comer algo y tomarse algún descanso.

La noche fue relativamente apacible. El piloto hizo restablecer sus velas en bajos rizos. La velocidad de la embarcación era considerable. Al amanecer del 11, reconocida la costa, aseguró John Bunsby que Shanghái no distaba cien millas.

No quedaba más que aquella jornada para andar esas cien millas. Aquella misma tarde debía llegar míster Fogg a Shanghái, si no quería faltar a la salida del vapor de Yokohama. A no estallar la tempestad, durante la cual perdió muchas horas, hubiera estado en aquel momento a treinta millas del puerto.

La brisa amainaba sensiblemente, y la mar se calmaba al propio tiempo. La goleta se cubrió de trapo. Cuchillos, velas de estay, contrafoque, en todo hacía presa el viento, levantando espuma en el mar la roda.

A mediodía, la "Tankadera" no estaba a más de cuarenta y cinco millas de Shanghái. Le faltaban seis horas para llegar al puerto, antes de la salida del vapor de Yokohama.

Los temores se despertaron con viveza. Se quería llegar a toda costa. Todos, excepto Phileas Fogg, sentían latir su corazón de impaciencia. ¡Era necesario que la goleta se mantuviese en un promedio de nueve millas por hora, y el viento seguía calmándose! Era una brisa irregular que soplaba de la costa a rachas, después de cuyo paso desaparecía el oleaje.

Sin embargo, la embarcación era tan ligera, sus velas, de tejido fino, recogían tan bien los movimientos sueltos de la brisa que, con ayuda de la corriente, a las seis, John Bunsby no contaba ya más que diez millas hasta la ría de Shanghái, porque esta ciudad está situada a doce millas de la embocadura.

A las siete todavía faltaban tres millas hasta Shanghái. De los labios del piloto se escapó una formidable imprecación. La prima de doscientas libras iba a escapársele. Miró a míster Fogg, quien estaba impasible, a pesar de que se jugaba en aquel momento la fortuna entera.

Entonces apareció sobre el agua un largo huso negro, coronado por un penacho de humo. Era el vapor americano, que salía a la hora reglamentaria.

—¡Maldición! —exclamó John Bunshy, que rechazó la barca con desesperado brazo.

—¡Señales! —dijo simplemente Phileas Fogg.

En la proa de la 'Tankadera" había un cañoncito de bronce, que servía para señales en tiempo de bruma.

El cañón se cargó hasta la boca; pero, en el momento en que el piloto iba a aplicar la mecha, dijo míster Fogg:

—¡La bandera!

La bandera se arrió a medio mástil, en demanda de auxilio, esperando que, al verla, el vapor americano modificaría su rumbo para acudir a la embarcación.

—¡Fuego! — dijo míster Fogg.

Y la detonación estalló por los aires.

## XXII

El "Carnatic", salido de Hong-Kong el 7 de noviembre, a las seis y media de la tarde, se dirigía a todo vapor hacia las tierras del Japón. Llevaba cargamento completo de mercancías y pasajeros. Dos cámaras de popa estaban desocupadas; eran las que se habían tomado para Phileas Fogg.

Al día siguiente por la mañana, los hombres de proa pudieron ver, no sin sorpresa, a un pasajero que, con la vista medio embobada, el andar vacilante, la cabeza espantada, salía de la carroza de segundas y venía a sentarse, vacilante, sobre una pieza de respeto.

Ese pasajero era Picaporte en persona. He aquí lo acontecido:

Algunos instantes después que Fix salió del fumadero, dos mozos habían recogido a Picaporte, profundamente dormido, y lo habían acostado sobre la tarima reservada a los fumadores. Pero, tres horas más tarde, Picaporte, perseguido hasta en sus pesadillas por una idea fija, se despertaba y luchaba contra la acción enervante del narcótico. El pensamiento de su deber no cumplido sacudía su entorpecimiento. Bajaba de aquella tarima de ebrios, y apoyándose, vacilante, en las paredes, cayendo y levantándose, pero siempre impelido por una especie de instinto, salía del fumadero gritando como en sueños: ¡el "Carnatic", el "Carnatic"!

El vapor estaba ya humeando y dispuesto a marchar. Picaporte no tenía más que dar algunos pasos. Se lanzó sobre el puente volante, salvó el espacio y cayó sin aliento a proa, en el momento en que el "Carnatic" largaba sus amarras.

Algunos marineros, como gente acostumbrada a esta clase de escenas, descendieron al pobre mozo a una cámara de segunda, y Picaporte no se despertó hasta la mañana siguiente, a ciento cincuenta millas de las tierras de China.

Por eso, pues, se hallaba Picaporte aquel día sobre la cubierta del "Carnatic", viniendo a aspirar, a todo pulmón las brisas del mar. Este aire puro lo serenó. Comenzó a reunir sus ideas, y no lo consiguió sin esfuerzos. Pero, al fin, recordó las escenas de la víspera, las confidencias de Fix, el fumadero, etc.

—¡Es evidente —decía para sí—, que he estado abominablemente ebrio! ¿Qué dirá míster Fogg? En todo caso, no he faltado a la salida del buque, que es lo principal.

Y después, acordándose de Fix, añadía:

—En cuanto a ése, espero que ya nos habremos desembarazado de él, y que después de lo que me ha propuesto, no se atreverá a seguirnos sobre el "Carnatic". ¡Un inspector de policía, un "detective", en seguimiento de mi amo, acusado del robo cometido en el Banco de Inglaterra! ¡Quite allá! ¡Míster Fogg es ladrón como yo asesino!

¿Debía Picaporte referir todo eso a su amo? ¿Convenía enterarlo del papel que desempeñaba Fix en este asunto? ¿No sería mejor aguardar su llegada a Londres, para decirle que un agente de policía metropolitana le había seguido alrededor del mundo, y para reírse juntos? Indudablemente que sí, y en todo caso, había tiempo de resolver esta cuestión. Lo más urgente era presentarse a míster Fogg, y darle excusas por lo sucedido.

Sobre cubierta no vio a nadie que se pareciese a míster Fogg, ni a mistress Aouida.

—Bueno —dijo para sí—, mistress Aouida estará todavía acostada, y en cuanto a míster Fogg, habrá tropezado con algún jugador de "whist, y, según su costumbre...

Diciendo esto, Picaporte bajó al salón. Allí no estaba su amo. Picaporte preguntó al "purser" cuál era el camarote que ocupaba míster Fogg. El "purser" le contestó que no conocía a nadie que se llamara así.

—Dispensad —dijo Picaporte, insistiendo—. Se trata de un caballero alto, frío, poco comunicativo, acompañado de una joven señora...

—No tenemos señoras jóvenes a bordo —respondió el "purser"—. Por lo demás, he aquí la lista de los pasajeros, y podéis consultarla.

Picaporte la leyó, y allí no figuraba el nombre de su amo.

Tuvo una especie de desvanecimiento. Ni una sola idea cruzó por su cerebro.

—Pero, ¿estoy en el "Carnatic"? —preguntó.

—Sí —respondió el "purser".

—¿En rumbo para Yokohama?

—Perfectamente.

Picaporte había tenido, de pronto, el temor de haberse equivocado de buque. Pero, si él estaba en el "Carnatic", era bien seguro que su amo no.

Picaporte se dejó caer sobre su sillón como herido del rayo. Acababa de ocurrírsele, súbitamente, una idea clara. Recordó que la hora de salida del "Carnatic" se había adelantado, y que no se lo había avisado a su amo. ¡Era culpa suya, por consiguiente, que míster Fogg y mistress Aouida hubiesen perdido el viaje!

¡Culpa suya, sí, pero más todavía del traidor que, para separarlo de su amo, y detener a éste en Hong—Kong, lo había embriagado! Porque, al fin, comprendió el ardid del inspector de policía. ¡Y ahora míster Fogg, seguramente arruinado, perdida la apuesta, detenido, preso tal vez!... Picaporte se arrancaba los pelos. ¡Ah, si Fix cayese alguna vez entre sus manos, qué ajuste de cuentas!

En fin, después de los primeros momentos de postración, Picaporte recobró su sangre fría, y estudió la situación, que era poco envidiable. El francés estaba en rumbo para el Japón. Cierto de su llegada allí ¿cómo se marcharía? Tenía los bolsillos vacíos. ¡Ni un chelín, ni un penique! Sin embargo, su pasaje y manutención estaban pagados de antemano. Contaba, pues, con cinco o seis días para pensar la resolución que debía tomar. Comió y bebió durante la travesía, cual no puede describirse. Comió por su amo, por mistress Aouida y por sí mismo. Comió como si el Japón, adonde iba a desembarcar, hubiera sido país desierto, desprovisto de toda substancia comestible.

El 13, a la primera marea, el "Carnatic" entraba en el puerto de Yokohama.

Este punto es una importante escala del Pacífico, donde paran todos los vapores empleados en el servicio de correos y viajeros entre la América del Norte, la China, el Japón y las islas de la Malasia. Yokohama está situado en la misma bahía de Yedo, a corta distancia de esta inmensa ciudad, segunda capital del imperio japonés, antigua residencia del taikun, cuando existía este emperador civil, y rival de Meako, la gran ciudad habitada por el mikado, emperador eclesiástico descendiente de los dioses.

El "Carnatic" se arrimó al muelle de Yokohama, cerca de las escolieras y de la aduana, en medio de numerosos buques de todas las naciones.

Picaporte puso el pie, sin entusiasmo ninguno, en aquella tierra tan curiosa de los Hijos del Sol. No tuvo mejor cosa que hacer que tomar el azar por guía, andar errante, a la ventura, por las calles de la población.

Picaporte se vio, al pronto, en una ciudad absolutamente europea, con casas de fachadas bajas, adornadas de cancelas, bajo las cuales se desarrollaban elegantes peristilos, y que cubría con sus calles, sus plazas, sus docks, sus depósitos, todo el espacio comprendido desde el promontorio del tratado hasta el río. Allí, como en Hong-Kong, como en Calcuta, hormigueaba una mezcla de gentes de toda casta, americanos, ingleses, chinos, holandeses, mercaderes dispuestos a comprarlo y a venderlo todo, y entre los cuales el francés era tan extranjero como si hubiese nacido en el país de los hotentotes.

Picaporte tenía un recurso, que era el de recomendarse cerca de los agentes consulares franceses o ingleses, establecidos en Yokohama; pero le repugnaba referir su historia, tan íntimamente relacionada con su amo, y antes de esto, quería apurar todos los demás medios.

Después de haber recorrido la parte europea de la ciudad, sin que el azar le hubiese servido, entró en la parte japonesa, decidido, en caso necesario, a llegar hasta Yedo.

Esta porción indígena de Yokohama se llama Benten, nombre de una diosa del mar, adorada en las islas vecinas. Allí se veían admirables alamedas de pinos y cedros; puertas sagradas, de extraña arquitectura; puentes envueltos entre cañas y bambúes; templos abrigados por una muralla, inmensa y melancólica, de cedros seculares; conventos de bonzos, donde vegetaban los sacerdotes del budismo y los sectarios de la religión de Confucio; calles interminables, donde había abundante cosecha de chiquillos, con tez sonrosada y mejillas coloradas, figuritas que parecían recortadas de algún biombo indígena, y que jugaban en medio de unos perrillos de piernas cortas y de unos gatos amarillentos, sin rabo, muy perezosos y cariñosos.

En las calles, todo era movimiento y agitación incesante; bonzos que pasaban en procesión, tocando sus monótonos tamboriles; yakuninos, oficiales de la aduana o de la policía; con sombreros puntiagudos incrustados de laca y dos sables en el cinto; soldados vestidos de percalina azul con rayas blancas y armados con fusiles de percusión, hombres de armas del mikado, metidos en su justillo de seda, con loriga y cota de malla, y otros muchos militares de diversas condiciones, porque en el Japón la profesión de soldado es tan distinguida como despreciada en China. Y después, hermanos postulares, peregrinos de larga vestidura, simples paisanos de cabellera suelta, negra como el ébano, cabeza abultada, busto largo, piernas delgadas, estatura baja, tez teñida, desde los sombríos matices cobrizos hasta el blanco mate, pero nunca amarillo como los chinos, de quienes se diferenciaban los japoneses esencialmente. Y, por último, entre carruajes, palanquines, mozos de cuerda, carretillas de velamen, "norimones" con caja maqueada, "cangos" (suaves y verdaderas literas de bambú), se veía circular a cortos pasos y con pie chiquito, calzado con zapatos de lienzo, sandalias de paja o zuecos de madera labrada, algunas mujeres poco bonitas, de ojos encogidos, pecho deprimido, dientes ennegrecidos a usanza del día, pero que llevaban con elegancia el traje nacional, llamado "kimono", especie de bata cruzada con una banda de seda, cuya ancha cintura formaba atrás un extravagante lazo, que las modernas parisienses han copiado, al parecer, de las japonesas.

Picaporte se detuvo paseando durante algunas horas entre aquella muchedumbre abigarrada, mirando también las curiosas y opulentas tiendas, los bazares en que se aglomeraba todo el oropel de la platería japonesa, los restaurantes, adornados con banderolas y banderas, en los cuales estaba prohibido entrar y esas casas de té, donde se bebe, a tazas llenas, el agua odorífera con el sakí, licor sacado del arroz fermentado, y esos confortables fumaderos, donde se aspira un tabaco muy fino, y no por el opio, cuyo uso es casi desconocido en el Japón.

Después, Picaporte se encontró en la campiña, en medio de inmensos arrozales. Allí ostentaban sus últimos colores y sus últimos perfumes las brillantes camelias, nacidas, no ya en arbustos, sino en árboles; y dentro de las cercas de los bambúes, se veían cerezos, ciruelos, manzanos, que los indígenas cultivan más bien por sus flores que por sus frutos, y que están defendidos contra los pájaros, palomas, cuervos, y otras aves, por medio de maniquíes haciendo muecas o con torniquetes, chillones. No había cedro majestuoso que no abrigase alguna águila, ni sauce bajo el cual no se encontrase alguna garza, melancólicamente posada sobre un pie; en fin, por todas partes había cornejas, patos, gavilanes, gansos silvestres y muchas de esas grullas, a las cuales tratan los japoneses de señorías, porque simbolizan, para ellos, la longevidad y la dicha.

Al andar así vagando, Picaporte descubrió algunas violetas entre las hierbas.

—¡Bueno! —dijo—. Ya tengo cena.

Pero las olió, y no tenían perfume alguno.

—¡No tengo suerte! —pensó para sus adentros.

Cierto es que el buen muchacho había almorzado, por previsión, todo lo copiosamente que pudo, antes de salir del "Carnatic", pero después de un día de paseo, se sintió muy hueco el estómago. Bien había observado que en la muestra de los carniceros faltaba el carnero, la cabra o el cerdo, y como sabía que es un sacrilegio matar bueyes, únicamente reservados a las necesidades de la agricultura, había deducido que la carne andaba escasa en el Japón. No se engañaba; pero, a falta de todo eso, su estómago se hubiera arreglado con jabalí, gamo, perdices o codornices, ave o pescado con que se alimentan exclusivamente los japoneses, juntamente con el producto de los arrozales. Pero debió hacer de tripas corazón, y dejar para el día siguiente el cuidado de proveer a su manutención.

Llegó la noche, y Picaporte regresó a la ciudad indígena, vagando por las calles, en medio de faroles multicolores, viendo a los farsantes ejecutar sus maravillosos ejercicios, y a los astrólogos que, al aire libre, reunían a la gente alrededor de su telescopio. Después, volvió al puerto, esmaltado con las luces de los pescadores, que atraían los peces por medio de antorchas encendidas.

Por último, las calles se despoblaron. A la multitud sucedieron las rondas de yakuninos, oficiales que, con sus magníficos trajes y en medio de un séquito, parecían embajadores, y Picaporte repetía alegremente, cada vez que encontraba alguna vistosa patrulla:

—¡Bueno va! ¡Otra embajada japonesa que sale para Europa!

## XXIII

Al día siguiente, Picaporte, derrengado y hambriento, dijo para sí que era necesario comer a toda costa, y que lo más pronto sería mejor. Bien tenía el recurso de vender el reloj, pero antes hubiera muerto de hambre. Entonces o nunca, era ocasión para aquel buen muchacho de utilizar la voz fuerte, si no melodiosa, de que le había dotado la naturaleza.

Sabía algunas copias de Francia y de Inglaterra, y resolvió ensayarlas. Los japoneses debían, seguramente, ser aficionados a la música, puesto que todo se hace entre ellos a son de timbales, tam-tams y tambores, no pudiendo menos de apreciar, por consiguiente, el talento de un cantor europeo.

Pero era, quizá, temprano, para organizar un concierto, y los difetanti, súbitamente despertados, no hubieran quizá pagado al cantante en moneda con la efigie del mikado.

Picaporte se decidió, en su consecuencia, a esperar algunas horas; pero mientras iba caminando, se le ocurrió que parecía demasiado bien vestido para un artista ambulante, y concibió entonces la idea de trocar su traje por unos guiñapos que estuviesen más en armonía con su posición. Este cambio debía producirle, además, un saldo, que podía aplicar, inmediatamente, a satisfacer su apetito.

Una vez tomada esta resolución, faltaba ejecutarla, y sólo después de muchas investigaciones descubrió Picaporte a un vendedor indígena, a quien expuso su petición. El traje europeo gustó al ropavejero, y no tardó Picaporte en salir ataviado con un viejo ropaje japonés y cubierto con una especie de turbante de estrías, desteñido por la acción del tiempo. Pero, en compensación, sonaron en su bolsillo algunas monedas de plata.

—Bueno —pensó—, ¡me figuraré que estamos en Carnaval!

El primer cuidado de Picaporte, así japonizado, fue el de entrar en una casa de té, de modesta apariencia, y allí almorzó un resto de ave y algunos puñados de arroz, cual hombre para quien la comida era todavía problemática.

—Ahora —dijo entre sí, después de restaurarse copiosamente— se trata de no perder la cabeza. Ya no tengo el recurso de vender esta vestidura por otra parte que sea todavía más japonesa. ¡Es necesario, pues, discurrir el medio de, dejar lo más pronto posible, este país del Sol, del cual no guardaré más que un lamentable recuerdo!

Ocurrióle entonces visitar los vapores que estaban dispuestos a salir para América. Contaba con ofrecerse en calidad de cocinero o de criado, no pidiendo, por toda retribución, más que el pasaje y el sustento. Una vez en San Francisco, trataría de salir de apuros. Lo importante era salvar las cuatro mil setecientas millas del Pacífico que se extienden entre el Japón y el Nuevo Mundo.

No siendo Picaporte hombre que dejase dormir una idea, se dirigió al puerto de Yokohama; pero, a medida de que se acercaba a los muelles, su proyecto, que tan sencillo te había parecido al concebirlo, lo iba considerando impracticable. ¿Por qué habían de necesitar cocinero a bordo de un vapor americano, y qué confianza debía inspirar del modo que iba ataviado? ¿Qué recomendaciones podía ofrecer? ¿Qué personas podrían ayudarle?

Estando así, reflexionando, cayó su vista sobre un inmenso cartel, que una especie de clown paseaba por las calles de Yokohama. Ese cartel decía, en inglés, lo siguiente:

Compañía Japonesa Acrobática
HONORABLE WILLIAN
BATULCAR

---

(últimas representaciones)
antes de su salida para los Estados
Unidos de los
NARIGUDOS-NARIGUDOS
(bajo la invocación directa
del dios Tingú)
¡GRAN ATRACCIÓN!

—¡Los Estados Unidos! —exclamó Picaporte—. ¡Ya di con mi negocio!

Siguió al del cartel y entró en la ciudad japonesa. Un cuarto de hora más tarde, se detenía delante de una gran barraca coronada con varios haces de banderolas, y cuyas paredes exteriores representaban, sin perspectiva, pero con exagerados colores, toda una banda de juglares.

Era el establecimiento del honorable Batulcar, especie de Barnum americano, director de una compañía de saltimbanquis, juglares, clowns, acróbatas, equilibristas, gimnastas, que, según el cartel, daban sus últimas representaciones antes de dejar el Imperio del Sol, para irse a los Estados Unidos.

Picaporte entró bajo un peristilo que precedía al barracón, y preguntó por el señor Batulcar, quien se presentó en persona.

—¿Qué queréis? —dijo a Picaporte, a quien creyó indígena.

—¿Tenéis necesidad de criado? —preguntó Picaporte.

—¡Criado! —exclamó el Barnum, acariciando su poblada perilla gris, que adornaba su barba—. Tengo dos, obedientes, fieles, que nunca me han dejado y que me sirven de balde, y sólo por la comida... Y son éstos —añadió, enseñando sus robustos brazos, surcados de venas gruesas como las cuerdas de un contrabajo.

—¿Es decir, que no puedo servir para algo?

—Para nada.

—¡Diantre! Es que me hubiera convenido mucho marcharme con vos.

—¡Hola! —dijo el honorable Batulcar—. ¡Lo mismo sois japonés que yo mico! ¿Por qué vais así vestido?

—Cada uno se viste como puede.

—Cierto. ¿Sois francés?

—Sí, parisiense.

—Entonces, ¿sabréis hacer muecas?

—¡A fe mía —respondió Picaporte, incomodado por la pregunta—, nosotros, los franceses, sabemos hacer muecas, es verdad, pero no mejor que los americanos!

—Es verdad. Pues bien; si no os tomo como criado, puedo tomaros como clown. Ya comprenderéis, bravo mozo. ¡En Francia se exhiben farsantes extranjeros, y en el extranjero farsantes franceses!

—¡Ah!

—Por lo demás, ¿sois vigoroso?

—Sobre todo cuando acabo de comer.

—¿Y sabéis cantar?

—Sí —respondió Picaporte, que en halagüeño, le permitiría estar en algunos conciertos de calle.

—Pero, ¿sabéis cantar cabeza abajo, con una peonza girando sobre la planta del pie izquierdo y un sable en equilibrio sobre la planta del pie derecho?

—¡Pardiez! —respondió Picaporte, que recordaba los primeros ejercicios de su edad juvenil.

—¡Es que todo consiste en eso! —dijo el honorable Batulcar.

La contrata quedó terminada "hic et nunc".

En fin, Picaporte había encontrado una posición. Estaba contratado para hacerlo todo en la célebre compañía japonesa, lo cual, si era poco halagüeño, le permitiría estar en San Francisco antes de ocho días.

La representación, con tanto aparato anunciada por el honorable Batulcar, debía comenzar a las tres de la tarde, y bien pronto resonaban en la puerta los formidables instrumentos de una orquesta japonesa. Bien se comprende que Picaporte no había podido estudiar su papel, pero debía prestar el apoyo de sus robustos hombros en el gran ejercicio del racimo humano, ejecutado por los nariguudos del dios Tingú. Este "gran atractivo" de la representación, debía cerrar la serie de ejercicios.

Antes de las tres, los espectadores habían invadido el vasto barracón. Europeos e indígenas, chinos y japoneses, hombres, mujeres y niños, se apiñaban sobre las estrechas banquetas y en los palcos que daban frente al escenario. Los músicos habían entrado, y la orquesta completa, gongos, tam-tams, castañuelas, flautas, tamboriles y bombos, estaban operando con todo furor.

Fue aquella función lo que son todas las representaciones de acróbatas, pero es preciso confesar que los japoneses son los primeros equilibristas del mundo. Andando el uno con un abanico y con trocitos de papel, ejecutaba el ejercicio de las mariposas y las flores. Otro trazaba, con el perfumado humo de su pipa, una serie de palabras azuladas, que formaban en el aire un letrero de cumplido para la concurrencia. Este jugaba con bujías encendidas, que apagaba sucesivamente, al pasar delante de sus labios, y encendía una con otra, sin interrumpir el juego. Aquél reproducía, por medio de peones giratorios., las combinaciones más inverosímiles bajo su mano; aquellas zumbantes maquinillas parecían animarlo con vida propia en sus interminables giros, corrían sobre tubos de pipa, sobre los filos de los sables, sobre alambres, verdaderos cabellos tendidos de uno a otro lado del escenario; daban vuelta sobre el borde de vasos de cristal; trepaban por escaleras de bambú, se dispersaban por todos los rincones, produciendo efectos armónicos de extraño carácter y combinando las diversas tonalidades. Los juglares jugueteaban con ellos y los hacían girar hasta en el aire; los despedían como volantes, con paletillas de madera, y seguían girando siempre; se los metían en el bolsillo, y cuando los sacaban, todavía daban vueltas, hasta el momento en que la distensión de un muelle los hacía desplegar en haces de fuegos artificiales.

Inútil es describir los prodigiosos ejercicios de los acróbatas y gimnastas de la compañía. Los juegos de la escalera, de la percha, de la bola, de los toneles, etc., fueron ejecutados con admirable precisión; pero el principal atractivo de la función era la exhibición de los narigudos, asombrosos equilibristas que Europa no conoce todavía.

Esos narigudos forman una corporación particular, colocada bajo la advocación directa del dios Tingú. Vestidos cual héroes de la Edad Media, llevaban un espléndido par de alas en sus espaldas. Pero lo que especialmente los distinguía, era una nariz larga con que llevaban adornado el rostro, y, sobre todo, el uso que de ella hacían. Esas narices no eran otra cosa más que unos bambúes, de cinco, seis y aun diez pies de longitud, rectos unos, encorvados otros, lisos éstos, verrugosos aquellos. Sobre estos apéndices, fijados con solidez, se verificaban los ejercicios de equilibrio. Una docena de los sectarios del dios Tingú se echaron de espaldas, y sus compañeros se pusieron a jugar sobre sus narices enhiestas cual pararrayos, saltando, volteando de una a otra y ejecutando suertes inverosímiles.

Para terminar, se había anunciado especialmente al público la pirámide humana, en la cual unos cincuenta nariguados debían figurar la carroza de Jaggemaut. Pero en vez de formar esta pirámide tomando los hombros como punto de apoyo, los artistas del honorable Batulcar debían sustentarse narices con narices. Se había marchado de la compañía uno de los que formaban la base de la carroza, y como bastaba para ello ser vigoroso y hábil, Picaporte había sido elegido para reemplazarlo.

¡Ciertamente que el pobre' mozo se sintió muy compungido —triste recuerdo de la juventud—, cuando endosó su traje de la Edad Media, adornado de alas multicolores, y se vio aplicar sobre la cara una nariz de seis pies! Pero, al fin, esa nariz era su pan, y tuvo que resignarse p dejársela poner.

Picaporte entró en escena y fue a colocarse con aquellos de sus compañeros que debían figurar la base de la carroza de Jaggernaut. Todos se tendieron por tierra, con la nariz elevada hacia el cielo. Una segunda sección de equilibristas se colocó sobre los largos apéndices, una tercera después, y luego una cuarta, y sobre aquellas narices, que sólo se tocaban por la punta, se levantó un monumento humano hasta la cornisa del teatro.

Los aplausos redoblaban, y los instrumentos de la orquesta resonaban como otros tantos truenos, cuando, conmoviéndose la pirámide, el equilibrio se rompió, y, saliéndose de quicio una de las narices de la base, el monumento se desmoronó cual castillo de naipes...

Tuvo de esto la culpa Picaporte, quien, abandonando su puesto, saltando del escenario sin el auxilio de las alas, y trepando por la galería de la derecha, caía a los pies de un espectador, exclamando:

—¡Amo mío! ¡Amo mío!

—¿Vos?

—¡Yo!

—¡Pues bien! ¡Entonces, al vapor, muchacho!

Míster Fogg, mistress Aouida, que le acompañaba, y Picaporte, salieron precipitados por los pasillos, pero tropezaron fuera del barracón con el honorable Batulcar, furioso, que reclamaba indemnización por la "rotura". Phileas Fogg apaciguó su furor echándole un puñado de billetes de banco, y a las seis y media, en el momento en que iba a partir, míster Fogg y mistress Aouida ponían el pie en el vapor americano, seguidos de Picaporte, con las alas a la espalda y llevando en el rostro la nariz de seis pies, que todavía no había podido quitarse.

## XXIV

Fácil es comprender lo acontecido a la vista de Shanghái. Las señales hechas por la "Tankadera" habían sido observadas por el vapor de Yokohama. Viendo el capitán la bandera de auxilio, se dirigió a la goleta, y algunos instantes después, Phileas Fogg, pagando su pasaje según lo convenido, metía en el bolsillo del patrón John Bunsby ciento cincuenta libras. Después, el honorable gentleman, mistresss Aouida y Fix, subían a bordo del vapor, que siguió su rumbo a Nagasaki y Yokohama.

Llegado el 14 de noviembre, a la hora reglamentaria, Phileas Fogg, dejando que Fix fuera a sus negocios, se dirigió a bordo del "Carnatic", y allí supo, con satisfacción de mistress Aouida, y tal vez con la suya, pero al menos lo disimuló, que el francés Picaporte había llegado, efectivamente, la víspera a Yokohama.

Phileas Fogg, que debía marcharse aquella misma noche para San Francisco, se decidió inmediatamente a buscar a su criado. Se dirigió en vano a los agentes consulares inglés y francés, y, después de haber recorrido inútilmente las calles de Yokohama, desesperaba ya de encontrar a Picaporte, cuando la casualidad, o tal vez una especie de presentimiento, lo hizo entrar en el barracón del honorable Batulcar. Seguramente que no hubiera reconocido a su criado bajo aquel excéntrico atavío de heraldo; pero éste, en su posición invertida, vio a

169

su amo en la galería. No pudo contener un movimiento de su nariz, y de aquí el rompimiento del equilibrio y lo que se siguió.

Esto es lo que supo Picaporte de boca de la misma mistress Aouida, que le refirió entonces cómo se había efectuado la travesía de Hong-Kong a Yokohama, en compañía de un tal Fix.

Al oír nombrar a Fix, Picaporte no pestañeó. Creía que no había llegado el momento de decir a su amo lo ocurrido; así es que, en la relación que hizo de sus aventuras, se culpó a sí propio, excusándose con haber sido sorprendido por la embriaguez del opio de un fumadero de Hong-Kong.

Míster Fogg escuchó esta relación con frialdad y sin responder, y después abrió a su criado un crédito suficiente para procurarse a bordo un traje más conveniente. Menos de una hora después, el honrado mozo, después de quitarse las alas y la nariz, y de mudar de ropa, no conservaba ya nada que recordase al sectario del dios Tingú.

El vapor que hacía la travesía de Yokohama a San Francisco pertenecía a la compañía del "Pacific Mail Steam", y se llamaba "General Grant". Era un gran buque de ruedas, de dos mil quinientas toneladas, bien acondicionado y dotado de mucha velocidad. Sobre cubierta se elevaba y bajaba, alternativamente, un enorme balancín, en una de cuyas extremidades se articulaba la barra de un pistón y en la otra la de una biela, que, transformando el movimiento rectilíneo en circular, se aplicaba directamente al árbol de las ruedas. El "General Grant" estaba aparejado en corbeta de tres palos, y poseía gran superficie de velamen, que ayudaba poderosamente al vapor. Largando doce millas por hora, el vapor no debía emplear menos de veintiún días en atravesar el Pacífico. Phileas Fogg estaba, por consiguiente, autorizado para creer que, llegando el 2 de diciembre a San Francisco, estaría el 11 en Nueva York y el 20 en Londres, ganando algunas horas sobre la fecha fatal del 21 de diciembre.

Los pasajeros eran bastante numerosos a bordo del vapor. Había ingleses, americanos, una verdadera emigración de colores para América, y cierto número de oficiales del ejército de Indias, que utilizaban su licencia dando la vuelta al mundo.

Durante la travesía no hubo ningún incidente náutico. El vapor, sostenido sobre sus anchas ruedas, y apoyado por su fuerte velamen, cabeceaba poco, y el Océano Pacífico justificaba bastante bien su nombre. Míster Fogg estaba tan tranquilo y tan poco comunicativo como siempre. Su joven compañera se sentía cada vez más inclinada a este hombre, por otra atracción diferente de la del reconocimiento. Aquel silencioso carácter, tan generoso en suma, le impresionaba más de lo que creía, y, casi sin percatarse de ello, se dejaba llevar por sentimientos cuya influencia no parecía hacer mella sobre el enigmático Fogg.

Además, mistress Aouida se interesaba muchísimo en los proyectos del gentleman. Le inquietaban las contrariedades que pudieran comprometer el éxito del viaje, y a veces hablaba con Picaporte, que no dejaba de leer entre renglones en el corazón de mistress Aouida. Este buen muchacho tenía ahora en su amo una fe ciega; no agotaba los elogios sobre su honradez, la generosidad, la abnegación de Phileas Fogg, y después tranquilizaba a mistress Aouiuda sobre el éxito del viaje, repitiendo que lo más difícil estaba hecho, que ya quedaban atrás los fantásticos países de la China y del Japón, que ya marchaban hacia las naciones civilizadas, y, por último, que un tren de San Francisco a Nueva York, y un transatlántico de Nueva York a Londres, bastarían indudablemente para terminar esa dificultosa vuelta al mundo en los plazos convenidos.

Nueve días después de haber salido de Yokohama, Phileas Fogg había recorrido exactamente la mitad del globo terrestre.

En efecto: el "General Grant" pasaba el 23 de noviembre por el meridiano 180, bajo el cual se encuentran, en el hemisferio austral, los antípodas de Londres. De ochenta días disponibles, míster Fogg había empleado ya ciertamente cincuenta y dos, y no le quedaban ya más que veintiocho; pero si el gentleman se encontraba a medio camino en cuanto a los meridianos, había recorrido en realidad más de los dos tercios del trayecto total, a consecuencia de los rodeos de Londres a Adén, de Adén a Bombay, de Calcuta a Singapur y de Singapur a Yokohama. Siguiendo circularmente el paralelo 50, que es el de Londres, la distancia no hubiera sido más que unas doce mil millas, mientras que por los caprichosos medios de locomoción, había que recorrer veintiséis mil, de las cuales se habían andado ya diecisiete mil quinientas el 23 de noviembre. En lo sucesivo, el camino era directo, y Fix ya no estaba allí para acumular obstáculos.

Aconteció también que, en esa misma fecha, 23 de noviembre, Picaporte experimentó suma alegría. Recuérdese que se había obstinado en conservar la hora de Londres, en su famoso reloj de familia, teniendo por equivocadas todas las horas de los países que atravesaban. Pues bien, aquel día, sin haber tocado a su reloj, se encontró conforme con los cronómetros de a bordo. Fácil es comprender el triunfo de Picaporte, que hubiera querido tener delante a Fix para saber lo que diría.

—¡Ese tunante, que me refería un montón de historias sobre los meridianos, el sol y la luna! —repetía Picaporte—. ¡Vaya una gente! ¡Si la escuchasen, buena relojería habría! Ya estaba yo seguro que algún día se decidiría el sol a arreglarse por mi reloj.

Picaporte ignoraba que, si la muestra de su reloj hubiese estado dividida en veinticuatro horas, en vez de doce, como los relojes italianos, no hubiera tenido motivo ninguno de triunfo, porque las manecillas de su instrumento, cuando fuesen las nueve de la mañana, señalarían las de la noche; es decir, la hora vigésima primera después de medianoche, diferencia precisamente igual a la que existe entre Londres y el meridiano, que está a 180 grados.

Pero si Fix hubiera sido capaz de explicar ese efecto, puramente físico, Picaporte no lo habría comprendido ni admitido; además de que si en aquel momento, el inspector de policía se hubiese presentado a bordo, es probable que Picaporte le ajustara cuentas, y de un modo muy diferente.

¿Y dónde estaba Fix entonces?

Precisamente a bordo del "General Grant".

En efecto, al llegar a Yokohama, el agente, separándose de míster Fogg, a quien esperaba encontrar en el resto del día, se había dirigido inmediatamente al despacho del cónsul inglés. Allí encontró el mandamiento que, corriendo detrás de él desde Bombay, tenía ya cuarenta días de fecha, mandamiento que le había sido enviado de Hong-Kong por el mismo "Carnatic", a cuyo bordo se le creía. Júzguese del despacho que experimentó el "detective". El mandamiento ya era inútil. ¡Míster Fogg no estaba en las posesiones inglesas, y era necesaria una carta de extradición para prenderlo!

—¡Corriente! —dijo para sí, después de pasado el primer momento de ira—. El mandamiento no sirve para aquí, pero me servirá en Inglaterra. Ese bribón tiene trazas de volver a su patria, creyendo haber desorientado a la policía. Bien. Le seguiré hasta allí. En cuanto al dinero, Dios quiera que le quede algo, porque en viajes, primas, procesos, multas, elefantes y gastos de toda clase, mi hombre ha dejado ya más de cinco mil libras por el camino. En fin de cuentas, el banco es rico.

Tomada su resolución, Fix se embarcó en el "General Grant". Estaba a bordo cuando míster Fogg y mistress Aouida llegaron. Con sorpresa suya, reconoció a Picaporte bajo su traje de heraldo. Se ocultó al instante en su camarote, a fin de ahorrar una explicación que podía comprometerlo todo, y gracias al número de pasajeros, contaba con no ser visto de su enemigo, cuando aquel día se encontró precisamente con él a proa.

Picaporte se arrojó al cuello de Fix sin otra explicación, y, con gran satisfacción de algunos americanos, que apostaron a su favor, administró al desventurado inspector una soberbia tunda, que demostró la alta superioridad del pugilato francés sobre el inglés.

Cuando Picaporte acabó, se encontró más tranquilo y como aliviado, Fix se levantó en bastante mal estado, y mirando a su adversario, le dijo con frialdad:

—¿Habéis concluido?

—Sí, por ahora.

—Entonces, vamos a hablar.

—Que yo...

—En interés de vuestro amo.

Picaporte, como subyugado por esta sangre fría, siguió al inspector de policía, y se sentaron aparte.

—Me habéis zurrado —dijo Fix—. Bien lo esperaba. Ahora, escuchadme. Hasta ahora, he sido adversario de míster Fogg; pero, en adelante, voy a ayudarlo.

—¡Al fin! —exclamó Picaporte—. ¿Lo creéis hombre honrado?

—No —respondió con frialdad Fix—; lo creo un bribón... ¡Chist! No os mováis, y dejadme acabar. Mientras míster Fogg ha estado en las posesiones inglesas, he tenido interés en detenerlo, aguardando un mandamiento de prisión. Todo lo he intentado con ese objeto. He echado detrás de él a los sacerdotes de Bombay, os he embriagado en Hong-Kong, os he separado de vuestro amo, le he hecho perder el vapor de Yokohama...

Picaporte seguía escuchando con los puños separados.

—Ahora —prosiguió Fix—, míster Fogg regresa, según parece, a Inglaterra. Lo seguiré hasta allí, pero aplicando, para apartar los obstáculos, tanto celo como he empleado hasta ahora para acumularlos. ¡Ya lo veis, mi juego ha cambiado, porque así lo quiere mi interés! Añado que vuestro interés es igual al mío, porque sólo en Inglaterra es donde sabréis si estáis al servicio de un criminal o de un hombre de bien.

Picaporte había escuchado a Fix con mucha atención, y se convenció de su buena fe.

—¿Somos amigos? —preguntó Fix.

—Amigos, no —respondió Picaporte—. Seremos aliados, y a beneficio de inventario, porque, a la menor apariencia de traición, os retuerzo el pescuezo.

—Convenido —dijo tranquilamente el inspector de policía.

Once días después, el 3 de noviembre, el "General Grant" entraba en la bahía de la Puerta de Oro y llegaba a San Francisco.

Míster Fogg no había ganado todavía, ni perdido, un solo día.

## XXV

Eran las siete de la mañana, cuando Phileas Fogg, mistress Aouida y Picaporte pusieron el pie en continente americano, si es que puede darse ese nombre al muelle flotante en que desembarcaron. Esos muelles, que suben y bajan con la marea, facilitan la carga y descarga de los buques. Allí se arriman los clippers de todas dimensiones, los vapores de todas las nacionalidades, y esos barcos de varios pisos, que hacen el servicio del Sacramento y de sus afluentes. Allí se amontonan también los productos de un comercio que se extiende a Méjico, al Perú, a Chile, al Brasil, Europa, Asia y a todas las islas del Océano Pacífico.

Picaporte, en su alegría de tocar, por fin, tierra americana, creyó que debía desembarcar dando un salto mortal del mejor estilo; pero, al dar en el suelo, que era de tablas carcomidas, por poco lo atravesó. Desconcertado del modo con que se había apeado, dio un grito formidable, que hizo volar una bandada de cuervos marinos y pelícanos, huéspedes habituales de los muelles movedizos.

Tan luego como míster Fogg desembarcó, preguntó a qué hora salía el primer tren para Nueva York. Le dijeron que a las seis de la tarde, y, por consiguiente, podía emplear un día entero en la capital de California. Hizo traer un coche para mistress Aouida y para él. Picaporte montó en el pescante, y el vehículo a tres dólares por hora se dirigió al hotel Internacional.

Desde el sitio elevado que ocupaba, Picaporte observaba con curiosidad la gran ciudad americana: anchas calles; casas bajas bien alineadas; iglesias y templos de estilo gótico anglo-sajón; docks inmensos; depósitos como palacios, unos de madera, otros de ladrillo; en las calles muchos coches, ómnibus, tranvías y las aceras atestadas, no sólo de americanos y europeos, sino de chinos e indianos con que componer una población de doscientos mil habitantes.

Picaporte quedó bastante sorprendido de lo que veía, porque no tenía idea más que de la antigua ciudad de 1849, población de bandidos, incendiarios y asesinos, que acudían a la rebusca de pepitas, inmenso tropel de todos los miserables, donde se jugaba el polvo de oro con revólver en una mano y navaja en la otra. Pero aquellos tiempos habían pasado, y San Francisco ofrecía el aspecto de una gran ciudad comercial. La elevada torre del Ayuntamiento, donde vigilaban los guardias, dominaba todo aquel conjunto de calles y avenidas cortadas a escuadra, y entre las cuales había plazas con jardines verdosos, y después una ciudad china, que parecía haber sido importada del Celeste Imperio en un joyero. Ya no había sombreros hongos, ni camisas coloradas a usanza de los buscadores de oro, ni indios con plumas; sino sombreros de seda y levitas negras llevadas por una multitud de caballeros, dotados de actividad devoradora. Ciertas calles, entre otras, Montgommery Street, similar a la Regent Street de Londres, al boulevard de los italianos de París, al Broadway en Nueva York estaban llenas de espléndidas tiendas que ofrecían en sus escaparates los productos del mundo entero.

Cuando Picaporte llegó al hotel Internacional, no le parecía haber salido de Inglaterra.

El piso bajo del hotel estaba ocupado por un inmenso bar especie de "buffet", abierto "gratis" para todo transeúnte.

Cecina, sopa de ostras, galletas y Chester, todo esto se despachaba allí, sin que el consumidor tuviese que aflojar el bolsillo. Sólo pagaba la bebida, ale, oporto o jerez, si tenía el capricho de beber; esto pareció muy americano a Picaporte.

El restaurante del hotel era confortable. Míster Fogg y mistress Aouida se instalaron en una mesa, y fueron abundantemente servidos en platos liliputienses, por unos negros del más puro color de azabache.

Después de almorzar, Phileas Fogg, acompañado de mistress Aouida, salió del hotel para ir a visar su pasaporte en el consulado inglés. Encontró en la acera a su criado, que le preguntó si sería prudente, antes de tomar el ferrocarril del Pacífico, comprar algunas carabinas Enfield o revólveres Colt. Picaporte había oído hablar de los sioux y de los pawnies, que paran los ferrocarriles como simples ladrones españoles. Míster Fogg respondió que era precaución inútil; pero lo dejó en libertad de obrar como pluguiese, y después se dirigió a la oficina del agente consular.

Phileas Fogg no había andado doscientos pasos, cuando, "por una de las más raras casualidades", encontró a Fix. El inspector se manifestó extraordinariamente sorprendido. ¡Cómo! ¡Habían hecho la travesía juntos, sin verse a bordo! En todo caso, Fix no podía menos de considerarse honrado con la vista del caballero a quien tanto debía, y llamándolo sus negocios a Europa, se alegraba mucho de proseguir su viaje en tan amable compañía.

Míster Fogg respondió que la honra era suya, y Fix, que no lo quería perder de vista, le pidió permiso de visitar con él esa curiosa ciudad de San Francisco, lo cual fue concedido.

Mistress Aouida, Phileas Fogg y Fix, echaron, pues, a pasear por las calles, y no tardaron en hallarse en Montgommery Street, donde la afluencia de la muchedumbre era enorme.

En las aceras, en medio de la calle, en las vías del tranvía, a pesar del paso incesante de coches y ómnibus, en el umbral de las tiendas, en las ventanas de las casas, y aun en los tejados, había una multitud innumerable. En medio de los grupos circulaban hombres-carteles, y por el aire ondeaban banderas y banderolas, oyéndose una gritería inmensa por todos lados.

—¡Hurra por Kamerfield!

—¡Hurra por Madiboy!

Era un mitin—, al menos, así lo pensó Fix, que transmitió su creencia a míster Fogg, añadiendo:

—Quizá haremos bien en no meternos entre esa batahola, porque sólo se reparten golpes.

—En efecto —respondió Phileas Fogg—; y los puñetazos, porque tengan el carácter de políticos, no dejan de ser puñetazos.

Fix creyó conveniente sonreír al oír esta observación, y a fin de ver sin ser atropellados, mistress Aouida, Phileas Fogg y él tomaron sitio en el descanso superior de unas gradas que dominaban la calle. Delante de ellos, y en la acera de enfrente, entre la tienda de un carbonero y un almacén de petróleo, se extendía un ancho mostrador al aire libre, hacia el cual convergían las diversas corrientes de la multitud.

¿Y por qué aquel mitin? ¿Con qué motivo se celebraba? Phileas Fogg lo ignoraba absolutamente. ¿Se trataba del nombramiento de un alto funcionario militar o civil, de un gobernador de Estado o de un miembro del Congreso? Permitido era conjeturarlo, al ver la animación extraordinaria que tenía agitada a la población entera.

En aquel momento, hubo entre la multitud un movimiento considerable. Todas las manos estaban al aire. Algunas de ellas, sólidamente cerradas, se elevaban y bajaban, al parecer, entre vociferaciones, maneras enérgicas, sin duda de formular un voto. Aquella masa de gente estaba agitada por remolinos que semejaban las olas del mar. Las banderas oscilaban, desaparecían un momento y reaparecían hechas jirones Las ondulaciones de la marejada se propagaban hasta la escalera, mientras que todas las cabezas cabrilleaban en la superficie como la mar movida súbitamente por un chasco. El número de sombreros bajaba a la vista, y casi todos parecían haber perdido su natural normal.

—Esto es evidentemente un mitin —dijo Fix—, y la cuestión que lo ha provocado debe ser palpitante No me extrañaría que se tratase nuevamente la cuestión del "Alabama", aunque está resuelta.

—Tal vez —repitió sencillamente míster Fogg.

—En todo caso —repuso Fix—, hay dos campeones en la liza: el honorable Kamerfield y el honorable Madiboy.

Mistress Aouida, asida del brazo de Phileas Fogg, miraba con sorpresa aquella escena tumultuosa y Fix iba a preguntar a uno de sus vecinos la razón de aquella efervescencia popular, cuando se pronunció un movimiento más decidido. Redoblaron los vítores sazonados con injurias. Los mástiles de las banderas se transformaron en armas ofensivas. Ya no había manos, sino puños, en todas partes. Desde lo alto de los coches detenidos y de los ómnibus interceptados en su marcha, se repartían sendos porrazos. Todo servía de proyectil. Botas y zapatos describían por el aire largas trayectorias, y hasta pareció que algunos revólveres mezclaban con las vociferaciones sus detonaciones nacionales.

Aquella barahúnda se acercó a la escalera y afluyó sobre las primeras gradas. Uno de los partidarios era evidentemente rechazado, sin que los simples espectadores pudieran reconocer si la ventaja estaba de parte de Madiboy o de Kamerfield.

—Creo prudente retirarnos —dijo Fix, que no tenía empeño en que su hombre recibiese un mal golpe o se mezclase en un mal negocio—. Si se trata en todo esto de Inglaterra, y nos llegan a conocer, nos veremos muy comprometidos en el tumulto.

—Un ciudadano inglés... —respondió Phileas Fogg.

Pero el gentleman no terminó su frase. Detrás de él, desde aquella terraza precedida de las gradas, salieron espantosos alaridos. Se gritaba: "¡Hurra! ¡Hip! ¡Hip! Por Madiboy". Era un tropel de electores que llegaba a la pelea tomando en flanco a los partidarios de Kamerfield.

Míster Fogg, mistress Aouida y Fix se hallaron entre dos fuegos. Era demasiado tarde para huir. Aquel torrente de hombres armados de bastones con puño de plomo y de rompe-cabezas, era irresistible. Phileas Fogg y Fix se vieron horriblemente atropellados al preservar a la joven Aouida. Míster Fogg, no menos flemático que de costumbre, quiso defender con esas armas naturales que la naturaleza ha puesto en el extremo de los brazos de todo inglés, pero inútilmente. Un enorme mocetón de perilla roja, tez encendida, ancho de espalda, que parecía ser el jefe de la cuadrilla, levantó su formidable puño sobre míster Fogg, y hubiera lastimado mucho al gentleman si Fix, por salvarlo, no hubiese recibido el golpe en su lugar. Un enorme chichón se desarrolló instantáneamente bajo el sombrero del "detective" transformado en simple capucha.

—¡Yankee! —dijo míster Fogg, echando sobre su adversario una mirada de profundo desprecio.

—¡English! —respondió el otro.

—Cuando gustéis.

—¿Vuestro nombre?

—Phileas Fogg. ¿Y el vuestro?

—El coronel Stamp Proctor.

Y dicho esto la marejada pasó. Fix había quedado por el suelo, y se levantó con la ropa destrozada, pero sin daño de cuidado. Su maletón de viaje se había rasgado en dos trozos desiguales, y su pantalón se parecía a esos calzones que ciertos indios —cosas de moda— no se ponen sino después de haberles quitado el fondo. Pero, en suma, mistress Aouida se había librado y Fix era el único que había salido con su puñetazo.

—Gracias —dijo míster Fogg al inspector tan luego como estuvieron fuera de las turbas.

—No hay de qué —respondió Fix—, pero venid.

—¿Adónde?

—A una sastrería.

En efecto, esta visita era oportuna. Los trajes de Phileas Fogg y de Fix estaban hechos jirones, como si esos dos caballeros se hubieran batido por cuenta de los honorables Kamerfield y Modiboy.

Una hora después, estaban convenientemente vestidos y cubiertos. Y luego, regresaron al hotel Internacional.

Allí Picaporte esperaba a su amo, armado con media docena de revólveres puñales de seis tiros y de inflamación central. Cuando vio a Fix, su frente se oscureció. Pero mistress Aouida le hizo una relación de lo acaecido, y Picaporte se tranquilizó. A todas luces, Fix no era ya enemigo, sino aliado, y cumplía su palabra.

Terminada la comida, trajeron un coche para conducir los viajeros y el equipaje a la estación. Al monitor, míster Fogg dijo a Fix:

—¿No habéis vuelto a ver a ese coronel Proctor?

—No —respondió Fix.

—Volveré a América para buscarlo —dijo con frialdad Phileas Fogg—. No sería conveniente que un ciudadano inglés se dejase tratar de esta suerte.

El inspector sonrió y no respondió. Pero, como se ve, míster Fogg pertenecía a esa raza de ingleses que, si no toleran el duelo en su país, se baten en el extranjero cuando se trata de defender su honra.

A las seis menos cuarto los viajeros llegaron a la estación, donde estaba el tren dispuesto a marchar.

En el momento en que míster Fogg iba a entrar en el vagón, se dirigió a un empleado, diciéndole:

—Amigo mío ¿no ha habido algunos disturbios hoy en San Francisco?

—Era un mitin, caballero —respondió el empleado.

Sin embargo, he creído observar alguna animación en las calles.

Se trataba solamente de un mitin organizado para una elección.

—¿La elección de algún general en jefe, sin duda? —preguntó míster Fogg.

—No, señor; de un juez de paz.

Después de oír esta respuesta, Phileas Fogg montó en el vagón, y el tren partió a todo vapor.

## XXVI

"Ocean to Ocean" (de Océano a Océano) —así dicen los americanos— y esas tres palabras debían ser la denominación general de la gran línea que atraviesa los Estados Unidos de América en su mayor anchura. Pero, en realidad, el "Pacific Railroad" se divide en dos partes distintas: "Central Pacific", entre San Francisco y Odgen, y "Union Pacific", entre Odgen y Omaha. Allí enlazan cinco líneas diferentes, que ponen a Omaha en comunicación frecuente con Nueva York.

Nueva York y San Francisco están, por consiguiente, unidas por una cinta no interrumpida de metal, que no mide menos de tres mil setecientas ochenta y seis millas. Entre Omaha y el Pacífico, el ferrocarril cruza una región frecuentada todavía por los indios y las fieras, vasta extensión de territorio que los mormones comenzaron a colonizar en 1845, después de haber sido expulsados de Illinois.

Anteriormente se empleaban, en las circunstancias más favorables, seis meses para ir de Nueva York a San Francisco. Ahora se hace el viaje en siete días.

En 1862 fue cuando, a pesar de la oposición de los diputados del Sur, que querían una línea más meridional, se fijó el trazado del ferrocarril entre los 41 y 42 grados de latitud. El presidente Lincoln, de tan sentida memoria, fijó, por sí mismo, en el Estado de Nebraska, la ciudad de Omaha, como cabeza de línea del nuevo camino. Los trabajos comenzaron en seguida, y se prosiguieron con esa actividad americana, que no es papelera ni oficinesca. La rapidez de la mano de obra no debía, en modo alguno, perjudicar la buena ejecución del camino. En el llano se avanzaba a razón de milla y media por día. Una locomotora, rodando sobre los raíles de la víspera, traía los del día siguiente y corría sobre ellos a medida que se iban colocando.

El "Pacific Railroad" tiene muchas ramificaciones en su trayecto por los estados de Iowa, Kansas, Colorado y Oregón. Al salir de Omaha, marcha por la orilla izquierda del río "Platter" atraviesa los terrenos de Laramie y las montañas Wasatch, da vuelta al lago Salado, llega a "Lake-Salt-City", capital de los mormones, penetra en el valle de la Tulilla, recorre el desierto americano, los montes de Cedar y Humboldt, el río Humboldt, la Sierra Nevada, y baja por Sacramento hasta el Pacífico, sin que este trazado tenga pendientes mayores de doce pies por mil aun en el trayecto de las montañas Rocosas.

Tal era esa larga arteria que los trenes recorren en siete días, y que iba a permitir al honorable Phileas Fogg —así al menos lo esperaba—, tomar el 11, en Nueva York, el vapor de Liverpool.

El vagón ocupado por Phileas Fogg era una especie de ómnibus largo, que descansaba sobre dos juegos de cuatro ruedas cada uno, cuya movilidad permite salvar las curvas de pequeño radio. En el interior no había compartimentos, sino dos filas de asientos dispuestos a cada lado, perpendicularmente al eje, y entre los cuales estaba reservado un paso que conducía a los gabinetes de tocador y otros, con que cada vagón va provisto. En toda la longitud del tren, los coches comunicaban entre sí por unos puentecillos, y los viajeros podían circular de uno a otro extremo del convoy, que ponía a su disposición vagones-cafés. No faltaban más que vagones-teatros, pero algún día los habrá.

Por los puentecillos circulaban, sin cesar, vendedores de libros y periódicos, ofreciendo su mercancía, y vendedores de licores, comestibles y cigarros, que no carecían de compradores.

Los viajeros habían salido de la estación de Oakland a las seis de la tarde. Ya era de noche, noche fría, sombría, con el cielo encapotado, cuyas nubes amagaban resolverse en nieve. El tren no andaba con mucha rapidez. Teniendo en cuenta las paradas, no recorría más de veinte millas por hora, velocidad que, sin embargo, permitía atravesar los estados Unidos en el tiempo reglamentario.

Se hablaba poco en el vagón, y, por otra parte, el sueño iba a apoderarse pronto de los viajeros. Picaporte se encontraba colocado cerca del inspector de policía, pero no le hablaba. Desde los últimos acontecimientos, sus relaciones se habían enfriado notablemente. Ya no había simpatía ni intimidad. Fix no había cambiado nada de su modo de ser; pero Picaporte, por el contrario, estaba muy reservado y dispuesto a estrangular a su antiguo amigo, a la menor sospecha.

Una hora después de la salida del tren, comenzó a caer nieve, que no podía, afortunadamente, entorpecer la marcha del tren. Por las ventanillas ya no se veía más que una inmensa alfombra blanca, sobre la cual, desarrollando sus espirales, se destacaba el ceniciento vapor de la locomotora.

A las ocho, un camarero entró en el vagón y anunció a los pasajeros que había llegado la hora de acostarse. Ese vagón era un coche dormitorio, que en algunos minutos queda transformado en dormitorio. Los respaldos de los bancos se doblaron; unos colchoncitos, curiosamente empaquetados, se desarrollaron por un sistema ingenioso; quedaron improvisados, en pocos instantes, unos camarotes y cada viajero pudo tener a su disposición una cama confortable, defendida por recias cortinas contra toda indiscreta mirada. Las sábanas eran blancas, las almohadas blandas, y no había más que acostarse y dormir, lo que cada cual hizo como si se hubiese encontrado en el cómodo camarote de un vapor, mientras que el tren corría a todo vapor el estado de California.

En esa porción de territorio que se extiende entre San Francisco y Sacramento, el suelo es poco accidentado. Esa parte del ferrocarril, llamada "Central Pacific", tomaba a Sacramento como punto de partida y avanzaba al Este, al encuentro del que partía de Omaha. De San Francisco a la capital de California la línea corría directamente al Nordeste, siguiendo el río "American", que desagua en la bahía de San Pablo. Las ciento veinte millas comprendidas entre estas dos importantes ciudades se recorrieron en seis horas, y a cosa de medianoche, mientras que los viajeros se hallaban entregados a su primer sueño, pasaron por Sacramento, no pudiendo, por consiguiente, ver nada de esta gran ciudad, residencia de la legislatura del estado de California, ni sus bellos muelles, ni sus anchas calles, ni sus espléndidos palacios, ni sus plazas, ni sus templos.

Más allá de Sacramento, el tren, después de pasar las estaciones de Junction, Roclin, Aubum y Colfax, penetró en el macizo de Sierra Nevada. Eran las siete de la mañana cuando pasó por la estación de Cisco. Una hora después, el dormitorio era de nuevo un vagón ordinario, y los viajeros podían ver por los cristales los pintorescos puntos de vista de aquel montañoso país. El trazado del ferrocarril obedecía los caprichos de la sierra, yendo unas veces adherido a las faldas de la montaña, otras suspendido sobre los precipicios, evitando los ángulos bruscos por medio de curvas atrevidas, penetrando en gargantas estrechas, que parecían sin salida. La locomotora, brillante como unas andas, con su gran fanal, que despedía rojizos fulgores, su campana plateada, mezclaba sus silbidos y bramidos con los de los torrentes y cascadas, retorciendo su humo por las ennegrecidas ramas de los pinos.

Había pocos túneles o ninguno, y no existían puentes. El ferrocarril seguía los contornos de las montañas no buscando en la línea recta el camino más corto de uno a otro punto, y no violentando a la naturaleza.

Hacia las nueve, por el valle de Corson, el tren penetraba en el estado de Nevada, siguiendo siempre la dirección del Nordeste. A las doce pasaba por Reno, donde los viajeros tuvieron veinte minutos para almorzar.

Desde este punto, la vía férrea, costeando el río "Humboldt", se elevó durante algunas millas hacia el Norte, siguiendo su curso; después torció al Este, no debiendo ya separarse de ese río, antes de llegar a los montes Humboldt, donde nace casi en la extremidad oriental del estado de Nevada.

Después de haber almorzado, míster Fogg, mistress Aouida y sus compañeros volvieron a sus asientos. Phileas Fogg, la joven Aouida y sus compañeros, confortablemente instalados, miraban el paisaje variado que se presentaba a la vista; vastas praderas, montañas que se perfilaban en el horizonte, torrentes que rodaban sus aguas espumosas. De vez en cuando aparecía, en masa dilatada, un gran rebaño de bisontes, cual dique movedizo. Esos innumerables ejércitos de rumiantes oponen a veces un obstáculo insuperable al paso de los trenes. Se han visto millares de ellos desfilar, durante muchas horas, en apiñadas hileras cruzando los rieles. La locomotora tiene entonces que detenerse y aguardar que la vía esté libre.

Y eso fue lo que en aquella ocasión aconteció. A las tres de la tarde, la vía quedó interrumpida por un rebaño de diez o doce mil cabezas. La máquina, después de haber amortiguado la velocidad, intentó introducir su espolón en tan inmensa columna, pero tuvo que detenerse ante la impenetrable masa.

Aquellos rumiantes, búfalos, como impropiamente los llaman los americanos, marchaban con tranquilo paso, dando a veces formidables mugidos. Tenían una estatura superior a los de Europa, piernas y cola cortas; con una joroba muscular; las astas separadas en la base; la cabeza, el cuello y espalda cubiertos con una melena de largo pelo. No podía pensarse en detener esta emigración. Cuando los bisontes adoptan una marcha, nada hay que pueda modificarla; es un torrente de carne viva que no puede ser detenido por dique alguno.

Los viajeros, dispersados en los pasadizos, estaban mirando tan curioso espectáculo; pero el que debía tener más prisa que todos, Phileas Fogg, había permanecido en su puesto, aguardando filosóficamente que a los búfalos les pluguiese dejarle paso. Picaporte estaba enfurecido por la tardanza que ocasionaba esa aglomeración de animales. De buena gana hubiera descargado sobre ellos su arsenal de revólveres.

—¡Qué país! —Exclamó—. ¡Unos simples bueyes que detienen los trenes y que van así en procesión, sin prisa ninguna, como si no estorbasen la circulación! ¡Pardiez! ¡Quisiera yo saber si míster Fogg había previsto este contratiempo en su programa! ¡Y ese maquinista no se atreve a lanzar su máquina al través de ese obstruidor ganado!

El maquinista no había intentado forzar el obstáculo, obrando con sana prudencia, porque hubiera aplastado, indudablemente, a los primeros búfalos atacados por el espolón de la locomotora; pero, por poderosa que fuera la máquina, se habría parado en seguida, dando lugar a un descarrilamiento y a una indefinida detención del tren.

Lo mejor era, pues, esperar con paciencia, y ganar después el tiempo perdido acelerando la marcha del tren. El desfile de los bisontes duró tres horas largas, y la vía no estuvo expedita sino al caer la noche. En este momento, las últimas filas del rebaño atravesaban el ferrocarril, mientras que las primeras desaparecían por el horizonte meridional.

Eran, pues, las ocho, cuando el tren cruzó los desfiladeros de los montes Humboldt, y las nueve y media cuando penetró en el territorio de Utah, la región del Gran Lago Salado, el curioso país de los mormones.

## XXVII

Durante la noche del 5 al 6 de noviembre, el tren corrió al Sureste sobre un espacio de unas cincuenta millas, y luego subió otro tanto hacia el Nordeste, acercándose al Gran Lago Salado.

Picaporte, hacia las nueve de la mañana, salió a tomar aire a los pasadizos. El tiempo estaba frío y el cielo cubierto, pero no nevaba. El disco del sol, abultado por las brumas, parecía como una enorme pieza de oro, y Picaporte se ocupaba en calcular su valor en piezas esterlinas, cuando le distrajo de tan útil trabajo la aparición de un personaje bastante extraño.

Este personaje, que había tomado el tren en la estación de Elko, era hombre de elevada estatura, muy moreno, de bigote negro, pantalón negro, corbata blanca, guantes de piel de perro. Parecía un reverendo. Iba de un extremo al otro del tren, y en la portezuela de cada vagón pegaba con obleas una noticia manuscrita.

Picaporte se acercó y leyó en una de esas notas que el honorable William Hitsch, misionero mormón, aprovechando su presencia en el tren número 48, daría de once a doce, en el coche número 117, una conferencia sobre el mormonismo, invitando a oírla a todos los caballeros deseosos de instruirse en los misterios de la religión de los "Santos de los últimos días".

Picaporte, que sólo sabía del mormonismo sus costumbres polígamas, base de la sociedad mormónica, se propuso concurrir.

La noticia se esparció rápidamente por el tren, que llevaba un centenar de pasajeros. Entre ellos, treinta lo más, atraídos por el cebo de la conferencia, ocupaban a las once las banquetas del coche número 117, figurando Picaporte en la primera fila de los fieles. Ni su amo ni Fix habían creído conveniente molestarse.

A la hora fijada, el hermano mayor William Hitch, se levantó, y con voz bastante irritada, como si de antemano le hubieran contradicho, exclamó:

—¡Os digo yo que Joe Smith es un mártir, que su hermano Hyrames es un mártir, y que las persecuciones del gobierno de la Unión contra los profetas van a hacer también un mártir de Brigham Young! ¿Quién se atrevería a sostener lo contrario al misionero, cuya exaltación era un contraste con su fisionomía, de natural sereno? Pero su cólera se explicaba, sin duda, por estar actualmente sometido el mormonismo a trances muy duros. El gobierno de los Estados Unidos acababa de reducir, no sin trabajo, a estos fanáticos independientes. Se había hecho dueño de Utah, sometiéndolo a las leyes de la Unión, después de haber encarcelado a Brigham Young, acusado de rebelión y de poligamia. Desde aquella época los discípulos del profeta redoblaron sus esfuerzos, y aguardando los actos, resistían con la palabra las pretensiones del Congreso.

Como se ve, el hermano mayor William Hitch hacía prosélitos hasta en el ferrocarril.

Y entonces refirió, apasionando su relación con los raudales de su voz y la violencia de sus ademanes, la historia del mormonismo, desde los tiempos bíblicos: "Cómo en Israel, un profeta mormón, de la tribu de José, publicó los anales de la nueva religión y los legó a su hijo mormón; cómo, muchos siglos más tarde, una traducción de ese precioso libro, escrito en caracteres egipcios, fue hecha por José Smith junior, colono del estado de Vermont, que se reveló como profeta místico en 1825; cómo, por último, le apareció un mensajero celeste, en una selva luminosa, y le entregó los anales del Señor".

En aquel momento, algunos oyentes, poco interesados por la relación retrospectiva del misionero, abandonaron el vagón; pero William Hitch, prosiguiendo, refirió "cómo Smith junior, reuniendo a su padre, a sus dos hermanos y algunos discípulos, fundó la religión de los Santos de los últimos días, religión que, adoptada no tan sólo en América, sino en Inglaterra, Escandinavia y Alemania, cuenta entre sus fieles, no sólo artesanos, sino muchas personas que ejercen profesiones liberales; cómo una colonia fue fundada en el Ohio; cómo se edificó un templo, gastando doscientos mil dólares, y cómo se construyó una ciudad en Kirkand; cómo Smith llegó a ser un audaz banquero y recibió de un simple exhibidor de momias un papiro, que contenía la narración escrita de mano de Abrahán y otros célebres egipcios.

Como esta historia se iba haciendo un poco larga, las filas de oyentes se fueron aclarando, y el público ya no quedaba reducido más que a unas veinte personas.

Pero el hermano mayor, sin dársele cuidado por esta deserción, refirió con detalles "cómo Joe Smith quebró en 1837; cómo los arruinados accionistas le embrearon y emplumaron; cómo se le volvió a ver, más honorable y más honrado que nunca, algunos años después, en Independencia en el Missouri, y jefe de una comunidad floreciente, y que no contaba menos de tres mil discípulos, y entonces perseguido por el odio de los gentiles, tuvo que huir al "Far West americano".

Todavía quedaban diez oyentes, y entre ellos el buen Picaporte, que era todo oídos. Así supo "cómo, después de muchas persecuciones, Smith apareció en Illinois y fundó, en 1839, a orillas del Mississippi, Nauvoo la Bella, cuya población se elevó hasta veinticinco mil almas; cómo Smith fue su alcalde, juez supremo y general en jefe; cómo en 1843 se presentó a candidato a la presidencia de los Estados Unidos, y cómo, por último, atraído a una emboscada en Cartago, fue encarcelado y asesinado por una banda de hombres enmascarados".

Entonces ya no había quedado más que Picaporte en el vagón, y el hermano mayor, mirándole de hito en hito, fascinándole con sus palabras, le recordó que dos años después del asesinato de Smith, su sucesor el profeta inspirado, Brigham Young, abandonando a Nauvoo, fue a establecerse a las orillas del Lago Salado, y allí, en aquel admirable territorio, en medio de una región fértil, en el camino que los emigrantes atraviesan para ir a California, la nueva colonia, gracias a los principios de la poligamia del mormonismo, tomó enorme extensión.

—¡Y por eso —añadió William Hitch—, por eso la envidia del Congreso se ha ejercitado contra nosotros! ¡Por eso los soldados de la Unión han pisoteado el suelo de Utah! ¡Por eso nuestro jefe, el profeta Brigham Young, ha sido preso con menosprecio de toda justicia! ¿Cederemos a la fuerza? ¡Jamás! Arrojados de Vermont, arrojados de Illinois, arrojados de Obio, arrojados de Missouri, arrojados de Utah, ya encontraremos algún territorio independiente, donde plantar nuestra tienda... Y vos, adicto mío —añadió el hermano mayor, fijando sobre su único oyente su enojada mirada—, ¿plantaréis la vuestra a la sombra de nuestra bandera?

No —respondió con valentía Picaporte, que huyó a su vez, dejando al energúmeno predicar en el desierto.

Pero, durante esta conferencia, el tren había marchado con rapidez, y a cosa de mediodía tocaba en la punta Noroeste del Gran Lago Salado. De aquí podía abrazarse, en un vasto perímetro, el aspecto de ese mar interior que lleva también el nombre de Mar Muerto, y en el cual desagua un Jordán de América. Lago admirable, rodeado de bellas peñas agrestes, con anchas capas incrustadas de sal blanca, soberbia sábana blanca de agua, que antiguamente cubría un espacio más considerable; pero, con el tiempo, sus orillas, elevándose poco a poco, han reducido su superficie, aumentando su profundidad.

El Lago Salado, con unas setenta millas de longitud y treinta y cinco de altura, está situado a tres mil ochocientos pies sobre el nivel del mar. Muy diferente del lago Asfaltites, cuya depresión acusa mil doscientos pies menos, su salobre es considerable, y sus aguas tienen en disolución la cuarta parte de materia sólida. Su peso específico es de 1,179, siendo 1,000 la del agua destilada. Por eso allí no pueden existir peces. Los que vienen del Jordán, del Weber y de otros ríos, perecen en seguida; pero no es verdad que la densidad de las aguas es tal, que un hombre no pueda sumergirse.

Alrededor del lago, la campiña estaba admirablemente cultivada, porque los mormones entienden bien los trabajos de la tierra; ranchos y corrales para los animales domésticos, campos de trigo, maíz sorgo; praderas de exuberante vegetación; en todas partes setos de rosales silvestres, matorrales de acacias y de euforbios; tal hubiera sido el aspecto de esa comarca seis meses más tarde; pero entonces el suelo estaba cubierto por una delgada capa de nieve que lo emblanquecía ligeramente.

A las dos, los viajeros se apeaban en la estación de Odgen. El tren no debía marchar hasta las seis. Míster Fogg, mistress Aouida y sus dos compañeros tenían, por consiguiente, tiempo para ir a la Ciudad de los Santos, por un pequeño ramal que se destaca de la estación de Odgen. Dos horas bastaban apenas para visitar esa ciudad completamente americana, y como tal, construida por el estilo de todas las ciudades de la Unión; vastos tableros de largas líneas monótonas, con la tristeza lúgubre de los ángulos rectos, según la expresión de Víctor Hugo. El fundador de la Ciudad de los Santos, no podía librarse de esa necesidad de simetría que distingue a los anglosajones. En este singular país, donde los hombres no están, ciertamente, a la altura de las instituciones, todo se hace cuadrándose; las ciudades, las casas y las tolderías.

A las tres, los viajeros se paseaban, pues, por las calles de la ciudad, construida entre la orilla del Jordán y las primeras ondulaciones de los montes Wasatch. Advirtieron pocas iglesias o ninguna, y como monumentos, la casa del Profeta, los tribunales y el arsenal; después, unas casas de ladrillos azulados con cancelas y galerías, rodeadas de jardines, adornadas con acacias, palmera y algarrobos. Un muro de arcilla y piedras, hecho en 1853, ceñía la ciudad; en la calle principal, donde estaba el mercado, se elevaban algunos palacios adornados de banderas, y entre otros, Lake-Salt-House.

Míster Fogg y sus compañeros no encontraron la ciudad muy poblada. Las calles estaban casi desiertas, salvo la parte del templo, adonde no llegaron sino después de atravesar algunos barrios cercados de empalizadas. Las mujeres eran bastante numerosas, lo cual se explica por la composición singular de las familias mormonas. No debe creerse, sin embargo, que todos los mormones son polígamos. Cada cual es libre de hacer sobre este particular lo que guste; pero conviene observar lo que son las ciudadanas del Utah, las que tienen especial empeño en seisavadas, porque, según la religión del país, el cielo mormón no admite a la participación de sus delicias a las solteras. Estas pobres criaturas no parecen tener existencia holgada ni feliz. Algunas, las más ricas sin duda, llevaban un jubón de seda negro, abierto en la cintura, bajo una capucha o chal muy modesto. Las otras no iban vestidas más que de indiana.

Picaporte, en su cualidad de soltero por convicción, no miraba sin cierto espanto a esas mormonas, encargadas de hacer, entre muchas, la felicidad de un solo mormón. En su buen sentido, de quien se compadecía más era del marido. Le parecía terrible tener que guiar tantas damas a la vez por entre las vicisitudes de la vida, conduciéndolas así, en tropel, hasta el paraíso mormónico, con la perspectiva de encontrarlas allí, para la eternidad, en compañía del glorioso Smith, que debía ser ornamento de aquel lugar de delicias. Decididamente, no tenía vocación para eso, y le parecía, tal vez equivocándose, que las ciudadanas de Great-Lake-City dirigían a su persona miradas algo inquietantes.

Por fortuna, su residencia en la Ciudad de los Santos, no debía prolongarse. A las cuatro menos algunos minutos, los viajeros se hallaban en la estación y volvían a ocupar su asiento en los vagones.

Dióse el silbido; pero cuando las ruedas de la locomotora, patinando sobre las vías, comenzaban a imprimir alguna velocidad al tren, resonaron estos gritos: ¡Alto! ¡Alto!

No se para un tren en marcha, y el que profería esos gritos era, sin duda, algún mormón rezagado. Corría desalentado, y afortunadamente para él no había en la estación puertas ni barreras. Se lanzó a la vía, saltó al estribo del último coche, y cayó sin aliento sobre una de las banquetas del vagón.

Picaporte, que había seguido con emoción los incidentes de esta gimnástica, vino a contemplar al rezagado, a quien cobró vivo interés al saber que se escapaba a consecuencia de una reyerta de familia.

Cuando el mormón recobró el aliento, Picaporte se aventuró a preguntarle cortésmente cuántas mujeres tenía para él solo, y del modo con que venía escapado le suponía una veintena, al menos.

—¡Una, señor! —contestó el mormón, elevando los brazos al cielo—, ¡una y era bastante!

## XXVIII

El tren, al salir de Great-Lake-City y de la estación de Odgen, se elevó durante una hora hacia el Norte hacia el río Veber, después de recorrer unas novecientas millas desde San Francisco. En esta parte de territorio, comprendida entre esos montes y las Montañas Rocosas, propiamente dichas, los ingenieros americanos han tenido que vencer las más serias dificultades. Así, pues, en ese trayecto, la subvención del gobierno de la Unión ha ascendido a cuarenta y ocho mil dólares por milla, al paso que no eran más que dieciséis en la llanura; pero los ingenieros, como hemos dicho, no han violentado a la naturaleza, sino que han usado con ella la astucia, sesgando las dificultades, no habiendo tenido necesidad de perforar más que un túnel de catorce mil pies para llegar a la gran cuenca.

En el lago Salado era donde el trazado llegaba a su más alto punto de altitud. Desde aquí su perfil describía una curva muy prolongada, que bajaba hacia el valle de Bitter-Creek, para remontarse hasta la línea divisoria de las aguas entre el Océano y el Pacífico. Los ríos eran numerosos en esta región montuosa. Hubo que pasar sobre puentes el Muddy, el Gree y otros. Picaporte se había tornado más impaciente a medida que se acercaba el término del viaje, y Fix, a su vez, hubiera querido haber salido ya de aquella región extraña. Temía las tardanzas, recelaba los accidentes, y aún tenía más prisa que el mismo Phileas Fogg en poner el pie sobre la tierra inglesa.

A las diez de la noche, el tren se detenía en la estación de Fort-Bridger, de la cual se separó al punto, y veinte millas más allá entraba en el estado de Wyoming, el antiguo Dakota, siguiendo todo el valle de Bitter-Creek, de donde surgen parte de las aguas que forman el sistema hidrográfico del Colorado.

Al día siguiente, 7 de diciembre, hubo un cuarto de hora de parada en la estación de Green-River. La nieve había caído, durante la noche, con bastante abundancia; pero, mezclada con lluvia, medio derretida, no podía estorbar la marcha del tren. Sin embargo, este mal tiempo no dejó de inquietar a Picaporte, porque la acumulación de las nieves, entorpeciendo las ruedas de los vagones, hubiera comprometido seguramente el viaje.

—Pero, ¿qué idea —decía para sí— habrá tenido mi amo para viajar durante el invierno? ¿No podía aguardar la buena estación, para tener mayores probabilidades?

Pero en aquel momento, en que el honrado mozo no se preocupaba más que del estado del cielo y del descenso de la temperatura, mistress Aouida experimentaba recelos más vivos, que procedían de otra muy diferente causa.

En efecto, algunos viajeros se habían apeado y se paseaban por el muelle de la estación de Green-River, aguardando la salida del tren. Ahora bien; a través del cristal reconoció entre ellos al coronel Steam Proctor, aquel americano que tan groseramente se había conducido con Phileas Fogg, durante el mitin de San Francisco. Mistress Aouida, no queriendo ser vista, se echó para atrás.

Esta circunstancia impresionó vivamente a la joven. Esta había cobrado afecto al hombre que, por frío que fuera, le daba diariamente muestras de la más absoluta adhesión. No comprendía, sin duda, toda la profundidad del sentimiento que le inspiraba su salvador, y aunque no daba a este sentimiento otro nombre que el de agradecimiento, había más que esto, sin sospecharlo ella misma. Por eso su corazón se oprimió cuando reconoció al grosero personaje a quien tarde o temprano quería míster Fogg pedir cuenta de su conducta. Evidentemente, era la casualidad sola la que había traído al coronel Proctor; pero, en fin, estaba allí, y era necesario impedir a toda costa que Phileas Fogg percibiese a su adversario.

Mistress Aouida, cuando el tren echó de nuevo a andar, aprovechó un momento en que míster Fogg dormitaba para poner a Fix y Picaporte al corriente de lo que ocurría.

—¡Ese Proctor está en el tren! —exclamó Fix—. Pues bien: tranquilizaos, señora; antes de entenderse con el llamado... con míster Fogg, ajustará cuentas conmigo. Me parece que, en todo caso, yo soy quien ha recibido los insultos más graves.

—Y además —añadió Picaporte—, yo me encargo de él, por más coronel que sea.

—Señor Fix —repuso mistress Aouida—, míster Fogg no dejará a nadie el cuidado de vengarlo. Es hombre, lo ha dicho, capaz de volver a América para buscar a ese provocador. Si ve, por consiguiente, al coronel Proctor, no podremos impedir un encuentro que pudiera traer resultados deplorables. Es menester, pues, que no lo vea.

—Tenéis razón, señora —respondió Fix—, un encuentro podría perderlo todo. Vencedor o vencido, míster Fogg se vería atrasado, y...

—Y —añadió Picaporte— eso haría ganar a los gentlemen del Reform-Club. ¡Dentro de cuatro días estaremos en Nueva York! Pues bien; si durante cuatro días mi amo no sale de su vagón, puede esperarse que la casualidad no lo pondrá enfrente de ese maldito americano que Dios confunda. Y ya sabremos impedirlo.

La conversación se suspendió. Míster Fogg se había despertado y miraba el campo por entre el vidrio manchado de nieve. Pero más tarde, y sin ser oído de su amo ni de mistress Aouida, Picaporte dijo al inspector de policía:

—¿De veras os batiríais con él?

—Todos los medios emplearé para que llegue vivo a Europa —respondió simplemente Fix, con tono que denotaba una implacable voluntad.

Picaporte sintió cierto estremecimiento; pero sus convicciones respecto de la no culpabilidad de su amo, siguieron inalterables.

¿Y podía hallarse algún medio de detener a míster Fogg en el compartimento para evitar todo encuentro con el coronel? No podía ser esto difícil, contando con el genio calmoso del gentleman. En todo caso, el inspector de policía creyó haber dado con el medio, porque a los pocos instantes decía a Phileas Fogg:

—Largas y lentas son estas horas que se pasan así en ferrocarril.

—En efecto —dijo el gentleman—, pero van pasando.

—A bordo de los buques —repuso el inspector —teníais costumbre de jugar vuestra partida de whist.

—Sí, pero aquí sería difícil; no hay naipes ni jugadores.

—¡Oh! En cuanto a los naipes, ya los hallaremos, porque se venden en todos los vagones americanos. En cuanto a compañeros de juego, si por casualidad la señora...

—Ciertamente, caballero—respondió con viveza Aouida—, sé jugar al whist. Eso forma parte de la educación inglesa.

—Y yo —repuso Fix—, tengo alguna pretensión de jugarlo bien. Por consiguiente, haremos la partida a tres.

—Como gustéis —repuso míster Fogg, gozoso de dedicarse a su juego favorito aun en ferrocarril.

Picaporte fue en busca del "Stewart" y volvió luego con dos barajas, fichas, tantos y una tablilla forrada de paño. No faltaba nada. El juego comenzó. Mistress Aouida sabía bastante bien el whist, aun recibió algunos cumplidos del severo Phileas Fogg. En cuanto al inspector, era de primera fuerza y capaz de luchar con el gentleman.

—Ahora —dijo entre sí Picaporte—, ya es nuestro y no se moverá.

A las once de la mañana, el tren llegó a la línea divisoria de las aguas de ambos Océanos. Aquel paraje, llamado Passe-Bridger, se hallaba a siete mil quinientos veinticuatro pies ingleses sobre el nivel del mar, y era uno de los puntos más altos del trazado férreo, al través de las Montañas Rocosas. Después de haber recorrido unas doscientas millas, los viajeros se hallaron por fin en una de esas extensas llanuras que llegan hasta el Atlántico, y que tan propicias son para el establecimiento de ferrocarriles.

Sobre la vertiente de la cuenca atlántica se desarrollaban ya los primeros ríos, afluentes o subafluentes del North-Platte. Todo el horizonte del Norte y del Este estaba cubierto por una inmensa cortina semicircular que forma la porción septentrional de las Montañas Rocosas, dominada por el pico de Laramia. Entre esa curvatura y la línea férrea se extendían vastas llanuras, abundantemente regadas. A la derecha de la vía aparecían las primeras rampas de la masa montañosa que se redondea al Sur hasta el nacimiento del Arkansas, uno de los grandes tributarios del Missouri.

A las doce y media, los viajeros divisaron el puente Halleck, que domina aquella comarca. Con algunas horas más, el trayecto de las Montañas Rocosas quedaría hecho, y, por consiguiente, podía esperarse que ningún incidente perturbaría el paso del tren por tan áspera región. Ya no nevaba y el frío era seco. A lo lejos unas aves grandes, espantadas por la locomotora. Ninguna fiera, ni oso, ni lobo, aparecía en la llanura. Era el desierto con su inmensa desnudez.

Después de un almuerzo bastante confortable, servido en el mismo vagón, míster Fogg y sus compañeros acababan de tomar los naipes de nuevo, cuando se oyeron violentos silbidos. El tren se paró.

Picaporte se asomó a la portezuela y no —vio nada, ni había estación alguna.

Mistress Aouida y Fix pudieron temer por un momento que míster Fogg bajase a la vía, pero el gentleman se contentó con decir a su criado:

—Id a ver lo que es eso.

Picaporte salió, y unos cuarenta viajeros habían dejado ya sus puestos, entre ellos el coronel Steam Proctor.

El tren se había parado ante una señal roja, y el maquinista, así como el conductor, altercaban vivamente con un guardavía que había sido enviado al encuentro del convoy por el jefe de Medicine-Bow, la estación inmediata. Tomaban parte de la discusión algunos viajeros que se habían acercado, y entre otros, el referido coronel Proctor, con altaneras palabras e imperiosos ademanes.

Picaporte oyó decir al guardavía:

—¡No! ¡No hay medio de pasar! El puente de Medicine— Bow está resentido y no aguantaría el peso del tren.

El puente de que se trataba era colgante, y cruzaba sobre el torrente, a una milla del sitio donde se había parado el tren. Según el guardavía, muchos alambres estaban rotos, y el puente amenazaba ruina, siendo imposible arriesgarse y pasarlo. El guardavía no exageraba al afirmarlo y es preciso tener en cuenta que, con los hábitos de los americanos, cuando son ellos prudentes, sería locura no serlo.

Picaporte, que no se atrevía a contárselo a su amo, estaba oyendo lo que decían, quieto como una estatua y apretando los dientes.

—¡Me parece —exclamó el coronel Proctor— que no vamos a estar aquí criando raíces en la nieve!

—Coronel —respondió el conductor—, hemos telegrafiado a la estación de Omaha para pedir un tren, pero es probable que no llegue a Medicine—Brow antes de seis horas.

—¡Seis horas! —dijo Picaporte.

—Sin duda. Además, bien necesitaremos ese tiempo para llegar a pie a la estación.

—Pero si no está más que a una milla —dijo un viajero.

—En efecto; pero al otro lado del río.

—Y ese río, ¿no puede pasarse con barca?

—Imposible. El torrente viene crecido por las lluvias. Es un raudal y tendremos que dar un rodeo de diez millas al Norte para hallar un vado.

El coronel echó una bordada de ternos, pegándola con la compañía y con el conductor, mientras que Picaporte, furioso, no estaba muy lejos de hacer coro con él. Había un obstáculo material, contra el cual habían de estrellarse todos los billetes de banco de su amo.

Además, el descontento era general entre los viajeros, quienes, sin contar con el atraso, se veían obligados a andar unas quince millas por la llanura nevada. Hubo, pues, alboroto, vociferaciones, gritería, y esto hubiera debido llamar la atención de Phileas Fogg, a no estar absorto en el juego.

Sin embargo, Picaporte tenía que darle parte de lo que pasa-ba, y se dirigía al vagón con la cabeza baja cuando el maquinista, verdadero yankee llamado Foster, dijo, levantando la voz:

—Señores, tal vez hay un medio de pasar.

—¿Por el puente? —dijo un viajero.

—Por el puente.

—¿Con nuestro tren? —preguntó el coronel.

—Con nuestro tren.

Picaporte se detuvo, y devoraba las palabras del maquinista.

—¡Pero el puente amenaza ruina! —dijo el conductor.

—No importa —respondió Foster—. Creo, que, lanzando el tren con su máxima velocidad, hay probabilidad de pasar.

—¡Diantre! —exclamó Picaporte.

Pero cierto número de viajeros fueron inmediatamente seducidos por la proposición que gustaba especialmente al coronel Proctor. Este cerebro descompuesto consideraba la cosa como muy practicable. Se acordó de que unos ingenieros habían concebido la idea de pasar los ríos sin puente, con trenes rígidos lanzados a toda velocidad. Y en fin de cuentas, todos los interesados en la cuestión se pusieron de parte del maquinista.

—Tenemos cincuenta probabilidades de pasar —decía otro.

—Sesenta —decía otro.

—Ochenta... ¡Noventa por ciento!

Picaporte estaba asustado, si bien se hallaba dispuesto a intentarlo toda para pasar el Medicine—Creek; pero la tentativa le parecía demasiado americana.

—Por otra parte —pensó—, hay otra cosa más sencilla que ni siquiera se le ocurre a esa gente. Caballero —dijo a uno de los viajeros—, el medio propuesto por el maquinista me parece algo aventurado, pero...

—¡Ochenta probabilidades! —respondió el viajero, que le volvió la espalda.

—Bien lo sé —respondió Picaporte, dirigiéndose a otro—, pero una simple reflexión.

—No hay reflexión, es inútil —respondió el americano, encogiéndose de hombros—, puesto que el maquinista asegura que pasaremos.

—Sin duda, pasaremos; pero sería quizá más prudente...

—¡Cómo prudente! —exclamó el coronel Proctor, a quien hizo dar un salto esa palabra oída por casualidad—. ¡Os dicen que a toda velocidad! ¿Comprendéis? ¡A toda velocidad!

—Ya sé, ya comprendo —repetía Picaporte, a quien nadie dejaba acabar—; pero sería, si no más prudente, puesto que la palabra os choca, al menos más natural...

—¿Quién? ¿Cómo? ¿Qué? ¿Qué tiene que decir ése con su natural? —gritaron todos.

Ya no sabía el pobre mozo de quién hacerse oír.

—¿Tenéis acaso miedo? —le preguntó el coronel Proctor.

¡Yo miedo! —exclamó Picaporte—. Pues bien; sea. Yo les enseñaré que un francés puede ser tan americano como ellos.

—¡Al tren, al tren! —gritaba el conductor.

—¡Sí, al tren! —repetía Picaporte—: ¡Al tren! ¡Y al instante! ¡Pero nadie me impedirá pensar que hubiera sido más natural pasar primero el puente a pie, y luego el tren!...

Nadie oyó tan cuerda reflexión, ni nadie hubiera querido reconocer su conveniencia.

Los viajeros volvieron a los coches: Picaporte ocupó su asiento sin decir nada de lo ocurrido. Los jugadores estaban absortos en su whist.

La locomotora silbó vigorosamente. El maquinista, invirtiendo el vapor, trajo el tren para atrás durante cerca de una milla, retrocediendo como un saltarín que va a tomar impulso.

Después de otro silbido, comenzó la marcha hacia delante; se fue acelerando, y muy luego la velocidad fue espantosa. No se oía la repercusión de los relinchos de la locomotora, sino una aspiración seguida; los pistones daban veinte golpes por segundo; los ejes humeaban entre las cajas de grasa. Se sentía, por decirlo así, que el tren entero, marchando con una rapidez de cien millas por hora, no gravitaba ya sobre los rieles. La velocidad destruía la pesantez.

Y pasaron como un relámpago. Nadie vio el puente. El tren saltó, por decirlo así, de una orilla a otra, y el maquinista no pudo detener su máquina desbocada sino a cinco millas más allá de la estación.

Pero apenas había pasado el tren, cuando el puente, definitivamente arruinado, se desplomaba con estrépito sobre el Medicine-Bow.

## XXIX

Aquella misma tarde, el tren proseguía su marcha sin obstáculos, pasaba el fuerte Sanders, trasponía el paso de Cheyenvoy, llegaba al paso de Evans. En este sitio alcanzaba el ferrocarril el punto más alto del trayecto, o sea ocho mil noventa y un pies sobre el nivel del Océano. Los viajeros ya no tenían más que bajar hasta el Atlántico por aquellas llanuras sin límites, niveladas por la naturaleza.

Allí empalmaba el ramal de Denver, ciudad principal de Colorado. Este territorio es rico en minas de oro y de plata, y más de cincuenta mil habitantes han fijado allí su domicilio.

Se habían recorrido mil trescientas ochenta y dos millas desde San Francisco, en tres días y tres noches, cuatro noches y cuatro días debían bastar, según toda la previsión, para llegar a Nueva York. Phileas Fogg se mantenía, por consiguiente, dentro del plazo reglamentario.

Durante la noche se dejó a la izquierda del campamento de Walbab. El "Lodge-Pole-Crek" discurría paralelamente a la vía, siguiendo sus aguas la frontera rectilínea común a los Estados de Wyoming y de Colorado. A las once entraban en Nebraska, pasaban cerca de Sedgwick, y tocaban en Julesburgh, situado en el brazo meridional del río Platte.

Allí fue donde se inauguró el "Union Pacific", el 23 de octubre de 1867, cuyo ingeniero jefe fue el general J. M. Dodge, y donde se detuvieron las dos poderosas locomotoras que remolcaban los nuevos vagones de convidados, entre los cuales figuraba el vicepresidente Tomás C. Durant. Allí dieron el simulacro de un combate indio; allí brillaron los fuegos artificiales, en medio de ruidosas aclamaciones: allí, por último, se publicó, por medio de una imprenta portátil, el primer número del "Rail-way-Pioneer". Así fue celebrada la inauguración de ese gran ferrocarril, instrumento de progreso y de civilización, trazado a través del desierto y destinado a enlazar entre sí ciudades que no existían aún. El silbato de la locomotora, más poderoso que la lira de Anfión, iba a hacerlas surgir muy en breve del suelo americano.

A las ocho de la mañana, el fuerte Mac Pherson quedaba atrás. Este punto dista trescientas cincuenta y siete millas de Omaha. La vía férrea seguía por la izquierda del brazo meridional del río Platte. A las nueve, se llegaba a la importante ciudad de North-Platte, construida entre los dos brazos de ese gran río, que se vuelven a reunir alrededor de ella para no formar, en adelante ya, más que una sola arteria, afluente considerable cuyas aguas se confunden con las del Missouri, un poco más allá de Omaha.

Míster Fogg y sus compañeros proseguían su juego, sin que ninguno de ellos se quejase de la longitud del camino. Fix había empezado por ganar algunas guineas que estaba perdiendo, no siendo menos apasionado que míster Fogg. Durante aquella mañana, la suerte favoreció singularmente a éste. Los triunfos llovían, por decirlo así, en sus manos En cierto momento, después de haber combinado un golpe atrevido, se preparaba a jugar espadas, cuando detrás de la banqueta salió una voz diciendo:

—Yo jugaría oros

Míster Fogg, mistress Aouida y Fix, levantaron la cabeza. El coronel Proctor estaba junto a ellos.

Steam Proctor y Phileas Fogg se reconocieron en seguida.

—¡Ah! Sois vos, señor inglés —exclamó el coronel—; ¡sois vos quien quiere jugar espadas!

—Y que las juega —respondió con frialdad Phileas Fogg, echando un diez de ese palo.

—Pues bien; me acomoda que sean oros —replicó el coronel Proctor con irritada voz, haciendo ademán de tomar la carta jugada, y añadiendo:

—No sabéis ese juego.

—Tal vez seré más diestro en otro —dijo Phileas Fogg, levantándose.

—¡Sólo de vos depende ensayarlo, hijo de John Bull! —replicó el grosero personaje.

Mistress Aouida había palidecido, afluyendo toda su sangre al corazón. Se había asido del brazo de Phi leas Fogg, que la repelió suavemente. Picaporte iba a echarse sobre el americano, que miraba a su adversario con el aire más insultante posible, pero Fix se había levantado, y yendo hacia el coronel Proctor, le dijo:

—Olvidáis que es conmigo con quien debéis entenderos, porque no sólo me habéis injuriado, sino golpeado.

—Señor Fix —dijo Fogg—, perdonad, pero esto me concierne a mí solo. Al pretender que yo hacía mal en jugar espadas, el coronel me ha injuriado de nuevo, y me dará una satisfacción.

—Cuando queráis y donde queráis —respondió el americano—, y con el arma que queráis.

Mistress Aouida intentó en vano detener a míster Fogg. El inspector hizo inútiles esfuerzos para hacer suya la cuestión. Picaporte quería echar al coronel por la portezuela, pero una seña de su amo lo contuvo. Phileas Fogg salió del vagón, y el americano lo acompañó a la plataforma.

—Caballero —dijo míster Fogg a su adversario—, tengo mucha prisa en llegar a Europa, y una tardanza cual-quiera perjudicaría mucho mis intereses.

—¿Y qué me importa? —respondió el coronel Proctor.

—Caballero —dijo cortésmente míster Fogg—, después de nuestro encuentro en San Francisco, había formado el proyecto de volver a buscaros a América, tan fuego como hubiese terminado los negocios que me llaman al antiguo continente.

—¡De veras!

—¿Queréis señalarme sitio para dentro de seis meses?

—¿Por qué no seis años?

—Digo seis meses, y seré exacto.

—Esas no son más que pamplinas o al instante, o nunca.

—Corriente. ¿Vais a Nueva York?

—No.

—¿A Chicago?

—No.

—¿A Omaha?

—Os importa poco. Conocéis Plum—Creek?

—No.

—Es la estación inmediata, y allí llegará el tren dentro de una hora; se detendrá diez minutos, durante los cuales se pueden disparar algunos tiros.

—Bajaré en la estación de Plum—Creek.

Y creo que allí os quedaréis —añadió el americano con sin igual insolencia.

—¿Quién sabe, caballero? —respondió míster Fogg, y entró en su vagón tan calmoso como de costumbre.

Allí el gentleman comenzó por tranquilizar a mistress Aouida, diciéndole que los fanfarrones no eran nunca de temer. Después rogó a Fix que le sirviera de testigo en el encuentro que se iba a verificar. Fix no podía rehusarse y Phileas Fogg prosiguió, tranquilo, su interrumpido juego, echando espadas con perfecta calma.

A las once, el silbato de la locomotora, anunció la aproximación a la estación de Plum-Creek. Míster Fogg se levantó, y, seguido de Fix, salió a la galería. Picaporte le acompañaba, llevando un par de revólveres. Mistress Aouida se había quedado en el vagón, pálida como una muerta.

En aquel momento, se abrió la puerta del otro vagón, y el coronel Proctor apareció también en la galería, seguido de su testigo, un yanqui de su temple. Pero, en el momento en que los dos adversarios iban a bajar a la vía, el conductor acudió gritando:

—No se baja, señores.

—¿Y por qué? —preguntó el coronel.

—Llevamos veinte minutos de retraso, y el tren no se para.

—Pero tengo que batirme con el señor.

—Lo siento —respondió el empleado—, pero marchamos al punto. ¡Ya suena la campana!

La campana sonaba, en efecto, y el tren prosiguió su camino.

—Lo siento muchísimo, señores —dijo entonces el conductor—. En cualquier otra circunstancia hubiera podido serviros. Pero, en definitiva, puesto que n habéis podido batiros en esta estación., ¿quién os impide que lo hagáis aquí?

—Eso no convendrá tal vez al señor —dijo el coronel Proctor con aire burlón.

—Eso me conviene perfectamente —respondió Phileas Fogg.

—Decididamente estamos en América —pensó para sí Picaporte—, y el conductor del tren es un caballero de buen mundo.

Y pensando esto, siguió a su amo.

Los dos adversarios y sus testigos, precedidos de conductor, se fueron al último vagón del tren, ocupado tan sólo por unos diez viajeros. El conductor les preguntó si querían dejar un momento libre sitio a dos caballeros, que tenían que arreglar un negocio de honor.

¡Cómo no! Muy gozosos se mostraron los viajeros en complacer a los contendientes, y se retiraron a la galería.

El vagón, que tenía unos cincuenta pies de largo, se prestaba muy bien para el caso. Los adversarios podían marchar uno contra otro entre las banquetas y fusilarse a su gusto. Nunca hubo duelo más fácil de arreglar. Míster Fogg y el coronel Proctor, provistos cada uno de dos revólveres, entraron en el vagón. Sus testigos los encerraron. Al primer silbido de la locomotora debía comenzar el fuego. Y luego, después de un transcurso de dos minutos, se sacaría del coche lo que quedase de los dos caballeros.

Nada más sencillo, a la verdad; y tan sencillo, por cierto, que Fix y Picaporte sentían su corazón latir hasta romperse.

Se esperaba el silbido convenido, cuando resonaron de repente unos gritos salvajes, acompañados de tiros que no procedían del vagón ocupado por los duelistas. Los disparos se escuchaban, al contrario, por la parte delantera y sobre toda la línea del tren; en el interior de éste se oían gritos de furor.

El coronel Proctor y míster Fogg, con revólver en mano, salieron al instante del vagón, y corrieron adelante donde eran más ruidosos los tiros y los disparos.

Habían comprendido que el tren era atacado por una banda de sioux.

No era la primera vez que esos atrevidos indios habían detenido los trenes. Según su costumbre, sin aguardar la parada del convoy, se habían arrojado sobre el estribo un centenar de ellos, escalando los vagones como lo hace un clown al saltar sobre un caballo al galope.

Estos sioux estaban armados de fusiles. De aquí las detonaciones, a que correspondían los viajeros, casi todos armados. Los indios habían comenzado por arrojarse sobre la máquina. El maquinista y el fogonero habían sido ya casi magullados. Un jefe sioux, queriendo detener el tren, había abierto la introducción del vapor en lugar de cerrarla, y la locomotora, arrastrada, corría con una velocidad espantosa.

Al mismo tiempo los sioux habían invadido los vagones. Corrían como monos enfurecidos sobre las cubiertas, echaban abajo las portezuelas y luchaban cuerpo a cuerpo con los viajeros. El furgón de equipajes había sido saqueado, arrojando los bultos a la vía. La gritería y los tiros no cesaban.

Sin embargo, los viajeros se defendían con valor. Ciertos vagones sostenían, por medio de barricadas, un sitio, como verdaderos fuertes ambulantes llevados con una velocidad de cien millas por hora.

Desde el principio del ataque, mistress Aouida se había conducido valerosamente. Con revólver en mano, se defendía heroicamente; tirando por entre los cristales rotos, cuando asomaba algún salvaje. Unos veinte sioux, heridos de muerte, habían caído a la vía, y las ruedas de los vagones aplastaban a los que se caían sobre los rieles desde las plataformas.

Varios viajeros, gravemente heridos de bala o de rompecabezas, yacían sobre las banquetas.

Era necesario acabar. La lucha llevaba diez minutos de duración, y tenía que terminar en ventaja de los sioux si el tren no se paraba. En efecto, la estación de Fuerte Kearney no estaba más que a dos millas de distancia, y una vez pasado el fuerte y la estación siguiente, los sioux serían dueños del tren.

El conductor se batía al lado de míster Fogg, cuando una bala lo alcanzó. Al caer exclamó:

—¡Estamos perdidos si el tren tarda cinco minutos en pararse!

—¡Se parará! —dijo Phileas Fogg, que quiso echarse fuera del vagón.

—Estad quieto, señor —le gritó Picaporte. Yo me encargo de ello.

Phileas Fogg, no tuvo tiempo de detener al animoso muchacho, que, abriendo una portezuela, consiguió deslizarse debajo del vagón. Y entonces, mientras la lucha continuaba y las balas se cruzaban por encima de su cabeza, recobrando su agilidad y flexibilidad de clown, arrastrándose colgado por debajo de los coches, y agarrándose, ora a las cadenas, ora a las palancas de freno, rastreándose de uno a otro vagón, con maravillosa destreza, llegó a la parte delantera del tren sin haber podido ser visto.

Allí, colgado por una mano entre el furgón y el ténder, desenganchó con la otra las cadenas de seguridad; pero a consecuencia de la tracción, no hubiera conseguido desenroscar la barra de enganche, si un sacudimiento que la máquina experimentó, no la hubiera hecho saltar, de modo que el tren, desprendido, se fue quedando atrás, mientras que la locomotora huía con mayor velocidad. El corrió aún durante algunos minutos; pero los frenos se manejaron bien, y el convoy se detuvo, al fin, a menos de cien pasos de la estación de Kearney.

Allí, los soldados del fuerte, atraídos por los disparos, acudieron apresuradamente. Los sioux no los habían esperado, y antes de pararse completamente el tren, toda la banda había desaparecido.

Pero cuando los viajeros se contaron en el andén de la estación, reconocieron que faltaban algunos, y entre otros el valiente francés, cuyo denuedo acababa de salvarlos.

## XXX

Tres viajeros, incluso Picaporte, habían desaparecido. ¿Los habían muerto en la lucha? ¿Estarían prisioneros de los sioux? No podía saberse todavía.

Los heridos eran bastantes numerosos, pero se reconoció que ninguno lo estaba mortalmente. Uno de los más graves era el coronel Proctor, que se había batido valerosamente, recibiendo un balazo en la ingle. Fue trasladado a la estación con otros viajeros, cuyo estado reclamaba cuidados inmediatos.

Mistress Aouida estaba en salvo, Phileas Fogg, que no había sido de los menos ardientes en la lucha, salió sin un rasguño. Fix estaba herido en el brazo, pero levemente. Pero Picaporte faltaba, y los ojos de la joven Aouida vertían lágrimas.

Entretanto, todos los viajeros habían abandonado el tren. Las ruedas de los vagones estaban manchadas de sangre. De los cubos y de los ejes colgaban informes despojos de carne. Se veían por la llanura largos rastros encarnados, hasta perderse de vista. Los últimos indios desaparecían entonces por el sur hacia el rio Republican.

Míster Fogg permanecía quieto y cruzado de brazos. Tenía que adoptar una grave resolución. Mistress Aouida lo miraba sin pronunciar una palabra... Comprendió él esta mirada. Si su criado estaba prisionero, ¿no debía intentarlo todo para librarlo de los indios?

—Lo encontraré vivo o muerto —dijo sencillamente a mistress Aouida.

—¡Ah! ¡Míster.. míster Fogg! —exclamó la joven, asiendo las manos de su compañero bañándolas de lágrimas.

—¡Vivo —añadió míster Fogg—, si no perdemos un minuto!

Con esta resolución, Phileas Fogg se sacrificaba por entero. Acababa de pronunciar su ruina. Un día tan sólo de atraso, le hacía faltar a la salida del vapor en Nueva York, y perdía la apuesta irrevocablemente; pero no vaciló ante la idea de cumplir con su deber.

El capitán que mandaba el fuerte Kearney estaba allí. Sus soldados, un centenar de hombres, se habían puesto a la defensiva, en el caso en que los sioux hubieran dirigido un ataque directo contra la estación.

—Señor —dijo míster Fogg al capitán—, tres viajeros han desaparecido.

—¿Muertos? —preguntó el capitán.

—Muertos o prisioneros —respondió Phileas Fogg—. Esta es una incertidumbre que debemos aclarar. ¿Tenéis intención de perseguir a los sioux?

—Esto es grave —dijo el capitán—. ¡Estos indios pueden huir hasta más allá de Arkansas! No puedo abandonar el fuerte que me está confiado.

—Señor —repuso Phileas Fogg—, se trata de la vida de tres hombres.

—Sin duda.... pero ¿puedo arriesgar la de cincuenta para salvar tres?

—Yo no sé si podéis, pero debéis hacerlo.

—Caballero —respondió el capitán—, nadie tiene que enseñarme cuál es mi deber.

—Sea —dijo con frialdad Phileas Fogg—. ¡Iré solo!

—¡Vos, señor! —exclamó Fix—. ¿Iréis solo en persecución de los sioux?

—¿Queréis, entonces, que deje perecer a ese infeliz a quienes todos los que están aquí deben la vida? iré.

—Pues bien; ¡no iréis solo! —exclamó el capitán, conmovido a pesar suyo—. ¡No! Sois un corazón valiente. ¡Treinta hombres de buena voluntad! —añadió, volviéndose hacia los soldados.

Toda la compañía avanzó en masa. El capitán tuvo que elegir treinta soldados, poniéndolos a las órdenes de un viejo sargento.

—¡Gracias, capitán! —dijo míster Fogg.

—¿Me permitiréis acompañaros? —preguntó Fíx al gentleman.

—Como gustéis, caballero —le respondió Phileas Fogg—; pero si queréis prestarme un servicio, os quedaréis junto a mistress Aouida; y en el caso de que me suceda algo...

Una palidez súbita invadió el rostro del inspector de policía. ¡Separarse del hombre a quien había seguido paso a paso y con tanta persistencia! ¡Dejarlo, aventurarse así en el desierto! Fix miró con atención al gentleman y a pesar de sus prevenciones bajó la vista ante aquella mirada franca y serena.

—Me quedaré —dijo—.

Algunos instantes después, míster Fogg, después de estrechar la mano de la joven y entregarle su precioso saco de viaje, partía con el sargento y su reducida tropa, diciendo a los soldados:

—¡Amigos míos, hay mil libras para vosotros, si salváis a los prisioneros!

Eran las doce y algunos minutos.

Mistress Aouida se había retirado a un cuarto de la estación, y allí sola aguardó, pensando en Phileas Fogg, en su sencilla y graciosa generosidad y en su sereno valor. Míster Fogg había sacrificado su fortuna, y ahora usaba su vida, todo sin vacilación, por deber y sin alarde. Phileas era un héroe ante ella.

El inspector Fix no pensaba del mismo modo, y no podía contener su agitación. Se paseaba calenturiento por el andén de la estación. Estaba arrepentido de haberse dejado subyugar en el primer momento por míster Fogg, y comprendía la necedad en que había incurrido dejándolo marchar. ¿Cómo había podido consentir en separarse de aquel hombre, a quien acababa de seguir alrededor del mundo? Se reconvenía a sí mismo, se acusaba, se trataba como si hubiera sido el director de la policía metropolitana, amonestando a un agente sorprendido en flagrante delito de candidez.

—¡He sido inepto! —decía para sí—. ¡El otro te habrá dicho quién era yo! ¡Ha partido y no volverá! ¿Dónde apresarlo ahora? Pero, ¿cómo he podido dejarme fascinar así, yo, Fix, yo, que llevo en el bolsillo la orden de prisión? ¡Decididamente soy un animal!

Así razonaba el inspector de policía, mientras que las horas transcurrían lentamente. No sabía qué hacer. Algunas veces tenía la idea de decírselo todo a mistress Aouida, pero comprendía de qué modo serían acogidas sus palabras por la joven. ¿Qué partido tomar? Estaba tentado de irse, al través de las llanuras, en busca de Fogg. No le parecía imposible volver a dar con él. ¡Las huellas del destacamento estaban impresas todavía en el nevado suelo? Pero luego todo vestigio quedaba borrado bajo una nueva capa de nieve.

Entonces el desaliento se apoderó de Fix. Experimentó un insuperable deseo de abandonar la partida, y precisamente se le ofreció ocasión de seguir el viaje, partiendo de la estación de Kearney.

En efecto; a las dos de la tarde, mientras que la nieve caía a grandes copos, se oyeron unos silbidos procedentes del Este. Una sombra enorme, precedida de un resplandor rojizo, avanzaba con lentitud, considerablemente abultada por las brumas que le daban fantástico aspecto.

Sin embargo, ningún tren de la parte del Este era esperado todavía. El auxilio pedido por teléfono no podía llegar tan pronto, y el tren de Obama a San Francisco no debía pasar hasta el día siguiente.

No tardó en saberse lo que era. La locomotora, que andaba a corto vapor y dando grandes silbidos, era la que, después de haberse separado del tren, había continuado su marcha con tan espantosa velocidad, llevando al maquinista y fogonero inanimados. Había corrido muchas millas, y, después, apagándose el fuego, por falta de combustible, la velocidad se fue amortiguando, hasta que la máquina se detuvo, veinte millas más allá de la estación de Kearney.

Ni el maquinista ni el fogonero habían sucumbido, y después de un desmayo bastante prolongado, habían recobrado los sentidos.

La máquina estaba entonces parada, y cuando el maquinista se vio en el desierto con la locomotora sola, comprendió lo ocurrido, y sin que pudiera atinar de qué modo se había efectuado la separación, no dudaba que el tren estaba atrás esperando auxilio.

No vaciló el maquinista sobre la resolución que debía adoptar. Proseguir el camino en dirección de Omaha, era prudente; volver hacia el tren, en cuyo saqueo estarían quizá ocupados los indios, era peligro. so... ¡No importa! Se rellenó la hornilla de combustible, el fuego se reanimó, la presión volvió a subir, y a cosa de las dos de la tarde, la máquina regresaba a la estación de Kearney, siendo ella la que silbaba sobre la bruma.

Fue para los viajeros gran satisfacción el ver que la locomotora se ponía a la cabeza del tren. Iban a poder continuar su viaje, tan desgraciadamente interrumpido.

Al llegar la máquina, mistress Aouida preguntó al conductor:

—¿Vais a marchar?

—Al momento, señora.

—Pero esos prisioneros... nuestros desventurados compañeros...

—No puedo interrumpir el servicio —respondió el conductor—. Ya llevamos tres horas de atraso.

—¿Y cuándo pasará el otro tren procedente de San Francisco?

—Mañana por la tarde, señora.

—¡Mañana por la tarde! Pero ya no será tiempo. ¡Es preciso aguardar!

—Imposible. Si queréis partir, al coche.

—No marcharé —respondió la joven.

Fix había oído la conversación. Algunos momentos antes, cuando todo medio de locomoción le faltaba, estaba decidido a marchar; y ahora, que— el tren estaba allí y no tenía más que ocupar su asiento, le retenía un irresistible impulso. El andén de la estación le quemaba los pies, y no podía desprenderse de allí. Volvió al embate de sus encontradas ideas, y la cólera del mal éxito lo ahogaba. Quería luchar hasta el fin.

Entretanto, los viajeros y algunos heridos, entre ellos el coronel Proctor, cuyo estado era grave, habían tomado ubicación en los vagones. Se oía el zumbido de la caldera y el vapor se desprendía por las válvulas. El maquinista silbó, el tren se puso en marcha, y desapareció luego, mezclando su blanco humo con el torbellino de las nieves.

El inspector Fix se quedó.

Algunas horas transcurrieron. El tiempo era muy malo y el frío excesivo. Fix, sentado en un banco de la estación, permanecía inmóvil hasta el punto de parecer dormido. Mistress Aouida, a pesar de la nevada, salía a cada momento del cuarto que estaba a su disposición. Llegaba hasta lo último del andén, tratando de penetrar la bruma con su vista y procurando escuchar sí se percibía algún ruido. Pero nada. Aterida por el frío, volvía a su aposento para volver a salir algunos momentos más tarde, y siempre inútilmente.

Llegó la noche, y el destacamento no había regresado. ¿Dónde estaría? ¿Había alcanzado a los indios? ¿Habría habido lucha, o acaso los soldados, perdidos en medio de la nieve, andarían errantes a la aventura? El capitán del fuerte Kearney estaba muy inquieto, si bien procuraba disimularlo.

Por la noche, la nieve no cayó en tanta abundancia, pero creció la intensidad del frío. La mirada más intrépida no hubiera considerado sin espanto aquella oscura inmensidad. Reinaba un absoluto silencio en la llanura, cuya infinita calma no era turbada ni por el vuelo de las aves ni por el paso de las fieras.

Durante toda aquella noche, mistress Aouida, con el ánimo entregado a siniestros pensamientos, con el corazón lleno de angustias, anduvo errando por la linde de la pradera. Su imaginación la llevaba a lo lejos, mostrándole mil peligros; no es posible expresar lo que sufrió durante tan largas horas.

Fix permanecía quieto en el mismo sitio, pero tampoco dormía. En cierto momento se le acercó un hombre, y le habló, pero el agente lo despidió, después de haberle respondido negativamente.

Así transcurrió la noche. Al alba, el disco medio apagado del sol se levantó sobre un horizonte nublado, pudiendo, sin embargo, la vista extenderse hasta dos millas de distancia. Phileas Fogg y el destacamento se habían dirigido hacia el Sur, y por este lado no se divisaba más que el desierto. Eran entonces las siete de la mañana.

El capitán, muy caviloso, no sabía qué partido tomar. ¿Debía enviar otro destacamento en auxilio del primero? ¿Debía sacrificar más hombres, con tan poca probabilidad de salvar a los que se habían sacrificado primero? Pero su vacilación no duró, y llamó con una señal a uno de sus tenientes, dándole orden de hacer un reconocimiento por el Sur, cuando sonaron unos tiros. ¿Era esto una señal? Los soldados salieron afuera del fuerte, y a media milla vieron una pequeña partida que venía en buen orden.

Míster Fogg iba a la cabeza, y junto a él estaban Picaporte y los otros dos viajeros, librados de entre las manos de los sioux.

Había habido combate a diez millas al sur de Kearney. Pocos momentos antes de la llegada del destacamento, Picaporte y los dos compañeros estaban luchando con sus guardianes, y el francés había ya derribado tres a puñetazos, cuando su amo y los soldados se precipitaron en su auxilio.

Todos, salvadores y salvados, fueron acogidos con gritos de alegría, y Phileas Fogg distribuyó a los soldados la prima que les había prometido, mientras que Picaporte repetía, no sin alguna razón:

—¡Decididamente, es preciso convenir en que cuesto muy caro a mi amo!

Fix, sin pronunciar una palabra, miraba a míster Fogg, y hubiera sido difícil analizar las impresiones que luchaban en su interior. En cuanto a mistress Aouida, había tomado la mano del gentleman y la estrechaba con las suyas sin poder pronunciar una palabra.

Entretanto, Picaporte, tan luego como llegó, había buscado el tren en la estación, creyendo encontrarle allí dispuesto a correr hacia Obama, y esperando que se podría ganar aún el tiempo perdido.

—¡El tren, el tren! —gritaba.

—Se marchó —respondió Fix.

—Y el tren siguiente, ¿cuándo pasa? —preguntó míster Fogg.

—Esta noche.

—¡Ah! —dijo simplemente el impasible gentleman.

## XXXI

Phileas Fogg estaba veinticuatro horas atrasado, y Picaporte, causa involuntaria de esta tardanza, estaba desesperado. Había arruinado indudablemente a su amo.

En aquel momento, el inspector se acercó a míster Fogg, y mirándole bien enfrente, le preguntó:

—Con formalidad, señor Fogg; ¿tenéis prisa?

—Con mucha formalidad —respondió Phileas Fogg.

—Insisto —repuso Fix. ¿Tenéis verdadero interés en estar en Nueva York el 11, antes de las nueve de la noche, hora de salida del vapor de Liverpool?

—El mayor interés.

—Y si el viaje no hubiera sido interrumpido por el ataque de los indios, ¿hubierais llegado a Nueva York el 11 por la mañana?

—Sí, con doce horas de adelanto sobre el vapor.

—Bien. Tenéis ahora veinte horas de atraso. Entre veinte y doce, la diferencia es de ocho. Luego con ganar estas ocho horas tenéis bastante. ¿Queréis intentarlo?

—¿A pie?

—No, en trineo de vela. Un hombre me ha propuesto este sistema de transporte.

Era el hombre que había hablado al inspector de policía durante la noche, y cuya oferta había sido desechada.

Phileas Fogg no respondió a Fix; pero éste le enseñó el hombre de que se trataba, y el gentleman después, Phileas Fogg y el americano, llamado Mudge, entraban en una covacha construida junto al fuerte Kearney.

Allí, míster Fogg examinó un vehículo bastante singular, especie de tablero establecido sobre dos largueros, algo levantados por delante, como las plantas de un trineo, y en el cual cabían cinco o seis personas. Al tercio, por delante, se elevaba un mástil muy alto, donde se envergaba una inmensa cangreja. Este mástil, sólidamente sostenido por obenques metálicos, tendía un estay de hierro, que servía para guindar un foque de gran dimensión. Detrás había un timón espaldilla, que permitía dirigir el aparato.

Como se ve, era un trineo aparejado en balandra. Durante el invierno, en la llanura helada, cuando los trenes se ven detenidos por las nieves, esos vehículos hacen travesías muy rápidas, de una a otra estación. Están, por lo demás, muy bien aparejados, quizá mejor que un balandro, que está expuesto a volcar, y con viento en popa corren por las praderas, con rapidez igual, si no superior a la de un expreso.

En pocos instantes se concluyó el trato entre míster Fogg y el patrón de esa embarcación terrestre. El viento era bueno. Soplaba del Oeste muy frescachón. La nieve estaba endurecida, y Mudge tenía grandes esperanzas de llegar en pocas horas a la estación de Omaha, donde los trenes son frecuentes y las vías numerosas en dirección a Chicago y Nueva York. No era difícil que pudiera ganarse el atraso; por consiguiente, no debía vacilarse en intentar la aventura.

No queriendo míster Fogg exponer a mistress Aouida a los tormentos de una travesía al aire libre, con el frío, que la velocidad había de hacer más insoportable, le propuso quedarse con Picaporte en la estación de Kearney, desde donde el buen muchacho la traería a Europa, por mejor camino y en mejores condiciones.

Mistress Aouida se negó a separarse de míster Fogg, y Picaporte se alegró mucho de esta determinación. En efecto, por nada en el mundo hubiera querido separarse de su amo, puesto que Fix le acompañaba.

En cuanto a lo que entonces pensaba el inspector de policía, sería difícil decirlo. ¿Su convicción estaba quebrantada por el regreso de Phileas Fogg, o bien lo consideraba como un bribón de gran talento, por creer que después de cumplida la vuelta al mundo, estaría absolutamente seguro en Inglaterra? Tal vez la opinión de Fix, respecto de Phileas Fogg, se había modificado; pero no por eso estaba menos decidido a cumplir con su deber, y, más impaciente que todos, a ayudar con todas sus fuerzas el regreso a Inglaterra.

A las ocho, el trineo estaba dispuesto a marchar. Los viajeros, casi puede decirse los pasajeros, tomaron asiento, muy envueltos en sus mantas de viaje. Las dos inmensas velas estaban izadas, y al impulso del viento el vehículo corría sobre la endurecida nieve a razón de cuarenta millas por hora.

La distancia que separa el fuerte Kearney de Obama es en línea recta, a vuelo de abeja, como dicen los americanos, de doscientas millas lo más. Manteniéndose el viento, esta distancia podía recorrerse en cinco horas, y no ocurriendo ningún incidente, el trineo debía estar en Omaha a la una de la tarde.

¡Qué travesía! Los viajeros, apiñados, no podían hablarse. El frío, acrecentado por la velocidad, les hubiera cortado la palabra. El trineo corría tan ligeramente sobre la superficie de la llanura, como un barco sobre las aguas, pero sin marejada. Cuando la brisa llegaba rasando la tierra, parecía que el trineo iba a ser levantado del suelo por sus espantosas velas cual alas de inmensa envergadura. Mudge se mantenía, por medio del timón, en la línea recta y con un golpe de espadilla rectificaba los borneos que el aparejo tendía a producir. Todo el velamen daba presa al viento. El foque, desviado, no estaba cubierto por la cangreja. Se levantó una cofa y dando al viento un cuchillo, se aumentó la fuerza del impulso de las demás velas. No podía calcularse la velocidad matemáticamente; pero era seguro que no bajaba de las cuarenta millas por hora.

—Si nada se rompe —dijo Mudge—, llegaremos.

Y Mudge tenía inerés en llegar dentro del plazo convenido, porque míster Fogg, fiel a su sistema, lo había engolosinado con una crecida oferta.

La pradera por donde corría el trineo era tan llana, que parecía un inmenso estanque helado. El ferrocarril que cruzaba por esa región subía del Suroeste al Noroeste por Grand-Island, Columbus, ciudad importante de Nebraska, Schuyler, Fremon y luego Omaha. Seguía en todo su trayecto por la orilla derecha del rio Platte. El trineo, atajando, recorría la cuerda del arco descrito por la vía férrea. Mudge no podía verse detenido por el río Platte, en el recodo que forma antes de llegar a Fremont, porque sus aguas estaban heladas. El camino se hallaba, pues, completamente libre de obstáculos, y a Phileas Fogg sólo podían darle cuidado dos circunstancias: una avería en el aparato o un cambio de viento.

La brisa, sin embargo, no amainaba, y antes al contrario, soplaba hasta el punto de poder tumbar el palo, si bien le sostenían con firmeza los obenques de hierro. Esos alambres metálicos, semejantes a las cuerdas de un instrumento, resonaban como si un arco hubiese provocado sus vibraciones. El trineo volaba, acompañado de una armonía plañidera de muy particular intensidad.

—Esas cuerdas dan la quinta y la octava —dijo míster Fogg.

Fueron éstas las únicas palabras que pronunció durante la travesía. Mistress Aouida, cuidadosamente envuelta en los abrigos y mantas de viaje, estaba preservada, en lo posible, del alcance del frío.

En cuanto a Picaporte, roja la cara como el disco solar cuando se pone entre brumas, aspiraba aquel aire penetrante, dando rienda a sus esperanzas con el fondo de imperturbable confianza que las distinguía. En vez de llegar por la mañana a Nueva York, se llegaría por la tarde, pero todavía existían probabilidades de que esto ocurriese antes de salir el vapor de Liverpool.

Picaporte experimentó hasta deseos de dar un apretón de manos a su aliado Fix, no olvidando que era el inspector mismo quien había proporcionado el trineo de velas, y por consiguiente, el único medio de llegar a Obama a tiempo; pero, obedeciendo a un indefinible presentimiento, se mantuvo en su acostumbrada reserva.

En todo caso, había una cosa que Picaporte no olvidaría jamás, esto es: el sacrificio de míster Fogg para librarlos de los sioux arriesgando su fortuna y su vida. No; ¡jamás lo olvidaría su criado!

Mientras que cada uno de los viajeros se entregaba a reflexiones diversas, el trineo volaba sobre la inmensa alfombra de nieve, y si atravesaba algunos ríos, afluentes o subafluentes del Little-Blue, no se percataba nadie de ello. Los campos y los cursos de agua se igualaban bajo una blancura uniforme. El llano estaba completamente desierto, comprendido entre el "Union Pacific" y el ramal que ha de enlazar a Kearney con San José, formaba como una gran isla inhabitada. Ni una aldea, ni una estación, ni siquiera un fuerte. De vez en cuando, se veía pasar, cual relámpago, algún árbol raquítico, cuyo blanco esqueleto se retorcía bajo la brisa. A veces, se levantaban del suelo bandadas de aves silvestres. A veces también, algunos lobos, en tropeles numerosos, flacos, hambrientos, y movidos por una necesidad feroz, luchaban en velocidad con el trineo. Entonces Picaporte, revólver en mano, estaba preparado para hacer fuego sobre los más inmediatos. Si algún incidente hubiese detenido entonces el trineo, los viajeros atacados por esas encarnizadas fieras, hubieran corrido los más graves peligros; pero el trineo seguía firme, y tomando buena delantera, no tardó en quedarse atrás aquella aulladora tropa.

A las doce, Mudge, reconoció por algunos indicios, que estaba pasando el helado curso del Platte. No dijo nada, pero ya estaba seguro de que, veinte milla más allá, se hallaba la estación de Omaha.

Y, en efecto, no era la una de la tarde cuando, abandonando la barra, el patrón recogía velas, mientras que el trineo, arrastrado por su irresistible vuelo, recorría aún media milla sin velamen. Por último, se paró, y Mudge, enseñando una aglomeración de tejados blancos decía:

—Hemos llegado.

Ya se hallaban, pues, en aquella estación donde numerosos trenes comunicaban con la parte oriental de los Estados Unidos.

Picaporte y Fix habían saltado a tierra, y estiraban sus entumecidos miembros. Ayudaron a míster Fogg y a la joven a bajar del trineo. Phileas Fogg pagó generosamente a Mugde, a quien Picaporte estrechó amistosamente la mano, corriendo todos después a la estación de Omaha.

En esta importante ciudad de Nebraska es adónde va a parar el ferrocarril, con el nombre de "Chicago Rock Island", que corre directamente al Este, sirviendo cincuenta estaciones.

Estaba dispuesto a marchar un tren directo, de tal modo, que Phileas Fogg y sus compañeros sólo tuvieron tiempo de arrojarse a un vagón. No habían visto nada de Omaha; pero Picaporte reconocía que no era cosa de sentir, puesto que no era ver ciudades lo que importaba.

Con extraordinaria rapidez, el tren pasó el estado de Iowa, por el Counciai-Bluffs, Moines, Iowa-City. Durante la noche, cruzaba el Mississippi, en Davenport, y entraba por Rock-Island en Illinois. Al día siguiente, 10, a las cuatro de la tarde, llegaba a Chicago, renacida ya de sus ruinas, y más que nunca fieramente asentada a orillas de su hermoso lago Michigan,

Chicago está a 900 millas de Nueva York, y allí no faltaban trenes, por lo cual pudo míster Fogg pasar inmediatamente de uno a otro. La elegante locomotora del "Pittsburg-Fort Waine-Chicago", partió a toda velocidad, como si hubiese comprendido que el honorable gentleman no tenía tiempo que perder. Atravesó como un relámpago los Estados de Indiana, Ohio, Pensylvania y New Jersey, pasando por ciudades de nombres históricos, algunas de las cuales tenían calles y tranvías, pero no casas todavía. Por fin, apareció el Hudson, y el 11 de diciembre, a las once y cuarto de la noche, el tren se detenía en la estación, a la margen derecha del río, ante el mismo muelle de los vapores de la línea Cunard, llamada, por otro nombre, "British and North American Royal Mail Steam Packet Co."

El "China", con destino a Liverpool, había salido cuarenta y cinco minutos antes.

## XXXII

Al partir el "China" se llevaba, al parecer, la última esperanza de Phileas Fogg.

En efecto, ninguno de los otros vapores que hacen el servicio directo entre América y Europa, ni los transatlánticos franceses, ni los buques de la "White Starline", ni los de la Compañía Imman, ni los de la Línea "Hamburguesa", ni otros podían responder a los proyectos del gentleman.

El "Pereire", de la Compañía Transatlántica Francesa, cuyos admirables buques igualan en velocidad y sobrepujan en comodidades a los de las demás líneas sin excepción, no partía hasta tres días después, el 14 de diciembre, y además, no iba directamente a Liverpool o Londres, sino al Havre, y lo mismo sucedía con los de la Compañía "Hamburguesa"; así es que la travesía suplementaria del Havre a Southampton hubiera anulado los últimos esfuerzos de Phileas Fogg.

En cuanto a los vapores Imman, uno de los cuales, el "City of Paris", se daba a la mar al día siguiente, no debía pensarse en ellos, porque, estando dedicados al transporte de emigrantes, son de máquinas débiles, navegan lo mismo a vela que a vapor, y su velocidad es mediana. Empleaban en la travesía de Nueva York a Inglaterra más tiempo del que necesitaba míster Fogg para ganar su apuesta.

De todo esto se informó el gentleman consultando su "Bradshaw", que le reseñaba, día por día, los movimientos de la navegación transoceánica.

Picaporte estaba anonadado. Después de haber perdido la salida por cuarenta y cinco minutos, esto lo mataba, porque tenía la culpa él; pues, en vez de ayudar a su amo, no había cesado de crearle obstáculos por el camino. Y cuando repasaba en su mente todos los incidentes del viaje; cuando calculaba las sumas gastadas en pura pérdida y sólo en interés suyo; cuando pensaba que esa enorme apuesta, con los gastos considerables de tan inútil viaje, arruinaba a míster Fogg, se llenaba a sí mismo de injurias.

Sin embargo, míster Fogg no le dirigió reconvención alguna, y al abandonar el muelle de los vapores transatlánticos, no dijo más que estas palabras:

—Mañana veremos lo que se hace, venid.

Míster Fogg, mistress Aouida, Fix y Picaporte, atravesaron el Hudson en el "Jersey-City-Ferry-Boat" y subieron a un coche, que los condujo al hotel San Nicolás, en Broadway. Tomaron unas habitaciones, y la noche transcurrió corta para Phileas Fogg, que durmió con profundo sueño, pero muy larga para mistress Aouida y sus compañeros, a quienes la agitación no permitió descansar.

La fecha del día siguiente era el 12 de diciembre. Desde el 12, a las siete de la mañana, hasta el 21, a las ocho y cuarenta y cinco minutos de la noche, quedaban nueve días, trece horas y cuarenta y cinco minutos. Si Phileas Fogg hubiera salido la víspera con el "China" uno de los mejores andadores de la Line Cunard, habría llegado a Liverpool, y luego a Londres en el tiempo estipulado.

Míster Fogg abandonó el hotel solo, después de haber recomendado a su criado que lo aguardase y de haber prevenido a mistress Aouida que estuviese dispuesta.

Después se dirigió al Hudson, y entre los buques amarrados al muelle o anclados en el río, buscó cuidadosamente los que estaban listos para salir. Muchos tenían la señal de partida y se disponían a tomar la mar, aprovechando la marea de la mañana, porque en ese inmenso y admirable puerto de Nueva York no hay día en que cien embarcaciones no salgan con rumbo a todos los puntos del orbe; pero casi todas eran de vela, y no podían convenir a Phileas Fogg.

Este gentleman se estrellaba, al parecer, en su última tentativa, cuando vio a la distancia de un cable, lo más, un buque mercante de hélice, de formas delgadas, cuya chimenea, dejando escapar grandes bocanadas de humo, indicaba que se preparaba para aparejar.

Phileas Fogg tomó un bote, se embarcó, y a poco se encontraba en la escala de la "Enriqueta", vapor de casco de hierro con los altos de madera.

El capitán de la "Enriqueta" estaba a bordo. Phileas Fogg subió a cubierta y preguntó por él. El capitán se presentó en seguida.

Era hombre de cuarenta años, especie de lobo de mar, con trazas de regañón y poco tratable. Tenía ojos grandes, tez de cobre oxidado, pelo rojo, ancho cuerpo y nada del aspecto de hombre de mundo.

—¿El capitán? —preguntó míster Fogg.

—Soy yo.

—Soy Phileas Fogg, de Londres.

—Y yo, Andrés Speedy, de Cardiff.

—¿Vais a salir?

—Dentro de una hora.

—¿Y para dónde?

—Para Burdeos.

—¿Y vuestro cargamento?

—Piedras en la cala. No hay flete, y me voy en lastre.

—¿Tenéis pasajeros?

—No hay pasajeros. Nunca pasajeros. Es una mercancía voluminosa y razonadora.

—¿Vuestro buque marcha bien?

—Entre once y doce nudos. La "Enriqueta" es muy conocida.

—¿Queréis llevarme a Liverpool, a mí y a tres personas más?

—¡A Liverpool! ¿Por qué no a China?

—Digo Liverpool.

—No.

—¿No?

—No. Estoy en marcha para Burdeos.

—¿No importa a qué precio?

—No importa el precio.

El capitán había hablado en un tono que no admitía réplica.

—Pero los andadores de la "Enriqueta"... —repuso Phileas Fogg.

—No hay más armadores que yo —respondió el capitán—. El buque me pertenece.

—Lo fleto.

—No.

—Lo compro.

—No.

Phileas Fogg no pestañeó. Sin embargo, la situación era grave. No sucedía en Nueva York lo que en Hong-Kong, ni con el capitán de la "Enriqueta" lo que con el patrón de la "Tankadera". Hasta entonces, el dinero del gentleman había vencido todos los, obstáculos. Esta vez el dinero no daba resultado.

Era necesario, sin embargo, hallar el medio de atravesar el Atlántico en barco, a no cruzarlo en globo, lo cual hubiera sido muy aventurado y nada realizable.

A pesar de todo, parece que a Phileas Fogg se le ocurrió una idea, puesto que dijo al capitán:

—Pues bien; ¿queréis llevarme a Burdeos?

—No, aun cuando me dierais doscientos dólares.

—Os ofrezco dos mil.

—¿Por persona?

—Por persona.

—¿Y sois cuatro?

—Cuatro.

El capitán Speedy comenzó a rascase la frente, como si hubiese querido arrancarse la epidermis. Ocho mil dólares que ganar, sin modificar el viaje, valían bien la pena de dejar a un lado sus antipatías hacia todo pasajero, pasajeros a dos mil dólares, por otra parte, no son ya pasajeros, sino mercancía preciosa.

—Parto a las nueve —dijo nada más el capitán Speedy—, ¿y si vos y los vuestros no estáis aquí?

—¡A las nueve estaremos a bordo! —respondió con no menos laconismo Phileas Fogg.

Eran las ocho y media. Desembarcar de la "Enriqueta", subir a un coche, dirigirse al hotel de San Nicolás, traer a Aouida, Picaporte y el inseparable Fix, a quien ofreció pasaje "gratis" todo lo hizo el gentleman con la calma que no le abandonaba nunca.

En el momento en que la "Enriqueta" aparejaba, los cuatro estaban a bordo.

Cuando supo Picaporte lo que costaría esta última travesía, prorrumpió en un prolongado ¡oh! de esos que recorren todas las notas de la escala cromática descendente.

En cuanto al inspector Fix, pensó que el Banco de Inglaterra no saldría indemnizado de este negocio. En efecto, al llegar, y admitiendo que míster Fogg echase todavía algunos puñados de billetes al mar, faltarían más de siete mil libras en el saco.

## XXXIII

Una hora después el vapor "Enriqueta" trasponía el faro, que marca la entrada del Hudson, doblaba la punta de Sandy-Hook y salía mar afuera. Durante el día costeó Long-Island, pasó por delante del faro de Fire-Island y corrió rápidamente hacia el Este.

Al día siguiente, 13 de diciembre, a mediodía, subió un hombre al puentecillo para tomar la altura. ¡Pudiera creerse que era el capitán Speedy! Nada de eso. Era Phileas Fogg.

En cuanto al capitán Speedy, estaba buenamente encerrado con llave en su cámara, y prorrumpía en alaridos que denotaban una cólera bien perdonable, llevada al paroxismo.

Lo que había pasado era muy sencillo. Phileas Fogg quería ir a Liverpool, y el capitán había aceptado el pasaje para Burdeos, y a las treinta horas de estar a bordo, a golpes de billetes de banco, la tripulación, marineros y fogoneros, tripulación algo pirata, que estaba bastante disgustada con el capitán, le pertenecía. Por eso Phileas Fogg mandaba, en lugar del capitán Speedy, que estaba encerrado en su cámara, mientras que la "Enriqueta" se dirigía a Liverpool. Solamente que, al ver a Phileas Fogg maniobrar bien, se descubría que había sido marinero.

Ahora, más tarde, se sabrá de qué modo había de terminar la aventura. Entretanto, mistress Aouida no dejaba de estar inquieta, y Fix quedó de pronto aturdido. En cuanto a Picaporte, le parecía aquello simplemente adorable.

Entre once y doce nudos, había dicho el capitán Speedy, y efectivamente, la "Enriqueta" se mantenía en este promedio de velocidad.

Por consiguiente, no alterándose el mar, ni saltando el viento al Este, ni sobreviniendo ninguna avería al buque, ni ningún accidente a la máquina, la "Enriqueta", en los nueve días, contados desde el 12 de diciembre al 21, podía salvar las tres mil quinientas millas que separan a Nueva York de Liverpool. Es verdad que, una vez llegados allí, lo ocurrido en la "Enriqueta", combinado con el negocio del banco, podía llevar al gentleman un poco más lejos de lo que quisiera, razonaba Fix.

Durante los primeros días, la navegación se hizo en excelentes condiciones. El mar no estaba muy duro, y el viento parecía fijado al Nordeste; las velas se establecieron, y la "Enriqueta" marchaba como un verdadero transatlántico.

Picaporte estaba encantado. La última hazaña de su amo, cuyas consecuencias no quería entrever, le entusiasmaba a un muchacho más alegre y más ágil. Hacía muchos obsequios a los marineros y los asombraba con sus juegos gimnásticos. Les prodigaba las mejores calificaciones y las bebidas más atractivas. Para él, maniobraban como caballeros, y los fogoneros se conducían como héroes. Su buen humor, muy comunicativo, se impregnaba en todos. Había olvidado el pasado, los disgustos, los peligros, y no pensaba más que en el término del viaje, tan próximo ya, hirviendo de impaciencia, como si lo hubiesen caldeado las hornillas de la "Enriqueta". A veces también el digno muchacho daba vueltas alrededor de Fix, y lo miraba con los ojos que decían mucho; pero no le hablaba, pues no existía ya intimidad alguna entre los dos antiguos amigos.

Por otro lado, Fix, preciso es decirlo, no comprendía nada. La conquista de la "Enriqueta", la compra de su tripulación, ese Fogg maniobrando como un marino consumado, todo ese conjunto de cosas, lo aturdía. ¡Ya no sabía qué pensar! Pero, después de todo, un gentleman que empezaba por robar cincuenta y cinco mil libras, bien podía concluir robando un buque. Y Fix acabó por creer naturalmente que la "Enriqueta" dirigida por Fogg, no iba a Liverpool, sino a algún punto del mundo donde el ladrón, convertido en pirata, se pondría tranquilamente en seguridad. Preciso es confesar que esta hipótesis era muy posible, por cuya razón comenzaba el agente de policía a estar seriamente pesaroso de haberse metido en este negocio.

En cuanto al capitán Speedy, seguía bramando en su cámara; y Picaporte, encargado de proveer a su sustento, no lo hacía sin tomar las mayores precauciones. Respecto de míster Fogg, ni aun tenía trazas de acordarse que hubiese un capitán a bordo.

El 13 doblaron la punta del banco de Terranova, paraje muy malo en invierno, sobre todo cuando las brumas son frecuentes y los chubascos temibles. Desde la víspera, el barómetro, que bajó bruscamente, daba indicios de un próximo cambio en la atmósfera. Durante la noche, la temperatura se modificó y el frío fue más intenso, saltando al propio tiempo el viento al Sureste.

Era un contratiempo. Míster Fogg, para no apartarse de su rumbo, recogió velas y forzó vapor; pero, a pesar de todo, la marcha se amortiguó a consecuencia de la marejada, que comunicaba al buque movimientos muy violentos de cabeceo, en detrimento de la velocidad. La brisa se iba convirtiendo en huracán, y ya se preveía el caso en que la "Enriqueta" no podría aguantar. Ahora bien; si era necesario huir, no quedaba otro arbitrio que lo desconocido con toda su mala suerte.

El semblante de Picaporte se nubló al mismo tiempo que el cielo, y durante dos días sufrió el honrado muchacho mortales angustias; pero Phileas Fogg era audaz marino, y como sabía hacer frente al mar, no perdió rumbo, ni aun disminuyó la fuerza del vapor. La "Enriqueta", cuando no podía elevarse sobre la ola, la atravesaba, y su puente quedaba barrido, pero pasaba. Algunas veces la hélice también salía fuera de las aguas, batiendo el aire con sus enloquecidas alas, cuando alguna montaña de agua levantaba la popa; pero el buque iba siempre avanzando.

El viento, sin embargo, no arreció todo lo que hubiese podido temerse. No fue uno de esos huracanes que pasan con velocidad de noventa millas por hora. No pasó de una fuerza regular; mas, por desgracia, sopló con obstinación por el Sureste, no permitiendo utilizar el velamen, y eso que, como vamos a verlo, hubiera sido muy conveniente acudir en ayuda del vapor.

El 16 de diciembre no había todavía retraso de cuidado, porque era el día septuagésimo quinto desde la salida de Londres. La mitad de la travesía estaba hecha ya, y ya habían quedado atrás los peores parajes. En verano se hubiera podido responder del éxito, pero en invierno se estaba a merced de los temporales. Picaporte abrigaba alguna esperanza, y si el viento faltaba, al menos contaba con el vapor.

Precisamente aquel día, el maquinista tuvo sobre cubierta alguna conversación viva con míster Fogg.

Sin saber por qué, y por presentimiento, Picaporte experimentó viva inquietud. Hubiera dado una de sus orejas por oír con la otra lo que decían. Pudo al fin recoger algunas palabras, y entre otras, las siguientes, pronunciadas por su amo:

—¿Estáis cierto de lo que aseguráis?

—Seguro, señor. No olvidéis que, desde nuestra salida, estamos caldeando con todas las hornillas encendidas, y si tenemos bastante carbón para ir a poco vapor de Nueva York a Burdeos, no lo hay para ir a todo vapor de Nueva York a Liverpool.

—Resolveré —respondió míster Fogg.

Picaporte había comprendido, y se apoderó de él una inquietud mortal.

Iba a faltar carbón.

—¡Ah! —decía para sí—, será hombre famoso mi amo, si vence esta dificultad.

Y habiendo encontrado a Fix, no pudo menos de ponerlo al corriente de la situación, pero el inspector le contestó con los dientes apretados:

—Entonces, ¿creéis que vamos a Liverpool?

—¡Pardiez!

—Imbécil—respondió el agente, encogiéndose de hombros.

Picaporte estuvo a punto de responder cual se merecía a tal calificativo, cuya verdadera significación no podía comprender; pero al considerar que Fix debía estar muy mohíno y humillado en su amor propio, por haber seguido una pista equivocada alrededor del mundo, no hizo caso.

Y ahora, ¿qué partido iba a tomar Phileas Fogg? Era difícil imaginario. Parece, sin embargo, que el flemático gentleman había adoptado una resolución, porque aquella misma tarde hizo venir al maquinista y le dijo:

—Activad los fuegos haciendo rumbo hasta agotar completamente el combustible.

Algunos momentos después, la chimenea de la "Enriqueta" vomitaba torrentes de humo.

Siguió, pues, el buque marchando a todo vapor; pero dos días después, el 18, el maquinista dio parte, según lo había anunciado, que faltaría aquel día el carbón.

—Que no se amortigüen los fuegos —respondió Fogg—. Al contrario. Cárguense las válvulas.

Aquel día, a cosa de las doce, después de haber tomado altura y calculado la posición del buque, Phileas Fogg llamó a Picaporte y le dio orden de ir a buscar al capitán Speedy. Era esto como mandarle soltar un tigre, y bajó por la escotilla diciendo:

—Estará indudablemente hidrófobo.

En efecto, algunos minutos más tarde, llegaba a la toldilla una bomba con gritos e imprecaciones. Esa bomba era el capitán Speedy, y era claro que iba a estallar.

—¿Dónde estamos?

Tales fueron las primeras palabras que pronunció, entre la sofocación de la cólera, y ciertamente que no lo habría contado, por poco propenso a la apoplejía que hubiera sido.

—¿Dónde estamos? —repitió con el rostro congestionado.

—A setecientas setenta millas de Liverpool —respondió míster Fogg, con imperturbable calma.

—¡Pirata! —exclamó Andrés Speedy.

—Os he hecho venir para...

—¡Filibustero!

—Para rogaros que me vendáis vuestro buque.

—¡No, por mil pares de demonios, no!

—¡Es que voy a tener que quemarlo!

—¡Quemar mi buque!

—Sí, todo lo alto, porque estamos sin combustible.

—¡Quemar mi buque! ¡Un buque que vale cincuenta mil dólares!

—Aquí tenéis sesenta mil —respondió Phileas Fogg, ofreciendo al capitán un paquete de billetes.

Esto hizo un efecto prodigioso sobre Andrés Speedy. No se puede ser americano sin que la vista de sesenta mil dólares cause alguna sensación. El capitán olvidó por un momento la cólera, su encierro y todas las quejas contra el pasajero. ¡Su buque tenía veinte años, y este negocio podía hacerlo de oro! La bomba ya no podía estallar, porque míster Fogg te había quitado la mecha.

—¿Y me quedaré el casco de hierro? —dijo el capitán con tono singularmente suavizado.

—El caso de hierro y la máquina. ¿Es cosa concluida?

—Concluida.

Y Andrés Speedy, tomando el paquete de billetes, los contó, haciéndolos desaparecer en el bolsillo.

Durante esta escena, Picaporte estaba descolorido. En cuanto a Fix, por poco le da un ataque se sangre. ¡Cerca de veinte mil libras gastadas, y aún dejaba Fogg al vendedor el casco y la máquina; es decir, casi el valor total del buque! Es verdad que la suma robada al Banco ascendía a cincuenta y cinco mil libras.

Después de haberse metido el capitán el dinero en el bolsillo, le dijo míster Fogg:

—No os asombréis de todo esto, porque habéis de saber que pierdo veinte mil libras si no estoy en Londres el 21 a las ocho y cuarenta y cinco minutos de la noche. No llegué a tiempo al vapor de Nueva York, y como os negabais a llevarme a Liverpool...

—Y bien hecho, por los cincuenta mil diablos del infierno —exclamó Andrés Speedy—, porque salgo ganando lo menos cuarenta mil dólares.

—Y luego añadió con más formalidad—: ¿sabéis una cosa, capitán...?

—Fogg.

—Capitán Fogg, hay algo de yanqui en vos.

Y después de haber tributado a su pasajero lo que él creía una lisonja, se marchaba, cuando Phileas Fogg le dijo:

—Ahora, ¿este buque me pertenece?

—Seguramente; desde la quilla a la punta de los palos; pero todo lo que es de madera, se entiende.

—Bien; que arranquen todos los aprestos interiores, y que se vayan echando a la hornilla.

Júzguese la mucha leña que debió gastar para conservar el vapor con suficiente presión. Aquel día, la toldilla, la carroza, los camarotes, el entrepuente, todo fue a la hornilla.

Al día siguiente, 19, se quemaron los palos, las piezas de respeto, las berlingas. La tripulación empleaba un celo increíble en hacer leña. Picaporte, rajando, cortando y serrando, hacía el trabajo de cien hombres. Era un furor de demolición.

Al día siguiente, 20, los parapetos, los empavesados, las obras muertas, la mayor parte del puente fueron devorados. La «Enriqueta» ya no era más que un barco raso, como el del pontón.

Pero aquel día se divisó la costa irlandesa y el faro de Falsenet.

Sin embargo, a las diez de la noche, el buque no se encontraba aún más que enfrente de Queenstown. ¡Faltaban veinticuatro horas para el plazo, y era precisamente el tiempo que se necesitaba para llegar a Liverpool, aun marchando a todo vapor, el cual iba a faltar también!

—Señor —le dijo entonces el capitán Speedy, que había acabado por interesarse en sus proyectos—, siento mucho lo que os sucede. Todo conspira contra vos. Todavía no estamos más que a la altura de Queenstown.

—¡Ah! —dijo míster Fogg—, ¿es Queenstown esa población que divisamos?

—Sí.

—¿Podemos entrar en el puerto?

—Antes de tres horas no. Sólo en pleamar.

—¡Aguardemos! —respondió tranquilamente Phileas Fogg, sin dejar de ver en su semblante que, por una suprema inspiración, iba a procurar vencer la última probabilidad contraria.

En efecto, Queenstown es un puerto de la costa irlandesa, en el cual los trasatlánticos de los Estados Unidos dejan pasar la valija del correo. Las cartas se llevan a Dublín por un expreso siempre dispuesto, y de Dublín llegan a Liverpool por vapores de gran velocidad, adelantando doce horas a los rápidos buques de las compañías marítimas.

Phileas Fogg pretendía ganar también las doce horas que sacaba de ventaja al correo de América. En lugar de llegar al día siguiente por la tarde, con la «Enriqueta~', a Liverpool, llegaría a mediodía, y le quedaría tiempo para estar en Londres a los ocho y cuarenta y cinco minutos de la tarde.

A la una de la mañana, la «Enriqueta» entraba con la pleamar en el puerto de Queenstown, y Phileas Fogg, después de haber recibido un apretón de manos del capitán Speedy, lo dejaba en el casco raso de su buque, que todavía valía la mitad de lo recibido.

Los pasajeros desembarcaron al punto. Fix tuvo entonces intención decidida de prender a míster Fogg, y, sin embargo, no lo hizo. ¿Por qué? ¿Existían dudas en su ánimo? ¿Reconocía, al fin, que se había engañado?

Sin embargo, Fix no abandonó a míster Fogg. Con él, con mistress Aouida, con Picaporte, que no tenía tiempo de respirar, subía al tren de Queenstown, a la una y media de la mañana, llegaba a Dublín al amanecer, y se embarcaba en uno de esos vapores fusiformes, de acero, todo máquina, que desdeñándose subir con las olas, pasan invariablemente al través de ellas.

A las doce menos veinte, el 21 de diciembre, Phileas Fogg desembarcaba, por fin, en el muelle de Liverpool. Ya no estaba más que a seis horas de Londres.

Pero en aquel momento, Fix se acercó, le puso la mano en el hombro, y exhibiendo su mandamiento, le dijo:

—¿Sois míster Fogg?

—Sí, señor.

—¡En nombre de la Reina, os prendo!

## XXXIV

Phileas Fogg estaba preso. Lo habían encerrado en la aduana de Liverpool, donde debía pasar la noche, aguardando su traslación a Londres.

En el momento de la prisión, Picaporte había querido arrojarse sobre el inspector, pero fue detenido por unos agentes de policía. Mistress Aouida, espantada por la brutalidad del suceso, no comprendía nada de lo que pasaba, pero Picaporte se lo explicó. Míster Fogg, ese honrado y valeroso gentleman, a quien debía la vida, estaba preso como ladrón. La joven protestó contra esta acusación, su corazón se indignó, las lágrimas corrieron por sus mejillas, cuando vio que nada podía hacer ni intentar para librar a su salvador.

En cuanto a Fix, había detenido a un gentleman porque su deber se lo mandaba, fuese o no culpable. La justicia lo decidiría.

Y entonces ocurrió a Picaporte una idea terrible: ¡la de que él tenía la culpa ocultando a míster Fogg lo que sabía! Cuando Fix había revelado su condición de inspector de policía y la misión de que estaba encargado, ¿por qué no se lo había revelado a su amo? Advertido éste, quizá hubiera dado a Fix pruebas de su inocencia, demostrándole su error, y en todo caso, no hubiera conducido a sus expensas y en su seguimiento a ese malaventurado agente, a poner pie en suelo del Reino Unido. Al pensar en sus culpas e imprudencias, el pobre mozo sentía irresistibles remordimientos. Daba lástima verle llorar y querer hasta romperse la cabeza.

Mistress Aouída y él se habían quedado, a pesar del frío, bajo el peristilo de la Aduana. No querían, ni uno ni otro, abandonar aquel sitio, sin ver de nuevo a míster Fogg.

En cuanto a éste, estaba bien y perfectamente arruinado, y esto en el momento en que iba a alcanzar su objeto. La prisión lo perdía sin remedio. Habiendo llegado a las doce menos veinte a Liverpool, el 21 de diciembre, tenía de tiempo hasta las ocho y cuarenta y cinco minutos para presentarse en el Reform-Club, o sea, nueve horas y quince minutos, y le bastaban seis para llegar a Londres.

Quien hubiera entonces penetrado en el calabozo de la Aduana, habría visto a Míster Fogg, inmóvil y sentado en un banco de madera, imperturbable y sin cólera. No era fácil asegurar si estaba resignado; pero este último golpe no lo había tampoco conmovido, al menos en apariencia. ¿Habríase formado en él una de esas iras secretas, terribles, porque están contenidas, y que sólo estallan en el último momento con irresistible fuerza? No se sabe; pero Phileas Fogg estaba calmoso y esperando... ¿Qué? ¿Tendría alguna esperanza? ¿Creía aún en el triunfo cuando la puerta del calabozo se cerró detrás de él?

Como quiera que sea, míster Fogg había colocado cuidadosamente su reloj sobre la mesa, y miraba cómo marchaban las agujas. Ni una palabra salía de sus labios; pero su mirada tenía una fijeza singular.

En todo caso, la situación era terrible, y para quien no podía leer en su conciencia, se resumía así:

En el caso de ser hombre de bien, Phileas Fogg estaba arruinado.

En el caso de ser ladrón, estaba perdido.

¿Tuvo acaso la idea de escaparse? ¿Trató de averiguar si el calabozo tenía alguna salida practicable? ¿Pensaba en huir? Casi pudiera creerse esto último, porque, en cierto momento, se paseó alrededor del cuarto. Pero la puerta estaba sólidamente cerrada, y la ventana tenía una fuerte reja. Volvió a sentarse y sacó de la cartera el itinerario del viaje. En la línea que contenía estas palabras.

—"21 de diciembre, sábado, en Liverpool", añadió: Día 80, a las once y cuarenta minutos de la mañana", y aguardó.

Dio la una en el reloj de la Aduana. Míster Fogg reconoció que su reloj adelantaba dos minutos.

¡Dieron las dos! Suponiendo que tomase entonces un expreso, aun podía llegar al Reform-Club antes de las ocho y cuarenta y cinco minutos. Su frente se arrugó ligeramente.

A las dos y treinta y tres minutos se escuchó ruido afuera y un estrépito de puertas que se abrían. Se oía la voz de Picaporte y de Fix.

La mirada de Phileas Fogg brilló un instante.

La puerta se abrió, y vio que mistress Aouida, Picaporte y Fix corrían a su encuentro.

Fix estaba desalentado, con el pelo en desorden y sin poder hablar.

—¡Señor... —dijo tartamudeando—, señor... perdón... una semejanza deplorable... Ladrón preso hace tres días... vos... libre!

¡Phileas Fogg estaba libre! Se fue hacia el "detective", lo miró de hito en hito, y ejecutando el único movimiento rápido que en toda su vida había hecho, echó sus brazos atrás, y luego, con la precisión de un autómata, golpeó con sus dos puños al desgraciado inspector.

—¡Bien aporreado! —exclamó Picaporte.

Fix, derribado por el suelo, no pronunció una palabra, pues no le había dado más que su merecido; y entretanto, míster Fogg, mistress Aouida y Picaporte salieron de la aduana, se metieron en un coche y llegaron a la estación.

Phileas Fogg preguntó si había algún tren expreso para Londres...

Eran las dos y cuarenta y cinco minutos... El expreso había salido treinta y cinco minutos antes.

Phileas Fogg pidió un tren especial.

Había en presión varias locomotoras de gran velocidad; pero atendidas las circunstancias del servicio, el tren especial no pudo salir antes de las tres.

Phileas Fogg, después de haber hablado al maquinista de una prima por ganar, corría en dirección a Londres, en compañía de la joven y de su fiel servidor.

La distancia que hay entre Liverpool y Londres debía correrse en cinco horas y media, cosa muy fácil estando la vía libre; pero hubo atrasos forzosos, y cuando el gentleman llegó a la estación, todos los relojes de Londres señalaban las nueve menos diez.

Phileas Fogg, después de haber dado la vuelta al mundo, llegaba con un atraso de cinco minutos.

Había perdido.

## XXXV

Al siguiente día, los habitantes de Saville-Row se hubieran sorprendido mucho si les hubieran asegurado que míster Fogg había vuelto a su domicilio. Puertas y ventanas estaban cerradas, y ningún cambio se había notado en el exterior.

En efecto, después de haber salido de la estación. Phileas Fogg había dado a Picaporte la orden de comprar algunas provisiones y había entrado en su casa.

Este gentleman había recibido con su habitual impasibilidad el golpe que lo hería. ¡Arruinado! ¡Y por culpa de ese torpe inspector de policía! ¡Después de haber seguido con planta certera todo el viaje; después de haber destruido mil obstáculos y arrostrado mil peligros; después de haber tenido hasta ocasión de hacer algunos beneficios, venir a fracasar en el puerto mismo ante un hecho brutal, era cosa terrible! De la considerable suma que se había llevado, no le quedaba más que un resto insignificante. Su fortuna estaba reducida a las veinte mil libras depositadas en casa de Baring Hermanos, y las debía a sus colegas del Reform-Club. Después de tanto gasto, aun en el caso de ganar la apuesta, no se hubiera enriquecido, ni es probable que hubiese tratado de hacerlo, siendo hombre de esos que apuestan por pundonor; pero perdiéndola se arruinaba completamente. Además, el gentleman había tomado ya su resolución, y sabía lo que le restaba hacer.

Se había destinado un cuarto para mistress Aouida en la casa de Saville-Row. La joven estaba desesperada; y por ciertas palabras que míster Fogg había pronunciado, había comprendido que éste meditaba algún proyecto funesto.

Sabido es, en efecto, a qué deplorables desesperaciones se entregan los ingleses monomaniáticos cuando les domina una idea fija. Por eso Picaporte vigilaba a su amo con disimulo.

Pero, antes que todo, el buen muchacho subió a su cuarto y apagó el gas, que había estado ardiendo durante ochenta días. Había encontrado en el buzón una carta de la compañía del gas, y creyó que ya era tiempo de suprimir estos gastos, de que era responsable.

Transcurrió la noche. Míster Fogg se había acostado, pero es dudoso que durmiera. En cuanto a mistress Aouida, no pudo descansar ni un solo instante. Picaporte había velado como un perro a la puerta de su amo.

Al día siguiente, míster Fogg lo llamó y le recomendó, en breves, y concisas palabras, que se ocupase del almuerzo de Aouida, pues él tendría bastante con una taza de té y una tostada, y que la joven le dispensara por no poderla acompañar tampoco a la comida pues tenía que consagrar todo su tiempo a ordenar sus asuntos. Sólo por la noche tendría un rato de conversación con mistress Aouida.

Enterado Picaporte del programa de aquel día, no tenía otra cosa que hacer sino conformarse. Contemplaba a su amo siempre impasible, y no podía decidirse a marcharse de allí. Su corazón estaba apesadumbrado, y su conciencia llena de remordimientos, porque se acusaba más que nunca de ese irreparable desastre. Si hubiera avisado a míster Fogg, si le hubiera descubierto los proyectos del agente Fix, aquél no hubiera, probablemente, llevado a éste a Liverpool, y entonces...

Picaporte no pudo contenerse, y exclamó:

—¡Amo mío! ¡Míster Fogg! Maldecidme. Yo tengo la culpa de...

—A nadie culpo —exclamó Phileas Fogg, con el tono más calmoso—. Andad.

Picaporte salió del cuarto, y se reunió con Aouida, a quien dio a conocer las intenciones de su amo.

—¡Señora —añadió—, nada puedo! No tengo influencia alguna sobre mi amo. Vos, quizá...

—¿Y qué influencia puedo yo tener? —respondió Aouida—. ¡Míster Fogg no se somete a ninguna! ¿Ha comprendido nunca que mi reconocimiento ha estado a punto de desbordarse? ¿Ha leído alguna vez en mi corazón? Amigo mío, es preciso no dejarle solo ni un momento. ¿Decís que ha manifestado intenciones de hablarme esta noche?

—Sí, señora. Se trata, sin duda, de regularizar vuestra situación en Inglaterra.

Así es que, durante todo el día, que era domingo, la casa de Saville-Row parecía deshabitada, y por la vez primera, desde que vivía allí, Phileas Fogg no fue al club, cuando daban las once y media en la torre del Parlamento.

¿Y por qué se había de presentar en el Reform-Club? Sus colegas no lo esperaban, puesto que la víspera, sábado, fecha fatal del 21 de diciembre a las ocho y cuarenta y cinco minutos, Phileas Fogg no se había presentado en el salón del Reform-Club, y tenía la apuesta perdida. Ni era siquiera necesario ir a casa de su banquero para entregarla, puesto que sus adversarios tenían un simple asiento en casa de Baring Hermanos para transferir el crédito.

No tenía, pues, míster Fogg necesidad de salir, y no salió. Estuvo en su cuarto ordenando sus asuntos. Picaporte no cesó de subir y bajar la escalera de la casa de Saville Row, yendo a escuchar a la puerta de su amo, en lo cual no creía ser indiscreto. Miraba por el ojo de la cerradura, imaginándose que tenía este derecho, pues temía a cada momento una catástrofe. Algunas veces se acordaba de Fix, pero sin encono, porque al fin, equivocado el agente, como todo el mundo, respecto de Phileas Fogg, no había hecho otra cosa que cumplir con su deber siguiéndolo hasta prenderlo, mientras que él... Esta idea lo abrumaba y se consideraba como el último de los miserables.

Cuando estas reflexiones le hacían insoportable la soledad, llamaba a la puerta del cuarto de Aouida, entraba y se sentaba en un rincón, sin decir nada, mirando a la joven, que seguía estando pensativa.

A cosa de las siete y media de la tarde, míster Fogg hizo preguntar a mistress Aouida, si lo podía recibir, y algunos instantes después, la joven y él estaban solos en el cuarto de ésta.

Phileas Fogg tomó una silla y se sentó junto a la chimenea, enfrente de Aouida, sin descubrir por su semblante emoción alguna. El Fogg de regreso, era exactamente el Fogg de partida. Igual calma e idéntica impasibilidad.

Estuvo sin hablar cinco minutos, y luego, elevando su vista hacia Aouida, le dijo:

—Señora, ¿me perdonaréis el haberos traído a Inglaterra?

—¡Yo, míster Fogg! —respondió Aouida, comprimiendo los latidos de su corazón.

—Permitidme acabar. Cuando tuve la idea de llevaros lejos de aquella región tan peligrosa para vos, yo era rico, y esperaba poner una parte de mi fortuna a vuestra disposición. Vuestra existencia hubiera sido feliz y libre. Ahora estoy arruinado.

—Lo sé, míster Fogg, y a mi vez os pregunto si me perdonáis el haberos seguido, y, ¿quién sabe? El haber contribuido, quizá, a vuestra ruina, atrasando vuestro viaje.

—Señora, no podíais permanecer en la India, y vuestra salvación no quedaba asegurada sino alejándoos bastante para que aquellos fanáticos no pudieran apresaros de nuevo.

—Así, pues, míster Fogg, no satisfecho con librarme de una muerte horrible, ¿os creíais obligado, además, a asegurarme una posición en el extranjero?

—Sí, señora. Pero los sucesos me han sido contrarios. Sin embargo, os pido que me permitáis disponer en vuestro favor de lo poco que me queda.

—Y vos, ¿qué vais a hacer?

—Yo, señora, no necesito nada —dijo con frialdad el gentleman.

—Pero, ¿de qué modo consideráis la suerte que os aguarda?

—Como conviene hacerlo.

—En todo caso, la miseria no puede cebarse en un hombre como vos. Vuestros amigos...

—No tengo amigos, señora.

—Vuestros parientes...

—No tengo parientes.

—Entonces, os compadezco, míster Fogg, porque el aislamiento es cosa bien triste. ¡Cómo! No hay un solo corazón con quien desahogar vuestras pesadumbres; sin embargo, se dice que la miseria entre dos es soportable.

—Así lo dicen, señora.

—Míster Fogg —dijo entonces Aouida, levantándose y dando su mano al gentleman—; ¿queréis tener a un tiempo pariente y amiga? ¿Me queréis para mujer?

Míster Fogg, al oír esto, se levantó. Había en sus *ojos* un reflejo insólito y una especie de temblor en los labios. Aouida le estaba mirando. La sinceridad, la rectitud, la firmeza y suavidad de esta mirada de una noble mujer que se atreve a todo para salvar a quien se lo ha dado todo, le admiraron primero y después lo cautivaron. Cerró un momento *los ojos,* como queriendo evitar que aquella mirada le penetrase todavía más, y, cuando los abrió, dijo sencillamente:

—Os amo; en verdad, por todo lo que hay de más sagrado en el mundo, os amo y soy todo vuestro.

—¡Ah! Exclamó mistress Aouida, llevando la mano al corazón.

Llamaron a Picaporte, y cuando se presentó, míster Fogg tenía aún entre sus manos la de mistress Aouida, Picaporte comprendió, y su ancho rostro se tomó radiante como el sol en el cenit de las regiones tropicales.

Míster Fogg le preguntó si no sería tarde para avisar al reverendo Samuel Wilson, de la parroquia de Mari-le-Bone.

Picaporte, con la mejor sonrisa del mundo, dijo:

—Nunca es tarde.

Eran las ocho y cinco minutos.

—¿Será para mañana, lunes? —preguntó Picaporte.

—¿Para mañana, lunes? —dijo Fogg, mirando a la joven Aouida.

—Para mañana, lunes —respondió la joven.

Y Picaporte echó a correr.

## XXXVI

Ya es tiempo de decir el cambio de opinión que se había verificado en el Reino Unido, cuando se supo la prisión del verdadero ladrón del Banco, un tal James Strand, que había sido detenido el 17 de diciembre en Edimburgo.

Tres días antes, Phileas Fogg era un criminal que la policía perseguía sin descanso, y ahora era el caballero más honrado, que estaba cumpliendo matemáticamente su excéntrico viaje alrededor del mundo.

¡Qué efecto, qué ruido en los periódicos! Todos los que habían apostado en pro y en contra y tenían este asunto olvidado, resucitaron como por magia. Todas las transacciones volvían a ser valederas. Todos los compromisos revivían, y debemos añadir que las apuestas adquirieron nueva energía. El nombre de Phileas Fogg volvió a ganar prima en el mercado.

Los cinco colegas del gentleman del Reform-Club pasaron estos tres días con cierta inquietud ' puesto que volvía a aparecer ese Phileas Fogg, que ya estaba olvidado. ¿Dónde estaría entonces? El 17 de diciembre, día en que fue preso James Strand, hacía setenta y seis días que Phileas Fogg había partido, y no se tenían noticias suyas. ¿Habría perecido? ¿Habría acaso renunciado a la lucha, o prosiguió su marcha según el itinerario convenido? ¿Y el sábado, 21 de diciembre, aparecería a las ocho y cuarenta y cinco minutos de la tarde, como el dios de la exactitud, sobre el umbral del Reform-Club?

Debemos renunciar a pintar la ansiedad en que vivió, durante tres días, todo ese mundo de la sociedad inglesa. ¿Se expidieron despachos a América, a Asia, para adquirir noticias de Phileas Fogg? Se envió a observar, de mañana y de tarde, la casa de Saville-Row... Nada. La misma policía no sabía lo que había sido del "detective" Fix, que se había, con tan mala fortuna, lanzado tras de equivocada pista, lo cual no impidió que las apuestas se empeñasen de nuevo en vasta escala. Phileas Fogg llegaba, cual si fuera caballo de carrera, a la última vuelta. Ya no se cotizaba a uno por ciento, sino por veinte, por diez, por cinco, y el viejo paralítico lord Albernale lo tomaba a la par.

Por eso el sábado por la noche había gran concurso en Pall-Mall y calles inmediatas. Parecía un inmenso agrupamiento de corredores establecidos en permanencia en las cercanías del Reform-Club. La circulación estaba impedida. Se discutía, se disputaba, se voceaba la cotización de Phileas Fogg, como la de los fondos ingleses. Los polizontes podían apenas contener al pueblo, y a medida que avanzaba la hora en que debía llegar Phileas Fogg, la emoción adquiría proporciones inverosímiles.

Aquella noche, los cinco colegas del gentleman estaban reunidos, nueve horas hacía en el salón del Reform-Club. Los dos banqueros John Sullivan y Samuel Fallentin, el ingeniero Andrés Stuart, Gualterio Ralph, administrador del Banco de Inglaterra, el cervecero Tomás Flanagan, todos aguardaban con ansiedad.

En el momento en que el reloj del gran salón señaló las ocho y veinticinco, Andrés Stuart, levantándose dijo:

—Señores, dentro de veinte minutos, el plazo convenido con míster Fogg habrá expirado.

—¿A qué hora llegó el último tren de Liverpool? —preguntó Tomás Flanagan.

—A las siete y veintitrés —respondió Gualterio Ralph—, y el tren siguiente no llega hasta las doce y diez.

—Pues bien, señores —repuso Andrés Stuart—, si Phileas Fogg hubiese llegado en el tren de las siete y veintitrés, ya estaría aquí. Podemos, pues, considerar la apuesta como ganada.

—Aguardemos, y no decidamos —respondió Samuel Fallentin—. Ya sabéis que nuestro colega es un excéntrico de primer orden, su exactitud en todo es bien conocida. Nunca llega tarde ni temprano, y no me sorprendería verlo aparecer aquí en el último momento.

—Pues yo —dijo Andrés Stuart, tan nervioso como siempre—, lo vería y no lo creería.

—En efecto —repuso Tomás Fianagan—, el proyecto de Phileas Fogg era insensato. Cualquiera que fuese su exactitud, no podía impedir atrasos inevitables, y una pérdida de dos o tres días basta para comprometer su viaje.

—Observaréis, además —añadió John Sullivan que no hemos recibido noticia ninguna de nuestro colega, y sin embargo, no faltan alambres telegráficos por su camino.

—¡Ha perdido, señores —repuso Andrés Stuart—, ha perdido sin remedio! Ya sabéis que el "China", único vapor de Nueva York que ha podido tomar para llegar a Liverpool a tiempo, ha llegado ayer. Ahora bien; aquí está la lista de los pasajeros, publicada por la "Shipping-Gazette", y no figura entre ellos Phileas Fogg. Admitiendo las probabilidades más favorables, nuestro colega está apenas en América. Calculo en veinte días, por lo menos, el atraso que traerá sobre el plazo convenido, y el viejo lord Albermale perderá también sus cinco mil libras.

—Es evidente —respondió Gualterio Ralph—, y mañana no tendremos más que presentar en casa de Baring Hermanos el cheque de míster Fogg.

En aquel momento, el reloj del salón señalaba las ocho y cuarenta.

—Aún faltan cinco minutos —dijo Andrés Stuart.

Los cinco colegas se miraban. Hubiera podido creerse que los latidos de sus corazones experimentaban cierta aceleración, porque al fin la partida era fuerte. Pero lo quisieron disimular, porque, a propuesta de Samuel Fallentin, tomaron asiento en una mesa de juego.

—¡No daría mi parte de cuatro mil libras en la apuesta —dijo Andrés Stuart sentándose—, aun cuando me ofrecieran tres mil novecientas noventa y nueve!

La manecilla señalaba entonces las ocho y cuarenta y dos minutos.

Los jugadores habían tomado las cartas, pero a cada momento su mirada se fijaba en el reloj. Se puede asegurar que, cualquiera que fuese su seguridad, nunca les habían parecido tan largos los minutos.

—Las ocho y cuarenta y tres —dijo Tomás Flanagan, cortando la baraja que le presentaba Gualterio Ralph.

Hubo un momento de silencio. El vasto salón del club estaba tranquilo; pero afuera se oía la algazara de la muchedumbre, dominada algunas veces por agudos gritos. El péndulo batía los segundos con seguridad matemática. Cada jugador podía contar con las divisiones sexagesimales que herían su oído.

—¡Las ocho y cuarenta y cuatro! —dijo John Sullivan, con una voz que descubría una emoción involuntaria.

Un minuto nada más, y la apuesta estaba ganada. Andrés Stuart y sus compañeros ya no jugaban. ¡Habían abandonado las cartas y contaban los segundos!

A los cuarenta segundos, nada. ¡A los cincuenta nada tampoco!

A los cincuenta y cinco se oyó fuera un estrépito atronador, aplausos, vítores, y hasta imprecaciones que prolongaron en redoble continuo.

Los jugadores se levantaron.

A los cincuenta y siete segundos, la puerta del salón se abrió, y no había batido el péndulo los sesenta segundos, cuando Phileas Fogg aparecía seguido de una multitud delirante, que había forzado la puerta del Club, y con voz calmosa, dijo:

—Aquí estoy, señores.

## XXXVII

¡Sí! Phileas Fogg en persona.

Recuérdese que, a las ocho y cinco minutos de la tarde, unas veinticuatro horas después de la llegada de los viajeros a Londres, Picaporte había sido encargado de prevenir al reverendo Samuel Wilson para cierto casamiento que debía verificarse al día siguiente.

Picaporte se había marchado muy alegre, yendo con paso rápido al domicilio del reverendo Samuel Wilson, que no había vuelto aún a casa. Naturalmente, Picaporte tuvo que estar esperando unos veinte minutos.

En suma, eran las ocho y treinta y cinco cuando salió de casa del reverendo. ¡Pero en qué estado! El pelo desordenado, sin sombrero, corriendo como nunca había corrido hombre alguno, derribando a los transeúntes y precipitándose como una tromba en las aceras.

En tres minutos llegó a la casa de Saville-Row, y caía sin aliento en el cuarto de míster Fogg.

—Señor... —tartamudeó Picaporte—, casamiento... imposible.

—¡Imposible!

—Imposible... para mañana.

—¿Por qué?

—¡Porque mañana... es domingo!

—Lunes —respondió míster Fogg.

—No... Hoy... Sábado.

—¿Sábado?; ¡Imposible!

—¡Sí, sí, sí! —exclamó Picaporte—. ¡Os habéis equivocado en un día! ¡Hemos llegado con veinticuatro horas de adelanto... pero ya no quedan más que diez minutos!

Picaporte había tomado a su amo por el cuello, y lo impelía con fuerza irresistible.

Phileas Fogg, así llevado, sin tener tiempo de reflexionar, salió de su casa, saltó en un cab, prometió cien libras al cochero, y después de haber aplastado dos perros y atropellado cinco coches, llegó al Reform-Club.

El reloj señalaba las ocho y cuarenta y cinco minutos cuando apareció en un gran salón.

¡Phileas Fogg había cumplido la vuelta al mundo en ochenta días!

¡Phileas Fogg había ganado la apuesta de veinte mil libras!

¿Y cómo, siendo tan exacto y minucioso, había podido cometer el error de un día? ¿Cómo se creía en sábado 21 de diciembre, cuando había llegado a Londres en viernes 20, setenta y nueve días después de su salida?

He aquí el motivo de este error. Es muy sencillo.

Phileas Fogg, sin sospecharlo, había ganado un día en su itinerario; y esto porque había dado la vuelta al mundo yendo hacia Oriente, pues lo hubiera perdido yendo en sentido inverso, es decir, hacia Occidente.

En efecto, marchando hacia Oriente, Phileas Fogg iba al encuentro del sol, y por consiguiente, los días disminuían para él tantas veces cuatro minutos como grados recorría. Hay 360 grados en la circunferencia, los cuales, multiplicados por cuatro minutos, dan precisamente veinticuatro horas, es decir, el día inconscientemente ganado. En otros términos: mientras que Phileas Fogg, marchando hacia Oriente, vio el sol pasar ochenta veces por el meridiano, sus colegas de Londres no lo habían visto más que setenta y nueve. Por eso aquel mismo día, que era sábado, y no domingo, como lo creía míster Fogg, lo esperaban los de la apuesta en el salón del Reform-Club. Y esto es lo que el famoso reloj de Picaporte, que siempre había conservado la hora de Londres, hubiera acusado, si al mismo tiempo que las horas y minutos hubiese marcado los días.

Phileas Fogg había ganado, pues, las veinte mil libras; pero, como había gastado en el camino unas diez y nueve mil, el resultado pecuniario no era gran cosa. Sin embargo, como se ha dicho, el excéntrico gentleman no había buscado en esta apuesta más que la lucha y no la fortuna. Y aun distribuyó las mil libras que le sobraban entre Picaporte y el desgraciado Fix, contra quien era incapaz de conservar rencor. Sólo que, para formalidad, descontó a su criado el precio de las mil novecientas horas de gas gastado por su culpa.

Aquella misma noche, míster Fogg, tan impasible y tan flemático como siempre dijo a mistress Aouida:

—¿Os conviene aún el casamiento, señora?

—Míster Fogg —respondió mistress Aouida—, a mí es a quien toca haceros la pregunta. Estabais arruinado, y ya sois rico...

—Dispensad, señora, esa fortuna os pertenece. Sin la idea de ese matrimonio, mi criado no habría ido a casa del reverendo Samuel Wilson, no se hubiera descubierto el error, y...

—Mi querido Fogg —dijo la joven.

—Mi querida Aouida —respondió Phileas Fogg.

Bien se comprende que el casamiento se hizo cuarenta y ocho horas más tarde; y Picaporte, engreído, resplandeciente, deslumbrador, figuró en él como testigo de la novia. ¿No la había él salvado y no le debía esa honra?

Al día siguiente, al amanecer Picaporte llamó con estrépito a la puerta de su amo.

La puerta se abrió y apareció el impasible caballero.

—¿Qué hay, Picaporte?

—Lo que hay, señor, es que acabo de saber ahora mismo...

—¿Qué?

—Que podíamos haber dado la vuelta al mundo en setenta y nueve días sólo.

—Sin duda —respondió míster Fogg—, no atravesando el Indostán; pero entonces no hubiera salvado a mistress Aouida, no sería mi mujer, y...

Y míster Fogg cerró tranquilamente la puerta.

Así, pues, la apuesta estaba ganada, haciendo Phileas Fogg su viaje alrededor del mundo en ochenta días. Había empleado para ello todos los medios de transporte, vapores, ferrocarriles, coches, yatchs, buques mercantes, trineos, elefantes. El excéntrico caballero había desplegado en este negocio sus maravillosas cualidades de serenidad y exactitud. Pero, ¿qué había ganado con esa excursión? ¿Qué había traído de su viaje?

Nada, se dirá. Nada, enhorabuena, a no ser una linda mujer, que, por inverosímil que parezca, le hizo el más feliz de los hombres.

Y en verdad, ¿no se daría por menos que eso la vuelta al mundo?

**FIN**

*Jules Verne*

## Le tour du monde en quatre-vingts jours

### I
### DANS LEQUEL PHILÉAS FOGG ET PASSEPARTOUT S'ACCEPTENT RÉCIPROQUEMENT, L'UN COMME MAÎTRE, L'AUTRE COMME DOMESTIQUE.

En l'année 1872, la maison portant le numéro 7 de Saville-row, Burlington Gardens, — maison dans laquelle Shéridan mourut en 1814, — était habitée par Phileas Fogg, esq., l'un des membres les plus singuliers et les plus remarqués du Reform-Club de Londres, bien qu'il semblât prendre à tâche de ne rien faire qui pût attirer l'attention.

À l'un des plus grands orateurs qui honorent l'Angleterre, succédait donc ce Phileas Fogg, personnage énigmatique, dont on ne savait rien, sinon que c'était un fort galant homme et l'un des plus beaux gentlemen de la haute société anglaise.

On disait qu'il ressemblait à Byron, – par la tête, car il était irréprochable quant aux pieds, – mais un Byron à moustaches et à favoris, un Byron impassible, qui aurait vécu mille ans sans vieillir.

Anglais, à coup sûr, Phileas Fogg n'était peut-être pas Londonner. On ne l'avait jamais vu ni à la Bourse, ni à la Banque, ni dans aucun des comptoirs de la Cité. Ni les bassins ni les docks de Londres n'avaient jamais reçu un navire ayant pour armateur Phileas Fogg. Ce gentleman ne figurait dans aucun comité d'administration. Son nom n'avait jamais retenti dans un collège d'avocats, ni au Temple, ni à Lincoln's-inn, ni à Gray's-inn. Jamais il ne plaida ni à la Cour du chancelier, ni au Banc de la Reine, ni à l'Echiquier, ni en Cour ecclésiastique. Il n'était ni industriel, ni négociant, ni marchand, ni agriculteur. Il ne faisait partie ni de l'*Institution royale de la Grande-Bretagne*, ni de l'*Institution de Londres*, ni de l'*Institution des Artisans*, ni de l'*Institution Russell*, ni de l'*Institution littéraire de l'Ouest*, ni de l'*Institution du Droit*, ni de cette *Institution des Arts et des Sciences réunis*, qui est placée sous le patronage direct de Sa Gracieuse Majesté. Il n'appartenait enfin à aucune des nombreuses sociétés qui pullulent dans la capitale de l'Angleterre, depuis la *Société de l'Armonica* jusqu'à la *Société entomologique*, fondée principalement dans le but de détruire les insectes nuisibles.

Phileas Fogg était membre du Reform-Club, et voilà tout.

À qui s'étonnerait de ce qu'un gentleman aussi mystérieux comptât parmi les membres de cette honorable association, on répondra qu'il passa sur la recommandation de MM. Baring frères, chez lesquels il avait un crédit ouvert. De là une certaine « surface », due à ce que ses chèques étaient régulièrement payés à vue par le débit de son compte courant invariablement créditeur.

Ce Phileas Fogg était-il riche ? Incontestablement. Mais comment il avait fait fortune, c'est ce que les mieux informés ne pouvaient dire, et Mr. Fogg était le dernier auquel il convînt de s'adresser pour l'apprendre. En tout cas, il n'était prodigue de rien, mais non avare, car partout où il manquait un appoint pour une chose noble, utile ou généreuse, il l'apportait silencieusement et même anonymement.

En somme, rien de moins communicatif que ce gentleman. Il parlait aussi peu que possible, et semblait d'autant plus mystérieux qu'il était silencieux. Cependant sa vie était à jour, mais ce qu'il faisait était si mathématiquement toujours la même chose, que l'imagination, mécontente, cherchait au delà.

Avait-il voyagé ? C'était probable, car personne ne possédait mieux que lui la carte du monde. Il n'était endroit si reculé dont il ne parût avoir une connaissance spéciale. Quelquefois, mais en peu de mots, brefs et clairs, il redressait les mille propos qui circulaient dans le club au sujet des voyageurs perdus ou égarés ; il indiquait les vraies probabilités, et ses paroles s'étaient trouvées souvent comme inspirées par une seconde vue, tant l'événement finissait toujours par les justifier. C'était un homme qui avait dû voyager partout, – en esprit, tout au moins.

Ce qui était certain toutefois, c'est que, depuis de longues années, Phileas Fogg n'avait pas quitté Londres. Ceux qui avaient l'honneur de le connaître un peu plus que les autres attestaient que, – si ce n'est sur ce chemin direct qu'il parcourait chaque jour pour venir de sa maison au club, – personne ne pouvait prétendre l'avoir jamais vu ailleurs. Son seul passe-temps était de lire les journaux et de jouer au whist. À ce jeu du silence, si bien approprié à sa nature, il gagnait souvent, mais ses gains n'entraient jamais dans sa bourse et figuraient pour une somme importante à son budget de charité. D'ailleurs, il faut le remarquer, Mr. Fogg jouait évidemment pour jouer, non pour gagner. Le jeu était pour lui un combat, une lutte contre une difficulté, mais une lutte sans mouvement, sans déplacement, sans fatigue, et cela allait à son caractère.

On ne connaissait à Phileas Fogg ni femme ni enfants, – ce qui peut arriver aux gens les plus honnêtes, – ni parents ni amis, – ce qui est plus rare en vérité. Phileas Fogg vivait seul dans sa maison de Saville-row, où personne ne pénétrait. De son intérieur, jamais il n'était question. Un seul domestique suffisait à le servir. Déjeunant, dînant au club à des heures chronométriquement déterminées, dans la même salle, à la même table, ne traitant point ses collègues, n'invitant aucun étranger, il ne rentrait chez lui que pour se coucher, à minuit précis, sans jamais user de ces chambres confortables que le Reform-Club tient à la disposition des membres du cercle. Sur vingt-quatre heures, il en passait dix à son domicile, soit qu'il dormît, soit qu'il s'occupât de sa toilette. S'il se promenait, c'était invariablement, d'un pas égal, dans la salle d'entrée parquetée en marqueterie, ou sur la galerie circulaire, au-dessus de laquelle s'arrondit un dôme à vitraux bleus, que supportent vingt colonnes ioniques en porphyre rouge. S'il dînait ou déjeunait, c'étaient les cuisines, le garde-manger, l'office, la poissonnerie, la laiterie du club, qui fournissaient à sa table leurs succulentes réserves ; c'étaient les domestiques du club, graves personnages en habit noir, chaussés de souliers à semelles de molleton, qui le servaient dans une porcelaine spéciale et sur un admirable linge en toile de Saxe ; c'étaient les cristaux à moule perdu du club qui contenaient son sherry, son porto ou son claret mélangé de cannelle, de capillaire et de cinnamome ; c'était enfin la glace du club – glace venue à grands frais des lacs d'Amérique – qui entretenait ses boissons dans un satisfaisant état de fraîcheur.

Si vivre dans ces conditions, c'est être un excentrique, il faut convenir que l'excentricité a du bon !

La maison de Saville-row, sans être somptueuse, se recommandait par un extrême confort. D'ailleurs, avec les habitudes invariables du locataire, le service s'y réduisait à peu. Toutefois, Phileas Fogg exigeait de son unique domestique une ponctualité, une régularité extraordinaires. Ce jour-là même, 2 octobre, Phileas Fogg avait donné son congé à James Forster, – ce garçon s'étant rendu coupable de lui avoir apporté pour sa barbe de l'eau à quatre-vingt-quatre degrés Fahrenheit au lieu de quatre-vingt-six, – et il attendait son successeur, qui devait se présenter entre onze heures et onze heures et demie.

Phileas Fogg, carrément assis dans son fauteuil, les deux pieds rapprochés comme ceux d'un soldat à la parade, les mains appuyées sur les genoux, le corps droit, la tête haute, regardait marcher l'aiguille de la pendule, – appareil compliqué qui indiquait les heures, les minutes, les secondes, les jours, les quantièmes et l'année. À onze heures et demie sonnant, Mr. Fogg devait, suivant sa quotidienne habitude, quitter la maison et se rendre au Reform-Club.

En ce moment, on frappa à la porte du petit salon dans lequel se tenait Phileas Fogg.

James Forster, le congédié, apparut.

« Le nouveau domestique, » dit-il.

Un garçon âgé d'une trentaine d'années se montra et salua.

« Vous êtes Français et vous vous nommez John ? lui demanda Phileas Fogg.

— Jean, n'en déplaise à monsieur, répondit le nouveau venu, Jean Passepartout, un surnom qui m'est resté, et que justifiait mon aptitude naturelle à me tirer d'affaire. Je crois être un honnête garçon, monsieur, mais, pour être franc, j'ai fait plusieurs métiers. J'ai été chanteur ambulant, écuyer dans un cirque, faisant de la voltige comme Léotard, et dansant sur la corde comme Blondin ; puis je suis devenu professeur de gymnastique, afin de rendre mes talents plus utiles, et, en dernier lieu, j'étais sergent de pompiers, à Paris. J'ai même dans mon dossier des incendies remarquables. Mais voilà cinq ans que j'ai quitté la France et que, voulant goûter de la vie de famille, je suis valet de chambre en Angleterre. Or, me trouvant sans place et ayant appris que Monsieur Phileas Fogg était l'homme le plus exact et le plus sédentaire du Royaume-Uni, je me suis présenté chez monsieur avec l'espérance d'y vivre tranquille et d'oublier jusqu'à ce nom de Passepartout…

— Passepartout me convient, répondit le gentleman. Vous m'êtes recommandé. J'ai de bons renseignements sur votre compte. Vous connaissez mes conditions ?

— Oui, monsieur.

— Bien. Quelle heure avez-vous ?

— Onze heures vingt-deux, répondit Passepartout, en tirant des profondeurs de son gousset une énorme montre d'argent.

— Vous retardez, dit Mr. Fogg.

— Que monsieur me pardonne, mais c'est impossible.

— Vous retardez de quatre minutes. N'importe. Il suffit de constater l'écart. Donc, à partir de ce moment, onze heures vingt-neuf du matin, ce mercredi 2 octobre 1872, vous êtes à mon service. »

Cela dit, Phileas Fogg se leva, prit son chapeau de la main gauche, le plaça sur sa tête avec un mouvement d'automate et disparut sans ajouter une parole.

Passepartout entendit la porte de la rue se fermer une première fois : c'était son nouveau maître qui sortait ; puis une seconde fois : c'était son prédécesseur, James Forster, qui s'en allait à son tour.

Passepartout demeura seul dans la maison de Saville-row.

## II
### OÙ PASSEPARTOUT EST CONVAINCU QU'IL A ENFIN TROUVÉ SON IDÉAL

« Sur ma foi, se dit Passepartout, un peu ahuri tout d'abord, j'ai connu chez Mme Tussaud des bonshommes aussi vivants que mon nouveau maître! »

Il convient de dire ici que les « bonshommes » de Mme Tussaud sont des figures de cire, fort visitées à Londres, et auxquelles il ne manque vraiment que la parole.

Pendant les quelques instants qu'il venait d'entrevoir Phileas Fogg, Passepartout avait rapidement, mais soigneusement examiné son futur maître. C'était un homme qui pouvait avoir quarante ans, de figure noble et belle, haut de taille, que ne déparait pas un léger embonpoint, blond de cheveux et de favoris, front uni sans apparences de rides aux tempes, figure plutôt pâle que colorée, dents magnifiques. Il paraissait posséder au plus haut degré ce que les physionomistes appellent « le repos dans l'action », faculté commune à tous ceux qui font plus de besogne que de bruit. Calme, flegmatique, l'œil pur, la paupière immobile, c'était le type achevé de ces Anglais à sang-froid qui se rencontrent assez fréquemment dans le Royaume-Uni, et dont Angelica Kauffmann a merveilleusement rendu sous son pinceau l'attitude un peu académique. Vu dans les divers actes de son existence, ce gentleman donnait l'idée d'un être bien équilibré dans toutes ses parties, justement pondéré, aussi parfait qu'un chronomètre de Leroy ou de Earnshaw. C'est qu'en effet, Phileas Fogg était l'exactitude personnifiée, ce qui se voyait clairement à « l'expression de ses pieds et de ses mains », car chez l'homme, aussi bien que chez les animaux, les membres eux-mêmes sont des organes expressifs des passions.

Phileas Fogg était de ces gens mathématiquement exacts, qui, jamais pressés et toujours prêts, sont économes de leurs pas et de leurs mouvements. Il ne faisait pas une enjambée de trop, allant toujours par le plus court. Il ne perdait pas un regard au plafond. Il ne se permettait aucun geste superflu. On ne l'avait jamais vu ému ni troublé. C'était l'homme le moins hâté du monde, mais il arrivait toujours à temps. Toutefois, on comprendra qu'il vécût seul et pour ainsi dire en dehors de toute relation sociale. Il savait que dans la vie il faut faire la part des frottements, et comme les frottements retardent, il ne se frottait à personne.

Jean Passepartout.

Quant à Jean, dit Passepartout, un vrai Parisien de Paris, depuis cinq ans qu'il habitait l'Angleterre et y faisait à Londres le métier de valet de chambre, il avait cherché vainement un maître auquel il pût s'attacher.

Passepartout n'était point un de ces Frontins ou Mascarilles qui, les épaules hautes, le nez au vent, le regard assuré, l'œil sec, ne sont que d'impudents drôles. Non. Passepartout était un brave garçon, de physionomie aimable, aux lèvres un peu saillantes, toujours prêtes à goûter ou à caresser, un être doux et serviable, avec une de ces bonnes têtes rondes que l'on aime à voir sur les épaules d'un ami. Il avait les yeux bleus, le teint animé, la figure assez grasse pour qu'il pût lui-même voir les pommettes de ses joues, la poitrine large, la taille forte, une musculature vigoureuse, et il possédait une force herculéenne que les exercices de sa jeunesse avaient admirablement développée. Ses cheveux bruns étaient un peu rageurs. Si les sculpteurs de l'antiquité connaissaient dix-huit façons d'arranger la chevelure de Minerve, Passepartout n'en connaissait qu'une pour disposer la sienne : trois coups de démêloir, et il était coiffé.

De dire si le caractère expansif de ce garçon s'accorderait avec celui de Phileas Fogg, c'est ce que la prudence la plus élémentaire ne permet pas. Passepartout serait-il ce domestique foncièrement exact qu'il fallait à son maître ? On ne le verrait qu'à l'user. Après avoir eu, on le sait, une jeunesse assez vagabonde, il aspirait au repos. Ayant entendu vanter le méthodisme anglais et la froideur proverbiale des gentlemen, il vint chercher fortune en Angleterre. Mais, jusqu'alors, le sort l'avait mal servi. Il n'avait pu prendre racine nulle part. Il avait fait dix maisons.

Dans toutes, on était fantasque, inégal, coureur d'aventures ou coureur de pays, — ce qui ne pouvait plus convenir à Passepartout. Son dernier maître, le jeune lord Longsferry, membre du Parlement, après avoir passé ses nuits dans les « oysters-rooms » d'Hay-Market, rentrait trop souvent au logis sur les épaules des policemen. Passepartout, voulant avant tout pouvoir respecter son maître, risqua quelques respectueuses observations qui furent mal reçues, et il rompit. Il apprit, sur les entrefaites, que Phileas Fogg, esq., cherchait un domestique. Il prit des renseignements sur ce gentleman. Un personnage dont l'existence était si régulière, qui ne découchait pas, qui ne voyageait pas, qui ne s'absentait jamais, pas même un jour, ne pouvait que lui convenir. Il se présenta et fut admis dans les circonstances que l'on sait.

Passepartout — onze heures et demie étant sonnées — se trouvait donc seul dans la maison de Saville-row. Aussitôt il en commença l'inspection. Il la parcourut de la cave au grenier. Cette maison propre, rangée, sévère, puritaine, bien organisée pour le service, lui plut. Elle lui fit l'effet d'une belle coquille de colimaçon, mais d'une coquille éclairée et chauffée au gaz, car l'hydrogène carburé y suffisait à tous les besoins de lumière et de chaleur. Passepartout trouva sans peine, au second étage, la chambre qui lui était destinée. Elle lui convint. Des timbres électriques et des tuyaux acoustiques la mettaient en communication avec les appartements de l'entresol et du premier étage. Sur la cheminée, une pendule électrique correspondait avec la pendule de la chambre à coucher de Phileas Fogg, et les deux appareils battaient au même instant la même seconde.

« Cela me va, cela me va ! » se dit Passepartout.

Il remarqua aussi, dans sa chambre, une notice affichée au-dessus de la pendule. C'était le programme du service quotidien. Il comprenait — depuis huit heures du matin, heure réglementaire à laquelle se levait Phileas Fogg, jusqu'à onze heures et demie, heure à laquelle il quittait sa maison pour aller déjeuner au Reform-Club — tous les détails du service, le thé et les rôties de huit heures vingt-trois, l'eau pour la barbe de neuf heures trente-sept, la coiffure de dix heures moins vingt, etc. Puis de onze heures et demie du matin à minuit, — heure à laquelle se couchait le méthodique gentleman, — tout était noté, prévu, régularisé. Passepartout se fit une joie de méditer ce programme et d'en graver les divers articles dans son esprit.

Quant à la garde-robe de monsieur, elle était fort bien montée et merveilleusement comprise. Chaque pantalon, habit ou gilet portait un numéro d'ordre reproduit sur un registre d'entrée et de sortie, indiquant la date à laquelle, suivant la saison, ces vêtements devaient être tour à tour portés. Même réglementation pour les chaussures.

En somme, dans cette maison de Saville-row, — qui devait être le temple du désordre à l'époque de l'illustre mais dissipé Shéridan, — ameublement confortable, annonçant une belle aisance. Pas de bibliothèque, pas de livres, qui eussent été sans utilité pour Mr. Fogg, puisque le Reform-Club mettait à sa disposition deux bibliothèques, l'une consacrée aux lettres, l'autre au droit et à la politique. Dans la chambre à coucher, un coffre-fort de moyenne grandeur, que sa construction défendait aussi bien de l'incendie que du vol. Point d'armes dans la maison, aucun ustensile de chasse ou de guerre. Tout y dénotait les habitudes les plus pacifiques.

Après avoir examiné cette demeure en détail, Passepartout se frotta les mains, sa large figure s'épanouit, et il répéta joyeusement :

« Cela me va ! voilà mon affaire ! Nous nous entendrons parfaitement, Mr. Fogg et moi ! Un homme casanier et régulier ! Une véritable mécanique ! Eh bien, je ne suis pas fâché de servir une mécanique ! »

## III
### OÙ S'ENGAGE UNE CONVERSATION QUI POURRA COÛTER CHER À PHILEAS FOGG

Phileas Fogg avait quitté sa maison de Saville-row à onze heures et demie, et, après avoir placé cinq cent soixante-quinze fois son pied droit devant son pied gauche et cinq cent soixante-seize fois son pied gauche devant son pied droit, il arriva au Reform-Club, vaste édifice, élevé dans Pall-Mall, qui n'a pas coûté moins de trois millions à bâtir.

Phileas Fogg se rendit aussitôt à la salle à manger, dont les neuf fenêtres s'ouvraient sur un beau jardin aux arbres déjà dorés par l'automne. Là, il prit place à la table habituelle où son couvert l'attendait. Son déjeuner se composait d'un hors-d'œuvre, d'un poisson bouilli relevé d'une «reading sauce» de premier choix, d'un roastbeef écarlate agrémenté de condiments «mushroom», d'un gâteau farci de tiges de rhubarbe et de groseilles vertes, d'un morceau de chester, — le tout arrosé de quelques tasses de cet excellent thé, spécialement recueilli pour l'office du Reform-Club.

À midi quarante-sept, ce gentleman se leva et se dirigea vers le grand salon, somptueuse pièce, ornée de peintures richement encadrées. Là, un domestique lui remit le *Times* non coupé, dont Phileas Fogg opéra le laborieux dépliage avec une sûreté de main qui dénotait une grande habitude de cette difficile opération. La lecture de ce journal occupa Phileas Fogg jusqu'à trois heures quarante-cinq, et celle du *Standard* — qui lui succéda — dura jusqu'au dîner. Ce repas s'accomplit dans les mêmes conditions que le déjeuner, avec adjonction de « royal british sauce ».

À six heures moins vingt, le gentleman reparut dans le grand salon et s'absorba dans la lecture du *Morning-Chronicle*.

Une demi-heure plus tard, divers membres du Reform-Club faisaient leur entrée et s'approchaient de la cheminée, où brûlait un feu de houille. C'étaient les partenaires habituels de Mr. Phileas Fogg, comme lui enragés joueurs de whist : l'ingénieur Andrew Stuart, les banquiers John Sullivan et Samuel Fallentin, le brasseur Thomas Flanagan, Gauthier Ralph, un des administrateurs de la Banque d'Angleterre, — personnages riches et considérés, même dans ce club qui compte parmi ses membres les sommités de l'industrie et de la finance.

« Eh bien, Ralph, demanda Thomas Flanagan, où en est cette affaire de vol ?

— Eh bien, répondit Andrew Stuart, la banque en sera pour son argent.

— J'espère, au contraire, dit Gauthier Ralph, que nous mettrons la main sur l'auteur du vol. Des inspecteurs de police, gens fort habiles, ont été envoyés en Amérique et en Europe, dans tous les principaux ports d'embarquement et de débarquement, et il sera difficile à ce monsieur de leur échapper.

— Mais on a donc le signalement du voleur ? demanda Andrew Stuart.

— D'abord, ce n'est pas un voleur, répondit sérieusement Gauthier Ralph.

— Comment, ce n'est pas un voleur, cet individu qui a soustrait cinquante-cinq mille livres en bank-notes (1 million 375,000 francs) ?

— Non, répondit Gauthier Ralph.

— C'est donc un industriel ? dit John Sullivan.

— Le *Morning-Chronicle* assure que c'est un gentleman. »

Celui qui fit cette réponse n'était autre que Phileas Fogg, dont la tête émergeait alors du flot de papier amassé autour de lui. En même temps, Phileas Fogg salua ses collègues, qui lui rendirent son salut.

Le fait dont il était question, que les divers journaux du Royaume-Uni discutaient avec ardeur, s'était accompli trois jours auparavant, le 29 septembre. Une liasse de bank-notes, formant l'énorme somme de cinquante-cinq mille livres, avait été prise sur la tablette du caissier principal de la Banque d'Angleterre.

À qui s'étonnait qu'un tel vol eût pu s'accomplir aussi facilement, le sous-gouverneur Gauthier Ralph se bornait à répondre qu'à ce moment même, le caissier s'occupait d'enregistrer une recette de trois shillings six pence, et qu'on ne saurait avoir l'œil à tout.

Mais il convient de faire observer ici — ce qui rend le fait plus explicable — que cet admirable établissement de « Bank of England » paraît se soucier extrêmement de la dignité du public. Point de gardes, point d'invalides, point de grillages ! L'or, l'argent, les billets sont exposés librement et pour ainsi dire à la merci du premier venu. On ne saurait mettre en suspicion l'honorabilité d'un passant quelconque. Un des meilleurs observateurs des usages anglais raconte même ceci : Dans une des salles de la Banque où il se trouvait un jour, il eut la curiosité de voir de plus près un lingot d'or pesant sept à huit livres, qui se trouvait exposé sur la tablette du caissier ; il prit ce lingot, l'examina, le passa à son voisin, celui-ci à un autre, si bien que le lingot, de main en main, s'en alla jusqu'au fond d'un corridor obscur, et ne revint qu'une demi-heure après reprendre sa place, sans que le caissier eût seulement levé la tête.

Mais, le 29 septembre, les choses ne se passèrent pas tout à fait ainsi. La liasse de bank-notes ne revint pas, et quand la magnifique horloge, posée au-dessus du « drawing-office », sonna à cinq heures la fermeture des bureaux, la Banque d'Angleterre n'avait plus qu'à passer cinquante-cinq mille livres par le compte de profits et pertes.

Le vol bien et dûment reconnu, des agents, des « détectives », choisis parmi les plus habiles, furent envoyés dans les principaux ports, à Liverpool, à Glasgow, au Havre, à Suez, à Brindisi, à New-York, etc., avec promesse, en cas de succès, d'une prime de deux mille livres (50,000 fr.) et cinq pour cent de la somme qui serait retrouvée. En attendant les renseignements que devait fournir l'enquête immédiatement commencée, ces inspecteurs avaient pour mission d'observer scrupuleusement tous les voyageurs en arrivée ou en partance.

Or, précisément, ainsi que le disait le *Morning-Chronicle*, on avait lieu de supposer que l'auteur du vol ne faisait partie d'aucune des sociétés de voleurs d'Angleterre. Pendant cette journée du 29 septembre, un gentleman bien mis, de bonnes manières, l'air distingué, avait été remarqué, qui allait et venait dans la salle des payements, théâtre du vol. L'enquête avait permis de refaire assez exactement le signalement de ce gentleman, signalement qui fut aussitôt adressé à tous les détectives du Royaume-Uni et du continent. Quelques bons esprits — et Gauthier Ralph était du nombre — se croyaient donc fondés à espérer que le voleur n'échapperait pas.

Comme on le pense, ce fait était à l'ordre du jour à Londres et dans toute l'Angleterre. On discutait, on se passionnait pour ou contre les probabilités du succès de la police métropolitaine. On ne s'étonnera donc pas d'entendre les membres du Reform-Club traiter la même question, d'autant plus que l'un des sous-gouverneurs de la Banque se trouvait parmi eux.

L'honorable Gauthier Ralph ne voulait pas douter du résultat des recherches, estimant que la prime offerte devrait singulièrement aiguiser le zèle et l'intelligence des agents. Mais son collègue, Andrew Stuart, était loin de partager cette confiance. La discussion continua donc entre les gentlemen, qui s'étaient assis à une table de whist, Stuart devant Flanagan, Fallentin devant Phileas Fogg. Pendant le jeu, les joueurs ne parlaient pas, mais entre les robbres, la conversation interrompue reprenait de plus belle.

« Je soutiens, dit Andrew Stuart, que les chances sont en faveur du voleur, qui ne peut manquer d'être un habile homme !

— Allons donc ! répondit Ralph, il n'y a plus un seul pays dans lequel il puisse se réfugier.

— Par exemple !

— Où voulez-vous qu'il aille ?

— Je n'en sais rien, répondit Andrew Stuart, mais, après tout, la terre est assez vaste.

— Elle l'était autrefois... » dit à mi-voix Phileas Fogg. Puis : « À vous de couper, monsieur, » ajouta-t-il en présentant les cartes à Thomas Flanagan.

La discussion fut suspendue pendant le robbre. Mais bientôt Andrew Stuart la reprenait, disant :

« Comment, autrefois ! Est-ce que la terre a diminué, par hasard ?

— Sans doute, répondit Gauthier Ralph. Je suis de l'avis de Mr. Fogg. La terre a diminué, puisqu'on la parcourt maintenant dix fois plus vite qu'il y a cent ans. Et c'est ce qui, dans le cas dont nous nous occupons, rendra les recherches plus rapides.

— Et rendra plus facile aussi la fuite du voleur !

— À vous de jouer, Monsieur Stuart ! » dit Phileas Fogg.

Mais l'incrédule Stuart n'était pas convaincu, et, la partie achevée :

« Il faut avouer, Monsieur Ralph, reprit-il, que vous avez trouvé là une manière plaisante de dire que la terre a diminué ! Ainsi parce qu'on en fait maintenant le tour en trois mois...

— En quatre-vingts jours seulement, dit Phileas Fogg.

— En effet, messieurs, ajouta John Sullivan, quatre-vingts jours, depuis que la section entre Rothal et Allahabad a été ouverte sur le « Great-Indian peninsular railway », et voici le calcul établi par le *Morning-Chronicle* :

| | | |
|---|---|---|
| De Londres à Suez par le Mont-Cenis et Brindisi, railways et paquebots | 7 | jours. |
| De Suez à Bombay, paquebot | 13 | — |
| De Bombay à Calcutta, railway | 3 | — |
| De Calcutta à Hong-Kong (Chine), paquebot | 13 | — |
| De Hong-Kong à Yokohama (Japon), paquebot | 6 | — |
| De Yokohama à San-Francisco, paquebot | 22 | — |
| De San-Francisco à New-York, railroad | 7 | — |
| De New-York à Londres, paquebot et railway | 9 | — |
| Total | 80 | jours. |

— Oui, quatre-vingts jours ! s'écria Andrew Stuart, qui, par inattention, coupa une carte maîtresse, mais non compris le mauvais temps, les vents contraires, les naufrages, les déraillements, etc.

— Tout compris, répondit Phileas Fogg en continuant de jouer, car, cette fois, la discussion ne respectait plus le whist.

— Même si les Indous ou les Indiens enlèvent les rails ! s'écria Andrew Stuart, s'ils arrêtent les trains, pillent les fourgons, scalpent les voyageurs !

— Tout compris, » répondit Phileas Fogg, qui, abattant son jeu, ajouta : « Deux atouts maîtres. »

Andrew Stuart, à qui c'était le tour de « faire », ramassa les cartes en disant :

« Théoriquement, vous avez raison, Monsieur Fogg, mais dans la pratique…

— Dans la pratique aussi, Monsieur Stuart.

— Je voudrais bien vous y voir.

— Il ne tient qu'à vous. Partons ensemble.

— Le ciel m'en préserve ! s'écria Stuart, mais je parierais bien quatre mille livres (100,000 fr.) qu'un tel voyage, fait dans ces conditions, est impossible.

— Très-possible, au contraire, répondit Mr. Fogg.

— Et bien, faites-le donc !

— Le tour du monde en quatre-vingts jours ?

— Oui.

— Je le veux bien.

— Quand ?

— Tout de suite.

— C'est de la folie ! s'écria Andrew Stuart, qui commençait à se vexer de l'insistance de son partenaire. Tenez ! jouons plutôt.

— Refaites alors, répondit Phileas Fogg, car il y a « mal donne. »

Et bien, oui, Monsieur Fogg, je parie 4,000 livres !

Andrew Stuart reprit les cartes d'une main fébrile ; puis, tout à coup, les posant sur la table :

« Eh bien, oui, Monsieur Fogg, dit-il, oui, je parie quatre mille livres !…

— Mon cher Stuart, dit Fallentin, calmez-vous. Ce n'est pas sérieux.

— Quand je dis : je parie, répondit Andrew Stuart, c'est toujours sérieux.

— Soit ! « dit Mr. Fogg. Puis, se tournant vers ses collègues :

« J'ai vingt mille livres (500,000 fr.) déposées chez Baring frères. Je les risquerai volontiers…

— Vingt mille livres ! s'écria John Sullivan. Vingt mille livres qu'un retard imprévu peut vous faire perdre !

— L'imprévu n'existe pas, répondit simplement Phileas Fogg.

— Mais, Monsieur Fogg, ce laps de quatre-vingts jours n'est calculé que comme un minimum de temps !

— Un minimum bien employé suffit à tout.

— Mais pour ne pas le dépasser, il faut sauter mathématiquement des railways dans les paquebots, et des paquebots dans les chemins de fer !

— Je sauterai mathématiquement.

— C'est une plaisanterie !

— Un bon Anglais ne plaisante jamais, quand il s'agit d'une chose aussi sérieuse qu'un pari, répondit Phileas Fogg. Je parie vingt mille livres contre qui voudra que je ferai le tour de la terre en quatre-vingts jours ou moins, soit dix-neuf cent vingt heures ou cent quinze mille deux cents minutes. Acceptez-vous ?

— Nous acceptons, répondirent MM. Stuart, Fallentin, Sullivan, Flanagan et Ralph, après s'être entendus.

— Bien, dit Mr Fogg. Le train de Douvres part à huit heures quarante-cinq. Je le prendrai.

— Ce soir même ? demanda Stuart.

— Ce soir même, répondit Phileas Fogg. Donc, ajouta-t-il en consultant un calendrier de poche, puisque c'est aujourd'hui mercredi 2 octobre, je devrai être de retour à Londres, dans ce salon même du Reform-Club, le samedi 21 décembre, à huit heures quarante-cinq du soir, faute de quoi les vingt mille livres déposées actuellement à mon crédit chez Baring frères vous appartiendront de fait et de droit, messieurs. — Voici un chèque de pareille somme. »

Un procès-verbal du pari fut fait et signé sur-le-champ par les six co-intéressés. Phileas Fogg était demeuré froid. Il n'avait certainement pas parié pour gagner, et n'avait engagé ces vingt mille livres — la moitié de sa fortune — que parce qu'il prévoyait qu'il pourrait avoir à dépenser l'autre pour mener à bien ce difficile, pour ne pas dire inexécutable projet. Quant à ses adversaires, eux, ils paraissaient émus, non pas à cause de la valeur de l'enjeu, mais parce qu'ils se faisaient une sorte de scrupule de lutter dans ces conditions.

Sept heures sonnaient alors. On offrit à M. Fogg de suspendre le whist afin qu'il pût faire ses préparatifs de départ.

« Je suis toujours prêt ! » répondit cet impassible gentleman, et donnant les cartes :

« Je retourne carreau, dit-il. À vous de jouer, monsieur Stuart. »

## IV

### DANS LEQUEL PHILEAS FOGG STUPÉFIE PASSEPARTOUT, SON DOMESTIQUE

À sept heures vingt-cinq, Phileas Fogg, après avoir gagné une vingtaine de guinées au whist, prit congé de ses honorables collègues, et quitta le Reform-Club. À sept heures cinquante, il ouvrait la porte de sa maison et rentrait chez lui.

Passepartout, qui avait consciencieusement étudié son programme, fut assez surpris en voyant Mr. Fogg, coupable d'inexactitude, apparaître à cette heure insolite. Suivant la notice, le locataire de Saville-row ne devait rentrer qu'à minuit précis.

Phileas Fogg était tout d'abord monté à sa chambre, puis il appela :

« Passepartout. »

Passepartout ne répondit pas. Cet appel ne pouvait s'adresser à lui. Ce n'était pas l'heure.

« Passepartout », reprit Mr. Fogg sans élever la voix davantage.

Passepartout se montra.

« C'est la deuxième fois que je vous appelle, dit Mr. Fogg.

— Mais il n'est pas minuit, répondit Passepartout, sa montre à la main.

— Je le sais, reprit Phileas Fogg, et je ne vous fais pas de reproche. Nous partons dans dix minutes pour Douvres et Calais. »

Une sorte de grimace s'ébaucha sur la ronde face du Français. Il était évident qu'il avait mal entendu.

« Monsieur se déplace ? demanda-t-il.

— Oui, répondit Phileas Fogg. Nous allons faire le tour du monde. »

Passepartout, l'œil démesurément ouvert, la paupière et le sourcil surélevés, les bras détendus, le corps affaissé, présentait alors tous les symptômes de l'étonnement poussé jusqu'à la stupeur.

« Le tour du monde ! murmura-t-il.

— En quatre-vingts jours, répondit Mr. Fogg. Ainsi, nous n'avons pas un instant à perdre.

— Mais les malles ?... dit Passepartout, qui balançait inconsciemment sa tête de droite et de gauche.

— Pas de malles. Un sac de nuit seulement. Dedans, deux chemises de laine, trois paires de bas. Autant pour vous. Nous achèterons en route. Vous descendrez mon mackintosh et ma couverture de voyage. Ayez de bonnes chaussures. D'ailleurs, nous marcherons peu ou pas. Allez. »

Passepartout aurait voulu répondre. Il ne put. Il quitta la chambre de Mr. Fogg, monta dans la sienne, tomba sur une chaise, et employant une phrase assez vulgaire de son pays :

« Ah bien, se dit-il, elle est forte, celle-là ! Moi qui voulais rester tranquille !... »

Et, machinalement, il fit ses préparatifs de départ. Le tour du monde en quatre-vingts jours ! Avait-il affaire à un fou ? Non... C'était une plaisanterie ? On allait à Douvres, bien. À Calais, soit. Après tout, cela ne pouvait notablement contrarier le brave garçon, qui, depuis cinq ans, n'avait pas foulé le sol de la patrie. Peut-être même irait-on jusqu'à Paris, et, ma foi, il reverrait avec plaisir la grande capitale. Mais, certainement, un gentleman aussi ménager de ses pas s'arrêterait là... Oui, sans doute, mais il n'en était pas moins vrai qu'il partait, qu'il se déplaçait, ce gentleman, si casanier jusqu'alors !

À huit heures, Passepartout avait préparé le modeste sac qui contenait sa garde-robe et celle de son maître ; puis, l'esprit encore troublé, il quitta sa chambre, dont il ferma soigneusement la porte, et il rejoignit Mr. Fogg.

Mr. Fogg était prêt. Il portait sous son bras le *Bradshaw's continental railway steam transit and general guide*, qui devait lui fournir toutes les indications nécessaires à son voyage. Il prit le sac des mains de

Passepartout, l'ouvrit et y glissa une forte liasse de ces belles bank-notes qui ont cours dans tous les pays.

« Vous n'avez rien oublié ? demanda-t-il.

— Rien, monsieur.

— Mon mackintosh et ma couverture ?

— Les voici.

— Bien, prenez ce sac. »

Mr. Fogg remit le sac à Passepartout.

« Et ayez-en soin, ajouta-t-il. Il y a vingt mille livres dedans (500,000 francs). »

Le sac faillit s'échapper des mains de Passepartout, comme si les vingt mille livres eussent été en or et pesé considérablement.

Le maître et le domestique descendirent alors, et la porte de la rue fut fermée à double tour.

Une station de voitures se trouvait à l'extrémité de Saville-row. Phileas Fogg et son domestique montèrent dans un cab, qui se dirigea rapidement vers la gare de Charing-Cross, à laquelle aboutit un des embranchements du South-Eastern-railway.

À huit heures vingt, le cab s'arrêta devant la grille de la gare. Passepartout sauta à terre. Son maître le suivit et paya le cocher.

Une pauvre mendiante.

En ce moment, une pauvre mendiante, tenant un enfant à la main, pieds nus dans la boue, coiffée d'un chapeau dépenaillé auquel pendait une plume lamentable, un châle en loques sur ses haillons, s'approcha de Mr. Fogg et lui demanda l'aumône.

Mr. Fogg tira de sa poche les vingt guinées qu'il venait de gagner au whist, et, les présentant à la mendiante :

« Tenez, ma brave femme, dit-il, je suis content de vous avoir rencontrée ! »

Puis il passa.

Passepartout eut comme une sensation d'humidité autour de la prunelle. Son maître avait fait un pas dans son cœur.

Mr. Fogg et lui entrèrent aussitôt dans la grande salle de la gare. Là, Phileas Fogg donna à Passepartout l'ordre de prendre deux billets de première classe pour Paris. Puis, se retournant, il aperçut ses cinq collègues du Reform-Club.

« Messieurs, je pars, dit-il, et les divers visas apposés sur un passe-port que j'emporte à cet effet vous permettront, au retour, de contrôler mon itinéraire.

— Oh ! monsieur Fogg, répondit poliment Gauthier Ralph, c'est inutile. Nous nous en rapporterons à votre honneur de gentleman !

— Cela vaut mieux ainsi, dit Mr. Fogg.

— Vous n'oubliez pas que vous devez être revenu ?... fit observer Andrew Stuart.

— Dans quatre-vingts jours, répondit Mr. Fogg, le samedi 21 décembre 1872, à huit heures quarante-cinq minutes du soir. Au revoir, messieurs. »

À huit heures quarante, Phileas Fogg et son domestique prirent place dans le même compartiment. À huit heures quarante-cinq, un coup de sifflet retentit, et le train se mit en marche.

La nuit était noire. Il tombait une pluie fine. Phileas Fogg, accoté dans son coin, ne parlait pas. Passepartout, encore abasourdi, pressait machinalement contre lui le sac aux bank-notes.

Mais le train n'avait pas dépassé Sydenham, que Passepartout poussait un véritable cri de désespoir !

« Qu'avez-vous ? demanda Mr. Fogg.

— Il y a... que... dans ma précipitation... mon trouble... j'ai oublié...

— Quoi ?

— D'éteindre le bec de gaz de ma chambre !

—Eh bien, mon garçon, répondit froidement Mr. Fogg, il brûle à votre compte! »

## V

### DANS LEQUEL UNE NOUVELLE VALEUR APPARAÎT SUR LA PLACE DE LONDRES

Phileas Fogg, en quittant Londres, ne se doutait guère, sans doute, du grand retentissement qu'allait provoquer son départ. La nouvelle du pari se répandit d'abord dans le Reform-Club, et produisit une véritable émotion parmi les membres de l'honorable cercle. Puis, du club, cette émotion passa aux journaux par la voie des reporters, et des journaux au public de Londres et de tout le Royaume-Uni.

Cette « question du tour du monde » fut commentée, discutée, disséquée, avec autant de passion et d'ardeur que s'il se fût agi d'une nouvelle affaire de l'*Alabama*. Les uns prirent parti pour Phileas Fogg, les autres — et ils formèrent bientôt une majorité considérable — se prononcèrent contre lui. Ce tour du monde à accomplir, autrement qu'en théorie et sur le papier, dans ce minimum de temps, avec les moyens de communication actuellement en usage, ce n'était pas seulement impossible, c'était insensé !

Le *Times*, le *Standard*, l'*Evening-Star*, le *Morning-Chronicle*, et vingt autres journaux de grande publicité, se déclarèrent contre Mr. Fogg. Seul, le *Daily-Telegraph* le soutint dans une certaine mesure. Phileas Fogg fut généralement traité de maniaque, de fou, et ses collègues du Reform-Club furent blâmés d'avoir tenu ce pari, qui accusait un affaiblissement dans les facultés mentales de son auteur.

Des articles extrêmement passionnés, mais logiques, parurent sur la question. On sait l'intérêt que l'on porte en Angleterre à tout ce qui touche à la géographie. Aussi n'était-il pas un lecteur, à quelque classe qu'il appartînt, qui ne dévorât les colonnes consacrées au cas de Phileas Fogg.

*Jules Verne*

Il n'était pas lecteur...

Pendant les premiers jours, quelques esprits audacieux — les femmes principalement — furent pour lui, surtout quand l'*Illustrated-London-News* eut publié son portrait d'après sa photographie déposée aux archives du Reform-Club. Certains gentlemen osaient dire : « Hé ! hé ! pourquoi pas, après tout ? On a vu des choses plus extraordinaires ! » C'étaient surtout les lecteurs du *Daily-Telegraph*. Mais on sentit bientôt que ce journal lui-même commençait à faiblir.

En effet, un long article parut le 7 octobre dans le Bulletin de la Société royale de géographie. Il traita la question à tous les points de vue, et démontra clairement la folie de l'entreprise. D'après cet article, tout était contre le voyageur, obstacles de l'homme, obstacles de la nature. Pour réussir dans ce projet, il fallait admettre une concordance miraculeuse des heures de départ et d'arrivée, concordance qui n'existait pas, qui ne pouvait pas exister. À la rigueur, et en Europe, où il s'agit de parcours d'une longueur relativement médiocre, on peut compter sur l'arrivée des trains à heure fixe ; mais quand ils emploient trois jours à traverser l'Inde, sept jours à traverser les États-Unis, pouvait-on fonder sur leur exactitude les éléments d'un tel problème ? Et les accidents de machine, les déraillements, les rencontres, la mauvaise saison, l'accumulation des neiges, est-ce que tout n'était pas contre Phileas Fogg ? Sur les paquebots, ne se trouverait-il pas, pendant l'hiver, à la merci des coups de vent ou des brouillards ? Est-il donc si rare que les meilleurs marcheurs des lignes transocéaniennes éprouvent des retards de deux ou trois jours ? Or, il suffisait d'un retard, un seul, pour que la chaîne de communications fût irréparablement brisée. Si Phileas Fogg manquait, ne fût-ce que de quelques heures, le départ d'un paquebot, il serait forcé d'attendre le paquebot suivant, et par cela même son voyage était compromis irrévocablement.

L'article fit grand bruit. Presque tous les journaux le reproduisirent, et les actions de Phileas Fogg baissèrent singulièrement.

Pendant les premiers jours qui suivirent le départ du gentleman, d'importantes affaires s'étaient engagées sur « l'alea » de son entreprise. On sait ce qu'est le monde des parieurs en Angleterre, monde plus intelligent, plus relevé que celui des joueurs. Parier est dans le tempérament anglais. Aussi, non-seulement les divers membres du

Reform-Club établirent-ils des paris considérables pour ou contre Phileas Fogg, mais la masse du public entra dans le mouvement. Phileas Fogg fut inscrit comme un cheval de course, à une sorte de studbook. On en fit aussi une valeur de bourse, qui fut immédiatement cotée sur la place de Londres. On demandait, on offrait du « Phileas Fogg » ferme ou à prime, et il se fit des affaires énormes. Mais cinq jours après son départ, après l'article du Bulletin de la Société de géographie, les offres commencèrent à affluer. Le Phileas Fogg baissa. On l'offrit par paquets. Pris d'abord à cinq, puis à dix, on ne le prit plus qu'à vingt, à cinquante, à cent !

Un seul partisan lui resta. Ce fut le vieux paralytique, lord Albermale. L'honorable gentleman, cloué sur son fauteuil, eût donné sa fortune pour pouvoir faire le tour du monde, même en dix ans ! et il paria cinq mille livres (100,000 francs) en faveur de Phileas Fogg. Et quand, en même temps que la sottise du projet, on lui en démontrait l'inutilité, il se contentait de répondre : « Si la chose est faisable, il est bon que ce soit un Anglais qui le premier l'ait faite ! »

Or, on en était là, les partisans de Phileas Fogg se raréfiaient de plus en plus ; tout le monde, et non sans raison, se mettait contre lui ; on ne le prenait plus qu'à cent cinquante, à deux cents contre un, quand, sept jours après son départ, un incident, complètement inattendu, fit qu'on ne le prit plus du tout.

En effet, pendant cette journée, à neuf heures du soir, le directeur de la police métropolitaine avait reçu une dépêche télégraphique ainsi conçue :

« Suez à Londres.

« *Rowan, directeur police, administration centrale, Scotland place.*

Je file voleur de Banque, Phileas Fogg. Envoyez sans retard mandat d'arrestation à Bombay (Inde anglaise).

Fix, *détective.*

L'effet de cette dépêche fut immédiat. L'honorable gentleman disparut pour faire place au voleur de bank-notes. Sa photographie, déposée au Reform-Club avec celles de tous ses collègues, fut examinée. Elle reproduisait trait pour trait l'homme dont le signalement avait été fourni par l'enquête. On rappela ce que l'existence de Phileas Fogg avait de mystérieux, son isolement, son départ subit, et il parut évident que ce personnage, prétextant un voyage autour du monde et l'appuyant sur un pari insensé, n'avait eu d'autre but que de dépister les agents de la police anglaise.

## VI
### DANS LEQUEL L'AGENT FIX MONTRE UNE IMPATIENCE BIEN LÉGITIME.

Voici dans quelles circonstances avait été lancée cette dépêche concernant le sieur Phileas Fogg.

Le mercredi 9 octobre, on attendait pour onze heures du matin, à Suez, le paquebot *Mongolia*, de la Compagnie péninsulaire et orientale, steamer en fer à hélice et à spardeck, jaugeant deux mille huit cents tonnes et possédant une force nominale de cinq cents chevaux. Le *Mongolia* faisait régulièrement les voyages de Brindisi à Bombay par le canal de Suez. C'était un des plus rapides marcheurs de la Compagnie, et les vitesses réglementaires, soit dix milles à l'heure entre Brindisi et Suez, et neuf milles cinquante-trois centièmes entre Suez et Bombay, il les avait toujours dépassées.

En attendant l'arrivée du *Mongolia*, deux hommes se promenaient sur le quai au milieu de la foule d'indigènes et d'étrangers qui affluent dans cette ville, naguère une bourgade, à laquelle la grande œuvre de M. de Lesseps assure un avenir considérable.

De ces deux hommes, l'un était l'agent consulaire du Royaume-Uni, établi à Suez, qui — en dépit des fâcheux pronostics du gouvernement britannique et des sinistres prédictions de l'ingénieur Stephenson — voyait chaque jour des navires anglais traverser ce canal, abrégeant ainsi de moitié l'ancienne route de l'Angleterre aux Indes par le cap de Bonne-Espérance.

L'autre était un petit homme maigre, de figure assez intelligente, nerveux, qui contractait avec une persistance remarquable ses muscles sourciliers. À travers ses longs cils brillait un œil très-vif, mais dont il savait à volonté éteindre l'ardeur. En ce moment, il donnait certaines marques d'impatience, allant, venant, ne pouvant tenir en place.

Cet homme se nommait Fix, et c'était un de ces « détectives » ou agents de police anglais, qui avaient été envoyés dans les divers ports, après le vol commis à la Banque d'Angleterre. Ce Fix devait surveiller avec le plus grand soin tous les voyageurs prenant la route de Suez, et si l'un d'eux lui semblait suspect, le « filer » en attendant un mandat d'arrestation.

Précisément, depuis deux jours, Fix avait reçu du directeur de la police métropolitaine le signalement de l'auteur présumé du vol. C'était celui de ce personnage distingué et bien mis que l'on avait observé dans la salle des payements de la Banque.

Le détective, très-alléché évidemment par la forte prime promise en cas de succès, attendait donc avec une impatience facile à comprendre l'arrivée du *Mongolia*.

« Et vous dites, monsieur le consul, demanda-t-il pour la dixième fois, que ce bateau ne peut tarder ?

— Non, monsieur Fix, répondit le consul. Il a été signalé hier au large de Port-Saïd, et les cent soixante kilomètres du canal ne comptent pas pour un tel marcheur. Je vous répète que le *Mongolia* a toujours gagné la prime de vingt-cinq livres que le gouvernement accorde pour chaque avance de vingt-quatre heures sur les temps réglementaires.

— Ce paquebot vient directement de Brindisi ? demanda Fix.

— De Brindisi même, où il a pris la malle des Indes, de Brindisi qu'il a quitté samedi à cinq heures du soir. Ainsi ayez patience, il ne peut tarder à arriver. Mais je ne sais vraiment pas comment, avec le signalement que vous avez reçu, vous pourrez reconnaître votre homme, s'il est à bord du *Mongolia*.

— Monsieur le consul, répondit Fix, ces gens-là, on les sent plutôt qu'on ne les reconnaît. C'est du flair qu'il faut avoir, et le flair est comme un sens spécial auquel concourent l'ouïe, la vue et l'odorat. J'ai arrêté dans ma vie plus d'un de ces gentlemen, et pourvu que mon voleur soit à bord, je vous réponds qu'il ne me glissera pas entre les mains.

— Je le souhaite, monsieur Fix, car il s'agit d'un vol important.

— Un vol magnifique, répondit l'agent enthousiasmé. Cinquante-cinq mille livres ! Nous n'avons pas souvent de pareilles aubaines ! Les voleurs deviennent mesquins ! La race des Sheppard s'étiole ! On se fait pendre maintenant pour quelques shillings !

— Monsieur Fix, répondit le consul, vous parlez d'une telle façon que je vous souhaite vivement de réussir ; mais, je vous le répète, dans les conditions où vous êtes, je crains que ce ne soit difficile. Savez-vous bien que, d'après le signalement que vous avez reçu, ce voleur ressemble absolument à un honnête homme.

— Monsieur le consul, répondit dogmatiquement l'inspecteur de police, les grands voleurs ressemblent toujours à d'honnêtes gens. Vous comprenez bien que ceux qui ont des figures de coquins n'ont qu'un parti à prendre, c'est de rester probes, sans cela ils se feraient arrêter. Les physionomies honnêtes, ce sont celles-là qu'il faut dévisager surtout. Travail difficile, j'en conviens, et qui n'est plus du métier, mais de l'art. »

On voit que ledit Fix ne manquait pas d'une certaine dose d'amour-propre.

Cependant le quai s'animait peu à peu. Marins de diverses nationalités, commerçants, courtiers, portefaix, fellahs, y affluaient. L'arrivée du paquebot était évidemment prochaine.

Le temps était assez beau, mais l'air froid, par ce vent d'est. Quelques minarets se dessinaient au-dessus de la ville sous les pâles rayons du soleil. Vers le sud, une jetée longue de deux mille mètres s'allongeait comme un bras sur la rade de Suez. À la surface de la mer Rouge roulaient plusieurs bateaux de pêche ou de cabotage, dont quelques-uns ont conservé dans leurs façons l'élégant gabarit de la galère antique.

Tout en circulant au milieu de ce populaire, Fix, par une habitude de sa profession, dévisageait les passants d'un rapide coup d'œil.

Il était alors dix heures et demie.

« Mais il n'arrivera pas, ce paquebot ! s'écria-t-il en entendant sonner l'horloge du port.

— Il ne peut être éloigné, répondit le consul.

— Combien de temps stationnera-t-il à Suez ? demanda Fix.

— Quatre heures. Le temps d'embarquer son charbon. De Suez à Aden, à l'extrémité de la mer Rouge, on compte treize cent dix milles, et il faut faire provision de combustible.

— Et de Suez, ce bateau va directement à Bombay ? demanda Fix.

— Directement, sans rompre charge.

— Eh bien, dit Fix, si le voleur a pris cette route et ce bateau, il doit entrer dans son plan de débarquer à Suez, afin de gagner par une autre voie les possessions hollandaises ou françaises de l'Asie. Il doit bien savoir qu'il ne serait pas en sûreté dans l'Inde, qui est une terre anglaise.

— À moins que ce ne soit un homme très-fort, répondit le consul. Vous le savez, un criminel anglais est toujours mieux caché à Londres qu'il ne le serait à l'étranger. »

Sur cette réflexion, qui donna fort à réfléchir à l'agent, le consul regagna ses bureaux, situés à peu de distance. L'inspecteur de police demeura seul, pris d'une impatience nerveuse, avec ce pressentiment assez bizarre que son voleur devait se trouver à bord du *Mongolia*, — et en vérité, si ce coquin avait quitté l'Angleterre avec l'intention de gagner le Nouveau-Monde, la route des Indes, moins surveillée ou plus difficile à surveiller que celle de l'Atlantique, devait avoir obtenu sa préférence.

Fix ne fut pas longtemps livré à ses réflexions. De vifs coups de sifflet annoncèrent l'arrivée du paquebot. Toute la horde des portefaix et des fellahs se précipita vers le quai dans un tumulte un peu inquiétant pour les membres et les vêtements des passagers. Une dizaine de canots se détachèrent de la rive et allèrent au-devant du *Mongolia*.

Bientôt on aperçut la gigantesque coque du *Mongolia*, passant entre les rives du canal, et onze heures sonnaient quand le steamer vint mouiller en rade, pendant que sa vapeur fusait à grand bruit par les tuyaux d'échappement.

Les passagers étaient assez nombreux à bord. Quelques-uns restèrent sur le spardeck à contempler le panorama pittoresque de la ville ; mais la plupart débarquèrent dans les canots qui étaient venus accoster le *Mongolia*.

Fix examinait scrupuleusement tous ceux qui mettaient pied à terre.

En ce moment, l'un d'eux s'approcha de lui, après avoir vigoureusement repoussé les fellahs qui l'assaillaient de leurs offres de service, et il lui demanda fort poliment s'il pouvait lui indiquer les bureaux de l'agent consulaire anglais. Et en même temps ce passager présentait un passe-port sur lequel il désirait sans doute faire apposer le visa britannique.

Après avoir vigoureusement repoussé...

Fix, instinctivement, prit le passe-port, et, d'un rapide coup d'œil, il en lut le signalement.

Un mouvement involontaire faillit lui échapper. La feuille trembla dans sa main. Le signalement libellé sur le passe-port était identique à celui qu'il avait reçu du directeur de la police métropolitaine.

« Ce passe-port n'est pas le vôtre ? dit-il au passager.

— Non, répondit celui-ci, c'est le passe-port de mon maître.

— Et votre maître ?

— Il est resté à bord.

— Mais, reprit l'agent, il faut qu'il se présente en personne aux bureaux du consulat afin d'établir son identité.

— Quoi, cela est nécessaire ?

— Indispensable.

— Et où sont ces bureaux ?

— Là, au coin de la place, répondit l'inspecteur en indiquant une maison éloignée de deux cents pas.

— Alors, je vais aller chercher mon maître, à qui pourtant cela ne plaira guère de se déranger ! »

Là-dessus, le passager salua Fix et retourna à bord du steamer.

*Jules Verne*

## VII
### QUI TÉMOIGNE UNE FOIS DE PLUS DE L'INUTILITÉ DES PASSE-PORTS EN MATIÈRE DE POLICE

L'inspecteur redescendit sur le quai et se dirigea rapidement vers les bureaux du consul. Aussitôt, et sur sa demande pressante, il fut introduit près de ce fonctionnaire.

« Monsieur le consul, lui dit-il sans autre préambule, j'ai de fortes présomptions de croire que notre homme a pris passage à bord du *Mongolia*. »

Et Fix raconta ce qui s'était passé entre ce domestique et lui à propos du passe-port.

« Bien, monsieur Fix, répondit le consul, je ne serais pas fâché de voir la figure de ce coquin. Mais peut-être ne se présentera-t-il pas à mon bureau, s'il est ce que vous supposez. Un voleur n'aime pas à laisser derrière lui des traces de son passage, et d'ailleurs la formalité des passe-ports n'est plus obligatoire.

— Monsieur le consul, répondit l'agent, si c'est un homme fort comme on doit le penser, il viendra !

— Faire viser son passe-port ?

— Oui. Les passe-ports ne servent jamais qu'à gêner les honnêtes gens et à favoriser la fuite des coquins. Je vous affirme que celui-ci sera en règle, mais j'espère bien que vous ne le viserez pas...

— Et pourquoi pas ? Si ce passe-port est régulier, répondit le consul, je n'ai pas le droit de refuser mon visa.

— Cependant, monsieur le consul, il faut bien que je retienne ici cet homme jusqu'à ce que j'aie reçu de Londres un mandat d'arrestation.

— Ah ! cela, monsieur Fix, c'est votre affaire, répondit le consul, mais moi, je ne puis... »

Le consul n'acheva pas sa phrase. En ce moment, on frappait à la porte de son cabinet, et le garçon de bureau introduisit deux étrangers, dont l'un était précisément ce domestique qui s'était entretenu avec le détective.

C'étaient, en effet, le maître et le serviteur. Le maître présenta son passe-port, en priant laconiquement le consul de vouloir bien y apposer son visa.

Celui-ci prit le passe-port et le lut attentivement, tandis que Fix, dans un coin du cabinet, observait ou plutôt dévorait l'étranger des yeux.

Quand le consul eut achevé sa lecture :

« Vous êtes Phileas Fogg, esquire ? demanda-t-il.

— Oui, monsieur, répondit le gentleman.

— Et cet homme est votre domestique ?

— Oui. Un Français nommé Passepartout.

— Vous venez de Londres ?

— Oui.

— Et vous allez ?

— À Bombay.

— Bien, monsieur. Vous savez que cette formalité du visa est inutile, et que nous n'exigeons plus la présentation du passe-port ?

— Je le sais, monsieur, répondit Phileas Fogg, mais je désire constater par votre visa mon passage à Suez.

— Soit, monsieur. »

Et le consul, ayant signé et daté le passe-port, y apposa son cachet. Mr. Fogg acquitta les droits de visa, et, après avoir froidement salué, il sortit, suivi de son domestique.

« Eh bien ? demanda l'inspecteur.

— Eh bien, répondit le consul, il a l'air d'un parfait honnête homme !

— Possible, répondit Fix, mais ce n'est point ce dont il s'agit. Trouvez-vous, monsieur le consul, que ce flegmatique gentleman ressemble trait pour trait au voleur dont j'ai reçu le signalement ?

— J'en conviens, mais vous le savez, tous les signalements...

— J'en aurai le cœur net, répondit Fix. Le domestique me paraît être moins indéchiffrable que le maître. De plus, c'est un Français, qui ne pourra se retenir de parler. À bientôt, monsieur le consul. »

Cela dit, l'agent sortit et se mit à la recherche de Passepartout.

Cependant Mr. Fogg, en quittant la maison consulaire, s'était dirigé vers le quai. Là, il donna quelques ordres à son domestique ; puis il s'embarqua dans un canot, revint à bord du *Mongolia* et rentra dans sa cabine. Il prit alors son carnet, qui portait les notes suivantes :

« Quitté Londres, mercredi 2 octobre, 8 heures 45 soir.

« Arrivé à Paris, jeudi 3 octobre, 7 heures 20 matin.

« Quitté Paris, jeudi, 8 heures 40 matin.

« Arrivé par le Mont-Cenis à Turin, vendredi 4 octobre, 6 heures 35 matin.

« Quitté Turin, vendredi, 7 heures 20 matin.

« Arrivé à Brindisi, samedi 5 octobre, 4 heures soir.

« Embarqué sur le *Mongolia*, samedi, 5 heures soir.

« Arrivé à Suez, mercredi 9 octobre, 11 heures matin.

« Total des heures dépensées : 158 1/2, soit en jours : 6 jours 1/2. »

Mr. Fogg inscrivit ces dates sur un itinéraire disposé par colonnes, qui indiquait — depuis le 2 octobre jusqu'au 21 décembre — le mois, le quantième, le jour, les arrivées réglementaires et les arrivées effectives en chaque point principal, Paris, Brindisi, Suez, Bombay, Calcutta, Singapore, Hong-Kong, Yokohama, San-Francisco, New-York, Liverpool, Londres, et qui permettait de chiffrer le gain obtenu ou la perte éprouvée à chaque endroit du parcours.

Ce méthodique itinéraire tenait ainsi compte de tout, et Mr. Fogg savait toujours s'il était en avance ou en retard.

Il inscrivit donc, ce jour-là, mercredi 9 octobre, son arrivée à Suez, qui, concordant avec l'arrivée réglementaire, ne le constituait ni en gain ni en perte.

Puis il se fit servir à déjeuner dans sa cabine. Quant à voir la ville, il n'y pensait même pas, étant de cette race d'Anglais qui font visiter par leur domestique les pays qu'ils traversent.

## VIII
### DANS LEQUEL PASSEPARTOUT PARLE UN PEU PLUS PEUT-ÊTRE QU'IL NE CONVIENDRAIT

Fix avait en peu d'instants rejoint sur le quai Passepartout, qui flânait et regardait, ne se croyant pas, lui, obligé à ne point voir.

« Eh bien, mon ami, lui dit Fix en l'abordant, votre passe-port est-il visé ?

— Ah ! c'est vous, monsieur, répondit le Français. Bien obligé. Nous sommes parfaitement en règle.

— Et vous regardez le pays ?

— Oui, mais nous allons si vite qu'il me semble que je voyage en rêve. Et comme cela, nous sommes à Suez ?

— À Suez.

— En Égypte ?

— En Égypte, parfaitement.

— Et en Afrique ?

— En Afrique.

— En Afrique ! répéta Passepartout. Je ne peux y croire. Figurez-vous, monsieur, que je m'imaginais ne pas aller plus loin que Paris, et cette fameuse capitale, je l'ai revue tout juste de sept heures vingt du matin à huit heures quarante, entre la gare du Nord et la gare de Lyon, à travers les vitres d'un fiacre et par une pluie battante ! Je le regrette ! J'aurais aimé à revoir le Père-Lachaise et le Cirque des Champs-Élysées !

— Vous êtes donc bien pressé ? demanda l'inspecteur de police.

— Moi, non, mais c'est mon maître. À propos, il faut que j'achète des chaussettes et des chemises ! Nous sommes partis sans malles, avec un sac de nuit seulement.

— Je vais vous conduire à un bazar où vous trouverez tout ce qu'il faut.

— Monsieur, répondit Passepartout, vous êtes vraiment d'une complaisance !... »

Et tous deux se mirent en route. Passepartout causait toujours.

« Surtout, dit-il, que je prenne bien garde de ne pas manquer le bateau !

— Vous avez le temps, répondit Fix, il n'est encore que midi ! »

Passepartout tira sa grosse montre.

« Midi, dit-il. Allons donc ! il est neuf heures cinquante-deux minutes !

— Votre montre retarde, répondit Fix.

— Ma montre ! Une montre de famille, qui vient de mon arrière-grand-père ! Elle ne varie pas de cinq minutes par an. C'est un vrai chronomètre !

Ma montre ! Une montre de famille !

— Je vois ce que c'est, répondit Fix. Vous avez gardé l'heure de Londres, qui retarde de deux heures environ sur Suez. Il faut avoir soin de remettre votre montre au midi de chaque pays.

— Moi ! toucher à ma montre ! s'écria Passepartout, jamais !

— Eh bien, elle ne sera plus d'accord avec le soleil.

— Tant pis pour le soleil, monsieur ! C'est lui qui aura tort ! »

Et le brave garçon remit sa montre dans son gousset avec un geste superbe.

Quelques instants après, Fix lui disait :

« Vous avez donc quitté Londres précipitamment ?

— Je le crois bien ! Mercredi dernier, à huit heures du soir, contre toutes ses habitudes, Mr. Fogg revint de son cercle, et trois quarts d'heure après nous étions partis.

— Mais où va-t-il donc, votre maître ?

— Toujours devant lui ! Il fait le tour du monde !

— Le tour du monde ? s'écria Fix.

— Oui, en quatre-vingts jours ! Un pari, dit-il, mais, entre nous, je n'en crois rien. Cela n'aurait pas le sens commun. Il y a autre chose.

— Ah ! c'est un original, ce Mr. Fogg ?

— Je le crois.

— Il est donc riche ?

— Évidemment, et il emporte une jolie somme avec lui, en bank-notes toutes neuves ! Et il n'épargne pas l'argent en route ! Tenez ! il a promis une prime magnifique au mécanicien du *Mongolia*, si nous arrivions à Bombay avec une belle avance !

— Et vous le connaissez depuis longtemps, votre maître ?

— Moi ! répondit Passepartout, je suis entré à son service le jour même de notre départ. »

On s'imagine aisément l'effet que ces réponses devaient produire sur l'esprit déjà surexcité de l'inspecteur de police.

Ce départ précipité de Londres, peu de temps après le vol, cette grosse somme emportée, cette hâte d'arriver en des pays lointains, ce prétexte d'un pari excentrique, tout confirmait et devait confirmer Fix dans ses idées. Il fit encore parler le Français et acquit la certitude que ce garçon ne connaissait aucunement son maître, que celui-ci vivait isolé à Londres, qu'on le disait riche sans savoir l'origine de sa fortune, que c'était un homme impénétrable, etc. Mais, en même temps, Fix put tenir pour certain que Phileas Fogg ne débarquait point à Suez, et qu'il allait réellement à Bombay.

« Est-ce loin Bombay ? demanda Passepartout.

— Assez loin, répondit l'agent. Il vous faut encore une dizaine de jours de mer.

— Et où prenez-vous Bombay ?

— Dans l'Inde.

— En Asie ?

— Naturellement.

— Diable ! C'est que je vais vous dire... il y a une chose qui me tracasse... c'est mon bec !

— Quel bec ?

— Mon bec de gaz que j'ai oublié d'éteindre et qui brûle à mon compte. Or, j'ai calculé que j'en avais pour deux shillings par vingt-quatre heures, juste six pence de plus que je ne gagne, et vous comprenez que pour peu que le voyage se prolonge... »

Fix comprit-il l'affaire du gaz ? C'est peu probable. Il n'écoutait plus et prenait un parti. Le Français et lui étaient arrivés au bazar. Fix laissa son compagnon y faire ses emplettes, il lui recommanda de ne pas manquer le départ du *Mongolia*, et il revint en toute hâte aux bureaux de l'agent consulaire.

Fix, maintenant que sa conviction était faite, avait repris tout son sang-froid.

« Monsieur, dit-il au consul, je n'ai plus aucun doute. Je tiens mon homme. Il se fait passer pour un excentrique qui veut faire le tour du monde en quatre-vingts jours.

— Alors c'est un malin, répondit le consul, et il compte revenir à Londres, après avoir dépisté toutes les polices des deux continents !

— Nous verrons bien, répondit Fix.

— Mais ne vous trompez-vous pas ? demanda encore une fois le consul.

— Je ne me trompe pas.

— Alors, pourquoi ce voleur a-t-il tenu à faire constater par un visa son passage à Suez ?

— Pourquoi ?... je n'en sais rien, monsieur le consul, répondit le détective, mais écoutez-moi. »

Et, en quelques mots, il rapporta les points saillants de sa conversation avec le domestique dudit Fogg.

« En effet, dit le consul, toutes les présomptions sont contre cet homme. Et qu'allez-vous faire ?

— Lancer une dépêche à Londres avec demande instante de m'adresser un mandat d'arrestation à Bombay, m'embarquer sur le *Mongolia*, filer mon voleur jusqu'aux Indes, et là, sur cette terre anglaise, l'accoster poliment, mon mandat à la main et la main sur l'épaule. »

Ces paroles prononcées froidement, l'agent prit congé du consul et se rendit au bureau télégraphique. De là, il lança au directeur de la police métropolitaine cette dépêche que l'on connaît.

Un quart d'heure plus tard, Fix, son léger bagage à la main, bien muni d'argent, d'ailleurs, s'embarquait à bord du *Mongolia*, et bientôt le rapide steamer filait à toute vapeur sur les eaux de la mer Rouge.

## IX
### OÙ LA MER ROUGE ET LA MER DES INDES SE MONTRENT PROPICES AUX DESSEINS DE PHILEAS FOGG

La distance entre Suez et Aden est exactement de treize cent dix milles, et le cahier des charges de la Compagnie alloue à ses paquebots un laps de temps de cent trente-huit heures pour la franchir. Le *Mongolia*, dont les feux étaient activement poussés, marchait de manière à devancer l'arrivée réglementaire.

La plupart des passagers embarqués à Brindisi avaient presque tous l'Inde pour destination. Les uns se rendaient à Bombay, les autres à Calcutta, mais via Bombay, car depuis qu'un chemin de fer traverse dans toute sa largeur la péninsule indienne, il n'est plus nécessaire de doubler la pointe de Ceylan.

Parmi ces passagers du *Mongolia*, on comptait divers fonctionnaires civils et des officiers de tout grade. De ceux-ci, les uns appartenaient à l'armée britannique proprement dite, les autres commandaient les troupes indigènes de cipayes, tous chèrement appointés, même à présent que le gouvernement s'est substitué aux droits et aux charges de l'ancienne Compagnie des Indes : sous-lieutenants à 7,000 francs, brigadiers à 60,000, généraux à 100,000[1].

On vivait donc bien à bord du *Mongolia*, dans cette société de fonctionnaires, auxquels se mêlaient quelques jeunes Anglais, qui, le million en poche, allaient fonder au loin des comptoirs de commerce.

---

1 Le traitement des fonctionnaires civils est encore plus élevé. Les simples assistants, au premier degré de la hiérarchie, ont 12,000 francs ; les juges, 60,000 fr. ; les présidents de cour, 250,000 fr. ; les gouverneurs, 300,000 fr. , et le gouverneur général, plus de 600,000 fr.

Le « purser », l'homme de confiance de la Compagnie, l'égal du capitaine à bord, faisait somptueusement les choses. Au déjeuner du matin, au lunch de deux heures, au dîner de cinq heures et demie, au souper de huit heures, les tables pliaient sous les plats de viande fraîche et les entremets fournis par la boucherie et les offices du paquebot. Les passagères — il y en avait quelques-unes — changeaient de toilette deux fois par jour. On faisait de la musique, on dansait même, quand la mer le permettait.

Mais la mer Rouge est fort capricieuse et trop souvent mauvaise, comme tous ces golfes étroits et longs. Quand le vent soufflait soit de la côte d'Asie, soit de la côte d'Afrique, le *Mongolia*, long fuseau à hélice, pris par le travers, roulait épouvantablement. Les dames disparaissaient alors ; les pianos se taisaient ; chants et danses cessaient à la fois. Et pourtant, malgré la rafale, malgré la houle, le paquebot, poussé par sa puissante machine, courait sans retard vers le détroit de Bab-el-Mandeb.

Que faisait Phileas Fogg pendant ce temps ? On pourrait croire que, toujours inquiet et anxieux, il se préoccupait des changements de vent nuisibles à la marche du navire, des mouvements désordonnés de la houle qui risquaient d'occasionner un accident à la machine, enfin de toutes les avaries possibles qui, en obligeant le *Mongolia* à relâcher dans quelque port, auraient compromis son voyage ?

Aucunement, ou tout au moins, si ce gentleman songeait à ces éventualités, il n'en laissait rien paraître. C'était toujours l'homme impassible, le membre imperturbable du Reform-Club, qu'aucun incident ou accident ne pouvait surprendre. Il ne paraissait pas plus ému que les chronomètres du bord. On le voyait rarement sur le pont. Il s'inquiétait peu d'observer cette mer Rouge, si féconde en souvenirs, ce théâtre des premières scènes historiques de l'humanité. Il ne venait pas reconnaître les curieuses villes semées sur ses bords, et dont la pittoresque silhouette se découpait quelquefois à l'horizon. Il ne rêvait même pas aux dangers de ce golfe Arabique, dont les anciens historiens, Strabon, Arrien, Arthémidore, Edrisi, ont toujours parlé avec épouvante, et sur lequel les navigateurs ne se hasardaient jamais autrefois sans avoir consacré leur voyage par des sacrifices propitiatoires.

Que faisait donc cet original, emprisonné dans le *Mongolia* ? D'abord il faisait ses quatre repas par jour, sans que jamais ni roulis ni tangage pussent détraquer une machine si merveilleusement organisée. Puis il jouait au whist.

Oui ! il avait rencontré des partenaires, aussi enragés que lui : un collecteur de taxes qui se rendait à son poste à Goa, un ministre, le révérend Décimus Smith, retournant à Bombay, et un brigadier général de l'armée anglaise, qui rejoignait son corps à Bénarès. Ces trois passagers avaient pour le whist la même passion que Mr. Fogg, et ils jouaient pendant des heures entières, non moins silencieusement que lui.

Quant à Passepartout, le mal de mer n'avait aucune prise sur lui. Il occupait une cabine à l'avant et mangeait, lui aussi, consciencieusement. Il faut dire que, décidément, ce voyage, fait dans ces conditions, ne lui déplaisait plus. Il en prenait son parti. Bien nourri, bien logé, il voyait du pays et d'ailleurs il s'affirmait à lui-même que toute cette fantaisie finirait à Bombay.

Le lendemain du départ de Suez, le 10 octobre, ce ne fut pas sans un certain plaisir qu'il rencontra sur le pont l'obligeant personnage auquel il s'était adressé en débarquant en Égypte.

« Je ne me trompe pas, dit-il en l'abordant avec son plus aimable sourire, c'est bien vous, monsieur, qui m'avez si complaisamment servi de guide à Suez ?

— En effet, répondit le détective, je vous reconnais ! Vous êtes le domestique de cet Anglais original…

— Précisément, monsieur… ?

— Fix.

— Monsieur Fix, répondit Passepartout. Enchanté de vous retrouver à bord. Et où allez-vous donc ?

— Mais, ainsi que vous, à Bombay.

— C'est au mieux ! Est-ce que vous avez déjà fait ce voyage ?

311

— Plusieurs fois, répondit Fix. Je suis un agent de la Compagnie péninsulaire.

— Alors vous connaissez l'Inde ?

— Mais... oui..., répondit Fix, qui ne voulait pas trop s'avancer.

— Et c'est curieux, cette Inde-là ?

— Très-curieux ! Des mosquées, des minarets, des temples, des fakirs, des pagodes, des tigres, des serpents, des bayadères ! Mais il faut espérer que vous aurez le temps de visiter le pays ?

— Je l'espère, monsieur Fix. Vous comprenez bien qu'il n'est pas permis à un homme sain d'esprit de passer sa vie à sauter d'un paquebot dans un chemin de fer et d'un chemin de fer dans un paquebot, sous prétexte de faire le tour du monde en quatre-vingts jours ! Non. Toute cette gymnastique cessera à Bombay, n'en doutez pas.

— Et il se porte bien, Mr. Fogg ? demanda Fix du ton le plus naturel.

— Très-bien, monsieur Fix. Moi aussi, d'ailleurs. Je mange comme un ogre qui serait à jeun. C'est l'air de la mer.

— Et votre maître, je ne le vois jamais sur le pont.

— Jamais. Il n'est pas curieux.

— Savez-vous, monsieur Passepartout, que ce prétendu voyage en quatre-vingts jours pourrait bien cacher quelque mission secrète... une mission diplomatique, par exemple !

— Ma foi, monsieur Fix, je n'en sais rien, je vous l'avoue, et, au fond, je ne donnerais pas une demi-couronne pour le savoir. »

Depuis cette rencontre, Passepartout et Fix causèrent souvent ensemble. L'inspecteur de police tenait à se lier avec le domestique du sieur Fogg. Cela pouvait le servir à l'occasion. Il lui offrait donc souvent, au bar-room du *Mongolia*, quelques verres de whisky ou de pale-ale, que le brave garçon acceptait sans cérémonie et rendait même pour ne pas être en reste, — trouvant, d'ailleurs, ce Fix un gentleman bien honnête.

Cependant le paquebot s'avançait rapidement. Le 13, on eut connaissance de Moka, qui apparut dans sa ceinture de murailles ruinées, au-dessus desquelles se détachaient quelques dattiers verdoyants. Au loin, dans les montagnes, se développaient de vastes champs de caféiers. Passepartout fut ravi de contempler cette ville célèbre, et il trouva même qu'avec ses murs circulaires et un fort démantelé qui se dessinait comme une anse, elle ressemblait à une énorme demi-tasse.

Il faisait escale à Steamer-point.

Pendant la nuit suivante, le *Mongolia* franchit le détroit de Bab-el-Mandeb, dont le nom arabe signifie *la Porte des Larmes*, et le lendemain, 14, il faisait escale à Steamer-Point, au nord-ouest de la rade d'Aden. C'est là qu'il devait se réapprovisionner de combustible.

Grave et importante affaire que cette alimentation du foyer des paquebots à de telles distances des centres de production. Rien que pour la Compagnie péninsulaire, c'est une dépense annuelle qui se chiffre par huit cent mille livres (20 millions de francs). Il a fallu, en effet, établir des dépôts en plusieurs ports, et, dans ces mers éloignées, le charbon revient à quatre-vingts francs la tonne.

Le *Mongolia* avait encore seize cent cinquante milles à faire avant d'atteindre Bombay, et il devait rester quatre heures à Steamer-Point, afin de remplir ses soutes.

Mais ce retard ne pouvait nuire en aucune façon au programme de Phileas Fogg. Il était prévu. D'ailleurs le *Mongolia*, au lieu d'arriver à Aden le 15 octobre seulement au matin, y entrait le 14 au soir. C'était un gain de quinze heures.

Mr. Fogg et son domestique descendirent à terre. Le gentleman voulait faire viser son passe-port. Fix le suivit sans être remarqué. La formalité du visa accomplie, Phileas Fogg revint à bord reprendre sa partie interrompue.

Passepartout, lui, flâna, suivant sa coutume, au milieu de cette population de Somanlis, de Banians, de Parsis, de juifs, d'Arabes, d'Européens, composant les vingt-cinq mille habitants d'Aden. Il admira les fortifications qui font de cette ville le Gibraltar de la mer des Indes, et de magnifiques citernes auxquelles travaillaient encore les ingénieurs anglais, deux mille ans après les ingénieurs du roi Salomon.

313

Passepartout, lui, flâna suivant sa coutume.

« Très-curieux, très-curieux ! se disait Passepartout en revenant à bord. Je m'aperçois qu'il n'est pas inutile de voyager, si l'on veut voir du nouveau. »

À six heures du soir, le *Mongolia* battait des branches de son hélice les eaux de la rade d'Aden et courait bientôt sur la mer des Indes. Il lui était accordé cent soixante-huit heures pour accomplir la traversée entre Aden et Bombay. Du reste, cette mer indienne lui fut favorable. Le vent tenait dans le nord-ouest. Les voiles vinrent en aide à la vapeur.

Le navire, mieux appuyé, roula moins. Les passagères, en fraîches toilettes, reparurent sur le pont. Les chants et les danses recommencèrent.

Le voyage s'accomplit donc dans les meilleures conditions. Passepartout était enchanté de l'aimable compagnon que le hasard lui avait procuré en la personne de Fix.

Le dimanche 20 octobre, vers midi, on eut connaissance de la côte indienne. Deux heures plus tard, le pilote montait à bord du *Mongolia*. À l'horizon, un arrière-plan de collines se profilait harmonieusement sur le fond du ciel. Bientôt, les rangs de palmiers qui couvrent la ville se détachèrent vivement. Le paquebot pénétra dans cette rade formée par les îles Salcette, Colaba, Éléphanta, Butcher, et à quatre heures et demie il accostait les quais de Bombay.

Phileas Fogg achevait alors le trente-troisième robbre de la journée, et son partenaire et lui, grâce à une manœuvre audacieuse, ayant fait les treize levées, terminèrent cette belle traversée par un chelem admirable.

Le *Mongolia* ne devait arriver que le 22 octobre à Bombay. Or, il y arrivait le 20. C'était donc, depuis son départ de Londres, un gain de deux jours, que Phileas Fogg inscrivit méthodiquement sur son itinéraire à la colonne des bénéfices.

## X
### OÙ PASSEPARTOUT EST TROP HEUREUX D'EN ÊTRE QUITTE EN PERDANT SA CHAUSSURE

Personne n'ignore que l'Inde — ce grand triangle renversé dont la base est au nord et la pointe au sud — comprend une superficie de quatorze cent mille milles carrés, sur laquelle est inégalement répandue une population de cent quatre-vingts millions d'habitants. Le gouvernement britannique exerce une domination réelle sur une certaine partie de cet immense pays. Il entretient un gouverneur général à Calcutta, des gouverneurs à Madras, à Bombay, au Bengale, et un lieutenant-gouverneur à Agra.

Mais l'Inde anglaise proprement dite ne compte qu'une superficie de sept cent mille milles carrés et une population de cent à cent dix millions d'habitants. C'est assez dire qu'une notable partie du territoire échappe encore à l'autorité de la reine ; et, en effet, chez certains rajahs de l'intérieur, farouches et terribles, l'indépendance indoue est encore absolue.

Depuis 1756 — époque à laquelle fut fondé le premier établissement anglais sur l'emplacement aujourd'hui occupé par la ville de Madras — jusqu'à cette année dans laquelle éclata la grande insurrection des cipayes, la célèbre Compagnie des Indes fut toute-puissante. Elle s'annexait peu à peu les diverses provinces, achetées aux rajahs au prix de rentes qu'elle payait peu ou point ; elle nommait son gouverneur général et tous ses employés civils ou militaires ; mais maintenant elle n'existe plus, et les possessions anglaises de l'Inde relèvent directement de la couronne.

Aussi l'aspect, les mœurs, les divisions ethnographiques de la péninsule tendent à se modifier chaque jour. Autrefois, on y voyageait par tous les antiques moyens de transport, à pied, à cheval, en charrette, en brouette, en palanquin, à dos d'homme, en coach, etc. Maintenant, des steamboats parcourent à grande vitesse l'Indus, le Gange, et un chemin de fer, qui traverse l'Inde dans toute sa largeur en se ramifiant sur son parcours, met Bombay à trois jours seulement de Calcutta.

Le tracé de ce chemin de fer ne suit pas la ligne droite à travers l'Inde. La distance à vol d'oiseau n'est que de mille à onze cents milles, et des trains, animés d'une vitesse moyenne seulement, n'emploieraient pas trois jours à la franchir ; mais cette distance est accrue d'un tiers, au moins, par la corde que décrit le railway en s'élevant jusqu'à Allahabad dans le nord de la péninsule.

Voici, en somme, le tracé à grands points du « Great Indian peninsular railway ». En quittant l'île de Bombay, il traverse Salcette, saute sur le continent en face de Tannah, franchit la chaîne des Ghâtes-Occidentales, court au nord-est jusqu'à Burhampour, sillonne le territoire à peu près indépendant du Bundelkund, s'élève jusqu'à Allahabad, s'infléchit vers l'est, rencontre le Gange à Bénarès, s'en écarte légèrement, et, redescendant au sud-est par Burdivan et la ville française de Chandernagor, il fait tête de ligne à Calcutta.

C'était à quatre heures et demie du soir que les passagers du *Mongolia* avaient débarqué à Bombay, et le train de Calcutta partait à huit heures précises.

Mr. Fogg prit donc congé de ses partenaires, quitta le paquebot, donna à son domestique le détail de quelques emplettes à faire, lui recommanda expressément de se trouver avant huit heures à la gare, et, de son pas régulier qui battait la seconde comme le pendule d'une horloge astronomique, il se dirigea vers le bureau des passe-ports.

Ainsi donc, des merveilles de Bombay, il ne songeait à rien voir, ni l'hôtel de ville, ni la magnifique bibliothèque, ni les forts, ni les docks, ni le marché au coton, ni les bazars, ni les mosquées, ni les synagogues, ni les églises arméniennes, ni la splendide pagode de Malebar-Hill, ornée de deux tours polygones. Il ne contemplerait ni les chefs-d'œuvre d'Éléphanta, ni ses mystérieuses hypogées, cachées au sud-est de la rade, ni les grottes Kanhérie de l'île Salcette, ces admirables restes de l'architecture bouddhiste !

Non ! rien. En sortant du bureau des passe-ports, Phileas Fogg se rendit tranquillement à la gare, et là il se fit servir à dîner. Entre autres mets, le maître d'hôtel crut devoir lui recommander une certaine gibelotte de « lapin du pays », dont il lui dit merveille.

Phileas Fogg accepta la gibelotte et la goûta consciencieusement ; mais, en dépit de sa sauce épicée, il la trouva détestable.

Il sonna le maître d'hôtel.

« Monsieur, lui dit-il en le regardant fixement, c'est du lapin, cela ?

— Oui, mylord, répondit effrontément le drôle, du lapin des jungles.

— Et ce lapin-là n'a pas miaulé quand on l'a tué ?

— Miaulé ! Oh ! mylord ! un lapin ! Je vous jure...

— Monsieur le maître d'hôtel, reprit froidement Mr. Fogg, ne jurez pas et rappelez-vous ceci : autrefois, dans l'Inde, les chats étaient considérés comme des animaux sacrés. C'était le bon temps.

— Pour les chats, mylord ?

— Et peut-être aussi pour les voyageurs ! »

Cette observation faite, Mr. Fogg continua tranquillement à dîner.

Quelques instants après Mr. Fogg, l'agent Fix avait, lui aussi, débarqué du *Mongolia* et couru chez le directeur de la police de Bombay. Il fit reconnaître sa qualité de détective, la mission dont il était chargé, sa situation vis-à-vis de l'auteur présumé du vol. Avait-on reçu de Londres un mandat d'arrêt ?... On n'avait rien reçu. Et, en effet, le mandat, parti après Fogg, ne pouvait être encore arrivé.

Fix resta fort décontenancé. Il voulut obtenir du directeur un ordre d'arrestation contre le sieur Fogg. Le directeur refusa. L'affaire regardait l'administration métropolitaine, et celle-ci seule pouvait légalement délivrer un mandat. Cette sévérité de principes, cette observance rigoureuse de la légalité est parfaitement explicable avec les mœurs anglaises, qui, en matière de liberté individuelle, n'admettent aucun arbitraire.

Fix n'insista pas et comprit qu'il devait se résigner à attendre son mandat. Mais il résolut de ne point perdre de vue son impénétrable coquin, pendant tout le temps que celui-ci demeurerait à Bombay. Il ne doutait pas que Phileas Fogg n'y séjournât, et, on le sait, c'était aussi la conviction de Passepartout, — ce qui laisserait au mandat d'arrêt le temps d'arriver.

Mais depuis les derniers ordres que lui avait donnés son maître en quittant le *Mongolia*, Passepartout avait bien compris qu'il en serait de Bombay comme de Suez et de Paris, que le voyage ne finirait pas ici, qu'il se poursuivrait au moins jusqu'à Calcutta, et peut-être plus loin. Et il commença à se demander si ce pari de Mr. Fogg n'était pas absolument sérieux, et si la fatalité ne l'entraînait pas, lui qui voulait vivre en repos, à accomplir le tour du monde en quatre-vingts jours !

En attendant, et après avoir fait acquisition de quelques chemises et chaussettes, il se promenait dans les rues de Bombay. Il y avait grand concours de populaire, et, au milieu d'Européens de toutes nationalités, des Persans à bonnets pointus, des Bunhyas à turbans ronds, des Sindes à bonnets carrés, des Arméniens en longues robes, des Parsis à mitre noire. C'était précisément une fête célébrée par ces Parsis ou Guèbres, descendants directs des sectateurs de Zoroastre, qui sont les plus industrieux, les plus civilisés, les plus intelligents, les plus austères des Indous, — race à laquelle appartiennent actuellement les riches négociants indigènes de Bombay. Ce jour-là, ils célébraient une sorte de carnaval religieux, avec processions et divertissements, dans lesquels figuraient des bayadères vêtues de gazes roses brochées d'or et d'argent, qui, au son des violes et au bruit des tam-tams, dansaient merveilleusement, et avec une décence parfaite, d'ailleurs.

Si Passepartout regardait ces curieuses cérémonies, si ses yeux et ses oreilles s'ouvraient démesurément pour voir et entendre, si son air, sa physionomie était bien celle du « booby » le plus neuf qu'on pût imaginer, il est superflu d'y insister ici.

Malheureusement pour lui et pour son maître, dont il risqua de compromettre le voyage, sa curiosité l'entraîna plus loin qu'il ne convenait.

En effet, après avoir entrevu ce carnaval parsi, Passepartout se dirigeait vers la gare, quand, passant devant l'admirable pagode de Malebar-Hill, il eut la malencontreuse idée d'en visiter l'intérieur.

Il ignorait deux choses : d'abord que l'entrée de certaines pagodes indoues est formellement interdite aux chrétiens, et ensuite que les croyants eux-mêmes ne peuvent y pénétrer sans avoir laissé leurs chaussures à la porte. Il faut remarquer ici que, par raison de saine politique, le gouvernement anglais, respectant et faisant respecter jusque dans ses plus insignifiants détails la religion du pays, punit sévèrement quiconque en viole les pratiques.

Passepartout, entré là, sans penser à mal, comme un simple touriste, admirait, à l'intérieur de Malebar-Hill, ce clinquant éblouissant de l'ornementation brahmanique, quand soudain il fut renversé sur les dalles sacrées. Trois prêtres, le regard plein de fureur, se précipitèrent sur lui, arrachèrent ses souliers et ses chaussettes, et commencèrent à le rouer de coups, en proférant des cris sauvages.

Il renversa deux de ses adversaires.

Le Français, vigoureux et agile, se releva vivement. D'un coup de poing et d'un coup de pied, il renversa deux de ses adversaires, fort empêtrés dans leurs longues robes, et, s'élançant hors de la pagode de toute la vitesse de ses jambes, il eut bientôt distancé le troisième Indou, qui s'était jeté sur ses traces, en ameutant la foule.

À huit heures moins cinq, quelques minutes seulement avant le départ du train, sans chapeau, pieds nus, ayant perdu dans la bagarre le paquet contenant ses emplettes, Passepartout arrivait à la gare du chemin de fer.

Fix était là, sur le quai d'embarquement. Ayant suivi le sieur Fogg à la gare, il avait compris que ce coquin allait quitter Bombay. Son parti fut aussitôt pris de l'accompagner jusqu'à Calcutta et plus loin s'il le fallait. Passepartout ne vit pas Fix, qui se tenait dans l'ombre, mais Fix entendit le récit de ses aventures, que Passepartout narra en peu de mots à son maître.

« J'espère que cela ne vous arrivera plus », répondit simplement Phileas Fogg, en prenant place dans un des wagons du train.

Le pauvre garçon, pieds nus et tout déconfit, suivit son maître sans mot dire.

Fix allait monter dans un wagon séparé, quand une pensée le retint et modifia subitement son projet de départ.

« Non, je reste, se dit-il. Un délit commis sur le territoire indien... Je tiens mon homme. »

En ce moment, la locomotive lança un vigoureux sifflet, et le train disparut dans la nuit.

## XI
### OÙ PHILEAS FOGG ACHÈTE UNE MONTURE À UN PRIX FABULEUX

Le train était parti à l'heure réglementaire. Il emportait un certain nombre de voyageurs, quelques officiers, des fonctionnaires civils et des négociants en opium et en indigo, que leur commerce appelait dans la partie orientale de la péninsule.

Passepartout occupait le même compartiment que son maître. Un troisième voyageur se trouvait placé dans le coin opposé.

C'était le brigadier général, sir Francis Cromarty, l'un des partenaires de Mr. Fogg pendant la traversée de Suez à Bombay, qui rejoignait ses troupes cantonnées auprès de Bénarès.

Sir Francis Cromarty, grand, blond, âgé de cinquante ans environ, qui s'était fort distingué pendant la dernière révolte des cipayes, eût véritablement mérité la qualification d'indigène. Depuis son jeune âge, il habitait l'Inde et n'avait fait que de rares apparitions dans son pays natal. C'était un homme instruit, qui aurait volontiers donné des renseignements sur les coutumes, l'histoire, l'organisation du pays indou, si Phileas Fogg eût été homme à les demander. Mais ce gentleman ne demandait rien. Il ne voyageait pas, il décrivait une circonférence. C'était un corps grave, parcourant une orbite autour du globe terrestre, suivant les lois de la mécanique rationnelle. En ce moment, il refaisait dans son esprit le calcul des heures dépensées depuis son départ de Londres, et il se fût frotté les mains, s'il eût été dans sa nature de faire un mouvement inutile.

Sir Francis Cromarty n'était pas sans avoir reconnu l'originalité de son compagnon de route, bien qu'il ne l'eût étudié que les cartes à la main et entre deux robbres. Il était donc fondé à se demander si un cœur humain battait sous cette froide enveloppe, si Phileas Fogg avait une âme sensible aux beautés de la nature, aux aspirations morales. Pour lui, cela faisait question. De tous les originaux que le brigadier général avait rencontrés, aucun n'était comparable à ce produit des sciences exactes.

Phileas Fogg n'avait point caché à sir Francis Cromarty son projet de voyage autour du monde, ni dans quelles conditions il l'opérait. Le brigadier général ne vit dans ce pari qu'une excentricité sans but utile et à laquelle manquerait nécessairement le *transire benefaciendo* qui doit guider tout homme raisonnable. Au train dont marchait le bizarre gentleman, il passerait évidemment sans « rien faire », ni pour lui, ni pour les autres.

Une heure après avoir quitté Bombay, le train, franchissant les viaducs, avait traversé l'île Salcette et courait sur le continent. À la station de Callyan, il laissa sur la droite l'embranchement qui, par Kandallah et Pounah, descend vers le sud-est de l'Inde, et il gagna la station de Pauwell. À ce point, il s'engagea dans les montagnes très-ramifiées des Ghâtes-Occidentales, chaînes à base de trapp et de basalte, dont les plus hauts sommets sont couverts de bois épais.

De temps à autre, sir Francis Cromarty et Phileas Fogg échangeaient quelques paroles, et, à ce moment, le brigadier général, relevant une conversation qui tombait souvent, dit :

« Il y a quelques années, monsieur Fogg, vous auriez éprouvé en cet endroit un retard qui eût probablement compromis votre itinéraire.

— Pourquoi cela, sir Francis ?

— Parce que le chemin de fer s'arrêtait à la base de ces montagnes, qu'il fallait traverser en palanquin ou à dos de poney jusqu'à la station de Kandallah, située sur le versant opposé.

— Ce retard n'eût aucunement dérangé l'économie de mon programme, répondit Mr. Fogg. Je ne suis pas sans avoir prévu l'éventualité de certains obstacles.

— Cependant, monsieur Fogg, reprit le brigadier général, vous risquiez d'avoir une fort mauvaise affaire sur les bras avec l'aventure de ce garçon. »

Passepartout, les pieds entortillés dans sa couverture de voyage, dormait profondément et ne rêvait guère que l'on parlât de lui.

« Le gouvernement anglais est extrêmement sévère et avec raison pour ce genre de délit, reprit sir Francis Cromarty. Il tient par-dessus tout à ce que l'on respecte les coutumes religieuses des Indous, et si votre domestique eût été pris...

— Eh bien, s'il eût été pris, Sir Francis, répondit Mr. Fogg, il aurait été condamné, il aurait subi sa peine, et puis il serait revenu tranquillement en Europe. Je ne vois pas en quoi cette affaire eût pu retarder son maître ! »

Et, là-dessus, la conversation retomba. Pendant la nuit, le train franchit les Ghâtes, passa à Nassik, et le lendemain, 21 octobre, il s'élançait à travers un pays relativement plat, formé par le territoire du Khandeish. La campagne, bien cultivée, était semée de bourgades, au-dessus desquelles le minaret de la pagode remplaçait le clocher de l'église européenne. De nombreux petits cours d'eau, la plupart affluents ou sous-affluents du Godavery, irriguaient cette contrée fertile.

Passepartout, réveillé, regardait, et ne pouvait croire qu'il traversait le pays des Indous dans un train du « Great peninsular railway ». Cela lui paraissait invraisemblable. Et cependant rien de plus réel ! La locomotive, dirigée par le bras d'un mécanicien anglais et chauffée de houille anglaise, lançait sa fumée sur les plantations de caféiers, de muscadiers, de girofliers, de poivriers rouges. La vapeur se contournait en spirales autour des groupes de palmiers, entre lesquels apparaissaient de pittoresques bungalows, quelques viharis, sortes de monastères abandonnés, et des temples merveilleux qu'enrichissait l'inépuisable ornementation de l'architecture indienne. Puis, d'immenses étendues de terrain se dessinaient à perte de vue, des jungles où ne manquaient ni les serpents ni les tigres qu'épouvantaient les hennissements du train, et enfin des forêts, fendues par le tracé de la voie, encore hantées d'éléphants, qui, d'un œil pensif, regardaient passer le convoi échevelé.

La vapeur se contournait en spirales.

Pendant cette matinée, au-delà de la station de Malligaum, les voyageurs traversèrent ce territoire funeste, qui fut si souvent ensanglanté par les sectateurs de la déesse Kâli. Non loin s'élevaient Ellora et ses pagodes admirables, non loin la célèbre Aurungabad, la capitale du farouche Aureng-Zeb, maintenant simple chef-lieu de l'une des provinces détachées du royaume du Nizam. C'était sur cette contrée que Feringhea, le chef des Thugs, le roi des Étrangleurs, exerçait sa domination. Ces assassins, unis dans une association insaisissable, étranglaient, en l'honneur de la déesse de la Mort, des victimes de tout âge, sans jamais verser de sang, et il fut un temps où l'on ne pouvait fouiller un endroit quelconque de ce sol sans y trouver un cadavre. Le gouvernement anglais a bien pu empêcher ces meurtres dans une notable proportion, mais l'épouvantable association existe toujours et fonctionne encore.

À midi et demi, le train s'arrêta à la station de Burhampour, et Passepartout put s'y procurer à prix d'or une paire de babouches, agrémentées de perles fausses, qu'il chaussa avec un sentiment d'évidente vanité.

Les voyageurs déjeunèrent rapidement, et repartirent pour la station d'Assurghur, après avoir un instant côtoyé la rive du Tapty, petit fleuve qui va se jeter dans le golfe de Cambaye, près de Surate.

Il est opportun de faire connaître quelles pensées occupaient alors l'esprit de Passepartout. Jusqu'à son arrivée à Bombay, il avait cru et pu croire que ces choses en resteraient là. Mais maintenant, depuis qu'il filait à toute vapeur à travers l'Inde, un revirement s'était fait dans son esprit. Son naturel lui revenait au galop. Il retrouvait les idées fantaisistes de sa jeunesse, il prenait au sérieux les projets de son maître, il croyait à la réalité du pari, conséquemment à ce tour du monde et à ce maximum de temps, qu'il ne fallait pas dépasser. Déjà même, il s'inquiétait des retards possibles, des accidents qui pouvaient survenir en route. Il se sentait comme intéressé dans cette gageure, et tremblait à la pensée qu'il avait pu la compromettre la veille par son impardonnable badauderie. Aussi, beaucoup moins flegmatique que Mr. Fogg, il était beaucoup plus inquiet. Il comptait et recomptait les jours écoulés, maudissait les haltes du train, l'accusait de lenteur et blâmait *in petto* Mr. Fogg de n'avoir pas promis une prime au mécanicien. Il ne savait pas, le brave garçon, que ce qui était possible sur un paquebot ne l'était plus sur un chemin de fer, dont la vitesse est réglementée.

Vers le soir, on s'engagea dans les défilés des montagnes de Sutpour, qui séparent le territoire du Khandeish de celui du Bundelkund.

Le lendemain, 22 octobre, sur une question de sir Francis Cromarty, Passepartout, ayant consulté sa montre, répondit qu'il était trois heures du matin. Et, en effet, cette fameuse montre, toujours réglée sur le méridien de Greenwich, qui se trouvait à près de soixante-dix-sept degrés dans l'ouest, devait retarder et retardait en effet de quatre heures.

Sir Francis rectifia donc l'heure donnée par Passepartout, auquel il fit la même observation que celui-ci avait déjà reçue de la part de Fix. Il essaya de lui faire comprendre qu'il devait se régler sur chaque nouveau méridien, et que, puisqu'il marchait constamment vers l'est, c'est-à-dire au-devant du soleil, les jours étaient plus courts d'autant de fois quatre minutes qu'il y avait de degrés parcourus. Ce fut inutile. Que l'entêté garçon eût compris ou non l'observation du brigadier général, il s'obstina à ne pas avancer sa montre, qu'il maintint invariablement à l'heure de Londres. Innocente manie, d'ailleurs, et qui ne pouvait nuire à personne.

À huit heures du matin et à quinze milles en avant de la station de Rothal, le train s'arrêta au milieu d'une vaste clairière, bordée de quelques bungalows et de cabanes d'ouvriers. Le conducteur du train passa devant la ligne des wagons en disant :

« Les voyageurs descendent ici. »

Phileas Fogg regarda sir Francis Cromarty, qui parut ne rien comprendre à cette halte au milieu d'une forêt de tamarins et de khajours.

Passepartout, non moins surpris, s'élança sur la voie et revint presque aussitôt, s'écriant :

« Monsieur, plus de chemin de fer !

— Que voulez-vous dire ? demanda sir Francis Cromarty.

— Je veux dire que le train ne continue pas ! »

Le brigadier général descendit aussitôt de wagon. Phileas Fogg le suivit, sans se presser. Tous deux s'adressèrent au conducteur :

« Où sommes-nous ? demanda sir Francis Cromarty.

— Au hameau de Kholby, répondit le conducteur.

— Nous nous arrêtons ici ?

— Sans doute. Le chemin de fer n'est point achevé…

— Comment ! il n'est point achevé ?

— Non ! il y a encore un tronçon d'une cinquantaine de milles à établir entre ce point et Allahabad, où la voie reprend.

— Les journaux ont pourtant annoncé l'ouverture complète du railway !

— Que voulez-vous, mon officier, les journaux se sont trompés.

— Et vous donnez des billets de Bombay à Calcutta ! reprit sir Francis Cromarty, qui commençait à s'échauffer.

— Sans doute, répondit le conducteur, mais les voyageurs savent bien qu'ils doivent se faire transporter de Kholby jusqu'à Allahabad. »

Sir Francis Cromarty était furieux. Passepartout eût volontiers assommé le conducteur, qui n'en pouvait mais. Il n'osait regarder son maître.

« Sir Francis, dit simplement Mr. Fogg, nous allons, si vous le voulez bien, aviser au moyen de gagner Allahabad.

— Monsieur Fogg, il s'agit ici d'un retard absolument préjudiciable à vos intérêts ?

— Non, sir Francis, cela était prévu.

— Quoi ! vous saviez que la voie…

— En aucune façon, mais je savais qu'un obstacle quelconque surgirait tôt ou tard sur ma route. Or, rien n'est compromis. J'ai deux jours d'avance à sacrifier. Il y a un steamer qui part de Calcutta pour Hong-Kong le 25 à midi. Nous ne sommes qu'au 22, et nous arriverons à temps à Calcutta. »

Il n'y avait rien à dire à une réponse faite avec une si complète assurance.

Il n'était que trop vrai que les travaux du chemin de fer s'arrêtaient à ce point. Les journaux sont comme certaines montres qui ont la manie d'avancer, et ils avaient prématurément annoncé l'achèvement de la ligne. La plupart des voyageurs connaissaient cette interruption de la voie, et, en descendant du train, ils s'étaient emparés des véhicules de toutes sortes que possédait la bourgade, palkigharis à quatre roues, charrettes traînées par des zébus, sortes de bœufs à bosses, chars de voyage ressemblant à des pagodes ambulantes, palanquins, poneys, etc. Aussi Mr. Fogg et sir Francis Cromarty, après avoir cherché dans toute la bourgade, revinrent-ils sans avoir rien trouvé.

« J'irai à pied », dit Phileas Fogg.

Passepartout qui rejoignait alors son maître, fit une grimace significative, en considérant ses magnifiques mais insuffisantes babouches. Fort heureusement il avait été de son côté à la découverte, et en hésitant un peu :

« Monsieur, dit-il, je crois que j'ai trouvé un moyen de transport.

— Lequel ?

— Un éléphant ! Un éléphant qui appartient à un Indien logé à cent pas d'ici.

— Allons voir l'éléphant », répondit Mr. Fogg.

Là, ils se trouvèrent en présence d'un animal.

Cinq minutes plus tard, Phileas Fogg, sir Francis Cromarty et Passepartout arrivaient près d'une hutte qui attenait à un enclos fermé de hautes palissades. Dans la hutte, il y avait un Indien, et dans l'enclos, un éléphant. Sur leur demande, l'Indien introduisit Mr. Fogg et ses deux compagnons dans l'enclos.

Là, ils se trouvèrent en présence d'un animal, à demi domestiqué, que son propriétaire élevait, non pour en faire une bête de somme, mais une bête de combat. Dans ce but, il avait commencé à modifier le caractère naturellement doux de l'animal, de façon à le conduire graduellement à ce paroxysme de rage appelé « mutsh » dans la langue indoue, et cela, en le nourrissant pendant trois mois de sucre et de beurre. Ce traitement peut paraître impropre à donner un tel résultat, mais il n'en est pas moins employé avec succès par les éleveurs. Très-heureusement pour Mr. Fogg, l'éléphant en question venait à peine d'être mis à ce régime, et le « mutsh » ne s'était point encore déclaré.

Kiouni — c'était le nom de la bête — pouvait, comme tous ses congénères, fournir pendant longtemps une marche rapide, et, à défaut d'autre monture, Phileas Fogg résolut de l'employer.

Mais les éléphants sont chers dans l'Inde, où ils commencent à devenir rares. Les mâles, qui seuls conviennent aux luttes des cirques, sont extrêmement recherchés. Ces animaux ne se reproduisent que rarement, quand ils sont réduits à l'état de domesticité, de telle sorte qu'on ne peut s'en procurer que par la chasse. Aussi sont-ils l'objet de soins extrêmes, et lorsque Mr. Fogg demanda à l'Indien s'il voulait lui louer son éléphant, l'Indien refusa net.

Fogg insista et offrit de la bête un prix excessif, dix livres (250 fr.) l'heure. Refus. Vingt livres ? Refus encore. Quarante livres ? Refus toujours. Passepartout bondissait à chaque surenchère. Mais l'Indien ne se laissait pas tenter.

La somme était belle, cependant. En admettant que l'éléphant employât quinze heures à se rendre à Allahabad, c'était six cents livres (15,000 fr.) qu'il rapporterait à son propriétaire.

Phileas Fogg, sans s'animer en aucune façon, proposa alors à l'Indien de lui acheter sa bête et lui en offrit tout d'abord mille livres (25,000 fr.).

L'Indien ne voulait pas vendre ! Peut-être le drôle flairait-il une magnifique affaire.

Sir Francis Cromarty prit Mr. Fogg à part et l'engagea à réfléchir avant d'aller plus loin. Phileas Fogg répondit à son compagnon qu'il n'avait pas l'habitude d'agir sans réflexion, qu'il s'agissait en fin de compte d'un pari de vingt mille livres, que cet éléphant lui était nécessaire, et que, dût-il le payer vingt fois sa valeur, il aurait cet éléphant.

Mr. Fogg revint trouver l'Indien, dont les petits yeux, allumés par la convoitise, laissaient bien voir que pour lui ce n'était qu'une question de prix. Phileas Fogg offrit successivement douze cents livres, puis quinze cents, puis dix-huit cents, enfin deux mille (50,000 fr.). Passepartout, si rouge d'ordinaire, était pâle d'émotion.

À deux mille livres, l'Indien se rendit.

« Par mes babouches, s'écria Passepartout, voilà qui met à un beau prix la viande d'éléphant ! »

L'affaire conclue, il ne s'agissait plus que de trouver un guide. Ce fut plus facile. Un jeune Parsi, à la figure intelligente, offrit ses services. Mr. Fogg accepta et lui promit une forte rémunération, qui ne pouvait que doubler son intelligence.

L'éléphant fut amené et équipé sans retard. Le Parsi connaissait parfaitement le métier de « mahout » ou cornac. Il couvrit d'une sorte de housse le dos de l'éléphant et disposa, de chaque côté sur ses flancs, deux espèces de cacolets assez peu confortables.

Phileas Fogg paya l'Indien en bank-notes qui furent extraites du fameux sac. Il semblait vraiment qu'on les tirât des entrailles de Passepartout. Puis Mr. Fogg offrit à sir Francis Cromarty de le transporter à la station d'Allahabad. Le brigadier général accepta. Un voyageur de plus n'était pas pour fatiguer le gigantesque animal.

Des vivres furent achetées à Kholby. Sir Francis Cromarty prit place dans l'un des cacolets, Phileas Fogg dans l'autre. Passepartout se mit à califourchon sur la housse entre son maître et le brigadier général. Le Parsi se jucha sur le cou de l'éléphant, et à neuf heures l'animal, quittant la bourgade, s'enfonçait par le plus court dans l'épaisse forêt de lataniers.

*Jules Verne*

## XII
### OÙ PHILEAS FOGG ET SES COMPAGNONS S'AVENTURENT À TRAVERS LES FORÊTS DE L'INDE ET CE QUI S'ENSUIT

Le guide, afin d'abréger la distance à parcourir, laissa sur sa droite le tracé de la voie dont les travaux étaient en cours d'exécution. Ce tracé, très-contrarié par les capricieuses ramifications des monts Vindhias, ne suivait pas le plus court chemin, que Phileas Fogg avait intérêt à prendre. Le Parsi, très-familiarisé avec les routes et sentiers du pays, prétendait gagner une vingtaine de milles en coupant à travers la forêt, et on s'en rapporta à lui.

Phileas Fogg et Sir Francis Cromarty, enfouis jusqu'au cou dans leurs cacolets, étaient fort secoués par le trot raide de l'éléphant, auquel son mahout imprimait une allure rapide. Mais ils enduraient la situation avec le flegme le plus britannique, causant peu d'ailleurs, et se voyant à peine l'un l'autre.

Il riait au milieu de ses sauts de carpe.

Quant à Passepartout, posté sur le dos de la bête et directement soumis aux coups et aux contrecoups, il se gardait bien, sur une recommandation de son maître, de tenir sa langue entre ses dents, car elle eût été coupée net. Le brave garçon, tantôt lancé sur le cou de l'éléphant, tantôt rejeté sur la croupe, faisait de la voltige, comme un clown sur un tremplin. Mais il plaisantait, il riait au milieu de ses sauts de carpe, et, de temps en temps, il tirait de son sac un morceau de sucre, que l'intelligent Kiouni prenait du bout de sa trompe, sans interrompre un instant son trot régulier.

Après deux heures de marche, le guide arrêta l'éléphant et lui donna une heure de repos. L'animal dévora des branchages et des arbrisseaux, après s'être d'abord désaltéré à une mare voisine. Sir Francis Cromarty ne se plaignit pas de cette halte. Il était brisé. Mr. Fogg paraissait être aussi dispos que s'il fût sorti de son lit.

« Mais il est donc de fer ! dit le brigadier général en le regardant avec admiration.

— De fer forgé », répondit Passepartout, qui s'occupa de préparer un déjeuner sommaire.

À midi, le guide donna le signal du départ. Le pays prit bientôt un aspect très-sauvage. Aux grandes forêts succédèrent des taillis de tamarins et de palmiers-nains, puis de vastes plaines arides, hérissées de maigres arbrisseaux et semées de gros blocs de syénites. Toute cette partie du haut Bundelkund, peu fréquentée des voyageurs, est habitée par une population fanatique, endurcie dans les pratiques les plus terribles de la religion indoue. La domination des Anglais n'a pu s'établir régulièrement sur un territoire soumis à l'influence des rajahs, qu'il eût été difficile d'atteindre dans leurs inaccessibles retraites des Vindhias.

Plusieurs fois, on aperçut des bandes d'Indiens farouches, qui faisaient un geste de colère en voyant passer le rapide quadrupède. D'ailleurs, le Parsi les évitait autant que possible, les tenant pour des gens de mauvaise rencontre. On vit peu d'animaux pendant cette journée, à peine quelques singes, qui fuyaient avec mille contorsions et grimaces dont s'amusait fort Passepartout.

Une pensée au milieu de bien d'autres inquiétait ce garçon. Qu'est-ce que Mr. Fogg ferait de l'éléphant, quand il serait arrivé à la station d'Allahabad ? L'emmènerait-il ? Impossible ! Le prix du transport ajouté au prix d'acquisition en ferait un animal ruineux. Le vendrait-on, le rendrait-on à la liberté ? Cette estimable bête méritait bien qu'on eût des égards pour elle. Si, par hasard, Mr. Fogg lui en faisait cadeau, à lui, Passepartout, il en serait très-embarrassé. Cela ne laissait pas de le préoccuper.

À huit heures du soir, la principale chaîne des Vindhias avait été franchie, et les voyageurs firent halte au pied du versant septentrional, dans un bungalow en ruine.

La distance parcourue pendant cette journée était d'environ vingt-cinq milles, et il en restait autant à faire pour atteindre la station d'Allahabad.

La nuit était froide. À l'intérieur du bungalow, le Parsi alluma un feu de branches sèches, dont la chaleur fut très-appréciée. Le souper se composa des provisions achetées à Kholby. Les voyageurs mangèrent en gens harassés et moulus. La conversation, qui commença par quelques phrases entrecoupées, se termina bientôt par des ronflements sonores. Le guide veilla près de Kiouni, qui s'endormit debout, appuyé au tronc d'un gros arbre.

Nul incident ne signala cette nuit. Quelques rugissements de guépards et de panthères troublèrent parfois le silence, mêlés à des ricanements aigus de singes. Mais les carnassiers s'en tinrent à des cris et ne firent aucune démonstration hostile contre les hôtes du bungalow. Sir Francis Cromarty dormit lourdement comme un brave militaire rompu de fatigues. Passepartout, dans un sommeil agité, recommença en rêve les culbutes de la veille. Quant à Mr. Fogg, il reposa aussi paisiblement que s'il eût été dans sa tranquille maison de Saville-row.

À six heures du matin, on se remit en marche. Le guide espérait arriver à la station d'Allahabad le soir même. De cette façon, Mr. Fogg ne perdrait qu'une partie des quarante-huit heures économisées depuis le commencement du voyage.

On descendit les dernières rampes des Vindhias. Kiouni avait repris son allure rapide. Vers midi, le guide tourna la bourgade de Kallenger, située sur le Cani, un des sous-affluents du Gange. Il évitait toujours les lieux habités, se sentant plus en sûreté dans ces campagnes désertes, qui marquent les premières dépressions du bassin du grand fleuve. La station d'Allahabad n'était pas à douze milles dans le nord-est. On fit halte sous un bouquet de bananiers, dont les fruits, aussi sains que le pain, « aussi succulents que la crème », disent les voyageurs, furent extrêmement appréciés.

À deux heures, le guide entra sous le couvert d'une épaisse forêt, qu'il devait traverser sur un espace de plusieurs milles. Il préférait voyager ainsi à l'abri des bois. En tout cas, il n'avait fait jusqu'alors aucune rencontre fâcheuse, et le voyage semblait devoir s'accomplir sans accident, quand l'éléphant, donnant quelques signes d'inquiétude, s'arrêta soudain.

Il était quatre heures alors.

« Qu'y a-t-il ? demanda sir Francis Cromarty, qui releva la tête au-dessus de son cacolet.

— Je ne sais, mon officier », répondit le Parsi, en prêtant l'oreille à un murmure confus qui passait sous l'épaisse ramure.

Quelques instants après, ce murmure devint plus définissable. On eût dit un concert, encore fort éloigné, de voix humaines et d'instruments de cuivre.

Passepartout était tout yeux, tout oreilles. Mr. Fogg attendait patiemment, sans prononcer une parole.

Le Parsi sauta à terre, attacha l'éléphant à un arbre et s'enfonça au plus épais du taillis. Quelques minutes plus tard, il revint, disant :

« Une procession de brahmanes qui se dirige de ce côté. S'il est possible, évitons d'être vus. »

Le guide détacha l'éléphant et le conduisit dans un fourré, en recommandant aux voyageurs de ne point mettre pied à terre. Lui-même se tint prêt à enfourcher rapidement sa monture, si la fuite devenait nécessaire. Mais il pensa que la troupe des fidèles passerait sans l'apercevoir, car l'épaisseur du feuillage le dissimulait entièrement.

Le bruit discordant des voix et des instruments se rapprochait. Des chants monotones se mêlaient au son des tambours et des cymbales. Bientôt la tête de la procession apparut sous les arbres, à une cinquantaine de pas du poste occupé par Mr. Fogg et ses compagnons. Ils distinguaient aisément à travers les branches le curieux personnel de cette cérémonie religieuse.

En première ligne s'avançaient des prêtres, coiffés de mitres et vêtus de longues robes chamarrées. Ils étaient entourés d'hommes, de femmes, d'enfants, qui faisaient entendre une sorte de psalmodie funèbre, interrompue à intervalles égaux par des coups de tam-tams et de cymbales. Derrière eux, sur un char aux larges roues dont les rayons et la jante figuraient un entrelacement de serpents, apparut une statue hideuse, traînée par deux couples de zébus richement caparaçonnés. Cette statue avait quatre bras, le corps colorié d'un rouge sombre, les yeux hagards, les cheveux emmêlés, la langue pendante, les lèvres teintes de henné et de bétel. À son cou s'enroulait un collier de têtes de mort, à ses flancs une ceinture de mains coupées. Elle se tenait debout sur un géant terrassé auquel le chef manquait.

Sir Francis Cromarty reconnut cette statue.

« La déesse Kâli, murmura-t-il, la déesse de l'amour et de la mort.

— De la mort, j'y consens, mais de l'amour, jamais ! dit Passepartout. La vilaine bonne femme ! »

Le Parsi lui fit signe de se taire.

Cette femme était jeune...

Autour de la statue s'agitait, se démenait, se convulsionnait un groupe de vieux fakirs, zébrés de bandes d'ocre, couverts d'incisions cruciales qui laissaient échapper leur sang goutte à goutte, énergumènes stupides qui, dans les grandes cérémonies indoues, se précipitent encore sous les roues du char de Jaggernaut.

Derrière eux, quelques brahmanes, dans toute la somptuosité de leur costume oriental, traînaient une femme qui se soutenait à peine.

Cette femme était jeune, blanche comme une Européenne. Sa tête, son cou, ses épaules, ses oreilles, ses bras, ses mains, ses orteils étaient surchargés de bijoux, colliers, bracelets, boucles et bagues. Une tunique lamée d'or, recouverte d'une mousseline légère, dessinait les contours de sa taille.

Derrière cette jeune femme, — contraste violent pour les yeux, — des gardes, armés de sabres nus passés à leur ceinture et de longs pistolets damasquinés, portaient un cadavre sur un palanquin.

C'était le corps d'un vieillard, revêtu de ses opulents habits de rajah, ayant, comme en sa vie, le turban brodé de perles, la robe tissue de soie et d'or, la ceinture de cachemire diamanté, et ses magnifiques armes de prince indien.

Puis des musiciens et une arrière-garde de fanatiques, dont les cris couvraient parfois l'assourdissant fracas des instruments, fermaient le cortège.

Sir Francis Cromarty regardait toute cette pompe d'un air singulièrement attristé, et se tournant vers le guide :

« Un sutty ! » dit-il.

Le Parsi fit un signe affirmatif et mit un doigt sur ses lèvres. La longue procession se déroula lentement sous les arbres, et bientôt ses derniers rangs disparurent dans la profondeur de la forêt.

Peu à peu, les chants s'éteignirent. Il y eut encore quelques éclats de cris lointains, et enfin à tout ce tumulte succéda un profond silence.

Phileas Fogg avait entendu ce mot, prononcé par sir Francis Cromarty, et aussitôt que la procession eut disparu :

« Qu'est-ce qu'un sutty ? demanda-t-il.

— Un sutty, monsieur Fogg, répondit le brigadier général, c'est un sacrifice humain, mais un sacrifice volontaire. Cette femme que vous venez de voir sera brûlée demain aux premières heures du jour.

— Ah ! les gueux ! s'écria Passepartout, qui ne put retenir ce cri d'indignation.

— Et ce cadavre ? demanda Mr. Fogg.

— C'est celui du prince, son mari, répondit le guide, un rajah indépendant du Bundelkund.

— Comment, reprit Phileas Fogg, sans que sa voix trahît la moindre émotion, ces barbares coutumes subsistent encore dans l'Inde, et les Anglais n'ont pu les détruire ?

— Dans la plus grande partie de l'Inde, répondit sir Francis Cromarty, ces sacrifices ne s'accomplissent plus, mais nous n'avons aucune influence sur ces contrées sauvages, et principalement sur ce territoire du Bundelkund. Tout le revers septentrional des Vindhias est le théâtre de meurtres et de pillages incessants.

— La malheureuse ! murmurait Passepartout, brûlée vive !

— Oui, reprit le brigadier général, brûlée, et si elle ne l'était pas, vous ne sauriez croire à quelle misérable condition elle se verrait réduite par ses proches. On lui raserait les cheveux, on la nourrirait à peine de quelques poignées de riz, on la repousserait, elle serait considérée comme une créature immonde et mourrait dans quelque coin comme un chien galeux. Aussi la perspective de cette affreuse existence pousse-t-elle souvent ces malheureuses au supplice, bien plus que l'amour ou le fanatisme religieux. Quelquefois, cependant, le sacrifice est réellement volontaire, et il faut l'intervention énergique du gouvernement pour l'empêcher. Ainsi, il y a quelques années, je résidais à Bombay, quand une jeune veuve vint demander au gouverneur l'autorisation de se brûler avec le corps de son mari. Comme vous le pensez bien, le gouverneur refusa. Alors la veuve quitta la ville, se réfugia chez un rajah indépendant, et là elle consomma son sacrifice. »

Pendant le récit du brigadier général, le guide secouait la tête, et, quand le récit fut achevé :

« Le sacrifice qui aura lieu demain au lever du jour n'est pas volontaire, dit-il.

— Comment le savez-vous ?

— C'est une histoire que tout le monde connaît dans le Bundelkund, répondit le guide.

— Cependant cette infortunée ne paraissait faire aucune résistance, fit observer sir Francis Cromarty.

— Cela tient à ce qu'on l'a enivrée de la fumée du chanvre et de l'opium.

— Mais où la conduit-on ?

— À la pagode de Pillaji, à deux milles d'ici. Là, elle passera la nuit en attendant l'heure du sacrifice.

— Et ce sacrifice aura lieu ?...

— Demain, dès la première apparition du jour. »

Après cette réponse, le guide fit sortir l'éléphant de l'épais fourré et se hissa sur le cou de l'animal. Mais au moment où il allait l'exciter par un sifflement particulier, Mr. Fogg l'arrêta, et, s'adressant à sir Francis Cromarty :

« Si nous sauvions cette femme ? dit-il.

— Sauver cette femme, monsieur Fogg !... s'écria le brigadier général.

— J'ai encore douze heures d'avance. Je puis les consacrer à cela.

— Tiens ! Mais vous êtes un homme de cœur ! dit sir Francis Cromarty.

— Quelquefois, répondit simplement Phileas Fogg. Quand j'ai le temps. »

*Jules Verne*

## XIII
**DANS LEQUEL PASSEPARTOUT PROUVE UNE FOIS DE PLUS QUE LA FORTUNE SOURIT AUX AUDACIEUX**

Le dessein était hardi, hérissé de difficultés, impraticable peut-être. Mr. Fogg allait risquer sa vie, ou tout au moins sa liberté, et par conséquent la réussite de ses projets, mais il n'hésita pas. Il trouva, d'ailleurs, dans sir Francis Cromarty, un auxiliaire décidé.

Quant à Passepartout, il était prêt, on pouvait disposer de lui. L'idée de son maître l'exaltait. Il sentait un cœur, une âme sous cette enveloppe de glace. Il se prenait à aimer Phileas Fogg.

Restait le guide. Quel parti prendrait-il dans l'affaire ? Ne serait-il pas porté pour les Indous ? À défaut de son concours, il fallait au moins s'assurer sa neutralité.

Sir Francis Cromarty lui posa franchement la question.

« Mon officier, répondit le guide, je suis Parsi, et cette femme est Parsie. Disposez de moi.

— Bien, guide, répondit Mr. Fogg.

— Toutefois, sachez-le bien, reprit le Parsi, non-seulement nous risquons notre vie, mais des supplices horribles, si nous sommes pris. Ainsi, voyez.

— C'est vu, répondit Mr. Fogg. Je pense que nous devrons attendre la nuit pour agir ?

— Je le pense aussi », répondit le guide.

Ce brave Indou donna alors quelques détails sur la victime. C'était une Indienne d'une beauté célèbre, de race parsie, fille de riches négociants de Bombay. Elle avait reçu dans cette ville une éducation absolument anglaise, et à ses manières, à son instruction, on l'eût crue Européenne. Elle se nommait Aouda.

Orpheline, elle fut mariée malgré elle à ce vieux rajah du Bundelkund. Trois mois après, elle devint veuve. Sachant le sort qui l'attendait, elle s'échappa, fut reprise aussitôt, et les parents du rajah, qui avaient intérêt à sa mort, la vouèrent à ce supplice auquel il ne semblait pas qu'elle pût échapper.

Ce récit ne pouvait qu'enraciner Mr. Fogg et ses compagnons dans leur généreuse résolution. Il fut décidé que le guide dirigerait l'éléphant vers la pagode de Pillaji, dont il se rapprocherait autant que possible.

Une demi-heure après, halte fut faite sous un taillis, à cinq cents pas de la pagode, que l'on ne pouvait apercevoir ; mais les hurlements des fanatiques se laissaient entendre distinctement.

Les moyens de parvenir jusqu'à la victime furent alors discutés. Le guide connaissait cette pagode de Pillaji, dans laquelle il affirmait que la jeune femme était emprisonnée. Pourrait-on y pénétrer par une des portes, quand toute la bande serait plongée dans le sommeil de l'ivresse, ou faudrait-il pratiquer un trou dans une muraille ? C'est ce qui ne pourrait être décidé qu'au moment et au lieu même. Mais ce qui ne fit aucun doute, c'est que l'enlèvement devait s'opérer cette nuit même, et non quand, le jour venu, la victime serait conduite au supplice. À cet instant, aucune intervention humaine n'eût pu la sauver.

Mr. Fogg et ses compagnons attendirent la nuit. Dès que l'ombre se fit, vers six heures du soir, ils résolurent d'opérer une reconnaissance autour de la pagode. Les derniers cris des fakirs s'éteignaient alors. Suivant leur habitude, ces Indiens devaient être plongés dans l'épaisse ivresse du « hang », — opium liquide, mélangé d'une infusion de chanvre, — et il serait peut-être possible de se glisser entre eux jusqu'au temple.

Le Parsi, guidant Mr. Fogg, sir Francis Cromarty et Passepartout, s'avança sans bruit à travers la forêt. Après dix minutes de reptation sous les ramures, ils arrivèrent au bord d'une petite rivière, et là, à la lueur de torches de fer à la pointe desquelles brûlaient des résines, ils aperçurent un monceau de bois empilé. C'était le bûcher, fait de précieux sandal, et déjà imprégné d'une huile parfumée. À sa partie supérieure reposait le corps embaumé du rajah, qui devait être brûlé en même temps que sa veuve. À cent pas de ce bûcher s'élevait la pagode, dont les minarets perçaient dans l'ombre la cime des arbres.

« Venez ! » dit le guide à voix basse.

Et, redoublant de précaution, suivi de ses compagnons, il se glissa silencieusement à travers les grandes herbes.

Le silence n'était plus interrompu que par le murmure du vent dans les branches.

Les gardes des rajahs, éclairés par des torches…

Bientôt le guide s'arrêta à l'extrémité d'une clairière. Quelques résines éclairaient la place. Le sol était jonché de groupes de dormeurs, appesantis par l'ivresse. On eût dit un champ de bataille couvert de morts. Hommes, femmes, enfants, tout était confondu. Quelques ivrognes râlaient encore çà et là.

À l'arrière-plan, entre la masse des arbres, le temple de Pillaji se dressait confusément. Mais au grand désappointement du guide, les gardes des rajahs, éclairés par des torches fuligineuses, veillaient aux portes et se promenaient, le sabre nu. On pouvait supposer qu'à l'intérieur les prêtres veillaient aussi.

Le Parsi ne s'avança pas plus loin. Il avait reconnu l'impossibilité de forcer l'entrée du temple, et il ramena ses compagnons en arrière.

Phileas Fogg et sir Francis Cromarty avaient compris comme lui qu'ils ne pouvaient rien tenter de ce côté.

Ils s'arrêtèrent et s'entretinrent à voix basse.

« Attendons, dit le brigadier général, il n'est que huit heures encore, et il est possible que ces gardes succombent aussi au sommeil.

— Cela est possible, en effet, » répondit le Parsi.

Phileas Fogg et ses compagnons s'étendirent donc au pied d'un arbre et attendirent.

Le temps leur parut long ! Le guide les quittait parfois et allait observer la lisière du bois. Les gardes du rajah veillaient toujours à la lueur des torches, et une vague lumière filtrait à travers les fenêtres de la pagode.

On attendit ainsi jusqu'à minuit. La situation ne changea pas. Même surveillance au dehors. Il était évident qu'on ne pouvait compter sur l'assoupissement des gardes. L'ivresse du « hang » leur avait été probablement épargnée. Il fallait donc agir autrement et pénétrer par une ouverture pratiquée aux murailles de la pagode. Restait la question de savoir si les prêtres veillaient auprès de leur victime avec autant de soin que les soldats à la porte du temple.

Après une dernière conversation, le guide se dit prêt à partir. Mr. Fogg, sir Francis et Passepartout le suivirent. Ils firent un détour assez long, afin d'atteindre la pagode par son chevet.

Vers minuit et demi, ils arrivèrent au pied des murs sans avoir rencontré personne. Aucune surveillance n'avait été établie de ce côté, mais il est vrai de dire que fenêtres et portes manquaient absolument.

La nuit était sombre. La lune, alors dans son dernier quartier, quittait à peine l'horizon, encombré de gros nuages. La hauteur des arbres accroissait encore l'obscurité.

Mais il ne suffisait pas d'avoir atteint le pied des murailles, il fallait encore y pratiquer une ouverture. Pour cette opération, Phileas Fogg et ses compagnons n'avaient absolument que leurs couteaux de poche. Très-heureusement, les parois du temple se composaient d'un mélange de briques et de bois qui ne pouvait être difficile à percer. La première brique une fois enlevée, les autres viendraient facilement.

On se mit à la besogne, en faisant le moins de bruit possible. Le Parsi d'un côté, Passepartout, de l'autre, travaillaient à desceller les briques, de manière à obtenir une ouverture large de deux pieds.

Le travail avançait, quand un cri se fit entendre à l'intérieur du temple, et presque aussitôt d'autres cris lui répondirent du dehors.

Passepartout et le guide interrompirent leur travail. Les avait-on surpris ? L'éveil était-il donné ? La plus vulgaire prudence leur commandait de s'éloigner, — ce qu'ils firent en même temps que Phileas Fogg et sir Francis Cromarty. Ils se blottirent de nouveau sous le couvert du bois, attendant que l'alerte, si c'en était une, se fût dissipée, et prêts, dans ce cas, à reprendre leur opération.

Mais — contre-temps funeste — des gardes se montrèrent au chevet de la pagode, et s'y installèrent de manière à empêcher toute approche.

Il serait difficile de décrire le désappointement de ces quatre hommes, arrêtés dans leur œuvre. Maintenant qu'ils ne pouvaient plus parvenir jusqu'à la victime, comment la sauveraient-ils ? Sir Francis Cromarty se rongeait les poings. Passepartout était hors de lui, et le guide avait quelque peine à le contenir. L'impassible Fogg attendait sans manifester ses sentiments.

« N'avons-nous plus qu'à partir ? demanda le brigadier général à voix basse.

— Nous n'avons plus qu'à partir, répondit le guide.

— Attendez, dit Fogg. Il suffit que je sois demain à Allahabad avant midi.

— Mais qu'espérez-vous ? répondit sir Francis Cromarty. Dans quelques heures le jour va paraître, et…

— La chance qui nous échappe peut se représenter au moment suprême. »

Le brigadier général aurait voulu pouvoir lire dans les yeux de Phileas Fogg.

Sur quoi comptait donc ce froid Anglais ? Voulait-il, au moment du supplice, se précipiter vers la jeune femme et l'arracher ouvertement à ses bourreaux ?

C'eût été une folie, et comment admettre que cet homme fût fou à ce point ? Néanmoins, sir Francis Cromarty consentit à attendre jusqu'au dénouement de cette terrible scène. Toutefois, le guide ne laissa pas ses compagnons à l'endroit où ils s'étaient réfugiés, et il les ramena vers la partie antérieure de la clairière. Là, abrités par un bouquet d'arbres, ils pouvaient observer les groupes endormis.

Cependant Passepartout, juché sur les premières branches d'un arbre, ruminait une idée qui avait d'abord traversé son esprit comme un éclair, et qui finit par s'incruster dans son cerveau.

Il avait commencé par se dire : « Quelle folie ! » et maintenant il répétait : « Pourquoi pas, après tout ? C'est une chance, peut-être la seule, et avec de tels abrutis !... »

En tout cas, Passepartout ne formula pas autrement sa pensée, mais il ne tarda pas à se glisser avec la souplesse d'un serpent sur les basses branches de l'arbre dont l'extrémité se courbait vers le sol.

Les heures s'écoulaient, et bientôt quelques nuances moins sombres annoncèrent l'approche du jour. Cependant l'obscurité était profonde encore.

C'était le moment. Il se fit comme une résurrection dans cette foule assoupie. Les groupes s'animèrent. Des coups de tam-tams retentirent. Chants et cris éclatèrent de nouveau. L'heure était venue à laquelle l'infortunée allait mourir.

En effet, les portes de la pagode s'ouvrirent. Une lumière plus vive s'échappa de l'intérieur. Mr. Fogg et sir Francis Cromarty purent apercevoir la victime, vivement éclairée, que deux prêtres traînaient au dehors. Il leur sembla même que, secouant l'engourdissement de l'ivresse par un suprême instinct de conservation, la malheureuse tentait d'échapper à ses bourreaux. Le cœur de sir Francis Cromarty bondit, et par un mouvement convulsif, saisissant la main de Phileas Fogg, il sentit que cette main tenait un couteau ouvert.

En ce moment, la foule s'ébranla. La jeune femme était retombée dans cette torpeur provoquée par les fumées du chanvre. Elle passa à travers les fakirs, qui l'escortaient de leurs vociférations religieuses.

Phileas Fogg et ses compagnons, se mêlant aux derniers rangs de la foule, la suivirent.

Deux minutes après, ils arrivaient sur le bord de la rivière et s'arrêtaient à moins de cinquante pas du bûcher, sur lequel était couché le corps du rajah. Dans la demi-obscurité, ils virent la victime absolument inerte, étendue auprès du cadavre de son époux.

Puis une torche fut approchée et le bois imprégné d'huile, s'enflamma aussitôt.

À ce moment, sir Francis Cromarty et le guide retinrent Phileas Fogg, qui, dans un moment de folie généreuse, s'élançait vers le bûcher…

Mais Phileas Fogg les avait déjà repoussés, quand la scène changea soudain. Un cri de terreur s'éleva. Toute cette foule se précipita à terre, épouvantée.

Un cri de terreur s'éleva.

Le vieux rajah n'était donc pas mort, qu'on le vît se redresser tout à coup, comme un fantôme, soulever la jeune femme dans ses bras, descendre du bûcher au milieu des tourbillons de vapeurs qui lui donnaient une apparence spectrale ?

Les fakirs, les gardes, les prêtres, pris d'une terreur subite, étaient là, face à terre, n'osant lever les yeux et regarder un tel prodige !

La victime inanimée passa entre les bras vigoureux qui la portaient, et sans qu'elle parût leur peser. Mr. Fogg et sir Francis Cromarty étaient demeurés debout. Le Parsi avait courbé la tête, et Passepartout, sans doute, n'était pas moins stupéfié !…

Ce ressuscité arriva ainsi près de l'endroit où se tenaient Mr. Fogg et sir Francis Cromarty, et là, d'une voix brève :

« Filons !… » dit-il.

C'était Passepartout lui-même qui s'était glissé vers le bûcher au milieu de la fumée épaisse ! C'était Passepartout qui, profitant de l'obscurité profonde encore, avait arraché la jeune femme à la mort ! C'était Passepartout qui, jouant son rôle avec un audacieux bonheur, passait au milieu de l'épouvante générale !

Un instant après, tous quatre disparaissaient dans le bois, et l'éléphant les emportait d'un trot rapide. Mais des cris, des clameurs et même une balle, perçant le chapeau de Phileas Fogg, leur apprirent que la ruse était découverte.

En effet, sur le bûcher enflammé se détachait alors le corps du vieux rajah. Les prêtres, revenus de leur frayeur, avaient compris qu'un enlèvement venait de s'accomplir.

Aussitôt ils s'étaient précipités dans la forêt. Les gardes les avaient suivis. Une décharge avait eu lieu, mais les ravisseurs fuyaient rapidement, et, en quelques instants, ils se trouvaient hors de la portée des balles et des flèches.

*Jules Verne*

## XIV
### DANS LEQUEL PHILEAS FOGG DESCEND TOUTE L'ADMIRABLE VALLÉE DU GANGE SANS MÊME SONGER À LA VOIR

Le hardi enlèvement avait réussi. Une heure après, Passepartout riait encore de son succès. Sir Francis Cromarty avait serré la main de l'intrépide garçon. Son maître lui avait dit : « Bien, » ce qui, dans la bouche de ce gentleman, équivalait à une haute approbation. À quoi Passepartout avait répondu que tout l'honneur de l'affaire appartenait à son maître. Pour lui, il n'avait eu qu'une idée « drôle », et il riait en songeant que, pendant quelques instants, lui, Passepartout, ancien gymnaste, ex-sergent de pompiers, avait été le veuf d'une charmante femme, un vieux rajah embaumé !

Quant à la jeune Indienne, elle n'avait pas eu conscience de ce qui s'était passé. Enveloppée dans les couvertures de voyage, elle reposait sur l'un des cacolets.

Cependant l'éléphant, guidé avec une extrême sûreté par le Parsi, courait rapidement dans la forêt encore obscure. Une heure après avoir quitté la pagode de Pillaji, il se lançait à travers une immense plaine. À sept heures, on fit halte. La jeune femme était toujours dans une prostration complète. Le guide lui fit boire quelques gorgées d'eau et de brandy, mais cette influence stupéfiante qui l'accablait devait se prolonger quelque temps encore.

Sir Francis Cromarty, qui connaissait les effets de l'ivresse produite par l'inhalation des vapeurs du chanvre, n'avait aucune inquiétude sur son compte.

Mais si le rétablissement de la jeune Indienne ne fit pas question dans l'esprit du brigadier général, celui-ci se montrait moins rassuré pour l'avenir. Il n'hésita pas à dire à Phileas Fogg que si Mrs. Aouda restait dans l'Inde, elle retomberait inévitablement entre les mains de ses bourreaux. Ces énergumènes se tenaient dans toute la péninsule, et certainement, malgré la police anglaise, ils sauraient reprendre leur victime, fût-ce à Madras, à Bombay, à Calcutta. Et sir Francis Cromarty citait, à l'appui de ce dire, un fait de même nature qui s'était passé récemment. À son avis, la jeune femme ne serait véritablement en sûreté qu'après avoir quitté l'Inde.

Phileas Fogg répondit qu'il tiendrait compte de ces observations et qu'il aviserait.

Vers dix heures, le guide annonçait la station d'Allahabad. Là reprenait la voie interrompue du chemin de fer, dont les trains franchissent, en moins d'un jour et d'une nuit, la distance qui sépare Allahabad de Calcutta.

Phileas Fogg devait donc arriver à temps pour prendre un paquebot qui ne partait que le lendemain seulement, 25 octobre, à midi, pour Hong-Kong.

La jeune femme fut déposée dans une chambre de la gare. Passepartout fut chargé d'aller acheter pour elle divers objets de toilette, robe, châle, fourrures, etc., ce qu'il trouverait. Son maître lui ouvrait un crédit illimité.

Passepartout partit aussitôt et courut les rues de la ville. Allahabad, c'est la cité de Dieu, l'une des plus vénérées de l'Inde, en raison de ce qu'elle est bâtie au confluent de deux fleuves sacrés, le Gange et la Jumna, dont les eaux attirent les pèlerins de toute la péninsule. On sait d'ailleurs que, suivant les légendes du Ramayana, le Gange prend sa source dans le ciel, d'où, grâce à Brahma, il descend sur la terre.

Tout en faisant ses emplettes, Passepartout eut bientôt vu la ville, autrefois défendue par un fort magnifique qui est devenu une prison d'État. Plus de commerce, plus d'industrie dans cette cité, jadis industrielle et commerçante. Passepartout, qui cherchait vainement un magasin de nouveautés, comme s'il eût été dans Regent-street à quelques pas de Farmer et Co., ne trouva que chez un revendeur, vieux juif difficultueux, les objets dont il avait besoin, une robe en étoffe écossaise, un vaste manteau, et une magnifique pelisse en peaux de loutres qu'il n'hésita pas à payer soixante-quinze livres (1,875 fr.). Puis, tout triomphant, il retourna à la gare.

Mrs. Aouda commençait à revenir à elle. Cette influence à laquelle les prêtres de Pillaji l'avaient soumise se dissipait peu à peu, et ses beaux yeux reprenaient toute leur douceur indienne.

Lorsque le roi-poète, Uçaf Uddaul, célèbre les charmes de la reine d'Ahméhnagara, il s'exprime ainsi :

« Sa luisante chevelure, régulièrement divisée en deux parts, encadre les contours harmonieux de ses joues délicates et blanches, brillantes de poli et de fraîcheur. Ses sourcils d'ébène ont la forme et la puissance de l'arc de Kama, dieu d'amour, et sous ses longs cils soyeux, dans la pupille noire de ses grands yeux limpides, nagent comme dans les lacs sacrés de l'Himalaya les reflets les plus purs de la lumière céleste. Fines, égales et blanches, ses dents resplendissent entre ses lèvres souriantes, comme des gouttes de rosée dans le sein mi-clos d'une fleur de grenadier. Ses oreilles mignonnes aux courbes symétriques, ses mains vermeilles, ses petits pieds bombés et tendres comme les bourgeons du lotus, brillent de l'éclat des plus belles perles de Ceylan, des plus beaux diamants de Golconde. Sa mince et souple ceinture, qu'une main suffit à enserrer, rehausse l'élégante cambrure de ses reins arrondis et la richesse de son buste où la jeunesse en fleur étale ses plus parfaits trésors, et, sous les plis soyeux de sa tunique, elle semble avoir été modelée en argent pur de la main divine de Vicvacarma, l'éternel statuaire. »

Mais, sans toute cette amplification poétique, il suffit de dire que Mrs. Aouda, la veuve du rajah du Bundelkund, était une charmante femme dans toute l'acception européenne du mot. Elle parlait l'anglais avec une grande pureté, et le guide n'avait point exagéré en affirmant que cette jeune Parsie avait été transformée par l'éducation.

Cependant le train allait quitter la station d'Allahabad. Le Parsi attendait. Mr. Fogg lui régla son salaire au prix convenu, sans le dépasser d'un farthing. Ceci étonna un peu Passepartout, qui savait tout ce que son maître devait au dévouement du guide. Le Parsi avait, en effet, risqué volontairement sa vie dans l'affaire de Pillaji, et si, plus tard, les Indous l'apprenaient, il échapperait difficilement à leur vengeance.

Restait aussi la question de Kiouni. Que ferait-on d'un éléphant acheté si cher ?

Mais Phileas Fogg avait déjà pris une résolution à cet égard.

« Parsi, dit-il au guide, tu as été serviable et dévoué. J'ai payé ton service, mais non ton dévouement. Veux-tu cet éléphant ? Il est à toi. »

Les yeux du guide brillèrent.

« C'est une fortune que Votre Honneur me donne ! s'écria-t-il.

— Accepte, guide, répondit Mr. Fogg, et c'est moi qui serai encore ton débiteur.

— À la bonne heure ! s'écria Passepartout. Prends, ami ! Kiouni est un brave et courageux animal ! »

Et, allant à la bête, il lui présenta quelques morceaux de sucre, disant :

« Tiens, Kiouni, tiens, tiens ! »

L'éléphant fit entendre quelques grognement de satisfaction. Puis, prenant Passepartout par la ceinture et l'enroulant de sa trompe, il l'enleva jusqu'à la hauteur de sa tête. Passepartout, nullement effrayé, fit une bonne caresse à l'animal, qui le replaça doucement à terre, et, à la poignée de trompe de l'honnête Kiouni, répondit une vigoureuse poignée de main de l'honnête garçon.

Passepartout, nullement effrayé...

Quelques instants après, Phileas Fogg, sir Francis Cromarty et Passepartout, installés dans un confortable wagon dont Mrs. Aouda occupait la meilleure place, couraient à toute vapeur vers Bénarès.

Quatre-vingts milles au plus séparent cette ville d'Allahabad, et ils furent franchis en deux heures.

Pendant ce trajet, la jeune femme revint complètement à elle ; les vapeurs assoupissantes du hang se dissipèrent.

Quel fut son étonnement de se trouver sur le railway, dans ce compartiment, recouverte de vêtements européens, au milieu de voyageurs qui lui étaient absolument inconnus !

Tout d'abord, ses compagnons lui prodiguèrent leurs soins et la ranimèrent avec quelques gouttes de liqueur ; puis le brigadier général lui raconta son histoire. Il insista sur le dévouement de Phileas Fogg, qui n'avait pas hésité à jouer sa vie pour la sauver, et sur le dénouement de l'aventure, dû à l'audacieuse imagination de Passepartout.

Mr. Fogg laissa dire sans prononcer une parole. Passepartout, tout honteux, répétait que « ça n'en valait pas la peine » !

Mrs. Aouda remercia ses sauveurs avec effusion, par ses larmes plus que par ses paroles. Ses beaux yeux, mieux que ses lèvres, furent les interprètes de sa reconnaissance. Puis, sa pensée la reportant aux scènes du sutty, ses regards revoyant cette terre indienne où tant de dangers l'attendaient encore, elle fut prise d'un frisson de terreur.

Phileas Fogg comprit ce qui se passait dans l'esprit de Mrs. Aouda, et, pour la rassurer, il lui offrit, très-froidement d'ailleurs, de la conduire à Hong-Kong, où elle demeurerait jusqu'à ce que cette affaire fût assoupie.

Mrs. Aouda accepta l'offre avec reconnaissance. Précisément, à Hong-Kong, résidait un de ses parents, Parsi comme elle, et l'un des principaux négociants de cette ville, qui est absolument anglaise, tout en occupant un point de la côte chinoise.

À midi et demi, le train s'arrêtait à la station de Bénarès. Les légendes brahmaniques affirment que cette ville occupe l'emplacement de l'ancienne Casi, qui était autrefois suspendue dans l'espace, entre le zénith et le nadir, comme la tombe de Mahomet. Mais, à cette époque plus réaliste, Bénarès, Athènes de l'Inde au dire des orientalistes, reposait tout prosaïquement sur le sol, et Passepartout put un instant entrevoir ses maisons de briques, ses huttes en clayonnage, qui lui donnaient un aspect absolument désolé, sans aucune couleur locale.

C'était là que devait s'arrêter sir Francis Cromarty. Les troupes qu'il rejoignait campaient à quelques milles au nord de la ville. Le brigadier général fit donc ses adieux à Phileas Fogg, lui souhaitant tout le succès possible, et exprimant le vœu qu'il recommençât ce voyage d'une façon moins originale, mais plus profitable. Mr. Fogg pressa légèrement les doigts de son compagnon. Les compliments de Mrs. Aouda furent plus affectueux. Jamais elle n'oublierait ce qu'elle devait à sir Francis

Cromarty. Quant à Passepartout, il fut honoré d'une vraie poignée de main de la part du brigadier général. Tout ému, il se demanda où et quand il pourrait bien se dévouer pour lui. Puis on se sépara.

Des bandes d'Indous des deux sexes.

À partir de Bénarès, la voie ferrée suivait en partie la vallée du Gange. À travers les vitres du wagon, par un temps assez clair, apparaissait le paysage varié du Béhar, puis des montagnes couvertes de verdure, les champs d'orge, de maïs et de froment, des rios et des étangs peuplés d'alligators verdâtres, des villages bien entretenus, des forêts encore verdoyantes. Quelques éléphants, des zébus à grosse bosse, venaient se baigner dans les eaux du fleuve sacré, et aussi, malgré la saison avancée et la température déjà froide, des bandes d'Indous des deux sexes, qui accomplissaient pieusement leurs saintes ablutions. Ces fidèles, ennemis acharnés du bouddhisme, sont sectateurs fervents de la religion brahmanique, qui s'incarne en ces trois personnes : Whisnou, la divinité solaire, Shiva, la personnification divine des forces naturelles, et Brahma, le maître suprême des prêtres et des législateurs. Mais de quel œil Brahma, Shiva et Whisnou devaient-ils considérer cette Inde, maintenant « britannisée », lorsque quelque steam-boat passait en hennissant et troublait les eaux consacrées du Gange, effarouchant les mouettes qui volaient à sa surface, les tortues qui pullulaient sur ses bords, et les dévots étendus au long de ses rives !

Tout ce panorama défila comme un éclair, et souvent un nuage de vapeur blanche en cacha les détails. À peine les voyageurs purent-ils entrevoir le fort de Chunar, à vingt milles au sud-est de Bénarès, ancienne forteresse des rajahs du Béhar, Ghazepour et ses importantes fabriques d'eau de rose, le tombeau de Lord Cornwallis qui s'élève sur la rive gauche du Gange, la ville fortifiée de Buxar, Patna, grande cité industrielle et commerçante, où se tient le principal marché d'opium de l'Inde, Monghir, ville plus qu'européenne, anglaise comme Manchester ou Birmingham, renommée pour ses fonderies de fer, ses fabriques de taillanderie et d'armes blanches, et dont les hautes cheminées encrassaient d'une fumée noire le ciel de Brahma, — un véritable coup de poing dans le pays du rêve !

Puis la nuit vint et, au milieu des hurlements des tigres, des ours, des loups qui fuyaient devant la locomotive, le train passa à toute vitesse, et on n'aperçut plus rien des merveilles du Bengale, ni Golgonde, ni Gour en ruine, ni Mourshedabad, qui fut autrefois capitale, ni Burdwan, ni Hougly, ni Chandernagor, ce point français du territoire indien sur lequel Passepartout eût été fier de voir flotter le drapeau de sa patrie !

Enfin, à sept heures du matin, Calcutta était atteint. Le paquebot, en partance pour Hong-Kong, ne levait l'ancre qu'à midi. Phileas Fogg avait donc cinq heures devant lui.

D'après son itinéraire, ce gentleman devait arriver dans la capitale des Indes le 25 octobre, vingt-trois jours après avoir quitté Londres, et il y arrivait au jour fixé. Il n'avait donc ni retard ni avance. Malheureusement, les deux jours gagnés par lui entre Londres et Bombay avaient été perdus, on sait comment, dans cette traversée de la péninsule indienne, — mais il est à supposer que Phileas Fogg ne les regrettait pas.

## XV
### OÙ LE SAC AUX BANK-NOTES S'ALLÈGE ENCORE DE QUELQUES MILLIERS DE LIVRES

Le train s'était arrêté en gare. Passepartout descendit le premier du wagon, et fut suivi de Mr. Fogg, qui aida sa jeune compagne à mettre pied sur le quai. Phileas Fogg comptait se rendre directement au paquebot de Hong-Kong, afin d'y installer confortablement Mrs. Aouda, qu'il ne voulait pas quitter, tant qu'elle serait en ce pays si dangereux pour elle.

Au moment où Mr. Fogg allait sortir de la gare, un policeman s'approcha de lui et dit :

« Monsieur Phileas Fogg ?

— C'est moi.

— Cet homme est votre domestique ? ajouta le policeman en désignant Passepartout.

— Oui.

— Veuillez me suivre tous les deux. »

Mr. Fogg ne fit pas un mouvement qui pût marquer en lui une surprise quelconque. Cet agent était un représentant de la loi, et, pour tout Anglais, la loi est sacrée. Passepartout, avec ses habitudes françaises, voulut raisonner, mais le policeman le toucha de sa baguette, et Phileas Fogg lui fit signe d'obéir.

« Cette jeune dame peut nous accompagner ? demanda Mr. Fogg.

— Elle le peut, » répondit le policeman.

Le policeman conduisit Mr. Fogg, Mrs. Aouda et Passepartout vers un palki-ghari, sorte de voiture à quatre roues et à quatre places, attelée de deux chevaux. On partit. Personne ne parla pendant le trajet, qui dura vingt minutes environ.

La voiture traversa d'abord la « ville noire », aux rues étroites, bordées de cahutes dans lesquelles grouillait une population cosmopolite, sale et déguenillée ; puis elle passa à travers la ville européenne, égayée de maisons de briques, ombragée de cocotiers, hérissée de mâtures, que parcouraient déjà, malgré l'heure matinale, des cavaliers élégants et de magnifiques attelages.

Le palki-ghari s'arrêta devant une habitation d'apparence simple, mais qui ne devait pas être affectée aux usages domestiques. Le policeman fit descendre ses prisonniers, — on pouvait vraiment leur donner ce nom, — et il les conduisit dans une chambre aux fenêtres grillées, en leur disant :

« C'est à huit heures et demie que vous comparaîtrez devant le juge Obadiah. »

Puis il se retira et ferma la porte.

« Allons ! nous sommes pris ! » s'écria Passepartout, en se laissant aller sur une chaise.

Mrs. Aouda, s'adressant aussitôt à Mr. Fogg, lui dit d'une voix dont elle cherchait en vain à déguiser l'émotion :

« Monsieur, il faut m'abandonner ! C'est pour moi que vous êtes poursuivi ! C'est pour m'avoir sauvée ! »

Phileas Fogg se contenta de répondre que cela n'était pas possible. Poursuivi pour cette affaire du sutty ! Inadmissible ! Comment les plaignants oseraient-ils se présenter ? Il y avait méprise. Mr. Fogg ajouta que, dans tous les cas, il n'abandonnerait pas la jeune femme, et qu'il la conduirait à Hong-Kong.

« Mais le bateau part à midi ! fit observer Passepartout.

— Avant midi nous serons à bord, » répondit simplement l'impossible gentleman.

Cela fut affirmé si nettement, que Passepartout ne put s'empêcher de se dire à lui-même :

« Parbleu ! cela est certain ! avant midi nous serons à bord ! » Mais il n'était pas rassuré du tout.

À huit heures et demie, la porte de la chambre s'ouvrit. Le policeman reparut, et il introduisit les prisonniers dans la salle voisine. C'était une salle d'audience, et un public assez nombreux, composé d'Européens et d'indigènes, en occupait déjà le prétoire.

Mr. Fogg, Mrs. Aouda et Passepartout s'assirent sur un banc en face des sièges réservés au magistrat et au greffier.

Ce magistrat, le juge Obadiah, entra presque aussitôt, suivi du greffier. C'était un gros homme tout rond. Il décrocha une perruque pendue à un clou et s'en coiffa lestement.

« La première cause, » dit-il.

Mais, portant la main à sa tête :

« Hé ! ce n'est pas ma perruque !

— En effet, monsieur Obadiah, c'est la mienne, répondit le greffier.

— Cher monsieur Oysterpuf, comment voulez-vous qu'un juge puisse rendre une bonne sentence avec la perruque d'un greffier ! »

L'échange des perruques fut fait. Pendant ces préliminaires, Passepartout bouillait d'impatience, car l'aiguille lui paraissait marcher terriblement vite sur le cadran de la grosse horloge du prétoire.

« La première cause, reprit alors le juge Obadiah.

— Phileas Fogg ? dit le greffier Oysterpuf.

— Me voici, répondit Mr. Fogg.

— Passepartout ?

— Présent ! répondit Passepartout.

— Bien ! dit le juge Obadiah. Voilà deux jours, accusés, que l'on vous guette à tous les trains de Bombay.

— Mais de quoi nous accuse-t-on ? s'écria Passepartout, impatienté.

— Vous allez le savoir, répondit le juge.

— Monsieur, dit alors Mr. Fogg, je suis citoyen anglais, et j'ai droit…

— Vous a-t-on manqué d'égards ? demanda Mr. Obadiah.

— Aucunement.

— Bien ! faites entrer les plaignants. »

Sur l'ordre du juge, une porte s'ouvrit, et trois prêtres indous furent introduits par un huissier.

« C'est bien cela ! murmura Passepartout, ce sont ces coquins qui voulaient brûler notre jeune dame ! »

Les prêtres se tinrent debout devant le juge, et le greffier lut à haute voix une plainte en sacrilège, formulée contre le sieur Phileas Fogg et son domestique, accusés d'avoir violé un lieu consacré par la religion brahmanique.

« Vous avez entendu ? demanda le juge à Phileas Fogg.

— Oui, monsieur, répondit Mr. Fogg en consultant sa montre, et j'avoue.

— Ah ! vous avouez ?…

— J'avoue et j'attends que ces trois prêtres avouent à leur tour ce qu'ils voulaient faire à la pagode de Pillaji. »

Les prêtres se regardèrent. Ils semblaient ne rien comprendre aux paroles de l'accusé.

« Sans doute ! s'écria impétueusement Passepartout, à cette pagode de Pillaji, devant laquelle ils allaient brûler leur victime ! »

Nouvelle stupéfaction des prêtres, et profond étonnement du juge Obadiah.

« Quelle victime ? demanda-t-il. Brûler qui ! En pleine ville de Bombay ?

— Bombay ? s'écria Passepartout.

— Sans doute. Il ne s'agit pas de la pagode de Pillaji, mais de la pagode de Malebar-Hill, à Bombay.

— Et comme pièce de conviction, voici les souliers du profanateur, ajouta le greffier, en posant une paire de chaussures sur son bureau.

— Mes souliers ! » s'écria Passepartout, qui, surpris au dernier chef, ne put retenir cette involontaire exclamation.

« Mes souliers ! » s'écria Passepartout.

On devine la confusion qui s'était opérée dans l'esprit du maître et du domestique. Cet incident de la pagode de Bombay, ils l'avaient oublié, et c'était celui-là même qui les amenait devant le magistrat de Calcutta.

En effet, l'agent Fix avait compris tout le parti qu'il pouvait tirer de cette malencontreuse affaire. Retardant son départ de douze heures, il s'était fait le conseil des prêtres de Malebar-Hill ; il leur avait promis des dommages-intérêts considérables, sachant bien que le gouvernement anglais se montrait très-sévère pour ce genre de délit ; puis, par le train suivant, il les avait lancés sur les traces du sacrilège. Mais, par suite du temps employé à la délivrance de la jeune veuve, Fix et les Indous arrivèrent à Calcutta avant Phileas Fogg et son domestique, que les magistrats, prévenus par dépêche, devaient arrêter à leur descente du train. Que l'on juge du désappointement de Fix, quand il apprit que Phileas Fogg n'était point encore arrivé dans la capitale de l'Inde. Il dut croire que son voleur, s'arrêtant à une des stations du Peninsular-railway, s'était réfugié dans les provinces septentrionales. Pendant vingt-quatre heures, au milieu de mortelles inquiétudes, Fix le guetta à la gare. Quelle fut donc sa joie quand, ce matin même, il le vit descendre du wagon, en compagnie, il est vrai, d'une jeune femme dont il ne pouvait s'expliquer la présence. Aussitôt il lança sur lui un policeman, et voilà comment Mr. Fogg, Passepartout et la veuve du rajah du Bundelkund furent conduits devant le juge Obadiah.

Et si Passepartout eût été moins préoccupé de son affaire, il aurait aperçu, dans un coin du prétoire, le détective, qui suivait le débat avec un intérêt facile à comprendre, — car à Calcutta, comme à Bombay, comme à Suez, le mandat d'arrestation lui manquait encore !

Cependant le juge Obadiah avait pris acte de l'aveu échappé à Passepartout, qui aurait donné tout ce qu'il possédait pour reprendre ses imprudentes paroles.

« Les faits sont avoués ? dit le juge.

— Avoués, répondit froidement Mr. Fogg.

— Attendu, reprit le juge, attendu que la loi anglaise entend protéger également et rigoureusement toutes les religions des populations de l'Inde, le délit étant avoué par le sieur Passepartout, convaincu d'avoir violé d'un pied sacrilège le pavé de la pagode de Malebar-Hill, à Bombay, dans la journée du 20 octobre, condamne ledit Passepartout à quinze jours de prison et à une amende de trois cents livres (7,500 fr.).

— Trois cents livres ? s'écria Passepartout, qui n'était véritablement sensible qu'à l'amende.

— Silence ! fit l'huissier d'une voix glapissante.

— Et, ajouta le juge Obadiah, attendu qu'il n'est pas matériellement prouvé qu'il n'y ait pas eu connivence entre le domestique et le maître, qu'en tout cas celui-ci doit être tenu responsable des faits et gestes d'un serviteur à ses gages, retient ledit Phileas Fogg et le condamne à huit jours de prison et cent cinquante livres d'amende. Greffier, appelez une autre cause ! »

Fix, dans son coin, éprouvait une indicible satisfaction. Phileas Fogg retenu huit jours à Calcutta, c'était plus qu'il n'en fallait pour donner au mandat le temps de lui arriver.

Passepartout était abasourdi. Cette condamnation ruinait son maître. Un pari de vingt mille livres perdu, et tout cela parce que, en vrai badaud, il était entré dans cette maudite pagode !

Phileas Fogg, aussi maître de lui que si cette condamnation ne l'eût pas concerné, n'avait pas même froncé le sourcil. Mais au moment où le greffier appelait une autre cause, il se leva et dit :

« J'offre caution.

— C'est votre droit, » répondit le juge.

Fix se sentit froid dans le dos, mais il reprit son assurance, quand il entendit le juge, « attendu la qualité d'étrangers de Phileas Fogg et de son domestique, » fixer la caution pour chacun d'eux à la somme énorme de mille livres (25,000 fr.).

C'était deux mille livres qu'il en coûterait à Mr. Fogg, s'il ne purgeait pas sa condamnation.

« Je paie, » dit ce gentleman.

Et du sac que portait Passepartout, il retira un paquet de bank-notes qu'il déposa sur le bureau du greffier.

« Cette somme vous sera restituée à votre sortie de prison, dit le juge. En attendant, vous êtes libres sous caution.

— Venez, dit Phileas Fogg à son domestique.

— Mais, au moins, qu'ils rendent les souliers ! » s'écria Passepartout avec un mouvement de rage.

On lui rendit ses souliers.

« En voilà qui coûtent cher ! murmura-t-il ! Plus de mille livres chacun ! Sans compter qu'ils me gênent ! »

Passepartout, absolument piteux, suivit Mr. Fogg, qui avait offert son bras à la jeune femme. Fix espérait encore que son voleur ne se déciderait jamais à abandonner cette somme de deux mille livres et qu'il ferait ses huit jours de prison. Il se jeta donc sur les traces de Fogg.

Mr. Fogg prit une voiture, dans laquelle Mrs. Aouda, Passepartout et lui montèrent aussitôt. Fix courut derrière la voiture, qui s'arrêta bientôt sur l'un des quais de la ville.

À un demi-mille en rade, le *Rangoon* était mouillé, son pavillon de partance hissé en tête de mât. Onze heures sonnaient. Mr. Fogg était en avance d'une heure. Fix le vit descendre de voiture et s'embarquer dans un canot avec Mrs. Aouda et son domestique. Le détective frappa la terre du pied.

« Le gueux ! s'écria-t-il, il part ! Deux mille livres sacrifiées ! Prodigue comme un voleur ! Ah ! je le filerai jusqu'au bout du monde s'il le faut ; mais du train dont il va, tout l'argent du vol y aura passé ! »

L'inspecteur de police était fondé à faire cette réflexion. En effet, depuis qu'il avait quitté Londres, tant en frais de voyage qu'en primes, en achat d'éléphant, en cautions et en amendes, Phileas Fogg avait déjà semé plus de cinq mille livres (125,000 fr.) sur sa route, et le tant pour cent de la somme recouvrée, attribué aux détectives, allait diminuant toujours.

## XVI
### OÙ FIX N'A PAS L'AIR DE CONNAÎTRE DU TOUT LES CHOSES DONT ON LUI PARLE

Le *Rangoon*, l'un des paquebots que la Compagnie péninsulaire et orientale emploie au service des mers de la Chine et du Japon, était un steamer en fer, à hélice, jaugeant brut dix-sept cent soixante-dix tonnes, et d'une force nominale de quatre cents chevaux. Il égalait le *Mongolia* en vitesse, mais non en confortable. Aussi Mrs. Aouda ne fut-elle point aussi bien installée que l'eût désiré Phileas Fogg. Après tout, il ne s'agissait que d'une traversée de trois mille cinq cents milles, soit de onze à douze jours, et la jeune femme ne se montra pas une difficile passagère.

Pendant les premiers jours de cette traversée, Mrs. Aouda fit plus ample connaissance avec Phileas Fogg. En toute occasion, elle lui témoignait la plus vive reconnaissance. Le flegmatique gentleman l'écoutait, en apparence au moins, avec la plus extrême froideur, sans qu'une intonation, un geste décelât en lui la plus légère émotion. Il veillait à ce que rien ne manquât à la jeune femme. À de certaines heures il venait régulièrement, sinon causer, du moins l'écouter. Il accomplissait envers elle les devoirs de la politesse la plus stricte, mais avec la grâce et l'imprévu d'un automate dont les mouvements auraient été combinés pour cet usage. Mrs. Aouda ne savait trop que penser, mais Passepartout lui avait un peu expliqué l'excentrique personnalité de son maître. Il lui avait appris quelle gageure entraînait ce gentleman autour du monde. Mrs. Aouda avait souri ; mais après tout, elle lui devait la vie, et son sauveur ne pouvait perdre à ce qu'elle le vît à travers sa reconnaissance.

Mrs. Aouda confirma le récit que le guide indou avait fait de sa touchante histoire. Elle était, en effet, de cette race qui tient le premier rang parmi les races indigènes. Plusieurs négociants parsis ont fait de grandes fortunes aux Indes, dans le commerce des cotons. L'un d'eux, sir James Jejeebhoy, a été anobli par le gouvernement anglais, et Mrs. Aouda était parente de ce riche personnage qui habitait Bombay. C'était même un cousin de sir Jejeebhoy, l'honorable Jejeeh, qu'elle comptait rejoindre à Hong-Kong. Trouverait-elle près de lui refuge et assistance ? Elle ne pouvait l'affirmer. À quoi Mr. Fogg répondait qu'elle n'eût pas à s'inquiéter, et que tout s'arrangerait mathématiquement ! Ce fut son mot.

La jeune femme comprenait-elle cet horrible adverbe ? On ne sait. Toutefois, ses grands yeux se fixaient sur ceux de Mr. Fogg, ses grands yeux « limpides comme les lacs sacrés de l'Himalaya ! » Mais l'intraitable Fogg, aussi boutonné que jamais, ne semblait point homme à se jeter dans ce lac.

Cette première partie de la traversée du *Rangoon* s'accomplit dans des conditions excellentes. Le temps était maniable. Toute cette portion de l'immense baie que les marins appellent « les brasses du Bengale » se montra favorable à la marche du paquebot. Le *Rangoon* eut bientôt connaissance du Grand-Andaman, la principale du groupe, que sa pittoresque montagne de Saddle-Peak, haute de deux mille quatre cents pieds, signale de fort loin aux navigateurs.

La côte fut prolongée d'assez près. Les sauvages Papouas de l'île ne se montrèrent point. Ce sont des êtres placés au dernier degré de l'échelle humaine, mais dont on a fait à tort des anthropophages.

Le développement panoramique de ces îles était superbe. D'immenses forêts de lataniers, d'arecs, de bambousiers, de muscadiers, de tecks, de gigantesques mimosées, de fougères arborescentes, couvraient le pays en premier plan, et en arrière se profilait l'élégante silhouette des montagnes. Sur la côte pullulaient par milliers ces précieuses salanganes, dont les nids comestibles forment un mets recherché dans le Céleste Empire. Mais tout ce spectacle varié, offert aux regards par le groupe des Andaman, passa vite, et le *Rangoon* s'achemina rapidement vers le détroit de Malacca, qui devait lui donner accès dans les mers de la Chine.

Que faisait pendant cette traversée l'inspecteur Fix, si malencontreusement entraîné dans un voyage de circumnavigation ? Au départ de

Calcutta, après avoir laissé des instructions pour que le mandat, s'il arrivait enfin, lui fût adressé à Hong-Kong, il avait pu s'embarquer à bord du *Rangoon* sans avoir été aperçu de Passepartout, et il espérait bien dissimuler sa présence jusqu'à l'arrivée du paquebot. En effet, il lui eût été difficile d'expliquer pourquoi il se trouvait à bord, sans éveiller les soupçons de Passepartout, qui devait le croire à Bombay. Mais il fut amené à renouer connaissance avec l'honnête garçon par la logique même des circonstances. Comment ? On va le voir.

Toutes les espérances, tous les désirs de l'inspecteur de police, étaient maintenant concentrés sur un unique point du monde, Hong-Kong, car le paquebot s'arrêtait trop peu de temps à Singapore pour qu'il pût opérer en cette ville. C'était donc à Hong-Kong que l'arrestation du voleur devait se faire, ou le voleur lui échappait, pour ainsi dire, sans retour.

En effet, Hong-Kong était encore une terre anglaise, mais la dernière qui se rencontrât sur le parcours. Au-delà, la Chine, le Japon, l'Amérique offraient un refuge à peu près assuré au sieur Fogg. À Hong-Kong, s'il y trouvait enfin le mandat d'arrestation qui courait évidemment après lui, Fix arrêtait Fogg et le remettait entre les mains de la police locale. Nulle difficulté. Mais après Hong-Kong, un simple mandat d'arrestation ne suffirait plus. Il faudrait un acte d'extradition. De là retards, lenteurs, obstacles de toute nature, dont le coquin profiterait pour échapper définitivement. Si l'opération manquait à Hong-Kong, il serait, sinon impossible, du moins bien difficile, de la reprendre avec quelque chance de succès.

« Donc, se répétait Fix pendant ces longues heures qu'il passait dans sa cabine, donc, ou le mandat sera à Hong-Kong, et j'arrête mon homme, ou il n'y sera pas, et cette fois il faut à tout prix que je retarde son départ ! J'ai échoué à Bombay, j'ai échoué à Calcutta ! Si je manque mon coup à Hong-Kong, je suis perdu de réputation ! Coûte que coûte, il faut réussir. Mais quel moyen employer pour retarder, si cela est nécessaire, le départ de ce maudit Fogg ? »

En dernier ressort, Fix était bien décidé à tout avouer à Passepartout, à lui faire connaître ce maître qu'il servait et dont il n'était certainement pas le complice. Passepartout, éclairé par cette révélation, devant craindre d'être compromis, se rangerait sans doute à lui, Fix. Mais enfin c'était un moyen hasardeux, qui ne pouvait être employé qu'à défaut de tout autre. Un mot de Passepartout à son maître eût suffi à compromettre irrévocablement l'affaire.

L'inspecteur de police était donc extrêmement embarrassé, quand la présence de Mrs. Aouda à bord du *Rangoon*, en compagnie de Phileas Fogg, lui ouvrit de nouvelles perspectives.

Quelle était cette femme ? Quel concours de circonstances en avait fait la compagne de Fogg ? C'était évidemment entre Bombay et Calcutta que la rencontre avait eu lieu. Mais en quel point de la péninsule ? Était-ce le hasard qui avait réuni Phileas Fogg et la jeune voyageuse ? Ce voyage à travers l'Inde, au contraire, n'avait-il pas été entrepris par ce gentleman dans le but de rejoindre cette charmante personne ? car elle était charmante ! Fix l'avait bien vu dans la salle d'audience du tribunal de Calcutta.

On comprend à quel point l'agent devait être intrigué. Il se demanda s'il n'y avait pas dans cette affaire quelque criminel enlèvement. Oui ! cela devait être ! Cette idée s'incrusta dans le cerveau de Fix, et il reconnut tout le parti qu'il pouvait tirer de cette circonstance. Que cette jeune femme fût mariée ou non, il y avait enlèvement, et il était possible, à Hong-Kong, de susciter au ravisseur des embarras tels, qu'il ne pût s'en tirer à prix d'argent.

Mais il ne fallait pas attendre l'arrivée du *Rangoon* à Hong-Kong. Ce Fogg avait la détestable habitude de sauter d'un bateau dans un autre, et, avant que l'affaire fût entamée, il pouvait être déjà loin.

L'important était donc de prévenir les autorités anglaises et de signaler le passage du *Rangoon* avant son débarquement. Or, rien n'était plus facile, puisque le paquebot faisait escale à Singapore, et que Singapore est reliée à la côte chinoise par un fil télégraphique.

Toutefois, avant d'agir et pour opérer plus sûrement, Fix résolut d'interroger Passepartout. Il savait qu'il n'était pas très-difficile de faire parler ce garçon, et il se décida à rompre l'incognito qu'il avait gardé jusqu'alors. Or, il n'y avait pas de temps à perdre. On était au 31 octobre, et le lendemain même le *Rangoon* devait relâcher à Singapore.

Donc, ce jour-là, Fix, sortant de sa cabine, monta sur le pont, dans l'intention d'aborder Passepartout « le premier » avec les marques de la plus extrême surprise. Passepartout se promenait à l'avant, quand l'inspecteur se précipita vers lui, s'écriant :

« Vous, sur le *Rangoon* !

— Monsieur Fix à bord ! répondit Passepartout, absolument surpris, en reconnaissant son compagnon de traversée du *Mongolia*. Quoi ! je vous laisse à Bombay, et je vous retrouve sur la route de Hong-Kong ! Mais vous faites donc, vous aussi, le tour du monde ?

— Non, non, répondit Fix, et je compte m'arrêter à Hong-Kong, — au moins quelques jours.

— Ah ! dit Passepartout, qui parut un instant étonné. Mais comment ne vous ai-je pas aperçu à bord depuis notre départ de Calcutta ?

— Ma foi, un malaise… un peu de mal de mer… Je suis resté couché dans ma cabine… Le golfe du Bengale ne me réussit pas aussi bien que l'océan Indien. Et votre maître, monsieur Phileas Fogg ?

— En parfaite santé, et aussi ponctuel que son itinéraire ! Pas un jour de retard ! Ah ! monsieur Fix, vous ne savez pas cela, vous, mais nous avons aussi une jeune dame avec nous.

— Une jeune dame ? » répondit l'agent, qui avait parfaitement l'air de ne pas comprendre ce que son interlocuteur voulait dire.

Mais Passepartout l'eut bientôt mis au courant de son histoire. Il raconta l'incident de la pagode de Bombay, l'acquisition de l'éléphant au prix de deux mille livres, l'affaire du sutty, l'enlèvement d'Aouda, la condamnation du tribunal de Calcutta, la liberté sous caution. Fix, qui connaissait la dernière partie de ces incidents, semblait les ignorer tous, et Passepartout se laissait aller au charme de narrer ses aventures devant un auditeur qui lui marquait tant d'intérêt.

« Mais, en fin de compte, demanda Fix, est-ce que votre maître a l'intention d'emmener cette jeune femme en Europe ?

— Non pas, monsieur Fix, non pas ! Nous allons tout simplement la remettre aux soins de l'un de ses parents, riche négociant de Hong-Kong.

— Rien à faire ! se dit le détective en dissimulant son désappointement. Un verre de gin, monsieur Passepartout ?

— Volontiers, monsieur Fix. C'est bien le moins que nous buvions à notre rencontre à bord du *Rangoon* ! »

*Jules Verne*

## XVII
### OÙ IL EST QUESTION DE CHOSES ET D'AUTRES PENDANT LA TRAVERSÉE DE SINGAPORE À HONG-KONG

Depuis ce jour, Passepartout et le détective se rencontrèrent fréquemment, mais l'agent se tint dans une extrême réserve vis-à-vis de son compagnon, et il n'essaya point de le faire parler. Une ou deux fois seulement, il entrevit Mr. Fogg, qui restait volontiers dans le grand salon du *Rangoon*, soit qu'il tînt compagnie à Mrs. Aouda, soit qu'il jouât au whist, suivant son invariable habitude.

Quant à Passepartout, il s'était pris très-sérieusement à méditer sur le singulier hasard qui avait mis, encore une fois, Fix sur la route de son maître. Et, en effet, on eût été étonné à moins. Ce gentleman, très-aimable, très-complaisant à coup sûr, que l'on rencontre d'abord à Suez, qui s'embarque sur le *Mongolia*, qui débarque à Bombay, où il dit devoir séjourner, que l'on retrouve sur le *Rangoon*, faisant route pour Hong-Kong, en un mot, suivant pas à pas l'itinéraire de Mr. Fogg, cela valait la peine qu'on y réfléchît. Il y avait là une concordance au moins bizarre. À qui en avait ce Fix ? Passepartout était prêt à parier ses babouches — il les avait précieusement conservées — que le Fix quitterait Hong-Kong en même temps qu'eux, et probablement sur le même paquebot.

Passepartout eût réfléchi pendant un siècle, qu'il n'aurait jamais deviné de quelle mission l'agent avait été chargé. Jamais il n'eût imaginé que Phileas Fogg fût « filé », à la façon d'un voleur, autour du globe terrestre. Mais comme il est dans la nature humaine de donner une explication à toute chose, voici comment Passepartout, soudainement illuminé, interpréta la présence permanente de Fix, et, vraiment, son interprétation était fort plausible. En effet, suivant lui, Fix n'était et ne pouvait être qu'un agent lancé sur les traces de Mr. Fogg par ses collègues du Reform-Club, afin de constater que ce voyage s'accomplissait régulièrement autour du monde, suivant l'itinéraire convenu.

« C'est évident ! c'est évident ! se répétait l'honnête garçon, tout fier de sa perspicacité. C'est un espion que ces gentlemen ont mis à nos trousses ! Voilà qui n'est pas digne ! Mr. Fogg si probe, si honorable ! Le faire épier par un agent ! Ah ! messieurs du Reform-Club, cela vous coûtera cher ! »

Passepartout, enchanté de sa découverte, résolut cependant de n'en rien dire à son maître, craignant que celui-ci ne fût justement blessé de cette défiance que lui montraient ses adversaires. Mais il se promit bien de gouailler Fix à l'occasion, à mots couverts et sans se compromettre.

Le mercredi 30 octobre, dans l'après-midi, le *Rangoon* embouquait le détroit de Malacca, qui sépare la presqu'île de ce nom des terres de Sumatra. Des îlots montagneux très-escarpés, très-pittoresques dérobaient aux passagers la vue de la grande île.

Le lendemain, à quatre heures du matin, le *Rangoon*, ayant gagné une demi-journée sur sa traversée réglementaire, relâchait à Singapore, afin d'y renouveler sa provision de charbon.

Phileas Fogg inscrivit cette avance à la colonne des gains, et, cette fois, il descendit à terre, accompagnant Mrs. Aouda, qui avait manifesté le désir de se promener pendant quelques heures.

Fix, à qui toute action de Fogg paraissait suspecte, le suivit sans se laisser apercevoir. Quant à Passepartout, qui riait *in petto* à voir la manœuvre de Fix, il alla faire ses emplettes ordinaires.

Toutefois, elle est charmante dans sa maigreur.

L'île de Singapore n'est ni grande ni imposante d'aspect. Les montagnes, c'est-à-dire les profils, lui manquent. Toutefois, elle est charmante dans sa maigreur. C'est un parc coupé de belles routes. Un joli équipage, attelé de ces chevaux élégants qui ont été importés de la Nouvelle-Hollande, transporta Mrs. Aouda et Phileas Fogg au milieu des massifs de palmiers à l'éclatant feuillage, et de girofliers dont les clous sont formés du bouton même de la fleur entr'ouverte. Là, les buissons de poivriers remplaçaient les haies épineuses des campagnes européennes ; des sagoutiers, de grandes fougères avec leur ramure superbe, variaient l'aspect de cette région tropicale ; des muscadiers au feuillage verni saturaient l'air d'un parfum pénétrant. Les singes, bandes alertes et grimaçantes, ne manquaient pas dans les bois, ni peut-être les tigres dans les jungles. À qui s'étonnerait d'apprendre que dans cette île, si petite relativement, ces terribles carnassiers ne fussent pas détruits jusqu'au dernier, on répondra qu'ils viennent de Malacca, en traversant le détroit à la nage.

Après avoir parcouru la campagne pendant deux heures, Mrs. Aouda et son compagnon — qui regardait un peu sans voir — rentrèrent dans la ville, vaste agglomération de maisons lourdes et écrasées, qu'entourent de charmants jardins où poussent des mangoustes, des ananas et tous les meilleurs fruits du monde.

À dix heures, ils revenaient au paquebot, après avoir été suivis, sans s'en douter, par l'inspecteur, qui avait dû lui aussi se mettre en frais d'équipage.

Passepartout les attendait sur le pont du *Rangoon*. Le brave garçon avait acheté quelques douzaines de mangoustes, grosses comme des pommes moyennes, d'un brun foncé au dehors, d'un rouge éclatant au dedans, et dont le fruit blanc, en fondant entre les lèvres, procure aux vrais gourmets une jouissance sans pareille. Passepartout fut trop heureux de les offrir à Mrs. Aouda, qui le remercia avec beaucoup de grâce.

À onze heures, le *Rangoon*, ayant son plein de charbon, larguait ses amarres, et, quelques heures plus tard, les passagers perdaient de vue ces hautes montagnes de Malacca, dont les forêts abritent les plus beaux tigres de la terre.

Treize cents milles environ séparent Singapore de l'île de Hong-Kong, petit territoire anglais détaché de la côte chinoise. Phileas Fogg avait intérêt à les franchir en six jours au plus, afin de prendre à Hong-Kong le bateau qui devait partir le 6 novembre pour Yokohama, l'un des principaux ports du Japon.

Le *Rangoon* était fort chargé. De nombreux passagers s'étaient embarqués à Singapore, des Indous, des Ceylandais, des Chinois, des Malais, des Portugais, qui, pour la plupart, occupaient les secondes places.

Le temps, assez beau jusqu'alors, changea avec le dernier quartier de la lune. Il y eut grosse mer. Le vent souffla quelquefois en grande brise, mais très-heureusement de la partie du sud-est, ce qui favorisait la marche du steamer. Quand il était maniable, le capitaine faisait établir la voilure. Le *Rangoon*, gréé en brick, navigua souvent avec ses deux huniers et sa misaine, et sa rapidité s'accrut sous la double action de la vapeur et du vent. C'est ainsi que l'on prolongea, sur une lame courte et parfois très-fatigante, les côtes d'Annam et de Cochinchine.

Mais la faute en était plutôt au *Rangoon* qu'à la mer, et c'est à ce paquebot que les passagers, dont la plupart furent malades, durent s'en prendre de cette fatigue.

En effet, les navires de la Compagnie péninsulaire, qui font le service des mers de Chine, ont un sérieux défaut de construction. Le rapport de leur tirant d'eau en charge avec leur creux a été mal calculé, et, par suite, ils n'offrent qu'une faible résistance à la mer. Leur volume, clos, impénétrable à l'eau, est insuffisant. Ils sont « noyés », pour employer l'expression maritime, et, en conséquence de cette disposition, il ne faut que quelques paquets de mer, jetés à bord, pour modifier leur allure. Ces navires sont donc très-inférieurs — sinon par le moteur et l'appareil évaporatoire, du moins par la construction, — aux types des Messageries françaises, tels que l'*Impératrice* et le *Cambodge*. Tandis que, suivant les calculs des ingénieurs, ceux-ci peuvent embarquer un poids d'eau égal à leur propre poids avant de sombrer, les bateaux de la Compagnie péninsulaire, le *Golgonda*, le *Corea*, et enfin le *Rangoon*, ne pourraient pas embarquer le sixième de leur poids sans couler par le fond.

Donc, par le mauvais temps, il convenait de prendre de grandes précautions. Il fallait quelquefois mettre à la cape sous petite vapeur. C'était une perte de temps qui ne paraissait affecter Phileas Fogg en aucune façon, mais dont Passepartout se montrait extrêmement irrité. Il accusait alors le capitaine, le mécanicien, la Compagnie, et envoyait au diable tous ceux qui se mêlent de transporter des voyageurs. Peut-être aussi la pensée de ce bec de gaz qui continuait de brûler à son compte dans la maison de Saville-row entrait-elle pour beaucoup dans son impatience.

« Mais vous êtes donc bien pressé d'arriver à Hong-Kong ? lui demanda un jour le détective.

— Très-pressé ! répondit Passepartout.

— Vous pensez que Mr. Fogg a hâte de prendre le paquebot de Yokohama ?

— Une hâte effroyable.

— Vous croyez donc maintenant à ce singulier voyage autour du monde ?

— Absolument. Et vous, monsieur Fix ?

— Moi ? je n'y crois pas !

— Farceur ! » répondit Passepartout en clignant de l'œil.

Ce mot laissa l'agent rêveur. Ce qualificatif l'inquiéta, sans qu'il sût trop pourquoi. Le Français l'avait-il deviné ? Il ne savait trop que penser. Mais sa qualité de détective, dont seul il avait le secret, comment Passepartout aurait-il pu la reconnaître ? Et cependant, en lui parlant ainsi, Passepartout avait certainement eu une arrière-pensée.

Il arriva même que le brave garçon alla plus loin, un autre jour, mais c'était plus fort que lui. Il ne pouvait tenir sa langue.

« Voyons, monsieur Fix, demanda-t-il à son compagnon d'un ton malicieux, est-ce que, une fois arrivés à Hong-Kong, nous aurons le malheur de vous y laisser ?

— Mais, répondit Fix assez embarrassé, je ne sais !... Peut-être que...

— Ah ! dit Passepartout, si vous nous accompagniez, ce serait un bonheur pour moi ! Voyons ! un agent de la Compagnie péninsulaire ne saurait s'arrêter en route ! Vous n'alliez qu'à Bombay, et vous voici bientôt en Chine ! L'Amérique n'est pas loin, et de l'Amérique à l'Europe il n'y a qu'un pas ! »

Fix regardait attentivement son interlocuteur, qui lui montrait la figure la plus aimable du monde, et il prit le parti de rire avec lui. Mais celui-ci, qui était en veine, lui demanda si « ça lui rapportait beaucoup, ce métier-là ? »

« Oui et non, répondit Fix sans sourciller. Il y a de bonnes et de mauvaises affaires. Mais vous comprenez bien que je ne voyage pas à mes frais !

— Oh ! pour cela, j'en suis sûr ! » s'écria Passepartout, riant de plus belle.

La conversation finie, Fix rentra dans sa cabine et se mit à réfléchir. Il était évidemment deviné. D'une façon ou d'une autre, le Français avait reconnu sa qualité de détective. Mais avait-il prévenu son maître ? Quel rôle jouait-il dans tout ceci ? Était-il complice ou non ? L'affaire était-elle éventée, et par conséquent manquée ? L'agent passa là quelques heures difficiles, tantôt croyant tout perdu, tantôt espérant que Fogg ignorait la situation, enfin ne sachant quel parti prendre.

Cependant le calme se rétablit dans son cerveau, et il résolut d'agir franchement avec Passepartout. S'il ne se trouvait pas dans les conditions voulues pour arrêter Fogg à Hong-Kong, et si Fogg se préparait à quitter définitivement cette fois le territoire anglais, lui, Fix, dirait tout à Passepartout. Ou le domestique était le complice de son maître, — et celui-ci savait tout, et dans ce cas l'affaire était définitivement compromise — ou le domestique n'était pour rien dans le vol, et alors son intérêt serait d'abandonner le voleur.

Telle était donc la situation respective de ces deux hommes, et au-dessus d'eux Phileas Fogg planait dans sa majestueuse indifférence. Il accomplissait rationnellement son orbite autour du monde, sans s'inquiéter des astéroïdes qui gravitaient autour de lui.

Et cependant, dans le voisinage, il y avait — suivant l'expression des astronomes — un astre troublant qui aurait dû produire certaines perturbations sur le cœur de ce gentleman. Mais non ! Le charme de Mrs. Aouda n'agissait point, à la grande surprise de Passepartout, et les perturbations, si elles existaient, eussent été plus difficiles à calculer que celles d'Uranus qui ont amené la découverte de Neptune.

Oui ! c'était un étonnement de tous les jours pour Passepartout, qui lisait tant de reconnaissance envers son maître dans les yeux de la jeune femme ! Décidément Phileas Fogg n'avait de cœur que ce qu'il en fallait pour se conduire héroïquement, mais amoureusement, non ! Quant aux préoccupations que les chances de ce voyage pouvaient faire naître en lui, il n'y en avait pas trace. Mais Passepartout, lui, vivait dans des transes continuelles. Un jour, appuyé sur la rambarde de « l'engine-room », il regardait la puissante machine qui s'emportait parfois, quand dans un violent mouvement de tangage, l'hélice s'affolait hors des flots. La vapeur fusait alors par les soupapes, ce qui provoqua la colère du digne garçon.

« Elles ne sont pas assez chargées, ces soupapes ! s'écria-t-il. On ne marche pas ! Voilà bien ces Anglais ! Ah ! si c'était un navire américain, on sauterait peut-être, mais on irait plus vite ! »

## XVIII

### DANS LEQUEL PHILEAS FOGG, PASSEPARTOUT, FIX, CHACUN DE SON CÔTÉ, VA À SES AFFAIRES

Pendant les derniers jours de la traversée, le temps fut assez mauvais. Le vent devint très-fort. Fixé dans la partie du nord-ouest, il contraria la marche du paquebot. Le *Rangoon*, trop instable, roula considérablement, et les passagers furent en droit de garder rancune à ces longues lames affadissantes que le vent soulevait du large.

Pendant les journées du 3 et du 4 novembre, ce fut une sorte de tempête. La bourrasque battit la mer avec véhémence. Le *Rangoon* dut mettre à la cape pendant un demi-jour, se maintenant avec dix tours d'hélice seulement, de manière à biaiser avec les lames. Toutes les voiles avaient été serrées, et c'était encore trop de ces agrès qui sifflaient au milieu des rafales.

La vitesse du paquebot, on le conçoit, fut notablement diminuée, et l'on put estimer qu'il arriverait à Hong-Kong avec vingt heures de retard sur l'heure réglementaire, et plus même, si la tempête ne cessait pas.

Phileas Fogg assistait à ce spectacle d'une mer furieuse, qui semblait lutter directement contre lui, avec son habituelle impassibilité. Son front ne s'assombrit pas un instant, et, cependant, un retard de vingt heures pouvait compromettre son voyage en lui faisant manquer le départ du paquebot de Yokohama. Mais cet homme sans nerfs ne ressentait ni impatience ni ennui. Il semblait vraiment que cette tempête rentrât dans son programme, qu'elle fût prévue. Mrs. Aouda, qui s'entretint avec son compagnon de ce contretemps, le trouva aussi calme que par le passé.

373

Fix, lui, ne voyait pas ces choses du même œil. Bien au contraire. Cette tempête lui plaisait. Sa satisfaction aurait même été sans bornes, si le *Rangoon* eût été obligé de fuir devant la tourmente. Tous ces retards lui allaient, car ils obligeraient le sieur Fogg à rester quelques jours à Hong-Kong. Enfin, le ciel, avec ses rafales et ses bourrasques, entrait dans son jeu. Il était bien un peu malade, mais qu'importe ! Il ne comptait pas ses nausées, et, quand son corps se tordait sous le mal de mer, son esprit s'ébaudissait d'une immense satisfaction.

Quant à Passepartout, on devine dans quelle colère peu dissimulée il passa ce temps d'épreuve. Jusqu'alors tout avait si bien marché ! La terre et l'eau semblaient être à la dévotion de son maître. Steamers et railways lui obéissaient. Le vent et la vapeur s'unissaient pour favoriser son voyage. L'heure des mécomptes avait-elle donc enfin sonné ? Passepartout, comme si les vingt mille livres du pari eussent dû sortir de sa bourse, ne vivait plus. Cette tempête l'exaspérait, cette rafale le mettait en fureur, et il eût volontiers fouetté cette mer désobéissante ! Pauvre garçon ! Fix lui cacha soigneusement sa satisfaction personnelle, et il fit bien, car si Passepartout eût deviné le secret contentement de Fix, Fix eût passé un mauvais quart d'heure.

Il étonnait l'équipage et aidait à tout…

Passepartout, pendant toute la durée de la bourrasque, demeura sur le pont du *Rangoon*. Il n'aurait pu rester en bas ; il grimpait dans la mâture ; il étonnait l'équipage et aidait à tout avec une adresse de singe. Cent fois il interrogea le capitaine, les officiers, les matelots, qui ne pouvaient s'empêcher de rire en voyant un garçon si décontenancé. Passepartout voulait absolument savoir combien de temps durerait la tempête. On le renvoyait alors au baromètre, qui ne se décidait pas à remonter. Passepartout secouait le baromètre, mais rien n'y faisait, ni les secousses, ni les injures dont il accablait l'irresponsable instrument.

Enfin la tourmente s'apaisa. L'état de la mer se modifia dans la journée du 4 novembre. Le vent sauta de deux quarts dans le sud et redevint favorable.

Passepartout se raséréna avec le temps. Les huniers et les basses voiles purent être établis, et le *Rangoon* reprit sa route avec une merveilleuse vitesse.

Mais on ne pouvait regagner tout le temps perdu. Il fallait bien en prendre son parti, et la terre ne fut signalée que le 6, à cinq heures du matin. L'itinéraire de Phileas Fogg portait l'arrivée du paquebot au 5. Or, il n'arrivait que le 6. C'était donc vingt-quatre heures de retard, et le départ pour Yokohama serait nécessairement manqué.

À six heures, le pilote monta à bord du *Rangoon* et prit place sur la passerelle, afin de diriger le navire à travers les passes jusqu'au port de Hong-Kong.

Passepartout mourait du désir d'interroger cet homme, de lui demander si le paquebot de Yokohama avait quitté Hong-Kong. Mais il n'osait pas, aimant mieux conserver un peu d'espoir jusqu'au dernier instant. Il avait confié ses inquiétudes à Fix, qui — le fin renard — essayait de le consoler, en lui disant que Mr. Fogg en serait quitte pour prendre le prochain paquebot. Ce qui mettait Passepartout dans une colère bleue.

Mais si Passepartout ne se hasarda pas à interroger le pilote, Mr. Fogg, après avoir consulté son *Bradshaw*, demanda de son air tranquille audit pilote s'il savait quand il partirait un bateau de Hong-Kong pour Yokohama.

« Demain, à la marée du matin, répondit le pilote.

— Ah ! » fit Mr. Fogg, sans manifester aucun étonnement.

Passepartout, qui était présent, eût volontiers embrassé le pilote, auquel Fix aurait voulu tordre le cou.

« Quel est le nom de ce steamer ? demanda Mr. Fogg.

— Le *Carnatic*, répondit le pilote.

— N'était-ce pas hier qu'il devait partir ?

— Oui, monsieur, mais on a dû réparer une de ses chaudières, et son départ a été remis à demain.

— Je vous remercie, » répondit Mr. Fogg, qui de son pas automatique redescendit dans le salon du *Rangoon*.

Quant à Passepartout, il saisit la main du pilote et l'étreignit vigoureusement en disant :

« Vous, pilote, vous êtes un brave homme ! »

Le pilote ne sut jamais, sans doute, pourquoi ses réponses lui valurent cette amicale expansion. À un coup de sifflet, il remonta sur la passerelle et dirigea le paquebot au milieu de cette flottille de jonques, de tankas, de bateaux-pêcheurs, de navires de toutes sortes, qui encombraient les pertuis de Hong-Kong.

À une heure, le *Rangoon* était à quai, et les passagers débarquaient.

En cette circonstance, le hasard avait singulièrement servi Phileas Fogg, il faut en convenir. Sans cette nécessité de réparer ses chaudières, le *Carnatic* fût parti à la date du 5 novembre, et les voyageurs pour le Japon auraient dû attendre pendant huit jours le départ du paquebot suivant. Mr. Fogg, il est vrai, était en retard de vingt-quatre heures, mais ce retard ne pouvait avoir de conséquences fâcheuses pour le reste du voyage.

En effet, le steamer qui fait de Yokohama à San-Francisco la traversée du Pacifique était en correspondance directe avec le paquebot de Hong-Kong, et il ne pouvait partir avant que celui-ci fût arrivé. Évidemment il y aurait vingt-quatre heures de retard à Yokohama, mais, pendant les vingt-deux jours que dure la traversée du Pacifique, il serait facile de les regagner. Phileas Fogg se trouvait donc, à vingt-quatre heures près, dans les conditions de son programme, trente-cinq jours après avoir quitté Londres.

Le *Carnatic* ne devant partir que le lendemain matin à cinq heures, Mr. Fogg avait devant lui seize heures pour s'occuper de ses affaires, c'est-à-dire de celles qui concernaient Mrs. Aouda. Au débarqué du bateau, il offrit son bras à la jeune femme et la conduisit vers un palanquin. Il demanda aux porteurs de lui indiquer un hôtel, et ceux-ci lui désignèrent l'*Hôtel du Club*. Le palanquin se mit en route, suivi de Passepartout, et vingt minutes après il arrivait à destination.

Un appartement fut retenu pour la jeune femme et Phileas Fogg veilla à ce qu'elle ne manquât de rien. Puis il dit à Mrs. Aouda qu'il allait immédiatement se mettre à la recherche de ce parent aux soins duquel il devait la laisser à Hong-Kong. En même temps il donnait à Passepartout l'ordre de demeurer à l'hôtel jusqu'à son retour, afin que la jeune femme n'y restât pas seule.

Le gentleman se fit conduire à la Bourse. Là, on connaîtrait immanquablement un personnage tel que l'honorable Jejeeh, qui comptait parmi les plus riches commerçants de la ville.

Le courtier auquel s'adressa Mr. Fogg connaissait en effet le négociant parsi. Mais, depuis deux ans, celui-ci n'habitait plus la Chine. Sa fortune faite, il s'était établi en Europe, — en Hollande, croyait-on, — ce qui s'expliquait par suite de nombreuses relations qu'il avait eues avec ce pays pendant son existence commerciale.

Phileas Fogg revint à l'*Hôtel du Club*. Aussitôt il fit demander à Mrs. Aouda la permission de se présenter devant elle, et, sans autre préambule, il lui apprit que l'honorable Jejeeh ne résidait plus à Hong-Kong, et qu'il habitait vraisemblablement la Hollande.

À cela, Mrs. Aouda ne répondit rien d'abord. Elle passa sa main sur son front, et resta quelques instants à réfléchir. Puis, de sa douce voix :

« Que dois-je faire, monsieur Fogg ? dit-elle.

— C'est très-simple, répondit le gentleman. Revenir en Europe.

— Mais je ne puis abuser...

— Vous n'abusez pas, et votre présence ne gêne en rien mon programme. — Passepartout ?

— Monsieur ? répondit Passepartout.

— Allez au *Carnatic*, et retenez trois cabines. »

Passepartout, enchanté de continuer son voyage dans la compagnie de la jeune femme, qui était fort gracieuse pour lui, quitta aussitôt l'*Hôtel du Club*.

*Jules Verne*

## XIX
### OÙ PASSEPARTOUT PREND UN TROP VIF INTÉRÊT À SON MAÎTRE, ET CE QUI S'ENSUIT

Hong-Kong n'est qu'un îlot, dont le traité de Nanking, après la guerre de 1842, assura la possession à l'Angleterre. En quelques années, le génie colonisateur de la Grande-Bretagne y avait fondé une ville importante et créé un port, le port Victoria. Cette île est située à l'embouchure de la rivière de Canton, et soixante milles seulement la séparent de la cité portugaise de Macao, bâtie sur l'autre rive. Hong-Kong devait nécessairement vaincre Macao dans une lutte commerciale, et maintenant la plus grande partie du transit chinois s'opère par la ville anglaise. Des docks, des hôpitaux, des wharfs, des entrepôts, une cathédrale gothique, un « government-house », des rues macadamisées, tout ferait croire qu'une des cités commerçantes des comtés de Kent ou de Surrey, traversant le sphéroïde terrestre, est venue ressortir en ce point de la Chine, presque à ses antipodes.

Passepartout, les mains dans les poches, se rendit donc vers le port Victoria, regardant les palanquins, les brouettes à voile, encore en faveur dans le Céleste Empire, et toute cette foule de Chinois, de Japonais et d'Européens, qui se pressait dans les rues. À peu de choses près, c'était encore Bombay, Calcutta ou Singapore, que le digne garçon retrouvait sur son parcours. Il y a ainsi comme une traînée de villes anglaises tout autour du monde.

Passepartout remarqua un certain nombre d'indigènes…

Passepartout arriva au port Victoria. Là, à l'embouchure de la rivière de Canton, c'était un fourmillement de navires de toutes nations, des anglais, des français, des américains, des hollandais, bâtiments de guerre et de commerce, des embarcations japonaises ou chinoises, des jonques, des sempas, des tankas, et même des bateaux-fleurs qui formaient autant de parterres flottants sur les eaux. En se promenant, Passepartout remarqua un certain nombre d'indigènes vêtus de jaune, tous très-avancés en âge. Étant entré chez un barbier chinois pour se faire raser « à la chinoise », il apprit par le Figaro de l'endroit, qui parlait un assez bon anglais, que ces vieillards avaient tous quatre-vingts ans au moins, et qu'à cet âge ils avaient le privilège de porter la couleur jaune, qui est la couleur impériale. Passepartout trouva cela fort drôle, sans trop savoir pourquoi.

Sa barbe faite, il se rendit au quai d'embarquement du *Carnatic*, et là il aperçut Fix qui se promenait de long en large, ce dont il ne fut point étonné. Mais l'inspecteur de police laissait voir sur son visage les marques d'un vif désappointement.

« Bon ! se dit Passepartout, cela va mal pour les gentlemen du Reform-Club ! »

Et il accosta Fix avec son joyeux sourire, sans vouloir remarquer l'air vexé de son compagnon.

Or, l'agent avait de bonnes raisons pour pester contre l'infernale chance qui le poursuivait. Pas de mandat ! Il était évident que le man-dat courait après lui, et ne pourrait l'atteindre que s'il séjournait quelques jours en cette ville. Or, Hong-Kong étant la dernière terre anglaise du parcours, le sieur Fogg allait lui échapper définitivement, s'il ne parvenait pas à l'y retenir.

« Eh bien, monsieur Fix, êtes-vous décidé à venir avec nous jusqu'en Amérique ? demanda Passepartout.

— Oui, répondit Fix les dents serrées.

— Allons donc ! s'écria Passepartout en faisant entendre un retentissant éclat de rire ! Je savais bien que vous ne pourriez pas vous séparer de nous. Venez retenir votre place, venez ! »

Et tous deux entrèrent au bureau des transports maritimes et arrêtèrent des cabines pour quatre personnes. Mais l'employé leur fit observer que les réparations du *Carnatic* étant terminées, le paquebot partirait le soir même à huit heures, et non le lendemain matin, comme il avait été annoncé.

« Très-bien ! répondit Passepartout, cela arrangera mon maître. Je vais le prévenir. »

À ce moment, Fix prit un parti extrême. Il résolut de tout dire à Passepartout. C'était le seul moyen peut-être qu'il eût de retenir Phileas Fogg pendant quelques jours à Hong-Kong.

En quittant le bureau, Fix offrit à son compagnon de se rafraîchir dans une taverne. Passepartout avait le temps. Il accepta l'invitation de Fix.

Une taverne s'ouvrait sur le quai. Elle avait un aspect engageant. Tous deux y entrèrent. C'était une vaste salle bien décorée, au fond de laquelle s'étendait un lit de camp, garni de coussins. Sur ce lit étaient rangés un certain nombre de dormeurs.

Une trentaine de consommateurs occupaient dans la grande salle de petites tables en jonc tressé. Quelques uns vidaient des pintes de bière anglaise, ale ou porter, d'autres, des brocs de liqueurs alcooliques, gin ou brandy. En outre, la plupart fumaient de longues pipes de terre rouge, bourrées de petites boulettes d'opium mélangé d'essence de rose. Puis, de temps en temps, quelque fumeur énervé glissait sous la table, et les garçons de l'établissement, le prenant par les pieds et par la tête, le portaient sur le lit de camp près d'un confrère. Une vingtaine de ces ivrognes étaient ainsi rangés côte à côte, dans le dernier degré d'abrutissement.

Fix et Passepartout comprirent qu'ils étaient entrés dans une tabagie hantée de ces misérables, hébétés, amaigris, idiots, auxquels la mercantile Angleterre vend annuellement pour deux cent soixante millions de francs de cette funeste drogue qui s'appelle l'opium ! Tristes millions que ceux-là, prélevés sur un des plus funestes vices de la nature humaine.

Le gouvernement chinois a bien essayé de remédier à un tel abus par des lois sévères, mais en vain. De la classe riche, à laquelle l'usage de l'opium était d'abord formellement réservé, cet usage descendit jusqu'aux classes inférieures, et les ravages ne purent plus être arrêtés. On fume l'opium partout et toujours dans l'empire du Milieu. Hommes et femmes s'adonnent à cette passion déplorable, et lorsqu'ils sont accoutumés à cette inhalation, ils ne peuvent plus s'en passer, à moins d'éprouver d'horribles contractions de l'estomac. Un grand fumeur peut fumer jusqu'à huit pipes par jour, mais il meurt en cinq ans.

Or, c'était dans une des nombreuses tabagies de ce genre, qui pullulent, même à Hong-Kong, que Fix et Passepartout étaient entrés avec l'intention de se rafraîchir. Passepartout n'avait pas d'argent, mais il accepta volontiers la « politesse » de son compagnon, quitte à la lui rendre en temps et lieu.

On demanda deux bouteilles de porto, auxquelles le Français fit largement honneur, tandis que Fix, plus réservé, observait son compagnon avec une extrême attention. On causa de choses et d'autres, et surtout de cette excellente idée qu'avait eue Fix de prendre passage sur le *Carnatic*. Et à propos de ce steamer, dont le départ se trouvait avancé de quelques heures, Passepartout, les bouteilles étant vides, se leva, afin d'aller prévenir son maître.

Fix le retint.

« Un instant, dit-il.

— Que voulez-vous, monsieur Fix ?

— J'ai à vous parler de choses sérieuses.

— De choses sérieuses ! s'écria Passepartout en vidant quelques gouttes de vin restées au fond au son verre. Eh bien, nous en parlerons demain. Je n'ai pas le temps aujourd'hui.

— Restez, répondit Fix. Il s'agit de votre maître ! »

Passepartout, à ce mot, regarda attentivement son interlocuteur.

L'expression du visage de Fix lui parut singulière. Il se rassit.

« Qu'est-ce donc que vous avez à me dire ? » demanda-t-il.

Fix appuya sa main sur le bras de son compagnon, et, baissant la voix :

« Vous avez deviné qui j'étais ? lui demanda-t-il.

— Parbleu ! dit Passepartout en souriant.

— Alors je vais tout vous avouer…

— Maintenant que je sais tout, mon compère ! Ah ! voilà qui n'est pas fort ! Enfin, allez toujours. Mais auparavant, laissez-moi vous dire que ces gentlemen se sont mis en frais bien inutilement !

— Inutilement ! dit Fix. Vous en parlez à votre aise ! On voit bien que vous ne connaissez pas l'importance de la somme !

— Mais si, je la connais, répondit Passepartout. Vingt mille livres !

— Cinquante-cinq mille ! reprit Fix, en serrant la main du Français.

— Quoi ! s'écria Passepartout, monsieur Fogg aurait osé !… Cinquante-cinq mille livres !… Eh bien ! raison de plus pour ne pas perdre un instant, ajouta-t-il en se levant de nouveau.

— Cinquante-cinq mille livres ! reprit Fix, qui força Passepartout à se rasseoir, après avoir fait apporter un flacon de brandy, — et si je réussis, je gagne une prime de deux mille livres. En voulez-vous cinq cents (12,500 fr.) à la condition de m'aider ?

— Vous aider ? s'écria Passepartout, dont les yeux étaient démesurément ouverts.

— Oui, m'aider à retenir le sieur Fogg pendant quelques jours à Hong-Kong !

— Hein ! fit Passepartout, que dites-vous là ? Comment, non content de faire suivre mon maître, de suspecter sa loyauté, ces gentlemen veulent encore lui susciter des obstacles ! J'en suis honteux pour eux !

— Ah çà ! que voulez-vous dire ? demanda Fix.

— Je veux dire que c'est de la pure indélicatesse. Autant dépouiller Mr. Fogg, et lui prendre l'argent dans la poche !

— Eh ! c'est bien à cela que nous comptons arriver !

— Mais c'est un guet-apens ! s'écria Passepartout, — qui s'animait alors sous l'influence du brandy que lui servait Fix, et qu'il buvait sans s'en apercevoir, — un guet-apens véritable ! Des gentlemen ! des collègues ! »

Fix commençait à ne plus comprendre.

« Des collègues ! s'écria Passepartout, des membres du Reform-Club ! Sachez, monsieur Fix, que mon maître est un honnête homme, et que, quand il a fait un pari, c'est loyalement qu'il prétend le gagner.

— Mais qui croyez-vous donc que je sois ? demanda Fix, en fixant son regard sur Passepartout.

— Parbleu ! un agent des membres du Reform-Club, qui a mission de contrôler l'itinéraire de mon maître, ce qui est singulièrement humiliant ! Aussi, bien que, depuis quelque temps déjà, j'aie deviné votre qualité, je me suis bien gardé de la révéler à Mr. Fogg !

— Il ne sait rien ?... demanda vivement Fix.

— Rien, » répondit Passepartout en vidant encore une fois son verre.

L'inspecteur de police passa sa main sur son front. Il hésitait avant de reprendre la parole. Que devait-il faire ? L'erreur de Passepartout semblait sincère, mais elle rendait son projet plus difficile. Il était évident que ce garçon parlait avec une absolue bonne foi, et qu'il n'était point le complice de son maître, — ce que Fix aurait pu craindre.

« Eh bien, se dit-il, puisqu'il n'est pas son complice, il m'aidera. »

Le détective avait une seconde fois pris son parti. D'ailleurs, il n'avait plus le temps d'attendre. À tout prix, il fallait arrêter Fogg à Hong-Kong.

Écoutez, dit Fix d'une voix brève.

« Écoutez, dit Fix d'une voix brève, écoutez-moi bien. Je ne suis pas ce que vous croyez, c'est-à-dire un agent des membres du Reform-Club...

— Bah ! dit Passepartout en le regardant d'un air goguenard.

— Je suis un inspecteur de police, chargé d'une mission par l'administration métropolitaine...

— Vous… inspecteur de police !…

— Oui, et je le prouve, reprit Fix. Voici ma commission. »

Et l'agent, tirant un papier de son portefeuille, montra à son compagnon une commission signée du directeur de la police centrale. Passepartout, abasourdi, regardait Fix, sans pouvoir articuler une parole.

« Le pari du sieur Fogg, reprit Fix, n'est qu'un prétexte dont vous êtes dupes, vous et ses collègues du Reform-Club, car il avait intérêt à s'assurer votre inconsciente complicité.

— Mais pourquoi ?… s'écria Passepartout.

— Écoutez. Le 28 septembre dernier, un vol de cinquante-cinq mille livres a été commis à la Banque d'Angleterre par un individu dont le signalement a pu être relevé. Or, voici ce signalement, et c'est trait pour trait celui du sieur Fogg.

— Allons donc ! s'écria Passepartout en frappant la table de son robuste poing. Mon maître est le plus honnête homme du monde !

— Qu'en savez-vous ? répondit Fix. Vous ne le connaissez même pas ! Vous êtes entré à son service le jour de son départ, et il est parti précipitamment sous un prétexte insensé, sans malles, emportant une grosse somme en bank-notes ! Et vous osez soutenir que c'est un honnête homme !

— Oui ! oui ! répétait machinalement le pauvre garçon.

— Voulez-vous donc être arrêté comme son complice ? »

Passepartout avait pris sa tête à deux mains. Il n'était plus reconnaissable. Il n'osait regarder l'inspecteur de police. Phileas Fogg un voleur, lui, le sauveur d'Aouda, l'homme généreux et brave ! Et pourtant que de présomptions relevées contre lui ! Passepartout essayait de repousser les soupçons qui se glissaient dans son esprit. Il ne voulait pas croire à la culpabilité de son maître.

« Enfin, que voulez-vous de moi ? dit-il à l'agent de police, en se contenant par un suprême effort.

— Voici, répondit Fix. J'ai filé le sieur Fogg jusqu'ici, mais je n'ai pas encore reçu le mandat d'arrestation, que j'ai demandé à Londres. Il faut donc que vous m'aidiez à retenir à Hong-Kong…

— Moi ! que je…

— Et je partage avec vous la prime de deux mille livres promise par la Banque d'Angleterre !

— Jamais ! » répondit Passepartout, qui voulut se lever et retomba, sentant sa raison et ses forces lui échapper à la fois.

« Monsieur Fix, dit-il en balbutiant, quand bien même tout ce que vous m'avez dit serait vrai… quand mon maître serait le voleur que vous cherchez… ce que je nie… j'ai été… je suis à son service… je l'ai vu bon et généreux… Le trahir… jamais… non, pour tout l'or du monde… Je suis d'un village où l'on ne mange pas de ce pain-là !…

— Vous refusez ?

— Je refuse.

— Mettons que je n'ai rien dit, répondit Fix, et buvons.

— Oui, buvons ! »

Passepartout se sentait de plus en plus envahir par l'ivresse. Fix, comprenant qu'il fallait à tout prix le séparer de son maître, voulut l'achever. Sur la table se trouvaient quelques pipes chargées d'opium. Fix en glissa une dans la main de Passepartout, qui la prit, la porta à ses lèvres, l'alluma, respira quelques bouffées, et retomba, la tête alourdie sous l'influence du narcotique.

« Enfin, dit Fix en voyant Passepartout anéanti, le sieur Fogg ne sera pas prévenu à temps du départ du *Carnatic*, et s'il part, du moins partira-t-il sans ce maudit Français ! »

Puis il sortit, après avoir payé la dépense.

*Jules Verne*

## XX
### DANS LEQUEL FIX ENTRE DIRECTEMENT EN RELATION AVEC PHILEAS FOGG

Pendant cette scène qui allait peut-être compromettre si gravement son avenir, Mr. Fogg, accompagnant Mrs. Aouda, se promenait dans les rues de la ville anglaise. Depuis que Mrs. Aouda avait accepté son offre de la conduire jusqu'en Europe, il avait dû songer à tous les détails que comporte un aussi long voyage. Qu'un Anglais comme lui fît le tour du monde un sac à la main, passe encore ; mais une femme ne pouvait entreprendre une pareille traversée dans ces conditions. De là, nécessité d'acheter les vêtements et objets nécessaires au voyage. Mr. Fogg s'acquitta de sa tâche avec le calme qui le caractérisait, et à toutes les excuses ou objections de la jeune veuve, confuse de tant de complaisance :

« C'est dans l'intérêt de mon voyage, c'est dans mon programme, » répondait-il invariablement.

Les acquisitions faites, Mr. Fogg et la jeune femme rentrèrent à l'hôtel et dînèrent à la table d'hôte, qui était somptueusement servie. Puis Mrs. Aouda, un peu fatiguée, remonta dans son appartement, après avoir « à l'anglaise » serré la main de son imperturbable sauveur.

L'honorable gentleman, lui, s'absorba pendant toute la soirée dans la lecture du *Times* et de l'*Illustrated London News*.

S'il avait été homme à s'étonner de quelque chose, c'eût été de ne point voir apparaître son domestique à l'heure du coucher. Mais, sachant que le paquebot de Yokohama ne devait pas quitter Hong-Kong avant le lendemain matin, il ne s'en préoccupa pas autrement. Le lendemain, Passepartout ne vint point au coup de sonnette de Mr. Fogg.

Ce que pensa l'honorable gentleman en apprenant que son domestique n'était pas rentré à l'hôtel, nul n'aurait pu le dire. Mr. Fogg se contenta de prendre son sac, fit prévenir Mrs. Aouda, et envoya chercher un palanquin.

Il était alors huit heures, et la pleine mer, dont le *Carnatic* devait profiter pour sortir des passes, était indiquée pour neuf heures et demie.

Lorsque le palanquin fut arrivé à la porte de l'hôtel, Mr. Fogg et Mrs. Aouda montèrent dans ce confortable véhicule, et les bagages suivirent derrière sur une brouette.

Une demi-heure plus tard, les voyageurs descendaient sur le quai d'embarquement, et là Mr. Fogg apprenait que le *Carnatic* était parti depuis la veille.

Mr. Fogg, qui comptait trouver, à la fois, et le paquebot et son domestique, en était réduit à se passer de l'un et de l'autre. Mais aucune marque de désappointement ne parut sur son visage, et comme Mrs. Aouda le regardait avec inquiétude, il se contenta de répondre :

« C'est un incident, madame, rien de plus. »

En ce moment, un personnage qui l'observait avec attention s'approcha de lui. C'était l'inspecteur Fix, qui le salua et lui dit :

« N'êtes-vous pas comme moi, monsieur, un des passagers du *Rangoon*, arrivé hier ?

— Oui, monsieur, répondit froidement Mr. Fogg, mais je n'ai pas l'honneur…

— Pardonnez-moi, mais je croyais trouver ici votre domestique.

— Savez-vous où il est, monsieur ? demanda vivement la jeune femme.

— Quoi ! répondit Fix, feignant la surprise, n'est-il pas avec vous ?

— Non, répondit Mrs. Aouda. Depuis hier, il n'a pas reparu. Se serait-il embarqué sans nous à bord du *Carnatic* ?

— Sans vous, madame ?… répondit l'agent. Mais, excusez ma question, vous comptiez donc partir sur ce paquebot ?

— Oui, monsieur.

— Moi aussi, madame, et vous me voyez très-désappointé. Le *Carnatic*, ayant terminé ses réparations, a quitté Hong-Kong douze heures plus tôt sans prévenir personne, et maintenant il faudra attendre huit jours le prochain départ ! »

En prononçant ces mots : « huit jours », Fix sentait son cœur bondir de joie. Huit jours ! Fogg retenu huit jours à Hong-Kong ! On aurait le temps de recevoir le mandat d'arrêt. Enfin, la chance se déclarait pour le représentant de la loi.

Que l'on juge donc du coup d'assommoir qu'il reçut, quand il entendit Phileas Fogg dire de sa voix calme :

« Mais il y a d'autres navires que le *Carnatic*, il me semble, dans le port de Hong-Kong. »

Et Mr. Fogg, offrant son bras à Mrs. Aouda, se dirigea vers les docks à la recherche d'un navire en partance.

Fix, abasourdi, suivait. On eût dit qu'un fil le rattachait à cet homme.

Toutefois, la chance sembla véritablement abandonner celui qu'elle avait si bien servi jusqu'alors. Phileas Fogg, pendant trois heures, parcourut le port en tous sens, décidé, s'il le fallait, à fréter un bâtiment pour le transporter à Yokohama ; mais il ne vit que des navires en chargement ou en déchargement, et qui, par conséquent, ne pouvaient appareiller. Fix se reprit à espérer.

Cependant Mr. Fogg ne se déconcertait pas, et il allait continuer ses recherches, dût-il pousser jusqu'à Macao, quand il fut accosté par un marin sur l'avant-port.

Votre Honneur cherche un bateau ?

« Votre Honneur cherche un bateau ? lui dit le marin en se découvrant.

— Vous avez un bateau prêt à partir ? demanda Mr. Fogg.

— Oui, Votre Honneur, un bateau-pilote, n° 43, le meilleur de la flottille.

— Il marche bien ?

— Entre huit et neuf milles, au plus près. Voulez-vous le voir ?

— Oui.

— Votre Honneur sera satisfait. Il s'agit d'une promenade en mer ?

— Non. D'un voyage.

— Un voyage ?

— Vous chargez-vous de me conduire à Yokohama ? »

Le marin, à ces mots, demeura les bras ballants, les yeux écarquillés.

« Votre Honneur veut rire ? dit-il.

— Non ! j'ai manqué le départ du *Carnatic*, et il faut que je sois le 14, au plus tard, à Yokohama, pour prendre le paquebot de San-Francisco.

— Je le regrette, répondit le pilote, mais c'est impossible.

— Je vous offre cent livres (2,500 fr.) par jour, et une prime de deux cents livres si j'arrive à temps.

— C'est sérieux ? demanda le pilote.

— Très-sérieux, » répondit Mr. Fogg.

Le pilote s'était retiré à l'écart. Il regardait la mer, évidemment combattu entre le désir de gagner une somme énorme et la crainte de s'aventurer si loin. Fix était dans des transes mortelles.

Pendant ce temps, Mr. Fogg s'était retourné vers Mrs. Aouda.

« Vous n'aurez pas peur, madame ? lui demanda-t-il.

— Avec vous, non, monsieur Fogg, » répondit la jeune femme.

Le pilote s'était de nouveau avancé vers le gentleman, et tournait son chapeau entre ses mains.

« Eh bien, pilote ? dit Mr. Fogg.

— Eh bien, Votre Honneur, répondit le pilote, je ne puis risquer ni mes hommes, ni moi, ni vous-même, dans une si longue traversée sur un bateau de vingt tonneaux à peine, et à cette époque de l'année. D'ailleurs, nous n'arriverions pas à temps, car il y a seize cent cinquante milles de Hong-Kong à Yokohama.

— Seize cents seulement, dit Mr. Fogg.

— C'est la même chose. »

Fix respira un bon coup d'air.

« Mais, ajouta le pilote, il y aurait peut-être moyen de s'arranger autrement. »

Fix ne respira plus.

« Comment ? demanda Phileas Fogg.

— En allant à Nagasaki, l'extrémité sud du Japon, onze cents milles, ou seulement à Shangaï, à huit cents milles de Hong-Kong. Dans cette dernière traversée, on ne s'éloignerait pas de la côte chinoise, ce qui serait un grand avantage, d'autant plus que les courants y portent au nord.

— Pilote, répondit Phileas Fogg, c'est à Yokohama que je dois prendre la malle américaine, et non à Shangaï ou à Nagasaki.

— Pourquoi pas ? répondit le pilote. Le paquebot de San-Francisco ne part pas de Yokohama. Il fait escale à Yokohama et à Nagasaki, mais son port de départ est Shangaï.

— Vous êtes certain de ce vous dites ?

— Certain.

— Et quand le paquebot quitte-t-il Shangaï ?

— Le 11, à sept heures du soir. Nous avons donc quatre jours devant nous. Quatre jours, c'est quatre-vingt-seize heures, et avec une moyenne de huit milles à l'heure, si nous sommes bien servis, si le vent tient au sud-est, si la mer est calme, nous pouvons enlever les huit cents milles qui nous séparent de Shangaï.

— Et vous pourriez partir ?…

— Dans une heure. Le temps d'acheter des vivres et d'appareiller.

— Affaire convenue... Vous êtes le patron du bateau ?

— Oui, John Bunsby, patron de la *Tankadère*.

— Voulez-vous des arrhes ?

— Si cela ne désoblige pas Votre Honneur.

— Voici deux cents livres à-compte... Monsieur, ajouta Phileas Fogg en se retournant vers Fix, si vous voulez profiter...

— Monsieur, répondit résolument Fix, j'allais vous demander cette faveur.

— Bien. Dans une demi-heure nous serons à bord.

— Mais ce pauvre garçon... dit Mrs. Aouda, que la disparition de Passepartout préoccupait extrêmement.

— Je vais faire pour lui tout ce que je puis faire, » répondit Phileas Fogg.

Et, tandis que Fix, nerveux, fiévreux, rageant, se rendait au bateau-pilote, tous deux se dirigèrent vers les bureaux de la police de Hong-Kong. Là, Phileas Fogg donna le signalement de Passepartout, et laissa une somme suffisante pour le rapatrier. Même formalité fut remplie chez l'agent consulaire français, et le palanquin, après avoir touché à l'hôtel, où les bagages furent pris, ramena les voyageurs à l'avant-port.

Trois heures sonnaient. Le bateau-pilote n° 43, son équipage à bord, ses vivres embarqués, était prêt à appareiller.

C'était une charmante petite goélette de vingt tonneaux que la *Tankadère*, bien pincée de l'avant, très-dégagée dans ses façons, très-allongée dans ses lignes d'eau. On eût dit un yacht de course. Ses cuivres brillants, ses ferrures galvanisées, son pont blanc comme de l'ivoire, indiquaient que le patron John Bunsby s'entendait à la tenir en bon état. Ses deux mâts s'inclinaient un peu sur l'arrière. Elle portait brigantine, misaine, trinquette, focs, flèches, et pouvait gréer une fortune pour le vent arrière. Elle devait merveilleusement marcher, et, de fait, elle avait déjà gagné plusieurs prix dans les « matches » de bateaux-pilotes.

L'équipage de la *Tankadère* se composait du patron John Bunsby et de quatre hommes. C'étaient de ces hardis marins qui, par tous les temps, s'aventurent à la recherche des navires, et connaissent admirablement ces mers. John Bunsby, un homme de quarante-cinq ans environ, vigoureux, noir de hâle, le regard vif, la figure énergique, bien d'aplomb, bien à son affaire, eût inspiré confiance aux plus craintifs.

Phileas Fogg et Mrs. Aouda passèrent à bord. Fix s'y trouvait déjà. Par le capot d'arrière de la goélette, on descendait dans une chambre carrée, dont les parois s'évidaient en forme de cadres, au-dessus d'un divan circulaire. Au milieu, une table éclairée par une lampe de roulis. C'était petit, mais propre.

Je regrette de n'avoir pas mieux à vous offrir.

« Je regrette de n'avoir pas mieux à vous offrir, » dit Mr. Fogg à Fix, qui s'inclina sans répondre.

L'inspecteur de police éprouvait comme une sorte d'humiliation à profiter ainsi des obligeances du sieur Fogg.

« À coup sûr, pensait-il, c'est un coquin fort poli, mais c'est un coquin ! »

À trois heures dix minutes, les voiles furent hissées. Le pavillon d'Angleterre battait à la corne de la goélette. Les passagers étaient assis sur le pont. Mr. Fogg et Mrs. Aouda jetèrent un dernier regard sur le quai, afin de voir si Passepartout n'apparaîtrait pas.

Fix n'était pas sans appréhension, car le hasard aurait pu conduire en cet endroit même le malheureux garçon qu'il avait si indignement traité, et alors une explication eût éclaté, dont le détective ne se fût pas tiré à son avantage. Mais le Français ne se montra pas, et, sans doute, l'abrutissant narcotique le tenait encore sous son influence.

Enfin, le patron John Bunsby passa au large, et la *Tankadère*, prenant le vent sous sa brigantine, sa misaine et ses focs, s'élança en bondissant sur les flots.

## XXI
### OÙ LE PATRON DE LA « TANKADÈRE » RISQUE FORT DE PERDRE UNE PRIME DE DEUX CENTS LIVRES

C'était une aventureuse expédition que cette navigation de huit cents milles, sur une embarcation de vingt tonneaux, et surtout à cette époque de l'année. Elles sont généralement mauvaises, ces mers de la Chine, exposées à des coups de vent terribles, principalement pendant les équinoxes, et on était encore aux premiers jours de novembre.

C'eût été, bien évidemment, l'avantage du pilote de conduire ses passagers jusqu'à Yokohama, puisqu'il était payé tant par jour. Mais son imprudence aurait été grande de tenter une telle traversée dans ces conditions, et c'était déjà faire acte d'audace, sinon de témérité, que de remonter jusqu'à Shangaï. Mais John Bunsby avait confiance en sa *Tankadère*, qui s'élevait à la lame comme une mauve, et peut-être n'avait-il pas tort.

Pendant les dernières heures de cette journée, la *Tankadère* navigua dans les passes capricieuses de Hong-Kong, et sous toutes les allures, au plus près ou vent arrière, elle se comporta admirablement.

« Je n'ai pas besoin, pilote, dit Phileas Fogg au moment où la goëlette donnait en pleine mer, de vous recommander toute la diligence possible.

— Que Votre Honneur s'en rapporte à moi, répondit John Bunsby. En fait de voiles, nous portons tout ce que le vent permet de porter. Nos flèches n'y ajouteraient rien, et ne serviraient qu'à assommer l'embarcation en nuisant à sa marche.

— C'est votre métier, et non le mien, pilote, et je me fie à vous. »

La jeune femme, assise à l'arrière, se sentait émue.

Phileas Fogg, le corps droit, les jambes écartées, d'aplomb comme un marin, regardait sans broncher la mer houleuse. La jeune femme, assise à l'arrière, se sentait émue en contemplant cet océan, assombri déjà par le crépuscule, qu'elle bravait sur une frêle embarcation. Au-dessus de sa tête se déployaient les voiles blanches, qui l'emportaient dans l'espace comme de grandes ailes. La goélette, soulevée par le vent, semblait voler dans l'air.

La nuit vint. La lune entrait dans son premier quartier, et son insuffisante lumière devait s'éteindre bientôt dans les brumes de l'horizon. Des nuages chassaient de l'est et envahissaient déjà une partie du ciel.

Le pilote avait disposé ses feux de position, — précaution indispensable à prendre dans ces mers très-fréquentées aux approches des atterrages. Les rencontres de navires n'y étaient pas rares, et, avec la vitesse dont elle était animée, la goélette se fût brisée au moindre choc.

Fix rêvait à l'avant de l'embarcation. Il se tenait à l'écart, sachant Fogg d'un naturel peu causeur. D'ailleurs, il lui répugnait de parler à cet homme, dont il acceptait les services. Il songeait aussi à l'avenir. Cela lui paraissait certain que le sieur Fogg ne s'arrêterait pas à Yokohama, qu'il prendrait immédiatement le paquebot de San-Francisco afin d'atteindre l'Amérique, dont la vaste étendue lui assurerait l'impunité avec la sécurité. Le plan de Phileas Fogg lui semblait on ne peut plus simple.

Au lieu de s'embarquer en Angleterre pour les États-Unis, comme un coquin vulgaire, ce Fogg avait fait le grand tour et traversé les trois quarts du globe, afin de gagner plus sûrement le continent américain, où il mangerait tranquillement le million de la Banque, après avoir dépisté la police. Mais une fois sur la terre de l'Union, que ferait Fix ? Abandonnerait-il cet homme ? Non, cent fois non ! et jusqu'à ce qu'il eût obtenu un acte d'extradition, il ne le quitterait pas d'une semelle. C'était son devoir, et il l'accomplirait jusqu'au bout. En tout cas, une circonstance heureuse s'était produite : Passepartout n'était plus auprès de son maître, et surtout, après les confidences de Fix, il était important que le maître et le serviteur ne se revissent jamais.

Phileas Fogg, lui, n'était pas non plus sans songer à son domestique, si singulièrement disparu. Toutes réflexions faites, il ne lui sembla pas impossible que, par suite d'un malentendu, le pauvre garçon ne se fût embarqué sur le *Carnatic*, au dernier moment. C'était aussi l'opinion de Mrs. Aouda, qui regrettait profondément cet honnête serviteur, auquel elle devait tant. Il pouvait donc se faire qu'on le retrouvât à Yokohama, et, si le *Carnatic* l'y avait transporté, il serait aisé de le savoir.

Vers dix heures, la brise vint à fraîchir. Peut-être eût-il été prudent de prendre un ris, mais le pilote, après avoir soigneusement observé l'état du ciel, laissa la voilure telle qu'elle était établie. D'ailleurs, la *Tankadère* portait admirablement la toile, ayant un grand tirant d'eau, et tout était paré à amener rapidement, en cas de grain.

À minuit, Phileas Fogg et Mrs. Aouda descendirent dans la cabine. Fix les y avait précédés, et s'était étendu sur l'un des cadres. Quant au pilote et à ses hommes, ils demeurèrent toute la nuit sur le pont.

Le lendemain, 8 novembre, au lever du soleil, la goélette avait fait plus de cent milles. Le loch, souvent jeté, indiquait que la moyenne de sa vitesse était entre huit et neuf milles. La *Tankadère* avait du largue dans ses voiles qui portaient toutes, et elle obtenait, sous cette allure, son maximum de rapidité. Si le vent tenait dans ces conditions, les chances étaient pour elle.

La *Tankadère*, pendant toute cette journée, ne s'éloigna pas sensiblement de la côte, dont les courants lui étaient favorables. Elle l'avait à cinq milles au plus par sa hanche de bâbord, et cette côte, irrégulièrement profilée, apparaissait parfois à travers quelques éclaircies. Le vent venant de terre, la mer était moins forte par là même : circonstance heureuse pour la goélette, car les embarcations d'un petit tonnage souffrent surtout de la houle qui rompt leur vitesse, qui « les tue », pour employer l'expression maritime.

Vers midi, la brise mollit un peu et hâla le sud-est. Le pilote fit établir les flèches ; mais au bout de deux heures, il fallut les amener, car le vent fraîchissait à nouveau.

Mr. Fogg et la jeune femme, fort heureusement réfractaires au mal de mer, mangèrent avec appétit les conserves et le biscuit du bord. Fix fut invité à partager leur repas et dut accepter, sachant bien qu'il est aussi nécessaire de lester les estomacs que les bateaux, mais cela le vexait ! Voyager aux frais de cet homme, se nourrir de ses propres vivres, il trouvait à cela quelque chose de peu loyal. Il mangea cependant, — sur le pouce, il est vrai, — mais enfin il mangea.

Toutefois, ce repas terminé, il crut devoir prendre le sieur Fogg à part, et il lui dit :

« Monsieur... »

Ce « monsieur » lui écorchait les lèvres, et il se retenait pour ne pas mettre la main au collet de ce « monsieur ! »

« Monsieur, vous avez été fort obligeant en m'offrant passage à votre bord. Mais, bien que mes ressources ne me permettent pas d'agir aussi largement que vous, j'entends payer ma part...

— Ne parlons pas de cela, monsieur, répondit Mr. Fogg.

— Mais si, je tiens...

— Non, monsieur, répéta Fogg d'un ton qui n'admettait pas de réplique. Cela entre dans les frais généraux ! »

Fix s'inclina, il étouffait, et, allant s'étendre sur l'avant de la goélette, il ne dit plus un mot de la journée.

Cependant on filait rapidement. John Bunsby avait bon espoir. Plusieurs fois il dit à Mr. Fogg qu'on arriverait en temps voulu à Shangaï. Mr. Fogg répondit simplement qu'il y comptait. D'ailleurs, tout l'équipage de la petite goélette y mettait du zèle. La prime affriolait ces braves gens. Aussi, pas une écoute qui ne fût consciencieusement raidie ! Pas une voile qui ne fût vigoureusement étarquée ! Pas une embardée que l'on pût reprocher à l'homme de barre ! On n'eût pas manœuvré plus sévèrement dans une régate du Royal-Yacht-Club.

Le soir, le pilote avait relevé au loch un parcours de deux cent vingt milles depuis Hong-Kong, et Phileas Fogg pouvait espérer qu'en arrivant à Yokohama, il n'aurait aucun retard à inscrire à son programme. Ainsi donc, le premier contre-temps sérieux qu'il eût éprouvé depuis son départ de Londres ne lui causerait probablement aucun préjudice.

Pendant la nuit, vers les premières heures du matin, la *Tankadère* entrait franchement dans le détroit de Fo-Kien, qui sépare la grande île Formose de la côte chinoise, et elle coupait le tropique du Cancer. La mer était très-dure dans ce détroit, plein de remous formés par les contre-courants. La goélette fatigua beaucoup. Les lames courtes brisaient sa marche. Il devint très-difficile de se tenir debout sur le pont.

Avec le lever du jour, le vent fraîchit encore. Il y avait dans le ciel l'apparence d'un coup de vent. Du reste, le baromètre annonçait un changement prochain de l'atmosphère ; sa marche diurne était irrégulière, et le mercure oscillait capricieusement. On voyait aussi la mer se soulever vers le sud-est en longues houles « qui sentaient la tempête ». La veille, le soleil s'était couché dans une brume rouge, au milieu des scintillations phosphorescentes de l'océan.

Le pilote examina longtemps ce mauvais aspect du ciel et murmura entre ses dents des choses peu intelligibles. À un certain moment, se trouvant près de son passager :

« On peut tout dire à Votre Honneur ? dit-il à voix basse.

— Tout, répondit Phileas Fogg.

— Eh bien, nous allons avoir un coup de vent.

— Viendra-t-il du nord ou du sud ? demanda simplement Mr. Fogg.

— Du sud. Voyez. C'est un typhon qui se prépare !

— Va pour le typhon du sud, puisqu'il nous poussera du bon côté, répondit Mr. Fogg.

— Si vous le prenez comme cela ! répliqua le pilote, je n'ai plus rien à dire. »

Les pressentiments de John Bunsby ne le trompaient pas. À une époque moins avancée de l'année, le typhon, suivant l'expression d'un célèbre météorologiste, se fût écoulé comme une cascade lumineuse de flammes électriques, mais en équinoxe d'hiver, il était à craindre qu'il ne se déchaînât avec violence.

Le pilote prit ses précautions par avance. Il fit serrer toutes les voiles de la goélette et amener les vergues sur le pont. Les mâts de flèche furent dépassés. On rentra le bout-dehors. Les panneaux furent condamnés avec soin. Pas une goutte d'eau ne pouvait, dès lors, pénétrer dans la coque de l'embarcation. Une seule voile triangulaire, un tourmentin de forte toile, fut hissé en guise de trinquette, de manière à maintenir la goélette vent arrière. Et on attendit.

John Bunsby avait engagé ses passagers à descendre dans la cabine ; mais, dans un étroit espace, à peu près privé d'air, et par les secousses de la houle, cet emprisonnement n'avait rien d'agréable. Ni Mr. Fogg, ni Mrs. Aouda, ni Fix lui-même, ne consentirent à quitter le pont.

Vers huit heures, la bourrasque de pluie et de rafale tomba à bord. Rien qu'avec son petit morceau de toile, la *Tankadère* fut enlevée comme une plume par ce vent dont on ne saurait donner une idée exacte, quand il souffle en tempête. Comparer sa vitesse à la quadruple vitesse d'une locomotive lancée à toute vapeur, ce serait rester au-dessous de la vérité.

La *Tankadère* fut enlevée comme une plume.

Pendant toute la journée, l'embarcation courut ainsi vers le nord, emportée par les lames monstrueuses, en conservant heureusement une rapidité égale à la leur. Vingt fois elle faillit être coiffée par une de ces montagnes d'eau qui se dressaient à l'arrière ; mais un adroit coup de barre, donné par le pilote, parait la catastrophe. Les passagers étaient quelquefois couverts en grand par les embruns qu'ils recevaient philosophiquement. Fix maugréait sans doute, mais l'intrépide Aouda, les yeux fixés sur son compagnon, dont elle ne pouvait qu'admirer le sang-froid, se montrait digne de lui et bravait la tourmente à ses côtés. Quant à Phileas Fogg, il semblait que ce typhon fît partie de son programme.

Jusqu'alors la *Tankadère* avait toujours fait route au nord ; mais vers le soir, comme on pouvait le craindre, le vent, tournant de trois quarts, hâla le nord-ouest. La goélette, prêtant alors le flanc à la lame, fut effroyablement secouée. La mer la frappait avec une violence bien faite pour effrayer, quand on ne sait pas avec quelle solidité toutes les parties d'un bâtiment sont reliées entre elles.

Avec la nuit, la tempête s'accentua encore. En voyant l'obscurité se faire, et avec l'obscurité s'accroître la tourmente, John Bunsby ressentit de vives inquiétudes. Il se demanda s'il ne serait pas temps de relâcher, et il consulta son équipage.

Ses hommes consultés, John Bunsby s'approcha de Mr. Fogg, et lui dit:

« Je crois, Votre Honneur, que nous ferions bien de gagner un des ports de la côte.

— Je le crois aussi, répondit Phileas Fogg.

— Ah ! fit le pilote, mais lequel ?

— Je n'en connais qu'un, répondit tranquillement Mr. Fogg.

— Et c'est !...

— Shangaï. »

Cette réponse, le pilote fut d'abord quelques instants sans comprendre ce qu'elle signifiait, ce qu'elle renfermait d'obstination et de ténacité. Puis il s'écria :

« Eh bien, oui ! Votre Honneur a raison. À Shangaï ! »

Et la direction de la *Tankadère* fut imperturbablement maintenue vers le nord.

Nuit vraiment terrible ! Ce fut un miracle si la petite goélette ne chavira pas. Deux fois elle fut engagée, et tout aurait été enlevé à bord, si les saisines eussent manqué. Mrs. Aouda était brisée, mais elle ne fit pas entendre une plainte. Plus d'une fois Mr. Fogg dut se précipiter vers elle pour la protéger contre la violence des lames.

Le jour reparut. La tempête se déchaînait encore avec une extrême fureur. Toutefois, le vent retomba dans le sud-est. C'était une modification favorable, et la *Tankadère* fit de nouveau route sur cette mer démontée, dont les lames se heurtaient alors à celles que provoquait la nouvelle aire du vent. De là un choc de contre-houles qui eût écrasé une embarcation moins solidement construite.

De temps en temps on apercevait la côte à travers les brumes déchirées, mais pas un navire en vue. La *Tankadère* était seule à tenir la mer.

À midi, il y eut quelques symptômes d'accalmie, qui, avec l'abaissement du soleil sur l'horizon, se prononcèrent plus nettement.

Le peu de durée de la tempête tenait à sa violence même. Les passagers, absolument brisés, purent manger un peu et prendre quelque repos.

La nuit fut relativement paisible. Le pilote fit rétablir ses voiles au bas ris. La vitesse de l'embarcation fut considérable. Le lendemain, 11, au lever du jour, reconnaissance faite de la côte, John Bunsby put affirmer qu'on n'était pas à cent milles de Shangaï.

Cent milles, et il ne restait plus que cette journée pour les faire ! C'était le soir même que Mr. Fogg devait arriver à Shangaï, s'il ne voulait pas manquer le départ du paquebot de Yokohama. Sans cette tempête, pendant laquelle il perdit plusieurs heures, il n'eût pas été en ce moment à trente milles du port.

La brise mollissait sensiblement, mais heureusement la mer tombait avec elle. La goélette se couvrit de toile. Flèches, voiles d'étais, contre-foc, tout portait, et la mer écumait sous l'étrave.

À midi, la *Tankadère* n'était pas à plus de quarante-cinq milles de Shangaï. Il lui restait six heures encore pour gagner ce port avant le départ du paquebot de Yokohama.

Les craintes furent vives à bord. On voulait arriver à tout prix. Tous — Phileas Fogg excepté sans doute — sentaient leur cœur battre d'impatience. Il fallait que la petite goélette se maintînt dans une moyenne de neuf milles à l'heure, et le vent mollissait toujours ! C'était une brise irrégulière, des bouffées capricieuses venant de la côte. Elles passaient, et la mer se déridait aussitôt après leur passage.

Cependant l'embarcation était si légère, ses voiles hautes, d'un fin tissu, ramassaient si bien les folles brises, que, le courant aidant, à six heures, John Bunsby ne comptait plus que dix milles jusqu'à la rivière de Shangaï, car la ville elle-même est située à une distance de douze milles au moins au-dessus de l'embouchure.

À sept heures, on était encore à trois milles de Shangaï. Un formidable juron s'échappa des lèvres du pilote… La prime de deux cents livres allait évidemment lui échapper. Il regarda Mr. Fogg. Mr. Fogg était impassible, et cependant sa fortune entière se jouait à ce moment…

À ce moment aussi, un long fuseau noir, couronné d'un panache de fumée, apparut au ras de l'eau. C'était le paquebot américain, qui sortait à l'heure réglementaire.

« Malédiction ! s'écria John Bunsby, qui repoussa la barre d'un bras désespéré.

— Des signaux ! » dit simplement Phileas Fogg.

Un petit canon de bronze s'allongeait à l'avant de la *Tankadère*. Il servait à faire des signaux par les temps de brume.

Le canon fut chargé jusqu'à la gueule, mais au moment où le pilote allait appliquer un charbon ardent sur la lumière :

« Le pavillon en berne, » dit Mr. Fogg.

Le pavillon fut amené à mi-mât. C'était un signal de détresse, et l'on pouvait espérer que le paquebot américain, l'apercevant, modifierait un instant sa route pour rallier l'embarcation.

« Feu ! » dit Mr. Fogg.

Et la détonation du petit canon de bronze éclata dans l'air.

*Jules Verne*

## XXII
### OÙ PASSEPARTOUT VOIT BIEN QUE, MÊME AUX ANTIPODES, IL EST PRUDENT D'AVOIR QUELQUE ARGENT DANS SA POCHE

Le *Carnatic* ayant quitté Hong-Kong, le 7 novembre, à six heures et demie du soir, se dirigeait à toute vapeur vers les terres du Japon. Il emportait un plein chargement de marchandises et de passagers. Deux cabines de l'arrière restaient inoccupées. C'étaient celles qui avaient été retenues pour le compte de Mr. Phileas Fogg.

Le lendemain matin, les hommes de l'avant pouvaient voir, non sans quelque surprise, un passager, l'œil à demi hébété, la démarche branlante, la tête ébouriffée, qui sortait du capot des secondes et venait en titubant s'asseoir sur une drôme.

Ce passager, c'était Passepartout en personne. Voici ce qui était arrivé.

Quelques instants après que Fix eut quitté la tabagie, deux garçons avaient enlevé Passepartout profondément endormi, et l'avaient couché sur le lit réservé aux fumeurs. Mais trois heures plus tard, Passepartout, poursuivi jusque dans ses cauchemars par une idée fixe, se réveillait et luttait contre l'action stupéfiante du narcotique. La pensée du devoir non accompli secouait sa torpeur. Il quittait ce lit d'ivrognes, et trébuchant, s'appuyant aux murailles, tombant et se relevant, mais toujours et irrésistiblement poussé par une sorte d'instinct, il sortait de la tabagie, criant comme dans un rêve : « Le *Carnatic* ! le *Carnatic* ! »

Le paquebot était là fumant, prêt à partir. Passepartout n'avait que quelques pas à faire. Il s'élança sur le pont volant, il franchit la coupée et tomba inanimé à l'avant, au moment où le *Carnatic* larguait ses amarres.

Quelques matelots, en gens habitués à ces sortes de scènes, descendirent le pauvre garçon dans une cabine des secondes, et Passepartout ne se réveilla que le lendemain matin, à cent cinquante milles des terres de la Chine.

Voilà donc pourquoi, ce matin-là, Passepartout se trouvait sur le pont du *Carnatic*, et venait humer à pleine gorgées les fraîches brises de la mer. Cet air pur le dégrisa. Il commença à rassembler ses idées et n'y parvint pas sans peine. Mais, enfin, il se rappela les scènes de la veille, les confidences de Fix, la tabagie, etc.

« Il est évident, se dit-il, que j'ai été abominablement grisé ! Que va dire Mr. Fogg ? En tout cas, je n'ai pas manqué le bateau, et c'est le principal. »

Puis, songeant à Fix :

« Pour celui-là, se dit-il, j'espère bien que nous en sommes débarrassés, et qu'il n'a pas osé, après ce qu'il m'a proposé, nous suivre sur le *Carnatic*. Un inspecteur de police, un détective aux trousses de mon maître, accusé de ce vol commis à la Banque d'Angleterre ! Allons donc ! Mr. Fogg est un voleur comme je suis un assassin ! »

Passepartout devait-il raconter ces choses à son maître ? Convenait-il de lui apprendre le rôle joué par Fix dans cette affaire ? Ne ferait-il pas mieux d'attendre son arrivée à Londres, pour lui dire qu'un agent de la police métropolitaine l'avait filé autour du monde, et pour en rire avec lui ? Oui, sans doute. En tout cas, question à examiner. Le plus pressé, c'était de rejoindre Mr. Fogg et de lui faire agréer ses excuses pour cette inqualifiable conduite.

Passepartout se leva donc. La mer était houleuse, et le paquebot roulait fortement. Le digne garçon, aux jambes peu solides encore, gagna tant bien que mal l'arrière du navire.

Sur le pont, il ne vit personne qui ressemblât ni à son maître, ni à Mrs. Aouda.

« Bon, fit-il, Mrs. Aouda est encore couchée à cette heure. Quant à Mr. Fogg, il aura trouvé quelque joueur de whist, et suivant son habitude… »

Ce disant, Passepartout descendit au salon. Mr. Fogg n'y était pas. Passepartout n'avait qu'une chose à faire : c'était de demander au purser quelle cabine occupait Mr. Fogg. Le purser lui répondit qu'il ne connaissait aucun passager de ce nom.

« Pardonnez-moi, dit Passepartout en insistant. Il s'agit d'un gentleman, grand, froid, peu communicatif, accompagné d'une jeune dame…

— Nous n'avons pas de jeune dame à bord, répondit le purser. Au surplus, voici la liste des passagers. Vous pouvez la consulter. »

Passepartout consulta la liste… Le nom de son maître n'y figurait pas.

Il eut comme un éblouissement. Puis une idée lui traversa le cerveau.

« Ah çà ! je suis bien sur le *Carnatic* ? s'écria-t-il.

— Oui, répondit le purser.

— En route pour Yokohama ?

— Parfaitement. »

Passepartout avait eu un instant cette crainte de s'être trompé de navire ! Mais s'il était sur le *Carnatic*, il était certain que son maître ne s'y trouvait pas.

Passepartout se laissa tomber sur un fauteuil. C'était un coup de foudre. Et, soudain, la lumière se fit en lui. Il se rappela que l'heure du départ du *Carnatic* avait été avancée, qu'il devait prévenir son maître, et qu'il ne l'avait pas fait ! C'était donc sa faute si Mr. Fogg et Mrs. Aouda avaient manqué ce départ !

Sa faute, oui, mais plus encore celle du traître qui, pour le séparer de son maître, pour retenir celui-ci à Hong-Kong, l'avait enivré ! Car il comprit enfin la manœuvre de l'inspecteur de police. Et maintenant, Mr. Fogg, à coup sûr ruiné, son pari perdu, arrêté, emprisonné peut-être !… Passepartout, à cette pensée, s'arracha les cheveux. Ah ! si jamais Fix lui tombait sous la main, quel règlement de comptes !

Enfin, après le premier moment d'accablement, Passepartout reprit son sang-froid et étudia la situation. Elle était peu enviable. Le Français se trouvait en route pour le Japon. Certain d'y arriver, comment en reviendrait-il ? Il avait la poche vide. Pas un shilling, pas un penny ! Toutefois, son passage et sa nourriture à bord étaient payés d'avance. Il avait donc cinq ou six jours devant lui pour prendre un parti. S'il mangea et but pendant cette traversée, cela ne saurait se décrire. Il mangea pour son maître, pour Mrs. Aouda et pour lui-même. Il mangea comme si le Japon, où il allait aborder, eût été un pays désert, dépourvu de toute substance comestible.

Le 13, à la marée du matin, le *Carnatic* entrait dans le port de Yokohama.

Ce point est une relâche importante du Pacifique, où font escale tous les steamers employés au service de la poste et des voyageurs entre l'Amérique du Nord, la Chine, le Japon et les îles de la Malaisie. Yokohama est située dans la baie même de Yeddo, à peu de distance de cette immense ville, seconde capitale de l'empire japonais, autrefois résidence du taïkoun, du temps que cet empereur civil existait, et rivale de Meako, la grande cité qu'habite le mikado, empereur ecclésiastique, descendant des dieux.

Le *Carnatic* vint se ranger au quai de Yokohama, près des jetées du port et des magasins de la douane, au milieu de nombreux navires appartenant à toutes les nations.

Passepartout mit le pied, sans aucun enthousiasme, sur cette terre si curieuse des Fils du Soleil. Il n'avait rien de mieux à faire que de prendre le hasard pour guide, et d'aller à l'aventure par les rues de la ville.

Passepartout se trouva d'abord dans une cité absolument européenne, avec des maisons à basses façades, ornées de vérandas sous lesquelles se développaient d'élégants péristyles, et qui couvrait de ses rues, de ses places, de ses docks, de ses entrepôts, tout l'espace compris depuis le promontoire du Traité jusqu'à la rivière. Là, comme à Hong-Kong, comme à Calcutta, fourmillait un pêle-mêle de gens de toutes races, Américains, Anglais, Chinois, Hollandais, marchands prêts à tout vendre et à tout acheter, au milieu desquels le Français se trouvait aussi étranger que s'il eût été jeté au pays des Hottentots.

Passepartout avait bien une ressource : c'était de se recommander près des agents consulaires français ou anglais établis à Yokohama ; mais il lui répugnait de raconter son histoire, si intimement mêlée à celle de son maître, et avant d'en venir là, il voulait avoir épuisé toutes les autres chances.

Donc, après avoir parcouru la partie européenne de la ville, sans que le hasard l'eût en rien servi, il entra dans la partie japonaise, décidé, s'il le fallait, à pousser jusqu'à Yeddo.

Cette portion indigène de Yokohama est appelée Benten, du nom d'une déesse de la mer, adorée sur les îles voisines. Là se voyaient d'admirables allées de sapins et de cèdres, des portes sacrées d'une architecture étrange, des ponts enfouis au milieu des bambous et des roseaux, des temples abrités sous le couvert immense et mélancolique des cèdres séculaires, des bonzeries au fond desquelles végétaient les prêtres du bouddhisme et les sectateurs de la religion de Confucius, des rues interminables où l'on eût pu recueillir une moisson d'enfants au teint rose et aux joues rouges, petits bonshommes qu'on eût dit découpés dans quelque paravent indigène, et qui se jouaient au milieu de caniches à jambes courtes et de chats jaunâtres, sans queue, très-paresseux et très-caressants.

Dans les rues, ce n'était que fourmillement, va-et-vient incessant : bonzes passant processionnellement en frappant leurs tambourins monotones, yakounines, officiers de douane ou de police, à chapeaux pointus incrustés de laque et portant deux sabres à leur ceinture, soldats vêtus de cotonnades bleues à raies blanches et armés de fusil à percussion, hommes d'armes du mikado, ensachés dans leur pourpoint de soie, avec haubert et cotte de mailles, et nombre d'autres militaires de toutes conditions, — car, au Japon, la profession de soldat est autant estimée qu'elle est dédaignée en Chine. Puis, des frères quêteurs, des pèlerins en longues robes, de simples civils, chevelure lisse et d'un noir d'ébène, tête grosse, buste long, jambes grêles, taille peu élevée, teint coloré depuis les sombres nuances du cuivre jusqu'au blanc mat, mais jamais jaune comme celui des Chinois, dont les Japonais diffèrent essentiellement. Enfin, entre les voitures, les palanquins, les chevaux, les porteurs, les brouettes à voile, les « norimons » à parois de laque, les « cangos » moelleux, véritables litières en bambou, on voyait circuler, à petits pas de leur petit pied, chaussé de souliers de toile, de sandales de paille ou de socques en bois ouvragé, quelques femmes peu jolies, les yeux bridés, la poitrine déprimée, les dents noircies au goût du jour, mais portant avec élégance le vêtement national, le « kirimon », sorte de robe de chambre croisée d'une écharpe de soie, dont la large ceinture s'épanouissait derrière en un nœud extravagant, — que les modernes Parisiennes semblent avoir emprunté aux Japonaises.

Passepartout se promena pendant quelques heures au milieu de cette foule bigarrée, regardant aussi les curieuses et opulentes boutiques, les bazars où s'entasse tout le clinquant de l'orfèvrerie japonaise, les « restaurations » ornées de banderoles et de bannières, dans lesquelles il lui était interdit d'entrer, et ces maisons de thé où se boit à pleine tasse l'eau chaude odorante, avec le « saki », liqueur tirée du riz en fermentation, et ces confortables tabagies où l'on fume un tabac très-fin, et non l'opium, dont l'usage est à peu près inconnu au Japon.

Puis Passepartout se trouva dans les champs, au milieu des immenses rizières. Là s'épanouissaient, avec des fleurs qui jetaient leurs dernières couleurs et leurs derniers parfums, des camélias éclatants, portés non plus sur des arbrisseaux, mais sur des arbres, et, dans les enclos de bambous, des cerisiers, des pruniers, des pommiers, que les indigènes cultivent plutôt pour leurs fleurs que pour leurs fruits, et que des mannequins grimaçants, des tourniquets criards défendent contre le bec des moineaux, des pigeons, des corbeaux et autres volatiles voraces. Pas de cèdre majestueux qui n'abritât quelque grand aigle ; pas de saule pleureur qui ne recouvrît de son feuillage quelque héron, mélancoliquement perché sur une patte ; enfin, partout des corneilles, des canards, des éperviers, des oies sauvages, et grand nombre de ces grues que les Japonais traitent de « Seigneuries », et qui symbolisent pour eux la longévité et le bonheur.

En errant ainsi, Passepartout aperçut quelques violettes entre les herbes:

« Bon ! dit-il, voilà mon souper. »

Mais les ayant senties, il ne leur trouva aucun parfum.

« Pas de chance ! » pensa-t-il.

Certes, l'honnête garçon avait, par prévision, aussi copieusement déjeuné qu'il avait pu avant de quitter le *Carnatic* ; mais après une journée de promenade, il se sentit l'estomac très-creux. Il avait bien remarqué que moutons, chèvres ou porcs, manquaient absolument aux étalages des bouchers indigènes, et, comme il savait que c'est un sacrilège de tuer les bœufs, uniquement réservés aux besoins de l'agriculture, il en avait conclu que la viande était rare au Japon. Il ne se trompait pas ; mais à défaut de viande de boucherie, son estomac se fût fort accommodé des quartiers de sanglier ou de daim, des perdrix ou des cailles, de la volaille ou du poisson, dont les Japonais se nourrissent presque exclusivement avec le produit des rizières. Mais il dut faire contre fortune bon cœur, et remit au lendemain le soin de pourvoir à sa nourriture.

La nuit vint. Passepartout rentra dans la ville indigène…

La nuit vint. Passepartout rentra dans la ville indigène, et il erra dans les rues au milieu des lanternes multicolores, regardant les groupes de baladins exécuter leurs prestigieux exercices, et les astrologues en plein vent qui amassaient la foule autour de leur lunette. Puis il revit la rade, émaillée des feux de pêcheurs, qui attiraient le poisson à la lueur de résines enflammées.

Enfin les rues se dépeuplèrent. À la foule succédèrent les rondes des yakounines. Ces officiers, dans leurs magnifiques costumes et au milieu de leur suite, ressemblaient à des ambassadeurs, et Passepartout répétait plaisamment, chaque fois qu'il rencontrait quelque patrouille éblouissante :

« Allons, bon ! encore une ambassade japonaise qui part pour l'Europe ! »

## XXXIII
### DANS LEQUEL LE NEZ DE PASSEPARTOUT S'ALLONGE DÉMESURÉMENT

Le lendemain, Passepartout, éreinté, affamé, se dit qu'il fallait manger à tout prix, et que le plus tôt serait le mieux. Il avait bien cette ressource de vendre sa montre, mais il fût plutôt mort de faim. C'était alors le cas ou jamais, pour ce brave garçon, d'utiliser la voix forte, sinon mélodieuse, dont la nature l'avait gratifié.

Il savait quelques refrains de France et d'Angleterre, et il résolut de les essayer. Les Japonais devaient certainement être amateurs de musique, puisque tout se fait chez eux aux sons des cymbales, du tam-tam et des tambours, et ils ne pouvaient qu'apprécier les talents d'un virtuose européen.

Mais peut-être était-il un peu matin pour organiser un concert, et les dilettanti, inopinément réveillés, n'auraient peut-être pas payé le chanteur en monnaie à l'effigie du mikado.

Passepartout se décida donc à attendre quelques heures ; mais, tout en cheminant, il fit cette réflexion qu'il semblerait trop bien vêtu pour un artiste ambulant, et l'idée lui vint alors d'échanger ses vêtements contre une défroque plus en harmonie avec sa position. Cet échange devait, d'ailleurs, produire une soulte, qu'il pourrait immédiatement appliquer à satisfaire son appétit.

Cette résolution prise, restait à l'exécuter. Ce ne fut qu'après de longues recherches que Passepartout découvrit un brocanteur indigène, auquel il exposa sa demande. L'habit européen plut au brocanteur, et bientôt Passepartout sortait affublé d'une vieille robe japonaise et coiffé d'une sorte de turban à côtes, décoloré sous l'action du temps. Mais, en retour, quelques piécettes d'argent résonnaient dans sa poche.

Passepartout sortait affublé d'une vieille robe japonaise.

« Bon, pensa-t-il, je me figurerai que nous sommes en carnaval ! »

Le premier soin de Passepartout, ainsi « japonaisé », fut d'entrer dans une « tea-house » de modeste apparence, et là, d'un reste de volaille et de quelques poignées de riz, il déjeuna en homme pour qui le dîner serait encore un problème à résoudre.

« Maintenant, se dit-il quand il fut copieusement restauré, il s'agit de ne pas perdre la tête. Je n'ai plus la ressource de vendre cette défroque contre une autre encore plus japonaise. Il faut donc aviser au moyen de quitter le plus promptement possible ce pays du Soleil, dont je ne garderai qu'un lamentable souvenir ! »

Passepartout songea alors à visiter les paquebots en partance pour l'Amérique. Il comptait s'offrir en qualité de cuisinier ou de domestique, ne demandant pour toute rétribution que le passage et la nourriture. Une fois à San-Francisco, il verrait à se tirer d'affaire. L'important, c'était de traverser ces quatre mille sept cents milles du Pacifique qui s'étendent entre le Japon et le Nouveau-Monde.

Passepartout, n'étant point homme à laisser languir une idée, se dirigea vers le port de Yokohama. Mais à mesure qu'il s'approchait des docks, son projet, qui lui avait paru si simple au moment où il en avait eu l'idée, lui semblait de plus en plus inexécutable. Pourquoi aurait-on besoin d'un cuisinier ou d'un domestique à bord d'un paquebot américain, et quelle confiance inspirerait-il, affublé de la sorte ? Quelles recommandations faire valoir ? Quelles références indiquer ?

Comme il réfléchissait ainsi, ses regards tombèrent sur une immense affiche qu'une sorte de clown promenait dans les rues de Yokohama. Cette affiche était ainsi libellée en anglais :

TROUPE JAPONAISE ACROBATIQUE
DE
L'HONORABLE WILLIAM BATULCAR
DERNIÈRES REPRÉSENTATIONS
Avant leur départ pour les États-Unis d'Amérique
DES
LONGS-NEZ-LONGS-NEZ

**Sous l'invocation directe du dieu Tingou**
GRANDE ATTRACTION !

« Les États-Unis d'Amérique ! s'écria Passepartout, voilà justement mon affaire !... »

Il suivit l'homme-affiche, et, à sa suite, il rentra bientôt dans la ville japonaise. Un quart d'heure plus tard, il s'arrêtait devant une vaste case, que couronnaient plusieurs faisceaux de banderoles, et dont les parois extérieures représentaient, sans perspective, mais en couleurs violentes, toute une bande de jongleurs.

C'était l'établissement de l'honorable Batulcar, sorte de Barnum américain, directeur d'une troupe de saltimbanques, jongleurs, clowns, acrobates, équilibristes, gymnastes, qui, suivant l'affiche, donnait ses dernières représentations avant de quitter l'empire du Soleil pour les États de l'Union.

Passepartout entra sous un péristyle qui précédait la case, et demanda Mr. Batulcar. Mr. Batulcar apparut en personne.

« Que voulez-vous ? dit-il à Passepartout, qu'il prit d'abord pour un indigène.

— Avez-vous besoin d'un domestique ? demanda Passepartout.

— Un domestique, s'écria le Barnum en caressant l'épaisse barbiche grise qui foisonnait sous son menton, j'en ai deux, obéissants, fidèles, qui ne m'ont jamais quitté, et qui me servent pour rien, à condition que je les nourrisse... Et les voilà, ajouta-t-il en montrant ses deux bras robustes, sillonnés de veines grosses comme des cordes de contrebasse.

— Ainsi, je ne puis vous être bon à rien ?

— À rien.

— Diable ! ça m'aurait pourtant fort convenu de partir avec vous.

— Ah çà, dit l'honorable Batulcar, vous êtes Japonais comme je suis un singe ! Pourquoi donc êtes-vous habillé de la sorte ?

— On s'habille comme on peut !

— Vrai, cela. Vous êtes un Français, vous ?

— Oui, un Parisien de Paris.

— Alors, vous devez savoir faire des grimaces ?

— Ma foi, répondit Passepartout, vexé de voir sa nationalité provoquer cette demande, nous autres Français, nous savons faire des grimaces, c'est vrai, mais pas mieux que les Américains !

— Juste. Eh bien, si je ne vous prends pas comme domestique, je peux vous prendre comme clown. Vous comprenez, mon brave. En France, on exhibe des farceurs étrangers, et à l'étranger, des farceurs français !

— Ah !

— Vous êtes vigoureux, d'ailleurs ?

— Surtout quand je sors de table.

— Et vous savez chanter ?

— Oui, répondit Passepartout, qui avait autrefois fait sa partie dans quelques concerts de rue.

— Mais savez-vous chanter la tête en bas, avec une toupie tournante sur la plante du pied gauche, et un sabre en équilibre sur la plante du pied droit ?

— Parbleu ! répondit Passepartout, qui se rappelait les premiers exercices de son jeune âge.

— C'est que, voyez-vous, tout est là ! » répondit l'honorable Batulcar.

L'engagement fut conclu *hic et nunc*.

Enfin, Passepartout avait trouvé une position. Il était engagé pour tout faire dans la célèbre troupe japonaise. C'était peu flatteur, mais avant huit jours il serait en route pour San-Francisco.

La représentation, annoncée à grand fracas par l'honorable Batulcar, devait commencer à trois heures, et bientôt les formidables instruments d'un orchestre japonais, tambours et tam-tams, tonnaient à la porte. On comprend bien que Passepartout n'avait pu étudier un rôle, mais il devait prêter l'appui de ses solides épaules dans le grand exercice de la « grappe humaine » exécuté par les Longs-Nez du dieu Tingou. Ce « great attraction » de la représentation devait clore la série des exercices.

Avant trois heures, les spectateurs avaient envahi la vaste case. Européens et indigènes, Chinois et Japonais, hommes, femmes et enfants, se précipitaient sur les étroites banquettes et dans les loges qui faisaient face à la scène. Les musiciens étaient rentrés à l'intérieur, et l'orchestre au complet, gongs, tam-tams, cliquettes, flûtes, tambourins et grosses caisses, opéraient avec fureur.

Cette représentation fut ce que sont toutes ces exhibitions d'acrobates. Mais il faut bien avouer que les Japonais sont les premiers équilibristes du monde. L'un, armé de son éventail et de petits morceaux de papier, exécutait l'exercice si gracieux des papillons et des fleurs. Un autre, avec la fumée odorante de sa pipe, traçait rapidement dans l'air une série de mots bleuâtres, qui formaient un compliment à l'adresse de l'assemblée. Celui-ci jonglait avec des bougies allumées, qu'il éteignit successivement quand elles passèrent devant ses lèvres, et qu'il ralluma l'une à l'autre sans interrompre un seul instant sa prestigieuse jonglerie. Celui-là reproduisit, au moyen de toupies tournantes, les plus invraisemblables combinaisons ; sous sa main, ces ronflantes machines semblaient s'animer d'une vie propre dans leur interminable giration ; elles couraient sur des tuyaux de pipe, sur des tranchants de sabre, sur des fils de fer, véritables cheveux tendus d'un côté de la scène à l'autre ; elles faisaient le tour de grands vases de cristal, elles gravissaient des échelles de bambou, elles se dispersaient dans tous les coins, produisant des effets harmoniques d'un étrange caractère en combinant leurs tonalités diverses. Les jongleurs jonglaient avec elles, et elles tournaient dans l'air ; ils les lançaient comme des volants, avec des raquettes de bois, et elles tournaient toujours ; ils les fourraient dans leur poche, et quand ils les retiraient, elles tournaient encore, — jusqu'au moment où un ressort détendu les faisait s'épanouir en gerbes d'artifice !

Inutile de décrire ici les prodigieux exercices des acrobates et gymnastes de la troupe. Les tours de l'échelle, de la perche, de la boule, des tonneaux, etc., furent exécutés avec une précision remarquable. Mais le principal attrait de la représentation était l'exhibition de ces « Longs-Nez », étonnants équilibristes que l'Europe ne connaît pas encore.

Ces Longs-Nez forment une corporation particulière placée sous l'invocation directe du dieu Tingou. Vêtus comme des hérauts du Moyen Age, ils portaient une splendide paire d'ailes à leurs épaules. Mais ce qui les distinguait plus spécialement, c'était ce long nez dont leur face était agrémentée, et surtout l'usage qu'ils en faisaient. Ces nez n'étaient rien moins que des bambous, longs de cinq, de six, de dix pieds, les uns droits, les autres courbés, ceux-ci lisses, ceux-là verruqueux. Or, c'était sur ces appendices, fixés d'une façon solide, que s'opéraient tous leurs exercices d'équilibre. Une douzaine de ces sectateurs du dieu Tingou se couchèrent sur le dos, et leurs camarades vinrent s'ébattre sur leurs nez, dressés comme des paratonnerres, sautant, voltigeant de celui-ci à celui-là, et exécutant les tours les plus invraisemblables.

Pour terminer, on avait spécialement annoncé au public la pyramide humaine, dans laquelle une cinquantaine de Longs-Nez devaient figurer le « Char de Jaggernaut ». Mais au lieu de former cette pyramide en prenant leurs épaules pour point d'appui, les artistes de l'honorable Batulcar ne devaient s'emmancher que par leur nez. Or, l'un de ceux qui formaient la base du char avait quitté la troupe, et comme il suffisait d'être vigoureux et adroit, Passepartout avait été choisi pour le remplacer.

Certes, le digne garçon se sentit tout piteux, quand — triste souvenir de sa jeunesse — il eut endossé son costume du moyen âge, orné d'ailes multicolores, et qu'un nez de six pieds lui eut été appliqué sur la face ! Mais enfin, ce nez, c'était son gagne-pain, et il en prit son parti.

Passepartout entra en scène, et vint se ranger avec ceux de ses collègues qui devaient figurer la base du Char de Jaggernaut. Tous s'étendirent à terre, le nez dressé vers le ciel. Une seconde section d'équilibristes vint se poser sur ces longs appendices, une troisième s'étagea au-dessus, puis une quatrième, et sur ces nez qui ne se touchaient que par leur pointe, un monument humain s'éleva bientôt jusqu'aux frises du théâtre.

Le monument s'écroula comme un château de cartes.

Or, les applaudissements redoublaient, et les instruments de l'orchestre éclataient comme autant de tonnerres, quand la pyramide s'ébranla, l'équilibre se rompit, un des nez de la base vint à manquer, et le monument s'écroula comme un château de cartes…

C'était la faute à Passepartout qui, abandonnant son poste, franchissant la rampe sans le secours de ses ailes, et grimpant à la galerie de droite, tombait aux pieds d'un spectateur en s'écriant :

« Ah ! mon maître ! mon maître !

— Vous ?

— Moi !

— Eh bien ! en ce cas, au paquebot, mon garçon !… »

Mr. Fogg, Mrs. Aouda, qui l'accompagnait, Passepartout s'étaient précipités par les couloirs au dehors de la case. Mais, là, ils trouvèrent l'honorable Batulcar, furieux, qui réclamait des dommages-intérêts pour « la casse ». Phileas Fogg apaisa sa fureur en lui jetant une poignée de bank-notes. Et, à six heures et demie, au moment où il allait partir, Mr. Fogg et Mrs. Aouda mettaient le pied sur le paquebot américain, suivis de Passepartout, les ailes au dos, et sur la face ce nez de six pieds qu'il n'avait pas encore pu arracher de son visage !

*Jules Verne*

## XXIV
### PENDANT LEQUEL S'ACCOMPLIT LA TRAVERSÉE DE L'OCÉAN PACIFIQUE

Ce qui était arrivé en vue de Shangaï, on le comprend. Les signaux faits par la *Tankadère* avaient été aperçus du paquebot de Yokohama. Le capitaine, voyant un pavillon en berne, s'était dirigé vers la petite goëlette. Quelques instants après, Phileas Fogg, soldant son passage au prix convenu, mettait dans la poche du patron John Bunsby cinq cent cinquante livres (14,750 francs). Puis l'honorable gentleman, Mrs. Aouda et Fix étaient montés à bord du steamer, qui avait aussitôt fait route pour Nagasaki et Yokohama.

Arrivé le matin même, 14 novembre, à l'heure réglementaire, Phileas Fogg, laissant Fix aller à ses affaires, s'était rendu à bord du *Carnatic*, et là il apprenait, à la grande joie de Mrs. Aouda, — et peut-être à la sienne, mais du moins il n'en laissa rien paraître — que le Français Passepartout était effectivement arrivé la veille à Yokohama.

Phileas Fogg, qui devait repartir le soir même pour San-Francisco, se mit immédiatement à la recherche de son domestique. Il s'adressa, mais en vain, aux agents consulaires français et anglais, et, après avoir inutilement parcouru les rues de Yokohama, il désespérait de retrouver Passepartout, quand le hasard, ou peut-être une sorte de pressentiment, le fit entrer dans la case de l'honorable Batulcar. Il n'eût certes point reconnu son serviteur sous cet excentrique accoutrement de héraut ; mais celui-ci, dans sa position renversée, aperçut son maître à la galerie. Il ne put retenir un mouvement de son nez. De là rupture de l'équilibre, et ce qui s'ensuivit.

Voilà ce que Passepartout apprit de la bouche même de Mrs. Aouda, qui lui raconta alors comment s'était faite cette traversée de Hong-

Kong à Yokohama, en compagnie d'un sieur Fix, sur la goëlette la *Tankadère*.

Au nom de Fix, Passepartout ne sourcilla pas. Il pensait que le moment n'était pas venu de dire à son maître ce qui s'était passé entre l'inspecteur de police et lui. Aussi, dans l'histoire que Passepartout fit de ses aventures, il s'accusa et s'excusa seulement d'avoir été surpris par l'ivresse de l'opium dans une tabagie de Yokohama.

Mr. Fogg écouta froidement ce récit, sans répondre ; puis il ouvrit à son domestique un crédit suffisant pour que celui-ci pût se procurer à bord des habits plus convenables. Et, en effet, une heure ne s'était pas écoulée, que l'honnête garçon, ayant coupé son nez et rogné ses ailes, n'avait plus rien en lui qui rappelât le sectateur du dieu Tingou.

Le paquebot faisant la traversée de Yokohama à San-Francisco appartenait à la Compagnie du « Pacific Mail steam », et se nommait le *General-Grant*. C'était un vaste steamer à roues, jaugeant deux mille cinq cents tonnes, bien aménagé et doué d'une grande vitesse. Un énorme balancier s'élevait et s'abaissait successivement au-dessus du pont ; à l'une de ses extrémités s'articulait la tige d'un piston, et à l'autre celle d'une bielle, qui, transformant le mouvement rectiligne en mouvement circulaire, s'appliquait directement à l'arbre des roues. Le *General-Grant* était gréé en trois-mâts goëlette, et il possédait une grande surface de voilure, qui aidait puissamment la vapeur. À filer ses douze milles à l'heure, le paquebot ne devait pas employer plus de vingt et un jours pour traverser le Pacifique. Phileas Fogg était donc autorisé à croire que, rendu le 2 décembre à San-Francisco, il serait le 11 à New-York et le 20 à Londres, — gagnant ainsi de quelques heures cette date fatale du 21 décembre.

Les passagers étaient assez nombreux à bord du steamer, des Anglais, beaucoup d'Américains, une véritable émigration de coolies pour l'Amérique, et un certain nombre d'officiers de l'armée des Indes, qui utilisaient leur congé en faisant le tour du monde.

Pendant cette traversée il ne se produisit aucun incident nautique. Le paquebot, soutenu sur ses larges roues, appuyé par sa forte voilure, roulait peu. L'océan Pacifique justifiait assez son nom. Mr. Fogg était aussi calme, aussi peu communicatif que d'ordinaire. Sa jeune compagne se sentait de plus en plus attachée à cet homme par d'autres liens que ceux de la reconnaissance. Cette silencieuse nature, si généreuse en somme, l'impressionnait plus qu'elle ne le croyait, et c'était presque à son insu qu'elle se laissait aller à des sentiments dont l'énigmatique Fogg ne semblait aucunement subir l'influence.

En outre, Mrs. Aouda s'intéressait prodigieusement aux projets du gentleman. Elle s'inquiétait des contrariétés qui pouvaient compromettre le succès du voyage. Souvent elle causait avec Passepartout, qui n'était point sans lire entre les lignes dans le cœur de Mrs. Aouda. Ce brave garçon avait, maintenant, à l'égard de son maître, la foi du charbonnier ; il ne tarissait pas en éloges sur l'honnêteté, la générosité, le dévouement de Phileas Fogg ; puis il rassurait Mrs. Aouda sur l'issue du voyage, répétant que le plus difficile était fait, que l'on était sorti de ces pays fantastiques de la Chine et du Japon, que l'on retournait aux contrées civilisées, et enfin qu'un train de San-Francisco à New-York et un transatlantique de New-York à Londres suffiraient, sans doute, pour achever cet impossible tour du monde dans les délais convenus.

Neuf jours après avoir quitté Yokohama, Phileas Fogg avait exactement parcouru la moitié du globe terrestre.

En effet, le *General-Grant*, le 23 novembre, passait au cent quatre-vingtième méridien, celui sur lequel se trouvent, dans l'hémisphère austral, les antipodes de Londres. Sur quatre-vingts jours mis à sa disposition, Mr. Fogg, il est vrai, en avait employé cinquante-deux, et il ne lui en restait plus que vingt-huit à dépenser. Mais il faut remarquer que si le gentleman se trouvait à moitié route seulement « par la différence des méridiens, » il avait en réalité accompli plus des deux tiers du parcours total. Quels détours forcés, en effet, de Londres à Aden, d'Aden à Bombay, de Calcutta à Singapore, de Singapore à Yokohama ! À suivre circulairement le cinquantième parallèle, qui est celui de Londres, la distance n'eût été que de douze mille milles environ, tandis que Phileas Fogg était forcé, par les caprices des moyens de locomotion, d'en parcourir vingt-six mille dont il avait fait environ dix-sept mille cinq cents, à cette date du 23 novembre. Mais maintenant la route était droite, et Fix n'était plus là pour y accumuler les obstacles !

Il arriva aussi que, ce 23 novembre, Passepartout éprouva une grande joie. On se rappelle que l'entêté s'était obstiné à garder l'heure de

Londres à sa fameuse montre de famille, tenant pour fausses toutes les heures des pays qu'il traversait. Or, ce jour-là, bien qu'il ne l'eût jamais ni avancée ni retardée, sa montre se trouva d'accord avec les chronomètres du bord.

Si Passepartout triompha, cela se comprend de reste. Il aurait bien voulu savoir ce que Fix aurait pu dire, s'il eût été présent.

« Ce coquin qui me racontait un tas d'histoires sur les méridiens, sur le soleil, sur la lune ! répétait Passepartout. Hein ! ces gens-là ! Si on les écoutait, on ferait de la belle horlogerie ! J'étais bien sûr qu'un jour ou l'autre, le soleil se déciderait à se régler sur ma montre !... »

Passepartout ignorait ceci : c'est que si le cadran de sa montre eût été divisé en vingt-quatre heures comme les horloges italiennes, il n'aurait eu aucun motif de triompher, car les aiguilles de son instrument, quand il était neuf heures du matin à bord, auraient indiqué neuf heures du soir, c'est-à-dire la vingt et unième heure depuis minuit, — différence précisément égale à celle qui existe entre Londres et le cent quatre-vingtième méridien.

Mais si Fix avait été capable d'expliquer cet effet purement physique, Passepartout, sans doute, eût été incapable, sinon de le comprendre, du moins de l'admettre. Et en tout cas, si, par impossible, l'inspecteur de police se fût inopinément montré à bord en ce moment, il est probable que Passepartout, à bon droit rancunier, eût traité avec lui un sujet tout différent et d'une tout autre manière.

Or, où était Fix en ce moment ?...

Fix était précisément à bord du *General-Grant*.

En effet, en arrivant à Yokohama, l'agent, abandonnant Mr. Fogg qu'il comptait retrouver dans la journée, s'était immédiatement rendu chez le consul anglais. Là, il avait enfin trouvé le mandat, qui, courant après lui depuis Bombay, avait déjà quarante jours de date, — mandat qui lui avait été expédié de Hong-Kong par ce même *Carnatic* à bord duquel on le croyait. Qu'on juge du désappointement du détective ! Le mandat devenait inutile ! Le sieur Fogg avait quitté les possessions anglaises ! Un acte d'extradition était maintenant nécessaire pour l'arrêter !

« Soit ! se dit Fix, après le premier moment de colère, mon mandat n'est plus bon ici, il le sera en Angleterre. Ce coquin a tout l'air de revenir dans sa patrie, croyant avoir dépisté la police. Bien. Je le suivrai jusque-là. Quant à l'argent, Dieu veuille qu'il en reste ! Mais en voyages, en primes, en procès, en amendes, en éléphant, en frais de toute sorte, mon homme a déjà laissé plus de cinq mille livres sur sa route. Après tout, la Banque est riche ! »

Son parti pris, il s'embarqua aussitôt sur le *General-Grant*. Il était à bord, quand Mr. Fogg et Mrs. Aouda y arrivèrent. À son extrême surprise, il reconnut Passepartout sous son costume de héraut. Il se cacha aussitôt dans sa cabine, afin d'éviter une explication qui pouvait tout compromettre, — et, grâce au nombre des passagers, il comptait bien n'être point aperçu de son ennemi, lorsque ce jour-là précisément il se trouva face à face avec lui sur l'avant du navire.

Passepartout sauta à la gorge de Fix, sans autre explication, et, au grand plaisir de certains Américains qui parièrent immédiatement pour lui, il administra au malheureux inspecteur une volée superbe, qui démontra la haute supériorité de la boxe française sur la boxe anglaise.

Quand Passepartout eut fini, il se trouva plus calme et comme soulagé. Fix se releva, en assez mauvais état, et, regardant son adversaire, il lui dit froidement :

« Est-ce fini ?

— Oui, pour l'instant.

— Alors venez me parler.

— Que je…

— Dans l'intérêt de votre maître. »

Passepartout, comme subjugué par ce sang-froid, suivit l'inspecteur de police, et tous deux s'assirent à l'avant du steamer.

« Vous m'avez rossé, dit Fix. Bien. À présent, écoutez-moi. Jusqu'ici j'ai été l'adversaire de Mr. Fogg, mais maintenant je suis dans son jeu.

— Enfin ! s'écria Passepartout, vous le croyez un honnête homme ?

— Non, répondit froidement Fix, je le crois un coquin… Chut ! ne bougez pas et laissez-moi dire. Tant que Mr. Fogg a été sur les possessions anglaises, j'ai eu intérêt à le retenir en attendant un mandat d'arrestation. J'ai tout fait pour cela. J'ai lancé contre lui les prêtres de Bombay, je vous ai enivré à Hong-Kong, je vous ai séparé de votre maître, je lui ai fait manquer le paquebot de Yokohama… »

Passepartout écoutait, les poings fermés.

« Maintenant, reprit Fix, Mr. Fogg semble retourner en Angleterre ? Soit, je le suivrai. Mais, désormais, je mettrai à écarter les obstacles de sa route autant de soin et de zèle que j'en ai mis jusqu'ici à les accumuler. Vous le voyez, mon jeu est changé, et il est changé parce que mon intérêt le veut. J'ajoute que votre intérêt est pareil au mien, car c'est en Angleterre seulement que vous saurez si vous êtes au service d'un criminel ou d'un honnête homme ! »

Passepartout avait très-attentivement écouté Fix, et il fut convaincu que Fix parlait avec une entière bonne foi.

« Sommes-nous amis ? demanda Fix.

— Amis, non, répondit Passepartout. Alliés, oui, et sous bénéfice d'inventaire, car, à la moindre apparence de trahison, je vous tords le cou.

— Convenu, » dit tranquillement l'inspecteur de police.

Onze jours après, le 3 décembre, le *General-Grant* entrait dans la baie de la Porte-d'Or et arrivait à San-Francisco.

Mr. Fogg n'avait encore ni gagné ni perdu un seul jour.

*Jules Verne*

## XXV
### OÙ L'ON DONNE UN LÉGER APERÇU DE SAN-FRANCISCO, UN JOUR DE MEETING

Il était sept heures du matin, quand Phileas Fogg, Mrs. Aouda et Passepartout prirent pied sur le continent américain, — si toutefois on peut donner ce nom au quai flottant sur lequel ils débarquèrent. Ces quais, montant et descendant avec la marée, facilitent le chargement et le déchargement des navires. Là s'embossent les clippers de toutes dimensions, les steamers de toutes nationalités, et ces steamboats à plusieurs étages, qui font le service du Sacramento et de ses affluents. Là s'entassent aussi les produits d'un commerce qui s'étend au Mexique, au Pérou, au Chili, au Brésil, à l'Europe, à l'Asie, à toutes les îles de l'océan Pacifique.

Il faillit passer au travers.

Passepartout, dans sa joie de toucher enfin la terre américaine, avait cru devoir opérer son débarquement en exécutant un saut périlleux du plus beau style. Mais quand il retomba sur le quai dont le plancher était vermoulu, il faillit passer au travers. Tout décontenancé de la façon dont il avait « pris pied » sur le nouveau continent, l'honnête garçon poussa un cri formidable, qui fit envoler une innombrable troupe de cormorans et de pélicans, hôtes habituels des quais mobiles.

Mr. Fogg, aussitôt débarqué, s'informa de l'heure à laquelle partait le premier train pour New-York. C'était à six heures du soir. Mr. Fogg avait donc une journée entière à dépenser dans la capitale californienne. Il fit venir une voiture pour Mrs. Aouda et pour lui. Passepartout monta sur le siège, et le véhicule, à trois dollars la course, se dirigea vers International-Hôtel.

De la place élevée qu'il occupait, Passepartout observait avec curiosité la grande ville américaine : larges rues, maisons basses bien alignées, églises et temples d'un gothique anglo-saxon, docks immenses, entrepôts comme des palais, les uns en bois, les autres en briques ; dans les rues, voitures nombreuses, omnibus, « cars » de tramways, et sur les trottoirs encombrés, non-seulement des Américains et des Européens, mais aussi des Chinois et des Indiens, — enfin de quoi composer une population de plus de deux cent mille habitants.

Passepartout fut assez surpris de ce qu'il voyait. Il en était encore à la cité légendaire de 1849, à la ville des bandits, des incendiaires et des assassins, accourus à la conquête des pépites, immense capharnaüm de tous les déclassés, où l'on jouait la poudre d'or, un revolver d'une main et un couteau de l'autre. Mais « ce beau temps » était passé. San-Francisco présentait l'aspect d'une grande ville commerçante. La haute tour de l'hôtel de ville, où veillent les guetteurs, dominait tout cet ensemble de rues et d'avenues, se coupant à angles droits, entre lesquels s'épanouissaient des squares verdoyants, puis une ville chinoise qui semblait avoir été importée du Céleste Empire dans une boîte à joujoux. Plus de sombreros, plus de chemises rouges à la mode des coureurs de placers, plus d'Indiens emplumés, mais des chapeaux de soie et des habits noirs, que portaient un grand nombre de gentlemen doués d'une activité dévorante. Certaines rues, entre autres Montgommery-street — le Régent-street de Londres, le boulevard des Italiens de Paris, le Broadway de New-York, — étaient bordées de magasins splendides, qui offraient à leur étalage les produits du monde entier.

Lorsque Passepartout arriva à International-Hôtel, il ne lui semblait pas qu'il eût quitté l'Angleterre.

Le rez-de-chaussée de l'hôtel était occupé par un immense « bar », sorte de buffet ouvert *gratis* à tout passant. Viande sèche, soupe aux huîtres, biscuit et chester s'y débitaient sans que le consommateur eût à délier sa bourse. Il ne payait que sa boisson, ale, porto ou xérès, si sa fantaisie le portait à se rafraîchir. Cela parut « très-américain » à Passepartout.

Le restaurant de l'hôtel était confortable. Mr. Fogg et Mrs. Aouda s'installèrent devant une table et furent abondamment servis dans des plats lilliputiens par des nègres du plus beau noir.

Après déjeuner, Phileas Fogg, accompagné de Mrs. Aouda, quitta l'hôtel pour se rendre aux bureaux du consul anglais afin d'y faire viser son passe-port. Sur le trottoir, il trouva son domestique, qui lui demanda si, avant de prendre le chemin de fer du Pacifique, il ne serait pas prudent d'acheter quelques douzaines de carabines Enfield ou de revolvers Colt. Passepartout avait entendu parler de Sioux et de Pawnies, qui arrêtent les trains comme de simples voleurs espagnols. Mr. Fogg répondit que c'était là une précaution inutile, mais il le laissa libre d'agir comme il lui conviendrait. Puis il se dirigea vers les bureaux de l'agent consulaire.

Phileas Fogg n'avait pas fait deux cents pas que, « par le plus grand des hasards, » il rencontrait Fix. L'inspecteur se montra extrêmement surpris. Comment ! Mr. Fogg et lui avaient fait ensemble la traversée du Pacifique, et ils ne s'étaient pas rencontrés à bord ! En tout cas, Fix ne pouvait être qu'honoré de revoir le gentleman auquel il devait tant, et, ses affaires le rappelant en Europe, il serait enchanté de poursuivre son voyage en une si agréable compagnie.

Mr. Fogg répondit que l'honneur serait pour lui, et Fix — qui tenait à ne point le perdre de vue — lui demanda la permission de visiter avec lui cette curieuse ville de San-Francisco. Ce qui fut accordé.

Voici donc Mrs. Aouda, Phileas Fogg et Fix flânant par les rues. Ils se trouvèrent bientôt dans Montgommery-street, où l'affluence du populaire était énorme. Sur les trottoirs, au milieu de la chaussée, sur les rails des tramways, malgré le passage incessant des coaches et des omnibus, au seuil des boutiques, aux fenêtres de toutes les maisons, et même jusque sur les toits, foule innombrable. Des hommes-affiches circulaient au milieu des groupes. Des bannières et des banderoles flottaient au vent. Des cris éclataient de toutes parts.

« Hurrah pour Kamerfield !

— Hurrah pour Mandiboy ! »

C'était un meeting. Ce fut du moins la pensée de Fix, et il communiqua son idée à Mr. Fogg, en ajoutant :

« Nous ferons peut-être bien, monsieur, de ne point nous mêler à cette cohue. Il n'y a que de mauvais coups à recevoir.

— En effet, répondit Phileas Fogg, et les coups de poing, pour être politiques, n'en sont pas moins des coups de poing ! »

Fix crut devoir sourire en entendant cette observation, et, afin de voir sans être pris dans la bagarre, Mrs. Aouda, Phileas Fogg et lui prirent place sur le palier supérieur d'un escalier que desservait une terrasse, située en contre-haut de Montgommery-street. Devant eux, de l'autre côté de la rue, entre le wharf d'un marchand de charbon et le magasin d'un négociant en pétrole, se développait un large bureau en plein vent, vers lequel les divers courants de la foule semblaient converger.

Et maintenant, pourquoi ce meeting ? À quelle occasion se tenait-il ? Phileas Fogg l'ignorait absolument. S'agissait-il de la nomination d'un haut fonctionnaire militaire ou civil, d'un gouverneur d'État ou d'un membre du Congrès ? Il était permis de le conjecturer, à voir l'animation extraordinaire qui passionnait la ville.

En ce moment, un mouvement considérable se produisit dans la foule. Toutes les mains étaient en l'air. Quelques-unes, solidement fermées, semblaient se lever et s'abattre rapidement au milieu des cris, — manière énergique, sans doute, de formuler un vote. Des remous agitaient la masse qui refluait. Les bannières oscillaient, disparaissaient un instant et reparaissaient en loques. Les ondulations de la houle se propageaient jusqu'à l'escalier, tandis que toutes les têtes moutonnaient à la surface comme une mer soudainement remuée par un grain. Le nombre des chapeaux noirs diminuait à vue d'œil, et la plupart semblaient avoir perdu de leur hauteur normale.

« C'est évidemment un meeting, dit Fix, et la question qui l'a provoqué doit être palpitante. Je ne serais point étonné qu'il fût encore question de l'affaire de l'*Alabama*, bien qu'elle soit résolue.

— Peut-être, répondit simplement Mr. Fogg.

— En tout cas, reprit Fix, deux champions sont en présence l'un de l'autre, l'honorable Kamerfield et l'honorable Mandiboy. »

Mrs. Aouda, au bras de Phileas Fogg, regardait avec surprise cette scène tumultueuse, et Fix allait demander à l'un de ses voisins la raison de cette effervescence populaire, quand un mouvement plus accusé se prononça. Les hurrahs, agrémentés d'injures, redoublèrent. La hampe des bannières se transforma en arme offensive. Plus de mains, des poings partout. Du haut des voitures arrêtées, et des omnibus enrayés dans leur course, s'échangeaient force horions. Tout servait de projectiles. Bottes et souliers décrivaient dans l'air des trajectoires très-tendues, et il sembla même que quelques revolvers mêlaient aux vociférations de la foule leurs détonations nationales.

La cohue se rapprocha de l'escalier et reflua sur les premières marches. L'un des partis était évidemment repoussé, sans que les simples spectateurs pussent reconnaître si l'avantage restait à Mandiboy ou à Kamerfield.

« Je crois prudent de nous retirer, dit Fix, qui ne tenait pas à ce que « son homme » reçût un mauvais coup ou se fît une mauvaise affaire. S'il est question de l'Angleterre dans tout ceci et qu'on nous reconnaisse, nous serons fort compromis dans la bagarre !

— Un citoyen anglais... » répondit Phileas Fogg.

Mais le gentleman ne put achever sa phrase. Derrière lui, de cette terrasse qui précédait l'escalier, partirent des hurlements épouvantables. On criait : « Hurrah ! Hip ! Hip ! pour Mandiboy ! » C'était une troupe d'électeurs qui arrivait à la rescousse, prenant en flanc les partisans de Kamerfield.

Si Fix, par dévouement, n'eut reçu le coup...

Mr. Fogg, Mrs. Aouda, Fix se trouvèrent entre deux feux. Il était trop tard pour s'échapper. Ce torrent d'hommes, armés de cannes plombées et de casse-tête, était irrésistible. Phileas Fogg et Fix, en préservant la jeune femme, furent horriblement bousculés. Mr. Fogg, non moins flegmatique que d'habitude, voulut se défendre avec ces armes naturelles que la nature a mises au bout des bras de tout Anglais, mais inutilement. Un énorme gaillard à barbiche rouge, au teint coloré, large d'épaules, qui paraissait être le chef de la bande, leva son formidable poing sur Mr. Fogg, et il eût fort endommagé le gentleman, si Fix, par dévouement, n'eût reçu le coup à sa place. Une énorme bosse se développa instantanément sous le chapeau de soie du détective, transformé en simple toque.

« Yankee ! dit Mr. Fogg, en lançant à son adversaire un regard de profond mépris.

— Englishman !! répondit l'autre.

— Nous nous retrouverons !

— Quand il vous plaira.

— Votre nom ?

— Phileas Fogg. Le vôtre ?

— Le colonel Stamp W. Proctor. »

Puis, cela dit, la marée passa. Fix fut renversé et se releva, les habits déchirés, mais sans meurtrissure sérieuse. Son paletot de voyage s'était séparé en deux parties inégales, et son pantalon ressemblait à ces culottes dont certains Indiens — affaire de mode — ne se vêtent qu'après en avoir préalablement enlevé le fond. Mais, en somme, Mrs. Aouda avait été épargnée, et, seul, Fix en était pour son coup de poing.

« Merci, dit Mr. Fogg à l'inspecteur, dès qu'ils furent hors de la foule.

— Il n'y a pas de quoi, répondit Fix, mais venez.

— Où ?

— Chez un marchand de confection. »

En effet, cette visite était opportune. Les habits de Phileas Fogg et de Fix étaient en lambeaux, comme si ces deux gentlemen se fussent battus pour le compte des honorables Kamerfield et Mandiboy.

Une heure après, ils étaient convenablement vêtus et coiffés. Puis ils revinrent à International-Hôtel.

Là, Passepartout attendait son maître, armé d'une demi-douzaine de revolvers-poignards à six coups et à inflammation centrale. Quand il aperçut Fix en compagnie de Mr. Fogg, son front s'obscurcit. Mais Mrs. Aouda, ayant fait en quelques mots le récit de ce qui s'était passé, Passepartout se raséréna. Évidemment Fix n'était plus un ennemi, c'était un allié. Il tenait sa parole.

Le dîner terminé, un coach fut amené, qui devait conduire à la gare les voyageurs et leurs colis. Au moment de monter en voiture, Mr. Fogg dit à Fix :

« Vous n'avez pas revu ce colonel Proctor ?

— Non, répondit Fix.

— Je reviendrai en Amérique pour le retrouver, dit froidement Phileas Fogg. Il ne serait pas convenable qu'un citoyen anglais se laissât traiter de cette façon. »

L'inspecteur sourit et ne répondit pas. Mais, on le voit, Mr. Fogg était de cette race d'Anglais qui, s'ils ne tolèrent pas le duel chez eux, se battent à l'étranger, quand il s'agit de soutenir leur honneur.

À six heures moins un quart, les voyageurs atteignaient la gare et trouvaient le train prêt à partir.

Au moment où Mr. Fogg allait s'embarquer, il avisa un employé, et le rejoignant :

« Mon ami, lui dit-il, n'y a-t-il pas eu quelques troubles aujourd'hui à San-Francisco ?

— C'était un meeting, monsieur, répondit l'employé.

— Cependant, j'ai cru remarquer une certaine animation dans les rues.

— Il s'agissait simplement d'un meeting organisé pour une élection.

— L'élection d'un général en chef, sans doute ? demanda Mr. Fogg.

— Non, monsieur, d'un juge de paix. »

Sur cette réponse, Phileas Fogg monta dans le wagon, et le train partit à toute vapeur.

## XXVI
### DANS LEQUEL ON PREND LE TRAIN EXPRESS DU CHEMIN DE FER DU PACIFIQUE

«Ocean to Ocean», — ainsi disent les Américains, — et ces trois mots devraient être la dénomination générale du «grand trunk», qui traverse les États-Unis d'Amérique dans leur plus grande largeur. Mais, en réalité, le «Pacific rail-road» se divise en deux parties distinctes: «Central Pacific » entre San-Francisco et Ogden, et «Union Pacific» entre Ogden et Omaha. Là se raccordent cinq lignes distinctes, qui mettent Omaha en communication fréquente avec New-York.

New-York et San-Francisco sont donc présentement réunis par un ruban de métal non interrompu qui ne mesure pas moins de trois mille sept cent quatre-vingt-six milles. Entre Omaha et le Pacifique, le chemin de fer franchit une contrée encore fréquentée par les Indiens et les fauves, — vaste étendue de territoire que les Mormons commencèrent à coloniser vers 1845, après qu'ils eurent été chassés de l'Illinois.

Autrefois, dans les circonstances les plus favorables, on employait six mois pour aller de New-York à San-Francisco. Maintenant, on met sept jours.

C'est en 1862 que, malgré l'opposition des députés du Sud, qui voulaient une ligne plus méridionale, le tracé du rail-road fut arrêté entre le quarante et unième et le quarante-deuxième parallèle. Le président Lincoln, de si regrettée mémoire, fixa lui-même, dans l'État de Nebraska, à la ville d'Omaha, la tête de ligne du nouveau réseau. Les travaux furent aussitôt commencés et poursuivis avec cette activité américaine, qui n'est ni paperassière ni bureaucratique. La rapidité de la main-d'œuvre ne devait nuire en aucune façon à la bonne exécution du chemin. Dans la prairie, on avançait à raison d'un mille et demi par jour. Une locomotive, roulant sur les rails de la veille, apportait les rails du lendemain, et courait à leur surface au fur et à mesure qu'ils étaient posés.

Le Pacific rail-road jette plusieurs embranchements sur son parcours, dans les États de Iowa, du Kansas, du Colorado et de l'Oregon. En quittant Omaha, il longe la rive gauche de Platte-river jusqu'à l'embouchure de la branche du nord, suit la branche du sud, traverse les terrains de Laramie et les montagnes Wahsatch, contourne le lac Salé, arrive à Lake Salt City, la capitale des Mormons, s'enfonce dans la vallée de la Tuilla, longe le désert américain, les monts de Cédar et Humboldt, Humboldt-river, la Sierra Nevada, et redescend par Sacramento jusqu'au Pacifique, sans que ce tracé dépasse en pente cent douze pieds par mille, même dans la traversée des montagnes Rocheuses.

Telle était cette longue artère que les trains parcouraient en sept jours, et qui allait permettre à l'honorable Phileas Fogg — il l'espérait du moins — de prendre, le 11, à New-York, le paquebot de Liverpool.

Le wagon occupé par Phileas Fogg était une sorte de long omnibus qui reposait sur deux trains formés de quatre roues chacun, dont la mobilité permet d'attaquer des courbes de petit rayon. À l'intérieur, point de compartiments : deux files de sièges, disposés de chaque côté, perpendiculairement à l'axe, et entre lesquels était réservé un passage conduisant aux cabinets de toilette et autres, dont chaque wagon est pourvu. Sur toute la longueur du train, les voitures communiquaient entre elles par des passerelles, et les voyageurs pouvaient circuler d'une extrémité à l'autre du convoi, qui mettait à leur disposition des wagons-salons, des wagons-terrasses, des wagons-restaurants et des wagons à cafés. Il n'y manquait que des wagons-théâtres. Mais il y en aura un jour.

Sur les passerelles circulaient incessamment des marchands de livres et de journaux, débitant leur marchandise, et des vendeurs de liqueurs, de comestibles, de cigares, qui ne manquaient point de chalands.

Les voyageurs étaient partis de la station d'Oakland à six heures du soir. Il faisait déjà nuit, — une nuit froide, sombre, avec un ciel couvert dont les nuages menaçaient de se résoudre en neige. Le train ne marchait pas avec une grande rapidité. En tenant compte des arrêts, il ne parcourait pas plus de vingt milles à l'heure, vitesse qui devait, cependant, lui permettre de franchir les États-Unis dans les temps réglementaires.

On causait peu dans le wagon. D'ailleurs, le sommeil allait bientôt gagner les voyageurs. Passepartout se trouvait placé auprès de l'inspecteur de police, mais il ne lui parlait pas. Depuis les derniers événements, leurs relations s'étaient notablement refroidies. Plus de sympathie, plus d'intimité. Fix n'avait rien changé à sa manière d'être, mais Passepartout se tenait, au contraire, sur une extrême réserve, prêt au moindre soupçon à étrangler son ancien ami.

Une heure après le départ du train, la neige tomba, — neige fine, qui ne pouvait, fort heureusement, retarder la marche du convoi. On n'apercevait plus à travers les fenêtres qu'une immense nappe blanche, sur laquelle, en déroulant ses volutes, la vapeur de la locomotive paraissait grisâtre.

Les draps étaient blancs.

À huit heures, un «steward» entra dans le wagon et annonça aux voyageurs que l'heure du coucher était sonnée. Ce wagon était un « sleeping-car », qui, en quelques minutes, fut transformé en dortoir. Les dossiers des bancs se replièrent, des couchettes soigneusement paquetées se déroulèrent par un système ingénieux, des cabines furent improvisées en quelques instants, et chaque voyageur eut bientôt à sa disposition un lit confortable, que d'épais rideaux défendaient contre tout regard indiscret. Les draps étaient blancs, les oreillers moelleux. Il n'y avait plus qu'à se coucher et à dormir, — ce que chacun fit, comme s'il se fût trouvé dans la cabine confortable d'un paquebot, — pendant que le train filait à toute vapeur à travers l'État de Californie.

Dans cette portion du territoire qui s'étend entre San-Francisco et Sacramento, le sol est peu accidenté. Cette partie du chemin de fer, sous le nom de « Central Pacific road », prit d'abord Sacramento pour point de départ, et s'avança vers l'est à la rencontre de celui qui partait d'Omaha. De San-Francisco à la capitale de la Californie, la ligne courait directement au nord-est, en longeant American-river, qui se jette dans la baie de San-Pablo. Les cent vingt milles compris entre ces deux importantes cités furent franchis en six heures, et vers minuit, pendant qu'ils dormaient de leur premier sommeil, les voyageurs passèrent à Sacramento. Ils ne virent donc rien de cette ville considérable, siège de la législature de l'État de Californie, ni ses beaux quais, ni ses rues larges, ni ses hôtels splendides, ni ses squares, ni ses temples.

En sortant de Sacramento, le train, après avoir dépassé les stations de Junction, de Roclin, d'Auburn et de Colfax, s'engagea dans le massif de la Sierra Nevada. Il était sept heures du matin quand fut traversée la station de Cisco. Une heure après, le dortoir était redevenu un wagon ordinaire, et les voyageurs pouvaient à travers les vitres entrevoir les points de vue pittoresques de ce montagneux pays. Le tracé du train obéissait aux caprices de la Sierra, ici accroché aux flancs de la montagne, là suspendu au-dessus des précipices, évitant les angles brusques par des courbes audacieuses, s'élançant dans des gorges étroites que l'on devait croire sans issues. La locomotive, étincelante comme une châsse, avec son grand fanal qui jetait de fauves lueurs, sa cloche argentée, son « chasse-vache », qui s'étendait comme un éperon, mêlait ses sifflements et ses mugissements à ceux des torrents et des cascades, et tordait sa fumée à la noire ramure des sapins.

Peu ou point de tunnels, ni de pont sur le parcours. Le rail-road contournait le flanc des montagnes, ne cherchant pas dans la ligne droite le plus court chemin d'un point à un autre, et ne violentant pas la nature.

Vers neuf heures, par la vallée de Carson, le train pénétrait dans l'État de Nevada, suivant toujours la direction du nord-est. À midi, il quittait Reno, où les voyageurs eurent vingt minutes pour déjeuner.

Depuis ce point, la voie ferrée, côtoyant Humboldt-river, s'éleva pendant quelques milles vers le nord, en suivant son cours. Puis elle s'infléchit vers l'est, et ne devait plus quitter le cours d'eau avant d'avoir atteint les Humboldt-Ranges, qui lui donnent naissance, presque à l'extrémité orientale de l'État du Nevada.

Après avoir déjeuné, Mr. Fogg, Mrs. Aouda et leurs compagnons reprirent leur place dans le wagon. Phileas Fogg, la jeune femme, Fix et Passepartout, confortablement assis, regardaient le paysage varié qui passait sous leurs yeux, — vastes prairies, montagnes se profilant à l'horizon, « creeks » roulant leurs eaux écumeuses. Parfois, un grand troupeau de bisons, se massant au loin, apparaissait comme une digue mobile. Ces innombrables armées de ruminants opposent souvent un insurmontable obstacle au passage des trains. On a vu des milliers de ces animaux défiler pendant plusieurs heures, en rangs pressés, au travers du rail-road. La locomotive est alors forcée de s'arrêter et d'attendre que la voie soit redevenue libre.

Un troupeau de dix à douze mille têtes barra le rail-road.

Ce fut même ce qui arriva dans cette occasion. Vers trois heures du soir, un troupeau de dix à douze mille têtes barra le rail-road. La machine, après avoir modéré sa vitesse, essaya d'engager son éperon dans le flanc de l'immense colonne, mais elle dut s'arrêter devant l'impénétrable masse.

On voyait ces ruminants — ces buffalos, comme les appellent improprement les Américains — marcher ainsi de leur pas tranquille, poussant parfois des beuglements formidables. Ils avaient une taille supérieure à celle des taureaux d'Europe, les jambes et la queue courtes, le garrot saillant qui formait une bosse musculaire, les cornes écartées à la base, la tête, le cou et les épaules recouverts d'une crinière à longs poils. Il ne fallait pas songer à arrêter cette migration. Quand les bisons ont adopté une direction, rien ne pourrait ni enrayer ni modifier leur marche. C'est un torrent de chair vivante qu'aucune digue ne saurait contenir.

Les voyageurs, dispersés sur les passerelles, regardaient ce curieux spectacle. Mais celui qui devait être le plus pressé de tous, Phileas Fogg, était demeuré à sa place et attendait philosophiquement qu'il plût aux buffles de lui livrer passage. Passepartout était furieux du retard que causait cette agglomération d'animaux. Il eût voulu décharger contre eux son arsenal de revolvers.

« Quel pays ! s'écria-t-il ! De simples bœufs qui arrêtent des trains, et qui s'en vont là, processionnellement, sans plus se hâter que s'ils ne gênaient pas la circulation ! Pardieu ! je voudrais bien savoir si Mr. Fogg avait prévu ce contretemps dans son programme ! Et ce mécanicien qui n'ose pas lancer sa machine à travers ce bétail encombrant ! »

Le mécanicien n'avait point tenté de renverser l'obstacle, et il avait prudemment agi. Il eût écrasé sans doute les premiers buffles attaqués par l'éperon de la locomotive ; mais, si puissante qu'elle fût, la machine eût été arrêtée bientôt, un déraillement se serait inévitablement produit, et le train fût resté en détresse.

Le mieux était donc d'attendre patiemment, quitte ensuite à regagner le temps perdu par une accélération de la marche du train. Le défilé des bisons dura trois grandes heures, et la voie ne redevint libre qu'à la nuit tombante. À ce moment, les derniers rangs du troupeau traversaient les rails, tandis que les premiers disparaissaient au-dessous de l'horizon du sud.

Il était donc huit heures, quand le train franchit les défilés des Humboldt-Ranges, et neuf heures et demie, lorsqu'il pénétra sur le territoire de l'Utah, la région du grand lac Salé, le curieux pays des Mormons.

## XXVII
### DANS LEQUEL PASSEPARTOUT SUIT, AVEC UNE VITESSE DE VINGT MILLES À L'HEURE, UN COURS D'HISTOIRE MORMONE

Pendant la nuit du 5 au 6 décembre, le train courut au sud-est sur un espace de cinquante milles environ ; puis il remonta d'autant vers le nord-est, en s'approchant du grand lac Salé.

Passepartout, vers neuf heures du matin, vint prendre l'air sur les passerelles. Le temps était froid, le ciel gris, mais il ne neigeait plus. Le disque du soleil, élargi par les brumes, apparaissait comme une énorme pièce d'or, et Passepartout s'occupait à en calculer la valeur en livres sterling, quand il fut distrait de cet utile travail par l'apparition d'un personnage assez étrange.

Ce personnage, qui avait pris le train à la station d'Elko, était un homme de haute taille, très-brun, moustaches noires, bas noirs, chapeau de soie noir, gilet noir, pantalon noir, cravate blanche, gants de peau de chien. On eût dit un révérend. Il allait d'une extrémité du train à l'autre, et, sur la portière de chaque wagon, il collait avec des pains à cacheter une notice écrite à la main.

Passepartout s'approcha et lut sur une de ces notices que l'honorable « elder » William Hitch, missionnaire mormon, profitant de sa présence sur le train n° 48, ferait, de onze heures à midi, dans le car n° 117, une conférence sur le Mormonisme, — invitant à l'entendre tous les gentlemen soucieux de s'instruire touchant les mystères de la religion des « Saints des derniers jours ».

« Certes, j'irai, » se dit Passepartout, qui ne connaissait guère du Mormonisme que ses usages polygames, base de la société mormone.

*Jules Verne*

La nouvelle se répandit rapidement dans le train, qui emportait une centaine de voyageurs. Sur ce nombre, trente au plus, alléchés par l'appât de la conférence, occupaient à onze heures les banquettes du car n° 117. Passepartout figurait au premier rang des fidèles. Ni son maître, ni Fix n'avaient cru devoir se déranger.

À l'heure dite, l'elder William Hitch se leva, et d'une voix assez irritée, comme s'il eût été contredit d'avance, il s'écria :

« Je vous dis, moi, que Joe Smyth est un martyr, que son frère Hyram est un martyr, et que les persécutions du gouvernement de l'Union contre les prophètes vont faire également un martyr de Brigham Young ! Qui oserait soutenir le contraire ? »

Personne ne se hasarda à contredire le missionnaire, dont l'exaltation contrastait avec sa physionomie naturellement calme. Mais, sans doute, sa colère s'expliquait par ce fait que le Mormonisme était actuellement soumis à de dures épreuves. Et, en effet, le gouvernement des États-Unis venait, non sans peine, de réduire ces fanatiques indépendants. Il s'était rendu maître de l'Utah, et l'avait soumis aux lois de l'Union, après avoir emprisonné Brigham Young, accusé de rébellion et de polygamie. Depuis cette époque, les disciples du prophète redoublaient leurs efforts, et, en attendant les actes, ils résistaient par la parole aux prétentions du Congrès.

On le voit, l'elder William Hitch faisait du prosélytisme jusqu'en chemin de fer.

Et alors il raconta, en passionnant son récit par les éclats de sa voix et la violence de ses gestes, l'histoire du Mormonisme, depuis les temps bibliques : « comment, dans Israël, un prophète mormon de la tribu de Joseph publia les annales de la religion nouvelle, et les légua à son fils Morom ; comment, bien des siècles plus tard, une traduction de ce précieux livre, écrit en caractères égyptiens, fut faite par Joseph Smyth junior, fermier de l'État de Vermont, qui se révéla comme prophète mystique en 1825 ; comment, enfin, un messager céleste lui apparut dans une forêt lumineuse et lui remit les annales du Seigneur. »

En ce moment, quelques auditeurs, peu intéressés par le récit rétrospectif du missionnaire, quittèrent le wagon ; mais William Hitch, continuant, raconta « comment Smyth junior, réunissant son père, ses deux frères et quelques disciples, fonda la religion des Saints des derniers jours, — religion qui, adoptée non-seulement en Amérique, mais en Angleterre, en Scandinavie, en Allemagne, compte parmi ses fidèles des artisans et aussi nombre de gens exerçant des professions libérales ; comment une colonie fut fondée dans l'Ohio ; comment un temple fut élevé au prix de deux cent mille dollars et une ville bâtie à Kirkland ; comment Smyth devint un audacieux banquier et reçut d'un simple montreur de momies un papyrus contenant un récit écrit de la main d'Abraham et autres célèbres Égyptiens. »

Cette narration devenant un peu longue, les rangs des auditeurs s'éclaircirent encore, et le public ne se composa plus que d'une vingtaine de personnes.

Mais l'elder, sans s'inquiéter de cette désertion, raconta avec détails « comme quoi Joe Smyth fit banqueroute en 1837 ; comme quoi ses actionnaires ruinés l'enduisirent de goudron et le roulèrent dans la plume ; comme quoi on le retrouva, plus honorable et plus honoré que jamais, quelques années après, à Independance, dans le Missouri, et chef d'une communauté florissante, qui ne comptait pas moins de trois mille disciples, et qu'alors, poursuivi par la haine des gentils, il dut fuir dans le Far-West américain. »

Dix auditeurs étaient encore là, et parmi eux l'honnête Passepartout, qui écoutait de toutes ses oreilles. Ce fut ainsi qu'il apprit « comment, après de longues persécutions, Smyth reparut dans l'Illinois et fonda en 1839, sur les bords du Mississippi, Nauvoo-la-Belle, dont la population s'éleva jusqu'à vingt-cinq mille âmes ; comment Smyth en devint le maire, le juge suprême et le général en chef ; comment, en 1843, il posa sa candidature à la présidence des États-Unis, et comment enfin, attiré dans un guet-apens, à Carthage, il fut jeté en prison et assassiné par une bande d'hommes masqués. »

En ce moment, Passepartout était absolument seul dans le wagon, et l'elder, le regardant en face, le fascinant par ses paroles, lui rappela que, deux ans après l'assassinat de Smyth, son successeur, le prophète inspiré, Brigham Young, abandonnant Nauvoo, vint s'établir aux bords du lac Salé, et que là, sur cet admirable territoire, au milieu de cette contrée fertile, sur le chemin des émigrants qui traversaient l'Utah pour se rendre en Californie, la nouvelle colonie, grâce aux principes polygames du Mormonisme, prit une extension énorme.

« Et voilà, ajouta William Hitch, voilà pourquoi la jalousie du Congrès s'est exercée contre nous ! pourquoi les soldats de l'Union ont foulé le sol de l'Utah ! pourquoi notre chef, le prophète Brigham Young, a été emprisonné au mépris de toute justice ! Céderons-nous à la force ? Jamais ! Chassés du Vermont, chassés de l'Illinois, chassés de l'Ohio, chassés du Missouri, chassés de l'Utah, nous retrouverons encore quelque territoire indépendant où nous planterons notre tente... Et vous, mon fidèle, ajouta l'elder en fixant sur son unique auditeur des regards courroucés, planterez-vous la vôtre à l'ombre de notre drapeau ?

Et vous, mon fidèle !

— Non, » répondit bravement Passepartout, qui s'enfuit à son tour, laissant l'énergumène prêcher dans le désert.

Mais pendant cette conférence, le train avait marché rapidement, et, vers midi et demi, il touchait à sa pointe nord-ouest le grand lac Salé. De là, on pouvait embrasser, sur un vaste périmètre, l'aspect de cette mer intérieure, qui porte aussi le nom de mer Morte et dans laquelle se jette un Jourdain d'Amérique. Lac admirable, encadré de belles roches sauvages, à larges assises, encroûtées de sel blanc, superbe nappe d'eau qui couvrait autrefois un espace plus considérable ; mais avec le temps, ses bords, montant peu à peu, ont réduit sa superficie en accroissant sa profondeur.

Lac Admirable !...

Le lac Salé, long de soixante-dix milles environ, large de trente-cinq, est situé à trois mille huit cents pieds au-dessus du niveau de la mer. Bien différent du lac Asphaltite, dont la dépression accuse douze cents pieds au-dessous, sa salure est considérable, et ses eaux tiennent en dissolution le quart de leur poids de matière solide. Leur pesanteur spécifique est de 1 170, celle de l'eau distillée étant 1 000. Aussi les poissons n'y peuvent vivre. Ceux qu'y jettent le Jourdain, le Weber et autres creeks, y périssent bientôt ; mais il n'est pas vrai que la densité de ses eaux soit telle qu'un homme n'y puisse plonger.

Autour du lac, la campagne était admirablement cultivée, car les Mormons s'entendent aux travaux de la terre: des ranchos et des corrals pour les animaux domestiques, des champs de blé, de maïs, de sorgho, des prairies luxuriantes, partout des haies de rosiers sauvages, des bouquets d'acacias et d'euphorbes, tel eût été l'aspect de cette contrée, six mois plus tard ; mais en ce moment le sol disparaissait sous une mince couche de neige, qui le poudrait légèrement.

À deux heures, les voyageurs descendaient à la station d'Ogden. Le train ne devant repartir qu'à six heures, Mr. Fogg, Mrs. Aouda et leurs deux compagnons avaient donc le temps de se rendre à la Cité des Saints par le petit embranchement qui se détache de la station d'Ogden. Deux heures suffisaient à visiter cette ville absolument américaine et, comme telle, bâtie sur le patron de toutes les villes de l'Union, vastes échiquiers à longues lignes froides, avec la « tristesse lugubre des angles droits », suivant l'expression de Victor Hugo. Le fondateur de la Cité des Saints ne pouvait échapper à ce besoin de symétrie qui distingue les Anglo-Saxons. Dans ce singulier pays, où les hommes ne sont certainement pas à la hauteur des institutions, tout se fait « carrément », les villes, les maisons et les sottises.

À trois heures, les voyageurs se promenaient donc par les rues de la cité, bâtie entre la rive du Jourdain et les premières ondulations des monts Wahsatch. Ils y remarquèrent peu ou point d'églises, mais, comme monuments, la maison du prophète, la Court-house et l'arsenal ; puis, des maisons de briques bleuâtres avec vérandas et galeries, entourées de jardins, bordées d'acacias, de palmiers et de caroubiers. Un mur d'argile et de cailloux, construit en 1853, ceignait la ville. Dans la principale rue, où se tient le marché, s'élevaient quelques hôtels ornés de pavillons, et entre autres Lake-Salt-house.

Mr. Fogg et ses compagnons ne trouvèrent pas la cité fort peuplée. Les rues étaient presque désertes, — sauf toutefois la partie du Temple, qu'ils n'atteignirent qu'après avoir traversé plusieurs quartiers entourés de palissades. Les femmes étaient assez nombreuses, ce qui s'explique par la composition singulière des ménages mormons. Il ne faut pas croire, cependant, que tous les Mormons soient polygames. On est libre, mais il est bon de remarquer que ce sont les citoyennes de l'Utah qui tiennent surtout à être épousées, car, suivant la religion du pays, le ciel mormon n'admet point à la possession de ses béatitudes les célibataires du sexe féminin. Ces pauvres créatures ne paraissaient ni aisées ni heureuses. Quelques-unes, les plus riches sans doute, portaient une jaquette de soie noire ouverte à la taille, sous une capuche ou un châle fort modeste. Les autres n'étaient vêtues que d'indienne.

Passepartout, lui, en sa qualité de garçon convaincu, ne regardait pas sans un certain effroi ces Mormones chargées de faire à plusieurs le bonheur d'un seul Mormon. Dans son bon sens, c'était le mari qu'il plaignait surtout. Cela lui paraissait terrible d'avoir à guider tant de dames à la fois au travers des vicissitudes de la vie, à les conduire ainsi en troupe jusqu'au paradis mormon, avec cette perspective de les y retrouver pour l'éternité en compagnie du glorieux Smyth, qui devait faire l'ornement de ce lieu de délices. Décidément, il ne se sentait pas la vocation, et il trouvait — peut-être s'abusait-il en ceci — que les citoyennes de Great-Lake-City jetaient sur sa personne des regards un peu inquiétants.

Très-heureusement, son séjour dans la Cité des Saints ne devait pas se prolonger. À quatre heures moins quelques minutes, les voyageurs se retrouvaient à la gare et reprenaient leur place dans leurs wagons.

Le coup de sifflet se fit entendre ; mais au moment où les roues motrices de la locomotive, patinant sur les rails, commençaient à imprimer au train quelque vitesse, ces cris : « Arrêtez ! arrêtez ! » retentirent.

On n'arrête pas un train en marche. Le gentleman qui proférait ces cris était évidemment un Mormon attardé. Il courait à perdre haleine. Heureusement pour lui, la gare n'avait ni portes ni barrières. Il s'élança donc sur la voie, sauta sur le marchepied de la dernière voiture, et tomba essoufflé sur une des banquettes du wagon.

Passepartout, qui avait suivi avec émotion les incidents de cette gymnastique, vint contempler ce retardataire, auquel il s'intéressa vivement, quand il apprit que ce citoyen de l'Utah n'avait ainsi pris la fuite qu'à la suite d'une scène de ménage.

Lorsque le Mormon eut repris haleine, Passepartout se hasarda à lui demander poliment combien il avait de femmes, à lui tout seul, — et à la façon dont il venait de décamper, il lui en supposait une vingtaine au moins.

« Une, monsieur ! répondit le Mormon en levant les bras au ciel, une, et c'était assez ! »

## XXVIII
### DANS LEQUEL PASSEPARTOUT NE PUT PARVENIR À FAIRE ENTENDRE LE LANGAGE DE LA RAISON

Le train, en quittant Great-Salt-Lake et la station d'Ogden, s'éleva pendant une heure vers le nord, jusqu'à Weber-river, ayant franchi neuf cents milles environ depuis San-Francisco. À partir de ce point, il reprit la direction de l'est à travers le massif accidenté des monts Wahsatch. C'est dans cette partie du territoire, comprise entre ces montagnes et les montagnes Rocheuses proprement dites, que les ingénieurs américains ont été aux prises avec les plus sérieuses difficultés. Aussi, dans ce parcours, la subvention du gouvernement de l'Union s'est-elle élevée à quarante-huit mille dollars par mille, tandis qu'elle n'était que de seize mille dollars en plaine ; mais les ingénieurs, ainsi qu'il a été dit, n'ont pas violenté la nature, ils ont rusé avec elle, tournant les difficultés, et pour atteindre le grand bassin, un seul tunnel, long de quatorze mille pieds, a été percé dans tout le parcours du rail-road.

C'était au lac Salé même que le tracé avait atteint jusqu'alors sa plus haute cote d'altitude. Depuis ce point, son profil décrivait une courbe très-allongée, s'abaissant vers la vallée du Bitter-creek, pour remonter jusqu'au point de partage des eaux entre l'Atlantique et le Pacifique. Les rios étaient nombreux dans cette montagneuse région. Il fallut franchir sur des ponceaux le Muddy, le Green et autres. Passepartout était devenu plus impatient à mesure qu'il s'approchait du but. Mais Fix, à son tour, aurait voulu être déjà sorti de cette difficile contrée. Il craignait les retards, il redoutait les accidents, et était plus pressé que Phileas Fogg lui-même de mettre le pied sur la terre anglaise !

À dix heures du soir, le train s'arrêtait à la station de Fort-Bridger, qu'il quitta presque aussitôt, et, vingt milles plus loin, il entrait dans l'État de Wyoming, — l'ancien Dakota, — en suivant toute la vallée du Bitter-creek, d'où s'écoulent une partie des eaux qui forment le système hydrographique du Colorado.

Le lendemain, 7 décembre, il y eut un quart d'heure d'arrêt à la station de Green-river. La neige avait tombé pendant la nuit assez abondamment, mais, mêlée à de la pluie, à demi fondue, elle ne pouvait gêner la marche du train. Toutefois, ce mauvais temps ne laissa pas d'inquiéter Passepartout, car l'accumulation des neiges, en embourbant les roues des wagons, eût certainement compromis le voyage.

« Aussi, quelle idée, se disait-il, mon maître a-t-il eue de voyager pendant l'hiver ! Ne pouvait-il attendre la belle saison pour augmenter ses chances ? »

Mais, en ce moment, où l'honnête garçon ne se préoccupait que de l'état du ciel et de l'abaissement de la température, Mrs. Aouda éprouvait des craintes plus vives, qui provenaient d'une tout autre cause.

En effet, quelques voyageurs étaient descendus de leur wagon, et se promenaient sur le quai de la gare de Green-river, en attendant le départ du train. Or, à travers la vitre, la jeune femme reconnut parmi eux le colonel Stamp W. Proctor, cet Américain qui s'était si grossièrement comporté à l'égard de Phileas Fogg pendant le meeting de San-Francisco. Mrs. Aouda, ne voulant pas être vue, se rejeta en arrière.

Cette circonstance impressionna vivement la jeune femme. Elle s'était attachée à l'homme qui, si froidement que ce fût, lui donnait chaque jour les marques du plus absolu dévouement. Elle ne comprenait pas, sans doute, toute la profondeur du sentiment que lui inspirait son sauveur, et à ce sentiment elle ne donnait encore que le nom de reconnaissance, mais, à son insu, il y avait plus que cela. Aussi son cœur se serra-t-il, quand elle reconnut le grossier personnage auquel Mr. Fogg voulait tôt ou tard demander raison de sa conduite. Évidemment, c'était le hasard seul qui avait amené dans ce train le colonel Proctor, mais enfin il y était, et il fallait empêcher à tout prix que Phileas Fogg aperçut son adversaire.

Mrs. Aouda, lorsque le train se fut remis en route, profita d'un moment où sommeillait Mr. Fogg pour mettre Fix et Passepartout au courant de la situation.

« Ce Proctor est dans le train ! s'écria Fix. Eh bien, rassurez-vous, madame, avant d'avoir affaire au sieur… à Mr. Fogg, il aura affaire à moi ! Il me semble que, dans tout ceci, c'est encore moi qui ai reçu les plus graves insultes !

— Et, de plus, ajouta Passepartout, je me charge de lui, tout colonel qu'il est.

— Monsieur Fix, reprit Mrs. Aouda, Mr. Fogg ne laissera à personne le soin de le venger. Il est homme, il l'a dit, à revenir en Amérique pour retrouver cet insulteur. Si donc il aperçoit le colonel Proctor, nous ne pourrons empêcher une rencontre, qui peut amener de déplorables résultats. Il faut donc qu'il ne le voie pas.

— Vous avez raison, madame, répondit Fix, une rencontre pourrait tout perdre. Vainqueur ou vaincu, Mr. Fogg serait retardé, et…

— Et, ajouta Passepartout, cela ferait le jeu des gentlemen du Reform-Club. Dans quatre jours nous serons à New-York ! Eh bien, si pendant quatre jours mon maître ne quitte pas son wagon, on peut espérer que le hasard ne le mettra pas face à face avec ce maudit Américain, que Dieu confonde ! Or, nous saurons bien l'empêcher… »

La conversation fut suspendue. Mr. Fogg s'était réveillé, et regardait la campagne à travers la vitre tachetée de neige. Mais, plus tard, et sans être entendu de son maître ni de Mrs. Aouda, Passepartout dit à l'inspecteur de police :

« Est-ce que vraiment vous vous battriez pour lui?

— Je ferai tout pour le ramener vivant en Europe!» répondit simplement Fix, d'un ton qui marquait une implacable volonté.

Passepartout sentit comme un frisson lui courir par le corps, mais ses convictions à l'endroit de son maître ne faiblirent pas.

Et maintenant, y avait-il un moyen quelconque de retenir Mr. Fogg dans ce compartiment pour prévenir toute rencontre entre le colonel et lui ? Cela ne pouvait être difficile, le gentleman étant d'un naturel peu remuant et peu curieux. En tout cas, l'inspecteur de police crut avoir trouvé ce moyen, car, quelques instants plus tard, il disait à Phileas Fogg :

« Ce sont de longues et lentes heures, monsieur, que celles que l'on passe ainsi en chemin de fer.

— En effet, répondit le gentleman, mais elles passent.

— À bord des paquebots, reprit l'inspecteur, vous aviez l'habitude de faire votre whist ?

— Oui, répondit Phileas Fogg, mais ici ce serait difficile. Je n'ai ni cartes ni partenaires.

— Oh ! les cartes, nous trouverons bien à les acheter. On vend de tout dans les wagons américains. Quant aux partenaires, si, par hasard, madame...

— Certainement, monsieur, répondit vivement la jeune femme, je connais le whist. Cela fait partie de l'éducation anglaise.

— Et moi, reprit Fix, j'ai quelques prétentions à bien jouer ce jeu. Or, à nous trois et un mort...

— Comme il vous plaira, monsieur, » répondit Phileas Fogg, enchanté de reprendre son jeu favori, — même en chemin de fer.

Passepartout fut dépêché à la recherche du stewart, et il revint bientôt avec deux jeux complets, des fiches, des jetons et une tablette recouverte de drap. Rien ne manquait. Le jeu commença. Mrs. Aouda savait très-suffisamment le whist, et elle reçut même quelques compliments du sévère Phileas Fogg. Quant à l'inspecteur, il était tout simplement de première force, et digne de tenir tête au gentleman.

« Maintenant, se dit Passepartout à lui-même, nous le tenons. Il ne bougera plus ! »

À onze heures du matin, le train avait atteint le point de partage des eaux des deux océans. C'était à Passe-Bridger, à une hauteur de sept mille cinq cent vingt-quatre pieds anglais au-dessus du niveau de la mer, un des plus hauts points touchés par le profil du tracé dans ce passage à travers les montagnes Rocheuses. Après deux cents milles environ, les voyageurs se trouveraient enfin sur ces longues plaines qui s'étendent jusqu'à l'Atlantique, et que la nature rendait si propices à l'établissement d'une voie ferrée.

Sur le versant du bassin atlantique se développaient déjà les premiers rios, affluents ou sous-affluents de North-Platte-river. Tout l'horizon du nord et de l'est était couvert par cette immense courtine semi-circulaire, qui forme la portion septentrionale des Rocky-Mountains, dominée par le pic de Laramie. Entre cette courbure et la ligne de fer s'étendaient de vastes plaines, largement arrosées. Sur la droite du rail-road s'étageaient les premières rampes du massif montagneux qui s'arrondit au sud jusqu'aux sources de la rivière de l'Arkansas, l'un des grands tributaires du Missouri.

À midi et demi, les voyageurs entrevoyaient un instant le fort Halleck, qui commande cette contrée. Encore quelques heures, et la traversée des montagnes Rocheuses serait accomplie. On pouvait donc espérer qu'aucun accident ne signalerait le passage du train à travers cette difficile région. La neige avait cessé de tomber. Le temps se mettait au froid sec. De grands oiseaux, effrayés par la locomotive, s'enfuyaient au loin. Aucun fauve, ours ou loup, ne se montrait sur la plaine. C'était le désert dans son immense nudité.

Après un déjeuner assez confortable, servi dans le wagon même, Mr. Fogg et ses partenaires venaient de reprendre leur interminable whist, quand de violents coups de sifflet se firent entendre. Le train s'arrêta.

Passepartout mit la tête à la portière et ne vit rien qui motivât cet arrêt. Aucune station n'était en vue.

Mrs. Aouda et Fix purent craindre un instant que Mr. Fogg ne songeât à descendre sur la voie. Mais le gentleman se contenta de dire à son domestique :

« Voyez donc ce que c'est. »

Passepartout s'élança hors du wagon. Une quarantaine de voyageurs avaient déjà quitté leurs places, et parmi eux le colonel Stamp W. Proctor.

Le train était arrêté devant un signal tourné au rouge qui fermait la voie. Le mécanicien et le conducteur, étant descendus, discutaient assez vivement avec un garde-voie, que le chef de gare de Medicine-Bow, la station prochaine, avait envoyé au-devant du train. Des voyageurs s'étaient approchés et prenaient part à la discussion, — entre autres le susdit colonel Proctor, avec son verbe haut et ses gestes impérieux.

Passepartout, ayant rejoint le groupe, entendit le garde-voie qui disait :

« Non ! il n'y a pas moyen de passer ! Le pont de Medicine-Bow est ébranlé et ne supporterait pas le poids du train. »

Ce pont, dont il était question, était un pont suspendu, jeté sur un rapide, à un mille de l'endroit où le convoi s'était arrêté. Au dire du garde-voie, il menaçait ruine, plusieurs des fils étaient rompus, et il était impossible d'en risquer le passage. Le garde-voie n'exagérait donc en aucune façon en affirmant qu'on ne pouvait passer. Et d'ailleurs, avec les habitudes d'insouciance des Américains, on peut dire que, quand ils se mettent à être prudents, il y aurait folie à ne pas l'être.

Passepartout, n'osant aller prévenir son maître, écoutait, les dents serrées, immobile comme une statue.

« Ah çà ! s'écria le colonel Proctor, nous n'allons pas, j'imagine, rester ici à prendre racine dans la neige !

— Colonel, répondit le conducteur, on a télégraphié à la station d'Omaha pour demander un train, mais il n'est pas probable qu'il arrive à Medicine-Bow avant six heures.

— Six heures ! s'écria Passepartout.

— Sans doute, répondit le conducteur. D'ailleurs, ce temps nous sera nécessaire pour gagner à pied la station.

— À pied ! s'écrièrent tous les voyageurs.

— Mais à quelle distance est donc cette station ? demanda l'un d'eux au conducteur.

— À douze milles, de l'autre côté de la rivière.

— Douze milles dans la neige ! » s'écria Stamp W. Proctor.

Le colonel lança une bordée de jurons, s'en prenant à la compagnie, s'en prenant au conducteur, et Passepartout, furieux, n'était pas loin de faire chorus avec lui. Il y avait là un obstacle matériel contre lequel échoueraient, cette fois, toutes les bank-notes de son maître.

Au surplus, le désappointement était général parmi les voyageurs, qui, sans compter le retard, se voyaient obligés à faire une quinzaine de milles à travers la plaine couverte de neige. Aussi était-ce un brouhaha, des exclamations, des vociférations, qui auraient certainement attiré l'attention de Phileas Fogg, si ce gentleman n'eût été absorbé par son jeu.

Cependant Passepartout se trouvait dans la nécessité de le prévenir, et, la tête basse, il se dirigeait vers le wagon, quand le mécanicien du train, — un vrai Yankee, nommé Forster, — élevant la voix, dit :

« Messieurs, il y aurait peut-être moyen de passer.

— Sur le pont ? répondit un voyageur.

— Sur le pont.

— Avec notre train ? demanda le colonel.

— Avec notre train. »

Passepartout s'était arrêté, et dévorait les paroles du mécanicien.

« Mais le pont menace ruine ! reprit le conducteur.

— N'importe, répondit Forster. Je crois qu'en lançant le train avec son maximum de vitesse, on aurait quelques chances de passer.

— Diable ! » fit Passepartout.

Mais un certain nombre de voyageurs avaient été immédiatement séduits par la proposition. Elle plaisait particulièrement au colonel Proctor. Ce cerveau brûlé trouvait la chose très-faisable. Il rappela même que des ingénieurs avaient eu l'idée de passer des rivières « sans pont » avec des trains rigides lancés à toute vitesse, etc. Et, en fin de compte, tous les intéressés dans la question se rangèrent à l'avis du mécanicien.

*Jules Verne*

« Nous avons cinquante chances pour passer, disait l'un.

— Soixante, disait l'autre.

— Quatre-vingts !... quatre-vingt-dix sur cent ! »

Passepartout était ahuri, quoiqu'il fût prêt à tout tenter pour opérer le passage du Medicine-creek, mais la tentative lui semblait un peu trop « américaine ».

« D'ailleurs, pensa-t-il, il y a une chose bien plus simple à faire, et ces gens-là n'y songent même pas !... Monsieur, dit-il à un des voyageurs, le moyen proposé par le mécanicien me paraît un peu hasardé, mais...

— Quatre-vingts chances ! répondit le voyageur, qui lui tourna le dos.

— Je sais bien, répondit Passepartout en s'adressant à un autre gentleman, mais une simple réflexion...

— Pas de réflexion, c'est inutile ! répondit l'Américain interpellé en haussant les épaules, puisque le mécanicien assure qu'on passera !

— Sans doute, reprit Passepartout, on passera, mais il serait peut-être plus prudent...

— Quoi ! prudent ! s'écria le colonel Proctor, que ce mot, entendu par hasard, fit bondir. À grande vitesse, on vous dit ! Comprenez-vous ? À grande vitesse !

— Je sais... je comprends..., répétait Passepartout, auquel personne ne laissait achever sa phrase, mais il serait, sinon plus prudent, puisque le mot vous choque, du moins plus naturel...

— Qui ? que ? quoi ? Qu'a-t-il donc celui-là avec son naturel ?... » s'écria-t-on de toutes parts.

Le pauvre garçon ne savait plus de qui se faire entendre.

« Est-ce que vous avez peur ? lui demanda le colonel Proctor.

— Moi, peur ! s'écria Passepartout. Eh bien, soit ! Je montrerai à ces gens-là qu'un Français peut être aussi Américain qu'eux !

— En voiture ! en voiture ! criait le conducteur.

— Oui ! en voiture, répétait Passepartout, en voiture ! Et tout de suite ! Mais on ne m'empêchera pas de penser qu'il eût été plus naturel de nous faire d'abord passer à pied sur ce pont, nous autres voyageurs, puis le train ensuite !... »

Mais personne n'entendit cette sage réflexion, et personne n'eût voulu en reconnaître la justesse.

Les voyageurs étaient réintégrés dans leur wagon. Passepartout reprit sa place, sans rien dire de ce qui s'était passé. Les joueurs étaient tout entiers à leur whist.

La locomotive siffla vigoureusement. Le mécanicien, renversant la vapeur, ramena son train en arrière pendant près d'un mille, — reculant comme un sauteur qui veut prendre son élan.

Puis, à un second coup de sifflet, la marche en avant recommença : elle s'accéléra ; bientôt la vitesse devint effroyable ; on n'entendait plus qu'un seul hennissement sortant de la locomotive ; les pistons battaient vingt coups à la seconde ; les essieux des roues fumaient dans les boîtes à graisse. On sentait, pour ainsi dire, que le train tout entier, marchant avec une rapidité de cent milles à l'heure, ne pesait plus sur les rails. La vitesse mangeait la pesanteur.

Et l'on passa ! Et ce fut comme un éclair. On ne vit rien du pont. Le convoi sauta, on peut le dire, d'une rive à l'autre, et le mécanicien ne parvint à arrêter sa machine emportée qu'à cinq milles au-delà de la station.

Mais à peine le train avait-il franchi la rivière, que le pont, définitivement ruiné, s'abîmait avec fracas dans le rapide de Medicine-Bow.

*Jules Verne*

## XXIX
### OÙ IL SERA FAIT LE RÉCIT D'INCIDENTS DIVERS QUI NE SE RENCONTRENT QUE SUR LES RAIL-ROADS DE L'UNION

Le soir même, le train poursuivait sa route sans obstacles, dépassait le fort Sauders, franchissait la passe de Cheyenne et arrivait à la passe d'Evans. En cet endroit, le rail-road atteignait le plus haut point du parcours, soit huit mille quatre-vingt-onze pieds au-dessus du niveau de l'Océan. Les voyageurs n'avaient plus qu'à descendre jusqu'à l'Atlantique sur ces plaines sans limites, nivelées par la nature.

Là se trouvait sur le « grand trunk » l'embranchement de Denver-city, la principale ville du Colorado. Ce territoire est riche en mines d'or et d'argent, et plus de cinquante mille habitants y ont déjà fixé leur demeure.

À ce moment, treize cent quatre-vingt-deux milles avaient été faits depuis San-Francisco, en trois jours et trois nuits. Quatre nuits et quatre jours, selon toute prévision, devaient suffire pour atteindre New-York. Phileas Fogg se maintenait donc dans les délais réglementaires.

Pendant la nuit, on laissa sur la gauche le camp Walbah. Le Lodge-pole-creek courait parallèlement à la voie, en suivant la frontière rectiligne commune aux États du Wyoming et du Colorado. À onze heures, on entrait dans le Nebraska, on passait près du Sedgwick, et l'on touchait à Julesburgh, placé sur la branche sud de Platte-river.

C'est à ce point que se fit l'inauguration de l'Union-pacific-road, le 23 octobre 1867, et dont l'ingénieur en chef fut le général J. M. Dodge. Là s'arrêtèrent les deux puissantes locomotives, remorquant les neuf wagons des invités, au nombre desquels figurait le vice-président,

M. Thomas C. Durant ; là retentirent les acclamations ; là, les Sioux et les Pawnies donnèrent le spectacle d'une petite guerre indienne ; là, les feux d'artifice éclatèrent ; là, enfin, se publia, au moyen d'une imprimerie portative, le premier numéro du journal *Railway-Pioneer*. Ainsi fut célébrée l'inauguration de ce grand chemin de fer, instrument de progrès et de civilisation, jeté à travers le désert et destiné à relier entre elles des villes et des cités qui n'existaient pas encore. Le sifflet de la locomotive, plus puissant que la lyre d'Amphion, allait bientôt les faire surgir du sol américain.

À huit heures du matin, le fort Mac-Pherson était laissé en arrière. Trois cent cinquante-sept milles séparent ce point d'Omaha. La voie ferrée suivait, sur sa rive gauche, les capricieuses sinuosités de la branche sud de Platte-river. À neuf heures, on arrivait à l'importante ville de North-Platte, bâtie entre ces deux bras du grand cours d'eau, qui se rejoignent autour d'elle pour ne plus former qu'une seule artère, — affluent considérable dont les eaux se confondent avec celles du Missouri, un peu au-dessus d'Omaha.

Le cent-unième méridien était franchi.

Moi, je jouerais carreau…

Mr. Fogg et ses partenaires avaient repris leur jeu. Aucun d'eux ne se plaignait de la longueur de la route, — pas même le mort. Fix avait commencé par gagner quelques guinées, qu'il était en train de reperdre, mais il ne se montrait pas moins passionné que Mr. Fogg. Pendant cette matinée, la chance favorisa singulièrement ce gentleman. Les atouts et les honneurs pleuvaient dans ses mains. À un certain moment, après avoir combiné un coup audacieux, il se préparait à jouer pique, quand, derrière la banquette, une voix se fit entendre, qui disait :

« Moi, je jouerais carreau… »

Mr. Fogg, Mrs. Aouda, Fix, levèrent la tête. Le colonel Proctor était près d'eux.

Stamp W. Proctor et Phileas Fogg se reconnurent aussitôt.

« Ah ! c'est vous, monsieur l'Anglais, s'écria le colonel, c'est vous qui voulez jouer pique !

— Et qui le joue, répondit froidement Phileas Fogg, en abattant un dix de cette couleur.

— Eh bien, il me plaît que ce soit carreau, » répliqua le colonel Proctor d'une voix irritée.

Et il fit un geste pour saisir la carte jouée, en ajoutant :

« Vous n'entendez rien à ce jeu.

— Peut-être serai-je plus habile à un autre, dit Phileas Fogg, qui se leva.

— Il ne tient qu'à vous d'en essayer, fils de John Bull ! » répliqua le grossier personnage.

Mrs. Aouda était devenue pâle. Tout son sang lui refluait au cœur. Elle avait saisi le bras de Phileas Fogg, qui la repoussa doucement. Passepartout était prêt à se jeter sur l'Américain, qui regardait son adversaire de l'air le plus insultant. Mais Fix s'était levé, et, allant au colonel Proctor, il lui dit :

« Vous oubliez que c'est moi à qui vous avez affaire, monsieur, moi que vous avez, non-seulement injurié, mais frappé !

— Monsieur Fix, dit Mr. Fogg, je vous demande pardon, mais ceci me regarde seul. En prétendant que j'avais tort de jouer pique, le colonel m'a fait une nouvelle injure, et il m'en rendra raison.

— Quand vous voudrez, et où vous voudrez, répondit l'Américain, et à l'arme qu'il vous plaira ! »

Mrs. Aouda essaya vainement de retenir Mr. Fogg. L'inspecteur tenta inutilement de reprendre la querelle à son compte. Passepartout voulait jeter le colonel par la portière, mais un signe de son maître l'arrêta. Phileas Fogg quitta le wagon, et l'Américain le suivit sur la passerelle.

« Monsieur, dit Mr. Fogg à son adversaire, je suis fort pressé de retourner en Europe, et un retard quelconque préjudicierait beaucoup à mes intérêts.

— Eh bien ! qu'est-ce que cela me fait ? répondit le colonel Proctor.

— Monsieur, reprit très-poliment Mr. Fogg, après notre rencontre à San-Francisco, j'avais formé le projet de venir vous retrouver en Amérique, dès que j'aurais terminé les affaires qui m'appellent sur l'ancien continent.

— Vraiment !

— Voulez-vous me donner rendez-vous dans six mois ?

— Pourquoi pas dans six ans ?

— Je dis six mois, répondit Mr. Fogg, et je serai exact au rendez-vous.

— Des défaites, tout cela ! s'écria Stamp W. Proctor. Tout de suite ou pas.

— Soit, répondit Mr. Fogg. Vous allez à New-York ?

— Non.

— À Chicago ?

— Non.

— À Omaha ?

— Peu vous importe ! Connaissez-vous Plum-Creek ?

— Non, répondit Mr. Fogg.

— C'est la station prochaine. Le train y sera dans une heure. Il y stationnera dix minutes. En dix minutes, on peut échanger quelques coups de revolver.

— Soit, répondit Mr. Fogg. Je m'arrêterai à Plum-Creek.

— Et je crois même que vous y resterez ! ajouta l'Américain avec une insolence sans pareille.

— Qui sait, monsieur ? » répondit Mr. Fogg, et il rentra dans son wagon, aussi froid que d'habitude.

Là, le gentleman commença par rassurer Mrs. Aouda, lui disant que les fanfarons n'étaient jamais à craindre. Puis il pria Fix de lui servir de témoin dans la rencontre qui allait avoir lieu. Fix ne pouvait refuser, et Phileas Fogg reprit tranquillement son jeu interrompu, en jouant pique avec un calme parfait.

À onze heures, le sifflet de la locomotive annonça l'approche de la station de Plum-Creek. Mr. Fogg se leva, et, suivi de Fix, il se rendit sur la passerelle. Passepartout l'accompagnait, portant une paire de revolvers. Mrs. Aouda était restée dans le wagon, pâle comme une morte.

En ce moment, la porte de l'autre wagon s'ouvrit, et le colonel Proctor apparut également sur la passerelle, suivi de son témoin, un Yankee de sa trempe. Mais à l'instant où les deux adversaires allaient descendre sur la voie, le conducteur accourut et leur cria :

« On ne descend pas, messieurs.

— Et pourquoi ? demanda le colonel.

— Nous avons vingt minutes de retard, et le train ne s'arrête pas.

— Mais je dois me battre avec monsieur.

— Je le regrette, répondit l'employé, mais nous repartons immédiatement. Voici la cloche qui sonne ! »

La cloche sonnait, en effet, et le train se remit en route.

« Je suis vraiment désolé, messieurs, dit alors le conducteur. En toute autre circonstance, j'aurai pu vous obliger. Mais, après tout, puisque vous n'avez pas eu le temps de vous battre ici, qui vous empêche de vous battre en route ?

— Cela ne conviendra peut-être pas à monsieur ! dit le colonel Proctor d'un air goguenard.

— Cela me convient parfaitement, répondit Phileas Fogg.

« Allons, décidément, nous sommes en Amérique ! pensa Passepartout, et le conducteur de train est un gentleman du meilleur monde ! »

Et ce disant il suivit son maître.

Les deux adversaires, leurs témoins, précédés du conducteur, se rendirent, en passant d'un wagon à l'autre, à l'arrière du train. Le dernier wagon n'était occupé que par une dizaine de voyageurs. Le conducteur leur demanda s'ils voulaient bien, pour quelques instants, laisser la place libre à deux gentlemen qui avaient une affaire d'honneur à vider.

Comment donc ! Mais les voyageurs étaient trop heureux de pouvoir être agréables aux deux gentlemen, et ils se retirèrent sur les passerelles.

Ce wagon, long d'une cinquantaine de pieds, se prêtait très-convenablement à la circonstance. Les deux adversaires pouvaient marcher l'un sur l'autre entre les banquettes et s'arquebuser à leur aise. Jamais duel ne fut plus facile à régler. Mr. Fogg et le colonel Proctor, munis chacun de deux revolvers à six coups, entrèrent dans le wagon. Leurs témoins, restés en dehors, les y enfermèrent. Au premier coup de sifflet de la locomotive, ils devaient commencer le feu… Puis, après un laps de deux minutes, on retirerait du wagon ce qui resterait des deux gentlemen.

Rien de plus simple en vérité. C'était même si simple, que Fix et Passepartout sentaient leur cœur battre à se briser.

On attendait donc le coup de sifflet convenu, quand soudain des cris sauvages retentirent. Des détonations les accompagnèrent, mais elles ne venaient point du wagon réservé aux duellistes. Ces détonations se prolongeaient, au contraire, jusqu'à l'avant et sur toute la ligne du train. Des cris de frayeur se faisaient entendre à l'intérieur du convoi.

Le colonel Proctor et Mr. Fogg, revolver au poing, sortirent aussitôt du wagon et se précipitèrent vers l'avant, où retentissaient plus bruyamment les détonations et les cris.

Ils avaient compris que le train était attaqué par une bande de Sioux.

Ces hardis Indiens n'en étaient pas à leur coup d'essai, et plus d'une fois déjà ils avaient arrêté les convois. Suivant leur habitude, sans attendre l'arrêt du train, s'élançant sur les marchepieds au nombre d'une centaine, ils avaient escaladé les wagons comme fait un clown d'un cheval au galop.

Ces Sioux étaient munis de fusils. De là les détonations auxquelles les voyageurs, presque tous armés, ripostaient par des coups de revolver. Tout d'abord, les Indiens s'étaient précipités sur la machine. Le mécanicien et le chauffeur avaient été à demi assommés à coups de casse-tête. Un chef sioux, voulant arrêter le train, mais ne sachant pas manœuvrer la manette du régulateur, avait largement ouvert l'introduction de la vapeur au lieu de la fermer, et la locomotive, emportée, courait avec une vitesse effroyable.

Les sioux avaient envahi les wagons

En même temps, les Sioux avaient envahi les wagons, ils couraient comme des singes en fureur sur les impériales, ils enfonçaient les portières et luttaient corps à corps avec les voyageurs. Hors du wagon de bagages, forcé et pillé, les colis étaient précipités sur la voie. Cris et coups de feu ne discontinuaient pas.

Cependant les voyageurs se défendaient avec courage. Certains wagons, barricadés, soutenaient un siège, comme de véritables forts ambulants, emportés avec une rapidité de cent milles à l'heure.

Dès le début de l'attaque, Mrs. Aouda s'était courageusement comportée. Le revolver à la main, elle se défendait héroïquement, tirant à travers les vitres brisées, lorsque quelque sauvage se présentait à elle. Une vingtaine de Sioux, frappés à mort, étaient tombés sur la voie, et les roues des wagons écrasaient comme des vers ceux d'entre eux qui glissaient sur les rails du haut des passerelles.

Plusieurs voyageurs, grièvement atteints par les balles ou les casse-tête, gisaient sur les banquettes.

Cependant il fallait en finir. Cette lutte durait déjà depuis dix minutes, et ne pouvait que se terminer à l'avantage des Sioux, si le train ne s'arrêtait pas. En effet, la station du fort Kearney n'était pas à deux milles de distance. Là se trouvait un poste américain, mais ce poste passé, entre le fort Kearney et la station suivante les Sioux seraient les maîtres du train.

Le conducteur se battait aux côtés de Mr. Fogg, quand une balle le renversa. En tombant, cet homme s'écria :

« Nous sommes perdus, si le train ne s'arrête pas avant cinq minutes !

— Il s'arrêtera ! dit Phileas Fogg, qui voulut s'élancer hors du wagon.

— Restez, monsieur, lui cria Passepartout. Cela me regarde ! »

Phileas Fogg n'eut pas le temps d'arrêter ce courageux garçon, qui, ouvrant une portière sans être vu des Indiens, parvint à se glisser sous le wagon. Et alors, tandis que la lutte continuait, pendant que les balles se croisaient au-dessus de sa tête, retrouvant son agilité, sa souplesse de clown, se faufilant sous les wagons, s'accrochant aux chaînes, s'aidant du levier des freins et des longerons des châssis, rampant d'une voiture à l'autre avec une adresse merveilleuse, il gagna ainsi l'avant du train. Il n'avait pas été vu, il n'avait pu l'être.

Suspendu d'une main entre le wagain des bagages…

Là, suspendu d'une main entre le wagon des bagages et le tender, de l'autre il décrocha les chaînes de sûreté ; mais par suite de la traction opérée, il n'aurait jamais pu parvenir à dévisser la barre d'attelage, si une secousse que la machine éprouva n'eût fait sauter cette barre, et le train, détaché, resta peu à peu en arrière, tandis que la locomotive s'enfuyait avec une nouvelle vitesse.

Emporté par la force acquise, le train roula encore pendant quelques minutes, mais les freins furent manœuvrés à l'intérieur des wagons, et le convoi s'arrêta enfin, à moins de cent pas de la station de Kearney.

Là, les soldats du fort, attirés par les coups de feu, accoururent en hâte. Les Sioux ne les avaient pas attendus, et, avant l'arrêt complet du train, toute la bande avait décampé.

Mais quand les voyageurs se comptèrent sur le quai de la station, ils reconnurent que plusieurs manquaient à l'appel, et entre autres le courageux Français dont le dévouement venait de les sauver.

*Jules Verne*

## XXX
**DANS LEQUEL PHILEAS FOGG FAIT TOUT SIMPLEMENT SON DEVOIR**

Trois voyageurs, Passepartout compris, avaient disparu. Avaient-ils été tués dans la lutte ? Étaient-ils prisonniers des Sioux ? On ne pouvait encore le savoir.

Les blessés étaient assez nombreux, mais on reconnut qu'aucun n'était atteint mortellement. Un des plus grièvement frappé, c'était le colonel Proctor, qui s'était bravement battu, et qu'une balle à l'aine avait renversé. Il fut transporté à la gare avec d'autres voyageurs, dont l'état réclamait des soins immédiats.

Mrs. Aouda était sauve. Phileas Fogg, qui ne s'était pas épargné, n'avait pas une égratignure. Fix était blessé au bras, blessure sans importance. Mais Passepartout manquait, et des larmes coulaient des yeux de la jeune femme.

Cependant tous les voyageurs avaient quitté le train. Les roues des wagons étaient tachées de sang. Aux moyeux et aux rayons pendaient d'informes lambeaux de chair. On voyait à perte de vue sur la plaine blanche de longues traînées rouges. Les derniers Indiens disparaissaient alors dans le sud, du côté de Republican-river.

Mr. Fogg, les bras croisés, restait immobile. Il avait une grave décision à prendre. Mrs. Aouda, près de lui, le regardait sans prononcer une parole… Il comprit ce regard. Si son serviteur était prisonnier, ne devait-il pas tout risquer pour l'arracher aux Indiens ?…

« Je le retrouverai mort ou vivant, dit-il simplement à Mrs. Aouda.

— Ah ! monsieur... monsieur Fogg ! s'écria la jeune femme, en saisissant les mains de son compagnon qu'elle couvrit de larmes.

— Vivant ! ajouta Mr. Fogg, si nous ne perdons pas une minute ! »

Par cette résolution, Phileas Fogg se sacrifiait tout entier. Il venait de prononcer sa ruine. Un seul jour de retard lui faisait manquer le paquebot à New-York. Son pari était irrévocablement perdu. Mais devant cette pensée : « C'est mon devoir ! » il n'avait pas hésité.

Le capitaine commandant le fort Kearney était là. Ses soldats — une centaine d'hommes environ — s'étaient mis sur la défensive pour le cas où les Sioux auraient dirigé une attaque directe contre la gare.

« Monsieur, dit Mr. Fogg au capitaine, trois voyageurs ont disparu.

— Morts ? demanda le capitaine.

— Morts ou prisonniers, répondit Phileas Fogg. Là est une incertitude qu'il faut faire cesser. Votre intention est-elle de poursuivre les Sioux ?

— Cela est grave, monsieur, dit le capitaine. Ces Indiens peuvent fuir jusqu'au-delà de l'Arkansas ! Je ne saurais abandonner le fort qui m'est confié.

— Monsieur, reprit Phileas Fogg, il s'agit de la vie de trois hommes.

— Sans doute... mais puis-je risquer la vie de cinquante pour en sauver trois ?

— Je ne sais si vous le pouvez, monsieur, mais vous le devez.

— Monsieur, répondit le capitaine, personne ici n'a à m'apprendre quel est mon devoir.

— Soit, dit froidement Phileas Fogg. J'irai seul !

— Vous, monsieur ! s'écria Fix, qui s'était approché, aller seul à la poursuite des Indiens !

— Voulez-vous donc que je laisse périr ce malheureux, à qui tout ce qui est vivant ici doit la vie ? J'irai.

— Eh bien, non, vous n'irez pas seul ! s'écria le capitaine, ému malgré lui. Non ! Vous êtes un brave cœur !... Trente hommes de bonne volonté ! » ajouta-t-il en se tournant vers ses soldats.

Toute la compagnie s'avança en masse. Le capitaine n'eut qu'à choisir parmi ces braves gens. Trente soldats furent désignés, et un vieux sergent se mit à leur tête.

« Merci, capitaine ! dit Mr. Fogg.

— Vous me permettrez de vous accompagner ? demanda Fix au gentleman.

— Vous ferez comme il vous plaira, monsieur, lui répondit Phileas Fogg. Mais si vous voulez me rendre service, vous resterez près de Mrs. Aouda. Au cas où il m'arriverait malheur... »

Une pâleur subite envahit la figure de l'inspecteur de police. Se séparer de l'homme qu'il avait suivi pas à pas et avec tant de persistance ! Le laisser s'aventurer ainsi dans ce désert ! Fix regarda attentivement le gentleman, et, quoi qu'il en eût, malgré ses préventions, en dépit du combat qui se livrait en lui, il baissa les yeux devant ce regard calme et franc.

« Je resterai, » dit-il.

Quelques instants après, Mr. Fogg avait serré la main de la jeune femme ; puis, après lui avoir remis son précieux sac de voyage, il partait avec le sergent et sa petite troupe.

Mais avant de partir, il avait dit aux soldats :

« Mes amis, il y a mille livres pour vous si nous sauvons les prisonniers ! »

Il était alors midi et quelques minutes.

Mrs. Aouda s'était retirée dans une chambre de la gare, et là, seule, elle attendait, songeant à Phileas Fogg, à cette générosité simple et grande, à ce tranquille courage. Mr. Fogg avait sacrifié sa fortune, et maintenant il jouait sa vie, tout cela sans hésitation, par devoir, sans phrases. Phileas Fogg était un héros à ses yeux.

L'inspecteur Fix, lui, ne pensait pas ainsi, et il ne pouvait contenir son agitation. Il se promenait fébrilement sur le quai de la gare. Un moment subjugué, il redevenait lui-même. Fogg parti, il comprenait la sottise qu'il avait faite de le laisser partir. Quoi ! cet homme qu'il venait de suivre autour du monde, il avait consenti à s'en séparer ! Sa nature reprenait le dessus, il s'incriminait, il s'accusait, il se traitait comme s'il eût été le directeur de la police métropolitaine, admonestant un agent pris en flagrant délit de naïveté.

« J'ai été inepte ! pensait-il. L'autre lui aura appris qui j'étais ! Il est parti, il ne reviendra pas ! Où le reprendre maintenant ? Mais comment ai-je pu me laisser fasciner ainsi, moi, Fix, moi, qui ai en poche son ordre d'arrestation ! Décidément je ne suis qu'une bête ! »

Ainsi raisonnait l'inspecteur de police, tandis que les heures s'écoulaient si lentement à son gré. Il ne savait que faire. Quelquefois, il avait envie de tout dire à Mrs. Aouda. Mais il comprenait comment il serait reçu par la jeune femme. Quel parti prendre ? Il était tenté de s'en aller à travers les longues plaines blanches, à la poursuite de ce Fogg ! Il ne lui semblait pas impossible de le retrouver. Les pas du détachement étaient encore imprimés sur la neige !… Mais bientôt, sous une couche nouvelle, toute empreinte s'effaça.

Alors le découragement prit Fix. Il éprouva comme une insurmontable envie d'abandonner la partie. Or, précisément, cette occasion de quitter la station de Kearney et de poursuivre ce voyage, si fécond en déconvenues, lui fut offerte.

Une énorme ombre, précédée d'une lueur fauve…

En effet, vers deux heures après midi, pendant que la neige tombait à gros flocons, on entendit de longs sifflets qui venaient de l'est. Une énorme ombre, précédée d'une lueur fauve, s'avançait lentement, considérablement grandie par les brumes, qui lui donnaient un aspect fantastique.

Cependant on n'attendait encore aucun train venant de l'est. Les secours réclamés par le télégraphe ne pouvaient arriver sitôt, et le train d'Omaha à San-Francisco ne devait passer que le lendemain. — On fut bientôt fixé.

Cette locomotive qui marchait à petite vapeur, en jetant de grands coups de sifflet, c'était celle qui, après avoir été détachée du train, avait continué sa route avec une si effrayante vitesse, emportant le chauffeur et le mécanicien inanimés. Elle avait couru sur les rails pendant plusieurs milles ; puis, le feu avait baissé, faute de combustible ; la vapeur s'était détendue, et une heure après, ralentissant peu à peu sa marche, la machine s'arrêtait enfin à vingt milles au-delà de la station de Kearney.

Ni le mécanicien, ni le chauffeur n'avaient succombé, et, après un évanouissement assez prolongé, ils étaient revenus à eux.

La machine était alors arrêtée. Quand il se vit dans le désert, la locomotive seule, n'ayant plus de wagons à sa suite, le mécanicien comprit ce qui s'était passé. Comment la locomotive avait été détachée du train, il ne put le deviner, mais il n'était pas douteux, pour lui, que le train, resté en arrière, se trouvât en détresse.

Le mécanicien n'hésita pas sur ce qu'il devait faire. Continuer la route dans la direction d'Omaha était prudent ; retourner vers le train, que les Indiens pillaient peut-être encore, était dangereux… N'importe ! Des pelletées de charbon et de bois furent engouffrées dans le foyer de sa chaudière, le feu se ranima, la pression monta de nouveau, et, vers deux heures après midi, la machine revenait en arrière vers la station de Kearney. C'était elle qui sifflait dans la brume.

Ce fut une grande satisfaction pour les voyageurs, quand ils virent la locomotive se mettre en tête du train. Ils allaient pouvoir continuer ce voyage si malheureusement interrompu.

À l'arrivée de la machine, Mrs. Aouda avait quitté la gare, et s'adressant au conducteur :

« Vous allez partir ? lui demanda-t-elle.

— À l'instant, madame.

— Mais ces prisonniers… nos malheureux compagnons…

— Je ne puis interrompre le service, répondit le conducteur. Nous avons déjà trois heures de retard.

— Et quand passera l'autre train venant de San-Francisco ?

— Demain soir, madame.

— Demain soir ! mais il sera trop tard. Il faut attendre...

— C'est impossible, répondit le conducteur. Si vous voulez partir, montez en voiture.

— Je ne partirai pas », répondit la jeune femme.

Fix avait entendu cette conversation. Quelques instants auparavant, quand tout moyen de locomotion lui manquait, il était décidé à quitter Kearney, et maintenant que le train était là, prêt à s'élancer, qu'il n'avait plus qu'à reprendre sa place dans le wagon, une irrésistible force le rattachait au sol. Ce quai de la gare lui brûlait les pieds, et il ne pouvait s'en arracher. Le combat recommençait en lui. La colère de l'insuccès l'étouffait. Il voulait lutter jusqu'au bout.

Cependant les voyageurs et quelques blessés — entre autres le colonel Proctor, dont l'état était grave — avaient pris place dans les wagons. On entendait les bourdonnements de la chaudière surchauffée, et la vapeur s'échappait par les soupapes. Le mécanicien siffla, le train se mit en marche, et disparut bientôt, mêlant sa fumée blanche au tourbillon des neiges.

L'inspecteur Fix était resté.

Quelques heures s'écoulèrent. Le temps était fort mauvais, le froid très-vif. Fix, assis sur un banc dans la gare, restait immobile. On eût pu croire qu'il dormait. Mrs. Aouda, malgré la rafale, quittait à chaque instant la chambre qui avait été mise à sa disposition. Elle venait à l'extrémité du quai, cherchant à voir à travers la tempête de neige, voulant percer cette brume qui réduisait l'horizon autour d'elle, écoutant si quelque bruit se ferait entendre. Mais rien. Elle rentrait alors, toute transie, pour revenir quelques moments plus tard, et toujours inutilement.

Le soir se fit. Le petit détachement n'était pas de retour. Où était-il en ce moment ? Avait-il pu rejoindre les Indiens ? Y avait-il eu lutte, ou ces soldats, perdus dans la brume, erraient-ils au hasard ? Le capitaine du fort Kearney était très-inquiet, bien qu'il ne voulût rien laisser paraître de son inquiétude.

La nuit vint, la neige tomba moins abondamment, mais l'intensité du froid s'accrut. Le regard le plus intrépide n'eût pas considéré sans épouvante cette obscure immensité. Un absolu silence régnait sur la plaine. Ni le vol d'un oiseau, ni la passée d'un fauve, n'en troublait le calme infini.

Pendant toute cette nuit, Mrs. Aouda, l'esprit plein de pressentiments sinistres, le cœur rempli d'angoisses, erra sur la lisière de la prairie. Son imagination l'emportait au loin et lui montrait mille dangers. Ce qu'elle souffrit pendant ces longues heures ne saurait s'exprimer.

Fix était toujours immobile à la même place, mais, lui non plus, il ne dormait pas. À un certain moment, un homme s'était approché, lui avait parlé même, mais l'agent l'avait renvoyé, après répondu à ses paroles par un signe négatif.

La nuit s'écoula ainsi. À l'aube, le disque à demi éteint du soleil se leva sur un horizon embrumé. Cependant la portée du regard pouvait s'étendre à une distance de deux milles. C'était vers le sud que Phileas Fogg et le détachement s'étaient dirigés… Le sud était absolument désert. Il était alors sept heures du matin.

Le capitaine, extrêmement soucieux, ne savait quel parti prendre. Devait-il envoyer un second détachement au secours du premier ? Devait-il sacrifier de nouveaux hommes avec si peu de chances de sauver ceux qui étaient sacrifiés tout d'abord ? Mais son hésitation ne dura pas, et d'un geste, appelant un de ses lieutenants, il lui donnait l'ordre de pousser une reconnaissance dans le sud, — quand des coups de feu éclatèrent. Était-ce un signal ? Les soldats se jetèrent hors du fort, et à un demi-mille ils aperçurent une petite troupe qui revenait en bon ordre.

Mr. Fogg marchait en tête, et près de lui Passepartout et les deux autres voyageurs, arrachés aux mains des Sioux.

Il y avait eu combat à dix milles au sud de Kearney. Peu d'instants avant l'arrivée du détachement, Passepartout et ses deux compagnons luttaient déjà contre leurs gardiens, et le Français en avait assommé trois à coups de poing, quand son maître et les soldats se précipitèrent à leur secours.

Le Français en avait assommé trois à coup de poing...

Tous, les sauveurs et les sauvés, furent accueillis par des cris de joie, et Phileas Fogg distribua aux soldats la prime qu'il leur avait promise, tandis que Passepartout se répétait, non sans quelque raison :

« Décidément, il faut avouer que je coûte cher à mon maître ! »

Fix, sans prononcer une parole, regardait Mr. Fogg, et il eût été difficile d'analyser les impressions qui se combattaient alors en lui. Quant à Mrs. Aouda, elle avait pris la main du gentleman, et elle la serrait dans les siennes, sans pouvoir prononcer une parole !

Cependant Passepartout, dès son arrivée, avait cherché le train dans la gare. Il croyait le trouver là, prêt à filer sur Omaha, et il espérait que l'on pourrait encore regagner le temps perdu.

« Le train, le train ! s'écria-t-il.

— Parti, répondit Fix.

— Et le train suivant, quand passera-t-il ? demanda Phileas Fogg.

— Ce soir seulement.

— Ah ! » répondit simplement l'impassible gentleman.

## XXXI
### DANS LEQUEL L'INSPECTEUR FIX PREND TRÈS-SÉRIEUSEMENT LES INTÉRÊTS DE PHILEAS FOGG

Phileas Fogg se trouvait en retard de vingt heures. Passepartout, la cause involontaire de ce retard, était désespéré. Il avait décidément ruiné son maître !

En ce moment, l'inspecteur s'approcha de Mr. Fogg, et, le regardant bien en face :

« Très-sérieusement, monsieur, lui demanda-t-il, vous êtes pressé ?

— Très-sérieusement, répondit Phileas Fogg.

— J'insiste, reprit Fix. Vous avez bien intérêt à être à New-York le 11, avant neuf heures du soir, heure du départ du paquebot de Liverpool ?

— Un intérêt majeur.

— Et si votre voyage n'eût pas été interrompu par cette attaque d'Indiens, vous seriez arrivé à New-York le 11, dès le matin ?

— Oui, avec douze heures d'avance sur le paquebot.

— Bien. Vous avez donc vingt heures de retard. Entre vingt et douze, l'écart est de huit. C'est huit heures à regagner. Voulez-vous tenter de le faire ?

— À pied ? demanda Mr. Fogg.

— Non, en traîneau, répondit Fix, en traîneau à voiles. Un homme m'a proposé ce moyen de transport. »

C'était l'homme qui avait parlé à l'inspecteur de police pendant la nuit, et dont Fix avait refusé l'offre.

Phileas Fogg ne répondit pas à Fix ; mais Fix lui ayant montré l'homme en question qui se promenait devant la gare, le gentleman alla à lui. Un instant après, Phileas Fogg et cet Américain, nommé Mudge, entraient dans une hutte construite au bas du fort Kearney.

Là, Mr. Fogg examina un assez singulier véhicule, sorte de châssis, établi sur deux longues poutres, un peu relevées à l'avant comme les semelles d'un traîneau, et sur lequel cinq ou six personnes pouvaient prendre place. Au tiers du châssis, sur l'avant, se dressait un mât très-élevé, sur lequel s'enverguait une immense brigantine. Ce mât, solidement retenu par des haubans métalliques, tendait un étai de fer qui servait à guinder un foc de grande dimension. À l'arrière, une sorte de gouvernail-godille permettait de diriger l'appareil.

C'était, on le voit, un traîneau gréé en sloop. Pendant l'hiver, sur la plaine glacée, lorsque les trains sont arrêtés par les neiges, ces véhicules font des traversées extrêmement rapides d'une station à l'autre. Ils sont, d'ailleurs, prodigieusement voilés — plus voilés même que ne peut l'être un cotre de course, exposé à chavirer, — et, vent arrière, ils glissent à la surface des prairies avec une rapidité égale, sinon supérieure, à celle des express.

En quelques instants, un marché fut conclu entre Mr. Fogg et le patron de cette embarcation de terre. Le vent était bon. Il soufflait de l'ouest en grande brise. La neige était durcie, et Mudge se faisait fort de conduire Mr. Fogg en quelques heures à la station d'Omaha. Là, les trains sont fréquents et les voies nombreuses, qui conduisent à Chicago et à New-York. Il n'était pas impossible que le retard fût regagné. Il n'y avait donc pas à hésiter à tenter l'aventure.

Mr. Fogg, ne voulant pas exposer Mrs. Aouda aux tortures d'une traversée en plein air, par ce froid que la vitesse rendrait plus insupportable encore, lui proposa de rester sous la garde de Passepartout à la station de Kearney. L'honnête garçon se chargerait de ramener la jeune femme en Europe par une route meilleure et dans des conditions plus acceptables.

Mrs. Aouda refusa de se séparer de Mr. Fogg, et Passepartout se sentit très-heureux de cette détermination. En effet, pour rien au monde il n'eût voulu quitter son maître, puisque Fix devait l'accompagner.

Quant à ce que pensait alors l'inspecteur de police, ce serait difficile à dire. Sa conviction avait-elle été ébranlée par le retour de Phileas Fogg, ou bien le tenait-il pour un coquin extrêmement fort, qui, son tour du monde accompli, devait croire qu'il serait absolument en sûreté en Angleterre ? Peut-être l'opinion de Fix touchant Phileas Fogg était-elle en effet modifiée. Mais il n'en était pas moins décidé à faire son devoir et, plus impatient que tous, à presser de tout son pouvoir le retour en Angleterre.

À huit heures, le traîneau était prêt à partir. Les voyageurs — on serait tenté de dire les passagers — y prenaient place et se serraient étroitement dans leurs couvertures de voyage. Les deux immenses voiles étaient hissées, et, sous l'impulsion du vent, le véhicule filait sur la neige durcie avec une rapidité de quarante milles à l'heure.

La distance qui sépare le fort Kearney d'Omaha est, en droite ligne, — à vol d'abeille, comme disent les Américains, — de deux cents milles au plus. Si le vent tenait, en cinq heures cette distance pouvait être franchie. Si aucun incident ne se produisait, à une heure après midi le traîneau devait avoir atteint Omaha.

Les voyageurs, pressés les uns contre les autres...

Quelle traversée ! Les voyageurs, pressés les uns contre les autres, ne pouvaient se parler. Le froid, accru par la vitesse, leur eût coupé la parole. Le traîneau glissait aussi légèrement à la surface de la plaine qu'une embarcation à la surface des eaux, — avec la houle en moins. Quand la brise arrivait en rasant la terre, il semblait que le traîneau fût enlevé du sol par ses voiles, vastes ailes d'une immense envergure. Mudge, au gouvernail, se maintenait dans la ligne droite, et, d'un coup de godille, il rectifiait les embardées que l'appareil tendait à faire. Toute la toile portait. Le foc avait été perqué et n'était plus abrité par la brigantine. Un mât de hune fut guindé, et une flèche, tendue au vent, ajouta sa puissance d'impulsion à celle des autres voiles. On ne pouvait l'estimer, mathématiquement, mais certainement la vitesse du traîneau ne devait pas être moindre de quarante milles à l'heure.

« Si rien ne casse, dit Mudge, nous arriverons ! »

Et Mudge avait intérêt à arriver dans le délai convenu, car Mr. Fogg, fidèle à son système, l'avait alléché par une forte prime.

La prairie, que le traîneau coupait en ligne droite, était plate comme une mer. On eût dit un immense étang glacé. Le rail-road qui desservait cette partie du territoire remontait, du sud-ouest au nord-ouest, par Grand-Island, Columbus, ville importante du Nebraska, Schuyler, Fremont, puis Omaha. Il suivait pendant tout son parcours la rive droite de Platte-river. Le traîneau, abrégeant cette route, prenait la corde de l'arc décrit par le chemin de fer. Mudge ne pouvait craindre d'être arrêté par la Platte-river, à ce petit coude qu'elle fait en avant de Fremont, puisque ses eaux étaient glacées. Le chemin était donc entièrement débarrassé d'obstacles, et Phileas Fogg n'avait donc que deux circonstances à redouter : une avarie à l'appareil, un changement ou une tombée du vent.

Mais la brise ne mollissait pas. Au contraire. Elle soufflait à courber le mât, que les haubans de fer maintenaient solidement. Ces filins métalliques, semblables aux cordes d'un instrument, résonnaient comme si un archet eût provoqué leurs vibrations. Le traîneau s'enlevait au milieu d'une harmonie plaintive, d'une intensité toute particulière.

« Ces cordes donnent la quinte et l'octave, » dit Mr. Fogg.

Et ce furent les seules paroles qu'il prononça pendant cette traversée. Mrs. Aouda, soigneusement empaquetée dans les fourrures et les couvertures de voyage, était, autant que possible, préservée des atteintes du froid.

Quant à Passepartout, la face rouge comme le disque solaire quand il se couche dans les brumes, il humait cet air piquant. Avec le fond d'imperturbable confiance qu'il possédait, il s'était repris à espérer. Au lieu d'arriver le matin à New-York, on y arriverait le soir, mais il y avait encore quelques chances pour que ce fût avant le départ du paquebot de Liverpool.

Passepartout avait même éprouvé une forte envie de serrer la main de son allié Fix. Il n'oubliait pas que c'était l'inspecteur lui-même qui avait procuré le traîneau à voiles, et, par conséquent, le seul moyen qu'il y eût de gagner Omaha en temps utile. Mais, par on ne sait quel pressentiment, il se tint dans sa réserve accoutumée.

En tout cas, une chose que Passepartout n'oublierait jamais, c'était le sacrifice que Mr. Fogg avait fait, sans hésiter, pour l'arracher aux mains des Sioux. À cela, Mr. Fogg avait risqué sa fortune et sa vie… Non ! son serviteur ne l'oublierait pas !

Parfois aussi, quelques loups de prairies…

Pendant que chacun des voyageurs se laissait aller à des réflexions si diverses, le traîneau volait sur l'immense tapis de neige. S'il passait quelques creeks, affluents ou sous-affluents de la Little-Blue-river, on ne s'en apercevait pas. Les champs et les cours d'eau disparaissaient sous une blancheur uniforme. La plaine était absolument déserte. Comprise entre l'Union-Pacific-road et l'embranchement qui doit réunir Kearney à Saint-Joseph, elle formait comme une grande île inhabitée. Pas un village, pas une station, pas même un fort. De temps en temps, on voyait passer comme un éclair quelque arbre grimaçant, dont le blanc squelette se tordait sous la brise. Parfois, des bandes d'oiseaux sauvages s'enlevaient du même vol. Parfois aussi, quelques loups de prairies, en troupes nombreuses, maigres, affamés, poussés par un besoin féroce, luttaient de vitesse avec le traîneau. Alors Passepartout, le revolver à la main, se tenait prêt à faire feu sur les plus rapprochés. Si quelque accident eût alors arrêté le traîneau, les voyageurs, attaqués par ces féroces carnassiers, auraient couru les plus grands risques. Mais le traîneau tenait bon, il ne tardait pas à prendre de l'avance, et bientôt toute la bande hurlante restait en arrière.

À midi, Mudge reconnut à quelques indices qu'il passait le cours glacé de la Platte-river. Il ne dit rien, mais il était déjà sûr que, vingt milles plus loin, il aurait atteint la station d'Omaha.

Et, en effet, il n'était pas une heure, que ce guide habile, abandonnant la barre, se précipitait aux drisses des voiles et les amenait en bande, pendant que le traîneau, emporté par son irrésistible élan, franchissait encore un demi-mille à sec de toile. Enfin il s'arrêta, et Mudge, montrant un amas de toits blancs de neige, disait :

« Nous sommes arrivés. »

Arrivés ! Arrivés, en effet, à cette station qui, par des trains nombreux, est quotidiennement en communication avec l'est des États-Unis !

Passepartout et Fix avaient sauté à terre et secouaient leurs membres engourdis. Ils aidèrent Mr. Fogg et la jeune femme à descendre du traîneau. Phileas Fogg régla généreusement avec Mudge, auquel Passepartout serra la main comme à un ami, et tous se précipitèrent vers la gare d'Omaha.

C'est à cette importante cité du Nebraska que s'arrête le chemin de fer du Pacifique proprement dit, qui met le bassin du Mississippi en communication avec le grand Océan. Pour aller d'Omaha à Chicago, le rail-road, sous le nom de « Chicago-Rock-island-road », court directement dans l'est en desservant cinquante stations.

Un train direct était prêt à partir. Phileas Fogg et ses compagnons n'eurent que le temps de se précipiter dans un wagon. Ils n'avaient rien vu d'Omaha, mais Passepartout s'avoua à lui-même qu'il n'y avait pas lieu de le regretter, et que ce n'était pas de voir qu'il s'agissait.

Avec une extrême rapidité, ce train passa dans l'État d'Iowa, par Council-Bluffs, des Moines, Iowa-city. Pendant la nuit, il traversait le Mississippi à Davenport, et par Rock-Island il entrait dans l'Illinois. Le lendemain, 10, à quatre heures du soir, il arrivait à Chicago, déjà relevée de ses ruines, et plus fièrement assise que jamais sur les bords de son beau lac Michigan.

Neuf cents milles séparent Chicago de New-York. Les trains ne manquaient pas à Chicago. Mr. Fogg passa immédiatement de l'un dans l'autre. La fringante locomotive du « Pittsburg-Fort-Wayne-Chicago-rail-road » partit à toute vitesse, comme si elle eût compris que l'honorable gentleman n'avait pas de temps à perdre. Elle traversa comme un éclair l'Indiana, l'Ohio, la Pennsylvanie, le New-Jersey, passant par des villes aux noms antiques, dont quelques-unes avaient des rues et des tramways, mais pas de maisons encore. Enfin l'Hudson apparut, et, le 11 décembre, à onze heures un quart du soir, le train s'arrêtait dans la gare, sur la rive droite du fleuve, devant le « pier » même des steamers de la ligne Cunard, autrement dite « British and north American royal mail steam packet Co. »

Le *China*, à destination de Liverpool, était parti depuis quarante-cinq minutes !

*Jules Verne*

## XXXII
### DANS LEQUEL PHILEAS FOGG ENGAGE UNE LUTTE DIRECTE CONTRE LA MAUVAISE CHANCE

En partant, le *China* semblait avoir emporté avec lui le dernier espoir de Phileas Fogg.

En effet, aucun des autres paquebots qui font le service direct entre l'Amérique et l'Europe, ni les transatlantiques français, ni les navires du «White-Star-line», ni les steamers de la Compagnie Imman, ni ceux de la ligne Hambourgeoise, ni autres, ne pouvaient servir les projets du gentleman.

En effet, le *Pereire*, de la Compagnie transatlantique française — dont les admirables bâtiments égalent en vitesse et surpassent en confortable tous ceux des autres lignes, sans exception —, ne partait que le surlendemain, 14 décembre. Et d'ailleurs, de même que ceux de la Compagnie hambourgeoise, il n'allait pas directement à Liverpool ou à Londres, mais au Havre, et cette traversée supplémentaire du Havre à Southampton, en retardant Phileas Fogg, eût annulé ses derniers efforts.

Quant aux paquebots Imman, dont l'un, le *City-of-Paris*, mettait en mer le lendemain, il n'y fallait pas songer. Ces navires sont particulièrement affectés au transport des émigrants, leurs machines sont faibles, ils naviguent autant à la voile qu'à la vapeur, et leur vitesse est médiocre. Ils employaient à cette traversée de New-York à l'Angleterre plus de temps qu'il n'en restait à Mr. Fogg pour gagner son pari.

De tout ceci le gentleman se rendit parfaitement compte en consultant son *Bradshaw*, qui lui donnait, jour par jour, les mouvements de la navigation transocéanienne.

Passepartout était anéanti. Avoir manqué le paquebot de quarante-cinq minutes, cela le tuait. C'était sa faute à lui, qui, au lieu d'aider son maître, n'avait cessé de semer des obstacles sur sa route ! Et quand il revoyait dans son esprit tous les incidents du voyage, quand il supputait les sommes dépensées en pure perte et dans son seul intérêt, quand il songeait que cet énorme pari, en y joignant les frais considérables de ce voyage devenu inutile, ruinait complètement Mr. Fogg, il s'accablait d'injures.

Mr. Fogg ne lui fit, cependant, aucun reproche, et, en quittant le pier des paquebots transatlantiques, il ne dit que ces mots :

« Nous aviserons demain. Venez. »

Mr. Fogg, Mrs. Aouda, Fix, Passepartout traversèrent l'Hudson dans le Jersey-city-ferry-boat, et montèrent dans un fiacre, qui les conduisit à l'hôtel Saint-Nicolas, dans Broadway. Des chambres furent mises à leur disposition, et la nuit se passa, courte pour Phileas Fogg, qui dormit d'un sommeil parfait, mais bien longue pour Mrs. Aouda et ses compagnons, auxquels leur agitation ne permit pas de reposer.

Le lendemain, c'était le 12 décembre. Du 12, sept heures du matin, au 21, huit heures quarante-cinq minutes du soir, il restait neuf jours treize heures et quarante-cinq minutes. Si donc Phileas Fogg fût parti la veille par le *China*, l'un des meilleurs marcheurs de la ligne Cunard, il serait arrivé à Liverpool, puis à Londres, dans les délais voulus !

Mr. Fogg quitta l'hôtel, seul, après avoir recommandé à son domestique de l'attendre et de prévenir Mrs. Aouda de se tenir prête à tout instant.

Mr. Fogg se rendit aux rives de l'Hudson, et parmi les navires amarrés au quai ou ancrés dans le fleuve, il rechercha avec soin ceux qui étaient en partance. Plusieurs bâtiments avaient leur guidon de départ et se préparaient à prendre la mer à la marée du matin, car dans cet immense et admirable port de New-York, il n'est pas de jour où cent navires ne fassent route pour tous les points du monde ; mais la plupart étaient des bâtiments à voiles, et ils ne pouvaient convenir à Phileas Fogg.

Ce gentleman semblait devoir échouer dans sa dernière tentative, quand il aperçut, mouillé devant la Batterie, à une encablure au plus, un navire de commerce à hélice, de formes fines, dont la cheminée, laissant échapper de gros flocons de fumée, indiquait qu'il se préparait à appareiller.

Phileas Fogg héla un canot, s'y embarqua, et, en quelques coups d'aviron, il se trouvait à l'échelle de l'*Henrietta*, steamer à coque de fer, dont tous les hauts étaient en bois.

Le capitaine de l'*Henrietta* était à bord. Phileas Fogg monta sur le pont et fit demander le capitaine. Celui-ci se présenta aussitôt.

C'était un homme de cinquante ans, une sorte de loup de mer, un bougon qui ne devait pas être commode. Gros yeux, teint de cuivre oxydé, cheveux rouges, forte encolure, — rien de l'aspect d'un homme du monde.

« Le capitaine ? demanda Mr. Fogg.

— C'est moi.

— Je suis Phileas Fogg, de Londres.

— Et moi, Andrew Speedy, de Cardif.

— Vous allez partir ?…

— Dans une heure.

— Vous êtes chargé pour… ?

— Bordeaux.

— Et votre cargaison ?

— Des cailloux dans le ventre. Pas de fret. Je pars sur lest.

— Vous avez des passagers ?

— Pas de passagers. Jamais de passagers. Marchandise encombrante et raisonnante.

— Votre navire marche bien ?

— Entre onze et douze nœuds. L'*Henrietta*, bien connue.

— Voulez-vous me transporter à Liverpool, moi et trois personnes ?

— À Liverpool ? Pourquoi pas en Chine ?

— Je dis Liverpool.

— Non !

— Non ?

— Non. Je suis en partance pour Bordeaux, et je vais à Bordeaux.

— N'importe quel prix ?

— N'importe quel prix. »

Le capitaine avait parlé d'un ton qui n'admettait pas de réplique.

« Mais les armateurs de l'*Henrietta*... reprit Phileas Fogg.

— Les armateurs, c'est moi, répondit le capitaine. Le navire m'appartient.

— Je vous l'affrète.

— Non.

— Je vous l'achète.

— Non. »

Phileas Fogg ne sourcilla pas. Cependant la situation était grave. Il n'en était pas de New-York comme de Hong-Kong, ni du capitaine de l'*Henrietta* comme du patron de la *Tankadère*. Jusqu'ici l'argent du gentleman avait toujours eu raison des obstacles. Cette fois-ci, l'argent échouait.

Cependant, il fallait trouver le moyen de traverser l'Atlantique en bateau, — à moins de le traverser en ballon, — ce qui eût été fort aventureux, et ce qui, d'ailleurs, n'était pas réalisable.

Il paraît, pourtant, que Phileas Fogg eut une idée, car il dit au capitaine :

« Eh bien, voulez-vous me mener à Bordeaux ?

— Non, quand même vous me paieriez deux cents dollars !

— Je vous en offre deux mille (10,000 fr.).

— Par personne ?

— Par personne.

— Et vous êtes quatre ?

— Quatre. »

Le capitaine Speedy commença à se gratter le front, comme s'il eût voulu en arracher l'épiderme. Huit mille dollars à gagner, sans modifier son voyage, cela valait bien la peine qu'il mît de côté son antipathie prononcée pour toute espèce de passager. Des passagers à deux mille dollars, d'ailleurs, ce ne sont plus des passagers, c'est de la marchandise précieuse.

« Je pars à neuf heures, dit simplement le capitaine Speedy, et si vous et les vôtres, vous êtes là ?…

— À neuf heures, nous serons à bord ! » répondit non moins simplement Mr. Fogg.

Il était huit heures et demie. Débarquer de l'*Henrietta*, monter dans une voiture, se rendre à l'hôtel Saint-Nicolas, en ramener Mrs. Aouda, Passepartout, et même l'inséparable Fix, auquel il offrait gracieusement le passage, cela fut fait par le gentleman avec ce calme qui ne l'abandonnait en aucune circonstance.

Au moment où l'*Henrietta* appareillait, tous quatre étaient à bord.

Lorsque Passepartout apprit ce que coûterait cette dernière traversée, il poussa un de ces « Oh ! » prolongés, qui parcourent tous les intervalles de la gamme chromatique descendante !

Quant à l'inspecteur Fix, il se dit que décidément la Banque d'Angleterre ne sortirait pas indemne de cette affaire. En effet, en arrivant et en admettant que le sieur Fogg n'en jetât pas encore quelques poignées à la mer, plus de sept mille livres (175,000 fr.) manqueraient au sac à bank-notes !

## XXXIII
### OÙ PHILEAS FOGG SE MONTRE À LA HAUTEUR DES CIRCONSTANCES

Une heure après, le steamer *Henrietta* dépassait le Light-boat qui marque l'entrée de l'Hudson, tournait la pointe de Sandy-Hook et donnait en mer. Pendant la journée, il prolongea Long-Island, au large du feu de Fire-Island, et courut rapidement vers l'est.

Le lendemain, 13 décembre, à midi, un homme monta sur la passerelle pour faire le point. Certes, on doit croire que cet homme était le capitaine Speedy ! Pas le moins du monde. C'était Phileas Fogg, esq.

Quant au capitaine Speedy, il était tout bonnement enfermé à clef dans sa cabine, et poussait des hurlements qui dénotaient une colère, bien pardonnable, poussée jusqu'au paroxysme.

Ce qui s'était passé était très-simple. Phileas Fogg voulait aller à Liverpool, le capitaine ne voulait pas l'y conduire. Alors Phileas Fogg avait accepté de prendre passage pour Bordeaux, et, depuis trente heures qu'il était à bord, il avait si bien manœuvré à coups de bank-notes, que l'équipage, matelots et chauffeurs, — équipage un peu interlope, qui était en assez mauvais termes avec le capitaine, — lui appartenait. Et voilà pourquoi Phileas Fogg commandait au lieu et place du capitaine Speedy, pourquoi le capitaine était enfermé dans sa cabine, et pourquoi enfin l'*Henrietta* se dirigeait vers Liverpool. Seulement, il était très-clair, à voir manœuvrer Mr. Fogg, que Mr. Fogg avait été marin.

Maintenant, comment finirait l'aventure, on le saurait plus tard. Toutefois, Mrs. Aouda ne laissait pas d'être inquiète, sans en rien dire.

Fix, lui, avait été abasourdi tout d'abord. Quant à Passepartout, il trouvait la chose tout simplement adorable.

« Entre onze et douze nœuds, » avait dit le capitaine Speedy, et en effet l'*Henrietta* se maintenait dans cette moyenne de vitesse.

Si donc, — que de « si » encore ! — si donc la mer ne devenait pas trop mauvaise, si le vent ne sautait pas dans l'est, s'il ne survenait aucune avarie au bâtiment, aucun accident à la machine, l'*Henrietta*, dans les neuf jours comptés du 12 décembre au 21, pouvait franchir les trois mille milles qui séparent New-York de Liverpool. Il est vrai qu'une fois arrivé, l'affaire de l'*Henrietta* brochant sur l'affaire de la Banque, cela pouvait mener le gentleman un peu plus loin qu'il ne voudrait.

Pendant les premiers jours, la navigation se fit dans d'excellentes conditions. La mer n'était pas trop dure; le vent paraissait fixé au nord-est; les voiles furent établies, et, sous ses goélettes, l'*Henrietta* marcha comme un vrai transatlantique.

Passepartout était enchanté. Le dernier exploit de son maître, dont il ne voulait pas voir les conséquences, l'enthousiasmait. Jamais l'équipage n'avait vu un garçon plus gai, plus agile. Il faisait mille amitiés aux matelots et les étonnait par ses tours de voltige. Il leur prodiguait les meilleurs noms et les boissons les plus attrayantes. Pour lui, ils manœuvraient comme des gentlemen, et les chauffeurs chauffaient comme des héros. Sa bonne humeur, très-communicative, s'imprégnait à tous. Il avait oublié le passé, les ennuis, les périls. Il ne songeait qu'à ce but, si près d'être atteint, et parfois il bouillait d'impatience, comme s'il eût été chauffé par les fourneaux de l'*Henrietta*. Souvent aussi, le digne garçon tournait autour de Fix ; il le regardait d'un œil « qui en disait long ! » mais il ne lui parlait pas, car il n'existait plus aucune intimité entre les deux anciens amis.

D'ailleurs Fix, il faut le dire, n'y comprenait plus rien ! La conquête de l'*Henrietta*, l'achat de son équipage, ce Fogg manœuvrant comme un marin consommé, tout cet ensemble de choses l'étourdissait. Il ne savait plus que penser ! Mais, après tout, un gentleman qui commençait par voler cinquante-cinq mille livres pouvait bien finir par voler un bâtiment. Et Fix fut naturellement amené à croire que l'*Henrietta*, dirigée par Fogg, n'allait point du tout à Liverpool, mais dans quelque point du monde où le voleur, devenu pirate, se mettrait tranquillement en sûreté ! Cette hypothèse, il faut bien l'avouer, était on ne peut plus plausible, et le détective commençait à regretter très-sérieusement de s'être embarqué dans cette affaire.

Quant au capitaine Speedy, il continuait à hurler dans sa cabine, et Passepartout, chargé de pourvoir à sa nourriture, ne le faisait qu'en prenant les plus grandes précautions, quelque vigoureux qu'il fût. Mr. Fogg, lui, n'avait plus même l'air de se douter qu'il y eût un capitaine à bord.

Le 13, on passe sur la queue du banc de Terre-Neuve. Ce sont là de mauvais parages. Pendant l'hiver surtout, les brumes y sont fréquentes, les coups de vent redoutables. Depuis la veille, le baromètre, brusquement abaissé, faisait pressentir un changement prochain dans l'atmosphère. En effet, pendant la nuit, la température se modifia, le froid devint plus vif, et en même temps le vent sauta dans le sud-est.

C'était un contretemps. Mr. Fogg, afin de ne point s'écarter de sa route, dut serrer ses voiles et forcer de vapeur. Néanmoins, la marche du navire fut ralentie, attendu l'état de la mer, dont les longues lames brisaient contre son étrave. Il éprouva des mouvements de tangage très-violents, et cela au détriment de sa vitesse. La brise tournait peu à peu à l'ouragan, et l'on prévoyait déjà le cas où l'*Henrietta* ne pourrait plus se maintenir debout à la lame. Or, s'il fallait fuir, c'était l'inconnu avec toutes ses mauvaises chances.

Le visage de Passepartout se rembrunit en même temps que le ciel, et, pendant deux jours, l'honnête garçon éprouva de mortelles transes. Mais Phileas Fogg était un marin hardi, qui savait tenir tête à la mer, et il fit toujours route, même sans se mettre sous petite vapeur. L'*Henrietta*, quand elle ne pouvait s'élever à la lame, passait au travers, et son pont était balayé en grand, mais elle passait. Quelquefois aussi l'hélice émergeait, battant l'air de ses branches affolées, lorsqu'une montagne d'eau soulevait l'arrière hors des flots, mais le navire allait toujours de l'avant.

Toutefois le vent ne fraîchit pas autant qu'on aurait pu le craindre. Ce ne fut pas un de ces ouragans qui passent avec une vitesse de quatre-vingt-dix milles à l'heure. Il se tint au grand frais, mais malheureusement il souffla avec obstination de la partie du sud-est et ne permit pas de faire de la toile. Et cependant, ainsi qu'on va le voir, il eût été bien utile de venir en aide à la vapeur !

Le 16 décembre, c'était le soixante-quinzième jour écoulé depuis le départ de Londres. En somme, l'*Henrietta* n'avait pas encore un retard inquiétant. La moitié de la traversée était à peu près faite, et les plus mauvais parages avaient été franchis. En été, on eût répondu du succès. En hiver, on était à la merci de la mauvaise saison. Passepartout ne se prononçait pas. Au fond, il avait espoir, et, si le vent faisait défaut, du moins il comptait sur la vapeur.

Or, ce jour-là, le mécanicien étant monté sur le pont, rencontra Mr. Fogg et s'entretint assez vivement avec lui.

Sans savoir pourquoi, —par un pressentiment sans doute,— Passepartout éprouva comme une vague inquiétude. Il eût donné une de ses oreilles pour entendre de l'autre ce qui se disait là. Cependant, il put saisir quelques mots, ceux-ci entre autres, prononcés par son maître :

« Vous êtes certain de ce que vous avancez ?

— Certain, monsieur, répondit le mécanicien. N'oubliez pas que, depuis notre départ, nous chauffons avec tous nos fourneaux allumés, et si nous avions assez de charbon pour aller à petite vapeur de New-York à Bordeaux, nous n'en avons pas assez pour aller à toute vapeur de New-York à Liverpool !

— J'aviserai, » répondit Mr. Fogg.

Passepartout avait compris. Il fut pris d'une inquiétude mortelle.

Le charbon allait manquer !

« Ah ! si mon maître pare celle-là, se dit-il, décidément ce sera un fameux homme ! »

Et ayant rencontré Fix, il ne put s'empêcher de le mettre au courant de la situation.

« Alors, lui répondit l'agent les dents serrées, vous croyez que nous allons à Liverpool !

— Parbleu !

— Imbécile ! » répondit l'inspecteur, qui s'en alla, haussant les épaules.

Passepartout fut sur le point de relever vertement le qualificatif, dont il ne pouvait d'ailleurs comprendre la vraie signification ; mais il se dit que l'infortuné Fix devait être très-désappointé, très-humilié dans son amour-propre, après avoir si maladroitement suivi une fausse piste autour du monde, et il passa condamnation.

Et maintenant quel parti allait prendre Phileas Fogg ? Cela était difficile à imaginer. Cependant, il paraît que le flegmatique gentleman en prit un, car le soir même il fit venir le mécanicien et lui dit :

« Poussez les feux et faites route jusqu'à complet épuisement du combustible. »

Quelques instants après, la cheminée de l'*Henrietta* vomissait des torrents de fumée.

Le navire continua donc de marcher à toute vapeur ; mais ainsi qu'il l'avait annoncé, deux jours plus tard, le 18, le mécanicien fit savoir que le charbon manquerait dans la journée.

« Que l'on ne laisse pas baisser les feux, répondit Mr. Fogg. Au contraire. Que l'on charge les soupapes. »

Ce jour-là, vers midi, après avoir pris hauteur et calculé la position du navire, Phileas Fogg fit venir Passepartout, et il lui donna l'ordre d'aller chercher le capitaine Speedy. C'était comme si on eût commandé à ce brave garçon d'aller déchaîner un tigre, et il descendit dans la dunette, se disant :

« Positivement il sera enragé ! »

En effet, quelques minutes plus tard, au milieu de cris et de jurons, une bombe arrivait sur la dunette. Cette bombe, c'était le capitaine Speedy. Il était évident qu'elle allait éclater.

Pirate ! s'écria Andrew Speedy.

« Où sommes-nous ? » telles furent les premières paroles qu'il prononça au milieu des suffocations de la colère, et certes, pour peu que le digne homme eût été apoplectique, il n'en serait jamais revenu.

« Où sommes-nous ? répéta-t-il, la face congestionnée.

— À sept cent soixante-dix milles de Liverpool (300 lieues), répondit Mr. Fogg avec un calme imperturbable.

— Pirate ! s'écria Andrew Speedy.

— Je vous ai fait venir, monsieur...

— Écumeur de mer !

— ...monsieur, reprit Phileas Fogg, pour vous prier de me vendre votre navire.

— Non ! de par tous les diables, non !

— C'est que je vais être obligé de le brûler.

— Brûler mon navire !

— Oui, du moins dans ses hauts, car nous manquons de combustible.

— Brûler mon navire ! s'écria le capitaine Speedy, qui ne pouvait même plus prononcer les syllabes. Un navire qui vaut cinquante mille dollars (250,000 fr.) !

— En voici soixante mille (300,000 fr.) ! » répondit Phileas Fogg, en offrant au capitaine une liasse de bank-notes.

Cela fit un effet prodigieux sur Andrew Speedy. On n'est pas Américain sans que la vue de soixante mille dollars vous cause une certaine émotion. Le capitaine oublia en un instant sa colère, son emprisonnement, tous ses griefs contre son passager. Son navire avait vingt ans. Cela pouvait devenir une affaire d'or !... La bombe ne pouvait déjà plus éclater. Mr. Fogg en avait arraché la mèche.

« Et la coque en fer me restera, dit-il d'un ton singulièrement radouci.

— La coque en fer et la machine, monsieur. Est-ce conclu ?

— Conclu. »

Et Andrew Speedy, saisissant la liasse de bank-notes, les compta et les fit disparaître dans sa poche.

Pendant cette scène, Passepartout était blanc. Quant à Fix, il faillit avoir un coup de sang. Près de vingt mille livres dépensées, et encore ce Fogg qui abandonnait à son vendeur la coque et la machine, c'est-à-dire presque la valeur totale du navire ! Il est vrai que la somme volée à la banque s'élevait à cinquante-cinq mille livres !

Quand Andrew Speedy eut empoché l'argent :

« Monsieur, lui dit Mr. Fogg, que tout ceci ne vous étonne pas. Sachez que je perds vingt mille livres, si je ne suis pas rendu à Londres le 21 décembre, à huit heures quarante-cinq du soir. Or, j'avais manqué le paquebot de New-York, et comme vous refusiez de me conduire à Liverpool...

— Et j'ai bien fait, par les cinquante mille diables de l'enfer, s'écria Andrew Speedy, puisque j'y gagne au moins quarante mille dollars. »

Puis, plus posément :

« Savez-vous une chose, ajouta-t-il, capitaine ?...

— Fogg.

— Capitaine Fogg, eh bien, il y a du Yankee en vous. »

Et après avoir fait à son passager ce qu'il croyait être un compliment, il s'en allait, quand Phileas Fogg lui dit :

« Maintenant ce navire m'appartient ?

— Certes, de la quille à la pomme des mâts, pour tout ce qui est « bois », s'entend !

— Bien. Faites démolir les aménagements intérieurs et chauffez avec ces débris. »

L'équipage y mettait un zèle incroyable.

On juge ce qu'il fallut consommer de ce bois sec pour maintenir la vapeur en suffisante pression. Ce jour-là, la dunette, les rouffles, les cabines, les logements, le faux pont, tout y passa.

Le lendemain, 19 décembre, on brûla la mâture, les dromes, les esparres. On abattit les mâts, on les débita à coups de hache. L'équipage y mettait un zèle incroyable. Passepartout, taillant, coupant, sciant, faisait l'ouvrage de dix hommes. C'était une fureur de démolition.

Le lendemain, 20, les bastingages, les pavois, les œuvres-mortes, la plus grande partie du pont, furent dévorés. L'*Henrietta* n'était plus qu'un bâtiment rasé comme un ponton.

Mais, ce jour-là, on avait eu connaissance de la côte d'Irlande et du feu de Fastenet.

Toutefois, à dix heures du soir, le navire n'était encore que par le travers de Queenstown. Phileas Fogg n'avait plus que vingt-quatre heures pour atteindre Londres ! Or, c'était le temps qu'il fallait à l'*Henrietta* pour gagner Liverpool, — même en marchant à toute vapeur. Et la vapeur allait manquer enfin à l'audacieux gentleman !

« Monsieur, lui dit alors le capitaine Speedy, qui avait fini par s'intéresser à ses projets, je vous plains vraiment. Tout est contre vous ! Nous ne sommes encore que devant Queenstown.

— Ah ! fit Mr. Fogg, c'est Queenstown, cette ville dont nous apercevons les feux ?

— Oui.

— Pouvons-nous entrer dans le port ?

— Pas avant trois heures. À pleine mer seulement.

— Attendons ! » répondit tranquillement Phileas Fogg, sans laisser voir sur son visage que, par une suprême inspiration, il allait tenter de vaincre encore une fois la chance contraire !

En effet, Queenstown est un port de la côte d'Irlande dans lequel les transatlantiques qui viennent des États-Unis jettent en passant leur sac aux lettres. Ces lettres sont emportées à Dublin par des express toujours prêts à partir. De Dublin elles arrivent à Liverpool par des steamers de grande vitesse, — devançant ainsi de douze heures les marcheurs les plus rapides des compagnies maritimes.

Ces douze heures que gagnait ainsi le courrier d'Amérique, Phileas Fogg prétendait les gagner aussi. Au lieu d'arriver sur l'*Henrietta*, le lendemain soir, à Liverpool, il y serait à midi, et, par conséquent, il aurait le temps d'être à Londres avant huit heures quarante-cinq minutes du soir.

Vers une heure du matin, l'*Henrietta* entrait à haute mer dans le port de Queenstown, et Phileas Fogg, après avoir reçu une vigoureuse poignée de main du capitaine Speedy, le laissait sur la carcasse rasée de son navire, qui valait encore la moitié de ce qu'il l'avait vendue !

Les passagers débarquèrent aussitôt. Fix, à ce moment, eut une envie féroce d'arrêter le sieur Fogg. Il ne le fit pas, pourtant ! Pourquoi ? Quel combat se livrait donc en lui ? Était-il revenu sur le compte de Mr. Fogg ? Comprenait-il enfin qu'il s'était trompé ? Toutefois, Fix n'abandonna pas Mr. Fogg. Avec lui, avec Mrs. Aouda, avec Passepartout, qui ne prenait plus le temps de respirer, il montait dans le train de Queenstown à une heure et demi du matin, arrivait à Dublin au jour naissant, et s'embarquait aussitôt sur un des steamers — vrais fuseaux d'acier, tout en machine — qui, dédaignant de s'élever à la lame, passent invariablement au travers.

À midi moins vingt, le 21 décembre, Phileas Fogg débarquait enfin sur le quai de Liverpool. Il n'était plus qu'à six heures de Londres.

Mais à ce moment, Fix s'approcha, lui mit la main sur l'épaule, et, exhibant son mandat :

« Vous êtes bien le sieur Phileas Fogg ? dit-il.

— Oui, monsieur.

— Au nom de la reine, je vous arrête ! »

*Jules Verne*

## XXXIV
### QUI PROCURE À PASSEPARTOUT L'OCCASION DE FAIRE UN JEU DE MOTS ATROCE, MAIS PEUT-ÊTRE INÉDIT

Phileas Fogg était en prison. On l'avait enfermé dans le poste de Custom-house, la douane de Liverpool, et il devait y passer la nuit en attendant son transfèrement à Londres.

Au moment de l'arrestation, Passepartout avait voulu se précipiter sur le détective. Des policemen le retinrent. Mrs. Aouda, épouvantée par la brutalité du fait, ne sachant rien, n'y pouvait rien comprendre. Passepartout lui expliqua la situation. Mr. Fogg, cet honnête et courageux gentleman, auquel elle devait la vie, était arrêté comme voleur. La jeune femme protesta contre une telle allégation, son cœur s'indigna, et des pleurs coulèrent de ses yeux, quand elle vit qu'elle ne pouvait rien faire, rien tenter, pour sauver son sauveur.

Quant à Fix, il avait arrêté le gentleman parce que son devoir lui commandait de l'arrêter, fût-il coupable ou non. La justice en déciderait.

Mais alors une pensée vint à Passepartout, cette pensée terrible qu'il était décidément la cause de tout ce malheur ! En effet, pourquoi avait il caché cette aventure à Mr. Fogg ? Quand Fix avait révélé et sa qualité d'inspecteur de police et la mission dont il était chargé, pourquoi avait-il pris sur lui de ne point avertir son maître ? Celui-ci, prévenu, aurait sans doute donné à Fix des preuves de son innocence ; il lui aurait démontré son erreur ; en tout cas, il n'eût pas véhiculé à ses frais et à ses trousses ce malencontreux agent, dont le premier soin avait été de l'arrêter, au moment où il mettait le pied sur le sol du Royaume-Uni. En songeant à ses fautes, à ses imprudences, le pauvre garçon était pris d'irrésistibles remords. Il pleurait, il faisait peine à voir. Il voulait se briser la tête !

Mrs. Aouda et lui étaient restés, malgré le froid, sous le péristyle de la douane. Ils ne voulaient ni l'un ni l'autre quitter la place. Ils voulaient revoir encore une fois Mr. Fogg.

Quant à ce gentleman, il était bien et dûment ruiné, et cela au moment où il allait atteindre son but. Cette arrestation le perdait sans retour. Arrivé à midi moins vingt à Liverpool, le 21 décembre, il avait jusqu'à huit heures quarante-cinq minutes pour se présenter au Reform-Club, soit neuf heures quinze minutes, — et il ne lui en fallait que six pour atteindre Londres.

En ce moment, qui eût pénétré dans le poste de la douane eût trouvé Mr. Fogg, immobile, assis sur un banc de bois, sans colère, imperturbable. Résigné, on n'eût pu le dire, mais ce dernier coup n'avait pu l'émouvoir, au moins en apparence. S'était-il formé en lui une de ces rages secrètes, terribles parce qu'elles sont contenues, et qui n'éclatent qu'au dernier moment avec une force irrésistible ? On ne sait. Mais Phileas Fogg était là, calme, attendant… quoi ? Conservait-il quelque espoir ? Croyait-il encore au succès, quand la porte de cette prison était fermée sur lui ?

Quoi qu'il en soit, Mr. Fogg avait soigneusement posé sa montre sur une table et il en regardait les aiguilles marcher. Pas une parole ne s'échappait de ses lèvres, mais son regard avait une fixité singulière.

En tout cas, la situation était terrible, et, pour qui ne pouvait lire dans cette conscience, elle se résumait ainsi :

Honnête homme, Phileas Fogg était ruiné.

Malhonnête homme, il était pris.

Eût-il alors la pensée de se sauver ? Songea-t-il à chercher si ce poste présentait une issue praticable ? Pensa-t-il à fuir ? On serait tenté de le croire, car, à un certain moment, il fit le tour de la chambre. Mais la porte était solidement fermée et la fenêtre garnie de barreaux de fer. Il vint donc se rasseoir, et il tira de son portefeuille l'itinéraire du voyage. Sur la ligne qui portait ces mots :

« 21 décembre, samedi, Liverpool, »

il ajouta :

« 80e jour, 11 h 40 du matin, »

et il attendit.

Une heure sonna à l'horloge de Custom-house. Mr. Fogg constata que sa montre avançait de deux minutes sur cette horloge.

Deux heures ! En admettant qu'il montât en ce moment dans un express, il pouvait encore arriver à Londres et au Reform-Club avant huit heures quarante-cinq du soir. Son front se plissa légèrement…

À deux heures trente-trois minutes, un bruit retentit au-dehors, un vacarme de portes qui s'ouvraient. On entendait la voix de Passepartout, on entendait la voix de Fix.

Le regard de Phileas Fogg brilla un instant.

La porte du poste s'ouvrit, et il vit Mrs. Aouda, Passepartout, Fix, qui se précipitèrent vers lui.

Fix était hors d'haleine, les cheveux en désordre… Il ne pouvait parler !

« Monsieur, balbutia-t-il, monsieur… pardon… une ressemblance déplorable… Voleur arrêté depuis trois jours… vous… libre !… »

Phileas Fogg était libre ! Il alla au détective. Il le regarda bien en face, et, faisant le seul mouvement rapide qu'il eût jamais fait et qu'il dût jamais faire de sa vie, il ramena ses deux bras en arrière, puis, avec la précision d'un automate, il frappa de ses deux poings le malheureux inspecteur.

« Bien tapé ! » s'écria Passepartout, qui, se permettant un atroce jeu de mots, bien digne d'un Français, ajouta : « Pardieu ! voilà ce qu'on peut appeler une belle application de poings d'Angleterre ! »

Fix, renversé, ne prononça pas un mot. Il n'avait que ce qu'il méritait. Mais aussitôt Mr. Fogg, Mrs. Aouda, Passepartout quittèrent la douane. Ils se jetèrent dans une voiture, et, en quelques minutes, ils arrivèrent à la gare de Liverpool.

Phileas Fogg demanda s'il y avait un express prêt à partir pour Londres...

Il était deux heures quarante... L'express était parti depuis trente-cinq minutes.

Phileas Fogg commanda alors un train spécial.

Il y avait plusieurs locomotives de grande vitesse en pression ; mais, attendu les exigences du service, le train spécial ne put quitter la gare avant trois heures.

À trois heures, Phileas Fogg, après avoir dit quelques mots au mécanicien d'une certaine prime à gagner, filait dans la direction de Londres, en compagnie de la jeune femme et de son fidèle serviteur.

Il fallait franchir en cinq heures et demie la distance qui sépare Liverpool de Londres, — chose très-faisable, quand la voie est libre sur tout le parcours. Mais il y eut des retards forcés, et, quand le gentleman arriva à la gare, neuf heures moins dix sonnaient à toutes les horloges de Londres.

Phileas Fogg, après avoir accompli ce voyage autour du monde, arrivait avec un retard de cinq minutes !...

Il avait perdu.

*Jules Verne*

## XXXV
### DANS LEQUEL PASSEPARTOUT NE SE FAIT PAS RÉPÉTER DEUX FOIS L'ORDRE QUE SON MAÎTRE LUI DONNE

Le lendemain, les habitants de Saville-row auraient été bien surpris, si on leur eût affirmé que Mr. Fogg avait réintégré son domicile. Portes et fenêtres, tout était clos. Aucun changement ne s'était produit à l'extérieur.

En effet, après avoir quitté la gare, Phileas Fogg avait donné à Passepartout l'ordre d'acheter quelques provisions, et il était rentré dans sa maison.

Ce gentleman avait reçu avec son impassibilité habituelle le coup qui le frappait. Ruiné ! et par la faute de ce maladroit inspecteur de police ! Après avoir marché d'un pas sûr pendant ce long parcours, après avoir renversé mille obstacles, bravé mille dangers, ayant encore trouvé le temps de faire quelque bien sur sa route, échouer au port devant un fait brutal, qu'il ne pouvait prévoir, et contre lequel il était désarmé : cela était terrible ! De la somme considérable qu'il avait emportée au départ, il ne lui restait qu'un reliquat insignifiant. Sa fortune ne se composait plus que des vingt mille livres déposées chez Baring frères, et ces vingt mille livres, il les devait à ses collègues du Reform-Club. Après tant de dépenses faites, ce pari gagné ne l'eût pas enrichi sans doute, et il est probable qu'il n'avait pas cherché à s'enrichir, — étant de ces hommes qui parient pour l'honneur, — mais ce pari perdu le ruinait totalement. Au surplus, le parti du gentleman était pris. Il savait ce qui lui restait à faire.

Une chambre de la maison de Saville-row avait été réservée à Mrs. Aouda. La jeune femme était désespérée. À certaines paroles prononcées par Mr. Fogg, elle avait compris que celui-ci méditait quelque projet funeste.

On sait, en effet, à quelles déplorables extrémités se portent quelquefois ces Anglais monomanes sous la pression d'une idée fixe. Aussi Passepartout, sans en avoir l'air, surveillait-il son maître.

Mais, tout d'abord, l'honnête garçon était monté dans sa chambre et avait éteint le bec qui brûlait depuis quatre-vingts jours. Il avait trouvé dans la boîte aux lettres une note de la Compagnie du gaz, et il pensa qu'il était plus que temps d'arrêter ces frais dont il était responsable.

Il avait trouvé une note de la compagnie du gaz.

La nuit se passa. Mr. Fogg s'était couché, mais avait-il dormi ? Quant à Mrs. Aouda, elle ne put prendre un seul instant de repos. Passepartout, lui, avait veillé comme un chien à la porte de son maître.

Le lendemain, Mr. Fogg le fit venir et lui recommanda, en termes fort brefs, de s'occuper du déjeuner de Mrs. Aouda. Pour lui, il se contenterait d'une tasse de thé et d'une rôtie. Mrs. Aouda voudrait bien l'excuser pour le déjeuner et le dîner, car tout son temps était consacré à mettre ordre à ses affaires. Il ne descendrait pas. Le soir seulement, il demanderait à Mrs. Aouda la permission de l'entretenir pendant quelques instants.

Passepartout, ayant communication du programme de la journée, n'avait plus qu'à s'y conformer. Il regardait son maître toujours impassible, et il ne pouvait se décider à quitter sa chambre. Son cœur était gros, sa conscience bourrelée de remords, car il s'accusait plus que jamais de cet irréparable désastre. Oui ! s'il eût prévenu Mr. Fogg, s'il lui eût dévoilé les projets de l'agent Fix, Mr. Fogg n'aurait certainement pas traîné l'agent Fix jusqu'à Liverpool, et alors...

Passepartout ne put plus y tenir.

« Mon maître ! monsieur Fogg ! s'écria-t-il, maudissez-moi. C'est par ma faute que...

— Je n'accuse personne, répondit Phileas Fogg du ton le plus calme. Allez. »

Passepartout quitta la chambre et vint trouver la jeune femme, à laquelle il fit connaître les intentions de son maître.

« Madame, ajouta-t-il, je ne puis rien par moi-même, rien ! Je n'ai aucune influence sur l'esprit de mon maître. Vous, peut-être...

— Quelle influence aurais-je, répondit Mrs. Aouda. Mr. Fogg n'en subit aucune ! A-t-il jamais compris que ma reconnaissance pour lui était prête à déborder ! A-t-il jamais lu dans mon cœur !... Mon ami, il ne faudra pas le quitter, pas un seul instant. Vous dites qu'il a manifesté l'intention de me parler ce soir ?

— Oui, madame. Il s'agit sans doute de sauvegarder votre situation en Angleterre.

— Attendons, » répondit la jeune femme, qui demeura toute pensive.

Ainsi, pendant cette journée du dimanche, la maison de Saville-row fut comme si elle eût été inhabitée, et, pour la première fois depuis qu'il demeurait dans cette maison, Phileas Fogg n'alla pas à son club, quand onze heures et demie sonnèrent à la tour du Parlement.

Et pourquoi ce gentleman se fût-il présenté au Reform-Club ? Ses collègues ne l'y attendaient plus. Puisque, la veille au soir, à cette date fatale du samedi 21 décembre, à huit heures quarante-cinq, Phileas Fogg n'avait pas paru dans le salon du Reform-Club, son pari était perdu. Il n'était même pas nécessaire qu'il allât chez son banquier pour y prendre cette somme de vingt mille livres. Ses adversaires avaient entre les mains un chèque signé de lui, et il suffisait d'une simple écriture à passer chez Baring frères, pour que les vingt mille livres fussent portées à leur crédit.

Mr. Fogg n'avait donc pas à sortir, et il ne sortit pas. Il demeura dans sa chambre et mit ordre à ses affaires. Passepartout ne cessa de monter et de descendre l'escalier de la maison de Saville-row. Les heures ne marchaient pas pour ce pauvre garçon. Il écoutait à la porte de la chambre de son maître, et, ce faisant, il ne pensait pas commettre la moindre indiscrétion ! Il regardait par le trou de la serrure, et il s'imaginait avoir ce droit ! Passepartout redoutait à chaque instant quelque catastrophe. Parfois, il songeait à Fix, mais un revirement s'était fait dans son esprit. Il n'en voulait plus à l'inspecteur de police.

Fix s'était trompé comme tout le monde à l'égard de Phileas Fogg, et, en le filant, en l'arrêtant, il n'avait fait que son devoir, tandis que lui... Cette pensée l'accablait, et il se tenait pour le dernier des misérables.

Quand, enfin, Passepartout se trouvait trop malheureux d'être seul, il frappait à la porte de Mrs. Aouda, il entrait dans sa chambre, il s'asseyait dans un coin sans mot dire, et il regardait la jeune femme, toujours pensive.

Vers sept heures et demie du soir, Mr. Fogg fit demander à Mrs. Aouda si elle pouvait le recevoir, et quelques instants après, la jeune femme et lui étaient seuls dans cette chambre.

Phileas Fogg prit une chaise et s'assit près de la cheminée, en face de Mrs. Aouda. Son visage ne reflétait aucune émotion. Le Fogg du retour était exactement le Fogg du départ. Même calme, même impassibilité.

Il resta sans parler pendant cinq minutes. Puis levant les yeux sur Mrs. Aouda :

« Madame, dit-il, me pardonnerez-vous de vous avoir amenée en Angleterre ?

— Moi, monsieur Fogg !... répondit Mrs. Aouda, en comprimant les battements de son cœur.

— Veuillez me permettre d'achever, reprit Mr. Fogg. Lorsque j'ai eu la pensée de vous entraîner loin de cette contrée, devenue si dangereuse pour vous, j'étais riche, et je comptais mettre une partie de ma fortune à votre disposition. Votre existence eût été heureuse et libre. Maintenant, je suis ruiné.

— Je le sais, monsieur Fogg, répondit la jeune femme, et je vous demanderai à mon tour : Me pardonnerez-vous de vous avoir suivi, et — qui sait ? — d'avoir peut-être, en vous retardant, contribué à votre ruine ?

— Madame, vous ne pouviez rester dans l'Inde, et votre salut n'était assuré que si vous vous éloigniez assez pour que ces fanatiques ne pussent vous reprendre.

— Ainsi, monsieur Fogg, reprit Mrs. Aouda, non content de m'arracher à une mort horrible, vous vous croyiez encore obligé d'assurer ma position à l'étranger ?

— Oui, madame, répondit Fogg, mais les événements ont tourné contre moi. Cependant, du peu qui me reste, je vous demande la permission de disposer en votre faveur.

— Mais, vous, monsieur Fogg, que deviendrez-vous ? demanda Mrs. Aouda.

— Moi, madame, répondit froidement le gentleman, je n'ai besoin de rien.

— Mais comment, monsieur, envisagez-vous donc le sort qui vous attend ?

— Comme il convient de le faire, répondit Mr. Fogg.

— En tout cas, reprit Mrs. Aouda, la misère ne saurait atteindre un homme tel que vous. Vos amis…

— Je n'ai point d'amis, madame.

— Vos parents…

— Je n'ai plus de parents.

— Je vous plains alors, monsieur Fogg, car l'isolement est une triste chose. Quoi ! pas un cœur pour y verser vos peines. On dit cependant qu'à deux la misère elle-même est supportable encore !

— On le dit, madame.

— Monsieur Fogg, dit alors Mrs. Aouda, qui se leva et tendit sa main au gentleman, voulez-vous à la fois d'une parente et d'une amie ? Voulez-vous de moi pour votre femme ? »

Mr. Fogg, à cette parole, s'était levé à son tour. Il y avait comme un reflet inaccoutumé dans ses yeux, comme un tremblement sur ses lèvres. Mrs. Aouda le regardait. La sincérité, la droiture, la fermeté et la douceur de ce beau regard d'une noble femme qui ose tout pour sauver celui auquel elle doit tout, l'étonnèrent d'abord, puis le pénétrèrent. Il ferma les yeux un instant, comme pour éviter que ce regard ne s'enfonçât plus avant… Quand il les rouvrit :

« Je vous aime ! dit-il simplement. Oui, en vérité, par tout ce qu'il y a de plus sacré au monde, je vous aime, et je suis tout à vous !

— Ah !… » s'écria Mrs. Aouda, en portant la main à son cœur.

Passepartout fut sonné. Il arriva aussitôt. Mr. Fogg tenait encore dans sa main la main de Mrs. Aouda. Passepartout comprit, et sa large face rayonna comme le soleil au zénith des régions tropicales.

Mr. Fogg lui demanda s'il ne serait pas trop tard pour aller prévenir le révérend Samuel Wilson, de la paroisse de Mary-le-Bone.

Passepartout sourit de son meilleur sourire.

« Jamais trop tard, » dit-il.

Il n'était que huit heures cinq.

« Ce serait pour demain, lundi ! dit-il.

— Pour demain lundi ? demanda Mr. Fogg en regardant la jeune femme.

— Pour demain lundi ! » répondit Mrs. Aouda.

Passepartout sortit, tout courant.

## XXXVI
### DANS LEQUEL PHILEAS FOGG FAIT DE NOUVEAU PRIME SUR LE MARCHÉ

Il est temps de dire ici quel revirement de l'opinion s'était produit dans le Royaume-Uni, quand on apprit l'arrestation du vrai voleur de la Banque, — un certain James Strand, — qui avait eu lieu le 17 décembre, à Édimbourg.

Trois jours avant, Phileas Fogg était un criminel que la police poursuivait à outrance, et maintenant c'était le plus honnête gentleman, qui accomplissait mathématiquement son excentrique voyage autour du monde.

Quel effet, quel bruit dans les journaux ! Tous les parieurs pour ou contre, qui avaient déjà oublié cette affaire, ressuscitèrent comme par magie. Toutes les transactions redevenaient valables. Tous les engagements revivaient, et, il faut le dire, les paris reprirent avec une nouvelle énergie. Le nom de Phileas Fogg fit de nouveau prime sur le marché.

Les cinq collègues du gentleman, au Reform-Club, passèrent ces trois jours dans une certaine inquiétude. Ce Phileas Fogg qu'ils avaient oublié reparaissait à leurs yeux ! Où était-il en ce moment ? Le 17 décembre, — jour où James Strand fut arrêté, — il y avait soixante-seize jours que Phileas Fogg était parti, et pas une nouvelle de lui ! Avait-il succombé ? Avait-il renoncé à la lutte, ou continuait-il sa marche suivant l'itinéraire convenu ? Et le samedi 21 décembre, à huit heures quarante-cinq du soir, allait-il apparaître, comme le dieu de l'exactitude, sur le seuil du salon du Reform-Club ?

Il faut renoncer à peindre l'anxiété dans laquelle, pendant trois jours, vécut tout ce monde de la société anglaise. On lança des dépêches en Amérique, en Asie, pour avoir des nouvelles de Phileas Fogg ! On envoya matin et soir observer la maison de Saville-row... Rien. La police elle-même ne savait plus ce qu'était devenu le détective Fix, qui s'était si malencontreusement jeté sur une fausse piste. Ce qui n'empêcha pas les paris de s'engager de nouveau sur une plus vaste échelle. Phileas Fogg, comme un cheval de course, arrivait au dernier tournant. On ne le cotait plus à cent, mais à vingt, mais à dix, mais à cinq, et le vieux paralytique, Lord Albermale, le prenait, lui, à égalité.

Aussi, le samedi soir, y avait-il foule dans Pall-Mall et dans les rues voisines. On eût dit un immense attroupement de courtiers, établis en permanence aux abords du Reform-Club. La circulation était empêchée. On discutait, on disputait, on criait les cours du « Phileas Fogg », comme ceux des fonds anglais. Les policemen avaient beaucoup de peine à contenir le populaire, et à mesure que s'avançait l'heure à laquelle devait arriver Phileas Fogg, l'émotion prenait des proportions invraisemblables.

Ce soir-là, les cinq collègues du gentleman étaient réunis depuis neuf heures dans le grand salon du Reform-Club. Les deux banquiers, John Sullivan et Samuel Fallentin, l'ingénieur Andrew Stuart, Gauthier Ralph, administrateur de la Banque d'Angleterre, le brasseur Thomas Flanagan, tous attendaient avec anxiété.

Au moment où l'horloge du grand salon marqua huit heures vingt-cinq, Andrew Stuart, se levant, dit :

« Messieurs, dans vingt minutes, le délai convenu entre Mr. Phileas Fogg et nous sera expiré.

— À quelle heure est arrivé le dernier train de Liverpool ? demanda Thomas Flanagan.

— À sept heures vingt-trois, répondit Gauthier Ralph, et le train suivant n'arrive qu'à minuit dix.

— Eh bien, messieurs, reprit Andrew Stuart, si Phileas Fogg était arrivé par le train de sept heures vingt-trois, il serait déjà ici. Nous pouvons donc considérer le pari comme gagné.

— Attendons, ne nous prononçons pas, répondit Samuel Fallentin. Vous savez que notre collègue est un excentrique de premier ordre. Son exactitude en tout est bien connue. Il n'arrive jamais ni trop tard, ni trop tôt, et il apparaîtrait ici à la dernière minute, que je n'en serais pas autrement surpris.

— Et moi, dit Andrew Stuart, qui était, comme toujours, très-nerveux, je le verrais, je n'y croirais pas.

— En effet, reprit Thomas Flanagan, le projet de Phileas Fogg était insensé. Quelle que fût son exactitude, il ne pouvait empêcher des retards inévitables de se produire, et un retard de deux ou trois jours seulement suffisait à compromettre son voyage.

— Vous remarquerez, d'ailleurs, ajouta John Sullivan, que nous n'avons reçu aucune nouvelle de notre collègue, et, cependant, les fils télégraphiques ne manquaient pas sur son itinéraire.

— Il a perdu, messieurs, reprit Andrew Stuart, il a cent fois perdu ! Vous savez, d'ailleurs, que le *China* — le seul paquebot de New-York qu'il pût prendre pour venir à Liverpool en temps utile — est arrivé hier. Or, voici la liste des passagers, publiée par la *Shipping-Gazette*, et le nom de Phileas Fogg n'y figure pas. En admettant les chances les plus favorables, notre collègue est à peine en Amérique ! J'estime à vingt jours, au moins, le retard qu'il subira sur la date convenue, et le vieux Lord Albermale en sera, lui aussi, pour ses cinq mille livres !

— C'est évident, répondit Gauthier Ralph, et demain nous n'aurons qu'à présenter chez Baring frères le chèque de Mr. Fogg. »

En ce moment, l'horloge du salon sonna huit heures quarante.

« Encore cinq minutes, » dit Andrew Stuart.

Les cinq collègues se regardaient. On peut croire que les battements de leur cœur avaient subi une légère accélération, car enfin, même pour de beaux joueurs, la partie était forte ! Mais ils n'en voulaient rien laisser paraître, car, sur la proposition de Samuel Fallentin, ils prirent place à une table de jeu.

« Je ne donnerais pas ma part de quatre mille livres dans le pari, dit Andrew Stuart en s'asseyant, quand même on m'en offrirait trois mille neuf cent quatre-vingt-dix-neuf ! »

L'aiguille marquait, en ce moment, huit heures quarante-deux minutes.

Les joueurs avaient pris les cartes, mais, à chaque instant, leur regard se fixait sur l'horloge. On peut affirmer que, quelle que fût leur sécurité, jamais minutes ne leur avaient paru si longues !

« Huit heures quarante-trois, » dit Thomas Flanagan, en coupant le jeu que lui présentait Gauthier Ralph.

Puis un moment de silence se fit. Le vaste salon du club était tranquille. Mais, au dehors, on entendait le brouhaha de la foule, que dominaient parfois des cris aigus. Le balancier de l'horloge battait la seconde avec une régularité mathématique. Chaque joueur pouvait compter les divisions sexagésimales qui frappaient son oreille.

« Huit heures quarante-quatre ! » dit John Sullivan d'une voix dans laquelle on sentait une émotion involontaire.

Plus qu'une minute, et le pari était gagné. Andrew Stuart et ses collègues ne jouaient plus. Ils avaient abandonné les cartes ! Ils comptaient les secondes !

À la quarantième seconde, rien. À la cinquantième, rien encore !

À la cinquante-cinquième, on entendit comme un tonnerre au dehors, des applaudissements, des hurrahs, et même des imprécations, qui se propagèrent dans un roulement continu.

Les joueurs se levèrent.

À la cinquante-septième seconde, la porte du salon s'ouvrit, et le balancier n'avait pas battu la soixantième seconde, que Phileas Fogg apparaissait, suivi d'une foule en délire qui avait forcé l'entrée du club, et de sa voix calme :

« Me voici, messieurs, » disait-il.

*Jules Verne*

## XXXVII
### DANS LEQUEL IL EST PROUVÉ QUE PHILEAS FOGG N'A RIEN GAGNÉ À FAIRE CE TOUR DU MONDE, SI CE N'EST LE BONHEUR

Oui ! Phileas Fogg en personne.

On se rappelle qu'à huit heures cinq du soir, — vingt-cinq heures environ après l'arrivée des voyageurs à Londres, — Passepartout avait été chargé par son maître de prévenir le révérend Samuel Wilson au sujet d'un certain mariage qui devait se conclure le lendemain même.

Passepartout était donc parti, enchanté. Il se rendit d'un pas rapide à la demeure du révérend Samuel Wilson, qui n'était pas encore rentré. Naturellement, Passepartout attendit, mais il attendit vingt bonnes minutes au moins.

Bref, il était huit heures trente-cinq quand il sortit de la maison du révérend. Mais dans quel état ! Les cheveux en désordre, sans chapeau, courant, courant, comme on n'a jamais vu courir de mémoire d'homme, renversant les passants, se précipitant comme une trombe sur les trottoirs !

Les cheveux en désordre, sans chapeau, courant, courant...

En trois minutes, il était de retour à la maison de Saville-row, et il tombait, essoufflé, dans la chambre de Mr. Fogg.

Il ne pouvait parler.

« Qu'y a-t-il ? demanda Mr. Fogg.

— Mon maître... balbutia Passepartout... mariage... impossible.

— Impossible ?

— Impossible… pour demain.

— Pourquoi ?

— Parce que demain… c'est dimanche !

— Lundi, répondit Mr. Fogg.

— Non… aujourd'hui… samedi.

— Samedi ? impossible !

— Si, si, si, si ! s'écria Passepartout. Vous vous êtes trompé d'un jour ! Nous sommes arrivés vingt-quatre heures en avance… mais il ne reste plus que dix minutes !… »

Passepartout avait saisi son maître au collet, et il l'entraînait avec une force irrésistible !

Phileas Fogg, ainsi enlevé, sans avoir le temps de réfléchir, quitta sa chambre, quitta sa maison, sauta dans un cab, promit cent livres au cocher, et après avoir écrasé deux chiens et accroché cinq voitures, il arriva au Reform-Club.

L'horloge marquait huit heures quarante-cinq, quand il parut dans le grand salon…

Phileas Fogg avait accompli ce tour du monde en quatre-vingts jours!…

Phileas Fogg avait gagné son pari de vingt mille livres !

Et maintenant, comment un homme si exact, si méticuleux, avait-il pu commettre cette erreur de jour ? Comment se croyait-il au samedi soir, 21 décembre, quand il débarqua à Londres, alors qu'il n'était qu'au vendredi, 20 décembre, soixante-dix-neuf jours seulement après son départ ?

Voici la raison de cette erreur. Elle est fort simple.

Phileas Fogg avait, « sans s'en douter, » gagné un jour sur son itinéraire, — et cela uniquement parce qu'il avait fait le tour du monde en allant vers l'*est*, et il eût, au contraire, perdu ce jour en allant en sens inverse, soit vers l'*ouest*.

En effet, en marchant vers l'est, Phileas Fogg allait au-devant du soleil, et, par conséquent les jours diminuaient pour lui d'autant de fois quatre minutes qu'il franchissait de degrés dans cette direction. Or, on compte trois cent soixante degrés sur la circonférence terrestre, et ces trois cent soixante degrés, multipliés par quatre minutes, donnent précisément vingt-quatre heures, — c'est-à-dire ce jour inconsciemment gagné. En d'autres termes, pendant que Phileas Fogg, marchant vers l'est, voyait le soleil passer *quatre-vingts fois* au méridien, ses collègues restés à Londres ne le voyaient passer que *soixante-dix-neuf fois*. C'est pourquoi, ce jour-là même, qui était le samedi et non le dimanche, comme le croyait Mr. Fogg, ceux-ci l'attendaient dans le salon du Reform-Club.

Et c'est ce que la fameuse montre de Passepartout — qui avait toujours conservé l'heure de Londres — eût constaté si, en même temps que les minutes et les heures, elle eût marqué les jours !

Phileas Fogg avait donc gagné les vingt mille livres. Mais comme il en avait dépensé en route environ dix-neuf mille, le résultat pécuniaire était médiocre. Toutefois, on l'a dit, l'excentrique gentleman n'avait, en ce pari, cherché que la lutte, non la fortune. Et même, les mille livres restant, il les partagea entre l'honnête Passepartout et le malheureux Fix, auquel il était incapable d'en vouloir. Seulement, et pour la régularité, il retint à son serviteur le prix des dix-neuf cent vingt heures de gaz dépensé par sa faute.

Ce soir-là même, Mr. Fogg, aussi impassible, aussi flegmatique, disait à Mrs. Aouda :

« Ce mariage vous convient-il toujours, madame ?

— Monsieur Fogg, répondit Mrs. Aouda, c'est à moi de vous faire cette question. Vous étiez ruiné, vous voici riche...

— Pardonnez-moi, madame, cette fortune vous appartient. Si vous n'aviez pas eu la pensée de ce mariage, mon domestique ne serait pas allé chez le révérend Samuel Wilson, je n'aurais pas été averti de mon erreur, et...

— Cher monsieur Fogg… dit la jeune femme.

— Chère Aouda… » répondit Phileas Fogg.

On comprend bien que le mariage se fit quarante-huit heures plus tard, et Passepartout, superbe, resplendissant, éblouissant, y figura comme témoin de la jeune femme. Ne l'avait-il pas sauvée, et ne lui devait-on pas cet honneur ?

Seulement, le lendemain, dès l'aube, Passepartout frappait avec fracas à la porte de son maître.

La porte s'ouvrit, et l'impassible gentleman parut.

« Qu'y a-t-il, Passepartout ?

— Ce qu'il y a, monsieur ! Il y a que je viens d'apprendre à l'instant…

— Quoi donc ?

— Que nous pouvions faire le tour du monde en soixante-dix-huit jours seulement.

— Sans doute, répondit Mr. Fogg, en ne traversant pas l'Inde. Mais si je n'avais pas traversé l'Inde, je n'aurais pas sauvé Mrs. Aouda, elle ne serait pas ma femme, et… »

Et Mr. Fogg ferma tranquillement la porte.

Ainsi donc Phileas Fogg avait gagné son pari. Il avait accompli en quatre-vingts jours ce voyage autour du monde ! Il avait employé pour ce faire tous les moyens de transport, paquebots, railways, voitures, yachts, bâtiments de commerce, traîneaux, éléphant. L'excentrique gentleman avait déployé dans cette affaire ses merveilleuses qualités de sang-froid et d'exactitude. Mais après ? Qu'avait-il gagné à ce déplacement ? Qu'avait-il rapporté de ce voyage ?

Rien, dira-t-on ? Rien, soit, si ce n'est une charmante femme, qui — quelque invraisemblable que cela puisse paraître — le rendit le plus heureux des hommes !

En vérité, ne ferait-on pas, pour moins que cela, le Tour du Monde ?

FIN

Libros que puedes encontrar en Ediciones[74]

Narrativa[74]
   1-*Drácula*, Bram Stoker (castellano e inglés)
   2-*Las aventuras de Tom Sawyer*, Mark Twain (castellano e inglés)
   3-*Orgullo y prejuicio*, Jane Austen (castellano e inglés)
   4-*Cumbres borrascosas*, Emily Brontë (castellano e inglés)
   5-*Hamlet*, William Shakespeare (castellano e inglés)
   6-*Bienvenidos al paraíso*, Rubén Fresneda Romera
   7-*La divina comedia*, Dante Dalighieri
      -*La divina comedia: Infierno*
      -*La divina comedia: Purgatorio*
      -*La divina comedia: Paraíso*
   8-*Frankenstein*, Mary Shelley (castellano e inglés)
   9-*El Dr. Jekyll y Mr. Hide*, Robert Louis Stevenson (cast. e inglés)
   10-*El elixir de la larga vida*, Honoré de Balzac
   11-*Un yanqui en la corte del Rey Arturo*, Mark Twain
   12-*La isla del tesoro*, Robert Louis Stevenson (castellano e inglés)
   13-*Emma*, Jane Austen (castellano e inglés)
   14-*La leyenda de Sleepy Hollow*, Washington Irving (cast. e inglés)
   15-*Las 11.000 vergas*, Guillaume Appollinaire (cast. y francés)
   16-*Romeo y Julieta*, William Shakespeare (castellano e inglés)
   17-*Madame Bovary*, Gustave Flaubert (cast. y francés)
   18-*Las aventuras de Robinson Crusoe*, Daniel Defoe (cast. e inglés)
   19-*El arte de las putas*, Nicolás Fernández de Moratín
   20-*Gracias y desgracias del ojo del culo*, Francisco Quevedo
   21-*Memorias de una pulga*, Anónimo
   22-*El jardín de Venus*, Félix María Samaniego
   23-*Las 120 jornadas de Sodoma*, Marqués de Sade
   24-*La flecha negra*, Robert Louis Stevenson (castellano e inglés)
   25-*El diablo y el relojero*, Daniel Defoe (castellano e inglés)
   26-*Sentido y sensibilidad*, Jane Austen (castellano e inglés)
   27-*La Ilíada*, Homero (castellano e inglés)
   28-*Alicia en el país de las maravillas*, Lewis Carroll (cast. e inglés)
   29-*Los viajes de Gulliver*, Jonathan Swift (castellano e inglés)
   30-*La Odisea*, Homero (castellano e inglés)
   31-*La calavera que gritaba*, Francis Marion Crawford
   32-*Los buscadores de tesoros*, Washington Irving
   33-*Rip Van Winkle*, Washington Irving (castellano e inglés)

34-*A través del espejo y lo que Alicia encontró allí,* Lewis Carroll
35-*Las aventuras de Huckleberry Finn,* Mark Twain (cast. e inglés)
*Alicia en el país de las maravillas y A través del espejo y lo que Alicia encontró allí,* Lewis Carroll (castellano e inglés)

Ensayos[74]
  1-*El origen de las especies,* Charles Darwin (castellano e inglés)
  2-*Pintura, cuestiones y recursos,* Rubén Fresneda Romera
  3-*Los caminos para el éxito,* Aureliano Abenza y Rodríguez
  4-*El arte de la guerra,* Sun Tzu
  5-*Viaje de un naturalista alrededor del mundo,* Charles Darwin

Biblioteca Arthur Conan Doyle
  1-*Estudio escarlata* (castellano e inglés)
  2-*El sabueso de los Baskerville* (castellano e inglés)
  3-*El signo de los cuatro* (castellano e inglés)
  4-*Las aventuras de Sherlock Holmes* (castellano e inglés)
    -*Escándalo en Bohemia* (castellano e inglés)
    -*La liga de los pelirrojos* (castellano e inglés)
    -*Un caso de identidad* (castellano e inglés)
    -*El misterio de Boscombe Valley* (castellano e inglés)
    -*Las cinco semillas de naranja* (castellano e inglés)
    -*El hombre del labio retorcido* (castellano e inglés)
    -*El carbunclo azul* (castellano e inglés)
    -*La banda de lunares* (castellano e inglés)
    -*El dedo pulgar del ingeniero* (castellano e inglés)
    -*El aristócrata solterón* (castellano e inglés)
    -*La corona de Berilos* (castellano e inglés)
    -*El misterio de Cooper Beeches* (castellano e inglés)
  5-*El mundo perdido* (castellano e inglés)

Biblioteca Franz Kafka
  1-*La metamorfosis*
  2-*Ante la ley* (sólo ebook)
  3-*El silencio de las sirenas* (sólo ebook)
  4-*El viejo manuscrito* (sólo ebook)
  5-*Un mensaje imperial* (sólo ebook)
  6-*El escudo de la ciudad* (sólo ebook)
  7-*Preocupaciones de un padre de familia* (sólo ebook)
  8-*Un golpe a la puerta del cortijo* (sólo ebook)

Biblioteca Julio Verne
  1-*De la Tierra a la Luna* (castellano e inglés)
  2-*La vuelta al mundo en 80 días* (castellano e inglés)
  3-*20.000 leguas de viaje submarino* (castellano e inglés)
  4-*Viaje alrededor de la luna* (castellano e inglés)
  5-*Cinco semanas en globo* (castellano e inglés)
  6-*Viaje al centro de la Tierra* (castellano e inglés)
  7-*La ciudad flotante*
  8-*Miguel Strogoff* (castellano e inglés)
  9-*El castillo de los Cárpatos*
  10-*En el siglo XXIX: la jornada de un periodista americano en el 2889*

Biblioteca Charles Dickens
  1-*Historias de fantasmas*
  2-*Cuento de Navidad* (castellano e inglés)
  3-*El manuscrito de un loco*
  4-*Grandes esperanzas* (castellano e inglés)

Biblioteca Oscar Wilde
  1-*El retrato de Dorian Gray* (castellano e inglés)
  2-*El fantasma de Canterville* (castellano e inglés)
  3-*El crimen de Lord Arthur Saville* (castellano e inglés)
  4-*Intenciones* (castellano e inglés)
    -*La decadencia de la mentira* (castellano e inglés)
    -*Pluma, lápiz y veneno* (castellano e inglés)
    -*El crítico artista* (castellano e inglés)
    -*La verdad sobre las máscaras* (castellano e inglés)
  5-*El retrato de Mr. W.H.* (castellano e inglés)
  6-*La esfinge sin secreto*
  7-*El abanico de Lady Windermere*
  8-*De profundis* (castellano e inglés)
  9-*El millonario modelo* (castellano e inglés)
  10-*El príncipe feliz* (castellano e inglés)

  *El fantasma de Canterville y otras historias* (castellano e inglés)
  *El crimen de Lord Arthur Saville y otras historias* (cast. e inglés)

Biblioteca Edgar Allan Poe
  *Edgar Allan Poe. Cuentos Volumen I*
    1-*El poder de las palabras* (castellano e inglés)
    2-*El corazón delator* (castellano e inglés)

3-*El retrato ovalado* (castellano e inglés)
4-*El gato negro* (castellano e inglés)
5-*El escarabajo de oro* (castellano e inglés)
6-*La conversación de Eiros y Charmion* (castellano e inglés)
7-*Los hechos en el caso de M. Valdemar* (castellano e inglés)
8-*El hundimiento de la Casa Usher* (castellano e inglés)
9-*Los crímenes de la calle Morgue* (castellano e inglés)
10-*El cottage de Landor* (castellano e inglés)
11-*El demonio de la perversidad* (castellano e inglés)
12-*El diablo en el campanario* (castellano e inglés)
13-*El entierro prematuro* (castellano e inglés)
14-*Manuscrito hallado en una botella* (castellano e inglés)
15-*La máscara de la muerte roja* (castellano e inglés)

*Edgar Allan Poe. Cuentos Volumen II*
16-*Coloquio entre monos y una* (castellano e inglés)
17-*El barril del Amontillado* (castellano e inglés)
18-*El hombre de la multitud* (castellano e inglés)
19-*El misterio de Marie Roget* (castellano e inglés)
20-*El pozo y el péndulo* (castellano e inglés)
21-*Ligeia* (castellano e inglés)
22-*Metzengerstein* (castellano e inglés)
23-*Morella* (castellano e inglés)
24-*Revelación mesmérica* (castellano e inglés)
25-*Un descenso al Maelström* (castellano e inglés)
26-*La incomparable aventura de un tal Hans Pfaall* (cast. e inglés)
27-*Una historia de las montañas Ragged* (castellano e inglés)
28-*El cajón oblongo* (castellano e inglés)
29-*William Wilson* (castellano e inglés)
30-*La carta robada* (castellano e inglés)

*Los crímenes de la calle morgue y otras historias* (cast. e inglés)
*El gato negro y otras historias* (castellano e inglés)
*El corazón delator y otras historias* (castellano e inglés)

Biblioteca Blasco Ibáñez
1-*Arroz y tartana*

Filosofía[74]
1-*La República,* Platón

Biblioteca Clásicos bilingües (castellano-inglés)

Narrativa[74]
    Hamlet/The tragedy of Hamlet, prince of Denmark
    Frankenstein/Frankenstein or the modern Prometheus
    El Dr. Jekyll y Mr. Hide/The strange case of Dr Jekyll and Mr. Hyde
    La leyenda de Sleepy Hollow/The legend of Sleepy Hollow
    Romeo y Julieta/Romeo and Juliet
    La isla del tesoro/The tresaure island
    Las aventuras de Robinson Crusoe/The adventures of Robinson Crusoe
    Alicia en el país de las maravillas/Alice in wonderland
    Rip Van Winkle
    A través del espejo y lo que Alicia encontró allí/Through the looking-glass and what Alice found there

Ensayos[74]
    El origen de las especies/The origin of species

Biblioteca Arthur Conan Doyle
    Estudio escarlata/A study in scarlet
    El sabueso de los Baskerville/The hound of the Baskerville's
    El signo de los cuatro/The sign of the four
    Las aventuras de Sherlock Holmes/The adventures of Sherlock Holmes
        -Escándalo en Bohemia/A scandal in Bohemia
        -La liga de los pelirrojos/The Red-headed league
        -Un caso de identidad/A identity case
        -El misterio de Boscombe Valley/The Boscombe Valley mistery
        -Las cinco semillas de naranja/A five orange pips
        -El hombre del labio retorcido/The man with twisted lip
        -El carbunclo azul/The adventures of the blue carbuncle
        -La banda de lunares/The adventure of the speckled band
        -El dedo pulgar del ingeniero/The adventure of the Engineer's Thumb
        -El aristócrata solterón/The adventure of the Noble Bachelor
        -La corona de Berilos/The adventure of the Beryl Coronet
        -El misterio de Cooper Beeches/The adventure of Cooper Beeches
    El mundo perdido/The lost world

Biblioteca Julio Verne
  *De la Tierra la Luna/From the Earth to the Moon*
  *La vuelta al mundo en 80 días/Around the world in eighty days*
  *Viaje alrededor de la luna/Around the Moon*
  *Cinco semanas en globo/Five weeks in a balloon*
  *Viaje al centro de la Tierra/Journey to the center of the Earth*

Biblioteca Charles Dickens
  *Cuento de navidad/A Christmas carol*

Biblioteca Oscar Wilde
  *El fantasma de Canterville/The Canterville ghost*
  *El crimen de Lord Arthur Savile/Lord Arthur Savile's crime*
  *El crítico artista/The critic as artist*
  *La decadencia de la mentira/The decay of lie*

Biblioteca Edgar Allan Poe
  *El poder de las palabras/The power of words*
  *El corazón delator/The tell-tale heart*
  *El retrato ovalado/The oval portrait*
  *El gato negro/The black cat*
  *El escarabajo de oro/The gold bug*
  *La conversación de Eiros y Charmion/The conversation of Eiros and Charmion*
  *Los hechos en el caso de M. Valdemar/The facts in the Valdemar's case*
  *El hundimiento de la casa Usher/The fall of the House of Usher*
  *Los crímenes de la calle Morgue/The muders in the Rue Morgue*
  *El cottage de landor/Landor's cottage*
  *El demonio de la perversidad/The Imp of the perverse*
  *El diablo en el campanario/The devil in the belfry*
  *El entierro prematuro/The premature burial*
  *Manuscrito hallado en una botella/ MS. found in a bottle*
  *La máscara de la muerte roja/The mask of the red death*
  *Coloquio entre Monos and Una/The COlloquy of Monos and Una*
  *El barril de amontillado/The cask of amontillado*
  *El hombre de la multitud/The man of the crowd*
  *El misterio de Marie Roget/The mistery of Marie Roget*
  *El pozo y el péndulo/The pit and the pendulum*
  *Ligeia*

*Metzengerstein*
*Morella*
*Revelación mesmérica/Mesmeric revelation*
*Un descenso al Maelström/A descent into the Maelström*
*La incomparable aventura de un tal Hans Pfaall/The unparara-
lleled adventure of one Hans Pfaall*
*Una historia de las montañas Ragged/A tale of Ragged mountains*
*El cajón oblongo/The oblong box*
*William Wilson*
*La carta robada/The purloined letter*

En francés
> *Les onze mille verges*, Guillaume Apollinaire
> *Madame Bovary*, Gustave Flaubert
> *De la Terre à la lune*, Jules Verne
> *Vingt mille lieues sous le mers*, Jules Verne
> *Autour de la lune*, Jules Verne
> *Cinq semaines en ballon*, Jules Verne
> *Voyage au centre de la Terre*, Jules Verne
> *Une ville flottante*, Jules Verne
> *Michel Strogoff*, Jules Verne

Edición bilingüe (castellano-francés)
> *Las 11.000 vergas/Les onze mille verges*, Guillaume Appollinaire
> *De la Tierra a la luna/De la Terre à la lune*, Jules Verne
> *20.000 leguas de viaje submarino/ Vingt mille lieues sous le mers*, Jules Verne
> *Viaje alrededor de la luna/Autour de la lune*, Jules Verne
> *Cinco semanas en globo/Cinq semaines en ballon*, Jules Verne
> *Viaje al centro de la Tierra/Voyage au centre de la Terre*, Jules Verne
> *La ciudad flotante/Une ville flottante*, Jules Verne
> *Miguel Strogoff/Michel Strogoff*, Jules Verne

Edición bilingüe (inglés-francés)
> *From the Earth to the moon/De la Terre à la lune*, Jules Verne
> *Around the moon/Autour de la lune*, Jules Verne
> *Five weeks in a balloon/Cinq semaines en ballon*, Jules Verne
> *Journey to the center of the Earth/Voyage au centre de la Terre*, Jules Verne

Puedes encontrar todos nuestros libros disponibles en Amazon, Casa del Libro, El Corte Inglés, Kobo, Barnes&Noble y muchas más plataformas.

CPSIA information can be obtained
at www.ICGtesting.com
Printed in the USA
FSHW021706180122
87738FS